HEYNE <

Das Buch

Seit Jahrzehnten befindet sich die Menschheit in einem zermürbenden Krieg gegen die außerirdischen Krell, ohne Hoffnung diesen je gewinnen zu können. Der einzige Grund, warum sich die Menschen den Krell noch nicht ergeben mussten, ist Captain Conrad Harris, genannt Lazarus, und sein Team von Elite-Soldaten, die mittels ihrer Avatare lebensgefährliche Aufträge ausführen. Dennoch ist die Situation fast aussichtslos geworden. Doch dann taucht die UAS *Endeavour*, ein lange verschollen geglaubtes Expeditionsraumschiff der Menschen, mitten im Gebiet der Krell auf; an Bord befindet sich ein geheimnisvolles Artefakt, das ein für alle Mal über Sieg oder Niederlage in diesem Krieg entscheiden könnte. Harris und das Lazarus-Team machen sich sofort auf den Weg, um die *Endeavour* mitsamt ihrem brisanten Inhalt zu bergen. Doch auch der Feind hat es auf diesen mysteriösen Gegenstand abgesehen, und für die Weltraumsoldaten beginnt ein gnadenloser Wettlauf gegen die Zeit …

Die Lazarus-Romane:
Band 1: Die Lazarus-Mission
Band 2: Die Lazarus-Legion
Band 3: Das Lazarus-Spiel

Der Autor

Jamie Sawyer wurde in Newbury, Berkshire geboren. Er studierte Jura an der East Anglia Universität in Norwich und machte seinen Abschluss in den Rechtswissenschaften Menschenrechte und Überwachungsrecht. Er arbeitet als Rechtsanwalt für Strafrecht an den Gerichten in und um London und Ostengland. Wenn er nicht gerade arbeitet oder schreibt, verbringt er seine Zeit mit seiner Familie in Essex.

JAMIE SAWYER
DAS LAZARUS-SPIEL

Roman

WILHELM HEYNE VERLAG
MÜNCHEN

Titel der englischen Originalausgabe
ORIGIN – THE LAZARUS WAR BOOK 3
Deutsche Übersetzung von Julian Haefs

MIX
Papier aus verantwortungsvollen Quellen
FSC® C014496

Verlagsgruppe Random House FSC® N001967

Deutsche Erstausgabe 05/2017
Redaktion: Sven-Eric Wehmeyer

Printed in Germany
Umschlaggestaltung: DAS ILLUSTRAT, München
Umschlagillustration: Ioan Dumitrescu
Satz: Buch-Werkstatt GmbH, Bad Aibling
Druck und Bindung: GGP Media GmbH, Pößneck
ISBN 978-3-453-31861-8

www.diezukunft.de

Für Jake und Benji – meine besten Kumpels

PROLOG

»Die Mission der UAS *Endeavour* ist auch jetzt noch für sämtliche Zweige des Allianzmilitärs von besonderem Interesse … Es war das erste und einzige Mal, dass zwischen der Menschheit und einer fremden Rasse irgendeine Form von zweckdienlichem Dialog stattgefunden hat. Wie genau das möglich war und ob diese Pioniertat wiederholt werden kann, bleibt weiter unklar. Alle Unterlagen bezüglich der *Endeavour* und ihrer Mission unterliegen noch immer Kongress-Kodierung Alpha-9, einer nur selten eingesetzten Verschwiegenheitsklausel, die es den Allianzbehörden erlaubt, Material, das dem Staatswohl angeblich abträglich sein könnte, auf unbestimmte Zeit unter Verschluss zu halten …«

Auszug aus Geheime Geschichte: Verschwörungen innerhalb der Allianz, *Verfasser: Professor Frederick Boswell, erschienen 2279*

»Von der *Endeavour* hat sicher jeder schon mal gehört, stimmt's? Sie ist ja fast so eine Art moderne *Mary Celeste*. Mitsamt der ganzen Crew verschwunden und nie wiederaufgetaucht. Vielleicht sogar das größte Rätsel des kompletten Raumfahrt-Zeitalters. Sie war auch nicht alleine – der ganze Rest der Flotte ist ebenfalls verschwunden, insgesamt sechzehn Schiffe.

Natürlich gehen dauernd irgendwo Schiffe verloren. Wir befinden uns im Krieg – ob das Pentagon das zugeben will oder nicht. Aber eine Flotte dieser *Größe* und solchen *Umfangs?* Nein, so etwas passiert nicht einfach. Irgendjemand weiß, wo die *Endeavour* und ihre Begleitschiffe abgeblieben sind. Ich bin mir sicher, dass man uns nicht die ganze Wahrheit sagt.

Entweder das, oder sie haben uns von Anfang an nicht gesagt, warum sie *eigentlich* aufgebrochen ist. Regierungen haben seit Menschengedenken gelogen. Die Geschichte zeigt ganz deutlich: Je größer der Staatsapparat, desto wahrscheinlicher die Lügen. Und der Regierungsapparat der Allianz? Na ja, das ist wohl bei Gaia verdammt noch mal so ziemlich der größte, den die menschliche Rasse je gesehen hat …

Abgesehen vom Asiatischen Direktorat natürlich.«

Interview mit Azra Asami, Kopf der Anti-Kriegs-Koalition, ausgestrahlt von Core News Network am 27. Juli 2281

»Die Mission der *Endeavour* war nicht weniger als ein Erfolg auf ganzer Linie. Was sollten wir verschweigen wollen? Sie ist stolz in die Finsternis vorgestoßen, hat die Krell zu einem Vertrag bewegt und so zur längsten Friedenszeit geführt, die der Allianz je vergönnt war. Die Bedrohung durch die Krell war sozusagen über Nacht vom Tisch. Natürlich haben wir da draußen ein paar gute Leute verloren. Natürlich ist das ein Jammer. Aber leider muss man in solchen Fällen eine Kosten-Nutzen-Rechnung aufstellen, und aus meiner Sicht sind die Bücher mehr als ausgeglichen.«

Auszug aus einer Rede von Präsident Francis vor dem Allianzkongress am 29. November 2281 (kurz vor seiner Ermordung durch Spezialkräfte des Direktorats)

GEHEIMDIENSTLICHER EINSATZBERICHT

*** PRIVAT ***

KLASSIFIZIERUNG: STRENG GEHEIM
(ROT UMBRA)

AN: **SEKTORKOMMANDANT, CALICO-BASIS**

VON: **CAPTAIN T. OSTROW,**
MILITÄRGEHEIMDIENST

BETR: **OPERATION MENETEKEL (DAMASKUS),**
HANDLUNGSBEDARF

EINSATZZEIT: **08.10.2283**

Das Primärziel von Operation Menetekel war die Inbesitznahme und anschließende Nutzung eines Artefakts in einem Abschnitt des Mahlstroms namens »Damaskus-Graben«. Das Artefakt sollte gegen das Krell-Imperium eingesetzt werden, um Kriegsflotte

856 aufzuhalten oder anderweitig zu stören. Der Einsatz muss weitgehend als Fehlschlag bezeichnet werden, der zum Verlust vieler Kriegsschiffe der Allianz und mehrerer Tausend Mann Besatzung führte. Zu den wichtigsten Überlebenden zählen das Team von Major Conrad Harris (die Lazarus-Legion) sowie der bedeutende Aktivposten UAS *Colossus* (inklusive ihrer Besatzung). Major Harris und sein Team wurden kurz nach ihrer Rückkehr zu den Überresten von *Liberty Point* von einer Patrouille geborgen.

Ich verfasse diesen Bericht, um das Augenmerk der Sektorkommandantur auf mehrere akute Anhaltspunkte zu lenken, die dem Geheimdienst als Resultat der Operation Menetekel vorliegen.

Erstens sind »Williams' Warfighters« nach wie vor auf freiem Fuß. In den letzten sechs Monaten gab es nicht weniger als sechzehn unbestätigte Sichtungen verschiedener Mitglieder. Da es der *Colossus* gelungen ist, dem Damaskus-Graben zu entkommen, darf nicht ausgeschlossen werden, dass auch auch die *Shanghai Remembered,* das Flaggschiff der Angriffsflotte des Direktorats, erfolgreich zurückgekehrt und somit weiterhin aktiv ist. Die betreffenden Mitglieder der Warfighters müssen unbedingt aufgespürt und unschädlich gemacht werden. Alle Sichtungen sollten dem Militärgeheimdienst umgehend gemeldet werden.

Zweitens verbleiben sowohl das Artefakt auf Helios als auch das am Damaskus-Graben weiterhin ungesichert. Keiner der Standorte ist seitdem erneut von Streitkräften der Allianz angesteuert worden. Sie könnten sich beide in den Händen des Direktorats befinden, und wir müssen davon ausgehen, dass die dort verfügbare Technologie früher oder später gegen die Allianz eingesetzt werden könnte [siehe auch Tysis und andere Fundorte der Tönernen, vgl. verlinkte Dokumente X-996 ff.]. Meines Erachtens ist die Technologie der Tönernen von kriegsentscheidender Bedeutung und sollte – wo immer möglich – genutzt werden: Die Bedenken, dass die genannten Stätten unter der Kontrolle des Direktorats stehen könnten, gibt besonderen Anlass zur Sorge [siehe Daten der Wissenschaftsabteilung – REDIGIERT – UNZUREICHENDE FREIGABE].

Drittens – und für dieses Schreiben von höchster Bedeutung – bleibt der Standort der UAS *Endeavour* weiterhin eine Frage von größter Wichtigkeit für die Kriegsanstrengungen. Ihre Mission nach [REDIGIERT] mag durchaus die Lösung unseres momentanen Dilemmas darstellen. Sollte [REDIGIERT] gegen uns eingesetzt werden, könnte das den Todesstoß für das Militär der Allianz bedeuten. Ich spreche hiermit die dringende Empfehlung aus, der Sache so schnell und gründlich wie möglich nachzugehen, sobald die nötigen Ressourcen zur Verfügung stehen.

Nach seiner Rückkehr in den aktiven Dienst ist Major Harris mit einer Beförderung zum Oberstleutnant bedacht worden. Mehrere andere Mitglieder der

Lazarus-Legion sind ebenfalls befördert worden; die überlebenden Mitglieder befinden sich alle im aktiven Dienst. Momentan beschränken sich ihre Aktivitäten auf Einsätze in den Randgebieten zum Direktorat. Dies stellt zweifellos keine zufriedenstellende Verwendung einer solchen Ressource dar.

Somit schließe ich mit der dringenden Empfehlung, der Legion neue Aufgaben zuzuweisen, und hoffe, dass der Stab [REDIGIERT] berücksichtigt.

Captain T. Ostrow, Militärgeheimdienst der Allianz, Datum nach Universalkalender:

1. Oktober 2284

1

GERECHTER ZORN

Sechs Monate nach dem Damaskus-Einsatz

Wir verteilten uns um die Heckrampe der Jaguar-Fähre.

Schüsse pfiffen durch die Luft und prallten von der Bordwand des Truppentransporters ab. Querschläger jagten durch den Innenraum. Dank Kugelhagel und Schneefall war die Sicht stark eingeschränkt – kaum zu erkennen, wo wir waren, geschweige denn, wer da draußen war. Nichts als eine kalte, undurchdringliche weiße Wand.

»Wir liegen hier schwer unter Feuer«, sagte Leutnant James. Er saß am Steuer von Scorpio Eins und sollte uns später wieder hier rausbringen. »Viel länger kann ich nicht mehr unten bleiben …«

Das Schiff schwankte im starken Wind, und die Unterseite des Rumpfs schleifte über das Dach des Gebäudes, auf dem er uns abgesetzt hatte. Dass James überhaupt in der Lage war, den Vogel unter diesen Bedingungen in der Luft zu halten, war eigentlich schon eine Meisterleistung.

Ich antwortete nicht, denn ich hatte jetzt erst einmal dringlichere Probleme; eins davon bestand darin, meine Einsatzbereitschaft zu halten. Mein Nullschild leuchtete auf und prasselte als Reaktion auf den Feindbeschuss wie ein Miniaturgewitter. Das Visier meines Kampfhelms war erfüllt von blinkenden Warnhinweisen, und der Kommunikator piepste unaufhörlich, als um mich herum immer mehr Leute zu Boden gingen. Zu meiner Linken bissen drei Grünschnäbel ins Gras, noch bevor sie die verdammte Fähre überhaupt verlassen hatten. Ihre Körper waren von panzerbrechender Munition mit abgereicherten Urankernen in Fetzen gerissen worden.

Und wir waren nicht die Einzigen. Über den Teamkanal kamen die panischen Meldungen weiterer Einsatzgruppen, deren Offiziere beständig Verluste aus anderen Bereichen des Schlachtfelds durchgaben.

»Lazarus-Legion!«, schrie ich. »Um mich formieren!«

Wie irgendein Arschloch mal gesagt hat, überlebt kein Plan den ersten Feindkontakt.

Sechs Stunden zuvor war der Besprechungsraum der UAS *Independence* zum Bersten voll gewesen. Die meisten steckten noch nicht in ihren Sims, sondern in der eigenen Haut – Soldaten in Borduniformen, die auf den Abwurf warteten. Wir hatten eine ansehnliche Truppe zusammen: natürlich die Lazarus-Legion, aber noch drei weitere Sim-Teams – Hoopers Raiders, die Baker Boys und die Vipers. Alles gute Truppen, die ich speziell für diesen Einsatz ausgesucht hatte. Zusammen mit James und seinen Jungs von der Scorpio-Staffel war der Raum bis auf den letzten Platz besetzt.

»Wir sind aktuell noch sechs Stunden vom Ziel entfernt«, sagte ich. »Willkommen in Rodonis Capa, einem vollkommen durchschnittlichen System am Rand des Direktoratsgebiets.«

Als der große Bildschirm aufleuchtete und ich mit der Einsatzbesprechung begann, wurden alle Gesichter in den zartgrünen Schein der projizierten Grafiken getaucht. Wir befanden uns noch am Rand des Systems und gerade im Anflug auf die einzig interessante Sehenswürdigkeit. Der Stern war kühl und verblasst; eine Sonne der G-Klasse, die sich schon im Niedergang befunden hatte, bevor der Neandertaler seinen Höhlen entstiegen war. Er wurde von sechs verwitterten Felsbrocken umkreist, die mit einer Ausnahme schon lange jede Atmosphäre verloren hatten. Allesamt unbewohnbar und tot – bis auf unser Ziel.

»Das hier ist Capa V«, sagte ich und vergrößerte einen schmutzig weißen Ball. »Unser Reiseziel.«

Capa V lag gerade noch in der habitablen Zone und klammerte sich verzweifelt an den letzten Rest Licht und Wärme, den ihm die ferne Sonne zukommen ließ.

»Im Sommer bestimmt richtig nett«, sagte Martinez – trocken wie immer. Er gähnte und sah nicht so aus, als sei er schon lange wach. »Ihr könnt mich ja wecken, wenn wir da sind.«

»Mach dir keine Hoffnung, Padre«, sagte Jenkins. »Hier sind wir richtig.«

Martinez fungierte seit Kurzem inoffiziell als Geistlicher der Truppe, und seine Predigten bestanden zu gleichen Teilen aus Verdammnis und noch mehr Verdammnis. Es waren sogar Gerüchte in Umlauf, dass er die Weihe bekommen hatte. Sperenzos Vipers waren strenggläubig – alles Neukatholiken, richtige Fanatiker –, und ich war mir nicht ganz sicher, ob die Venusier meine Befehle ausführen würden, wenn sie im direkten Gegensatz zu Martinez' standen. Sie waren alle unschwer anhand ihrer rötlichen Haut und der Latino-Gesichtszüge zu erkennen, saßen erwartungsvoll da und sahen Martinez an.

Er zog eine dunkle Augenbraue hoch. »Ernsthaft?«

Leutnant Keira Jenkins sah zu mir herüber. Ihr schmales Gesicht zitterte fast vor unterdrückter Aufregung. »Irgendwie schon. So, jetzt alle Ruhe und zuhören.« Reihum erhob sich Gemurmel, aber niemand riskierte eine blöde Bemerkung. »Bitte, Oberst.«

Jenkins war erbitterter und wütender, als ich sie je erlebt hatte. Wir hatten die letzten sechs Wochen damit verbracht, ähnliche Streifzüge zu unternehmen – auf der Suche nach irgendwelchen Anhaltspunkten über den Verbleib von Vincent Kaminski oder anderen Überlebenden der Damaskus-Operation. Was bisher lediglich dazu geführt hatte, dass Jenkins, mehr noch als der Rest der Truppe, wie eine Sprungfeder unter Hochspannung stand. Die langen Stunden des Wartens auf neue Hinweise waren an Bord der *Independence* mit Trainingseinheiten in der Schwerelosigkeit gefüllt worden. Jenkins war zu allem bereit.

Ich betrachtete sie, sah dann das Hologramm von Capa V an und fühlte mich plötzlich sehr müde. Noch eine Sackgasse konnte ich nicht ertragen, nicht, nachdem wir schon auf so viele gestoßen waren.

»Übernimm du das«, sagte ich zu ihr. »Ich will sehen, was du vorhättest.«

»Verstanden.«

Captain Baker, der Chef der Baker Boys, stieß mir den Ellbogen in die Rippen. »Kann nicht mehr lange dauern, bis du sie los bist«, sagte er. »Früher oder später wird sie 'n eigenes Team haben wollen.«

Baker war mittlerweile wahrscheinlich der älteste Offizier im ganzen Sim-Programm – auf jeden Fall der älteste Überlebende des Massakers von *Liberty Point* – und hatte schon lange vor seiner Einberufung in der Allianzarmee gedient. Der Rest seines Teams bestand allerdings aus lauter Neulingen, die insgesamt kaum mehr als eine Handvoll Übergänge auf dem Buckel hatten. Das eifrige Funkeln in ihren Augen war erschreckend.

»Eher später als früher, hoffentlich«, sagte ich.

»Aufgepasst, Leute«, sagte Jenkins, und es wurde wieder still im Raum. »Wie der Boss schon gesagt hat, ist Capa V unser Ziel. Bei seinen Bewohnern vom Direktorat auch bekannt als der ›Kalte Tod‹.«

Auf dem Bildschirm öffnete sich eine Datei mit näheren Angaben.

Capa V war rundum gleichförmig in blendendes Weiß gehüllt: eine Welt im Klammergriff einer Eiszeit, aus der es kein Entrinnen gab. Gut die Hälfte des Planeten war von gigantischen Gletschern bedeckt, der Rest von gefrorenen Meeren. Nur ganz selten gab es Durchbrüche im Eis – schmale blaue Bänder flüssigen Wassers und schwarze Flecken, wo felsige Plateaus aus den Eismassen ragten. Ansonsten waren leere, unförmige Ebenen an der Tagesordnung.

»Sieht ziemlich kalt aus«, sagte Baker. Ich wusste genau, was er im Schilde führte: Er wollte Jenkins aus der Reserve locken und sehen, wann sie die Fassung verlor. Bei Offiziersnachwuchs durchaus ein alter Hut, aber bei so einem Einsatz? Das war sicherlich nicht die beste Idee. Trotzdem fuhr er fort. »Da kriege ich bestimmt wieder nur Probleme mit meinem Rheuma.«

»Maul halten, Baker«, sagte Jenkins schroff. »Die Oberflächentemperatur sind angenehme minus zwanzig, mit dem fiesen Wind allerdings gefühlt deutlich darunter.« Der Bildausschnitt vergrößerte sich. »An deiner Stelle würde ich in dem Alter schön die Rüstung zulassen.«

Baker sah ein, dass er den Kürzeren gezogen hatte, und hielt den Mund.

Jenkins machte weiter. »Der Kalte Tod beherbergt drei Siedlungen – die hier ist unser Ziel.«

Tief im Süden schmiegte sich ein kleiner Außenposten mit der Aufschrift QUIJONG-BASIS an die Bergflanken eines großen Gebirgsmassivs. Die Einzelheiten über den Außenposten liefen über den Schirm; ich überflog schnell noch einmal die relevanten Informationen. An die hundert Gebäude und Hangars lagen über mehrere Quadratkilometer verteilt – sie waren sorgfältig arrangiert und von Werkstätten und Freiflächen durchsetzt. Das ausladende Straßennetz wurde immer wieder von Betonmauern unterbrochen. Es gab einige große Funkmasten, und leider kamen als Hauptquartier mehrere Gebäude infrage. Viele Fahrzeuge, dafür keine erkennbare Luftunterstützung. Am Rand der Anlage lag ein einziger Landeplatz, der darauf schließen ließ, dass man hier durchaus einmal Schiffe gehabt hatte – momentan war er allerdings verwaist und lag unter einer dicken Schneedecke.

»Vor sechs Tagen hat eine unserer Aufklärungsdrohnen ein Datenpaket von diesem Außenposten abgefangen. Tief darin vergraben war ein Sicherheitsschlüssel, von dem wir wissen, dass er vom Direktorat benutzt wird, um die Verlegung festgenommener Gegner zu organisieren. Also geht der Stab davon aus, dass wir da unten Kriegsgefangene finden.«

»Kriegsgefangene?«, sagte Sperenzo. Sie war eine kleine, kompakte Venusierin – eine aus Martinez' Clan, das ganze Gesicht voller Banden-Tätowierungen, die Haare auf wenige Millimeter abrasiert.

Jenkins nickte. »Wie gesagt: Jetzt wird's ernst. Darüber hinaus hat der Stab die Kriegsgefangenen zweifelsfrei als Überlebende aus dem Damaskus-Einsatz identifiziert.«

»Ja leck mich doch …«, sagte Baker.

Ich musste ein Grinsen unterdrücken.

»Woher wollen die das so genau wissen?«, fragte Martinez und starrte mit zusammengekniffenen Augen auf den Schirm. »Das klingt viel zu schön, um wahr zu sein.«

»Möglich«, sagte ich.

Wahrheit hin oder her, Jenkins schien von der Idee mehr als überzeugt zu sein. »Das Direktorat mag Schläferzellen bei uns haben, aber wir haben auf jeden Fall Leute noch tiefer drin. Eine unserer Quellen hat das hier als Gefangenenlager identifiziert. Bisher hat sich die Quelle nie geirrt.«

»Was die Karten angeht«, sagte Dejah Mason. »Was sind denn das da für Dinger?«

Du immer mit deinen Fragen, dachte ich. Mason war das jüngste Mitglied der Lazarus-Legion. Ob die Neugier am Alter oder einfach in ihrer Natur lag, war schwer zu sagen, aber sie war eine verdammt gute Kriegerin. Jung, blond und vom Mars – mir tat jeder leid, der es wagte, sie zu unterschätzen.

Sie zeigte auf ein rundes Gebilde in der Mitte der Karte; groß wie eine Landungsfähre und zwar von Eis überzogen, aber ohne Schnee. Es bestand eindeutig aus Metall und sah aus wie ein versteckter Raketensilo oder der Eingang zu einer unterirdischen Anlage.

»Sieht aus wie ein Bergwerk«, sagte sie. »Oder ein verdeckter Schacht.«

Jenkins verschob den Bildausschnitt und vergrößerte das Gebilde. »Vielleicht 'ne Mine«, sagte sie. »Kaum Abwärme, keine Strahlung.«

Mason rümpfte die Nase. »Also keine Ahnung?«

»Nein. Keine Ahnung. Ist das ein Problem, Prinzessin?«

Das war Masons neuer Kampfname, unter dem sie bekannt geworden war, seitdem sie »New Girl« abgelegt hatte. Mason betrachtete den Bildschirm und machte ein langes Gesicht.

»Nicht unbedingt«, sagte sie. »Aber irgendwie sieht das … falsch aus.«

»Christo«, sagte Baker und verdrehte die Augen. »Wir wissen wirklich alles, was wir wissen müssen. Lasst uns endlich da runtergehen!«

»Wie genau lautet der Plan?«, fragte Captain Hooper

von den Raiders. Er stammte von Tau Ceti und war der jüngste Gruppenleiter unserer Einsatztruppe; gerade frisch von der Offiziersschule. Das Holo-Abzeichen an seinem Revers zeigte eine blinkende »99« an: die Zahl der Übergänge, die er absolviert hatte. Wirklich nicht schlecht für einen Burschen, der erst seit fünf Jahren beim Programm war. Wenn er als Offizier durchhielt, würde er es weit bringen.

»Die Missionsziele werden rechtzeitig vor dem Abwurf in die Anzüge eingespeist«, sagte Jenkins. »Kurz gesagt: Wir gehen gemeinsam runter und teilen uns dann sofort auf. Primärziele sind diese Gebäude.« Auf der Karte blitzten ein paar rote Markierungen auf. »Wir sind gekommen, um unsere Leute rauszuholen: Das ist unsere Aufgabe. Wie schon gesagt – ich habe da so ein Gefühl, was diesen Ort angeht.«

Hoffentlich hast du recht, Jenkins. Hoffentlich.

»Erwartete Menge an Widerstand?«, fragte Mason.

Jenkins seufzte. »Laut Geheimdienstdaten minimal. Die haben eine Garnison da unten, aber sie wissen nicht, dass wir kommen.«

Sperenzo pfiff leise. »Glauben wir zumindest.«

»Wie auch immer, die feindlichen Truppen sind sekundär«, sagte Jenkins. »Ich wiederhole: Wir sind hier, um unsere Leute zu befreien. Wir haben das System unter Schleichfahrt betreten, und es gibt keinerlei Anzeichen, dass uns das Direktorat bemerkt hat. Außerdem hat die *Independence* ihren einzigen Kommunikationssatelliten schon abgeschossen – sie können also auch nicht um Hilfe rufen.«

Die *Independence* würde im Orbit zurückbleiben,

um das Zielgebiet und unseren Fortschritt zu überwachen. Sie war mit dem Besten ausgestattet, das die Allianz an Tarnkappen-Technik zu bieten hatte – was hoffentlich ausreichte, um unentdeckt zu bleiben. Der von Jenkins erwähnte Satellit, eine orbitale Nachrichtenplattform, war vor einer Stunde zu Klump geschossen worden. Capa V war von einer Menge Weltraumschrott umgeben, sodass die Bodentruppen den Verlust wahrscheinlich auf schlichtes Pech schieben würden.

Trotzdem sah ich mir die Weltkarte von Capa V noch einmal genau an. Unser Ziel lag tief im Süden, aber einige Tausend Kilometer weiter nördlich lag noch eine weitere Basis – die allerdings der Luftaufklärung zufolge so gut wie verlassen schien. Noch ein Stückchen weiter nördlich ragte eine Raffinerie-Plattform aus der gefrorenen See.

»Wir müssen aufpassen, dass wir von den anderen Basen keinen Besuch abgestattet bekommen«, sagte ich. Irgendwie hatte ich ein mulmiges Gefühl bei der Sache. »Nicht auszuschließen, dass die es doch schaffen, von da aus noch Hilfe zu holen, sobald wir zuschlagen.«

Jenkins verzog das Gesicht. »Die sind aber offenbar beide vollautomatisiert. Laut Stab spielen sie taktisch keine Rolle.«

»Das habe ich schon öfter gehört.« Ich nahm ein paar Änderungen an den Einsatzparametern vor. »Ich will, dass die *Independence* diese Außenposten keine Sekunde aus den Augen lässt.«

»Verstanden«, sagte Jenkins. »So, da wir davon ausgehen, dass das hier ein Bergungseinsatz wird, stellt die Scorpio-Staffel Luftunterstützung und Piloten bereit.«

Sie bedachte die Flieger auf der anderen Seite des Holo-Projektors mit einem knappen Blick. Leutnant James und seine Leute steckten bereits in ihren Sims und machten ihrer Rolle als Kampfpiloten der Allianz alle Ehre. Die Neuen Sims waren genetisch so gebaut, dass man sich unbegrenzt in ihnen aufhalten konnte – täuschend echte Kopien menschlicher Körper mit verbesserten Organen und pfeilschnellen Reflexen. Nachteil der Nähe zum Original war natürlich, dass sie längst nicht so stark oder widerstandsfähig waren wie unsere groben Kampfmodelle. Selbst nach all den Monaten hatte ich James noch nie in seinem echten Körper gesehen.

»Wir bringen euch in den neuen, schweren Truppentransportern Typ MX-11 ›Jaguar‹ runter«, sagte er. »Die Lazarus-Legion nimmt zusammen mit den Baker Boys Scorpio Eins; die Vipers und die Raiders Scorpio Zwei. Scorpio Drei und Vier bleiben leer. Das sollte genug Platz sein, um alle Leute rauszubringen, die ihr hoffentlich findet. Sobald die vier Kampfgruppen entladen sind, bleiben alle vier Transporter in der Nähe, um zur Not Luftunterstützung zu leisten.« Er zeigte auf die Karte der Anlage. »Die Jaguare sind mit Antipersonen-Raketen und schweren Sturmkanonen ausgerüstet – das sollte wohl reichen, damit das Direktorat lange genug den Kopf einzieht, um die Gebäude zu durchkämmen.«

Die Lufthoheit konnte bei diesem Einsatz durchaus der Schlüssel zum Erfolg sein. Nicht nur, um unsere

Gefangenen zu befreien, sondern auch, um die gegnerischen Bodentruppen in Angst und Schrecken zu versetzen. Wenn wir es wirklich schafften, unbemerkt auf ihrer Türschwelle aufzutauchen, konnten ein paar Dutzend Antipersonen-Raketen auf jeden Fall dazu beitragen, ihnen weiszumachen, dass wir mit einer weitaus größeren Einsatztruppe angerückt waren als nur ein paar Sim-Teams.

»Dann sorge aber bitte dafür, uns dieses Mal nicht zurückzulassen«, sagte Jenkins.

James sah sie gekränkt an.

»Was?«, sagte sie unschuldig. »Wäre ja nicht das erste Mal, oder? Ich sag's ja nur …«

»Okay, Leute«, beendete ich die Diskussion. Ich wollte nicht, dass die Besprechung noch mehr aus dem Ruder lief. Im Lauf der letzten Wochen hatte Jenkins mehrfach lautstark betont, James sei der einzige Grund dafür, dass wir überhaupt hier draußen waren. Sie mochte sogar recht haben, aber sich daran aufzuhängen änderte auch nichts. »Dann wollen wir mal …«

Die Tür flog auf, und Captain Ostrow stürmte in den Raum. Mit finsterer Miene postierte er sich direkt neben dem Bildschirm.

»Ich hätte es schon sehr gerne gesehen, dass Sie die Einsatzbesprechung nicht ohne mich anfangen«, sagte er.

»'tschuldigung«, sagte Jenkins, »aber wir haben auch ohne Sie schon wieder aufgehört.«

Ostrow war der leitende Offizier des Militärgeheimdiensts an Bord der *Independence* und sollte eigentlich jeden Einsatz im Hoheitsgebiet des Direktorats persönlich absegnen. Im Rahmen unserer Mission war es der Form halber nötig, dass er offiziell beurteilte, ob wir für den jeweiligen Einsatz einen »triftigen Grund« hatten – damit wir mit Rückendeckung des Generalstabs handeln konnten. Er ging mir ganz gehörig auf die Eier.

»Ja, erstaunliches Timing«, sagte Mason lächelnd.

»Ich habe mir die Einzelheiten der Informationslage noch einmal genau angesehen«, sagte Ostrow, »und muss sagen, dass ich wirklich nicht überzeugt bin. Das ist jetzt schon das dritte Ziel, das Sie binnen einer Woche ausgemacht haben …«

»Das dritte *Potenzial*«, sagte ich entschlossen. Wenn der Geheimdienst wirklich solche Spielchen veranstalten wollte, konnte ich wenigstens ihren Fachjargon gegen sie verwenden. »Also kann es dieses Mal durchaus ein *Ist* sein.«

»Oder nur eine Bergwerks-Kolonie«, gab Ostrow zurück. »Beides gleich wahrscheinlich. Und diese angeblich geheimen Funksprüche können sich genauso gut um den Transport von Schmuggelware oder Waffen oder Sprengköpfen drehen …« Er schüttelte den Kopf. »Von offizieller Seite kann ich den Einsatz nicht sanktionieren. Es spricht zu viel dagegen.«

Im Raum herrschte angespannte Stille. Alle Soldaten warteten auf meine Reaktion; aber sie machten sich zu Unrecht Sorgen. Ich hatte definitiv nicht vor, jetzt noch zu kneifen – weder bei dieser noch bei irgendeiner anderen Mission auf Direktoratsgebiet. Die Bastarde würden für alles bezahlen, was sie uns angetan hatten. Und wir würden unsere Leute zurückholen.

»Ich habe die Unterlagen auch gelesen«, sagte ich, »und sanktioniere den Einsatz selber. Wenn irgendwas schiefgeht, stehe ich dafür gerade.«

»Das ist doch genau der Grund, warum Sie diese Einsätze nicht persönlich durchführen sollten. Sie stecken da viel zu tief drin. Es geht schließlich um einen Ihrer Männer. Wir sind im Territorium des Direktorats, um Christo willen. Unsere bloße Anwesenheit hier verstößt bereits gegen so viele Verträge, dass ich gar nicht genug Zeit habe, sie alle aufzuzählen ...«

An seinem Tonfall hörte ich genau, dass er selbst wusste, dass er zu weit gegangen war. Er verstummte. Auf der anderen Seite des Holo-Projektors sah ich, wie sich Martinez' Gesicht verdüsterte, und hob eine Hand, um ihn zu beschwichtigen.

»In Damaskus haben sie Tausende Männer und Frauen der Flotte abgeschlachtet«, sagte ich. »Hat das vielleicht auch irgendeinen Ihrer gottverdammten Verträge verletzt?«

»Das ist mir schon klar«, sagte Ostrow und war sich offensichtlich bewusst, wie viel Zorn seine Aussage bei allen Anwesenden verursacht hatte. Trotzdem versuchte er es ein letztes Mal: »Unabhängig davon ist der Einsatz hier weder vom Generalstab noch vom Pentagon offiziell genehmigt. Unsere Ressourcenlage ist ohnehin schon prekär genug; vor allem nach dem schrecklichen Verlust von *Liberty Point* sollten Sie eigentlich an der Front sein! Die ganze Geschichte hier könnte durchaus einen erheblichen diplomatischen Zwischenfall auslösen ...«

»Einen *weiteren* erheblichen diplomatischen Zwischenfall«, korrigierte ich ihn.

»Wir sind sowieso schon auf höchster Alarmstufe …«

Jenkins sah mich gespannt an. Wie eine uralte Floskel besagt, sind die Augen das Fenster zur Seele. In ihren Augen sah ich Schmerz und Trauer – ein emotionaler Cocktail, den ich nur zu gut kannte. Auf gar keinen Fall würde ich dafür verantwortlich sein, ihn noch zu verstärken. Natürlich war das kein taktischer Grund, aber Jenkins und Kaminski waren ein Paar gewesen, und sein Verlust hatte sie am härtesten getroffen.

»Der Einsatz findet wie besprochen statt«, sagte ich und ließ Ostrow links liegen. »Wenn ihn auch sonst niemand genehmigt – ich schon. Kampfgruppen wie angewiesen vorbereiten.«

Sämtliche anwesenden Soldaten schlugen sich mit der Faust auf die Brust.

Ich betrachtete meinen linken Armstumpf.

Mit beiden Händen am Plasmagewehr stemmte ich mich in den Schneesturm. Außerhalb der Fähre war es unglaublich hell, und trotz des Kampfhelms musste ich gegen den Instinkt ankämpfen, die Augen mit der Hand abzuschirmen. Der Himmel war blendendes Weiß, Rodonis Capa nur ein schwacher Fleck am Horizont und der Schneefall so stark, dass ich mich ohne taktisches Visier rettungslos verlaufen hätte.

»Alle raus«, schrie Jenkins über den offenen Teamkanal – in unseren Kampfanzügen dank des tobenden Sturms die einzige Verständigungsmöglichkeit. »Los, los, los!«

Ich löste die Magnetsohlen meiner Stiefel und nahm die M95 in Anschlag. Die Trident-V-Kampfanzüge waren mit eigenen Lebenserhaltungssystemen völlig autark, aber trotzdem hatte ich sofort das Gefühl, von der Kälte überrollt zu werden. Mit »Kalter Tod« schien sich das Direktorat einen äußerst passenden Spitznamen ausgedacht zu haben. Der Anzug verabreichte mir eine Injektion, damit ich wachsam blieb und den Killerinstinkt nicht verlor.

Scorpio Eins war wie geplant auf einem langen, flachen Gebäude gelandet – augenscheinlich eine Art Hangar. Sobald wir unten waren, fingen auch die anderen Teams an, sich bei Jenkins zu melden. Alle waren auf Widerstand gestoßen. Die Raiders waren ein paar Hundert Meter weiter südlich auf einem offenen Platz zwischen zwei Gebäuden festgenagelt, die Vipers hatten sich weiter im Osten neben einer Fertigungshalle verschanzt, standen aber ebenfalls schwer unter Feuer …

Rumms!

Ein Glückstreffer durchschlug meinen Nullschild und prallte von der linken Schulter ab. Die Panzerung hielt, trotzdem tat der Aufschlag höllisch weh.

»Scheiße!«, rief ich und biss mir auf die Zähne.

Unsere Ablativpanzer waren überaus stabil, aber mit genug kinetischer Energie waren wir genauso geliefert wie jeder normale Soldat – die drei toten Sims um mich herum konnten davon ein Liedchen singen.

»Alles in Ordnung, Sir?«, fragte Mason.

»Versucht einfach, nicht getroffen zu werden«, sagte ich. »Das brennt wie Sau.«

»*Zielgebiet ist heiß*«, drang die Stimme von der Brücke der *Independence* an mein Ohr, die das Geschehen aus dem Orbit verfolgte. »*Empfehle sofortige Relokalisierung, Lazarus. Ihr werdet demnächst überrannt.*«

»Lazarus Eins verstanden.«

Die Landezone als »heiß« zu beschreiben war wohl der Euphemismus der Woche. Wir standen aus allen Richtungen unter Feuer, sowohl unten von der Straße als auch von den Wachtürmen und Sperrposten, die die ganze Anlage durchzogen. Größtenteils kleinkalibrige Waffen – wahrscheinlich Sturmgewehre und leichte MGs –, aber bei den Sichtverhältnissen war die Lage kaum richtig einzuschätzen.

Auf meinem Visier leuchteten die Umrandungen der drei anderen Truppentransporter, die ich ohne das taktische Display in dem Schneesturm kaum gesehen hätte. Die Jaguare waren groß und schwer: dunkelgraue Hülle, bauchiges Transportmodul und Stummelflügel. Sie waren leicht gepanzerte Landefähren, keine Kampfschiffe. Die präzise ausgearbeitete Formation, in der wir hatten landen wollen, war der turbulenten Atmosphäre von Capa V nicht gewachsen gewesen – geschweige denn dem erbitterten Widerstand.

Ich fällte eine Entscheidung. »Scorpio-Fähren: Sichere Flughöhe ansteuern.«

»Die Baker Boys sind für das Flugfeld zuständig«, sagte Jenkins. »Sobald die Raiders die …«

In meinem Augenwinkel erblühte ein gleißendes Licht. Sofort war mir klar, dass es sich nur um eine Laserwaffe handeln konnte; ein schweres Turmgeschütz, dass eine brennende Lanze rubinroter Energie erstrahlen ließ.

Scorpio Drei hing ein paar Hundert Meter links von uns. Sie schwebte dicht über einem flachen Betongebäude, war leer und wartete nur auf Gefangene, die es zu evakuieren galt. Die geöffnete Heckrampe kratzte über das Dach.

Für eine Sekunde fuhr der rote Energiestrahl wie ein Suchscheinwerfer durch den Himmel, dann fraß er sich in die Fähre.

»*Runter!*«, schrie ich.

Die Schubdüsen versagten, und Scorpio Drei stürzte auf der Stelle ab. Die Schockwelle der explodierenden Fähre ließ unseren Hangar erzittern. Das Wrack landete irgendwo mitten in der Anlage, und eine dichte, schwarze Rauchwolke schraubte sich in den Himmel. Sofort näherten sich Truppen des Direktorats der Absturzstelle – auf meinem Visier nur als warme Flecken im Sturm zu erkennen. Über Funk war ein ausgiebiger Fluch von James zu hören. Scorpio Eins ließ eine Handvoll Banshee-Raketen los, die vergeblich versuchten, sich dem feindlichen Geschütz zu nähern, dann schnellte die Fähre in die Höhe.

»*Scorpio Eins dreht ab …*«

»*Verstanden. Zwei ist weiteren Boden-Luft-Geschützen ausgewichen …*«

»*… Mehrere Ziele an der östlichen Mauer ausgemacht. Sieht aus wie eine Laserkanone …*«

Die restlichen Fähren begannen, sich ebenfalls zu entfernen; ihre Rümpfe flackerten unter kleinkalibrigen Einschlägen.

Wenn das hier etwas werden sollte, mussten wir jetzt zuschlagen.

»Legion: Vorrücken zu dieser Satellitenschüssel«, befahl ich. »Alle anderen Teams sofort Schutz suchen.«

Ich schmiegte mich an die niedrige Brüstung und versuchte, mir einen Schlachtplan zurechtzulegen. Die Schnappschüsse der Spionagedrohne, die den Außenposten überflogen hatte, legten sich als Gitternetz über mein Visier und zeigten an, wo wir uns genau befanden.

»Aus dem Orbit hat das 'ne ganze Ecke kleiner ausgesehen«, grummelte Martinez. »Aber da hat auch noch keiner auf uns geschossen.«

»Ganz was Neues, wie?«, sagte Jenkins und sprang in die Deckung zurück, als auf der anderen Seite des Dachs eine Granate hochging. Heiße Splitter regneten auf uns herab und verglühten in den Nullschilden.

»Die sollten doch angeblich nicht wissen, dass wir kommen …«, sagte Mason.

»Der Teufel hat Augen überall«, sagte Martinez und zuckte mit den Schultern.

»Egal«, sagte ich, »wir müssen diese Gebäude säubern und durchsuchen. Deswegen sind wir hier.«

Der Außenposten lag zwischen zwei Bergflanken und war von Oberleitungen und Laufstegen durchzogen, die etliche gute Gefechtsstellungen boten. Die wenigen größeren Gebäude waren allesamt von Eis und Schnee bedeckt, das Metall spröde von der ewigen Gewalt der Elemente.

Mason kniete sich neben mich und steckte eine gepanzerte Hand tief in den Schnee.

»Das ist also Schnee …«, sagte sie fast ein bisschen wehmütig. Zwar war das Terraforming auf dem Mars mittlerweile fast vollständig abgeschlossen, aber ein komplexes Wettersystem gab es dort natürlich nicht. »Hätte nie gedacht, dass ich so was doch mal zu Gesicht bekomme. Ist ja fast schön.«

»Wenn's nur nicht so beschissen kalt wäre«, warf Martinez ein. »Ich fühle mich hier auf jeden Fall nicht zu Hause. Habt ihr je von Sims mit Erfrierungen gehört?«

»Nein«, sagte Mason. »Kann aber gut sein, dass ich die Erste werde.«

»Geht das schon wieder los«, sagte Jenkins. »Abgesehen davon ist *das* hier ganz sicher kein richtiger Schnee. Höchstens ein müder Abklatsch. Check mal deinen Armrechner nach der chemischen Zusammensetzung – da ist so gut wie kein H_2O drin.«

»Sie kommt aus Kalifornien«, flüsterte ich, während ich immer noch versuchte, unsere nächsten Schritte zu planen. Die Kälte schien alle Denkprozesse zu lähmen. »Deswegen weiß sie natürlich alles über Schnee.«

»Bestimmt mehr als die beiden Außerirdischen hier«, sagte Jenkins.

Neben mir schlug ein Feuerstoß im Schnee ein.

»Wie viele Schützen haben wir da vor uns?«, fragte ich.

»Jede Wette weniger als hundert«, sagte Jenkins. »Ich setze fünfzig Mäuse.«

»Wette gilt«, sagte Martinez.

»Konzentration, Leute«, sagte ich. »Wir müssen

schnell machen. Lasst die Drohnen los. Direktive: Gegner identifizieren und markieren.«

Die Lazarus-Legion schickte ihre Überwachungsdrohnen ins Feld. Ein Dutzend autonomer Fluggeräte entkoppelte sich von den Rückenplatten unserer Anzüge und segelte hinaus in den Schneesturm. Sofort wurden zwei von ihnen getroffen und explodierten in einem Funkenregen. Die anderen fingen an, gegnerische Schützen zu markieren. Fast augenblicklich tauchten die ersten blassgrünen Silhouetten auf meinem Display auf. *Aha, schon besser: Ich kann euch sehen.* Die Drohnen zeichneten Herzfrequenzen auf, Wärmesignaturen, das volle Programm. Unsere Daten verschmolzen mit den Informationen der anderen Teams.

Martinez hockte neben der Satellitenschüssel und schnalzte mit der Zunge. »Du schuldest mir fünfzig, Jenkins.«

Mindestens zweihundert Gestalten umringten das Gebäude und näherten sich langsam unserer Stellung.

Jenkins überprüfte die Energiezelle ihres Plasmagewehrs. »Na gut, ich zahl's dir in Venus-Dollar. Abgemacht?«

»Du mich auch, Jenkins«, sagte Martinez. Der Venus-Dollar war schon lange weniger wert als die elektronische Karte, auf der er gespeichert war. »Du weißt genau, dass ich nur in amerikanischer Währung wette.«

Mason kicherte gehässig. »Aber bloß nicht markierte Scheine ohne Seriennummer, wie man hört.«

Da hinten …

Irgendwas an den Bildern der Drohnen stimmte nicht.

»Seht ihr das?«, fragte ich den Rest der Legion und schickte die Übertragung auf ihre Displays.

»Auf den Bildern aus dem Orbit war davon nix zu sehen …«, sagte Mason langsam.

Das hintere Ende der Anlage war ein windschiefer, von Schnee zerfressener Zaun, in regelmäßigen Abständen von Wachtürmen gesäumt. Einer von ihnen ragte neben dem Flugfeld in die Höhe; ein großer Skelettbau, von einer gepanzerten Kabine gekrönt. Dann leuchtete ein Teil des Himmels auf, und mit einem Peitschenknall dröhnte Schuss um Schuss durch die Anlage. Ich vergrößerte den Bildausschnitt und sah eine Handvoll Direktoratssoldaten, die mit einem schweren, mehrläufigen Lasergeschütz in den Himmel feuerten. Sofort ließ ich die Drohne nach links und rechts schwenken, um den Rest des Zauns in Augenschein zu nehmen. Die anderen Türme befanden sich noch im Bau; sie hatten nur diese eine einsatzbereite Boden-Luft-Stellung.

»Solange das Ding über dem Flugfeld thront, können unsere Fliegerjungs hier auf keinen Fall jemanden aufpicken«, sagte Jenkins. »Die Kanone macht alles platt, was sich der Landezone nähert.«

»Unser Plan hat sich soeben geändert«, sagte ich. »Wir müssen den Turm ausschalten, bevor wir zu suchen anfangen.«

Ich wechselte wieder auf den Hauptkanal. »Hier Lazarus Eins; Baker, bitte kommen.«

»Anwesend«, sagte Baker. Laut seines Transponders

steckten sie irgendwo am Boden zwischen den Gebäuden, aber bei dem Wetter war keine präzise Ortung möglich. »Wir sind hier festgenagelt. Wo bleibt die Luftunterstützung?«

»Die ist am Arsch«, sagte ich. »Ihr habt die Fähre ja runterkommen sehen. Die Aufklärung hat Scheiße gebaut – die haben doch Luftabwehr.«

Er grunzte. »War ja klar.«

»Kopf runter und am Leben bleiben. Wir kümmern uns gleich darum.«

»Verstanden.«

Ich wechselte zu Hoopers Kanal. »Hooper, ihr bleibt erst mal da oben und gebt Feuerschutz.«

»Alles klar, Lazarus.«

Hoopers Raiders waren schon in Position gegangen. Das Fünf-Mann-Team war mit M-23-Gewehren ausgerüstet, extralangen Plasma-Scharfschützengewehren. Das Spezialistenteam war für seine Zielgenauigkeit bekannt. Auf dem höchsten Gebäude der Anlage sah ich ihre Läufe unablässig aufblitzen. Hoopers Team würde sich Mühe geben, uns beim Vorrücken so viele Gegner wie möglich vom Leib zu halten.

Blieben noch Sperenzos Vipers.

»Sperenzo«, sagte ich, »Störmanöver. Langsam zum Ziel vorrücken und auf eine Kampfpause warten.«

»Sehe ich nicht kommen«, sagte Sperenzo gehetzt. »Aber wir werden's versuchen.«

»Die Legion macht 'nen Umweg. Wir schalten den Wachturm aus, damit Scorpio wieder Luftunterstützung liefern kann. Lazarus Ende.«

2

UNERFÜLLTE RACHEGELÜSTE

Wir sprangen vom Dach und rannten über den Hof.

Immer wieder tauchten plötzlich Soldaten mit Sturmgewehren vor uns aus dem Schnee auf; in den gepanzerten Tarnanzügen waren sie so gut wie unsichtbar. Überall Kämpfer des Direktorats. Der Widerstand war ungleich erbitterter und organisierter, als wir eingeplant hatten. Ich sprang über eine Betonbarrikade hinweg – eine Panzerfalle, die mitten auf der Straße platziert worden war. Hinter ihr hatten zwei Soldaten gehockt, verkabelt mit einem Raketenwerfer. Ein Aufklärer, ein Schütze. Bei unserem Anblick hatten sich die beiden zurückgezogen, den Raketenwerfer fallengelassen und ihre Pistolen gezückt. Martinez erwischte sie beide im Laufen und schlitzte ihre Panzeranzüge mit kurzen, präzisen Impulsen auf.

Ich warf einen flüchtigen Blick auf die nächste Leiche. Auf dem Brustpanzer des Soldaten prangte das Emblem der Volksarmee. Es waren einfache Milizen; die Standardbesetzung jeder Direktorats-Garnison.

»Umzäunung voraus«, teilte Jenkins mit.

Vor uns wuchs eine zerklüftete schwarze Linie aus dem Schnee; ein einfacher Maschendrahtzaun mit Stacheldrahtkrone.

»Nehmt die Schneeraupen als Deckung«, befahl ich. »Vorrücken auf mein Zeichen.«

Wir rannten alle gleichzeitig los. Ich rutschte hinter eine der Raupen, lud den Granatwerfer durch und schoss zwei Splittergranaten ins Schneegestöber. Einer der Soldaten wurde voll erwischt, die anderen schafften es gerade noch, sich am anderen Ende der Straße in Sicherheit zu bringen.

»Alle noch ganz?«, fragte ich.

»Positiv«, sagte Mason.

»Ziel im Blick«, sagte Jenkins. Sie steckte ihren Kopf hinter der Raupe hervor und betrachtete Zaun und Wachturm.

»Wir müssen das Ding dem Erdboden gleichmachen«, sagte ich. »Also Granaten raus und zum Fuß des Turms vorrücken.«

»Ich gehe rechts«, sagte Jenkins.

Unter meinem Feuerschutz rannte sie los. Das M95 war zwar mittlerweile veraltet und dem neueren M110 hoffnungslos unterlegen, aber mir lag das klobige Plasmagewehr einfach mehr.

Ich hechtete hinter die nächste Raupe, Mason und Martinez kauerten hinter dicken Transportfässern, die unter den Einschlägen einer schweren automatischen Waffe aus Richtung des Zauns erzitterten. Aus dem Augenwinkel sah ich, wie sich Jenkins pfeilschnell zwischen brennenden Kisten hindurchschlängelte. Langsam wurden wir wieder eingekesselt. Ihr Nullschild leuchtete immer öfter auf.

»Ich mache das«, keuchte sie.

»Bleib in Deckung! Wir zerlegen den Turm von

der östlichen Anhöhe aus und gehen dann hintenrum …«

»Ich sage doch, ich mache das«, zischte sie.

Die Luftabwehrkanone auf dem Turm drehte sich langsam nach unten und suchte die Anlage ab. *Fuck.* Das war wirklich ein richtig dicker Laser; ein Treffer auf Jenkins, und sie wäre trotz Schild und Kampfpanzerung hinüber.

»Zurück in Deckung!«

Jenkins ließ unverfroren ihren Granatwerfer antworten.

Die Salve der Splittergranaten beschrieb einen feinen, sauberen Bogen – der Wind verlangsamte sie nur unmerklich. Eines der vier dürren Beine, die den Turm im Schnee verankerten, verschwand in einer Explosion. Jenkins schoss einfach weiter. Auf meinem Display sah ich ihr Gesicht von wildem Hass verzerrt. Immer wieder schlugen Schüsse in ihrem Anzug ein oder prallten vom Brustpanzer ab. Das Tarnfeld des Anzugs hatte versagt und hob ihren Umriss jetzt deutlich hervor. Sie schien dem Gegner nur noch durch pure Entschlossenheit die Stirn zu bieten.

Das Gebäude wankte.

Aus meiner Stellung konnte ich eben noch die Spitze des Turms erkennen und sah, wie die Besatzung zu schreien anfing. Einige ruderten mit den Armen und sprangen lieber aus dieser Höhe in den Schnee, als mitzufallen.

Jenkins ließ eine Granate nach der anderen auf den Turm los. Unter lautem Heulen neigten sich die Beine immer weiter.

»Sie zerlegt den echt alleine!«, sagte Mason.

Langsam sackte der Turm zur Seite weg und fiel. Er war groß genug, um mehrere Gerüste und Laufstege in der Nähe mitzureißen. Das Kreischen von Metall auf Metall erfüllte die Luft, dann folgte das ansprechende Donnern einer weiteren Explosion. Das ganze Tal war erfüllt von dem Lärm, der von den Bergflanken zurückgeworfen wurde. An den steileren Hängen rutschten Schneemassen herunter und fluteten gegen den Grenzzaun.

Einen langen Augenblick stand Jenkins einfach nur da. Die Truppen des Direktorats hatten das Feuer eingestellt und sich zurückgezogen – sie gruppierten sich tiefer in der Anlage neu.

»Alles klar?«, fragte ich, während ich zu ihr hinüberlief.

Sie warf mir ein grimmiges Nicken zu. »Bestens. Musste nur 'n bisschen Stress abbauen.«

Martinez und ich wechselten einen knappen Blick, er sagte aber nichts. Das war die neue Jenkins. Damaskus hatte sie nachhaltig verändert.

»Trotzdem ist das hier eine Militäroperation«, sagte ich. »Keine Extrawürste.«

Jenkins sah mich gereizt an; kurz hatte ich die Befürchtung, sie habe völlig vergessen, dass wir hier mitten in einem Rettungseinsatz steckten und nicht auf einem persönlichen Rachefeldzug gegen das Direktorat, um unserem Ärger Luft zu machen. Dann setzte sie eine neutrale Miene auf und nickte.

»Jawohl, Sir.«

Scorpio Eins schwebte über uns hinweg. Eine Salve

von Banshee-Raketen löste sich unter den Stummelflügeln, und mehrere Stellungen in der Nähe gingen in kurzen, grellgelben Wolken unter.

»Immerhin hat James den Luftraum wieder unter Kontrolle«, sagte Mason.

»Wurde auch Zeit«, sagte Jenkins.

Die konzertierten Angriffe der Landungsfähren wirkten Wunder, um das Direktorat im Zaum zu halten. Währenddessen saßen die Raiders weiterhin in ihrem Nest, schalteten Soldaten auf den umliegenden Dächern aus und kümmerten sich um vereinzelte Panzerfaust-Stellungen. Die Baker Boys und die Vipers fingen an, ihre Ziele abzuarbeiten, sicherten Gebäude und durchkämmten langsam die Anlage. Mithilfe der Drohnen waren die oberirdischen Gebäude schnell erledigt.

Sieben Minuten nach Missionsbeginn versammelte sich die Legion in einer verlassenen Kaserne.

»Kein Glück bis jetzt«, sagte Martinez. »Was auch immer die hier treiben, ein Gefangenenlager ist es nicht.«

Jenkins trieb zwei gefangene Direktoratssoldaten vor sich her in die Kaserne. Sie waren entwaffnet worden, trugen aber immer noch ihre abgewetzten Panzeranzüge, die sie als Offiziere auswiesen. Die Männer waren braungebrannt, wesentlich älter als die meisten anderen Soldaten und redeten durcheinander.

Ich nickte Jenkins zu. »Nicht aus den Augen lassen. Anzug: Übersetzen.«

Mein Kampfanzug gehorchte, suchte den richtigen Dialekt heraus und begann zu dolmetschen.

»*Wir wissen überhaupt nichts!*« sagten beide im Chor. Die Lautsprecher meines Anzugs klangen elektronisch und gestelzt. »*Wir sind nur die Aufseher dieser Bergbau-Anlage …*«

Und so ging es weiter. Beide klangen durchaus überzeugend. Ohne die paar hundert Soldaten, die eben noch versucht hatten, uns umzubringen, hätte ich es ihnen vielleicht fast geglaubt.

»Bring sie zu den anderen«, wies Jenkins Mason an.

Mason drückte den Männern ihren Gewehrlauf in die Rippen und ermutigte sie, das Gebäude zu verlassen. Beide protestierten lautstark, ohne Helme in den Schneesturm getrieben zu werden, aber Mason herrschte sie barsch in brüchigem Chino an – die Übersetzungssoftware des Anzugs half nach –, und die Männer schienen schnell einzusehen, dass ihre Überlebenschancen draußen um einiges besser standen.

Die sollten sich auch in die Hosen machen, dachte ich.

In der Mitte der Anlage befand sich ein großer Platz, von einigen höheren Gebäuden umstanden und daher halbwegs vor Wind und Schnee geschützt. Auf dem höchsten Dach lauerte Hooper mit seinen Scharfschützen. Mason führte die beiden zu den restlichen Gefangenen, die in einer Reihe aufgestellt waren. Immerhin hatten zehn Soldaten die nötige Intelligenz besessen, nicht einfach ihr Leben, sondern lieber die Waffen wegzuwerfen. Die meisten knieten jetzt im Schnee, die Hände hinterm Kopf verschränkt.

»Das sind alles keine Schwerter«, sagte Mason.

Sie bezog sich auf die Schwerter des Südchinesischen Sternhaufens; jene Eliteeinheit, die auch für den Damaskus-Zwischenfall verantwortlich gewesen war. Und sie hatte recht – das hier waren alles normale Soldaten. Die Schwerter waren wesentlich gefährlicher und besser ausgerüstet als die Volksarmee und hätten sich wahrscheinlich ungleich heftiger zur Wehr gesetzt.

»Nicht jeder Agent trägt 'ne Uniform«, sagte Martinez. »Wir sollten sie im Auge behalten, *Jefe*.«

Wir würden sie auf jeden Fall mit zurück an Bord nehmen. Das war zwar auch nur eine dürftige Rechtfertigung für diesen Einsatz, aber vielleicht würde sich zumindest Ostrow darüber freuen. Der Militär-Geheimdienst konnte sie ausquetschen und möglicherweise die eine oder andere nützliche Information zu Tage fördern.

Jenkins schlich wie ein Tiger vor den Gefangenen auf und ab. Der Rest von uns stand da und betrachtete ihre Show. Mittlerweile hatte ich sie oft genug gesehen, um nicht mehr beeindruckt zu sein.

»Ihr wisst, wer wir sind?« Ihre Lautsprecher waren auf Anschlag, sodass man sie trotz des scharfen Winds laut und deutlich hörte.

Zumindest eine Handvoll der Gefangenen verstand genug Standard, um ängstlich zu nicken. Jenkins postierte sich am Ende der Reihe – das Gewehr auf dem Rücken, die Plasmapistole in der Hand. Sie wedelte damit herum, und die Gruppe erschauderte. Die Kälte hatte dem glühenden Hass, der von Jenkins ausging, wenig entgegenzusetzen.

»Dann wisst ihr ja, dass ihr euch nicht mit uns anlegen solltet. Wir sind die Lazarus-Legion, und wir sind hier, um unsere Leute zurückzuholen. Jetzt will ich wissen, wo sie sind.«

»Wir wissen nichts!«, schrie einer der Soldaten auf Standard. »Wir arbeiten nur hier – bewachen die Minen!«

Dann plapperten wieder alle Gefangenen durcheinander.

»Schwachsinn!«, fauchte Jenkins. Sie machte einen Satz auf die nächste Gefangene zu und schlug der Frau die Plasmapistole ins Gesicht. »Wir haben eure Funksprüche abgehört. Ihr habt gefangene Allianzsoldaten hier unten.«

Aber diese Frau ließ sich nicht so einfach einschüchtern. Sie war schlank und drahtig, hatte lange schwarze Haare und Mandelaugen. Für einen Sekundenbruchteil erinnerte sie mich an Elena. Ich schüttelte den Kopf und verbannte den Gedanken. Auf dem Gesicht der Frau sammelten sich Schneeflocken, aber sie sagte kein Wort.

»Ich meine es ernst«, sagte Jenkins. »Wenn ihr leben wollt, solltet ihr jetzt besser reden.«

Mason neben mir sah ihr unbeeindruckt zu. »Müssen wir da echt schon wieder durch?«, fragte sie leise.

Jenkins drückte der Frau die Mündung ihrer Pistole an die Stirn, und die Waffe stellte sich mit rotem Glimmen scharf. Ihr Nebenmann zuckte zurück – wahrscheinlich war er froh, dass nicht er gleich dran glauben musste.

»Wenn mir jetzt nicht sofort jemand sagt, was ihr hier unten wirklich treibt, blase ich der Schlampe das Hirn raus. Und danach jede Minute jemand anderem, bis ich eine Antwort kriege.«

Der Nebenmann murmelte etwas auf Chino; viel zu schnell, als dass die Anzugsoftware reagieren konnte.

»Verarsch mich ja nicht«, zischte Jenkins ihm zu.

Die Frau starrte Jenkins mit eisernem Blick an. Ihr Haar war vom Schnee verklebt.

»Hier gibt es nichts für euch«, sagte sie. »Wir haben nichts.«

Jenkins stand starr da und hielt ihr die Pistole gegen die Stirn. Mason und Martinez sahen zu, wirkten aber sichtlich unzufrieden …

In meinem Ohr meldete sich das Funkgerät.

»Lazarus!«, sagte eine barsche Stimme. Es war Baker.

Ich hob die Hand, um Jenkins' Zorn im Zaum zu halten. Sie hielt inne, starrte aber weiter unverwandt die Stirn der Frau an.

»Ich höre, Baker. Was gibt's?«

»Wir haben was gefunden«, sagte Baker. »Ihr solltet runterkommen und euch das angucken. Ich lade dir meine Koordinaten hoch.«

Auf meinem Display leuchtete Bakers Standort auf. Er und die Überlebenden seines Teams hatten sich in einer Garage ganz in der Nähe versammelt.

»Sind unterwegs«, sagte ich. »Lazarus Ende.« Ich winkte Jenkins. »Wegtreten.«

Mit demonstrativem Zögern ließ Jenkins die Waffe sinken.

»Ich dachte echt, sie knallt die ab«, sagte Martinez.

»Wäre nicht das erste Mal.«

Mason seufzte. »Und bestimmt auch nicht das letzte.«

»Mason, Jenkins: Mitkommen. Martinez: Gefangene fesseln, dann komm nach.« Auf keinen Fall konnte ich Jenkins jetzt mit den Gefangenen hier draußen alleine lassen. »Pass gut auf sie auf, Padre«, sagte ich. »Keiner von denen stirbt, solange ich das nicht erlaube.«

»Verstanden«, sagte Martinez. Er klang überaus erleichtert und schüttelte sachte den Kopf. »Unerfüllte Rachegelüste sind eine schreckliche Sache.«

Baker wuchtete die großen Rolltore der Garage auf, und wir betraten die Halle im Gänsemarsch. Wie fette Schmeißfliegen surrten meine Drohnen um mich herum. Obwohl Bakers Jungs als erste Einheit vor Ort gewesen waren, zeichneten die Drohnen dienstbeflissen alles auf. Die Halle war riesig, ein großer Fuhrpark industrieller Vehikel: Erz-Schaufelbagger, Schneeraupen und Traktoren, alle säuberlich in Reih und Glied geparkt.

Bakers Team bestand nur noch aus drei Sims. Sie hockten neben einer Schneeraupe, und im Schein der Helmlampen waren ihre grimmigen Gesichter zu sehen.

»Wir sind uns nicht ganz sicher, womit wir es hier zu tun haben«, sagte Captain Baker. Er nickte einem seiner Leute zu – ein Grünschnabel, auf dessen Brustpanzer ROBINS stand.

»Ich kriege immer noch Messdaten von irgendwo hier drin, Sir.«

Jenkins machte ein verächtliches Geräusch. »Wir sind den ganzen Weg hier rüber gelaufen, weil irgendwer Messdaten reinkriegt? Jesus.«

Robins schluckte, ließ sich aber nicht beirren. »Daten

vom Bio-Scanner, Ma'am.« Er hielt ihr seinen Armrechner unter die Nase und zeigte auf das Gitternetz. »Jede Menge Lebenszeichen. Sie tauchen kurz auf und verschwinden wieder.«

»Und sonst ist hier in der Ecke nichts«, sagte Baker. »Hooper hat vom Dach aus alles im Blick. Über uns nichts, und draußen auch nichts.«

Ich sah mir die Messergebnisse des Neulings über den eigenen Rechner an. Auf meinem Visier tauchten vereinzelte Pünktchen auf. Es waren mehrere Lebenszeichen – die winzigen Ausschläge möglicher Herzfrequenzen, das Aufleuchten von Wärmesignaturen. Eigentlich sollten also ganz in der Nähe mehrere Körper sein, aber die Daten waren erratisch und schwer zu lesen.

»Siehste?«, sagte Baker. »Irgendwas stimmt hier nicht.«

»Vielleicht hat der Scanner einfach 'ne Störung«, sagte Mason.

Robins schüttelte den Kopf. »Glaube ich kaum. Wir haben alle die gleichen Ergebnisse bekommen …«

»Hört mal!«, sagte ich scharf.

Über Funk waren leise Geräusche zu vernehmen.

Ein sanftes Heulen: ein nagendes, statisches Rauschen an der Grenze zum Unterbewusstsein. Plötzlich war es so stark, dass ich zusammenzuckte und eine Hand an meinen Helm legte.

»Alles in Ordnung, Oberst?«, fragte Mason.

»Ja«, sagte ich. »Hat das außer mir irgendwer gehört?«

Mason und Jenkins sahen mich verständnislos an.

Es klang wie fernes Wehklagen. Ich sah die geöffneten Tore der Halle an. Das Geräusch hätte ohne Weiteres das Heulen des Windes draußen sein können – wäre der nicht mittlerweile abgeflaut.

Ich schluckte.

Ich kannte dieses Geräusch. Es war das Artefakt.

Das kann nicht schon wieder passieren. Ich hatte das Geräusch schon lange nicht mehr gehört, und wenn, dann eigentlich nur im Traum – oder Albtraum. Mit meiner persönlichen Art von Selbstmedikation hatte ich es lange Zeit erfolgreich unterdrückt.

Aber das hier ist anders …

Und dann begriff ich, dass es aus dem Boden kam. Ich stampfte auf; der schwere Kampfanzug und der massive Simulat darin hatten ein gehöriges Gewicht. Ein metallisches Donnern rollte durch die Halle. Ich stampfte abermals auf, und das Echo war so laut, dass ich es auch in meinem Panzer problemlos hören konnte.

»Da unter uns ist irgendwas«, entschied ich und hob die Hand. »Schafft die Raupe aus dem Weg.«

Mason kletterte ins Führerhäuschen und startete die Maschine. Mit tiefem Brummen setzte sich die große Raupe in Bewegung. Legion und Baker Boys versammelten sich um den leeren Fleck, an dem sie gestanden hatte, und starrten den freigelegten Boden an.

»Na, leck mich doch …«, sagte Baker.

Vor uns lag eine runde Luke – breit genug, um auch einen Mann in voller Rüstung aufzunehmen. Das vereiste Metall war abgewetzt und offenbar noch vor Kurzem benutzt worden, wie die Fußstapfen in der Nähe zeigten. Jetzt war mein Display voller Wärmesignaturen. Da unten musste auch ein größerer Generator stehen. Langsam verschwanden die kleineren Punkte wieder von meinem Visier; entweder in irgendwelche Gänge, ohne überhaupt bemerkt zu haben, dass man sie entdeckt hatte, oder sie versuchten, den Scanner auszutricksen. Ich war schon Krell begegnet, die so etwas vermochten – ihren Kreislauf derart zu manipulieren, dass man sie nicht mehr orten konnte. Von vergleichbarer menschlicher Technik lag mir allerdings nichts vor. Aber natürlich war das Direktorat immer für eine Überraschung gut.

Mit lautem Schnaufen riss ich die Luke auf. Sofort wurde das Wehklagen eindringlicher. *Irgendwas lockt mich in die Tiefe* … Auch Jenkins keuchte überrascht. Baker bellte seine Leute an, mir Feuerschutz und Platz zum Manövrieren zu geben.

Ich aktivierte meine Scheinwerfer und leuchtete vorsichtig in den Schacht hinunter. Halb erwartete ich, sofort eine Salve ins Gesicht zu bekommen. Ein präziser, gerader Schacht. In regelmäßigen Abständen waren Metallsprossen ins Eis getrieben worden – eine lange, gefährliche Leiter ins Ungewisse.

»Der Scanner zeigt jede Menge Signale da unten«, sagte Jenkins. Ihre Stimme zitterte vor Aufregung.

»Wie viele?«

Sie holte tief Luft. »Hundert? Schwer zu sagen.«

»Als wären die aufeinandergestapelt …«, flüsterte Mason.

Der Schacht war so tief, dass er trotz der Scheinwerfer in der Dunkelheit verschwand. Ich zog eine

Leuchtfackel aus meinem Kampfgeschirr, zündete sie und warf sie hinab. Geraume Zeit später hörte ich sie mit leisem Klimpern auf dem Boden aufschlagen.

»Willst du nicht vielleicht erst mal 'ne Drohne vorschicken?«, sagte Mason.

»Nein«, sagte ich. »Das muss ich selber machen.«

Die Fackel lag auf dem Boden des Schachts und warf flackerndes Licht auf eine schwere Gitterplatte. Irgendetwas hatte man dort unten gebaut. Mein Instinkt bestand darauf, das Ganze sei eine *richtig schlechte Idee*, aber ich musste wissen, was da unten los war.

»Ich gehe rein. Jenkins, Rückendeckung.«

»Verstanden.«

Mit jedem Schritt in die Tiefe wurde das Wehklagen lauter, bis es nicht mehr zu überhören war.

Ich brauchte mehrere Minuten, um den Schacht hinunterzuklettern. Immer eine Hand an den Sprossen, die andere an der Plasmapistole; ich versuchte, so gut es ging auf den kleinen Tunnelausschnitt zu zielen, den ich unter mir sehen konnte. Die Leiter war voller Eis, aber immer öfter sah ich Stiefelabdrücke auf den Sprossen, die erst kürzlich entstanden sein mussten.

»Wie läuft's, Sir?«, fragte Jenkins.

»Alles gut. Oben irgendwelche Probleme?«

»Nein, alles ruhig. Soll ich hinterherkommen und helfen?« Dem Klang ihrer Stimme nach war sie kaum zu bändigen.

»Nein. Ich habe alles im Griff.«

In voller Rüstung hatte ich gerade genug Platz. Ständig schrammten meine Schultern gegen die Wände des Schachts, und die Befürchtung, unterwegs beschossen zu werden, hielt meine nervöse Anspannung konstant. Das Licht der Fackel wurde immer schwächer, bis es schließlich vollkommen finster war. Meine linke Hand begann zu zittern.

Endlich erreichte ich den Boden des Schachts und richtete die Plasmapistole auf den Gang vor mir, um die Zielsoftware nach möglichen Zielen suchen zu lassen. Die tiefen Tunnel waren ins massive Eis getrieben worden und chemisch behandelt, um für Stabilität zu sorgen. Der Boden war mit Metallplatten ausgelegt, und an der Decke liefen Leitungen entlang, in regelmäßigen Abständen mit Leuchtkugeln versehen. Von den großen, durchscheinenden Eiszapfen an der Decke tropfte Tauwasser …

Eine Hand berührte meinen Kampfanzug. Dreckige, knochige Finger.

Instinktiv zuckte ich zurück.

Dann traf mich das Geräusch. Hundert Stimmen, die sich zu einem Geisterchor vereinten. Jede einzelne nur schwächlich, alle zusammen ohrenbetäubend. Ich konnte kaum verständliche Worte ausmachen, aber der Gesamteindruck war unmissverständlich: Hilfeschreie – Flehen um Erlösung.

»Scheiße …«, sagte ich unwillkürlich.

Krieg war mir vertraut. Ich hatte viel Schreckliches gesehen: von Menschen, von Aliens und – mit der Entdeckung der Tönernen – sogar von Maschinen. Es gab nur wenige Dinge, die mich noch bewegen konnten, mir wirklich an die Nieren gingen. Aber der Anblick, der sich mir im Tunnel bot, gehörte definitiv dazu.

»Ich bin angekommen«, sagte ich. »Die halten Menschen hier unten.« Ich schluckte. »Viele … richtig viele.«

Der Gang war zu beiden Seiten von Metallkäfigen gesäumt, aus denen sich mir dürre, kränkliche Hände entgegenstreckten. Die Reihen der Käfige verschwanden in der Dunkelheit – so weit die Lampen meines Anzugs reichten –, und in jeden einzelnen waren Menschen gepfercht.

Wir hatten die Gefangenen gefunden.

Vielleicht war ich von dem Anblick wirklich geschockt, vielleicht war ich auch einfach nur nachlässig geworden. So oder so bemerkte ich die Wärterin erst, als sie das Feuer eröffnete.

Sie war mir zugewandt, entfernte sich aber rückwärts – sie hatte den Arm ausgestreckt und schoss immer wieder. Der vertraute Klang einer halbautomatischen, ballistischen Waffe; schweres Kaliber auf kurze Distanz.

Der Nullschild reagierte nicht, und zwei Geschosse schlugen in meiner Schulter ein. Hochverdichtete panzerbrechende Munition, dem sengenden Schmerz nach zu urteilen. Sofort blitzten Warnungen über mein Visier, die mir rieten, sofort Schutz zu suchen.

Einen Augenblick lang war ich genauso festgefroren wie die Welt um mich herum.

Jetzt doch wieder eine von *denen* zu sehen, nach all der Zeit … es war fast so verheerend wie die Schmerzen.

Sie war Teil der Spezialeinheiten: ein Schwert des

Südchinesischen Sternhaufens. Ihre nachtschwarze Panzerung war gegliedert wie der Chitinpanzer eines aufrechten Insekts. Sie trug keinen Helm; das Gesicht blass von der Kälte, der kahle Schädel von Tätowierungen und den Kerben für erschlagene Feinde entstellt. Sie schoss immer wieder, und ihr Mündungsfeuer erhellte den dämmrigen Gang …

Bevor ich reagieren konnte, hob sie die andere Hand und schlug sie gegen die Wand. Plötzlich wurde der Tunnel in rotes Licht getaucht, begleitet vom Kreischen einer Alarmsirene …

Hinter mir brandete Plasmafeuer auf, und das Schwert fiel stumm zu Boden.

»Kannst dich später bedanken«, sagte Jenkins und trat neben mich. »Deine Reflexe sind auch nicht mehr das, was sie mal waren.«

Damit war der Bann gebrochen, und ich rührte mich wieder. »Ich habe doch gesagt, du sollst oben warten.«

»Und ich habe gewusst, dass du Verstärkung brauchst …«

Jenkins verstummte. Eine Mischung aus Angst und Staunen breitete sich auf ihrem Gesicht aus. Viele der Hände reckten sich jetzt auch nach ihr. Sie waren kaum mehr als Tiere auf Autopilot. Dreckig, dahinsiechend und völlig entkräftet; viele der Gefangenen bestanden quasi nur noch aus wässrigen Augen, eingebettet in Schädel, die mit Mühe und Not von etwas Haut zusammengehalten wurden.

»Wir – wir müssen die hier rausholen«, sagte Jenkins. »Sie brauchen Schutzkleidung, Wasser, Essen …«

Sie drehte ihre Anzug-Lautsprecher auf. »Wir sind hier, um euch zu retten, Leute. Alles wird gut. Oben warten Landefähren auf euch. Kommt mit und geht so schnell wie möglich an Bord. Alle, die nicht mehr selber laufen können, geben Bescheid, dann helfen wir.«

Mit lautem Quietschen gingen die Käfigtüren auf. Einige Gefangene ließen schwachen Jubel hören, andere hatten zu weinen angefangen oder saßen einfach da und rüttelten an den Gitterstäben. Kaum auszudenken, wie viel Zeit sie hier unten zugebracht hatten. Die schwersten Fälle zogen sich noch tiefer in die Käfige zurück und schlugen beim Klang des Türsignals die Hände über die Ohren.

Eigentlich hätte es ein triumphaler Augenblick sein sollen, aber es fühlte sich irgendwie falsch an. Die tote Wächterin lag absurd verdreht in einer Ecke. Jenkins' Plasma hatte drei klaffende Löcher in ihrer Brust hinterlassen. Ihre Augen waren aufgerissen, die Nervenklammern auf dem nackten Schädel deutlich zu sehen. Auf ihren Wangenknochen waren Geburtsort und -zeit in Universalcode tätowiert; darunter Name und Kennung ihrer Klonfabrik und des Tanks, der sie hervorgebracht hatte.

Bevor sie erschossen wurde, hatte die Wächterin nach etwas gegriffen. Ich ging dahin, wo sie gestanden hatte, und fand eine in die Wand eingelassene Schalttafel ohne Beschriftung. Sie war aktiviert, und die Knöpfe glühten in fahlem Rot. Der Zweck dieser Knöpfe war mir nicht ganz klar, aber natürlich gab es mehrere Möglichkeiten. Hier unten waren außer ihr keine Soldaten gewesen – hatte sie versucht, Verstärkung zu rufen? Ich überprüfte das Funkgerät und sah mir die Videostreams der Überwachungsdrohnen an. Sie waren alle an der Oberfläche geblieben, umkreisten den Hangar und hatten keine Feindaktivität verzeichnet. Über uns in der Anlage war alles unverändert.

»Sie hat die Käfige geöffnet …«, flüsterte ich.

Aber wieso? Warum hätte sie überhaupt Alarm auslösen sollen? Die Spezialeinheiten des Direktorats waren hochmoderne, genmanipulierte Supersoldaten; ihr Kopf bestand wahrscheinlich zur Hälfte aus Metall. Darunter ganz sicher auch ein eingebautes Funkgerät, sodass sie direkt per Gedankensteuerung mit ihrer Truppe kommunizieren konnte.

Aber bevor ich weiter darüber grübeln konnte, holte mich die Gegenwart ein. Die Gefangenen strömten aus ihren Zellen, und Jenkins tat ihr Bestes, sie zu ordnen und in Reih und Glied zu bringen. Es waren Männer und Frauen aus allen Teilstreitkräften dabei – die Zugehörigkeit zu Flotte, Marineinfanterie oder Armee gerade noch an den abgewetzten, zerschlissenen Uniformen zu erkennen. Sie bewegten sich langsam und behäbig – eine Horde von Zombies.

»Vincent Kaminski!«, schrie Jenkins. »Alle Überlebenden der Damaskus-Expedition zügig bei mir melden!«

Eine zähe, bange Sekunde lang kam keine Antwort. Konnten wir wirklich so weit gekommen sein, nur um ihn dann doch nicht zu finden? Ich spürte, wie Capas Kälte nach meinem Herzen griff, spürte trotz des frischen Sims die Schmerzen in meinen alten, müden Knochen.

»Ihr habt euch echt Zeit gelassen«, ertönte schließlich eine Stimme in breitem Brooklyner Akzent aus einer der hinteren Zellen. »Wenn ihr so weit seid, sollten wir uns schleunigst von hier verpissen.«

Vincent Kaminski, der verlorene Legionär, stand mit breitem, dümmlichem Grinsen zwischen den anderen Gefangenen.

»'Ski?«, fragte Jenkins. »Bist du das wirklich? …«

»Jap«, sagte er.

Jenkins' Reaktion war ebenso unmittelbar wie unprofessionell. Sie bahnte sich einen Weg durch die verstörten Gefangenen und fiel Kaminski um den Hals.

»Christo«, sagte er und vergrub das Gesicht in ihrer gepanzerten Schulter. »Ich habe mich schon gefragt, ob ihr mich je finden würdet …«

Er war in einem miserablen Zustand. Das Gesicht voller Prellungen und mit Dreck verkrustet, der Schädel kahlgeschoren. Er hatte immer noch den gelben Schutzanzug an, der zur Standardausrüstung der Rettungskapseln gehörte: Auf seinen Ärmeln stand in verblichener weißer Schrift UAS COLOSSUS.

»Wir haben nie mit der Suche aufgehört«, sagte Jenkins. »Keine Sekunde.«

Neben ihrem gepanzerten Sim wirkte sein ausgemergelter Körper sehr klein und zerbrechlich. Als Jenkins die Arme um ihn legte, biss er die Zähne zusammen. Nach den Blutergüssen in seinem Gesicht zu urteilen hatte man ihn geschlagen; an seinem Hinterkopf war die schmale Linie von Metallstutzen zu sehen, wo man ihm Nervenklammern eingesetzt hatte. Ich fragte mich, wie lange er schon hier unten war und was ihm das Direktorat noch alles angetan hatte, wusste aber, dass diese Fragen noch warten mussten.

»Vorsicht, California«, sagte er. »Pass auf meine Rippen auf. Ich denke, ich habe mir da was angeknackst …«

Jenkins machte einen Schritt zurück und betrachtete Kaminski mit feuchten Augen. »Willst du schon wieder denken? War das nicht das, was dich überhaupt erst in Schwierigkeiten gebracht hat?«

'Ski lächelte, aber nur verhalten und schwach. »Schon verstanden. Werde versuchen, das nicht noch mal zu probieren.« Mit einer Hand fuhr er sich durch den rauen Bart am Kinn. »Ich sollte mich rasieren. Schön, dich zu sehen, Harris.«

Ich musste mich zusammenreißen, um nicht ähnlich wie Jenkins zu reagieren. Kaminski war mein ältester Freund, und wir hatten den ganzen Weg durch die Armee und später das Sim-Programm gemeinsam bestritten. Wir gaben uns eine sanfte Faust. Kaminskis Hände waren geschwärzt und von Blut verkrustet; die dünnen Arme lugten aus den zerrissenen Ärmeln des Schutzanzugs hervor.

»Ganz meinerseits, 'Ski«, sagte ich. »Jenkins hat völlig recht – wir haben nie aufgehört, nach dir zu suchen.«

»Ich glaub's euch ja«, sagte 'Ski.

Mein Anzug hatte schon längst angefangen, Kaminskis Gesundheitszustand zu untersuchen. Er war unterernährt und sein Herzschlag schwach. Die Abwärtsspirale des Verbrennens der letzten Fettreserven hatte schon begonnen und hätte ohne Abhilfe wahrscheinlich in ein paar Tagen zum Tod geführt – oder spätestens in wenigen Wochen.

»Sieht aus, als wären wir gerade rechtzeitig gekommen«, sagte ich.

»Und nicht nur für mich.«

Eine weitere dürre, ausgezehrte Gestalt humpelte auf uns zu. Ein Mann mit grau meliertem Bart, der den gleichen Anzug wie Kaminski trug.

»Professor Saul?«, fragte ich.

»Harris«, sagte er. »Ich bin überaus erfreut, Sie zu sehen. Ja, in der Tat.«

Saul war abgemagert, die braune Haut spannte sich über seinen Wangenknochen, und sein löchriger Bart war ungepflegt. Der Schutzanzug hing von seinen schlaffen Schultern und sammelte sich um die Stiefel. Er hatte offenbar lange nichts mehr gegessen und noch länger kein Tageslicht gesehen.

»Sie sind nicht gekommen, um mir erneut zu unterstellen, ich sei ein Terrorist, oder?«, fragte er mich.

»Dieses Mal nicht. Ich freue mich, dass Sie das lebendig durchgestanden haben.«

»Gerade so«, sagte Professor Saul. Er tippte sich ans Bein und biss sich sofort auf die Zähne. »Das Direktorat war nicht besonders freundlich zu mir.«

Sauls Augen lagen tief in ihren Höhlen; das milchige starrte mich blind an. Auch er war geschlagen worden – er hatte Schnittwunden im Gesicht, und beide Wangen waren mit purpurnen Prellungen übersät. So langsam und vorsichtig, wie er sich bewegte, schien er dem Tod noch näher zu sein als

Kaminski. Das linke Bein schleifte beim Gehen unangenehm hinterher.

»Wir sind mit einer Einsatztruppe hier«, sagte ich. »Viele Sims und Transporter stehen schon für die Evakuierung bereit.«

»Ich hoffe nur, dass das reicht«, sagte Saul.

3

GENAU WIE WIR

»Heiliger Christo und bei allem, was Venusisch ist«, sagte Martinez.

Mason war einfach nur sprachlos, als sie die lange Reihe zitternder Körper sah. Genau wie Jenkins stand auch ihr das blanke Entsetzen ins Gesicht geschrieben. Auch der Rest der Truppe reagierte nicht viel anders.

»Hallo reicht eigentlich«, sagte Kaminski, als er aus der Luke kletterte und Jenkins nach ihm griff, um ihn abzustützen. »Aber vielleicht hast du die richtigen Worte auf Standard vergessen oder so …«

»Immer noch ein Arschloch«, sagte Martinez. »Schön, dich wiederzuhaben.«

»War ja sonst keiner mehr da, der dich schikaniert«, sagte Kaminski. »Den Job hätte ich schlecht Mason überlassen können.« Er nickte ihr zu und schien für einen Moment wieder ganz der Alte zu sein. »Freut mich, dass du dir die Sporen verdient hast, New Girl.«

»So nennt mich schon längst keiner mehr«, sagte Mason.

»Zumindest sagt's ihr keiner ins Gesicht«, meinte Jenkins.

Kaminski gab Mason eine Faust. Dann runzelte

er die Stirn, als er den Schriftzug auf ihrer Brust las. »Bin mir aber nicht sicher, ob PRINCESS so viel besser ist …«

»Den hat sie sich selbst ausgesucht«, sagte Martinez.

»Wir sollten das Schwätzchen auf später verschieben«, sagte ich. »Da unten sind immer noch jede Menge Gefangene.«

Baker und seine Leute traten von der Luke zurück, und der Strom der Kriegsgefangenen ergoss sich langsam in den Hangar. Unsere Anordnungen wurden ohne Widerrede befolgt.

»Ich frage nur ungern, aber reicht der Platz in den Fähren, um die alle hier rauszuholen?«, fragte Baker leise über Funk.

»Wir lassen auf keinen Fall jemanden zurück«, sagte ich. »Zur Not kommen wir noch mal wieder.«

»Natürlich, Sir«, sagte er. »Wir haben schon länger nichts mehr von …«

»Lazarus!« Das war Hooper – und er klang panisch. »Wir haben hier draußen plötzlich wieder Gegenwehr!«

Dann hörte ich Mündungsfeuer aufbranden. Hooper schrie Befehle. Durch die dicken Wände des Hangars war ferner Donner zu hören. Kaminski und die anderen Gefangenen schienen sich bei den Geräuschen automatisch verkriechen zu wollen.

»Hooper – so schnell wie möglich ausmerzen«, sagte ich. »Wir haben die Gefangenen bei uns und sind auf dem Weg zur Landeplattform.«

»Irgendwas …«

Hoopers Lebenszeichen verschwand von meinem

Display. Auch der Rest seiner Einheit war plötzlich nicht mehr da. Durch den Kanal drang nur noch Rauschen.

»Unser Feuerschutz hat sich gerade erledigt«, sagte ich. »Los, Beeilung.«

»Verstanden«, sagte Jenkins.

Ich vergrößerte die Karte des Außenpostens auf meinem Visier und versuchte, möglichst schnell eine Route quer durch die Anlage abzustecken. Der schnellste Weg ging vorbei an dem Turm, auf dem sich Hooper mit seinen Scharfschützen postiert hatte, um den verdeckten Minenschacht herum, den wir schon bei der Einsatzbesprechung erwähnt hatten. Etwa einen Kilometer durch den Schnee.

Ich wandte mich an die Gefangenen. »Folgt der Legion und haltet die Köpfe unten. Wir gehen über den Hauptplatz und dann in Richtung Landeplattform.«

Die ganze Anlage schien zu neuem Leben erwacht: von der Ruhe nach unserem Etappensieg war nichts geblieben. Von jedem Dachvorsprung und jedem Gerüst hagelte es Schüsse. Mörsergeschosse gingen über unseren Köpfen hoch und ließen die Erde erzittern. Brennende Splitter regneten auf den Platz nieder und zwangen uns hinter ein paar gestapelte Frachtcontainer zurück.

Ich hatte die Spitze übernommen und versuchte, das Direktorat mit dem Plasmagewehr in Schach zu halten. Jenkins' Nullschild flackerte unaufhörlich, während sich mehrere Gefangene hinter ihren breiten, gepanzerten Rücken kauerten. Martinez und

Mason waren damit beschäftigt, sich um die Unterernährtesten und ernstlich Verletzten zu kümmern; sie trugen jeweils gleich mehrere wie kleine Kinder unter den Armen. Baker und der Rest seiner Leute bildeten die Nachhut und beharkten den Feind mit allem, was uns noch zur Verfügung stand.

»Die wollen uns mit den Mörsern hier festnageln«, sagte Mason.

»Ich weiß«, sagte ich. »Wir müssen dringend weiter.«

Der Wind war wieder stärker geworden. Selbst ich musste mich dagegenstemmen. Nicht auszudenken, wie sich unsere Überlebenden ohne anständige Schutzkleidung gerade fühlen mussten. Immerhin lag das Zentrum der Anlage jetzt direkt vor uns, und der Sendemast des höchsten Turms ragte in den stürmischen Himmel. Gut hundert Meter nördlich davon lag die große Grube oder der Schacht – was auch immer sich unter der Abdeckung verbergen mochte. Es ging voran.

»Was ist mit den Scorpios?«, fragte ich Jenkins im Laufen. »Sind die mittlerweile gelandet?«

Bis auf das Gelände direkt vor uns war die Sicht zu schlecht, und dank der erneuten Aktivität des Direktorats waren die Landefähren sicher wieder auf Schleichfahrt gegangen.

»Voraussichtliche Ankunftszeit drei Minuten«, sagte sie. »Rechnen aber mit heftigem Sperrfeuer.«

»Außer uns noch jemand übrig hier unten?«

Jenkins schüttelte den Kopf. »Sperenzo ist von der Bildfläche verschwunden, und Hooper hat's auch längst erwischt …«

In dem Moment kamen vor uns im Schnee die Überreste von Hoopers Einheit in Sicht. Die Sims waren offenbar von ihrem Ausguck oben auf dem Turm gefallen und von Schüssen durchsiebt worden. Der Schnee war rot, überall lagen Waffen und Ausrüstung verstreut.

»Zum Minenschacht vorrücken«, befahl ich. Auf der Anzeige meiner M95 blinkte MUNITION KNAPP – und ich hatte nur noch eine Energiezelle dabei. Hoopers Trupp hatte passende Munition mitgeführt, denn zum Glück benutzten die Scharfschützen-Plasmagewehre die gleichen Zellen. Ich winkte Mason und Martinez. »Schafft die Überlebenden in Deckung. Ich hole Nachschub.«

Der Rest der Gruppe eilte weiter, und ich rannte zu den Leichen. Alle fünf Sims lagen hier verteilt, und die schweren Panzerungen begann bereits im Schnee zu versinken. Neben einem Soldaten namens REIKER – der Name stand auf seiner Brust und blinkte sofort auf meinem Visier auf – ging ich in die Knie. Mithilfe der Servomotoren im Arm zog ich den mächtigen Körper näher zu mir …

Reiker hatte ein Einschussloch in der Brust – kein besonders großes, aber durch den heftigen Blutverlust sofort erkennbar. Aber eine andere Sache ließ mich innehalten: Mein Instinkt schrie mich förmlich an, den Leichnam genauer zu untersuchen.

Zum zweiten Mal an diesem Tag wunderte ich mich über mich selbst. Ich streckte die Hand aus und berührte die geborstene Panzerung. Darin steckte etwas Schwarzes, glänzend vor Blut; Reikers Gesicht hinter dem zersplitterten Visier war nekrotisch und tief eingefallen. Hastig untersuchte ich die anderen Leichen, während sich leise Panik wie ein anrollender Sturm in meiner Magengegend ausbreitete. Hoopers gesamtes Team war auf die gleiche Weise umgekommen: die Panzerungen von mehreren langen, schwarzen Stacheln sauber durchschlagen.

Aber wie können die …?

Etwas Großes und Schweres krachte mit unbeschreiblicher Wucht in meine Seite. Überall in meinem Torso flammte Schmerz auf, und ich ging zu Boden. Das Plasmagewehr rutschte mir aus den Fingern und verschwand im Schnee.

Dann fiel ich.

Streckte die Hände aus, um irgendeinen Halt zu finden, aber da gab es keinen. Über mir drehte sich der weiße Himmel.

Die Grube. Ich falle in die Grube.

Der Sturz währte nicht lange, dann schlug ich so hart auf dem Boden auf, dass mir die Luft wegblieb. Ich war auf dem Rücken gelandet und spürte trotz der Trident-Panzerung, dass sich die Platten an Nacken und Schultern unter der Wucht des Aufpralls verformt hatten. Mein linkes Bein brannte wie Feuer; es hatte einen Großteil des Sturzes aufgefangen und war mit Sicherheit gebrochen. Mein Visier füllte sich mit medizinischen Warnungen. Am Hinterkopf breitete sich ein dumpfer Schmerz aus, der auf eine Schädelfraktur schließen ließ.

Trotzdem war ich noch am Leben. So einfach war ein Sim nicht kleinzukriegen.

NULLSCHILD BESCHÄDIGT, teilte mir der Anzug mit. FEHLER SOFORT BEHEBEN.

Ich konzentrierte mich auf meine Umgebung und die unmittelbare Bedrohung, von der abhing, ob ich die nächsten fünf Sekunden überhaupt noch überleben würde.

Ich befand mich unter der Erde. Der verdeckte Schacht, den Mason auf den Orbitalkarten ausgemacht hatte, war nicht länger verschlossen: Die große Ladeluke stand wie eine Falltür weit offen und gab den Blick in die Kammer darunter frei. Die Grube war dunkel und stank bestialisch. Sie war vollständig von Auswölbungen überzogen, die wie Innereien großer Fische aussahen. Dünne Korallenriffe hatten sich an den Wänden gebildet und verhießen nicht nur Deckung, sondern vielleicht auch Griffe. Der eisigen Luft draußen ausgesetzt, stiegen dichte Rauchschaden aus der warmen Grube auf. Der Schacht war ungefähr zwanzig Meter tief und ebenso breit.

Je mehr sich der Nebel der Schmerzen dank des erstklassigen Sim-Metabolismus und der schnellen Reaktion der Medizineinheit des Anzugs lichtete, desto besser konnte ich mir zusammenreimen, was ich da vor mir sah. *Ich sitze mitten in der Schlangengrube,* dachte ich. Plötzlich ergaben alle Ereignisse der letzten paar Minuten einen Sinn. Die Wächterin des Direktorats hatte die Gefangenen absichtlich freigelassen – aber nicht, um sie zu retten. Sie hatte die Grube öffnen wollen, denn das Direktorat hatte mehr als nur *menschliche* Kriegsgefangene aus dem Mahlstrom zurückgebracht. Hier unten hatte man noch etwas anderes eingesperrt, aber was als Gefängnis angefangen hatte, war zu einem Nest geworden.

Fuck. Fuck. Fuck.

»Jenkins!«, schrie ich in mein Funkgerät. »Augen aufhalten – die …!«

Über mir erhob sich taumelnd eine Xenoform.

Ich wuchtete mich auf die Ellbogen. Das Gewehr hatte ich irgendwo beim Sturz verloren und keine Zeit, danach zu suchen. Stattdessen zog ich mit tauben Fingern die Plasmapistole und richtete sie auf das Krell. In der derselben fließenden Bewegung drückte ich ab.

Das Alien war offenbar noch vom plötzlichen Temperatursturz verwirrt. Nach menschlichem Ermessen bewegte es sich immer noch schnell, aber die Krell mochten keine Kälte. So war es einen Sekundenbruchteil langsamer als gewöhnlich, und mein Treffer saß, bevor es mich anfallen konnte. Das Plasma aus meinem Feuerstoß traf das Alien direkt in den Brustpanzer, und es flog nach hinten. Der Kadaver zuckte nur noch kurz.

Ich kam mühsam auf die Beine. Die Servos im linken Knie protestierten mit lautstarkem Surren.

Die Primärform war stark abgemagert – die Muskeln verkümmert und der Körper durch die starke Kälte verschrumpelt. Die Haut war stellenweise verödet und hatte sich grau bis ungesund weiß verfärbt. Der Schädel steckte voller Metallstutzen, und die meisten biotechnologischen Modifikationen, die Krell-Soldaten standardmäßig trugen, waren herausgerissen worden. Reste eines Bio-Anzugs waren noch zu sehen, aber kein Helm. Die Anzüge der Krell wurden derart enganliegend gezüchtet, dass ich ständig Probleme hatte, genau zu erkennen, ob die Viecher Panzerungen trugen oder nicht. Die Brust war übersät von Abzeichen, die wie Narben aussahen. Kurz fragte ich mich, ob das Zugehörigkeit zu einem bestimmten Krell-Kollektiv anzeigen sollte – oder vielleicht auch die Geburt an Bord eines bestimmten Schiffs oder in einer bestimmten Flotte.

Dann fingen meine Leute alle auf einmal zu rufen an.

»Sir!«, sagte Mason. »Was ist los?«

»Hier unten sind Krell, und nicht zu knapp!«, schrie ich, während ich zur Mitte der Grube lief – in einem vergeblichen Versuch, alles auf einmal im Auge zu behalten.

Mit frisch entfachter Lebenskraft sprangen Primärformen um mich herum über die Wände. Aus dem Augenwinkel sah ich mehrere Primär- und Sekundärformen die Wände erklimmen und über den Rand nach draußen verschwinden. Wie viele hatten sie hier unten gefangen gehalten? Hundert? Zweihundert? Lagen unter der Oberfläche dieses Planeten noch mehr solcher Nester verborgen? Obwohl mir all das durch den Kopf ging, hatte ich keine Zeit, mich damit zu befassen. Mein Bio-Scanner füllte sich in Windeseile mit Signalen. Am Boden der Grube führten mehrere Tunneleingänge in die Dunkelheit; auch in denen bewegten sich jetzt *Dinge*. Führerformen – oder noch etwas anderes?

Am Rand der Grube tauchte Mason auf. Ihr Helm

hüpfte auf und nieder, als sie versuchte, mich unten zu erspähen. »Ach du Scheiße!«

Zu meiner Linken loderte plötzlich grelles Feuer auf. Eine Sekundärform feuerte ihren Kreischer ab – die Krell-Version eines schweren Flammenwerfers. Die Biowaffe war mit phosphoreszierendem Treibstoff gefüllt, der den Boden der Grube in gleißendes Licht hüllte.

Damit war es amtlich. Das Kollektiv war endgültig erwacht. Ein vielstimmiges Zischen erhob sich von allen Seiten.

Ich duckte mich unter dem nächsten Flammenstoß weg und rannte zur Wand. Ich musste hier unbedingt raus.

»Los, los!«, schrie ich die Legion an. »Rückzug – sofort!«

Ich erreichte die Wand und sprang. Die Schmerzen im linken Bein trieben mir Tränen in die Augen – aber das Bein hielt. Der Kampfanzug hatte die Kontrolle übernommen; die Motorik des Beins arbeitete unabhängig von dem Körperteil, das nur noch nutzloser Ballast war. Ich rammte den Fuß in die Korallenwand. Die poröse Wabenstruktur sah zwar sehr zerbrechlich aus, war aber hart wie Stein und trug mein Gewicht problemlos. Ich kletterte die Wand hinauf und verließ mich ganz auf die große Stärke des Anzugs, um hier möglichst schnell …

»Der Oberst sitzt da unten in der Falle!«, schrie Mason. »Feuerschutz!«

Sie ließ ihr Gewehr sprechen. Um mich herum regneten Plasmaimpulse in den Schacht und erfassten mehrere Krell, die gerade versuchten, ihrem Kerker zu entfliehen. Dann kam auch Martinez angerannt und fing an, systematisch alle Krell zu vernichten, die mir hinterherkletterten. Ich rammte die Finger in die Korallen, verhakte mich, wo immer es ging, und kam schnell voran. Eine Klaue schnappte nach meinem verwundeten Bein, aber ich trat zu und spürte den befriedigenden Aufprall von gepanzerter Sohle auf Krell-Schädel …

Die meisten von ihnen waren sowieso ganz darauf konzentriert, der Grube zu entkommen, und kümmerten sich gar nicht um mich. Die neu erwachten Krell sprangen an mir vorbei und jagten in den Schnee hinaus. Ich konnte sehen, wie sich die Kiemenform der kalten Luft anpasste. Es war kein untypisches Verhalten – ohne Führerform waren sie allein vom Urinstinkt getrieben, irgendwie am Leben zu bleiben.

»Nimm meine Hand«, sagte Mason und lehnte sich tiefer in den Schacht.

»Ich habe doch gesagt, ihr sollt verschwinden!«, sagte ich, nahm ihre Hand aber dankend an. Trotz des Sims überkam mich große Erleichterung, dem Nest entronnen zu sein. »Grube weiter unter Feuer nehmen!«

Während sie mich noch über den Rand zog – draußen war es auch nicht viel ungefährlicher –, griff ich in mein Kampfgeschirr, zog eine Splittergranate hervor und warf sie hinter mir ins Loch.

»In Deckung!«, schrie Martinez und zog sich vom Rand zurück.

Hinter mir bäumten sich immer mehr Krell auf, die Sekundärformen feuerten aus allen Rohren in den

Sturm – dann ging die Granate hoch. Die Explosion ließ den Schnee erbeben, und hinter mir blähte sich ein greller Blitz auf. Nicht dass das viel bringen würde – wahrscheinlich hatte ich das Nest nur noch wütender gemacht –, aber es fühlte sich einfach gut an, wenigstens ein paar von ihnen zu beseitigen.

Am Ende der Straße stand Jenkins mit dem Rest der Baker Boys. Die anderen Überlebenden waren in einem jammervollen Zustand – restlos verängstigt mitten auf dem Schlachtfeld zwischen dem Direktorat und den entflohenen Krell.

»Na, das ist einfach zauberhaft«, fauchte Jenkins. »Wir hatten ja auch vorher noch nicht genug Probleme.«

Ich humpelte der Gruppe entgegen. »Wir sollten uns schleunigst verpissen. Die Viecher sind richtig sauer, und ich glaube nicht, dass die jetzt zwischen Direktorat und uns unterscheiden.«

»Die Transporter sind da«, sagte Martinez und deutete geradeaus.

Der Himmel erhellte sich, und die drei Fähren senkten sich auf die Landeplattform herab. Die Düsen der Jaguare waren auch durch den Schneesturm nicht zu übersehen. Wir befanden uns kaum noch hundert Meter von der Landezone entfernt – einer erhöhten Plattform mit Schiebeleitern auf jeder Seite.

»Los, Bewegung!«, schrie ich. »Wir müssen da rüber! Die Schiffe warten schon!«

Sofort öffneten die Fähren ihre Heckrampen, und die Besatzung trat ins Freie. Mit Handleuchten wiesen sie uns einen Weg durch den Sturm.

Als wir an den zwei letzten Gebäuden vorbeikamen, brach plötzlich ein Krell aus dem Zwischenraum hervor und jagte mitten durch unsere Kolonne.

»'Ski!«, schrie Jenkins. »Duck dich!«

Das Alien bäumte sich vor einem der Gefangenen auf und brach ihm einfach das Genick. Mehrere andere versuchten verzweifelt davonzukommen, aber es war ungleich schneller. Die Menschen in ihren normalen Körpern schienen sich wie im Schneckentempo zu bewegen und gingen in einem Wirbel aus Klauen und Krallen unter.

»Scheiße, was ist denn das für ein Vieh?«, rief Martinez.

Es war eindeutig ein Krell, aber wesentlich größer als die normalen Soldaten, hatte sechs Beine und war deutlich stärker gepanzert als normale Primärformen. Die Augen lagen so tief in dem bionischen Helm, dass es fast blind aussah, und die vorderen Gliedmaßen endeten in einem Paar mächtiger Scheren. Das Vieh war wirklich verdammt *riesig*. Es sah eher aus wie ein Hummer als wie ein Fisch. Eine Tertiärform.

Ich rannte auf Kaminski zu und riss ihn zur Seite. Er war vor Angst wie gelähmt und so weiß wie der umliegende Schnee. Ich warf ihn in Richtung der Landeplattform …

Das Krell kreischte und schleuderte ein paar Leichen von sich. Dann rannte es durch den Sturm hinter uns her. Auf der anderen Straßenseite tauchten Truppen des Direktorats auf und eröffneten das Feuer auf einen Pulk von Krell, die rasch näher rückten. Das Schwert hatte vielleicht Verwirrung stiften wollen, als es die

Krell freiließ, aber die Xenos wandten sich gegen jeden, der ihnen in die Quere kam. Der Boden bebte unter den Schritten der Horde.

»Noch mehr Besuch!«, schrie Jenkins. Ihr Plasmagewehr stand nicht mehr still, immer wieder flackerte der Nullschild kurz.

Dann brachen noch mehr von den riesigen, schwer gepanzerten Tertiärformen aus der Grube hervor. Sie stürmten voran, setzten sich an die Spitze der Horde und absorbierten den Feindbeschuss mit ihren massigen Körpern.

»Da rauf – *sofort*!«, schrie ich Kaminski an. Er und Saul mühten sich vor mir mit der Treppe ab und kletterten langsam hinauf.

Immer mehr Gefangene erreichten die Plattform, aber James stand plötzlich wie angewurzelt da und rührte sich nicht mehr. Seine eigentlich so selbstgefällige Fassade war wie weggewischt, und obwohl ich sein Gesicht hinter dem verspiegelten Visier nicht sehen konnte, ließ er deutlich erkennbar die Schultern hängen.

»Worauf wartest du denn?«, sagte ich. »Schaff sie in die Schiffe! Bewegung!«

»Ja, n … na klar …«, stammelte er. Die Signalleuchte fiel ihm aus der Hand, und er bückte sich umständlich, um sie wieder aus dem Schnee zu fischen. Der Rest des Scorpio-Geschwaders wartete auf Anweisungen und war offenbar von James' Verhalten genauso beunruhigt wie ich.

»Was zum Henker ist los mit dir?«, schrie Jenkins. »Da unten sind Tertiärformen!«

»Nichts«, sagte er. »Ich habe nur … ja …«

Irgendein schweres Geschütz deckte unsere Stellung mit einer Salve ein, und James zuckte zurück. Seine Kopilotin – eine Frau, die ich nur als Michaels kannte – hatte neben ihm gestanden. Trotz ihres Neuen Sims hatte sie keine Chance; eine rote Wolke erblühte aus ihrem Körper, bevor sie leblos zu Boden sackte.

»Das Direktorat hat's immer noch auf uns abgesehen!«, sagte Jenkins.

Gleich auf mehreren Dächern in der Umgebung blitzen Laser-Zielsucher auf. Sie waren offenbar dabei, in Windeseile eigene Scharfschützen in Stellung zu bringen. Mehrere Überlebende brachen im Schnee zusammen, die Köpfe von Hochexplosivgeschossen zertrümmert.

»Scheiße!«, sagte James. »Michaels ist tot!«

»Scheiß auf Michaels!«, herrschte ich ihn an. »Sie ist ein Sim. *Die hier* nicht!«

Ich packte ihn an der Schulter und schüttelte ihn kräftig durch. Mein Kampf-Sim war wesentlich größer und stärker als sein drahtiger Neuer. »Reiß dich gefälligst endlich zusammen, James! Ich will gar nicht wissen, was mit dir los ist – Hauptsache, du hast es wieder im Griff!«

»Ja«, sagte er und nickte mechanisch. »Klar, sicher.«

Ich ließ ihn los, und er wandte sich an seine Leute. »Los, Bewegung! Schafft die Leute in die Schiffe!«

Unsere Position war kaum noch zu halten. Der nächste von Bakers Leuten war geliefert. Aus dem hinteren Teil der Anlage kamen immer mehr Truppen des Direktorats dazu. Die Krell deckten alles so gut wie willkürlich mit Kreischern und Dornenstacheln ein. Während wir die Überlebenden noch an Bord brachten, erkletterte schon eine ganze Rotte Primärformen die Landeplattform und warf sich auf uns.

»Leckt mich doch alle!«, schrie Baker. »Von so 'ner Scheiße war nie die Rede!«

Sein Granatwerfer pumpte eine Explosion nach der anderen in die vorrückenden Aliens.

Die letzten Überlebenden krochen auf allen vieren in die Bäuche der wartenden Landefähren.

»Macht die Rampen dicht!«, schrie ich in mein Funkgerät. »Wir kümmern uns um diese Arschgesichter.«

Scorpio Vier, die uns am nächsten lag, erhob sich schon, bevor die Rampe ganz geschlossen war. Ein Schauer aus festgebackenem Schnee und Eis löste sich von der Unterseite und regnete auf uns nieder.

Mein Kampfanzug stellte von selbst eine Verbindung zum Kommunikationsnetz der *Independence* her. Sobald das Symbol für den abhörsicheren Kanal über mein Display getanzt war, fing mein Kommunikator an, pausenlos zu piepsen. Das war ein Funkspruch von höchster Priorität, den ich leider nicht ignorieren konnte.

»Lazarus Eins hier. Sind gerade dabei, die Kriegsgefangenen zu evakuieren.«

»Ihr bekommt Besuch. Da ist was Großes im Anmarsch«, sagte die Stimme von der Brücke.

»Dann schickt uns ein paar Hornets, und haltet uns den Rücken frei …«

»Zu spät«, unterbrach mich die Offizierin. »Die

sind direkt bei euch.« Sie machte eine kurze Pause und fügte mit einem Hauch von Reue hinzu: »Die sind aus dem Süden gekommen, direkt hinterm Sturm.«

»Von den anderen Außenposten?«, fragte ich. *Von denen man uns versichert hat, dass sie taktisch überhaupt keine Rolle spielen? Einfach großartig.*

»Positiv. Ihr müsst euch beeilen …«

Die Verbindung ging in Jaulen und Rauschen unter.

Besonders weit kam Scorpio Vier nicht. Die Fähre hatte ihre Schubdüsen gezündet und den Grenzzaun überflogen – Glück für uns, denn im gleichen Moment ging sie in einem Feuerball unter.

Ein direkter Treffer mitten aus dem Himmel.

»Verdammte Kacke«, sagte Mason. »Schlimmer kann's echt nicht mehr werden.«

»Da wäre ich mir nicht so sicher«, sagte ich. »Das kann noch *viel* schlimmer werden.«

Der brennende Transporter stürzte ab. Zum Aktivieren der Verteidigungsmechanismen war keine Zeit geblieben – der ganze Schnickschnack, auf den sich die Piloten immer so gerne verlassen. Das Wrack krachte in die schneebedeckte Bergflanke, loderte kurz auf und erstarb. Obwohl die Systeme meines Anzugs bei dem Wetter völlig verkorkst waren, schaffte es mein Visier, mir mitzuteilen, dass die Verbindung zur Besatzung der Fähre abgerissen war und sich an Bord nichts mehr rührte. *Sag bloß*, dachte ich.

»Wo zum Teufel kam der Schuss her?«, fragte Jenkins. Ihre Atmung erfolgte in abgehackten, zornigen Schüben: Ich hatte gar nicht bemerkt, dass sie überall blutete. Die Stacheln in ihrem Anzug sahen aus, als habe sie selber Dornen sprießen lassen.

Am Horizont tauchten drei Lichtstreifen auf und kamen so schnell näher, dass selbst mein Anzug Probleme hatte, ihre Flugbahn zu berechnen.

»Runter!«, brachte ich gerade noch heraus, als ich begriff, was ich da sah.

Drei Wraith-Kanonenboote pfiffen über uns hinweg – ultraschnelle Angriffsjäger mit Deltaflügeln und bester Tarnkappentechnik, die bei vielen Einsätzen der Spezialkräfte als Luftunterstützung zum Einsatz kamen. Sie flogen gefährlich tief und entfesselten einen Raketenhagel. Mehrere Plasmasprengköpfe lösten sich von den schwarzen Rümpfen und fielen genau ins Zentrum der Anlage – in die Grube, wo die Krell untergebracht gewesen waren.

»Schadensbegrenzung?«, fragte Martinez.

Alles ein Versuch, kompromittierter Aktivposten wieder Herr zu werden. Am Ende hatte das Schwert doch noch Verstärkung von den Außenposten im Süden alarmiert, die Krell aber trotzdem als letztes, gehässiges Vermächtnis freigelassen.

»Ist doch scheißegal«, fauchte Jenkins, »solange sie uns dann in Ruhe lassen.«

Die Explosion in der Grube erhellte die gesamte Basis und bedeckte alle Freiflächen mit einem Schauer aus messerscharfem Geröll. Obwohl die Bomben fast einen halben Kilometer von uns entfernt eingeschlagen waren – und mit Sicherheit keine allzu große Tonnage gehabt hatten –, wankte unter uns der Boden. Die Landeplattform ächzte bedenklich. Dieser eine Moment, in dem man erkennt, dass alle Pläne zum Teufel sind und man sich auf nichts mehr verlassen kann, was im Vorfeld als gesichert galt? Genau da war ich gerade – und hatte ein sehr reales Gefühl im Bauch, dass wir hier nicht mehr wegkämen und keiner der Gefangenen Capa V lebend verlassen würde.

»Hey, ihr habt's immerhin versucht«, sagte Kaminski. »Weiß ich zu schätzen, auch wenn wir hier unten verrecken …«

»Klappe zu, 'Ski«, sagte ich. »Wir sind nicht den ganzen Weg hierher geflogen, nur um uns abmurksen zu lassen.«

»Du kommst hier raus, 'Ski«, sagte Jenkins. »Du musst es einfach schaffen!«

Kaminski nickte und half Saul wieder auf die Beine; der Professor schien außerstande, alleine weiterzugehen. Er hatte das Gesicht voller Schnee, und die Augen wirkten leer. Den Blick hatte ich schon zu oft gesehen: Der Lärm, die permanente Lebensgefahr, die ständige Angst … all das zehrt einen Menschen irgendwann auf. Ich konnte nur hoffen, dass er es noch einmal schaffte, vom Abgrund zurückzutreten – ein Schritt weiter, und keine noch so ausgebuffte medizinische Versorgung würde ihn noch retten können.

Scorpio Eins und Zwei waren unser letzter Fluchtweg. Sie waren zum Bersten mit Gefangenen gefüllt, die abgehärmten Körper geisterhaft im flackernden Schein der roten Innenbeleuchtung. Kaminski und Saul humpelten als Letzte die Rampe hinauf.

»Lazarus, wenn ihr mitkommt, müsst ihr jetzt rein!«, sagte James.

Mehrere Schüsse prallten gegen die Bordwand von Scorpio Eins; Kaminski zuckte zusammen. Ein einzelner Krell sprang auf die Unterseite der Fähre zu. Der Transporter erhob sich noch mit geöffneter Rampe in die Luft und schwankte bedrohlich im harten Wind.

»Kommt schon!«, schrie Kaminski.

Die Legion stand versammelt auf der Landeplattform, und ich nahm mein Team in Augenschein. Sie waren übel zugerichtet: die Körper voller Dornenstacheln, die Panzerung verbeult, die Visiere angeknackst. Jenkins holte tief Luft und nickte mir zu. Ihre Haut hatte längst begonnen, sich unter dem Einfluss des Nervengifts der Krell bläulich zu verfärben. Die ganze Basis war erfüllt vom Kreischen des entfesselten Kollektivs und den Feuerstößen der Direktoratstruppen.

»Los, James«, sagte ich. »Startfreigabe erteilt.«

»I … ihr kommt nicht mit?«, stammelte James.

»Wir sind schon längst tot, du Vollidiot«, sagte Jenkins.

»Wir sind entbehrlich, James«, sagte ich. »Wie immer.«

Kaminski stand dicht bei der Rampe, die sich langsam schloss. Mit ernster Miene winkte er Jenkins. »Wir sehen uns auf der anderen Seite, Mädchen.«

Jenkins lächelte gequält. »Worauf du einen lassen kannst.«

Kurz bevor sich die Rampe schloss, sah ich Professor Saul in einem Pulk mit anderen Gefangenen an der Wand kauern.

Mittlerweile hatte auch das Direktorat die Landeplattform erreicht. Die Bordwände schlugen Funken unter dem Feindbeschuss, während sich endlich beide Fähren erhoben. James zündete Rauchgranaten, und eine Fontäne feinen weißen Nebels senkte sich auf die Plattform herab.

»Ich … hoffe, dass die … dass sie durchkommen«, sagte Jenkins. Ihrer Stimme war anzuhören, dass sie sich bereits danach sehnte, aus ihrem sterbenden Körper erlöst zu werden; ich kannte das Gefühl.

Martinez nickte. »Solange es die Gefangenen schaffen, werde ich heute Nacht gut schlafen, *Jefe*.«

Mason schlug sich mit der Faust auf die Brust. »Für die Legion.«

Noch immer waren die Fähren am Horizont zu sehen. Sie gewannen langsam an Höhe – so furchtbar langsam …

»Freigabe empfangen«, sagte James über Funk. »Scorpio Eins ist unterwegs …«

»Was ist das?«, fragte Mason plötzlich.

Im Zentrum der Basis – mitten im Zielgebiet der Bomben – stand ein großes Silo, das den Angriff halbwegs unbeschadet überstanden hatte. Es rumpelte und wankte. Mit gerunzelter Stirn stand ich da und betrachtete das Gebäude. Vom Dach lösten sich Schneemassen, und die schweren Stahlträger verformten sich nach außen.

Jenkins fing an zu lachen. »Ach komm schon. Gütiger Himmel, bitte nicht noch mehr …«

Das Dach des Silos wurde weggesprengt.

Etwas Großes brach daraus hervor und schwebte über der Basis.

Aus dem einstürzenden Gebäude erhob sich ein Bioschiff der Krell. Wie in einer bizarren Parodie dessen, was wir gerade getan hatten, versuchten Primär- und Sekundärformen verzweifelt, das Schiff zu erreichen, kletterten in jede Pore und auf jeden Vorsprung der Bordwand. Das blaue Leuchten des Antriebs wurde intensiver, und das Schiff drehte sich auf der Stelle. Suchscheinwerfer erhellten die umliegenden Gebäude.

Jenkins lachte immer noch. »Die … die wollen hier auch nur noch weg … Genau wie wir …«

»Lass sie gehen«, sagte ich. Meine Stimme klang fremd und undeutlich. »Bringt alles nichts mehr.«

Gerade brach die Wolkendecke ein wenig auf und ließ einen einsamen Sonnenstrahl wie eine Lanze auf die Basis scheinen …

Da kamen auch schon die Wraiths zurück. Ihre Triebwerke klangen, als zerrissen sie den Himmel.

Das Schiff der Krell schraubte sich langsam in die Höhe. Immer wieder stürzten einzelne Aliens ab und fielen in die Basis zurück. Erst jetzt erkannte ich, wie schwer beschädigt das Schiff tatsächlich war. Es war schon halb tot, die Hülle voller klaffender Löcher, aus denen geborstene Knochen ragten. Der *Independence* konnte es auf keinen Fall gefährlich werden. Allem Anschein nach würde es nicht einmal die Atmosphäre lebend verlassen, geschweige denn im All noch kampftauglich sein. Trotzdem strahlte das Schiff etwas Majestätisches aus, wie es dort tapfer weiter stieg. Es hatte keine Chance, nichts mehr gegen die Wraiths auszurichten. Sein Schicksal war längst besiegelt. Aber es würde niemals aufgeben. Was auch immer man von den Krell halten mochte, sie waren auf jeden Fall hartnäckig.

Jenkins lachte und lachte und lachte.

Drei grelle Punkte lösten sich aus den Bäuchen der Wraiths.

»Extraktion vorbereiten«, sagte ich leise.

Die Sterne fielen uns entgegen und versengten den Himmel. Ein widernatürliches Kreischen erfüllte die Luft.

Wir wussten alle, was kommen würde. Mason schloss die Augen. Martinez kniete sich zum Gebet nieder. Ich stand einfach da und sah zu, bis sich die nahenden Sprengköpfe in meine Netzhaut brannten.

Wieder schossen blaue Flammen aus dem Antrieb des Krell-Schiffs; lange, flossenartige Auswüchse bildeten sich am Heck. Ein letzter Versuch, unseren Fähren zu folgen …

Aber zu langsam – viel zu langsam. Das Schiff war zu schwer beschädigt, um den Bomben noch entrinnen zu können.

Und dann hatten sie ihr Ziel erreicht. In Sekundenbruchteilen wurden unbeschreibliche Energiemengen freigesetzt – die gesamte Basis und der umgebende Luftraum verschwanden in einer gleißenden Wolke. Die reinigende Hitzewelle schlug über mir zusammen und ließ nichts zurück. Gegen solche Mengen an Hitze, Energie und Strahlung hatte mein Anzug nichts auszurichten und löste sich einfach auf; genau wie mein Sim. Der Schmerz war so ungeheuer, dass mein Nervensystem ihn kaum richtig verarbeiten konnte.

Geht vorbei, sagte ich mir.

Der Tod war nicht mehr als eine Unannehmlichkeit – außerdem hatte ich ihn zu oft erlebt, um mich noch groß damit zu befassen. Das Letzte, was ich sah, während meine Augäpfel zerkochten und sich das Gehirn des Sim auflöste, war das Krell-Schiff. Kurz erstrahlte sein Heck im Glanz der entfesselten Energien, dann wurde es genauso mühelos zerfetzt wie mein Körper.

Tod Nummer zweihundertsechsunddreißig: durch Kernwaffeneinsatz.

Immerhin mal was Neues.

4

KENNT DEINEN NAMEN

Wir extrahierten zurück auf die *Independence*.

Die genaue Position des Schiffs war mir nicht bekannt, aber es hatte sich außer Reichweite möglicher orbitaler Verteidigungsmechanismen versteckt, auch wenn wir im Vorfeld keine ausgemacht hatten. Wir waren in Sicherheit.

Und Kaminski?

Mit Ohren, die noch nicht richtig funktionierten – und die ich noch vor einer Sekunde nicht mehr besessen hatte –, konnte ich mühsam einen Funkspruch verstehen.

»Evakuierung erfolgreich. Haben zwei Vögel wieder im Nest.«

»Gute Arbeit, Leute. Ein weiterer Sieg für die Legion.«

Dann folgte Gejohle – wahrscheinlich irgendwo von der Brücke, aber mich kümmerte es nicht. Kaminski in Sicherheit und an Bord der *Independence* war alles, was zählte.

Ich versuchte, mich in meinem eigenen Körper zurechtzufinden, und öffnete langsam die Augen. Es tat weh – und zwar so *richtig*. Meine Haut brannte, das Knochenmark schien zu kochen. Das Licht war so gottverdammt intensiv, dass ich genau wusste: Würde ich jetzt die Haut an meinen Gliedmaßen betrachten, wäre alles schwarz und verkohlt …

Als ich endlich durch den Schleier des Fruchtwassers sehen konnte, war ich natürlich völlig unversehrt. Zumindest fand sich nichts, was es nicht schon vor dem Einsatz auf Capa V gegeben hätte. Nur alte Wunden und Narbengewebe: Erinnerungsstücke an ein Leben im Militärdienst, von dem ich längst nicht alles in einem Sim absolviert hatte. Früher hätten mir die Schmerzen noch zu schaffen gemacht – ich hätte geschrien und getobt, um die Qual wie eine Welle zu reiten und alles loszuwerden. Jetzt hing ich einfach in meinem Tank und ließ alles verebben. Langsam sank der Phantomschmerz durch mich hindurch und löste sich auf.

Jenseits der Glaswand die ewig gleiche Kammer. Ein anderes Raumschiff mit anderen Sanitätern. Sogar ein paar andere Teammitglieder, aber immer die gleiche Kammer. Eine weitere, nichtssagende Sim-Zentrale – an Bord eines weiteren, nichtssagenden Schiffs. Ich ignorierte die Stimmen in meinem Ohr; kannte die Fragen, die gestellt wurden, und wusste, wie ich zu antworten hatte. Vielleicht redete ich sogar – vielleicht gab ich die richtigen Antworten.

Das wird mit jedem Mal schwerer. Langsam kletterte ich aus meinem Tank. Ich wusste, dass die letzten Schmerzen meines simulierten Todes bald verfliegen würden. Dann blieb wieder nur die dumpfe Ungewissheit; die kalte, innere Leere, das Desinteresse am echten Leben. *Das* war es, was immer schwieriger wurde: nicht das Sterben, sondern die Rückkehr in die Realität.

Jeder in der Legion hatte seine eigenen Rituale nach einer Extraktion.

Elliot Martinez kniete nackt auf dem Boden, bekreuzigte sich und murmelte ein Gebet auf Pidgin-Spanisch. Er war dem nächsten Bullauge zugewandt und dankte dem Allmächtigen für seine Wiederauferstehung.

»Das wird immer schlimmer«, sagte Jenkins.

Keira Jenkins – die kalifornische Leutnantin meines Teams. Sie war schon sehr lange an meiner Seite; hatte das Böse im Menschen und die Gräueltaten des Krell-Imperiums gesehen. Auch sie hatte sich verändert. Ihr Gesicht war härter, der Körper drahtiger und durchtrainierter. Auch ihre nackte Haut war von immer mehr Narben übersät. Das Schlimmste war die Schussverletzung gewesen, die sie beim Damaskus-Graben hatte einstecken müssen. Trotz guter Versorgung sah die Wunde auf ihrem Bauch auch Monate später immer noch frisch aus.

Martinez hatte sein Gebet beendet und kam mit missmutigem Gesicht auf die Beine. »Du mich auch, Jenkins.«

Jenkins stolperte in der Sim-Zentrale umher und wedelte mit den Armen. Ihr Atem ging stoßweise; sie hatte sich kaum unter Kontrolle.

»Wir haben ihn«, sagte sie. »Wir haben ihn gefunden.«

Mason stand von der letzten Extraktion immer noch unter Schock.

»Die haben ihre eigene Kolonie atomisiert«, sagte sie kopfschüttelnd. Blaues Fruchtwasser tropfte aus den langen blonden Haaren. »Diese miesen Schweine haben *ihre eigene Basis* vernichtet.«

Dejah Mason: Ich war schon bei den ersten Übergängen an ihrer Seite gewesen, nachdem sie der Legion als Probekandidatin zugeteilt worden war. Es schien so lange her zu sein – ganze Zeitalter lagen dazwischen. Jetzt war sie eine Maschine. Am schlimmsten war die Veränderung in ihren Augen: kalt und hart, keine Spur mehr von der jugendlichen Neugier. Das Souvenir der Damaskus-Expedition bewahrte sie stets in der Nähe ihres Tanks auf – die Mono-Klinge, die sie einem Kommandosoldaten des Direktorats an Bord der UAS *Colossus* abgenommen hatte. Man weiß schließlich nie.

»Waren nur ihre Leute«, sagte Jenkins. »'Ski ist wieder da – alles andere ist mir egal.«

»Aber warum das alles?«, fragte Mason.

»Entweder, um uns aufzuhalten – oder die Krell«, sagte ich. »Ganz einfach.«

»Aber wir sind trotzdem rausgekommen«, sagte Martinez. »Gottes Werk ist getan und Kaminski wieder unter uns.«

»Wenn ihr mich fragt«, sagte Jenkins, »haben die Arschlöcher gekriegt, was sie verdienen.«

»Hättest du die Frau wirklich abgeknallt?«, fragte Mason. Sie hatte angefangen, sich gegen Heerscharen von Sanitätern zu wehren, die sich um uns kümmern wollten; Daten auslesen, Blutproben nehmen, Ergebnisse verzeichnen.

Jenkins blieb einen Moment lang stumm, dann rief sie zurück: »Wenn uns das schneller zu Kaminski gebracht hätte – selbstverständlich.«

Ein Offizier schob sich durch den Zirkus der Helferlein und kam auf mich zu. Es war Captain Ostrow. Er trug eine makellos reine Khaki-Uniform, deren kurze Ärmel seine muskulösen Arme in Szene setzten. Ausnahmsweise hatte er die dunkle Sonnenbrille, die sonst zu seinem filmreifen Geheimdienst-Look gehörte, weggelassen und heftete die eisgrauen Augen direkt auf mich.

»Gute Arbeit, Lazarus«, sagte er. »Das war wirklich ein Meisterstück.«

Die wissenschaftliche Mannschaft ignorierte Ostrow. Sollten sie vorher schon mit mir gearbeitet haben – und ich konnte all die betulichen, ekelhaft motivierten Wissenschafts-Knallköpfe wirklich nicht auseinanderhalten –, hatten sie die folgende Szene schon öfters mitangesehen. Alles wie gehabt. Ich richtete mich auf. Ließ die Krämpfe im Rücken verklingen. Da es sich bei denen um echte Schmerzen handelte, waren sie in gewisser Hinsicht schlimmer als der Nuklearsturm, den ich gerade eben auf Rodonis Capa V durchgemacht hatte.

»Ich scheine mich vage daran zu erinnern, dass Sie vorhin keine Lust hatten, den Einsatz zu erlauben«, sagte ich.

Jenkins lachte süßlich.

»So einfach ist das nicht …«

»Natürlich nicht«, sagte ich.

»Ich werde ihn sozusagen rückwirkend erlauben. Der Stab hat sicher keine Einwände.«

»Geht mir am Arsch vorbei«, sagte ich. »Wir haben unseren Mann da rausgeholt. Alles andere ist nebensächlich.«

»Und Professor Saul noch dazu«, sagte Ostrow. »Die Sektorkommandantur wird darüber höchst erfreut sein.«

»Dann haben Sie Ihre Meinung also geändert, nachdem klar war, dass der Raubzug ein Erfolg ist?«, fragte Mason.

»Das ist eine grobe Simplifizierung der Tatsachen, Gefreite«, gab Ostrow zurück. »Und bitte, bezeichnen Sie diese Angelegenheit nicht als ›Raubzug‹: Das war ein zielgerichteter Exfiltrations-Einsatz, basierend auf soliden geheimdienstlichen Hinweisen.«

Mason schüttelte theatralisch den Kopf und drängelte sich an Ostrow vorbei in Richtung der Duschen. Sie war immer noch nackt nach dem Ausstieg aus dem Tank, und er sah ihr versonnen hinterher. Sie war ein ansehnliches Mädchen; die wenigsten Männer hätten sich der Versuchung entziehen können.

»Wie viele haben wir gerettet?«, fragte ich.

»Dreiundachtzig«, sagte Ostrow. »Die Krankenstation platzt aus den Nähten. Das sind wahnsinnig gute Neuigkeiten. PsychE steht sicher schon in den Startlöchern.«

Die Psychologische Einsatzleitung war der Propagandaapparat des Allianzmilitärs, der die Bevölkerung mit maßgeschneiderten Nachrichten von der Front versorgte. Ich hatte nicht allzu viel für sie übrig.

»Ich bin mir sicher, dass sich CNN schon die Lippen leckt«, sagte Jenkins. »Wir können nur hoffen, dass die armen Schweine alle durchkommen. Es war verdammt kalt da unten.«

»Die Mediziner tun, was sie können. Aber bei vielen

sind die Erfrierungen und Unterkühlung leider das geringste Problem.«

Ostrows Antwort kam etwas zögerlich; ein sicheres Zeichen. Er war der *Independence* als eine Art Aufpasser zugeteilt worden – angeblich als letzte Instanz, um darüber zu entscheiden, welche Einsätze im Hoheitsgebiet des Direktorats durchgeführt werden durften und welche nicht. Wir hatten die ganzen letzten Monate mit ihm zusammengearbeitet. In der Zeit hatte ich gelernt, ihn zu lesen. Für einen Agenten, einen Spezialisten des Geheimdiensts, war er erstaunlich leicht zu durchschauen. Dieses leise Zittern in seiner Stimme? Eindeutig ein Beweis dafür, dass er nicht alles offenbart hatte.

»Raus damit«, sagte ich.

Ein Sanitäter half mir gerade in die Schiffsuniform. Der Phantomschmerz steckte immer noch tief in meinen Gliedern. In letzter Zeit war mir das zunehmend aufgefallen; die Schmerzen schienen immer länger zu bleiben, rissen mich manchmal sogar noch in der Nacht aus dem Schlaf. Das letzte Mal, dass sie sich völlig gelegt hatten, war lange her.

Ostrow spielte mit der Zunge an seinem Gaumen herum und verschränkte die Arme. »Es sind nicht nur gute Nachrichten.«

»Ist er …?«, fragte Jenkins.

»Kaminski geht es gut«, sagte Ostrow. »Er wird noch operiert werden müssen wegen dieser Nervenklammern, aber das wird er sicher überstehen.«

»Was dann?«, fragte ich.

»Ähmm … Die Sektorkommandantur verlangt Ihre sofortige Abberufung.«

»Wohin?«

»Es geht nach Calico.«

Ostrow konnte schlecht wissen, was dieser Name in mir auslöste; woher sollte er auch ahnen, *warum* ich Calico so verabscheute. Es fiel mir überaus schwer, meine Reaktion im Zaum zu halten. Ostrow schluckte und trat unwillkürlich einen Schritt zurück.

Überall hin, nur nicht nach Calico … dachte ich.

Ostrow hatte sich schnell wieder gefangen. »Wir haben den Befehl gerade erst empfangen. Captain Qadr ist schon dabei, die schnellste Route zum Verlassen der Randgebiete zu programmieren. In sechs Stunden werden wir das Hoheitsgebiet des Direktorats verlassen haben.«

Ich konnte mich nicht entsinnen, bisher mit Captain Qadr überhaupt ein Wort gewechselt zu haben. Er oder sie war nur ein weiterer, austauschbarer Flottenoffizier; nur das nächste Gesicht, dazu abgestellt, die Lazarus-Legion herumzukutschieren. Mit einem wohlvertrauten Schauer von Selbsthass dachte ich daran, wie viele Mitglieder der Flotte ich schon auf dem Gewissen hatte.

»Sagen Sie ihm, er soll damit noch warten.«

»Ich werde nichts dergleichen tun. Sie hat ihre Befehle.«

»Und ich gebe Ihnen hiermit neue.«

Ostrow lächelte. Seine Haut hatte einen satten Olivton, und die Haare waren säuberlich nach hinten gegelt. Irgendwann hatte er mir mal erzählt, er stamme aus Mainfall auf Proxima Centauri III. Das schien wohl der Ort zu sein, an dem das braun gebrannte amerikanische Idealbild weiterlebte.

»Ich bin beim Geheimdienst. Nach der Vereinigten Militärcharta können Sie mir keine Befehle erteilen. Wir sind gerade schon dabei, mit normalem Überlichtantrieb die letzte Welt von Rodonis Capa hinter uns zu lassen.«

Ich stürmte aus der Sim-Zentrale und rannte durch die engen Korridore der *Independence*. Sie war ein ziemlich kleines Kampfschiff und ursprünglich nicht für lange Fernflüge ausgelegt gewesen. Außerdem hatte sie definitiv schon bessere Tage gesehen. Der Großteil des Rumpfs war herausgerissen und umgebaut worden, um Platz für mehrere Sim-Buchten zu schaffen. Das ganze Schiff stank nach Fruchtwasser und Elektrolytlösung, nach Gleitmittel für die Datenbuchsen und nach Schweiß. Um mich herum tummelten sich mehrere Lenker der anderen Teams, alle noch halb benommen: Soldaten von den Baker Boys, den Raiders und den Vipers. Obwohl einige Tode gnädiger oder schneller gewesen sein mochten als andere, war jeder einzelne von ihnen soeben auf Capa V gestorben.

Ostrows Stiefeltritte verfolgen mich durch den Gang. »Darf ich Ihnen einen guten Rat geben?«

»Nein«, sagte ich. »Aber ich bin mir sicher, Sie werden es trotzdem tun.«

Und das tat er auch. »Das muss endlich ein Ende haben. Sie müssen die Geschehnisse vom Damaskus-Graben hinter sich lassen.«

Das kann ich nicht tun, dachte ich, *weil ich es gar*

nicht will. Der Graben hatte alles verändert. Ich war so dicht dran gewesen, Elena endlich zu finden – so kurz davor, dass ich sogar ihr verdammtes *Schiff* gesehen hatte! ... aber außerdem hatte es mich Kaminski gekostet. Ich hatte die ganzen letzten Monate damit zugebracht, diesen Fehler wiedergutzumachen.

»Sie sollten endlich anfangen, Ihre Leute zu führen«, sagte Ostrow. »Sie sind jetzt Oberstleutnant. Sie tragen große Verantwortung. Sie sollten auf Calico sein und Ihren Platz im Sicherheitsrat einnehmen ...«

»Lassen Sie mich bloß mit Calico in Frieden.«

Ostrow lief jetzt neben mir und zuckte mit den Schultern. »Die Vereinigten Generalstabschefs fordern Ihre Rückkehr. Wir haben nicht mehr genug Schiffe, um die Zone zu überwachen.«

Seit dem Massaker von *Liberty Point*, wie es mittlerweile genannt wurde, war das leider immer öfter der Fall. Wir hatten bei diesem Debakel einen Großteil der ungebundenen Ressourcen der Flotte verloren ... und ich war verdammt noch mal nicht da gewesen, um daran irgendwas zu ändern. Das Massaker war die schlimmste Gräueltat in der Geschichte der Allianz. Und da wir nicht nur mit den Krell seit mehr als einer Generation im Krieg lagen, sondern außerdem – wenn auch nicht auf dem Papier – mit dem Asiatischen Direktorat, war das schon eine ziemliche Auszeichnung. Das Massaker hatte Abermillionen Leben gefordert.

»Und kommen Sie mir ja nicht mit der Zone«, schnappte ich.

De facto gab es schon lange keine Quarantänezone

mehr. Die Bezeichnung war schlichtweg falsch, weil jede Form von Quarantäne längst gründlich gebrochen worden war. Es gab weder genug Schiffe noch genug Infanterie noch genug Sim-Teams, um die Überbleibsel der Zone zu sichern; Woche für Woche, Monat für Monat wurden wir immer weiter zurückgedrängt. Hätten wir all die Mittel, die um den *Point* versammelt gewesen waren, noch in der Hand, hätten wir vielleicht tatsächlich eine Chance gehabt, uns entscheidend zu wehren. Jetzt, wo all das vernichtet war? Wir waren längst dabei, den verdammten Krieg zu verlieren. Die Krell rückten unaufhaltsam vor und verleibten sich immer mehr menschliche Welten ein.

Wir erreichten das Panzerschott der Brücke. Vor uns standen Marineinfanteristen und Flottenoffiziere; alle wichen gehorsam zur Seite. Die Gespräche verstummten, Köpfe wurden gesenkt. Das Gesicht jedes Mannes und jeder Frau, an der wir vorbeikamen, war voll von irrationaler Hoffnung.

Irgendein besonders eifriger Seemann hob den Kopf. »Haben Sie endlich Rache geübt, Sir? Wir haben gehört, dass Sie ein paar von unseren Jungs zurückgeholt haben.«

»Die Lazarus-Legion sind die Besten«, sagte ein anderer.

Nicht dieser Mist schon wieder.

Mit Conrad Harris, einem alternden Oberst der Allianzarmee, wollten sie alle nichts zu tun haben. Lazarus, die Legende des Sim-Programms – das war ihr Held.

Die Brücke der *Independence* war klein und eng. Ein

paar Dutzend Flottendienstler erhoben sich von ihren Stationen und salutierten stolz und schnittig. Die meisten waren furchtbar jung, frische Rekruten von der Flottenakademie auf Ganymed. Eine etwas ältere Offizierin mit dem Abzeichen und den Schulterklappen eines Kapitäns sprang ebenfalls auf.

»Lazarus auf der Brücke!«, verkündete sie.

»Bitte«, sagte ich und gab mir kaum Mühe, nicht gereizt zu klingen, »weitermachen.«

Während sich die Brückenbesatzung langsam daran zu gewöhnen schien weiterzuarbeiten, während ich auf der Brücke war, stellte ich mich vor den großen Hauptschirm.

»Sichtverbindung zur Oberfläche von Capa V herstellen«, sagte ich und zeigte mit der rechten Hand – meiner einzigen Hand – auf den Schirm.

»Befehl ausführen!«, rief Qadr.

Ich betrachtete die Oberfläche von Capa V – Kalter Tod – und vergrößerte den Ausschnitt mit dem Gefangenenlager. Wo es vorher noch unter Schneewehen und wütendem Wetter verborgen gelegen hatte, war es jetzt für jeden, der danach suchte, sofort zu entdecken.

Ich wandte mich an einen der Flottenoffiziere. »Vergrößern Sie diesen Quadranten da.«

»Jawohl, Sir.«

Der Außenposten war von der Kernwaffenexplosion vollständig vernichtet worden. Nichts als ein hässlicher, scharfkantiger Krater war zurückgeblieben; ein glühend heißer Talkessel von gut einem Kilometer Durchmesser. Der nackte Fels unter tausend

Jahren Schnee war zu glasiger Schlacke zerschmolzen. Eine Vielzahl kleinerer Explosionen hatten ein brutales Spinnennetz in die umliegenden Berghänge gerissen …

Plötzlich füllte sich das Bild mit statischem Rauschen, und der Schirm wurde schwarz.

»Wir haben die Wächterdrohne verloren«, sagte einer der Offiziere, »und unsere Bordinstrumente sind längst außer Reichweite.«

»Ist das Krell-Schiff davongekommen?«

Der Offizier schüttelte den Kopf. »Nein, Sir. Es war noch mitten in der Explosionszone.«

Ostrow folgte mir zur Tür und ließ immer noch nicht locker. »Ein paar Wochen auf Calico werden Ihnen vielleicht richtig guttun. Dann können Sie sich auch endlich mal die Hand ersetzen lassen.«

Der Stumpf meines linken Arms war in den Ärmel der Uniform gestopft – eine ständige Erinnerung an Damaskus. Ich hätte die Hand schon vor Monaten behandeln lassen können, hatte mich aber dagegen entschieden.

»Ich brauche keinen Ersatz«, sagte ich. »Mir geht es gut, wie ich bin.«

Ich bin Lazarus. Ich komme immer zurück.

»Nur so ein Gedanke«, sagte Ostrow. »Kann gut sein, dass Sie sie noch brauchen werden.«

Mit vier Sim-Teams und dem Scorpio-Geschwader an Bord war die *Independence* schon bei Abflug vollgepackt gewesen. Mit all den Kriegsgefangenen konnte man kaum noch treten. Auf der Suche nach Kaminski ging ich nach unten zur Bordklinik. Jede einzelne Pritsche war belegt, die Gänge dazwischen voll von denen, die immerhin noch laufen konnten. Sichtlich erschöpfte Sanitäter und Techniker kümmerten sich um Neuankömmlinge und verarztetten alle, so gut es ging. Im hinteren Teil der Klinik erinnerte eine wachsende Reihe säuberlich gestapelter schwarzer Leichensäcke daran, dass unsere Hilfe für einige zu spät gekommen war.

Ich schnappte mir einen Sanitäter und fragte nach Kaminski.

»Der hat uns schon 'ne Menge Nerven gekostet«, sagte er. »Gegen ausdrückliche Empfehlung ist er hoch zum Aussichtsdeck.«

Auf dem Aussichtsdeck war es nicht viel leerer als in der Klinik. Die meisten Überlebenden, die noch laufen und reden konnten, schien es hierher zu ziehen. Nur zu verständlich, denn es war das offenste Deck der *Independence,* und nach langer Gefangenschaft wollten viele sicher einfach nur in der neu gewonnenen Freiheit schwelgen. Jenseits der großen Sichtfenster lag die gewaltige Schwärze des Alls – Rodonis Capa war schon so weit zusammengeschrumpft, dass sie vor dem breiten Sternenteppich kaum noch auszumachen war.

Ich fand Kaminski in einer Ecke des Decks sitzen. Er hatte seinen Schutzanzug – Klamotten, die er seit Damaskus für viele Monate ununterbrochen am Leib getragen hatte – gegen ein Krankenhausgewand getauscht. So furchtbar müde hatte ich ihn noch nie gesehen. Die Entbehrungen waren deutlich in seinem eingefallenen Gesicht zu lesen. In Gefangenschaft hatte man ihn kahlgeschoren, und jetzt, bei Licht, traten die Nervenklammern – die bestialischen Implantate der invasiven Neurochirurgie des Direktorats – deutlich als silberne Stutzen hervor, die sich über den ganzen Schädel bis in den Nacken erstreckten.

Jenkins saß neben ihm und hatte eine Hand in seinen Schoß gelegt. Sie unterhielten sich leise. Die restlichen Leute an Deck schienen einen respektvollen Bogen um sie zu machen, als verstünden alle, dass dieser hart verdiente intime Augenblick des Wiedersehens nicht gestört werden durfte. Unwillkürlich spürte ich Neid in mir aufsteigen. Genau das Gleiche wollte ich auch mit Elena. Jenkins' sanfter Gesichtsausdruck sagte mehr, als jedes Wort vermocht hätte. Als sie mich sah, setzte sie sich sofort aufrechter hin. Jetzt, wo sie zum Leutnant befördert worden war – einem richtigen Offiziersrang –, würde ihre Beziehung mit Kaminski noch mehr Probleme aufwerfen. Er war nur Gefreiter; und das seit vielen Jahren.

»Rühren«, sagte ich. »Das ist kein offizieller Besuch. Wollte nur schauen, wie es aussieht.«

»Alles prima«, sagte er mit dem altbekannten Grinsen. »Keine Klagen.«

»Du solltest unten in der Klinik sein«, sagte ich. »Den Sanis scheint es gar nicht zu gefallen, dass du dich selbst entlassen hast.«

»Erzähle ich ihm auch die ganze Zeit«, meinte Jenkins, »aber natürlich will er nicht hören.«

»Ich sage doch, alles prima«, wiederholte 'Ski. Aber sein Grinsen wurde etwas dünner. »Da unten sind eine Menge Leute, die die Betten wesentlich dringender brauchen. Wie geht's dem Prof?«

»Saul? Nach dem, was sie sagen, kommt er auch durch. Zumindest körperlich.«

Ich hatte mich mittels Bordrechner über seinen Zustand auf dem Laufenden gehalten: Saul hatte als Patient einen Sonderstatus. Natürlich war sein Überleben aus Sicht des Generalstabs ungleich wichtiger als das von Kaminski oder irgendwem sonst. Saul war unersetzlich – ein Spezialist für die Sprache und Technik der Tönernen. Der bloße Gedanke, sein Wissen könnte dem Feind in die Hände gefallen sein, war aus taktischer Sicht geradezu grauenvoll. Wie viel er aber nach den Erlebnissen noch beitragen konnte? Schwer zu sagen.

»Auf jeden Fall bin ich froh, endlich von dem tiefgefrorenen Scheißhaufen weg zu sein«, sagte 'Ski.

Jenkins knuffte ihn liebevoll und vorsichtig in die Rippen. »Hast wohl genug davon, hinter Gittern zu schmoren, was?«

»Die Sache in Queens war kein Vergleich«, sagte er.

Mir fiel auf, dass Kaminski immer wieder unwillkürlich die Hand an den Kopf legte und sich beim Sprechen über die Nervenklammern fuhr. Obwohl das Fleisch rund um die Stutzen abgeheilt zu sein schien, sah das Ergebnis so brutal aus, als habe es ein Klempner in einem Hinterhof angerichtet.

»Der militärische Geheimdienst wird jede Menge Fragen an dich haben, sobald wir auf Calico sind«, sagte ich.

»Da geht's also hin?« fragte er.

»So lauten unsere Befehle.«

Jenkins schüttelte den Kopf. »Der Stab wird dir aber bestimmt 'ne längere Auszeit genehmigen, 'Ski. Vielleicht kannst du für ein paar Wochen nach Fortuna – oder sogar länger.«

'Ski lachte. »Ich brauche keine Auszeit, Jenkins. Ich brauche 'nen anständigen Drink und meinen Tank.«

»Ich bin mir sicher, die geben dir nach entsprechender Ruhephase deine Zulassung zurück«, sagte Jenkins.

Fortuna war eine Vergnügungswelt, lag allerdings auch einige Lichtjahre von der Front entfernt. Sollte man Kaminski dorthin versetzen, würde er seine Position bei der Lazarus-Legion definitiv verlieren, und die Zeitdilatation würde über kurz oder lang jede Chance auf eine Beziehung mit Jenkins zunichtemachen.

»Hast du ihm vom *Point* erzählt?«, fragte ich sie.

Sie nickte. »Ich habe ihm alles erzählt: der *Point*, die Warfighters, die Krell …«

Obwohl 'Ski nur ein paar Monate verpasst hatte, war in der Zeit wahnsinnig viel passiert. Sollte er je wieder für den aktiven Dienst zugelassen werden, würde vorher ein formelles Briefing auf ihn warten.

»Verdammte Fischköpfe«, knurrte Kaminski. »Der *Point* war unser Zuhause. Un-fucking-fassbar …«

»Gewöhne dich lieber schnell dran«, sagte ich. »Die Krell sind schon bis zu Barnards Stern vorgedrungen.«

»Willst du mich verarschen?«

»Schön wär's. Die sind dem Mahlstrom endgültig entkommen und haben mindestens ein Dutzend Grenzsysteme überrannt.«

»Dann müssen wir schleunigst da raus und der Legion wieder was Richtiges zu tun geben.«

»Immer mit der Ruhe, Soldat«, sagte Jenkins. »Du erholst dich gefälligst erst mal. Die Krell können warten.«

In Wahrheit konnten sie nicht warten, und das wusste Jenkins genau. Die Lage entlang der Grenze zum Mahlstrom war äußerst kritisch, und ich hatte selbst mit meinem neuen Rang als Oberstleutnant – und als Lazarus – alle Strippen ziehen müssen, um unsere Einsätze auf Direktoratsgebiet überhaupt durchzubekommen. Die Ressourcenlage war katastrophal; selbst frische Sims – die unverzichtbare Grundlage, um das Sim-Programm überhaupt zu betreiben – waren immer schwerer zu kriegen. Natürlich rieb ich das Kaminski jetzt nicht unter die Nase, aber in einem der Territorien, die wir gerade erst an die Krell verloren hatten, hatte sich auch eine unserer Farmen befunden – eine der Gen-Fabriken, in denen die Sims gezüchtet und geerntet wurden.

»Warum waren die überhaupt da unten?«, fragte ich. »Die Krell, meine ich.«

»Es ist noch viel zu früh, um ihn auszuquetschen«, protestierte Jenkins sofort.

»Schon okay, Mädchen«, sagte Kaminski. »Bevor ich vom Geheimdienst in die Mangel genommen werde, sag ich's lieber zuerst der Legion.« Er holte zischend Luft und legte los. »Nachdem wir uns mit der Rettungskapsel verzogen haben, sind die Krell aufgetaucht. Wir – also Saul und ich – haben zugesehen, wie die *Colossus* durch den Graben verduftet ist, dann war überall nur noch Chaos. Die Kapsel hatte weder Teleskope noch Sensoren, und dann hat uns in null Komma nix das Direktorat aufgepickt. Die waren auch nicht viel besser dran. Der ganze Nahraum war voll mit Überlebenden – viele Leute sind doch noch rechtzeitig von ihren Schiffen runtergekommen –, und das Direktorat hat sie alle aufgesammelt. Aber eben nicht nur Menschen: auch Krell. Wir haben mehrere von denen an Bord gesehen. Also haben sie uns dann wohl alle nach Capa gebracht.«

»Aber warum? Was wollten die mit den Krell?«

»Die waren nicht geneigt, mir das mitzuteilen«, sagte Kaminski. »Aber wahrscheinlich genau wie bei uns: Informationen. Nachdem sie uns aufgegriffen haben, ging's direkt in die Tiefkühler. Dann bin ich auf Capa aufgewacht.« Wieder strich er sich mit der Hand über die Nervenklammern. »Die haben genau gewusst, wer ich bin, und wollten, dass ich singe.«

»Da haben sie sich wohl den falschen Soldaten gekrallt«, sagte Jenkins.

»So ist es, Süße. Und weil ich mich strikt geweigert habe, ihnen irgendwas zu erzählen, haben sie mit den Nervenklammern angefangen.«

»Ist der Mist eigentlich nach Peilsendern durchsucht worden?«, fragte ich.

»Natürlich«, sagte Jenkins. »Alles sauber.«

Trotzdem konnten wir natürlich nicht ganz ausschließen, dass einem oder mehreren Kriegsgefangenen Sender eingepflanzt worden waren. Obwohl das dem Direktorat über interstellare Entfernungen wenig bringen würde, spielten die Chinos immer vorausschauend: Ich hatte nicht vor, ihnen für die Zukunft irgendwelche Karten auf der Hand zu lassen. Sobald wir eine richtige Klinik erreicht hatten, mussten die Nervenklammern raus.

»Haben sie dir gar nichts verraten?«, fragte ich.

»Als ob – wenn die ihn verhört haben«, sagte Jenkins. »Außerdem ist es wirklich noch zu früh, Harris.«

Mir war schon klar, dass ich ihn zu sehr bedrängte, dass er noch Zeit brauchte. Die Einsatzbesprechung mit einem Kriegsgefangenen war das Metier des Geheimdienstes, und Jenkins hatte recht – er war noch nicht so weit. Aber ich musste mehr wissen.

»Macht doch nichts«, sagte Kaminski. »Natürlich haben die *mir* nichts gesagt, aber wir Gefangenen haben oft miteinander geredet.« 'Ski zuckte mit den Schultern; trotz der Entbehrungen waren sie immer noch muskulös. »Manche haben Sachen gehört.«

»Zum Beispiel?«

Er seufzte, und sein Gesichtsausdruck machte mich nur noch neugieriger.

»Na komm schon.«

»Wir haben gehört, dass sie den Schlüssel haben«, murmelte Kaminski. »Einige waren sich sicher, das Direktorat hat den Schlüssel der Tönernen.«

»Aber das ist unmöglich«, sagte ich sofort. »Ich habe gesehen, wie er zerstört wurde …«

Jenkins sah mich durchdringend an. »Ich habe deinen Bericht doch gelesen. Du hast ihn auf dem Artefakt zurückgelassen. Du hast auf keinen Fall *gesehen*, dass er zerstört wurde.«

Ich kratzte mich am Kinn und ließ den Gedanken

im Kopf umherrollen. In Damaskus hatte ich den Schlüssel benutzt, um das Artefakt zu aktivieren und das Sprungtor der Tönernen zu öffnen. Dann hatte ich extrahiert. Ich hatte ihn dort stecken lassen – in der sicheren Annahme, dass er nie wieder geborgen und gegen uns verwendet werden könnte …

»Ich habe keine Ahnung, was sie damit wollen«, sagte Kaminski, »aber es ist Tönernen-Technologie, und das Direktorat scheint auf alles in der Richtung ganz versessen zu sein. Aber hör mal, jetzt mach dir da keinen großen Kopf drum. Gut möglich, dass das gar nicht stimmt.«

Ich nickte langsam, tat mich aber schwer damit. »Sonst noch was?«

»Nee, außer, dass dich das Direktorat wirklich aus tiefstem Herzen hasst«, sagte Kaminski. »Die haben mir gesagt, dass selbst Generaldirektor Zhang persönlich deinen Namen kennt und dich gerne tot sehen würde.«

»Ich fühle mich geehrt, aber da muss er sich wohl mehr anstrengen.«

Zhang war der erste Mann des Asiatischen Direktorats, Herr über mehr als zwei Drittel der Bevölkerung des erforschten Weltalls. Sein Gegenspieler Präsident Francis war während unserer Zeit in Damaskus ermordet worden. Es war immer noch nicht klar, ob sie es wirklich gewesen waren, aber natürlich hatte sich das Direktorat zu dem Anschlag bekannt.

»Mehr habe ich nicht zu melden«, sagte Kaminski. »Noch mal danke, dass ihr mich da rausgeholt habt.«

»Du hättest gar nicht erst da draußen zurückgelassen werden dürfen«, sagte Jenkins. »Dafür kannst du dich bei James und Loeb bedanken.«

Kaminski reagierte nicht darauf, und in seinem Gesicht war Verständnis zu lesen. Es war eben das Los des Soldaten: das Risiko, das jeder akzeptieren musste, wenn es in den Mahlstrom ging.

»Was ist mit den Warfighters?«, fragte ich. »Hast du sie auf Capa gesehen?«

Kaminski warf Jenkins einen schiefen Blick zu und rümpfte die Nase. »Ich habe dir ja gesagt, dass ich Williams nicht traue.«

»Das war nicht die Frage«, sagte sie.

Er schüttelte den Kopf. »Ich glaube nicht. Aber wenn das stimmt, was Jenkins gesagt hat, könnten sie überall sein. Solange der Stab und die Wissenschaftler dich nicht in die Geheimnisse der Neuen Sims einweihen …«

Die Neuen Sims waren von echten menschlichen Körpern fast nicht zu unterscheiden. Mit denen konnten die Warfighters im Prinzip wirklich überall sein, und das bereitete mir ernste Sorgen. Ich schüttelte mich unwillkürlich, sah mich auf dem Aussichtsdeck um und kämpfte gegen das Schwindelgefühl an. Meine Datenbuchsen hatten längst wieder angefangen, dumpf zu pulsieren. Sie versprachen mir Erlösung und das Gefühl der Unverwundbarkeit, das ich in meiner eigenen Haut nie würde erleben können. Die fehlende linke Hand juckte.

»Tut mir leid, was Williams mit dir veranstaltet hat«, sagte Kaminski.

»Hätte schlimmer sein können.«

»Ich will einfach nur wieder zurück in den Tank«, sagte er leise. »Ich kann die Tage seit meinem letzten Übergang kaum noch zählen.« Er nickte meiner Brust zu, an der das Holo-Abzeichen mit »236« steckte. »Da muss ich mich ja anstrengen, um den Chef wieder einzuholen.«

Obwohl es irgendwo im Askari-Sektor einen Captain gab, der angeblich über zweihundertdreißig erfolgreiche Übergänge auf dem Konto hatte, hielt ich immer noch den Rekord. Eine zweifelhafte Ehre und nichts, worauf ich besonders stolz war, aber dennoch ein weiterer Aspekt der Lazarus-Legende; eine Statistik, zu der die Grünschnäbel aufblicken konnten.

»Es geht doch gar nicht um die Zahl«, sagte Jenkins, »sondern darum, was man damit anstellt.«

»Falls wir nicht unterwegs noch auf Gegenwehr stoßen, sind wir in drei Tagen auf Calico«, sagte ich. »Bis dahin lässt du's gefälligst ruhig angehen. Wenn du irgendwas brauchst, sag Bescheid. Oberst zu sein hat so seine Vorteile.«

»Glückwunsch zu der Beförderung«, sagte Kaminski.

Ich zuckte mit den Schultern. »Die hatten sowieso nur zwei Möglichkeiten: Kriegsgericht oder Beförderung. Schön, dich wieder bei uns zu haben, 'Ski.«

Ich wandte mich zum Gehen, aber Kaminski war noch nicht fertig. »Die kennen dich, Harris, und sie haben Angst vor dir.«

»Das ist auch gut so«, sagte ich mit aller Überzeugung, die ich aufbringen konnte.

Meine Gedanken waren ganz woanders. Ich fragte mich, ob mich das Asiatische Direktorat immer noch fürchten würde, wenn sie wüssten, wer ich wirklich war.

Was ich wirklich war.

Alt, ausgebrannt, erledigt.

Bis ich mit Kaminski fertig war und mich nach dem Zustand der restlichen Kriegsgefangenen erkundigt hatte, war es nach dem Tag-Nacht-Zyklus der *Independence* schon spät geworden. Das Abendessen war vorbei, und im Schiff herrschte Ruhe; die erschöpften Sim-Lenker und Piloten hatten sich ihren Schlaf auf dem kurzen Weg nach Calico redlich verdient.

Die Kantine war dunkel und leer. Ich schnappte mir einen Kaffee und ein paar alte Scheiben Brot von der Anrichte und ließ mich in einer Ecke nieder.

»Geht's dir auch so, dass du nach dem Sterben immer Hunger hast?«, sagte eine Stimme.

Ich hob ruckartig den Kopf und stellte fest, dass ich doch nicht alleine war. Leutnant James hatte am anderen Ende der Halle gesessen und schlenderte jetzt zu mir herüber. Er wirkte mutlos und angeschlagen; hatte den gleichen Gesichtsausdruck, der mir schon auf Capa V aufgefallen war, als er auf der Landeplattform so gezögert hatte.

»Nein«, sagte ich undeutlich und schluckte eine Ladung Brot herunter. »Aber sich mit abgehalfterten Piloten rumschlagen zu müssen, die ihren Scheiß nicht geregelt kriegen, wenn man sie am dringendsten braucht – das macht mich meistens hungrig.«

»Jaa«, sagte er. »Tut mir leid.«

Er hatte eine kleine, angebrochene Flasche marsianischen Wodkas dabei. Sie war nichtssagend und trug kein Etikett, schien mich aber trotzdem wie ein psychologisches Leuchtfeuer anzublinken.

»Neue Sims werden nicht betrunken«, sagte ich. »Das hatten wir doch schon mal.«

Das war nicht ganz richtig, denn ich hatte ihn angetrunken gesehen, wenn er sich wirklich ins Zeug legte. Aber diese einzelne, kleine Wodkaflasche war sicher kaum ausreichend.

»Ich trinke nicht, um betrunken zu werden«, sagte er.

»Hast du überhaupt die Erlaubnis gehabt, Alkohol mit an Bord zu bringen?«

Er zog eine Augenbraue hoch. »Warum? Willst du mich bei Captain Qadr verpfeifen?«

Ich antwortete nicht, sondern nahm die angebotene Flasche in Empfang. Ich hatte eine Zeit lang versucht, mich zu wehren – wirklich alles gegeben, um zu verhindern, dass mich die anderen Sim-Teams in angeschlagenem Zustand sehen mussten –, aber jetzt ging es nicht mehr. Die Schmerzen in den Knochen, dieses dumpfe Gefühl, das nur von einem anständigen Schluck weggespült werden konnte … Ich gab auf. Heiß und beruhigend bahnte sich der Sprit einen Weg durch meine Kehle.

»Was zur Hölle war da draußen heute los, James?«, fragte ich schließlich.

»Nichts«, sagte er und seufzte. »Ich … ich bin nur …«

Das sah ihm überhaupt nicht ähnlich. Eigentlich war er alles, was ein Weltraum-Fliegerass zu sein hatte: ansehnlich, frech, ein Schwerenöter erster Güte.

Aber *dieser* James hier – Sim oder nicht – sah einfach nur gehetzt aus. Er lehnte sich auf dem Stuhl zurück, und der Kunststoff seines Overalls knarzte. Ich hatte ihn noch nie in seinem richtigen Körper gesehen und konnte mich auch nicht erinnern, ihn in all den Monaten, die wir zusammen gedient hatten, je in etwas anderem als seinem Fliegeranzug getroffen zu haben.

»Kaminski hat Schwein gehabt«, sagte er.

Ich lachte krächzend. »Das kannst du ihm gerne sagen, aber ich würde das lassen, solange Jenkins in der Nähe ist.«

Er nahm einen Zug aus der Flasche und wischte sich mit dem Handrücken über den Mund. »Es tut mir wirklich leid. Ich habe echt Scheiße gebaut. Aber der Anblick der Gefangenen ist mir zu nahegegangen.«

»Wie meinst du das? Du hast nie was erzählt …«

Er verzog das Gesicht. »Hast du dich je gefragt, warum du mich nie in meinem echten Körper siehst, Harris?«

»Nicht wirklich. Eure Neuen sind doch dafür gebaut, dass man sie dauerhaft bewohnen kann, oder?«

»Ja, aber manche von uns haben keine Wahl. Was auf Capa passiert ist … hat alte Erinnerungen geweckt.«

Hinter James steckte doch mehr, als ich gedacht hatte. Er hatte irgendwann mal Familie erwähnt und von früheren Posten erzählt, sonst aber wenig über seine Vergangenheit preisgegeben. Scorpio hatte eine eigene Sim-Zentrale; das war mittlerweile sowieso üblich, da immer Einheiten der Luftwaffe an Sim-Einsätzen teilnahmen. James' Geschwader alleine umfasste sechzehn Leute, und er war Kommandant der ganzen Staffel.

»Wie lange war es bei dir?«, fragte ich vorsichtig.

»Sechs Jahre Echtzeit«, sagte er. »Nicht so finster wie der Kalte Tod, aber genau so schlimm. Ein Dschungelplanet; furchtbar heiß, wahnsinnig stickig. Den Namen habe ich nie erfahren.«

»Das hättest du mir sagen sollen. Ich hätte dich auf Unterstützung setzen …«

»Dafür bin ich nicht hier.«

»Du hast den ganzen Einsatz in Gefahr gebracht, James. Das waren alles echte Menschen da unten.«

»Das wird auch nicht wieder passieren«, sagte er. »Jeder von uns hat Leute zurückgelassen, Harris. Jeder von uns trägt irgendeine Schuld mit sich rum.«

Seine Worte hatten einen Nerv getroffen. Ich nahm einen tiefen Zug aus der Flasche und wünschte mir, ich hätte eine ganze Kiste von dem Zeug da. Wir steckten mitten in einem richtigen, totalen Krieg mit den Krell. Keinem Kalten Krieg mehr, wie ich ihn seit der Unterzeichnung des Vertrags hatte ertragen müssen, sondern einem echten. Die Krell drangen immer weiter ins Gebiet der Allianz vor. Ich wusste, dass ich Verantwortung an der Front zu tragen hatte.

All das stand außer Frage.

Was noch lange nicht hieß, dass ich mich damit irgendwie befassen wollte.

Das klassische Überlebenden-Syndrom.

Ich fühlte mich schuldig, weil ich beim Untergang von *Liberty Point* nicht zur Stelle gewesen war. Ich war nicht da gewesen und hatte es nicht verhindern können. Ich fühlte mich schuldig, weil mehr als ein Dutzend Kriegsschiffe der Allianz am Damaskus-Graben vernichtet worden waren – voll bemannt. Aber wenn ich wirklich tief – und schmerzvoll – in mich hineinhorchte, wusste ich, dass der eigentliche Grund für meine Melancholie immer noch Elena blieb. In Damaskus war ich so nah dran gewesen, sie endlich zu finden: bis hin zu ihrem Sim auf dem Artefakt. Als die UAS *Colossus* das Sprungtor der Tönernen durchflog, hatte ich sogar die *Endeavour* gesehen – ihr Schiff. Wir hatten das Netzwerk der Tönernen in all seiner schrecklichen Pracht gesehen; das riesige Geflecht von Planeten, Sternen und Toren, das die Tönernen zurückgelassen hatten. Die *Colossus* war durch den Flug schwer beschädigt worden – ihre Sensorik und Telemetrie sämtlich durchgeschmort, der Datenkern ausgebrannt wie die Synapsen eines Menschen, der dem Wahnsinn anheimfällt.

Also blieb Elenas Standort nach wie vor ein Fragezeichen. Und so sehr ich es auch versucht hatte, natürlich hatte man mir nicht die Mittel für eine weitere Expedition in den Mahlstrom zugestanden. Die Allianz war viel zu sehr damit beschäftigt, ihre neuen, schrumpfenden Grenzen irgendwie zu sichern, als dass man eine Offensive sanktioniert hätte. Aber damit konnte ich mich nicht abfinden. Der Krieg konnte nicht dadurch gewonnen werden, dass wir uns immer weiter zurückzogen, den Krell jede Menge Grundbesitz in den Rachen schoben und hofften, sie würden sich damit zufriedengeben. Die Krell waren *niemals* satt.

Ich versuchte, mich wieder ins Gespräch einzuklinken, und stellte fest, dass ich den Wodka ausgetrunken hatte. James beschwerte sich nicht, als ich ihm die leere Flasche zurückgab.

»Hast du gehört, was mit dem Bussard passiert ist?«, fragte er.

Das war der Spitzname von Admiral Joseph Loeb – verdient sowohl durch Aussehen als auch durch Charakter. Er war während der Damaskus-Operation der befehlshabende Offizier der *Colossus* gewesen. Ich sagte nichts; Loebs Umstände waren eine weitere Quelle meiner Schuldgefühle.

»Man hat ihm die Flügel gestutzt«, sagte James spöttisch. »Er ist dauerhaft am Boden und wartet auf das Kriegsgericht.«

»Ich weiß«, sagte ich. »Angeblich ist er auch auf Calico.«

James nickte. »Ich habe übrigens auch neue Befehle bekommen. Die ganze Scorpio-Staffel ist abberufen worden.«

»Ist vielleicht auch besser so«, sagte ich.

»Vielleicht.«

Wir saßen beide stumm da, wenig später stand James auf und ging.

Ich saß alleine im Dunkeln, das Ächzen und Knarren des Schiffs meine einzige Gesellschaft.

Es dauerte nicht lange, bis meine Gedanken zurück nach Calico wanderten …

5

SIE IST SCHON WEG

Zehn Jahre zuvor

Ich war vierunddreißig und Captain beim Simulaten-Programm der Allianzarmee. An diesem Tag hatte ich die Chance, mein Leben zu ändern, und nahm sie nicht wahr.

Das letzte Mal, als ich die echte Elena sah, war auf Calico.

Ich schubste und drängelte mir einen Weg durch die engen Gänge und fluchte, während ich mit den Ellbogen Minenarbeiter, Kolonisten und Firmenangestellte aus dem Weg stieß. Jeder Außenposten, jedes Schiff hat seinen eigenen Duft, seine eigene Aura; diesen sofort erkennbaren Geruch, den man als Bewohner mit Heimat assoziiert. Die große Calico-Basis hatte Geruch im Überfluss. Eine verschwitzte, schmuddelige Ausdünstung, die keinen Zweifel daran ließ, dass der ganze Planet im Prinzip eine einzige riesige Mine war.

Vor dem Ersten Krell-Krieg war Calico eine überaus profitable Bergwerkskolonie gewesen. Die ursprünglichen Kolonisten waren Anhänger einer obskuren

Hindu-Gaia-Mischsekte. Ganz viel Frieden, bitte kein Krieg. Trotz der Lage in Frontnähe hatten es die Calicaner erfolgreich geschafft, sich aus den Feindseligkeiten fast komplett herauszuhalten. Sie verdienten ihren Lebensunterhalt damit, gewaltige Mengen an Rohmaterial aus dem Planeten zu fördern, zu verarbeiten und dann in Massen zu den Kernwelten zu verschiffen. Der Planet war nicht viel größer als der Mond der Alten Erde und bot keinerlei Atmosphäre, die man hätte terraformen können.

Solche geschlossenen Ökosysteme waren, was den Geruch angeht, schon immer die schlimmsten – nicht zuletzt dank der vielen Touristen und Neuankömmlinge, die die Bevölkerung auf mehr als das Doppelte der eigentlich erträglichen Grenzen hatten anschwellen lassen. Überall waren Menschen. Sie quetschten sich durch Türrahmen und drängten sich an den Relings der hohen Laufstege. Jeder Quadratmeter öffentlichen Raums war ganz den Prozessionen, dem Pomp und den Zeremonien verschrieben, mit denen die UAS *Endeavour* verabschiedet werden sollte. Während ich mich durch die Massen kämpfte, sah ich überall Banner und Flaggen mit EIN HOCH AUF DEN START! Mir drehte sich der Magen um.

Einige Monate zuvor – als sie Azur verließ, als sie mich verließ – hatte Elena mir erzählt, dass die Einzelheiten zum Start der *Endeavour*-Mission vertraulich waren. Das war allerdings nur wenige Wochen der Fall gewesen, bis sich die mediale Maschinerie der Allianz in das Thema verbissen hatte. Vor ein paar Wochen hatte man den Start öffentlich bekannt gegeben.

Ich starrte auf den Rechner an meinem Handgelenk. Noch dreißig Minuten bis zum Start. Eine Lawine verschiedener Ideen ratterte durch meinen Kopf. Ich musste sie einfach ein letztes Mal sehen. Ich hatte mir stur eingeredet, dass sie – *wenn sie mich nur erblicken würde* – sich irgendwie alles anders überlegte.

»Wohin geht's, Fremder?«, fragte mich ein Teenie und versperrte mir den Weg.

»Raumhafen.«

»So wie alle«, sagte er und schüttelte überheblich den Kopf. »Ganz schöne Strecke zu Fuß. Das wird aber knapp, Soldat.«

Es wurde wirklich knapp, das war mir durchaus bewusst. Ich war in einem Frachthangar auf der anderen Seite von Calico gelandet. Es hatte mich deutlich mehr Zeit gekostet als befürchtet.

Der Junge zuckte mit den Schultern. »Ich könnte dich da hinbringen, durch die Schächte, rechtzeitig zum Start. Interessiert?«

»Ja«, sagte ich. »Glaube schon.«

Der Bursche trug einen Schutzanzug in grellem Orange. Sein Kopf wölbte sich aus dem breiten Kragenring hervor und sah lächerlich klein aus. Ich war noch nicht lange auf Calico und hatte eine Passagierfähre genommen, für die ich dank meines Rangs beim Sim-Programm noch nicht mal etwas bezahlen musste; trotzdem war mir sofort aufgefallen, dass hier alle rund um die Uhr Schutzanzüge trugen. Obwohl es auf der ganzen Basis eine atembare Atmosphäre gab und man nirgendwo Schutzkleidung brauchte, ließen sich manche Traditionen wohl nur schwer abschütteln. Der Anzug des Jungen sah aus, als würde er schon seit mehreren Generationen weitervererbt; er war verblichen, ausgefranst und von einem Teppich neo-religiöser Symbologie überzogen. Einen tatsächlichen Kontakt mit dem Vakuum konnte der Junge darin kaum überleben.

»Kostet aber«, sagte er. »Zehn Credits hin und zurück. Dafür Ruhe vor den ganzen Gangs. Ich kenne die alle.«

»Netter Versuch, Kleiner. Ich werde einfach irgendwen nach dem Weg fragen und dafür nichts blechen.«

Der Junge hatte eindeutig indisch-asiatische Wurzeln und war ungefähr vierzehn Jahre alt. Mehrere Altersgenossen trieben sich hier im Gang herum und bewegten sich geschickt zwischen den Touristen. Viele machten unterwegs ein paar Geschäfte – verkauften kleine Andenken oder übten sich im Taschendiebstahl. Wie die meisten unbeaufsichtigten Kinder auf der Basis wirkte auch mein Gegenüber seltsam unterentwickelt; das Gesicht war viel zu alt für den kleinen Körper. Ob es an dem Leben unter Einfluss der schweren Gravitationsgeneratoren lag oder einfach an klassischer Unterernährung – schwer zu sagen.

Der Junge verdrehte die Augen. »Zur Not auch nur für fünf. Aber nicht weniger. Viele Geschäfte gerade. Start-Tag heute, nicht vergessen. Ich kenne hier alle Gänge.«

Ich musste widerstrebend einsehen, dass der Bursche wahrscheinlich recht hatte. Auf dem Weg hierher hatte ich mich schon zweimal verlaufen, außerdem waren die Passagierbereiche furchtbar verzweigt und für Ortsfremde ein einziges Labyrinth. Aufgrund der verschärften Sicherheitsvorkehrungen gab es ein generelles Flugverbot, also keine privaten Gleiter, keine Taxis und keinen Transitverkehr. Wenn ich sie noch rechtzeitig erreichen wollte, musste ich unbedingt etwas Zeit gutmachen …

»Na schön. Fünf Credits.«

»Aber im Voraus, klar?«, sagte der Junge und streckte eine Hand aus.

Ich kramte in den Taschen meiner Uniform, fand einen Credit-Chip und legte ihn auf dem wartenden Handteller ab. Trotz des Anzugs trug der Junge keine Handschuhe.

»Heiße übrigens Vijay«, sagte er und verstaute den Chip in einer der vielen Taschen, die in den Anzug eingenäht waren. »Ich bin dann heute Ihr Fremdenführer. Und du?«

»Conrad. Und Vijay: Ich *verspreche* dir, dass ich dich umlege, wenn ich unterwegs beraubt werde.«

»Habe keine Angst vorm Tod, Soldat«, sagte Vijay und grinste mich mit seinen gelben Zähnen an. »Auf Calico geboren und gelernt, verstehste? Hier ist überall Tod.«

Damit drehte er sich um und ging den Gang hinunter.

»Seit wann bist du hier, Soldat Conrad?«, fragte Vijay.

»Conrad reicht völlig. Seit ein paar Stunden.«

»Verstanden, Sir. Siehste, wie ’n echter Soldat.«

»Mmmh, schon klar.«

Wir kamen durch mehrere große Hallen, riesige öffentliche Plätze mit Kuppeldächern. Auf Calico hatte man überall das Gefühl, die ganze Sache sei irgendwie aus dem Ruder gelaufen: Der Langzeitplan schien nicht aufgegangen, die Administration unzählige Male umgebaut worden zu sein. Häuser standen auf anderen Häusern, neuere Gebäude ragten aus älteren hervor. Vielleicht lag in alldem ein versteckter architektonischer Sinn – immerhin war es eine zivile Einrichtung, und oft schien das Äußere in solchen Fällen ähnlich wichtig zu sein wie die Funktion. Mir jedenfalls erschloss er sich nicht. Hier und da standen Tempel, die die Eintönigkeit der grauen Betonklötze und Hochhäuser aus Stahl ein bisschen auflockerten. Sie waren viel farbenfroher ausgemalt und wirkten geradezu einladend, als wollten sie unbedingt neue Jünger anlocken. Viele Bilder von der Alten Erde, allesamt wesentlich grüner und blauer, als ich sie in Erinnerung hatte.

»Ich war von Anfang an hier«, sagte Vijay. »Von meinem Anfang immerhin.«

»Verstehe. Deine Leute sind Kolonisten der ersten Generation?«

»Irgend so was. Habe die nie kennengelernt. Ist auch egal. Ich suche mir 'ne Gilde und hole mir 'ne Zulassung. Dann kaufe ich mir Ausrüstung und werde auch 'n Minenarbeiter, so wie alle hier.« Er nickte entschlossen. »Dann habe ich 'n gutes Leben. Warum bist du überhaupt auf Calico? Nicht viele Soldaten hier normalerweise.«

»Die bauen gerade 'ne neue Station«, sagte ich. Obwohl ich dem Kleinen alles haarklein hätte erzählen können, weil die ganze Sache nicht länger geheim war, entschied ich mich dagegen und fasste nur grob zusammen. »Ein paar Systeme entfernt. Eine große, neue Basis namens *Liberty Point*. Das wird den Militärverkehr von euch wegleiten.«

»Hm, gut und schlecht«, sagte der Junge. »Vielleicht gibt's dann weniger Krieg hier, aber auch weniger Touris. Du klingst wie 'n Ami.«

»Bin ich auch. Ist das ein Problem?«

»Für mich nicht. Aber für viele andere hier. Vielleicht kaufst du dir besser 'n paar andere Klamotten?« Er zeigte auf ein Grüppchen von Touristen, die alle nachgemachte Calico-Schutzanzüge in grellem Orange trugen. »Wenn du so 'n Anzug willst, kenne ich wen, der dir einen besorgen kann. Vakuumsicher und alles.«

»Ich brauche keinen Anzug. Meine Uniform reicht völlig. Ich will den Start auf keinen Fall verpassen.«

»Hast du 'n Mädchen an Bord oder so was?«

»So was«, sagte ich. »Wie weit noch?«

»Nicht viel. Ich kann dich sogar in den Pressegraben bringen, kostet aber 'n bisschen extra. Einer der besten Plätze, um den Start anzuschauen.«

Ich will den Start nicht anschauen, dachte ich. *Ich will ihn aufhalten.*

»Na dann los«, sagte ich – und fragte gar nicht nach seinem Preis.

Trotz seiner Fehler – er wollte nicht aufhören, mir die Geschichte von Calico herunterzuleiern, wie er aufgewachsen war und was für tolle Sachen er mir für wenige Credits zusätzlich beschaffen konnte – entpuppte sich Vijay als verlässlicher und zügiger Führer.

Wir bahnten uns einen Weg durch die Passagen und Wohngebiete, bis wir den Transportsektor erreicht hatten. Die ganze Zeit zählte die Uhr unaufhörlich herunter. Ich wurde immer ungeduldiger. Zwar hatte ich zu diesem Zeitpunkt längst eine ganze Reihe simulierter Tode hinter mir und meine rasante Karriere schon begonnen, aber das hier war Angst einer ganz anderen Größenordnung.

Wenn ich jetzt nicht sofort etwas unternahm, würde ich Elena für immer verlieren.

Durch die transparenten Kuppeln konnte man sehen, dass selbst die Wände der Sternenkratzer für den Start geschmückt worden waren. Auf riesigen Schirmen wurden nacheinander die Gesichter der wichtigsten Besatzungsmitglieder präsentiert: jeder Kopf fünfzig Meter hoch und mit einem zuckersüßen Lächeln für die Kamera. Da konnte einem schlecht werden.

»Wissen die denn nicht, was sie da veranstalten?«, sagte ich laut.

»Die wollen Frieden machen, verstehste? Das kapieren so Militär-Leute wie du nicht. Die wollen zu den Krell und mit denen reden.«

»Das wird nie funktionieren.«

Viljay hob warnend den Finger und ließ seinen besten Oberlehrer-Tonfall erklingen. »Aber wenn der Vertrag doch klappt, haben wir alle gewonnen. Die reden von einer Quarantänezone oder so.« Er duckte sich zwischen zwei Männern in blaugrünen Roben hindurch, die Weihrauchgefäße schwenkten. »Die Fähren sind hier lang.«

Dort würde Elena einsteigen und mit einer Passagierfähre von Calico zur wartenden *Endeavour* fliegen. Die eigentliche Expeditionsflotte hing hoch über uns und war nur als kleiner Schwarm blinkender Lichter auszumachen, fast verloren im Meer der Sterne.

»Wir bauen jetzt 'n Weltraumaufzug«, sagte Vijay. »Wird richtig klasse fürs Geschäft.«

Aus dem Transportsektor erwuchs eine Bohnenranke aus Metall, umgeben von großen Gerüsten und industriellen Kränen. Noch war sie erst wenige Hundert Meter lang, würde aber in Zukunft die Calico-Basis mit den orbitalen Docks verbinden und so die Reisezeit erheblich verkürzen. Noch waren die Fähren die schnellste Variante. Immerhin hatten die Fernsehteams der Allianzmedien so weitaus mehr Möglichkeiten, die Besatzung noch einmal in aller Pracht vorzuzeigen.

»Wo ist der Pressegraben?«, fragte ich.

Vijay streckte die Hand aus. »Da hinten lang. Ich habe 'nen Pass.«

Der Junge brachte mich zu einem erhöhten Steg. Zwischen den Militärpolizisten der Allianz, unschwer zu erkennen dank der schwarzen Panzeranzüge und der geschulterten Karabiner, standen immer wieder Mitglieder der Sektorsicherheit – Männer in breiten blauen Schutzanzügen mit weißer Schrift auf Brust und Rücken. Vijay hielt dem nächsten Wachmann seinen Armrechner unter die Nase. Dem Mann fehlten mehrere Vorderzähne, und sein Kopf war vollständig tätowiert. Er zog erstaunt die Augenbrauen hoch, dass eine einfache Stationsratte einen Presseausweis besaß, war aber augenscheinlich viel zu faul, um die nötigen Überprüfungen durchzuführen.

»Rein mit euch«, sagte er. »Viel Spaß bei der Show.«
»Danke, Chef. Werden wir haben.«

Der große Hangar für die Passagierfähren war bis auf die Startfahrzeuge komplett geräumt worden. Tausende Schaulustige hatten sich in der Halle versammelt. Noch waren die Außentore geschlossen und die sechzehn Fähren auf ihren Liegeplätzen, umgeben von Starttribünen und breiten Rampen für die Passagiere. Überwiegend handelte es sich um überflüssiges Beiwerk, das sich für die Fernsehshow aber gut machte. Mitten im Hangar marschierte eine Blaskapelle auf und ab; Saftsäcke in feinen Uniförmchen, die brav ihre Lieder spielten und über dem Gejohle der Menge kaum zu hören waren. Die Zivilisten schwenkten Fähnchen, bliesen in ihre Hörner und schrien herum.

Ich stellte erfreut fest, dass der Pressegraben – entgegen seinem Namen – eine erhöhte Plattform war, die aus der Menge ragte. Zu meinem Erstaunen war fast die Hälfte der Leute hier ebenfalls vom Militär. Die ganze Luft war erfüllt vom Summen unzähliger Presse-Drohnen, die mit winzigen Kameras und Richtmikrofonen alles für die Nachwelt festhielten.

An der Wand war eine gewaltige LED-Tafel montiert worden, auf der ein Countdown ablief. ZEIT BIS ZUM BOARDING – NOCH 45 SEKUNDEN! PRÄSENTIERT VON DELAT ENTERPRISES!

Es gab keine Sitzplätze, aber Vijay schaffte es, uns bis nach vorne in die Nähe einer Militärreporterin zu bugsieren. Mit ein bisschen Geschubse konnte ich von hier oben direkt auf die Starttribüne schauen. Näher würde ich Elena wohl kaum kommen. Direkt unter uns war eine freie Schneise mit Absperrungen, hinter denen eine Menge Sicherheitskräfte standen und die jubelnde Masse im Zaum hielten.

Ich kann sie nicht einfach gehen lassen, redete ich mir ein. *Das kann sie nicht machen.*

»Hey, klasse! Sie sind doch vom Sim-Programm, nicht wahr?«

Die Reporterin stand direkt neben mir. Flammendes Haar fiel ihr über die Schultern, und ihr intelligenter Anzug saß wie angegossen.

»Was hat mich verraten?«, fragte ich.

»Ihre Uniform.« Sie verzog die vollen roten Lippen und schenkte mir ein breites Lächeln. Ein filmreifes Lächeln. Ein sorgsam einstudierter Gesichtsausdruck, damit sich der Gesprächspartner wohlfühlte.

»Sarkasmus ist nicht Ihre Stärke«, sagte ich.

Die Frau überging meinen Kommentar. Zwei kleine Nachrichtendrohnen hatten sich zu ihr gesellt und schwirrten um ihren Kopf. »Wie viele Tode für Sie, Captain?«

Also konnte sie offenbar auch Rangabzeichen lesen. Wow. »Zu viele.«

Das nächste Pulitzer-Preisträgerin-Lächeln. Ich konnte mich vage an ihr Gesicht erinnern; sie tauchte immer wieder in den Nachrichten auf, die das Allianzmilitär regelmäßig ausstrahlte … Cassi Irgendwas? Ihre tiefgrünen Augen blitzten – Daten liefen über die Innenseite ihrer Pupillen. Wahrscheinlich war sie direkt mit dem Zentralrechner von Calico verbunden.

»Captain Conrad Harris, einhundertundzwölf Übergänge«, sagte sie. »Beeindruckend.«

»Das ist ein gefährliches Spielzeug. Jede Menge brisanter Informationen könnten so in die falschen Hände geraten.«

»Core News passt immer auf«, sagte sie und tippte an den Holo-Ausweis auf ihrer Brust. Dort stand CASSI BROOKE, CORE NEWS NETWORK. Brooke nickte in Richtung Hangar. »Wie es aussieht, sind Sie gerade noch rechtzeitig angekommen, junger Soldat.«

Der Countdown leuchtete auf: BOARDING! BOARDING! BOARDING!

Die Besatzung hatte eine Militäreskorte dabei und wurde exakt in dem Moment in Richtung der wartenden Fähren gebracht.

Scheiße. Jetzt oder nie.

Sämtliche Schirme waren von den Gesichtern der tapferen Männer und Frauen der Expedition ausgefüllt.

Brooke wandte sich den Nachrichtendrohnen zu und begann mit ihrem professionellen Geschwafel. »Nur noch zehn Minuten bis zum Start, Leute! Die Stimmung hier ist wirklich unglaublich. Man muss diese Feier einfach sehen, um das alles zu glauben. Die UAS *Endeavour* befindet sich in diesem Augenblick viele Kilometer über unseren Köpfen – in Calicos Orbitaldocks, die in der ganzen Galaxis berühmt sind.«

Ich umklammerte die Reling des Pressebereichs. Die Atmosphäre war eher schwindelerregend als unglaublich. Unter mir wurden die Flaggen Hunderter Kolonien und Dutzender Nationalstaaten geschwenkt. Von nahezu jeder Kolonie, jedem Außenposten und aus jedem Land waren Vertreter anwesend.

»Die Einzelheiten der *Endeavour*-Mission sind atemberaubend«, fuhr Brooke fort. »Sie ist eines der größten zivilen Schiffe, die die Allianz jemals gebaut hat, für extreme Langstreckenflüge ausgerüstet und hat den fortschrittlichsten Quantenantrieb, der je auf einem Schiff dieser Größe installiert wurde.«

Ich musste immer wieder Leute anrempeln, um einen freien Blick auf die versammelte Besatzung zu erlangen. Alle trugen die gleichen tiefblauen Schutzanzüge und schwarze Kästen, die mit Schläuchen in der Brust verankert waren. Auch das war lediglich Teil der Show. Eine Reminiszenz an Entdecker früherer Tage, an die ersten Astronauten, die sich aufgemacht hatten, das Dunkel des Alls zu erkunden.

»Wie man uns versichert hat, ist sie für jedweden Zufall bestens gerüstet«, sagte die Reporterin. »Sie kann allem standhalten, was auch immer das Krell-Kollektiv ihr in den Weg stellt. Aber natürlich dürfen wir nicht vergessen, dass die *Endeavour* nicht das einzige Schiff ist, dass an dieser Mission teilnimmt. Tatsächlich umfasst die Expedition ganze sechzehn Schiffe.«

Ihre Namen waren in der ganzen Allianz wohlbekannt und hatten seit Wochen die launenhafte Fantasie der Bevölkerung beflügelt. Die AFS *Lion's Pride*, die HMS *Britannic*, die UAS *Ark Angel* … Viele der Schiffe waren multinationale Anstrengungen, alle waren unterschiedlich gebaut, und jedes hatte eine ganz spezielle Rolle bei dieser Mission zu spielen.

»Und hier kommt die Besatzung!«, quietschte die Reporterin vergnügt.

Ich drehte langsam durch. Da stand sie.

Das alles war nicht mehr als eine letzte Gelegenheit für unzählige Fotos. Es hatte keinerlei Vorteil, die Besatzung auf diese Weise einsteigen zu lassen. Einer nach dem anderen bestieg gemächlich die Tribüne in Richtung der äußeren Luftschleusen.

»Kommandant Cook!«, verkündete eine Stimme. »Christopher Cook ist Expeditionsleiter sowie Kapitän der *Endeavour*.«

Er drehte sich um, blieb stehen und winkte der Menge. Mittleren Alters und mit gütigem Lächeln erschien sein Gesicht über zwanzig Stockwerke auf den riesenhaften Bildschirmen. Ich hatte das Gefühl, den Mann schon zu kennen; hatte mehrere Interviews in *Kriegsberichte* und *Allianz Heute* gelesen. Sein Gesicht hatte wochenlang jede Veröffentlichung geziert, die PsychE herausbrachte.

»Einer von uns«, mischte sich Vijay neben mir ein und nickte stolz. »Kommt von Calico, verstehste.«

Cook war ein Familienmensch: drei Frauen und sechzehn Kinder. Diese Information war wie eine Beruhigungspille in der Öffentlichkeit breitgetreten worden, als subtiler Hinweis darauf, dass die Expedition erfolgreich zurückkehrte – schließlich würde er seine Familie nicht freiwillig im Stich lassen.

»Cooks zweiter Offizier, Leutnant Reji Ashwari!«

Noch ein bekanntes Gesicht, noch eine Welle der Begeisterung. Noch ein geübter Gang aufs Podium in Richtung der wartenden Fähre.

»Sergeant Thomas Stone!«

Ein Gesicht nach dem anderen. Fast die gesamte Kernbesatzung bekleidete militärische oder pseudomilitärische Ränge. Eine wohlüberlegte Täuschung, um die Öffentlichkeit einzulullen. Ich hatte die Akten studiert und meine Quellen genutzt. Bis auf Stone, dessen fünfköpfiges Sim-Team als Sicherheitstrupp mit an Bord war, hatte tatsächlich niemand militärische Erfahrung.

»He, alles klar bei dir?«, fragte Vijay. »Siehst 'n bisschen blass aus.«

Ich holte tief Luft. »Fünf Mann für all die Schiffe.«

»Dr. Elena Marceau!«

Ich lehnte mich übers Geländer. Winkte ihr zu. Brüllte ihren Namen. Natürlich ging meine Stimme in einem Meer von Lärm unter. Ausgelassener, sinnfreier, zielloser Jubel.

Dann tauchte Elenas Gesicht auf dem gigantischen Schirm auf, und ich musste mich wirklich zusammenreißen, nicht in Ohnmacht zu fallen. Ich schwankte gefährlich am Geländer, während sie den Weg aufs Podium einschlug. Obwohl nur wenige Hundert Meter zwischen uns lagen, hätten es ebenso gut Lichtjahre sein können. Sobald ihre Reise in den Mahlstrom begann, würden es tatsächlich bald Lichtjahre werden.

Ich werde ihren Anblick an diesem Tag nie vergessen. Der Schutzanzug saß vorzüglich, nicht so wie die älteren, bauschigen Modelle, und stellte ihre schlanke Gestalt trefflich zur Schau, während sie über die Empore schritt. Auf der einen Schulter prangte die französische Flagge, auf der anderen die der Allianz. Und weil sie natürlich auch ein hübsches Gesicht für die Kameras bot, hatte sie als Einzige die Kapuze noch nicht aufgesetzt. Ihr langes schwarzes Haar war zu einem praktischen Pferdeschwanz gebunden, ihre roten Lippen funkelten, ihre Wangen waren leicht gerötet. Ich hatte sie nie schöner gesehen.

Am Ende des Podiums hielt sie inne. Sie stand in der geöffneten Schleuse und ließ den Blick über die Menge schweifen. Keins der anderen Besatzungsmitglieder hatte das getan – im Eingang noch einmal gezögert. Suchte sie nach mir, oder spielte ich bloß verrückt?

»Sie macht noch den ganzen Ablauf kaputt …«, murmelte Brooke neben mir gedämpft. »Sie ist doch bloß die bekackte Psychotante an Bord, um Christo willen …«

Jede Menge Leute zwischen ihr und mir. Ich fühlte, wie ihr Blick in meine Richtung glitt. Die dunklen Augen ruhten auf der Pressetribüne. Konnte sie mich sehen? Kurz hatten wir Augenkontakt – glaubte ich zumindest.

Geh nicht. Bitte – geh nicht.

Der Augenblick ging vorüber, und Elena verschwand im Schiff.

Ich kann sie nicht fliegen lassen.

Ich beugte mich noch weiter vor und testete die Stabilität der Reling aus. Sie war fest verschraubt und würde mein Gewicht aushalten. Direkt unter mir lag der leere Sicherheitsbereich. Keine fünf Meter zu springen.

»Was hast'n du vor, Boss?«, fragte Vijay, als hätten

sich die Rädchen in seinem Kopf endlich in Bewegung versetzt. »Das ist echt keine gute Idee …«

»Drauf geschissen«, sagte ich.

Und sprang über die Brüstung. Die Menge johlte immer noch völlig idiotisch und schenkte mir kaum Beachtung. Ich landete hart auf dem Boden und rollte mich ab. Wusste genau, dass ich jetzt sehr schnell denken und handeln musste; es galt, irgendwie an den Sicherheitsleuten vorbei zur Fähre zu kommen …

»Halt!«, schrie jemand hinter mir. Bewegung am Ende der Absperrung. »Stehen bleiben!«

Vijay und Brooke hatten sich beide über die Brüstung gebeugt und starrten zu mir herab. Die Militärpolizisten reagierten schneller, als ich ihnen zugetraut hätte, und kamen in Windeseile näher. Sicherheitsdrohnen jagten über die Köpfe der Menschenmenge hinweg.

»Ich kann sie nicht einfach fliegen lassen!«, brüllte ich und rannte auf die Fähre zu.

Am anderen Ende des abgesperrten Bereichs tauchten zwei Gestalten auf; Schlagstöcke in der einen Hand, Schockpistolen in der anderen. Die imposanten Militärpolizisten in ihren Kampfanzügen waren ganz auf mich konzentriert. Hinter ihnen tauchten noch mehr auf und versuchten, den Weg zur Fähre abzuriegeln.

Ich schwang eine saubere Rechte gegen die Nase des ersten MP. Der Grobian taumelte in einem roten Sprühregen zurück. Er schrie auf, ließ den Schlagstock fallen und fluchte. Ich tauchte am zweiten vorbei und rannte auf die Fähre zu …

»Oh nein, sicher nicht!«, rief einer der beiden. »Das ist Sperrgebiet!«

»Sie verstehen das nicht!«, schrie ich zurück, während Hände meinen Kragen packten und mich nach hinten rissen. »Sie darf das nicht tun!«

»Tja, nun ist sie aber schon weg«, knurrte der MP.

Ich rammte ihm den Ellbogen in die Rippen und spürte den soliden Knochentreffer. Der Mann grunzte wütend, war aber nicht so leicht abzuschütteln wie sein Kollege. Er kämpfte verbissen und zog mich weiter von meinem Ziel weg. Auf einmal schien die offene Schleuse der Fähre unendlich weit entfernt. Ich wehrte mich verzweifelt, schlug mit Händen und Füßen um mich ...

Ein Schlagstock traf mich satt in den Nacken. Genau dafür waren die Dinger ja gebaut – eine nicht-tödliche, aber extrem schmerzhafte Methode, um Tatverdächtige unter Kontrolle zu bringen. Elektroschocks tanzten durch meine Schulter, und ich ging zu Boden. Ich konnte mich kaum rühren; schon waren mehrere MP zur Stelle und schlugen wieder und wieder mit ihren Stöcken auf mich ein, bis ich mich geschlagen geben musste.

Während mir langsam schwarz vor Augen wurde, sah ich den Pressebereich. Die Reporterin sah immer noch zu, ein fasziniertes Funkeln in den Augen. Ich wurde auf die Seite gerollt und erhaschte einen letzten Blick auf die Schleuse der Fähre. Elena war da drin, und bald würde sie zur *Endeavour* aufbrechen und in den Mahlstrom fliegen.

Es war das letzte Mal, dass ich sie sah.

Ich verlor das Bewusstsein.

6

CALICO

Mit Überlichtgeschwindigkeit schrammte die *Independence* an ein paar japanischen Außenposten vorbei, die – zumindest auf dem Papier – noch im Allianzraum lagen, und durchflog dann französisches Territorium. Die Reise dauerte keine drei Tage – kein Grund für das Quantentriebwerk, also auch kein Grund für die verdammten Tiefkühler. Unterwegs erlagen mehrere Gefangene ihren Verletzungen, die Zahl der Geretteten sank auf zweiundsechzig.

Kaminski kam schnell wieder auf die Beine. Warmes Essen und Jenkins schienen wahre Wunder zu bewirken, und nach und nach schien er zu alter Stärke zurückzufinden, trotz des vielen Metalls in seinem Schädel. Professor Saul war noch immer ans Bett gefesselt, durchlief aber wohl ab und an Phasen, in denen er wach und halbwegs ansprechbar war.

Sobald wir das Gebiet der Allianz erreichten, hatten wir angefangen, neueste Meldungen von der Front zu bekommen. Die Gerüchte verbreiteten sich an Bord wie eine Seuche. Die Nachrichten waren alles andere als gut. Die Krell hatten zwei weitere Systeme ausgelöscht und waren weiter unerbittlich auf dem Vormarsch. In den letzten sechs Wochen waren mehrere neue Flotten in den Allianzraum eingedrungen, und wir hatten im Gebiet der ehemaligen QZ drei Kampfgruppen verloren. Die Flotte hatte über Askari eine herbe Schlappe einstecken müssen, und die neuesten Voraussagen, was nennenswerten Nachschub anging, sprachen von zwei Jahren. Das war die bittere Realität der Zeitdilatation zu den Kernwelten; die unüberwindbaren Probleme eines großen, interstellaren Krieges.

Im Anflug auf Calico kehrte ich noch einmal aufs Aussichtsdeck zurück, fand aber weniger Ruhe, als ich erwartet hatte.

»Morgen.«

Da war die ganze Legion versammelt, Kaminski eingeschlossen. Er hatte sogar seine Uniform wieder angezogen und stand mit gespanntem Gesicht direkt an der Panoramascheibe.

»Morgen, Legion«, murmelte ich. »Dachte, hier gäb's ein bisschen Privatsphäre.«

»Sollen wir gehen?«, fragte Mason.

»Nein.«

Auf einmal war ich froh darüber, sie hier alle zu sehen, und fühlte mich direkt weniger angespannt. Ich musste feststellen, dass ich mich Calico doch nicht alleine stellen wollte. Kaminski war wieder da, das Team war komplett. Es fühlte sich an wie früher. Es fühlte sich gut an.

»Hast du 'ne Ahnung, warum die dich sprechen wollen?«, fragte Jenkins.

»Nein, keine Ahnung, warum die *uns* sprechen wollen«, sagte ich. »Es geht nicht nur um mich: Wo ich hingehe, ist auch die Legion.«

»Meinst du, Ostrow weiß Bescheid?«, fragte Mason.

»Wenn ja, würde er mir sowieso keine sinnvolle Antwort geben. Agenten sind alle gleich. Habe ihnen noch nie vertraut.«

Unter uns entfaltete sich Calico wie eine riesige graue Blume. Im Laufe des letzten Tags war der Planet immer mehr gewachsen, bis er sämtliche Sichtfenster ausfüllte. Ich war dauernd damit beschäftigt, die schmerzhaften Erinnerungen zu verdrängen, die der Anblick hervorrief.

Nach der Unterzeichnung des Vertrags hatte Calico eine Ruhephase erlebt, auch wenn das Geld der Großkonzerne nie wieder so geflossen war wie vor dem Krieg. Erzadern waren versiegt, und viele vermögende Betreiber hatten ihr Geld verloren. Ängstliche Aufsichtsräte hatten in ihren Glastürmen auf den Kernwelten beschlossen, Calico sei nicht länger eine sichere Investition. Das Resultat lag vor uns. Calico im Jahre 2284: ein Gewimmel halb aufgegebener Minen und Raffinerien, gespenstischer Kuppeldächer und leerer Wohnviertel.

»Ich bin schon mal hier gewesen«, sagte ich gedankenverloren. »Vor zehn Jahren.«

Habe zugesehen, wie sie ging: wie sie die Fähre bestiegen und die erforschten Gebiete hinter sich gelassen hat …

Mason sah mich fasziniert an. »Ist da um den Dreh nicht die *Endeavour* gestartet?«

Aus dem Augenwinkel sah ich Jenkins energisch den Kopf schütteln. *Nicht weiter bohren, Mädchen.* Aber Mason hatte schon immer gerne zu viele Fragen gestellt und ließ sich nicht beirren.

»Ja«, sagte ich. »Ich war dabei, als sie losgeflogen sind.«

»Das muss ja 'ne wahnsinnige Show gewesen sein«, sagte Mason und war sichtlich interessiert.

»War es. Aber damals war Calico auch noch anders.«

Die erneute Bedrohung durch die Krell – was die Medien jetzt als den Zweiten Krell-Krieg bezeichneten – hatte Calicos Popularität wieder blitzartig ansteigen lassen; aber nicht so, wie es sich die Leute hier erhofft hätten. Die Krell hatten schon einige Randsysteme entvölkert, und die Ressourcenlage auf Calico war aufgrund der nicht mehr existenten Handelspartner mehr als angespannt. Zusätzlich sah sich der Planet jetzt mit einer Flüchtlingskrise konfrontiert. Luft, Wasser, Wärme: im Weltall alles nur in Grenzen verfügbar. Der massive Bevölkerungszuwachs war eine ernste Gefahr für die ganze Basis.

»Irgendwas gibt's da unten doch sicherlich, womit man sich zerstreuen kann«, sagte Jenkins.

»Vielleicht die frische Luft?«, schlug Mason vor. Ihre Stimme war fröhlich, der Sarkasmus dennoch nicht zu überhören. »Die Flora?«

Ich stöhnte. Auf Calico gab es weder noch.

»Was weiß denn bitte jemand vom Mars über frische Luft?«, fragte Jenkins und verzog das Gesicht. »Eure Städte sind fast so schlimm wie die auf der Erde.«

»Immerhin sind sie rot«, sagte Martinez.

»Wir müssen uns jetzt nicht darüber streiten, wer hier den besten Heimatplaneten hat«, sagte Mason und trat vom Panoramafenster zurück. »Wir wissen doch sowieso alle, wer gewinnt …«

Kaminski unterbrach sie. »Was ist das?«, fragte er und zeigte auf ein Bauwerk im All.

Calicos Orbitaldocks waren soeben aus dem Planetenschatten aufgetaucht – eine lose, kantige Ansammlung von Hangars und Werften. Mehrere Kriegsschiffe lagen entweder direkt angedockt oder in der Nähe vor Anker. Insgesamt eine ernstzunehmende Flotte vieler verschiedener Schiffstypen. Die Docks waren einige tausend Kilometer über dem Planeten verankert und mit der Oberfläche durch eine enorme Stahlröhre verbunden, die im fahlen Sternenlicht glitzerte: der Weltraumaufzug.

»Das Rückgrat«, sagte ich. »Damals waren die Einheimischen richtig stolz darauf.«

»Hat aber nicht so gut geklappt«, sagte Mason. »Angeblich ist das ganze Ding jetzt gesperrt. Nur Fracht und Militär dürfen es benutzen.«

»Das meine ich nicht«, sagte Kaminski. Er war blass geworden, und als er aus dem Fenster zeigte, zitterte seine Hand. »Ich meine das Schiff da.«

Die UAS *Colossus* hatte an den Docks festgemacht. Sie war so riesig, dass sie gleich mehrere Liegeplätze beanspruchte. Alle anderen Schiffe wirkten daneben direkt klein; ihr Profil und ihre Hüllenstruktur waren unverkennbar.

»Ich hatte gehört, dass sie hier ist«, sagte Jenkins und klang gründlich verärgert, »aber nichts Handfestes …«

»Du brauchst wohl 'n paar neue Quellen«, sagte Mason.

»Wenn selbst auf die Gerüchteküche der großen

Keira Jenkins kein Verlass mehr ist …« Martinez holte zischend Luft. »Dann sind wir wirklich am Arsch.«

Es war schon sechs Monate her, dass wir die *Colossus* zuletzt gesehen hatten, und wie Calico selbst hatte auch sie sich seitdem verändert. Wir hatten mit dem alten Schlachtschiff eine Menge durchgemacht. In Damaskus wäre sie um ein Haar vernichtet worden; auch so hatte sie intern wie extern enormen Schaden genommen. Die Wunde an der rechten Flanke – eine breite Furche in der Ablativpanzerung – war tief genug gewesen, um eine der Triebwerksgondeln aufzureißen, und der Flug durch das Sprungtor der Tönernen hatte den Großteil der Sensorik vernichtet. Angeblich hatte sich die Wissenschaftsabteilung den Datenkern und die Speicherbänke – und somit den denkenden Teil ihrer KI – unter den Nagel gerissen. Man konnte sie vielleicht überholen und reparieren, aber sie würde nicht mehr dasselbe Schiff sein. *Vor allem nicht ohne Admiral Loeb,* dachte ich.

Jenkins sah Kaminski an. »Alles klar?«

»Sicher. Ist nur … irgendwie schräg, sie wiederzusehen.«

Die Lautsprecher der *Independence* schalteten sich ein. »Ankunft auf Calico vorbereiten. Alle Mann – Andockvorgang einleiten.«

Ich seufzte und wandte mich vom Sichtfenster ab. »Kommt, Legion. Wir machen uns wohl besser auf den Weg.«

»Hat James uns eine Fähre organisiert?«, fragte Mason.

»Jesus, Mädchen«, sagte Jenkins und verdrehte die

Augen. »Willst du dein Interesse vielleicht noch offensichtlicher zur Schau stellen? Bisschen Selbstachtung bitte.«

»Fick dich, Jenkins. Ich will nichts von ihm; war nur 'ne Frage.«

»Wir nehmen das Rückgrat«, sagte ich. »Dann haben wir unterwegs auch noch 'ne nette Aussicht.«

»Der Tag wird einfach immer besser …«, stöhnte Jenkins.

Die Legion bekam Vorrecht beim Ausstieg, und das Andockmanöver lief erstaunlich glatt dafür, dass die Flugkorridore im Nahraum von kleineren Schiffen wimmelten. Wir fuhren nicht alleine – ein Dutzend Scorpio-Jungs waren mit uns in der Kabine –, trotzdem hatten wir es sicher besser als die restlichen Sim-Teams. Sie wurden Landefähren zugewiesen und mussten sich demzufolge erst einmal in die orbitale Warteschleife einreihen. Professor Saul und die anderen Gefangenen blieben fürs Erste an Bord der *Independence*; man wollte sie erst hinunterschicken, wenn die nötigen Plätze in den Kliniken bereitstanden. Captain Ostrow war für die formellen Einsatzbesprechungen bei ihnen geblieben – und ich froh darüber, ihn eine Weile los zu sein.

Das Rückgrat sah aus wie ein mutierter Baum auf der Suche nach Sonnenlicht. Ein riesenhaftes Bauwerk, das aus der Calico-Basis hervorbrach, jeder Metallwirbel von einer Handvoll Gondeln umgeben. Die Wände bestanden komplett aus Glas und boten einen erstklassigen Blick auf den Planeten. Die Lazarus-Legion hatte sich in der Kabine verteilt, lungerte an den Scheiben herum oder fläzte sich auf gepolsterten Sitzbänken.

»Kein Wetter, kein richtiges Sonnenlicht, kein gar nichts«, murmelte Jenkins.

»Das stimmt so nicht ganz«, sagte Mason. Sie gab eine gute Touristin ab und drückte sich die Nase an der Glaswand platt. »Sie haben Spinnen.«

Jenseits der großen Krater-Stadt war die Oberfläche von Calico voller kleiner, dunkler Gestalten. Auf diese Entfernung sahen sie aus wie kleine Spinnen, die auf einem riesigen Käse herumkrabbelten, aber ich wusste, dass das nur an der Perspektive lag.

»Das da, werte Freunde«, sagte Mason, »sind achtbeinige, mobile Minenbohrer – oder einfach MMBs.«

»Hey, gebt euch mal New Girl«, sagte Kaminski. »Immer noch der alte Bücherwurm.«

Die Bohrer waren in Wahrheit gute fünf Meter hoch und ebenso breit – massive, vielbeinige Läufer, mit denen Erz aus Flözen direkt an der Oberfläche gewonnen wurde. Bis auf die Basis selbst hatte Calico kaum Eigengravitation, und die Spinnen benutzen die Greifer der vielen Beine, um sich in der Kruste zu verankern.

»Gruselig …«, flüsterte Martinez. »Die sind mir nicht geheuer.«

»Mir auch nicht«, sagte ich.

Nachdem die Menschheit sie in jeden erforschten Winkel der Galaxis als blinde Passagiere eingeschleppt hatte, stellte sich heraus, dass Spinnen echte Überlebenskünstler waren. Arachniden existierten in nahezu allen Umgebungen, die für Menschen bewohnbar waren, und riefen bei fast allen Ablegern der menschlichen Rasse eine ähnliche Reaktion hervor. Während sich die Kabine der Basis näherte, hielten einige Spinnen inne und sahen uns zu. Obwohl ich wusste, dass sie von Menschen bemannt und die Mechs eigentlich nicht mehr als große, starke Panzeranzüge für die Minenarbeiter waren, hatte mein Gehirn natürlich eine Menge Freude daran, sich die Riesenspinnen in aller Pracht auszumalen. Ganze Horden von ihnen streiften über die Oberfläche von Calico. Sie waren mit einem doppelten Industrielaser und anderen Werkzeugen ausgestattet, die alle unter dem Cockpit an der Vorderseite montiert waren – und so aussahen wie geöffnete Beißscheren. Viele der Maschinen trugen Graffiti und andere persönliche Logos am Rumpf.

»Drei Minuten bis zur Ankunft, Sir«, sagte Leutnant James.

Wir kamen immer näher, und hin und wieder entfuhr einem der Scorpios ein Seufzer. Mittlerweile war die Stadt nah genug, um alle Details der großen Basis zu erkennen.

»Die Krankenhäuser haben eine Menge zu tun gehabt«, flüsterte Mason.

Überall standen Vakuumzelte auf dem grauen Fels. Große rote Kreuze – die aus der Umlaufbahn zu sehen sein mussten – zeigten, dass es sich bei den allermeisten um Klinik-Kuppeln handelte. In der Ferne, jenseits der eigentlichen Allianzbasis, waren die Flüchtlingslager zu sehen: ein riesiger Flickenteppich heruntergekommener, wahllos verteilter Sauerstoffzelte, dazwischen große Baracken und notdürftige Hütten.

»Wie viele das wohl sind?«, fragte Kaminski leise und bedrückt. Mir fiel auf, dass er bisher kaum etwas gesagt hatte.

»Millionen«, sagte Mason. »Auf den ersten Blick auf jeden Fall.«

Die eisige Oberfläche von Calico war übersät von temporären Lebenserhaltungssystemen, die natürlich alle an der zentralen Versorgung fraßen. Am Fuß der Militärbasis hatte sich eine große Meute in abgerissenen Schutzanzügen versammelt.

»Kein schöner Ort für einen Soldaten«, sagte James abwesend. »Selbst die Legion sollte sich da unten vorsehen.«

»Mich schüchterst du nicht ein mit deinem Mist, James«, sagte Jenkins.

»Ich erzähl keinen Mist, California. Nach allem, was man hört, steht Calico kurz vorm Bürgerkrieg.«

»Wenn der Laden hochgeht, will ich nicht hier sein«, sagte ein anderer Scorpio.

James nickte vehement. »Angeblich ist der Allianzgouverneur Tarik Al Kik nur eine Marionette der Regierung. Er versucht, Konditionen für eine größere Militärbasis auszuhandeln, aber die Gewerkschaften wollen in erster Linie bessere Arbeitsverhältnisse. Was ein bisschen schwierig wird, wenn die Lebenserhaltung mit der doppelten Menge an Leuten klarkommen muss, für die sie eigentlich ausgelegt ist.«

»Letzten Monat gab es einen Aufstand im Industrieviertel«, sagte ein anderer Pilot. »Die Gewerkschaften haben da alles in der Hand.«

»Ihr Jungs seid noch schlimmere Klatschtanten als Jenkins«, sagte Martinez.

Auf Calico wohnten sechs Millionen Kolonisten und etwa eine Million Allianzpersonal. Wenn es hart auf hart kam, waren das keine guten Aussichten.

»Das hat auch mit Leben nicht mehr viel zu tun«, sagte ich. »Da geht's nur noch ums Überleben.«

»Manchmal ist überleben gut genug«, antwortete Jenkins.

»Kämpfen ist immer besser«, sagte Kaminski.

Auf den letzten paar hundert Metern hüllten sich alle in Schweigen.

Das weite Lichtermeer der Basis kam uns entgegen und nahm uns auf.

Die Bodenstation des Rückgrats war riesig; man hatte sich alle Mühe gegeben, an Aussehen und Feeling mit der Lounge eines großen Raumhafens wetteifern zu wollen. Die Halle wurde von Imbissständen gesäumt, die gewölbte Decke war erfüllt von bunten Werbe-Hologrammen. Trotzdem merkte man sofort, dass hier unten nicht alles zum Besten stand. Auf der großen Tafel für Ankunft und Abflug stand nur eine einzige Mitteilung: ZIVILVERKEHR BIS AUF WEITERES VOLLSTÄNDIG AUSGESETZT. Lange Reihen von Zivilisten – die alle nicht nach Einheimischen aussahen – warteten vor den Toren auf ihre Abwicklung.

Kaminski schien sich in Gegenwart so vieler Menschen noch nicht besonders wohl zu fühlen. Jenkins wollte sich schützend an seine Seite stellen, aber er winkte ab.

»Geht schon«, sagte er. Es schien sein neues Mantra zu sein: als würden die Worte wahr, wenn er sie nur oft genug aufsagte.

»Sollen wir uns ein Fahrzeug zum Militärsektor rufen?«, fragte Mason. »Ich bin mir sicher, dass wir uns nicht durch die Menge quetschen müssen.«

»Nicht nötig«, sagte Martinez. »Irgendwer hat wohl verpfiffen, dass wir kommen.«

Neben dem Tor stand unser Begrüßungskomitee: vier junge Armeeoffiziere in Uniform, dahinter ein Grüppchen Wissenschaftler mit einer Schwebebahre.

»Die ist dann wohl für dich, 'Ski«, sagte Martinez.

Kaminski schüttelte nur den Kopf. »Beschissene Wissenschaftler-Saftsäcke.«

»Es ist mir eine Ehre, Sie auf Calico willkommen zu heißen, Sir«, sagte die leitende Offizierin und strahlte übers ganze Gesicht. »Die *Independence* hat uns soeben mit einem Update bezüglich der Gefangenen kontaktiert.«

Ein junger Berater mischte sich ein: »Fünfhundert Soldaten, Sir? Man sagt, dass ist der größte Fang überhaupt seit Beginn der Feindseligkeiten mit dem Direktorat.«

Jenkins seufzte und schaltete ihren Armrechner ein. Dann überflog sie mit gerunzelter Stirn die Nachrichten und hielt mir ihren Bildschirm unter die Nase. LAZARUS-LEGION RETTET FÜNFHUNDERT KRIEGSGEFANGENE AUS DIREKTORATSGEFÄNGNIS, lautete die Schlagzeile. Darunter waren Bilder der Legion – alles lange veraltete Dienstphotos. Dem Bericht nach war das Gefängnis des Direktorats im Morgengrauen von der Allianz bombardiert worden, nachdem man es als »mit der Genfer Konvention unvereinbar« entlarvt hatte.

»Das wird Baker aber gar nicht schmecken«, sagte sie. »Er und seine Jungs sind nicht mal erwähnt worden.«

»Baker ist sowieso nie zufrieden«, sagte ich.

Wir sahen die Propagandamaschine der Allianz in voller Fahrt, und ob wir es wollten oder nicht: Die Legion war für PsychE einer der Schlüsselspieler. Unsere Namen waren im ganzen Allianzraum bekannt – und zunehmend auch im Direktorat.

»Gefreiter Kaminski? Dienstnummer 561892?«, fragte der Berater ehrfürchtig, obwohl er einige Dienstgrade über allem war, was 'Ski je erreichen würde. »Ich darf Sie recht herzlich wieder im Hoheitsgebiet der Allianz willkommen heißen. Sie haben eine ärztliche Grunduntersuchung vor sich; Wissenschaftsoffizierin Delores hier wird es Ihnen so angenehm wie möglich machen.«

Kaminski grinste die schlanke Brünette an, die neben der Schwebebahre stand. »Wo ich herkomme, heißt das was ganz anderes …«

Jenkins stieß ihn in die Rippen. »Klappe zu, Gefreiter.«

»Gefreite Dejah Mason; auch auf Sie wartet eine Untersuchung.«

Mason verdrehte die Augen. »Hat man denn als Soldat nie seine Ruhe?«

Die wissenschaftliche Offizierin ignorierte ihren Protest und wandte sich forsch an mich. »Ich bin angewiesen worden, Ihre Hand …«

Unsere Armrechner hatten sich längst mit dem Zentralrechner von Calico verbunden. Jetzt bimmelten sie alle gleichzeitig.

»Toll«, sagte Martinez. »Und genau deswegen ist mir der Außendienst lieber …«

Eine ganze Reihe von Nachrichten lief über den kleinen Bildschirm am Stumpf meines linken Handgelenks. Eine Mitteilung stach sofort ins Auge:

*** BASIS NICHT VERLASSEN ***
ALLE ANDERSLAUTENDEN BEFEHLE
MIT SOFORTIGER
WIRKUNG AUSSER KRAFT GESETZT
LAZARUS-LEGION FÜR SOFORTIGE
NEUZUORDNUNG
UND ABMARSCH BEREITHALTEN

»Hast du das auch gerade bekommen?«, fragte mich Jenkins.

»Jap«, sagte ich. »Furchtbar geheimnisvoll.«

»Sogar ich …«, sagte Kaminski.

»Du gehörst auch immer noch zur Legion«, sagte Jenkins.

»Wir sollten aufbrechen«, mischte sich die leitende Offizierin ein. »Wenn Sie mir bitte folgen wollen …«

Ein grobschlächtiger Militärpolizist drängelte sich durch die Schlange auf uns zu.

»Willkommen auf Calico, Legion«, sagte er und salutierte halbherzig. »Bitte unterziehen Sie sich dem Sicherheitscheck.«

»Nicht nötig«, sagte die Offizierin. »Die Lazarus-Legion muss nicht durchsucht werden.«

Links und rechts vom Tor waren noch mehr MP postiert, alle mit kurzläufigen Schrotflinten; M400-Kinetik, die Standardausführung für Sicherheitskräfte. Ein paar von ihnen machten sich mit Handscannern über die Neuankömmlinge her.

»Dienstvorschrift, Madame«, sagte der MP. »Jegliches Personal, das die Calico-Basis betritt, hat durchsucht zu werden.«

»Gut so«, sagte Jenkins. »Und sorgen Sie dafür, dass Sie wirklich jeden durchsuchen, der reinkommt – ob er will oder nicht.«

Die Offizierin sah leicht gekränkt zu, wie die Sicherheitskräfte ihrer Arbeit nachgingen; weder bei uns noch in unserem Gepäck fand sich etwas.

»Sie brauchen noch mehr Hunde«, murmelte Jenkins. »Man kann nie genug Hunde haben.«

Eine Rotte von Kampfhunden trieb sich in der Halle herum – große, hässliche Biester mit bionischen Schädelimplantaten. Manchmal blieb einer stehen, um Witterung aufzunehmen; sie schlichen um uns herum, beachteten uns aber ansonsten nicht. Die Wissenschaftler hatten nicht zuletzt dank unserer Mission in Damaskus herausgefunden, dass Hunde in der Lage waren, Simulaten von echten Menschen zu unterscheiden. Der Grund dafür war noch nicht eindeutig geklärt, dennoch blieb es momentan der schnellste Weg, Neue Sims zu identifizieren.

Gerade stieg James aus dem Aufzug.

»Vorsicht!«, rief ich. »Er steckt in einem Sim!«

Sofort rasteten die Hunde aus: die Mäuler geifernd aufgerissen, die Augen glasig vor Rage. Ihre Führer hatten große Mühe, sie an den Eisenketten festzuhalten. Die Wildheit der Reaktion verblüffte mich.

»Sim-Programm, Abteilung Luftwaffe«, sagte James und zeigte auf seine Schulterklappen. Der Rest seiner Leute identifizierte sich der Reihe nach.

»Hunde in Bereitschaft«, sagte der leitende MP.

Das Sicherheitsteam machte sich an die Arbeit und suchte mit DNS-Scannern jeden Quadratzentimeter nackter Haut ab. Sobald die Maschinen grün blinkten, wurden die Hunde wieder zahm. Wahrscheinlich verfügten die bionischen Schädelimplantate über eine direkte Schnittstelle, mit der die Führer ihr Verhalten beeinflussen konnten. Die Hunde beruhigten sich und nahmen Abstand von den Sim-Piloten.

»Bei Williams war das weniger erfolgreich …«, sagte Martinez.

»Neue Technik«, sagte einer der Hundeführer. »Die kommen nicht noch mal an uns vorbei. Wir durchleuchten alles und jeden, der hier ankommt.«

»Schon was gefunden?«, fragte ich.

Er zuckte mit den Schultern und tippte sich auf die Brust. »Bis jetzt nicht, aber ich lasse nicht nach. Wer was findet, kriegt 'n Bonus, und ich habe da ein nettes Grundstück auf Proxima im Auge.«

Auf seiner Brust prangte ein Schild mit vier überdimensionierten Spielkarten. Auf jeder stand ein Name, inklusive der ausgesetzten Belohnung in Großbuchstaben. Mittlerweile waren die Gesichter auf den Karten fast so bekannt wie unsere.

CAPTAIN LANCE WILLIAMS. Der Erzverräter und Anführer der Warfighters. Jetzt das Pik-Ass.

KORPORAL DIEMTZ OSAKA. Stellvertreter und rechte Hand von Williams; ein breiter, massiger Bastard vom Mars. Jetzt der Kreuz-König.

GEFREITE ALICIA MALIKA. Nur eine weitere Soldatin in einer Armee von Millionen. Jetzt die Karo-Dame.

GEFREITE REBECCA SPITARI. Die Herz-Dame.

Auf jeder Karte standen Details der letzten Sichtungen. Darunter – vor allem bei Osaka und Malika – eine wachsende Strichliste mutmaßlicher Tode der entsprechenden Simulaten. Die Sichtungen zogen sich durch den gesamten Allianzraum, von den Randgebieten bis nach Alpha Centauri.

»Die sind wie ein Geschenk-Abo«, sagte der MP und formte seine Finger zu einer Knarre. »Man kann sie abknallen, und sie kommen doch immer wieder zurück.«

»Sir«, mischte sich der Berater ein, »mittlerweile steht eine Eskorte für Sie bereit …«

»Jetzt traut man mir nicht mal mehr zu, den Weg zur Klinik alleine zu schaffen? Ich kümmere mich später um die Hand.« Ich sah mich nach meinen Leuten um. Kaminski schaute immer gehetzter; er musste hier raus. »Kümmern Sie sich um den Rest der Legion – die sollen sich erst mal ausruhen.«

»Was auch immer sie benötigen«, sagte der Berater.

Ich nickte Kaminski zu. »'Ski: Du gehst mit Delores. Nicht anfassen.« Dann wandte ich mich wieder an den Berater. »Sie könnten mir noch bei der Orientierung helfen. Ich versuche, einen alten Freund ausfindig zu machen …«

Zusammen durchschritten wir den großen Torbogen und hatten damit die Calico-Basis offiziell betreten. Über dem Tor hing ein riesiges Sicherheits-Holo, das ständig aufblitzte:

UNTERZIEHEN SIE SICH NACH
AUFFORDERUNG
EINER DURCHSUCHUNG –
TERRORISMUS:
GEMEINSAM WERDEN WIR SIEGEN.

* * *

Ich hatte nicht vor, mehr Zeit als unbedingt nötig auf Calico zu verbringen. In den zehn Jahren, seit die *Endeavour* mit ihrer Besatzung in die Dunkelheit verschwunden war, hatte sich der Ort merklich verändert. Die staubigen Gewölbe und engen Gänge hatten mir nichts als Geister und verpasste Gelegenheiten zu bieten.

Aber da gab es etwas, das ich erledigen musste, wenn ich schon einmal hier war; eine Möglichkeit, meine Schuldgefühle ein wenig zu lindern. Ich traf die Entscheidung wider besseres Wissen, weil ich genau wusste, dass ich kaum helfen konnte. Die entsprechenden Entscheidungen spielten sich weit oberhalb meines Dienstgrads ab – trotzdem konnte ich nicht anders. Die leitende Offizierin gab mir ein paar Hinweise und organisierte sogar ein Lufttaxi. Dann verpisste sie sich, ganz wie ich es ihr befohlen hatte, und ließ mich im dreckigen, hoffnungslosen Teil von Calico alleine zurück. So wollte ich das haben.

Das ganze Viertel war de facto ein Gefängnis. Eine Gegend, in die man Tote und Sterbende verbannte, damit sich ihre ansteckenden Krankheiten nicht weiter ausbreiteten. Allerdings war die Krankheit in diesem Fall nicht physischer Natur; die Ansteckungsgefahr, die man bannen wollte, ging von einer bestimmten Denkweise aus. Die Allianz – insbesondere der Generalstab – wollte unbedingt vermeiden, dass die Bewohner den Rest der Kolonie verseuchten.

An einer Kreuzung stand ein einzelner Militärpolizist.

»Sir«, sagte er und salutierte. »Ab hier ist Sperrgebiet. Ich kann Ihnen leider nicht gestatten weiterzugehen.«

»Wissen Sie, wer ich bin, Soldat?«

»Jawohl, Sir. Lazarus.«

»Dann wissen Sie auch, dass ich berechtigt bin, überall hinzugehen.«

Das war natürlich glatt gelogen. Ich war zwar Lazarus und ein Oberstleutnant, trotzdem unterlag meine Zugangsberechtigung genauso Einschränkungen wie die jedes anderen Soldaten. Das Zünglein an der Waage war mein Ruf.

»Natürlich, Sir.«

»Ich suche nach einem bestimmten Offizier. Wissen Sie, wo ich ihn finden kann?«

Ich rief die Einzelheiten auf meinem Armrechner auf und hielt ihn dem MP vors Gesicht. Seine Augen weiteten sich, und er nickte.

»Jawohl, Sir. Zelle – ich meine Wohnung – 11B. Am Ende des Gangs.«

In der Ecke des Raums saß eine einsame Gestalt an einem Schreibtisch. Der Schein der Holoprojektion in der Tischmitte spielte über ihr Gesicht.

»Ja?«, rief er, ohne aufzusehen. »Kommt ihr, um zu gucken, ob ich noch atme? Erst klaut ihr mir den verdammten Hund …«

»Ich bin's, Joseph.«

Admiral Joseph Loeb, der ehemalige Kommandant der UAS *Colossus*, drehte den Kopf zur Seite und sah mich an.

Der alte Admiral – der Bussard, wie er für alle hieß, die das Glück gehabt hatten, unter ihm Dienst zu tun – hatte ein schroffes, kantiges Gesicht, aber bei meinem Anblick wurde seine Miene sofort etwas weicher. Als er lächelte, sah es so aus, als habe er die für dieses Mienenspiel nötigen Muskeln lange nicht mehr benutzt.

»Wie zum Teufel geht's dir, du alter Mistkerl?«, fragte er. »Komm rein.«

Trotz allem, was hinter uns lag und was ihm noch bevorstand, trug Admiral Loeb noch immer seine alte Uniform. Sie war frisch gebügelt und paradetauglich. Er war glattrasiert und trug die grauen Haare kurz. Auf einem Stapel ausgedruckter Plastikblätter lag seine Dienstkappe. Allzeit bereit, zu den Waffen gerufen zu werden.

»Setz dich, erzähl mal«, sagte Loeb. »Kannst dir vielleicht vorstellen, wie viel Besuch ich hier unten kriege.«

Ich sah mich im Zimmer um. Es gab kaum Mobiliar, und der Raum war dunkel, bis auf das Glimmen der Schiffe, die draußen vor dem Bullauge vorbeizogen.

Loeb stand auf und räumte einen Haufen Lektüre – ein paar echte Bücher und mehrere Lesegeräte – von der schmalen Couch. Wir setzten uns.

»Wie geht's dir?«, fragte ich.

»Könnte schlimmer sein. Absolut kein Leben für einen alten Offizier, aber ich schlage mich so durch.«

Seit unserer Rückkehr aus dem Mahlstrom stand Loeb immer noch unter dem, was die Flotte so originell mit »Hausarrest« betitelte. Er war daran gewöhnt, auf Raumschiffen zu leben, wie sein hagerer Körper deutlich zeigte. Ohne Kommando, ohne Schiff war er ein Mann ohne Ziel. Das hier – dauerhaft auf einem Planeten in ein kleines Zimmer gepfercht leben zu müssen – war für ihn die Hölle.

»Was die Nachrichten angeht, bin ich auf dem neuesten Stand«, sagte er. »Ich schaue so gut wie jede Sendung; viel mehr habe ich hier ja auch nicht zu tun. Fünfhundert Kriegsgefangene? Das ist ein beeindruckender Erfolg.«

»Das sind doch größtenteils Märchen, Loeb. Es waren dreiundachtzig, von denen wir auch noch mal einige verloren haben. Dafür haben wir Kaminski gefunden.«

Loeb strahlte. »Gaia sei gepriesen!«, rief er.

»Und Saul gleich mit«, sagte ich. »'Ski geht es bedeutend besser als dem Professor, aber er wird wohl durchkommen.« Ich seufzte. »Ich wollte dir sagen, dass ich dir keinen Vorwurf mache. Und ich glaube auch nicht, dass Kaminski das tut.«

»Wird er wieder einsatzfähig?«

Ich lächelte. Mittlerweile kannte Loeb das Sim-Programm gut; er wusste, dass es für einen echten Lenker nichts Wichtigeres gab, als einsatzbereit zu sein und wieder in den Tank zu klettern. »Die werden all ihre Tests durchführen, also mal abwarten, aber ich glaube schon.«

Loeb lehnte sich zurück. »Ich habe auch ein paar Neuigkeiten. Nächsten Monat geht's für mich kernwärts. Es gibt einen Termin für mein Kriegsgericht.«

»Das klingt mir nach einer guten Nachricht.«

»Ich bin mir mittlerweile nicht mehr so sicher. Ist die Hölle besser als das Fegefeuer?«

»Das ist 'ne Frage für Martinez«, sagte ich.

Der Generalstab brauchte unbedingt einen Sündenbock, dem sie das Damaskus-Debakel in die Schuhe schieben konnten, und Loeb war der geborene Kandidat. Er war rüstige sechsundsiebzig Centauri-Jahre alt – auch nach Erdrechnung nicht viel älter – und schon mit einem Fuß auf der Schwelle zum Ruhestand. Verdammt, wahrscheinlich stünden ihm sonst sowieso nur noch ein paar Jahre am Schreibtisch bevor.

»Jetzt rede nicht so«, sagte ich. »Vielleicht hast du ja Schwein.«

Loeb schüttelte den Kopf. »Das wage ich doch arg zu bezweifeln, Harris. Die haben fest vor, an mir ein Exempel zu statuieren. Außerdem haben sie die *Colossus* schon jemand anderem gegeben.«

Das Rückgrat spannte sich wie ein silbernes Band zu den Orbitaldocks, und selbst aus dieser Entfernung war noch zu sehen, wie die *Colossus* aus dem Hangarbereich herausragte. Loeb fuhr mit der Hand über die

Scheibe und zog sie dann schnell zurück, als wäre ihm plötzlich aufgefallen, dass ich zusah.

»Der neue Kapitän ist ein Proximaner«, sagte er. »Ist das zu fassen? Die haben sogar alle alten Scannermodule rausgerissen und sie durch diesen billigen Proxima-Schrott ersetzt.«

Ich persönlich hegte zwar keinen Groll gegen die Bewohner von Proxima Centauri, aber Loeb kam von Alpha Centauri. Die Rivalität zwischen den Söhnen und Töchtern der beiden Kolonien war alt. Beide Seiten bestanden darauf, die andere sei in vieler Hinsicht minderwertig. Die Vorstellung, dass ein Proximaner – amerikanischer Zugehörigkeit oder nicht – sein altes Schiff bekam, brachte Loeb sichtlich auf die Palme.

»Was ist das?«, fragte ich und zeigte auf den Stapel der Papierblätter, der auf dem Schreibtisch lag. Ich wollte das Thema wechseln. »Sieht nach solider Vorbereitung fürs Tribunal aus.«

Es waren Risszeichnungen, Karten und Fotos dabei. Zuoberst lag ein ungewöhnliches Bild; der körnige 3D-Schnappschuss einer Frau. Ihr Gesicht war von unzähligen Narben entstellt – einige grob und offenbar kaum verheilt, viele andere sorgsam eingeritzt und anscheinend kultischen Ursprungs. Wie ein Krebsgeschwür wucherte ein Netz schwarzer Äderchen unter der Haut ihrer linken Wange. Das finstere Geflecht schien ein Eigenleben zu führen. Ihr Haar war kurz geschoren, und ein Bogen metallischer Stutzen spannte sich bis zu den Schläfen. Ich war nicht in der Lage, ihr Alter irgendwie einzuordnen, so seltsam war ihr Anblick.

»Ein bisschen Recherche«, sagte Loeb. »Eine echte Schönheit, die Kleine, nicht? Erinnert mich stark an meine Exfrau. Sie ist die Kommandantin der *Shanghai Remembered.*«

Die *Shanghai Remembered* war das Flaggschiff der Direktoratsflotte gewesen, die uns beim Damaskus-Graben angegriffen hatte. Was auch das fiese schwarze Zeug unter ihrer Wange erklärte: das Ergebnis einer symbiotischen Verbindung mit ihrem Kriegsschiff. Sie fühlte alles, was ihr Schiff fühlte, konnte schneller und effizienter reagieren. In ihrem Schädel steckte eine Menge Nachrichtentechnik. Sie war nicht länger Mensch – und doch so viel mehr. Eine technisierte Soldatin, zu einem einzigen Zweck geschaffen.

»Sie ist ein Klon«, sagte Loeb. »Aber keineswegs so einer wie die normalen Truppen. Sie ist viel schlimmer. Eine Einzelanfertigung auf Bestellung des Exekutivkomitees.« Er verzog das Gesicht. »Das ist Admiraldirektorin Kyung, auch die ›Mörderin von Thebe‹ genannt …«

Loeb verstummte und schien auf einmal sehr weit weg zu sein.

Ich war alleine. Meine Hand zitterte, mein Brustkorb zitterte, ich brauchte unbedingt einen Drink. *Jetzt sofort*. Thebe war ein kleiner Jupitermond; viele, viele Lichtjahre von Calico entfernt. Früher hatte es dort eine wissenschaftliche Station der Allianz gegeben, den Jupiter-Posten …

»Was ist?«, fragte Loeb.

»Sie war bei Thebe …«, flüsterte ich. In mir wallten so viel Hass und Reue auf, dass mir schwindelig wurde.

»Wie ich gerade gesagt habe. Wesentlich älter, als sie aussieht, die Gute, und auch die *Shanghai* ist öfter umgebaut worden, als einem lieb sein kann … Aber es ist dasselbe Schiff. Wenn man den Gerüchten glauben kann, ist auch die *Shanghai* dem Damaskus-Graben entkommen«, sagte Loeb leise und verschwörerisch. »Und wenn dein Mann, Kaminski, auch heil zurück ist, dann ist das die Bestätigung. Das Schiff ist immer noch da draußen.«

Vielleicht war es reiner Zufall, dass man ausgerechnet die *Shanghai* geschickt hatte, um uns in Damaskus zu überfallen. Nach allen Regeln der Wahrscheinlichkeit hätten Zeitdilatation und die involvierten Entfernungen Kyung und mich in unterschiedliche Richtungen schicken sollen; zwei Wege, die sich niemals kreuzten.

»Aber Gott würfelt nicht …«, flüsterte ich.

Nicht meine Worte, sondern Einsteins. Und Martinez'. Sie erschienen mir auf einmal unheilvoll und bedeutsam; vor mir lag das Besatzungs-Abzeichen der Mörderin von Thebe – eine stilisierte Kugel, die den Jupiter-Posten darstellte.

Ich stand ruckartig auf. »Ich muss los. Die Ärzte warten schon.«

»Schön, dass du da warst, Harris«, sagte Loeb. »Pass auf dich auf.«

»Du auch«, sagte ich und wandte mich zum Gehen. Kyungs entstelltes Gesicht hatte sich messerscharf in meinen Geist gebrannt.

7

WENN DER KRIEG VORBEI IST

Sowie ich Loebs Quartier verlassen hatte, wurde ich von zwei hochgerüsteten Militärpolizisten angehalten.

»Haben Sie sich verlaufen, Sir?«, fragte der Anführer. Beide trugen imposante schwarze Kampfmonturen. Selbst die verspiegelten Visiere waren geschlossen. »Die Krankenstation ist in Sektor achtundneunzig.«

Ich bezweifelte stark, dass die beiden mich zufällig aufgestöbert hatten. Wahrscheinlich wurde jeder meiner Schritte mit Überwachungskameras beobachtet – und über die Sicherheitsdrohnen, die an jeder Kreuzung hausten.

»Bin gerade auf dem Weg«, log ich. Eigentlich hatte ich vorgehabt, mir erst mal einen Schluck zu genehmigen, um Loebs Eröffnungen bezüglich Kyung irgendwie zu tilgen.

Der MP tippte gegen seinen Dienstausweis. »Ich bin Sergeant Nico, Basissicherheit. Dr. Hunt wartet im Medizinischen Sektor auf Sie. Am besten nehmen Sie direkt den Aufzug.«

»Hier entlang, Sir«, sagte der andere. Er war wesentlich größer als sein Vorgesetzter; ein wahrer Berg von einem Mann.

»Ich würde lieber laufen«, sagte ich. »Ein bisschen Training tut mir ganz gut – Dr. Hunt kann auch noch ein paar Minuten warten.«

»Klar, Mann, wie Sie wollen«, sagte er.

Calicos Zentralklinik war brechend voll: nicht nur Soldaten von Armee, Flotte und diversen Versorgungseinheiten, sondern auch eine Menge Minenarbeiter. In bedrückten Grüppchen saßen sie in der Empfangshalle und drängten sich auf den Gängen; alle trugen Schutzanzüge.

»Aus dem Weg, Bürger«, sagte der Anführer meiner Eskorte. »Echter VIP im Anmarsch.«

Er drückte einem Minenarbeiter, der uns den Weg versperrte, den Schaft seines Karabiners in die Brust. Der Zivilist trat zur Seite, und als wir weitergingen, fühlte ich seinen bohrenden Blick im Rücken.

»Die Typen lernen das nie«, sagte der andere Soldat. »Blöde Arschgesichter. Lassen sich dauernd von Steinschlag erwischen …«

Überall waren Leute mit Knochenbrüchen und Quetschungen zu sehen. Wahrscheinlich ein alltägliches Problem für die Minenarbeiter – ein Risiko, auf das man sich zwar einstellen, das man aber nicht verhindern konnte.

»He, Nico«, sagte ich. »Geht's vielleicht 'ne Nummer kleiner? Wir sind hier nur Gäste – ich glaube nicht, dass es die Leute toll finden, wenn ich mich vordrängele.«

»Klar, Sir. 'tschuldigung.«

Ein kleiner Mann mit weißem Kittel schob sich in

unsere Richtung. Er benahm sich, als habe er hier unten das Sagen, und sein Namensschild – DR. HUNT: LEITENDER SANITÄTSOFFIZIER – gab mir recht. Er hatte den Blick auf ein Lesegerät geheftet und fuhr sich dauernd mit der Hand durch die hellblonde Mähne. Ich kannte den Mann nicht, erinnerte mich aber noch daran, dass mir der scheidende medizinische Leiter auf *Liberty Point* von seinem Nachfolger erzählt hatte.

»Sie sind dann wohl in Dr. Viscarris Fußstapfen getreten?«, fragte ich.

»Hmmm«, gab er zurück. Als er von seinem Lesegerät aufsah, schien ihn unsere Anwesenheit beinahe zu verärgern. »Ich bin schon seit zwei Jahren medizinischer Leiter.«

»Ich war länger nicht da«, sagte ich.

»Der Stab hat eine Bestellung für seine Prothese aufgegeben«, sagte Nico. »Das ist Oberst Harris.«

Hunt schüttelte ungehalten den Kopf. »Wir haben schon einen Ihrer Leute hier.«

»Das wird der Gefreite Kaminski sein«, sagte ich. »Wie schlägt er sich?«

»Hmmm«, sagte Hunt und konsultierte sein Lesegerät. »Er hat erhöhte Neuralwerte, und die Datenbuchse in seinem rechten Unterarm muss ersetzt werden. Nach dem, was er durchgemacht hat, braucht er auf jeden Fall ein psychologisches Gutachten. Die ganze Testreihe. Er bekommt keine Bescheinigung, bis ich mir all seine Werte angesehen habe.«

»Aber dann schon«, sagte ich bestimmt.

»Er ist gebrochen«, sagte Hunt achselzuckend. »Genau wie Sie. Hier entlang. Dann reden wir mal über Ihre Hand.«

Hunt brachte mich in einen ruhigeren Bereich der Klinik, abseits der Massen von Zivilisten.

»Sie können von Glück sagen, dass sich die Allianz bis nach Calico zurückgezogen hat«, sagte er. »Diese Einrichtung verfügt zwar nicht über Regenerationskapseln, aber wir haben einen großen Vorrat an kybernetischer Ausrüstung da. Ich bezweifle auch, ehrlich gesagt, dass ein Mann Ihres Alters und Ihrer Verfassung eine Woche in der Kapsel überleben würde – mit so einem Blutdruck wäre das ein riskantes Unterfangen. Höchstwahrscheinlich würden Sie eine Immunantwort entwickeln und die Prothese möglicherweise abstoßen.«

»Danke für das Vertrauen.«

»Reine Tatsachen. Aber es gibt eine Alternative. Die heimischen Minenarbeiter gehören nicht unbedingt zu den vorsichtigsten Leuten. Das hier wäre der sicherste Weg für Sie.«

Eine Assistenzärztin kam mit einem Rollwagen in den Raum. Darauf stand ein Glasgefäß, in dem eine Metallhand schwebte, die in einem Strang bioorganischer Kabel endete. Die Finger hatten zwar mehrere Gelenke, sahen aber primitiv aus; dafür war der Unterarm mit Grafit überzogen und eindeutig gepanzert.

»Das ist die Nahkampf-Ausführung«, sagte Hunt. »Verstärkte Kunststoff-Titan-Legierung. Der Greifreflex ist dem Ihres vorherigen Modells weit überlegen.«

»Meiner echten Hand?«

»Ihrer echten Hand«, sagte Hunt. »Ich weiß, es ist nicht besonders hübsch, und Sie werden sich damit keine Freunde machen, aber es ist tatsächlich eines der besseren Militärmodelle.« Ohne auf meine Einwilligung zu dem Eingriff zu warten, sagte er: »Wollen Sie den Auto-Doc benutzen, oder soll ich einen Chirurgen abstellen, der sich um Sie kümmert?«

»Chirurg bitte. Ich bevorzuge die klassische Variante.«

»Warum war mir die Antwort vorher schon klar?«, grummelte Hunt. »Das wäre wirklich unkomplizierter, wenn Sie einfach der verdammten Maschine vertrauen würden.«

»Ich habe ein Problem mit Auto-Docs.«

Rund sechs Stunden später wachte ich auf der Behandlungsliege auf. Meine neue bionische Hand war fertig vertäut. Die abschließende Anpassung des Gewebes erfolgte mittels Naniten-Injektion und war der einfachste Teil der Prozedur, den Rest hatte ich verschlafen: das Verankern der Titanlegierung im bestehenden Knochengerüst, das Verbinden der Nervenenden. Ich war von der Narkose noch etwas benommen, wusste aber, dass bei dem modernen Zeug die Nebenwirkungen binnen weniger Minuten nachlassen würden.

Ich begutachtete die Hand. In dem freiliegenden Metallgerüst, das im Schein der Operationslampen schwach schimmerte, war ein komplexes Arrangement von Dämpfern und halb versteckter Hydraulik zu sehen. Die menschliche Hand ist ein Wunderwerk unzähliger, fein aufeinander abgestimmter Knochen,

Nerven und Muskeln. Jedes dieser kleinen Glieder war nun durch eine künstliche Variante ersetzt worden. Ich drehte die Handfläche zum Gesicht, schloss die Hand und betrachtete die Bewegung der Finger. Der Vorgang löste unweigerlich eine Welle von Abscheu aus. Wie fortschrittlich das neue Körperteil auch sein mochte, es war trotzdem fremd. Nicht meins.

Dr. Hunt kam in den Saal gerauscht, die Assistenzärztin im Schlepptau.

»Schon wieder munter?«, fragte er. »Das war doch gar nicht so schlimm, oder? Ich wette, jetzt wünschten Sie, Sie wären schon früher zu uns gekommen.«

Ich seufzte und hüllte mich in Schweigen.

Er redete sowieso einfach weiter. »Jetzt müssen Sie es erst einmal eine Weile ruhig angehen lassen und sich mit der Hand vertraut machen. Anfangs werden Sie oft noch zu viel Druck ausüben. Sie müssen erst lernen, Ihre neue Stärke richtig einzuschätzen.«

»Kommen Sie nicht auf die Idee, Hände zu schütteln«, sagte die Assistenzärztin trocken. »Oder was anderes.«

»Es wird ein paar Monate dauern, bis Ihr Körper die Hand vollständig angenommen hat«, sagte Hunt. Er tippte mit der Spitze seines Stifts auf die Grenze zwischen Fleisch und Metall. Ich konnte den Stift auf der Haut spüren, auf der Prothese jedoch nicht. »Also in nächster Zeit so wenig wie möglich benutzen.«

Ich machte die Hand erneut auf und zu. Die Reaktion war deutlich verzögert. Die Hand fühlte sich klobig an – der physische Eingriff machte nur die Hälfte der Prozedur aus, unter der Haube war noch eine Menge Arbeit vonnöten. Im Innern der Hand war Nanotechnologie am Werk und kartierte die Nervenbahnen neu, damit die Hand die Impulse meines Gehirns überhaupt richtig lesen konnte. Die Naniten konstruierten ein weites Geflecht von Elektroden unter der Haut, und ich wusste, dass ihre Anpassung an meinen Körper mit der Zeit immer besser funktionieren würde.

»Sie werden zunehmend Fortschritte bemerken«, sagte Hunt. »Versuchen Sie es erst einmal mit leichten, einfachen Aufgaben; je regelmäßiger Sie diese absolvieren, desto schneller wird sich Ihre Reaktionszeit verbessern. Wir halten unten in der Bionik-Abteilung zwei Mal pro Woche Lehrgänge ab. Eine Menge Veteranen kommen immer wieder – auch von denen können Sie sich ein paar nützliche Übungen zeigen lassen.«

»Gut, das wird dann wohl erst mal genügen müssen«, sagte ich.

Hunts Miene wurde etwas sanfter. Nicht dass ich den Mann wirklich mochte, aber zumindest zeigte er eine menschliche Regung. »Denken Sie je daran, sich mal eine Auszeit zu gönnen?«

»Nein«, sagte ich scharf. »Ich habe viel zu viel zu tun. Wir befinden uns im Krieg, Doktor.«

»Als ob ich das nicht wüsste. Ich rede ja auch gar nicht davon, sich aus dem aktiven Dienst zurückzuziehen. Aber vielleicht könnten Sie zumindest mal eine Zeit lang abseits der Front operieren.«

»Und als Etappensau enden?«

»So nennt ihr Frontsoldaten das, stimmt.«

Ich nickte. »Ich bin keine Etappensau.«

»Vielleicht wäre es trotzdem eine gute Idee, für ein paar Monate ein Bataillon zu verwalten und dem Krieg von der Seite zuzusehen. Sie sind ein Oberst, Harris. Soweit ich weiß, ist es eigentlich nicht Sinn und Aufgabe eines Obersten, immer vorneweg zu gehen.«

»Dieser hier macht das aber«, sagte ich. »Ich bin beim Sim-Programm, und die Lazarus-Legion steht nie am Rand.«

Hunt seufzte. Er klang eindeutig wie jemand, der es gewohnt ist, gute Ratschläge zu geben und zu wissen, dass man sie ignoriert. »Ich bin mit der Legion durchaus vertraut, und auch der Name Dr. Marceau ist mir geläufig. Ihre Geschichte ist längst überall bekannt.« Er hielt mir sein Lesegerät hin; der letzte Artikel, mit dem er sich beschäftigt hatte, war noch aufgeschlagen. LAZARUS-LEGION BEFREIT EINTAUSEND GEFANGENE AUS ARBEITSLAGER DES DIREKTORATS, lautete die Überschrift. »Natürlich kann ich Ihnen die Zulassung nicht entziehen, Harris. Die Leute da draußen brauchen jemanden, an den sie glauben können.«

»Worauf wollen Sie also hinaus?«, fragte ich und schwang die Beine vom Bett. Von meiner Seite aus war alles gesagt.

»Sie sind ausgebrannt. Ihre Arbeit ist etwas für junge Leute, und Sie werden weiß Gott nicht jünger.«

»Das höre ich andauernd. Alles, was ich wissen muss, ist: Kann ich zurück in den aktiven Dienst?«

»Wenn Sie immer wieder in Ihren Tank steigen,

werden Sie früher oder später nicht mehr rauskommen. So einfach ist das.« Er machte eine bedeutungsschwangere Pause und schürzte die Lippen. »Die Ergebnisse Ihrer letzten Untersuchung sind alles andere als gut. Wir reden hier von einem Schaden an den Synapsen – massivem Schaden – und dem Zerfall des Gewebes um die Datenbuchse in Ihrem Rückgrat.«

»Dann bauen Sie mir eine neue ein«, sagte ich. »Das wird doch wohl kein Problem darstellen. Was ich von Ihnen will, ist, dass Sie mich und mein Team für den aktiven Dienst freigeben. Mein komplettes Team.«

»Den Gefreiten Kaminski?«

Ich nickte.

»Ich habe den hippokratischen Eid geleistet, und eigentlich sollte ich mich für seine Entlassung aus dem Dienst einsetzen. Das Direktorat hat ihm so viel Metall in den Kopf gepflanzt, dass nicht mehr viel Platz für anderes bleibt.«

Da war auch vorher schon nicht viel drin, dachte ich.

»Nehmen Sie es ihm raus«, sagte ich. »Er ist für die Legion unverzichtbar.«

»Er braucht ein ausgedehntes psychologisches Gutachten – und er hat gründlichen Landgang noch viel nötiger als Sie.«

»Trotzdem *werden* Sie ihm seine Zulassung *nicht* verweigern«, sagte ich. Mein Tonfall machte deutlich, dass es keine Frage war und ich erwartete, Kaminski wieder im Dienst zu sehen. »Wir kümmern uns selber um unsere Leute.« Ich sah auf Dr. Hunts Lesegerät – da war ein leuchtendes Symbol, unter dem

ZULASSUNG: JA/NEIN stand. »Ich brauche nur noch Ihren Daumen auf der gestrichelten Linie da, dann lasse ich Sie in Frieden.«

Eine Sekunde lang befürchtete ich, er würde auf NEIN drücken, aber dann legte er den Daumen auf JA.

»Ich mache das nur, weil Viscarri mir erzählt hat, was für ein guter Lenker Sie sind. Und weil ich von diesem gottverlassenen Scheißposten runter will … Aber ich meine es ernst, Harris. Sie müssen der neuen Hand erst Zeit geben, sich zu verankern. Mindestens sechs Wochen lang nicht strapazieren, solange die Nervenbinder noch ihre Arbeit tun.«

»Ich passe schon auf.«

»Ich meine es ernst!«, bellte er. »Sie fügen sonst dem verbleibenden Knochen- und Muskelgewebe schwere Schäden zu, und ein Mann Ihres Alters wird nicht noch ein Implantat verkraften …«

»Ich ruhe mich aus, wenn der Krieg vorbei ist.«

»Ich fürchte, Ihre Ruhe wird wesentlich früher kommen«, sagte Hunt. »Gaia sei mit Ihnen.«

Im Vorzimmer wartete Dejah Mason auf mich. Zwei Arbeiterkinder jagten ihr um die Beine. Sie trugen kleine orange Schutzanzüge mit einer Vielzahl von Firmenlogos und religiösen Symbolen. Mason warf ihnen kleine Credit-Chips zu und zerzauste ihnen das Haar. Als sie mich mit meiner Metallhand kommen sahen, rissen sie die Augen auf und verzogen sich schleunigst zu ihrer Mutter, die auf dem Gang wartete.

Mason lächelte. »Die neue Hand hat immerhin Vorteile.«

»Ich gehe davon aus, dass du deine Zulassung gekriegt hast?«, fragte ich.

Sie machte ihren Armrechner an und zeigte mir den Schirm. »Grenzwertige Ergebnisse, aber geht schon. Kaminski ist auch durch. Die haben gesagt, dass ihm nichts fehlt und er jederzeit wieder zurück in den Tank kann.«

»Gut.«

»Er scheint zufrieden zu sein. Hast du damit was zu tun?«

Ich überging die Frage. »Lass uns gehen. Ich kann Krankenhäuser nicht ausstehen.«

»Was gibt's da auch zu mögen?«, sagte Mason. »Kolonisten, verletzte Soldaten, plärrende Kinder … Wohin geht's, Sir?«

»Ich dachte, ich gehe erst mal einen trinken. Viel mehr ist sowieso nicht zu tun, wir dürfen schließlich die Basis nicht verlassen. Machst du mit?«

Mason seufzte. »Nein danke, Sir. Ich werde mal zu Hause anrufen …«

Mein Armrechner machte sich lautstark bemerkbar. Eine Dringlichkeitswarnung. Das erste Mal überhaupt, dass ich so eine Nachricht bekam.

*** BEFEHLE *** BEFEHLE *** BEFEHLE ***
VERTRAULICH
UMGEHEND IN DER KOMMANDOZENTRALE VORSPRECHEN
SOFORTIGE ANWESENHEIT ERFORDERLICH

»Christo, die machen echt keine halben Sachen hier!«, sagte Mason.

»Wir sind mitten im Krieg«, sagte ich. »Keine Zeit zu verlieren.«

»Viel Glück«, rief Mason mir hinterher, während ich schon ein Taxi rief.

Die Kommandoabteilung befand sich im Außenbereich der Calico-Basis. Momentan war hier das Einsatzzentrum für den ganzen Sektor untergebracht: das schlagende Herz der Kriegsanstrengungen. Computerpersonal rannte aufgescheucht von Station zu Station, viele balancierten stapelweise Papiere und Lesegeräte. Offiziere waren in Holo-Konsolen eingeklinkt und planten Truppenverschiebungen. Xeno-Spezialisten der wissenschaftlichen Abteilung stritten sich mit Taktikern über mögliche Invasionsmuster der Krell-Flotten.

An der Sicherheitsschleuse wurde ich von zwei Militärpolizisten in Empfang genommen – meiner morgendlichen Eskorte, wie ich grinsend feststellen musste.

»Ah, Nico! Heute Nachmittag mal nicht dabei, blödärschige Kolonisten zu schikanieren?«

»Nein, Sir«, tönte aus dem Lautsprecher seines Helms. »In dieser Schicht haben wir was Besseres zu tun.«

»Schön.«

Sein Partner bewachte das Haupttor zur Kommandozentrale und hob die Hand.

»Ihre Waffe, Sir.«

»Muss das sein?«

»Tut mir leid – Vorschriften. Nur MP dürfen im Kommandobereich Waffen tragen.«

Ich löste das Pistolenhalfter vom Gurtband auf meiner Brust. Es war zwar meine einzige Waffe, aber sowieso nichts Tolles: eine stinknormale Berringer M-5. Kurz wurde mir etwas mulmig, dann riss ich mich zusammen und gab ihm die Waffe. Es war mir einfach in Fleisch und Blut übergegangen, jederzeit das Schlimmste zu befürchten.

Die bloße Vorstellung, überhaupt *jemals* unbewaffnet herumzulaufen … Es kam mir unangenehm und befremdlich vor. Die hochgerüsteten MP schienen meine Reaktion nicht zu bemerken und schlossen die Pistole in einen Spind neben dem Torbogen ein.

»Man erwartet Sie schon«, sagte Nico. »Hier entlang.«

Der große Raum war in eine Kantine für ranghohe Offiziere umgewandelt und mehrere Tische fein säuberlich mit hochwertigem Metallbesteck, echtem Porzellangeschirr und Servietten gedeckt worden. Es gab sogar Sicherungsbügel, um das Service im Fall von Gravitationsaussetzern daran zu hindern, sich im Raum zu verteilen – vielleicht noch ein Überbleibsel aus der Zeit, als der Generator von Calico nicht so verlässlich gewesen war. Eine Wand bestand aus großen Sichtfenstern, durch die eintöniges Mondpanorama hereinschaute, an der anderen stand als wahrhaft glorreiches Beispiel schlechten Geschmacks ein riesiges

Aquarium voller bunter Meeresbewohner, die mich ein bisschen zu sehr an Krell erinnerten.

Direkt an der Tür übergab Nico mich in die Obhut eines Adjutanten, der fast über den Teppich zu schweben schien, als habe er es zur Berufung erhoben, sich völlig lautlos zwischen ranghohen Offizieren zu bewegen, ohne sie zu stören. *Was für eine tolle Kernkompetenz für einen Soldaten*, dachte ich mürrisch.

»Bitte hier entlang, Sir«, sagte er und führte mich durch den Raum.

Obwohl der Speisesaal ohne Probleme Platz für hundert Leute bot, waren momentan nicht mehr als eine Handvoll anwesend. Mehrere altgediente Offiziere saßen in voller Uniform um einen gedeckten Tisch herum.

Die Luft war erfüllt vom Duft echter, heißer Speisen und dem Klirren von Besteck auf Tellern. Als ich den Tisch erreichte, hielten sie alle kurz inne. Acht Augenpaare starrten mich an. Die hochmögenden Herren musterten mich ausgiebig, und ich konnte die eifrigen Zahnräder hinter ihren alten Augen beinahe rotieren sehen.

Sie fragten sich, ob ich wirklich die legendäre Gestalt war, über die sie so viel gehört hatten, oder ob sie am Ende einer Täuschung aufgesessen waren.

Während sie mich einschätzten, tat ich es ihnen gleich und fragte mich, ob ich hier mit irgendwelchen potenziellen Verbündeten zu rechnen hatte. Am Kopfende des Tischs saß ein möglicher Kandidat: General Mohammed Cole, der genauso abgekämpft aussah, wie ich ihn in Erinnerung hatte. Ich hatte ihn seit zwei

Jahren nicht gesehen, seit der Einsatzbesprechung für die Damaskus-Operation. Jetzt trug er zwar die formelle Uniform, aber sie saß irgendwie schief, und er schien sich nicht ganz wohlzufühlen.

Die anderen Tischgenossen kamen aus verschiedenen Branchen des Militärs. Zwei von der Armee, zwei von der Flotte, einer von der Marineinfanterie, zwei Geheimdienstler und ein Repräsentant der Wissenschaftsabteilung. Alles hochrangige Offiziere – Generäle, Admiräle, Kommandanten, Leitender Wissenschaftsoffizier. Ich musste schlucken. Langsam dämmerte mir, was hier los war. Gesichter und Namen wirbelten mir durch den Kopf. Ich kannte all diese Leute, hatte sie in zahlreichen Militärnachrichten und Holo-Sendungen gesehen.

Wo bin ich hier reingeraten?

Die hohen Tiere sagten nichts – mussten sie auch gar nicht. Das hier war kein normales Briefing. Es war das Oberkommando: die Führungsspitze des gewaltigen Militärapparates der Allianz. Während ich in ihre Gesichter starrte, wünschte ich mir, ich wäre besser vorbereitet gekommen. Für ein Frontschwein wie mich war es, wie in das Antlitz Gottes zu schauen.

»Willkommen zu dieser Sondersitzung des Kriegsrats«, knurrte einer der Offiziere. Dann wandte er sich an den Adjutanten: »Thomas, beginnen Sie mit der Aufnahme und sorgen Sie dafür, dass diese Tür geschlossen bleibt.«

»Selbstverständlich«, antwortete der Adjutant.

»Setzten Sie sich, Oberst«, sagte der alte Mann in

dem langen weißen Arbeitskittel des obersten Wissenschaftsoffiziers. Er winkte dem Adjutanten, der wie ein Geist neben mir auftauchte.

»Bringen Sie dem Oberst doch etwas zu essen«, wies er ihn an. Er trug die lichten weißen Haare sorgfältig über die Halbglatze gekämmt und gebärdete sich wie der nette alte Herr von nebenan. »Calico mag zwar nicht für seine Delikatessen berühmt sein, aber das hier ist fast alles importiert. Das Steak ist wirklich äußerst schmackhaft.«

Ich war viel zu baff, um das Angebot auszuschlagen, also stellte mir der Adjutant auch einen Teller hin. Alle hatten gedünstetes Fleisch und Gemüse vor sich. Dem Geruch nach zu urteilen, war es keine Ersatznahrung, sondern tatsächlich echtes Essen. Da der Krieg die Versorgungswege enorm strapazierte, war die schiere Menge an Essen, das nicht aus Fertigrationen stammte, schon ein beeindruckender Anblick.

»Sie müssen nicht alle Namen kennen«, sagte Cole mürrisch, »denn einige Mitglieder des Kriegsrats sind lediglich als Beobachter hier.« Er starrte in die Runde, und mehrere Anwesende schienen zurückzuweichen, nachdem sie offenbar deutlich begriffen hatten, dass sie an der folgenden Diskussion nicht teilnehmen würden. Wie es schien, gab es selbst im Kriegsrat eine strenge Hackordnung. »Ich stelle Ihnen die wichtigsten vor.« Er deutete auf den Wissenschaftler. »Dr. Storemberg, Leiter der Wissenschaftsabteilung.«

Bei meiner Erfolgsbilanz, was das Vernichten von Artefakten und Tönernen-Technologie anging, hatte ich mich schon auf Reibereien eingestellt, aber Storemberg nickte zurückhaltend und sagte: »Ich freue mich, Sie endlich persönlich kennenzulernen, Oberst. Ich bin Ihnen zutiefst zu Dank verpflichtet, dass Sie es geschafft haben, Professor Ashan Saul aus den Klauen des Direktorats zu befreien.« Sein Lächeln gefror. »Seine Anwesenheit wird in den kommenden Tagen von kriegsentscheidender Bedeutung sein.«

Cole zeigte quer über den Tisch. »Großadmiral Sunsam.«

Sunsam war ein waschechter Fünf-Sterne-Admiral, die Brust seiner makellosen Galauniform mit einer Fülle von Medaillen und anderen Auszeichnungen behängt. Er war auf Azur rekrutiert worden und auch noch stationiert gewesen, als ich dort gewohnt hatte. Dieser Mann alleine war Herr über genug Feuerkraft, um einen Großteil der bekannten Milchstraße einzuäschern. Er grüßte mich nicht.

»Die Kommandantin der Marineinfanterie«, fuhr Cole fort. »General Leonovich.«

Leonovich war eine Frau mittleren Alters mit grausigem Haarschnitt – vielleicht war das gerade irgendwo der letzte Schrei, welcher Kernwelt auch immer sie entlaufen war. Sie rauchte; feine Schwaden schraubten sich aus ihrem Aschenbecher in Richtung Decke.

»Guten Abend, Oberst«, sagte sie. »Ich freue mich ebenfalls, Sie kennenzulernen.«

Cole machte eine ausladende Geste, die den restlichen Tisch einschloss. »Die anderen werde ich Ihnen nach Bedarf vorstellen. Wie schon gesagt, die meisten Kollegen sind nur zum Zuhören hier.«

»Verstanden, Sir.«

»Wir haben Ihren letzten Einsatzbericht noch einmal gründlich durchgesehen«, sagte Dr. Storemberg. Er pflegte einen deutschen Singsang, und ich gab mir Mühe, seiner Intonation zu folgen. »Die Vorfälle am Damaskus-Graben bereiten uns ernste Sorgen. Würden Sie sagen, dass die Mission ein Erfolg war, Sir?«

»Nein«, sagte ich. »Sicher nicht. Es gibt eine Menge Hinweise, denen noch nicht nachgegangen wurde.«

»Zum Beispiel die Entdeckung der *Endeavour*?«

Die bloße Erwähnung des Namens machte mich nervös. »Ja, Sir.«

Leonovich beugte sich vor und schnappte sich eine Zuckerrübe von ihrem Teller. »Was Sie in Damaskus gefunden haben – was Sie dort getan haben –, könnte der Schlüssel sein, um den Krieg zu beenden.«

»Und deswegen sind Sie heute hier«, ergänzte Cole. »Natürlich sind Sie über den Verlust von *Liberty Point* im Bilde. Und Sie wissen auch, dass es eine Krell-Flotte war, die ihn vernichtet hat.«

Aus der Tischmitte erwuchs eine Holo-Projektion. Es sah reichlich bizarr aus, wie sich das Hologramm durch die dampfenden Teller fraß. Sofort tauchten rund um den Saal Assistenten aus den Schatten auf und schoben die Teller beiseite.

»Dieser feindliche Vormarsch«, sagte Admiral Sunsam, »ist das Ende. Unser aller Ende.«

Alle ließen die Bilder schweigend auf sich wirken. Was die Übersichtskarte zeigte, war viel schlimmer als alles, was wir im Ersten Krell-Krieg gesehen hatten. Die Krell fielen wie ein wütender Mob über die Sternsysteme der Allianz her – vollkommen willkürlich und unberechenbar. Als die Animation ihren Lauf nahm, erloschen immer mehr leuchtende Markierungen unter der wilden Flutwelle. Jede ein Außenposten, ein Planet, ein ganzes System: Milliarden von Menschenleben.

»Diese Übersichtskarte macht die Bewegungen der Krell-Verbände durch die Quarantänezone deutlich«, sagte er. »Wie Sie unschwer erkennen können, haben wir in der Van-Diem-Straße und am Asiatischen Rand schon erhebliche territoriale Verluste hinnehmen müssen. Die Krell scheinen in viel größerer Zahl und wesentlich energischer anzugreifen, als wir je zuvor gesehen haben. Und sie zeigen keine erkennbare Taktik. Bisher waren wir kaum in der Lage, ihre Vorstöße zu kalkulieren. In vielen Fällen war es sogar unmöglich.«

»Nicht nur das«, sagte Dr. Storemberg. »Außerdem scheinen sich die Krell in bisher ungeahnter Geschwindigkeit weiterzuentwickeln. Ihre Schiffe werden schneller, ihre Bodentruppen widerstandsfähiger, ihre Waffen effektiver.«

Das hatte ich am eigenen Leib erfahren. Früher waren die enormen Tertiärformen noch eine Seltenheit gewesen und nur eingesetzt worden, wenn das Kollektiv einen Hammer brauchte, um besonders hartnäckigen Widerstand zu brechen. Mittlerweile waren sie, wie auch auf Capa V, fast überall zu finden.

»Wir haben sogar einige unbestätigte Berichte über sogenannte ›Quartärfomen‹ erhalten«, sagte Storemberg. »Worin genau sie sich verwandeln, und warum, können wir nur raten.« Er zuckte mit den Schultern. »Aber dazu an anderer Stelle mehr.«

Auf der Karte verlagerten sich die Markierungen. Krell-Verbände waren rot, Allianztruppen grün markiert. Calico lag direkt hinter der neuen Front; es würde wenige Monate dauern, bis die Krell hier waren.

»Unverblümt gesagt, reichen unsere Streitkräfte nicht aus, um sie zurückzudrängen«, sagte Sunsam. »Mehrere weiter entfernte Horchposten sind bereits evakuiert worden, und wir haben damit begonnen, alles an Personal, was für den Fortgang des Kriegs nicht entscheidend ist, zu den Kernwelten abzuziehen.« Er klang alles andere als glücklich. »Sämtliche verfügbaren Ressourcen werden in den Krieg gesteckt. Wie Sie sich zweifellos vorstellen können, Oberst, ist die Zeitdilatation ein großes Problem bei dem Versuch, eine Operation solchen Ausmaßes durchzuführen.«

»Und dann kommen noch weitere, politische Erwägungen hinzu«, sagte Storemberg. »Ich bin eigentlich Bürger des ursprünglichen Nationalstaats Deutschland, eines Grundsteins des Europäischen Bundes.« Er legte den Kopf schief. »Meine Familie lebt zwar auf Tau Ceti, aber das tut nichts zur Sache. Wie Sie vielleicht wissen, wünschen sich bestimmte Fraktionen innerhalb der Allianz einen neuen Friedensvertrag. Vor allem der Europäische Bund hat dieses Vorhaben mehrfach lautstark bekräftigt. Der Kongress diskutiert den Vorschlag unaufhörlich.«

Cole seufzte und schüttelte den Kopf. »Das reißt die Allianz von innen auseinander, Harris. Dieser Krieg lässt alles zerbrechen, was wir noch an Einheit haben, weil sich die Politikaster und Bürohengste nicht über unsere Linie einig werden.«

»Wie man hört«, sagte ich. Es war fast unmöglich, das nicht mitzubekommen; die zivilen Nachrichtenkanäle waren randvoll mit abgedroschenen Meinungen über die Funktionsunfähigkeit der Allianz angesichts der Bedrohung durch die Krell.

»Da stehen wir also«, sagte Leonovich und nahm einen tiefen Zug von ihrer Zigarette. »Unsere Rasse ist kurz vor dem Aussterben – zumindest sieht es ganz danach aus –, und wir haben nichts Besseres zu tun, als uns ewig zu streiten.«

Storemberg setzte wieder sein zuckersüßes Lächeln auf. »So ist es jetzt, und so war es schon immer. General Cole hat den Verlust von *Liberty Point* bereits angeschnitten, und dass es die Krell waren, aber was wissen Sie sonst noch darüber?«

»Nur dass er von den Krell zerstört wurde«, sagte ich.

»Und weiter?«, sagte Storemberg.

»Man schnappt so einiges auf, Doktor. Das meiste ist kaum verlässlich.«

Cole brachte die Sache auf den Punkt. »Wenige Stunden vor der Vernichtung scheint das Asiatische Direktorat einen Überfall auf *Liberty Point* geflogen zu haben. Sie hatten Leute im Innern. Wir sind unterwandert worden, und mit Zugang zur Technologie der Neuen Sims könnten sie überall sein.«

Nichts davon war wirklich neu. Die Gerüchte über eine mögliche Beteiligung des Direktorats waren an jeder Ecke zu hören, weitestgehend in Form von Klatsch, wie ihn Jenkins normalerweise verbreitete, und alles nicht bestätigt. Trotzdem stimmte die Vorstellung, das

Direktorat habe den Fall von *Liberty Point* in gewisser Weise herbeigeführt oder zumindest unterstützt, durchaus mit ihrem Vorgehen in Damaskus überein.

Einer der bisher namenlosen Geheimdienstoffiziere zog einen Kunststoffzettel aus seinem Umschlag und schob ihn mir über den Tisch zu.

»Sie haben wahrscheinlich schon von Admiraldirektorin Kyung gehört«, sagte er. »Der sogenannten ›Mörderin von Thebe‹.«

Es war ein bewegliches 3D-Bild; ein Schnappschuss aus einiger Entfernung, offenbar auf irgendeinem Schlachtfeld aufgenommen. Die Frau trug einen Geisterpanzer – ein Spezialfabrikat besonders ausgereifter Tarnkappenrüstung. Wie mir auffiel, war ihr Gesicht wie weißer Marmor und frei von Narben. Was auch immer sie so furchtbar entstellt hatte, wie ich es auf Loebs Bild gesehen hatte, musste also erst kürzlich passiert sein.

»Mehrere Geheimdienstquellen haben bestätigt, dass Kyung momentan mit den Schwertern des Südchinesischen Sternhaufens zusammenarbeitet«, sagte er. »Sie leitet offenbar deren Beschaffungsabteilung für Xenotechnologie.« Er starrte mich an. »Sie war auch für Dr. Kellerman auf Helios zuständig, Oberst. Sie hat den Angriff am Damaskus-Graben organisiert. Und der Überfall auf *Liberty Point*? Wir glauben, dass sie auch dahintersteckt.«

»Sie hat mit Thebe angefangen«, sagte Storemberg, »aber wenn diese Frau ihren Willen bekommt, wenn das Direktorat seinen Willen bekommt, wird sie die ganze Allianz in einem Flammenmeer ertränken.«

Wussten sie es? Meine Verbindung zu Kyung war viel persönlicher als all das. Das Hologramm veränderte sich und zeigte etwas Altbekanntes, das ich lange nicht gesehen hatte und dessen Anblick mir durch Mark und Bein ging. *Der Schlüssel der Tönernen.* Eine 3D-Replik, die sich langsam drehte und von Fetzen analytischer Texte umschwebt wurde.

»Wir haben mehrere – wenn auch hauptsächlich anekdotenhafte – Berichte vorliegen, denen zufolge das Direktorat den Schlüssel von Damaskus bergen konnte«, sagte ein weiterer anonymer Offizier. »Wie sie das angestellt haben wollen, wissen wir nicht«, fügte er achselzuckend hinzu. »Der Blutzoll muss ungeheuer gewesen sein.«

Ein anderer Offizier beugte sich über den Tisch. »Stellen Sie sich das mal vor: Sie haben Kyung die Mörderin schon zweimal geschlagen, ohne es überhaupt zu wissen. Reife Leistung, Oberst.«

Cole schnaubte. »Trotzdem kein Grund, besonders stolz zu sein. Sie ist eine Spezialanfertigung, ein Sklavenorganismus, und Leute wie sie reagieren sehr gereizt auf Misserfolge. Wir haben aus mehreren Quellen Hinweise, dass sie am Rand des Wahnsinns steht.«

Der Geheimdienstler nickte. Ein schemenhaftes Lächeln umspielte seine Mundwinkel, als erfreue er sich daran, dass auch das Prunkstück direktoratischer Biotechnologie nicht gegen Wahnsinn gefeit war. »Offiziell heißt es, sie habe ihre Befugnisse überschritten und sei abtrünnig geworden. Aber unabhängig davon, was die Diplomaten behaupten, sind wir uns relativ sicher, dass sie mit voller Rückendeckung von Generaldirektor Zhang operiert.«

Mit der Unterstützung des mächtigsten Wesens im menschlichen Raum, dachte ich. *Das ist von beträchtlichem Wert.*

»Sie sagten, die Mörderin sei mit dem Massaker von *Liberty Point* in Verbindung gebracht worden«, sagte ich. »Inwiefern?«

»Wenige Stunden vor dem Fall von *Liberty Point* wurde dort ein spezielles Geheimdienstpaket erwartet«, sagte Dr. Storemberg.

»Wollen Sie mir erzählen, das Direktorat war hinter diesem Paket her?«, fragte ich und setzte im Geiste langsam das Puzzle zusammen. »Das war der Grund für ihren Überfall?«

Cole nickte. »Genau so ist es.«

»Jetzt würde mich aber wirklich interessieren, was es wert war, solche Verluste in Kauf zu nehmen«, sagte ich, ohne nachzudenken.

Cole lachte laut. Die Gefühlsregung war ungefähr so freundlich wie Storembergs Lächeln. »Ich würde sagen, es hat sich gelohnt«, sagte er.

Ach du Scheiße.

Wilde Hoffnung flammte stechend in mir auf, sofort ging mein Puls schneller.

»Es geht um den Standort der *Endeavour,* richtig?«, fragte ich.

»Wir hätten es so oder so irgendwann herausgefunden«, sagte Storemberg, den Mund voller Steak. Das Quietschen seines Messers auf dem Porzellan holte mich wieder in die Realität zurück. »Die UAS *Colos-*

sus ist von unseren Technik-Teams gründlichst durchsucht worden, und vor allem ihr Datenkern war von besonderem Interesse.«

»Nicht dass es besonders einfach gewesen wäre«, sagte Cole, »denn der Flug durch das Sprungtor der Tönernen hatte offenbar bei vielen der Bordsysteme schwere elektromagnetische Schäden zur Folge.«

»Das hat Loeb mir erzählt«, sagte ich. »Mehr als einmal.«

»Es wird Ihr wichtigster Beitrag zu diesem Krieg sein«, sagte Storemberg. »Sie haben uns ein Netzwerk von Toren eröffnet, die interstellare Reisen beinahe ohne Zeitverlust ermöglichen. Sobald wir uns den nötigen Zugang verschafft haben, können wir damit direkt ins Herz des Krell-Imperiums einfallen und zurückschlagen.«

»Und genau das werden wir auch tun«, sagte Sunsam.

Wieder änderte sich die Karte, und eine Menge grüner Symbole tauchte auf, als eine große Welle von Allianzschiffen aus Richtung der Kernwelten anrückte. Trotz meiner Aufregung – trotz der Eröffnung, dass ich tatsächlich *verdammt noch mal endlich Elena folgen konnte!* – ließ sich der Soldat in mir von dem Plan sofort anstecken. Meine mechanische Hand schloss sich geräuschvoll, und die Animation lief weiter. Die Flotte bewegte sich durch die alte QZ und sprang durch blinkende Kreise, die wohl Sprungtore darstellen sollten: weitere Relikte der Maschinen aus der Zeit, ehe sie den Mahlstrom verlassen hatten.

»Es wird die größte Gegenoffensive, die wir auf die

Beine stellen können«, sagte Sunsam. Sein Lächeln wurde vom flackernden Licht des Hologramms zu einer seltsam steifen Grimasse eingefroren. »Wir werden die Krell ein für alle Mal vernichten.«

»Was hat das alles mit der *Endeavour* zu tun?«, fragte ich.

»Dazu kommen wir noch«, sagte Storemberg.

Cole schaltete sich wieder ein. »Mit Hilfe der wiederhergestellten Daten haben wir einen Kurs berechnen können – wir wissen jetzt genau, wie die *Colossus* geflogen ist. Und aus der Kombination des Geheimdienst-Pakets mit der Route der *Colossus* können wir die Koordinaten der *Endeavour* genau bestimmen.«

Endlich. Das war der größte, wichtigste Durchbruch, an dem ich je hatte teilhaben dürfen. Elena war immer noch da draußen, und jetzt hatten wir die nötigen Daten, sie auch zu finden.

»Das wird höchstwahrscheinlich die wichtigste Einzelmission des gesamten Kriegs«, fuhr Cole fort. »Sie müssen genau wissen, was hier auf dem Spiel steht. Wir werden Sie jetzt in Ihre nächste Aufgabe einweihen. Sie *dürfen nicht scheitern*. Aber dieser Angriff wird nicht funktionieren, wenn wir nicht noch etwas Unterstützung bekommen.«

Draußen auf dem Gang bellte ein Hund.

8

CHAOS VERMEHRT SICH VON SELBST

Es war still im Raum. Das einsame Heulen des Hundes zerriss das Hintergrundsummen der Luftaufbereitung.

Wo ist das Dienstpersonal hin? Eben waren sie noch so aufmerksam, jetzt nirgendwo zu sehen. *Und außer den Sicherheitskräften hat auf Calico niemand Hunde …*

»Um Ihre Frage zu beantworten«, sagte Cole, »was die *Endeavour* mit alldem zu tun hat …«

Er verstummte und sah mich stirnrunzelnd an. Er hatte meine Unruhe gespürt, den Grund dafür aber offenbar missverstanden. Der Rest des Kriegsrats hatte nichts bemerkt. Leonovich nippte an ihrem Rotwein; Storemberg hielt die Kaffeetasse mit beiden Händen. Kleine Ranken aus Wasserdampf krochen ihm ins Gesicht.

Sie waren alle alt, verdammt noch mal viel zu alt.

Verloren in der Zeit.

Eingefroren.

Kurz davor, zerschmettert zu werden.

Die beiden Militärpolizisten – Nico und sein Kamerad – umrundeten den Tisch. Beide steckten noch immer von Kopf bis Fuß in ihren Kampfanzügen, vollkommen anonym bis auf die Namensschilder. Nico postierte sich hinter Cole, der andere neben mir.

Wo sind die jetzt hergekommen?

Der Hund bellte und bellte und bellte …

Dann erhob der MP hinter Cole die Stimme. »Sir, soeben ist Alarm gegeben worden. Zu Ihrer Sicherheit wird dieser Raum abgeriegelt.«

Aber Sergeant Nicos Worte wollten nicht recht zu seinem Verhalten passen. Er hielt etwas in den Händen – ein Spinnenkabel, so dünn, dass es nur durch ein leichtes Funkeln im Licht überhaupt zu sehen war. Straff gespannt. Einsatzbereit.

Monofilament, schrie mir mein Unterbewusstsein zu. *Eine Garrotte.*

Die Ruhe vor dem Sturm.

»Runter!«, schrie ich Cole an.

Der MP hinter ihm bewegte sich mit übermenschlicher Geschwindigkeit.

Im Bruchteil einer Sekunde hatte er Cole die Schlinge um den Hals gelegt – auf einmal zeichnete sie sich erschreckend deutlich vor seiner Haut ab, nur wenige Millimeter über dem Kragen. Wie in Zeitlupe hob der General die Hände zum Hals. Und noch immer lag auf seinem Gesicht nur leichte Verärgerung ob der Störung dieses wichtigen Treffens. Er schien noch nicht registriert zu haben, dass er gerade umgebracht wurde. Mit einem zarten Geräusch – einem ekelerregenden *Klick* – zertrennte das Monofilament seinen Zeigefinger. Noch bevor der Draht durch seinen Hals fuhr, war er tiefrot. Eine Blutfontäne ergoss sich über Tischtuch und Teller und traf den nächsten Geheimdienstoffizier mitten ins Gesicht. Alles in völliger Stille – es geschah so schnell, dass keiner der Anwesenden reagieren konnte.

Cole, wichtigster General der Allianzarmee, Oberkommandeur der Vereinigten Streitkräfte, die dem Krell-Imperium entgegenstanden, war nicht mehr. Nicht nur extrahiert, sondern wirklich und wahrhaftig tot.

Jede Zelle meines Körpers schrie mir zu, dass ich mich *endlich bewegen musste!*

Der große MP neben mir hielt eine Pistole in der Hand. Der verlängerte Lauf endete in einem Schalldämpfer. Er zielte auf mich …

Mord. Geplant. Direktorat. Hier.

Keine Zeit zum Nachdenken.

Ich drückte den Rücken durch und stieß mich mit den Knien von der Tischkante ab. Mein Stuhl fiel krachend hintenüber, und ich rollte mich ab. Nur raus aus dem Schussfeld. Blitzschnell kalkulierte ich das Potenzial der Pistole. Eine kinetische, halbautomatische Dienstwaffe. Mittlere Reichweite und begrenztes Magazin, aber auf diese Entfernung – und in meinem echten Körper – genauso tödlich wie eine Atombombe.

Der verräterische MP feuerte drei Schüsse ab, nur um sicherzugehen. *Puff-puff-puff.*

Die Kugeln verfehlten mich und trafen Leonovich in die Brust. Sie tränkte den Tisch mit ihrem Blut, zog ein überraschtes Gesicht und fiel vornüber.

Ich sah mich gehetzt im Raum um. Ging mögliche Fluchtwege durch, Deckung – Gegenstände, die ich als Waffe benutzen konnte.

Waffe. Ich brauche eine Waffe.

Das schwere Halfter hing leer auf meiner Brust. Vollkommen nutzlos. Die MP – wer auch immer sie sein mochten – hatten mir auf dem Weg hinein die Pistole abgenommen.

»Ach herrje ...«, sagte Dr. Storemberg.

Die Pistole leuchtete auf, und auch Storemberg war Geschichte. Er brach mit ausgebreiteten Armen auf dem Tisch zusammen und verteilte berstendes Porzellan auf dem Boden. Die Reste seines Tellers flogen an mir vorbei; Speckschwarte, Bratensaft, Gabel und ...

Messer.

Ich sprang zur Seite. Der tote Wissenschaftler hatte links von mir gesessen, also streckte ich die bionische Hand aus –

Verzögerung. Noch nicht richtig meine Hand.

Die Metallfinger schlossen sich gerade eben um das Heft des Messers. Es war ein silbernes Steakmesser mit leichtem Wellenschliff. Alles andere als eine Monoklinge, noch nicht mal energiebetrieben, aber es würde reichen müssen.

Jetzt erst war Cole wirklich am Ende. Die Garrotte hatte ihn beinahe enthauptet, und er sackte auf seinem Stuhl zusammen. Aus dem Schlitz in seiner Kehle blubberte Blut, er keuchte – aber es war nur noch automatisch entweichende Luft aus den sterbenden Lungen. Der MP warf die benutzte Schlinge weg und nahm den M400-Karabiner von der Schulter. Anders als die Pistole war das eine richtige Waffe.

Ich muss hier raus.

Die Tür war mehrere Meter entfernt. Außerdem war

sie versiegelt, und über dem Schloss blinkte rot LAUFENDE BESPRECHUNG.

»Bi … bitte nicht!«, stammelte der zweite Geheimdienstler.

»Klar, Mann«, sagte der MP, der soeben Cole hingerichtet hatte, über Lautsprecher. Irgendwie kam mir die Stimme bekannt vor, aber ich bekam sie nicht einsortiert. »Alles 'ne Frage der Sicherheit.«

Der Offizier – einer der Männer, die Cole mir nicht vorgestellt hatte – schlug die Hände vors Gesicht. »Ich weiß viel!«

»Na sicher. Aber nicht genug.«

Schreckliche, zielgerichtete Ruhe breitete sich in mir aus.

Ich stand auf und packte das Messer mit der Klinge nach unten. Ich war kaum einen Meter vom zweiten MP entfernt. Der Griff des Messers verformte sich zwischen den Metallfingern. Ich dachte an Dr. Hunts Worte: »Sie müssen erst lernen, Ihre neue Stärke richtig einzuschätzen.«

Na hoffentlich.

Metall-Tabletts und Besteck fielen polternd zu Boden. Eine Offizierin fing an zu schreien und ging langsam rückwärts zur Wand. Alles vergebens. Der ganze Rat war daran gewöhnt gewesen, Kriege über Bildschirme auszufechten und sich hinter den Leuten zu verstecken, die sich die Hände schmutzig machten. Na gut – ich war hier derjenige mit den schmutzigen Händen, und ich würde heute nicht verrecken. Nicht, solange Elena und die *Endeavour* immer noch im Mahlstrom auf mich warteten.

Der größere MP hatte die Pistole gehoben und war dabei, die fassungslosen Offiziere systematisch auszuschalten. Schuss um Schuss fiel. Jeder traf sein Ziel. Die Körper erblühten wie rote Blumen.

Das Zeitfenster, das darüber entschied, ob und wie ich die nächsten Sekunden überlebte, war alles andere als komfortabel. Ich musste mir schleunigst etwas einfallen lassen. Am Oberschenkel des MP fiel mir eine Nahtstelle zwischen zwei Panzerplatten auf. Der Anzug war dafür konstruiert, den Träger zuverlässig vor Granatsplittern und Trümmern zu schützen, aber eine scharfe Schneide würde ihn wohl durchtrennen. In der Hoffnung, die Schwachstelle gefunden zu haben, zielte ich und ließ das Messer hinabsausen.

Die Klinge verschwand in seinem Bein.

Ich verstärkte den Druck, und die Servomotoren der Hand jaulten auf. Zwischen den Panzerplatten quoll Blut hervor.

Der MP stieß einen markerschütternden Schrei aus.

»Der Wichser hat mich gemessert!«, brüllte er. Er hatte einen rollenden Mars-Akzent – klang nach Flachland im Marina Valley. »Lazarus hat mich erwischt!«

Und das bedeutete …?

»Habe ich dir nicht gesagt, ihn zuerst zu erledigen?«, sagte der falsche Nico.

Der verwundete MP stolperte rückwärts und ließ die Pistole fallen. Beide Hände gingen zum Bein, und er umklammerte den zerbrochenen Griff des Steakmessers.

»Ich verblute!«, heulte er und schleifte das Bein hinter sich her, weg von mir und dem Tisch. Die Wunde blutete stark – ich hoffte, eine Schlagader erwischt zu haben, glaubte aber nicht an so viel Glück.

»Jetzt verlier nicht gleich den Kopf«, sagte Nico, der immer noch neben Cole stand. Immerhin hatte der Mörder Sinn für Humor. »Ich kümmere mich schon darum.«

»Nein! Ich krieg das raus …«

»Du hast heute schon mit dem fehlerhaften Kragen angefangen, Korporal.«

Nico feuerte seinen Karabiner ab. Eine einzelne Kugel jagte durch den Kopf des zweiten MP, dessen Helm auf diese Entfernung keinen Schutz bot. Sein Schädelinhalt wurde unverzüglich ausgelagert und verteilte sich auf dem nächsten Tisch. Er sackte zu Boden.

Endlich hatte ich die Stimme eingeordnet.

Captain Lance Williams.

Sofort wurden mir mehrere Dinge klar. Nichts davon gut, sondern alles erschreckend. Das Direktorat war im Besitz einer Sim-Farm und konnte für Williams und die Warfighters unbegrenzt Nachschubkörper produzieren. Ich wusste, dass von denen, die sie an Bord der *Colossus* gehabt hatten, keine mehr übrig waren. Die meisten hatte ich persönlich entsorgt, der Rest war vom Geheimdienst beschlagnahmt worden.

Und trotzdem ist Williams hier.

Der Kriegsrat: Cole, Storemberg, Leonovich – sämtliche Arschgeigen, die diesen Krieg von vorne bis hinten geplant und geleitet hatten? Sie waren alle tot. Einfach ausgelöscht. Mich trieb nur noch blanker

Überlebenswille an, der mich zum Glück davor bewahrte, hier und jetzt darüber nachzudenken, was das für Auswirkungen haben würde.

Williams löste in aller Ruhe den unteren Teil seines Helms und ließ die Atemmaske vor der Kehle baumeln. Er sah exakt so aus, wie ich ihn in Erinnerung hatte, bis hin zu den blonden Stoppeln am Kinn. Genau wie auf seiner Spielkarte am Eingang zur Basis. Wie auf dem Bild in seinem Wehrpass.

Das Pik-Ass.

Er benutzte natürlich keinen Kampf-Sim, sondern einen Neuen. Die Kampf-Sims waren ungleich größer und gingen unmöglich als normaler Mensch durch. Ein Neuer Sim wäre wesentlich schwieriger zu entdecken; in voller Montur so gut wie unsichtbar. Was war mit den Hunden der Sicherheit?

»Lange nicht gesehen, Mann«, sagte Williams.

»Nicht lange genug«, sagte ich. »Ich habe dich einmal erledigt, also schaffe ich das auch ein weiteres Mal.«

»Da hattest du einfach nur Schwein«, sagte Williams und schob den Unterkiefer vor.

Sein Sim war unglaublich schnell. Sofort hatte er den Karabiner hochgerissen und jagte eine Salve durch den Raum. Besteck, Teller und allerlei sonstiger Scheiß flogen durch die Luft. Ich machte einen Satz hinter den nächsten Tisch, und neben mir ging der Teppich in Flammen auf. Jetzt war ich mir sicher, dass der zweite MP – der größere, dickere – der Marsianer gewesen war.

Diemtz Osaka: der Kreuz-König …

Der hatte doch eine Pistole, fiel mir plötzlich ein.

Sie lag immer noch neben ihm. Es waren keine drei Meter, trotzdem hätte sie genauso gut auf den Kernwelten liegen können. Zwar nur eine M4 – kaum besser als eine Luftpistole, aber immer noch wesentlich besser als gar keine Waffe.

Ich hechtete unter einen anderen Tisch. Williams stand mit dem Rücken zum Panoramafenster und deckte den ganzen Saal mit Gewehrfeuer ein. Ich warf den Tisch um, rollte mich dahinter und langte nach Osakas Pistole …

»Gib dir keine Mühe wegzulaufen«, sagte Williams. »Wie schon gesagt – Damaskus war ein Ausrutscher.«

Seine Schüsse durchzogen die Wand hinter mir mit feinen Löchern. Das große Aquarium explodierte und setzte den halben Raum unter Wasser. Überall verteilten sich Meeresbewohner und Korallen.

Ich klammerte alles aus, was über nacktes Überleben hinausging. Geräusche, Licht: Alles verschwand. Pistole holen, Williams erschießen, raus hier. Ich war nur noch einen Meter von Osakas Leiche entfernt. Williams pirschte langsam durch den Saal und latschte immer wieder knurpsend über Scherben …

Ich stützte mich mit der linken Hand am Boden ab und versuchte, mir die Pistole mit der rechten zu schnappen. Meine Finger näherten sich dem Griff …

Williams wirbelte herum und stampfte auf mich zu.

Er entfesselte seinen Karabiner – keine disziplinierten Schüsse, wie es sich für einen Soldaten gehörte, sondern ein wilder, unkoordinierter Feuerstoß.

Meine Rechte schloss sich um den Griff, echtes

Fleisch auf warmem Kunststoff. Mitten im Kugelhagel zog ich die Waffe hoch und erwiderte das Feuer.

Wie viele Kugeln hatte ich noch? Keine Ahnung. Eigentlich war es mir auch egal. Die Chancen, den Raum lebend zu verlassen, standen gleich null, oder zumindest nahe dran. Williams hatte einen unglaublichen Vorteil; er war größer, wendiger, einfach besser als ich. Fast beneidete ich ihn um seine Reaktionsschnelligkeit.

In dem geschlossenen Raum klang die Pistole wie ein gedämpfter Presslufthammer. Eine Kugel traf Williams in die Schulter: ein sauberes Loch mitten durch die Panzerung. Eine zweite traf ihn in die Brust, prallte aber ab.

Er kam näher. Kam verdammt noch mal immer näher. Im Sim war ihm die Verletzung egal. Wahrscheinlich hätte ich das ganze Magazin auf ihn entleeren können, ohne ihn bemerkenswert zu verlangsamen.

Null Chance.

»Raffst du's nicht?«, brüllte Williams. »Es ist aus, Harris. Jetzt kommt die Szene, in der ich dir die verfickte Fresse einschlage und die Allianz endlich das kriegt, was sie verdient.«

Er rammte mich, und wir zerbrachen den nächsten Tisch unter uns. Der Sim war viel schwerer als ein Mensch, außerdem trug Williams seine dicke Panzerung. Karabiner und Dienstpistole verschwanden irgendwo im Handgemenge, und wir rollten über den Boden.

Eine massive, gepanzerte Hand traf mich am Kopf. Mein Blickfeld verschwamm, und ich war wie betäubt. Williams packte meinen Kopf mit beiden Händen und schlug ihn krachend zu Boden. Wieder und wieder.

Scheiße. Gleich ist es aus.

Er hatte die Oberhand. *Er hat schon immer die Oberhand gehabt.* So gerne ich mir auch einredete, ihm in seinem richtigen Körper ebenbürtig zu sein, wusste ich trotzdem, dass selbst das optimistisch war. Er war jünger, fitter und genauso versessen wie ich. Wer konnte schon sagen, was den miesen Verräter antrieb? Wartete irgendwo da draußen auch auf ihn eine Elena, eine Motivation für seinen Verrat an der Allianz? Schlag um Schlag hämmerte auf mich ein: Gesicht, Brustkorb, Magen, überall. Jeder Hieb traf mich wie Donner. Meine Hände tasteten auf dem Boden herum und suchten nach einer Waffe – nach *irgendetwas* –, um mich zu wehren.

»Gleich kommt die Dunkelheit, Harris«, sagte Williams. Speichel tropfte ihm aus dem Mund. »Gib dich ihr hin. Hör auf, dagegen anzukämpfen …«

Irgendwo hinter mir ertönte ein Geräusch. Zischend ging eine Tür auf, dann hörte ich Stiefel auf Teppich und Metallboden …

Rettung?

»Jesus, Sir! Was ist hier los?«

Ostrow. Seine Stimme, unter allen anderen Umständen nur lästig, klang für mich jetzt nach Überleben, nach plötzlicher Gnadenfrist.

Williams sah an mir vorbei in Richtung Tür, und seine Augen weiteten sich vor Wut und Verwunderung.

»Erschieß ihn!«, schrie ich. »Schnell, verdammt!«

Williams rollte sich schneller zur Seite, als Ostrow reagieren konnte.

Pistolenschüsse hallten durch den Saal. Vielleicht trafen ihn sogar ein paar, aber nicht genug, um ihn auszuschalten. Er war ein wachsames, bewegliches Ziel, ein Kopfschuss definitiv zu viel verlangt.

Ich kam schwankend auf die Beine und spürte eine neue Welle von Wut und Hass in mir hochkochen, die alles andere verblassen ließ. Ich gab mich ganz hin. Mein Zorn wartete nur darauf, entfesselt zu werden.

Es wird ein paar Monate dauern, bis Ihr Körper die Hand vollständig angenommen hat. Sie müssen erst lernen, Ihre neue Stärke richtig einzuschätzen.

Meine bionische Hand.

Ich spannte die künstlichen Muskeln an. Als sich die Finger mit einem sanften Klicken zur Faust schlossen, spürte ich die aufgestaute Energie in den neuen Gelenken. Ich holte sorgfältig aus und zielte mit der neuen Hand mitten in Williams' Gesicht …

Er wich aus und ging zum Angriff über. Ich rang mit ihm und schaffte es irgendwie, ihm die Hand um den Hals zu legen. Er wehrte sich, aber ich ließ nicht mehr locker. Es fühlte sich unglaublich gut an. Williams und seine Warfighters hatten Elena getötet, selbst wenn sie nur in einem Sim gesteckt hatte. Er musste bezahlen. Sie alle mussten bezahlen. Hinter mir waren Soldaten aufgetaucht, die Verstärkung herbeiriefen, während Ostrow eilig Befehle gab. Aber sie konnten Williams nicht ausschalten, ohne mich zu treffen.

Es ließ mich völlig kalt: Williams war ein toter Mann.

Knochen und Knorpel und Fleisch wurden unter meinem Griff zermalmt, als sich die Metallhand weiter unaufhaltsam schloss. Williams trug ein schmales Kunststoffband um den Hals, an dem ein kleines Metallgerät hing, nicht dicker als mein Daumen. *Ein Pheromon-Kragen,* vermutete ich. So also hatte er die Wachhunde überlistet. Und darauf hatte Williams angespielt. Anscheinend hatte Osakas Kragen nicht richtig funktioniert, die Hunde doch noch alarmiert und sie dazu gezwungen, ihren Zeitplan abzuändern.

Sie waren wegen der Koordinaten der Endeavour *hier. Das war der eigentliche Grund für den Angriff.*

»F…«, keuchte Williams.

»Ich habe keinen Bock mehr auf deinen Scheiß.«

Das Gesicht seines Sims färbte sich langsam blau, an den Schläfen traten die Adern hervor. Williams bäumte sich noch einmal auf, und ich hielt verzweifelt dagegen. Er war von oben bis unten voller Blut – anscheinend hatte Ostrow wirklich ein paar Treffer gelandet.

»F… Fen …«, sagte Williams. Er konnte kaum noch atmen.

Ich spannte die Metallhand an. In einer Hinsicht hatte Hunt auf jeden Fall recht gehabt: Ich konnte meine Stärke noch nicht richtig einschätzen. Ich verstärkte den Griff noch mehr und spürte seine Nackenwirbel brechen. Eine rosa Flüssigkeit sprudelte Williams über die Lippen. Seine Augen waren weit aus den Höhlen getreten, und er starrte über meine Schulter.

Er lächelte.

»… ste …«, brachte er heraus.

Fenster.

Ich wandte den Blick von ihm ab und drehte mich um.

Direkt vor der Panoramascheibe ragte eine riesige Minenspinne auf, so nah, dass sie fast im Raum zu stehen schien. Sie rammte die massiven Bohrer gegen das gepanzerte Fenstergitter und schlug schnell eine Bresche ins Metallgeflecht.

»Sofort alle raus!«, schrie ich.

Williams' Körper erschlaffte.

Ich schrak vor dem Fenster zurück, wirbelte herum und rannte auf die Tür zu; Ostrow stand mit einem Team von Marineinfanteristen wie angewurzelt da, als könnten sie nicht genau begreifen, was sie da sahen. Bei dem Anblick kein Wunder.

»Was …?«, krächzte Ostrow, hatte aber offenbar doch endlich begriffen, bevor er den Satz beenden konnte.

Die Spinne hob eines ihrer gelenkigen, klauenbewehrten Beine und tippte die Scheibe an. Die Bewegung wirkte beinahe behutsam, aber das Ergebnis würde alles andere als sanft ausfallen. Die MMBs waren mit mächtigen Servomotoren ausgestattet, und die Maschine hatte sicherlich keine große Mühe, durch die Scheibe zu brechen. Die Stelle, an der das Bein die Scheibe berührte, wurde sofort milchig. Auf der anderen Seite des Fensters war nichts als Vakuum. Sobald die Scheibe einen Riss bekam, würden sich sämtliche Schotten verriegeln und uns in dem gefährdeten Bereich einschließen. Kein Sim, um mich zu retten, kein Tank, in dem ich mich verkriechen konnte.

Ostrow stand bereits an der Tür …

Obwohl die Spinne jetzt hinter mir war und ich nicht mehr sehen konnte, was sie tat, sagten die Geräusche alles. Der ganze Saal erzitterte unter der Wucht ihrer Schläge, wieder und wieder traf die Metallklaue mit furchtbarem Quietschen auf das Glas. Die Wände links und rechts der Tür füllten sich mit zerklüfteten Schatten; die Umrisse weiterer Spinnen, die sich dem Fenster näherten. Mir fiel ein, dass die Biester auch Schneidbrenner an Bord hatten. Panisch malte sich mein Hirn aus, wie sie die laserbewehrten Beißwerkzeuge ausfuhren, um die Scheibe einfach zu durchschneiden …

Endlich summte die Tür und glitt in die Wand zurück. Ostrow, die Marineinfanteristen und ich rannten hindurch.

»Sofort zumachen!«, schrie ich.

Ich hatte kaum Zeit, das Chaos auf dem Flur zu verarbeiten. Ein toter Hund in einer zähen Blutlache auf dem Boden. An der Wand ein Militärpolizist mit aufgeschlitzter Kehle.

Hinter uns ertönte ein Krachen. Das Fenster des Konferenzzimmers gab endgültig nach. Sofort begann die Luft mit ohrenbetäubendem Heulen zu entweichen. Die erste Spinne stand im Raum und hieb ihre Klauen in den Boden.

Luftdruck und Temperatur fielen rapide.

Das Knacken in meinen Ohren war laut und schmerzhaft, mein Herz raste, der Blutdruck ging in den Keller, die Luft wurde mir aus den Lungen gedrückt. All die typischen, tödlichen Begleiterscheinungen einer Dekompression. Ich wankte zur nächsten Wand und versuchte irgendwie, von der Tür wegzukommen …

Geh schon zu, verdammt!

Die Spinne krabbelte durch den Saal. Das schwarze Verdeck schabte an der Decke entlang, die Gelenkbeine schmetterten Tische und Stühle beiseite. Die Maschinen waren nicht zur Benutzung im Inneren der Basis vorgesehen, weshalb der MMB zum Glück nicht durch die Tür passte. Durch einen Tränenschleier sah ich das Gesicht im Führerhaus.

Die Herz-Königin: Rebecca Spitari.

Sie trug einen Hijab über ihrem Raumanzug; da aber die Atemmaske vor dem Hals baumelte, war ihr Gesicht eindeutig zu erkennen. Sie fauchte und trieb die Spinne an. Gleich einer stählernen Gottesanbeterin bäumten sich die Vorderbeine auf. Hinter ihr rückten drei weitere Spinnen an; teilweise hingen sie noch in den Resten der Scheibe fest, bahnten sich aber einen Weg in den Raum.

Ostrow hieb immer wieder auf den Notfall-Knopf der Tür ein, und endlich schloss sie sich mit lautem Zischen, um das Leck in der Basis zu schließen. Bei einem solchen Vorfall blieb der Station nichts anderes übrig, als den Sektor zu verriegeln und auf Reparaturen zu hoffen.

Mittlerweile waren auch die bernsteinfarbenen Warnleuchten aufgeflammt. Ich stolperte den Gang hinunter, nur weg von der Tür. Leider hatte ich mich vor der Besprechung kaum mit dem Aufbau dieses Sektors befasst. Es hatte keinen Grund dazu gegeben –

ich konnte ja nicht damit rechnen, hier unten kämpfen zu müssen. *Ich werde alt und nachlässig*, dachte ich ungehalten.

Immerhin hatte der tote MP noch seinen Karabiner auf dem Schoß liegen. Ich schnappte mir im Vorbeigehen die Waffe und schlug den Sicherungshebel auf AUS. Sofort tauchte der rote Laser-Zielsucher am Boden auf. Ein flüchtiger Blick auf das Display am Schaft der Waffe: sechzig Schuss übrig – halbvoll. Nicht gut.

»Sie sind verletzt«, sagte Ostrow. Erst da fiel mir auf, dass er mich an der Schulter gepackt hatte und schüttelte.

Ich wirbelte herum und hielt ihm den Lauf des Karabiners ins Gesicht.

»Ich bin's!«, rief er.

Um uns herum standen vier Marineinfanteristen in voller Allianzmontur. Sie trugen ebenfalls Karabiner und hatten die Helme am Gürtel befestigt.

»Bleibt weg von mir!«, schrie ich.

Ich hatte instinktiv das Bedürfnis, ihn mir vom Leib zu halten. Ich konnte niemandem mehr vertrauen. Aber mir blieb kaum eine andere Wahl – hinter uns hämmerten die Spinnen gegen die Wand. Jenseits der Tür gab es nur Vakuum. Sobald die Tür nicht mehr war, würde der ganze Sektor endgültig verriegelt. Ich hatte keinen Schutzanzug und wäre der Leere ausgeliefert. Die Soldaten hatten wenigstens ihre Kampfanzüge, außerdem hätten sie mich längst problemlos ausschalten können, hätten sie auch zu den Verrätern gehört.

Captain Ostrow trug den gleichen Kampfanzug,

hatte aber wieder seine Sonnenbrille aufgesetzt. Die Kombination sah wirklich albern aus.

»Wir haben keine Zeit für so was«, sagte er. »Wir müssen Sie schleunigst hier rausbringen.«

Obwohl mir niemand feindlich gesonnen schien, senkte ich die Waffe noch immer nicht. Die Soldaten standen einfach da und wussten ganz offensichtlich nicht recht, was sie tun sollten. Die Wand in meinem Rücken vibrierte heftig. Es konnte nicht mehr lange dauern, bis die Spinnen mit roher Gewalt oder Schneidbrennern durch Tür, Wand oder beides brachen.

»Ich rühre mich nicht vom Fleck«, sagte ich, »solange ich nicht weiß, dass ihr auf meiner Seite seid.«

»Ich habe doch versucht, Williams zu erschießen, oder etwa nicht?«, sagte Ostrow. In der einen Hand hielt er immer noch die Pistole, in der anderen einen kleinen Aktenkoffer mit Grafit-Beschichtung. Jetzt hob er die Pistole demonstrativ mit zwei Fingern hoch. »Ich habe keine Zeit, um zu erklären, was passiert ist – wir müssen sofort weg von hier.«

Die Wände bebten. Ich lief nur noch auf Wut und Adrenalin – mein Körper schüttelte sich vor Endorphinen. Erst an der Laser-Zielerfassung war wirklich zu sehen, wie sehr meine Hände zitterten.

»Hier ist jemand, der Sie vielleicht überzeugen kann«, sagte Ostrow.

Hinter ihm tauchte eine schlanke blonde Frau auf. Mason trug ihre Dienstuniform und hielt die Pistole mit beiden Händen, genauso, wie einem das in der Grundausbildung eingetrichtert wurde. Die erbeutete

Direktoratsklinge hing an ihrem Gürtel. Sie war sichtlich aufgewühlt, sonst aber offenbar unversehrt.

»Sir?«, sagte sie und musterte mich argwöhnisch. »Alles in Ordnung?«

»Der ganze Generalstab ist tot«, sagte ich. Widerwillig ließ ich den Karabiner sinken und fragte mich, ob Mason das Innenleben des Konferenzraums erblickt und gesehen hatte, was Williams und seine Leute angerichtet hatten. »Aber ich lebe noch. Ich habe Williams erledigt.« Ich holte tief Luft. »Zum zweiten Mal.«

Mason starrte mich entgeistert an. Auch sie hatte ihn an Bord der *Colossus* getötet, nachdem er sich als Verräter entpuppte. »Den echten?«

»Sim«, sagte ich. »Zumindest höchstwahrscheinlich.«

»Wir können hier nicht bleiben«, sagte Ostrow. »Vertrauen Sie mir bitte. Sie müssen Ihre Mission ausführen.« Er klopfte gegen den schwarzen Aktenkoffer. »Das ist ein Geheimdienstpaket. *Das* Paket. Ich hatte den Auftrag, es Ihnen nach der Besprechung auszuhändigen. Bitte, Sie müssen mir glauben.«

Das Stampfen hinter der versiegelten Tür erreichte einen neuen Höhepunkt.

Ich konnte entweder hier in diesem Gang im Vakuum sterben oder es mit Ostrow und seinen Soldaten versuchen. Die Wahl fiel mir nicht mehr schwer.

Ich nahm das Gewehr endgültig herunter. »Dann los.«

Während wir durch den Kommandosektor rannten, versiegelte Ostrow hinter uns jede Tür. Jedes Panzerschott brachte weitere fünfzehn Zentimeter verstärkten Plastahls zwischen uns und die Spinnen. Unmittelbare Gefahr bestand also nicht mehr, trotzdem lauerten in der Basis noch andere Gefahren.

Von der Decke läuteten die Alarmsirenen zur Evakuierung.

»Die ganze Station befindet sich im Ausnahmezustand«, verkündete die KI erst auf Standard, dann auf Hindi. »Lecks in den Bereichen elf, achtzehn, achtundsechzig und fünfundneunzig. Begeben Sie sich zum nächsten Schutzraum und bleiben Sie ruhig, bis die Streitkräfte der Allianz melden, dass keine Gefahr mehr besteht …«

Offenbar war der Konferenzraum nicht das einzige Ziel gewesen. Ganz Calico war betroffen. Ostrow und seine Eskorte bahnten uns einen Weg durch Gänge, die von Zivilisten wimmelten. Bis zur Grenze des Militärsektors kamen wir trotzdem recht schnell voran; richtig schlimm wurde die Lage erst, als wir den zivilen Sektor erreichten. Das Ganze war ein sauber geplanter Angriff mit dem einzigen Ziel, Calico vollständig zu destabilisieren.

Chaos vermehrt sich von selbst, dachte ich. *Es braucht nur die richtigen Bedingungen.*

Und was für Bedingungen das waren. Während wir langsam weitergingen, nahm ich die Szenerie größtenteils nur noch durch das Holo-Visier meines Karabiners wahr. Wir mussten jederzeit damit rechnen, dass Kugelhagel und Energiestrahlen über uns hereinbrachen. Dissidenten und andere finstere Gestalten, die noch im Schatten geblieben waren, solange das Allianzmilitär zumindest versuchte, die Ordnung aufrechtzuerhalten, hatten endgültig die Kontrolle übernommen. An einer Tunnelwand prangten frische Graffiti, die noch nicht einmal ganz getrocknet waren: TARIK RAUS! SCHLUSS MIT DER MARIONETTE! BEKÄMPFT DEN WAHREN FEIND! An der nächsten Kreuzung lag umgestoßen ein Antigrav-Schlitten.

»Sieht's in den anderen Sektoren auch so aus?«, fragte ich.

»Die meisten sind noch schlimmer dran«, sagte Ostrow. »Calico hat fast komplett zu den Waffen gegriffen. Aufstand, Rebellion – nennen Sie es, wie Sie wollen.« In der Ferne ging ein Gewehr los. Irgendwer schrie, jemand anderes jubelte. »Es war sowieso nur eine Frage der Zeit. Der ganze Planet war schon längst ein einziges Pulverfass.«

»Und das Direktorat hat die Lunte angezündet …«

»Exakt«, sagte Ostrow. »Das war nicht nur der Sektorstab da drin, Harris. Das war der *Führungsstab* – der Kriegsrat.«

»Das haben sie mir auch erzählt.« Langsam fing mein Kopf wieder an zu arbeiten. Ich wandte mich an Mason. »Wir müssen ein Kommunikationsterminal finden. Ich könnte eine Ansprache an die Station halten …«

Ostrow lachte knapp und verbittert. »Ich habe den Bericht über Ihre Ansprache auf der *Colossus* gelesen. Sie jetzt in die Nähe eines Lautsprechers zu lassen ist so ziemlich das Letzte, was wir brauchen. Wir müssen hier raus.«

»Ich brauche einen Tank«, sagte ich drängend. »Wir brauchen Sims, eine Einsatzzentrale …«

»Ich habe an alles gedacht.«

»Wohin gehen wir?«

»Mit dem Aufzug zurück, hoch zur *Colossus.*« Ostrow sah mich nicht an, sondern winkte seinem Team, einen der Gänge zu nehmen. Die vier Soldaten sicherten sich gegenseitig und gaben schließlich das Zeichen, dass der Gang sauber sei. »Ich habe die Beladung überwacht; Sie haben Simulaten, Panzeranzüge, Waffen. Das Schiff sollte eigentlich in drei Tagen startklar sein.«

»Der Plan hat sich wohl erledigt«, murmelte Mason.

Ostrow nickte düster. »Die Ereignisse sind uns zuvorgekommen.«

»Ich brauche eine fähige Besatzung und einen guten Kapitän. Und ohne die Legion gehe ich sowieso nirgendwo hin.«

Ich kann sie nicht zurücklassen, dachte ich. *Nicht schon wieder.* Sofort musste ich an Kaminski denken – an seine Anspannung in der Ankunftshalle des Rückgrats. Wo steckte er? Hatte das Direktorat so weit gedacht, eigene Sims oder Schwerter auf meine Leute anzusetzen?

»Beides erledigt«, sagte Ostrow. »Sie haben es hier mit dem Militär-Geheimdienst zu tun und nicht mit blutigen Anfängern.«

Ich beschloss, lieber nicht zu erwähnen, wie grandios es dem Geheimdienst gelungen war, das gegenwärtige Desaster auf Calico vorherzusehen. Mason sah mich an und hob eine Augenbraue.

»Der Rest der Legion erwartet uns im Orbitaldock«, sagte Ostrow. »Die wichtige Ausrüstung ist vollständig verladen worden. Und Saul auch, falls mein Plan funktioniert hat.«

Ostrows Sonnenbrille war doch nicht nur zur Zierde da. Die Innenseiten der Gläser waren von Grafiken erfüllt, darunter auch optische und taktische Zielerfassung, wie wir sie in unseren Panzerungen verwendeten. Ich sah ihm über die Schulter und betrachtete die Daten auf dem winzigen Schirm. Aufnahmen von Überwachungskameras und andere stockende Bilder spiegelten sich im Schweißfilm auf seiner Wange.

»Ich bin mit dem Zentralrechner verbunden«, sagte er. »Die haben ihr Ziel fast erreicht. Wir müssen uns beeilen.«

»Ich weiß nicht mal, worauf ich mich hier einlasse«, sagte ich. »Der Stab war mit der Einführung noch nicht fertig.«

»Sie müssen sich leider noch etwas gedulden. Sobald wir an Bord der *Colossus* sind, gebe ich Ihnen alle Einzelheiten. Die ganze Kiste ist streng geheim, Harris – wir könnten damit den Krieg gewinnen.« Er klopfte abermals gegen den Koffer. »Hier drin befindet sich alles Wissenswerte über Ihre Mission. Aber noch mal: Wir sind hier nicht sicher. Sobald wir ankommen, erkläre ich Ihnen alles.«

Wir passierten die nächste offene Schleuse. Die Notbeleuchtung an der Decke blinkte, immer wieder waren Bildschirme in die Wände eingelassen. Viele von ihnen eingeschlagen, einige zeigten noch verschwommene oder abgehackte Warnhinweise: BEGEBEN SIE

SICH SOFORT ZU EINEM SCHUTZRAUM! ZIEHEN SIE SICH IN DIE UNTEREN WOHNBEREICHE ZURÜCK! DIE STATION WIRD ABGERIEGELT! In enger Formation sicherte unser siebenköpfiges Grüppchen den Gang nach allen Seiten ab und ging vorsichtig weiter.

»Das Direktorat hat gerade die Kontrollräume erobert«, sagte Ostrow. Er legte eine Hand ans Ohr und tippte auf seinen Kommunikator. »Im Lauf der nächsten fünfzehn Minuten werden sie die Kontrolle über die Lebenserhaltung endgültig übernommen haben – Wärme, Luft, Gravitation.«

»Bis dahin sind wir aber hoffentlich längst weg, oder?«, fragte Mason.

Weg oder tot.

»Klar«, sagte ich.

Die Alarmsirenen wurden von einer Mitteilung unterbrochen. Um uns herum erwachten alle noch intakten Bildschirme zum Leben und zeigten dasselbe Bild. Ein hoch aufgelöstes, dreidimensionales Gesicht. Ein Gesicht, das ich erst zweimal gesehen hatte, aber niemals vergessen würde.

Nicht nach allem, was sie getan hatte.

9

RACHE

»Hier spricht Admiraldirektorin Kyung.«

Ihre Stimme klang unnatürlich gelassen und wies kaum einen Akzent auf; Kyung war es also gewohnt, Standard zu sprechen. Dem Hintergrund nach zu urteilen, befand sie sich auf der Brücke eines Kriegsschiffs. Sie saß selbstsicher und lässig in ihrem Kommandosessel und trug eine makellos schwarze Uniform. Hinter ihr konnte man mehrere Direktorats-Offiziere an verschiedenen Leitständen und Konsolen sehen. Ich war mir sicher, dass Kyung den Bildausschnitt präzise gewählt hatte, und ihre Absicht war eindeutig: *Ich bin bewaffnet und gefährlich. Und ich habe alle Karten in der Hand.*

Wie um mich zu bestätigen, sagte sie: »Ich bin die Befehlshaberin des Kriegsschiffs *Shanghai Remembered* des Asiatischen Direktorats, aktuell im Orbit um Calico. Bewohner von Calico – ich habe kein Interesse an diesem Krieg. Es ist an Ihnen zu entscheiden, ob Sie weiterhin vom militärischen Komplex der Allianz regiert werden möchten oder nicht. Ich versichere Ihnen, dass meine momentane Aufgabe nicht Sie betrifft.«

»Was für ein Schwachsinn …«, flüsterte Mason.

Kyung holte Luft. »Ich bin nach Calico gekommen, um Sie um Hilfe zu bitten. Ich suche nach einer Person, die dem Asiatischen Direktorat großen Schaden zugefügt hat. Insbesondere mir, meinem Schiff und meiner Besatzung hat er großes Unrecht angetan. Sein Verhalten darf nicht ungesühnt bleiben.«

Kyungs Gesicht verschwand vom Schirm und wurde durch ein anderes ersetzt. Ein Bild aus meiner Dienstakte; augenscheinlich von Azur, kurz nach meiner Beförderung zum Captain.

»Ich werde diesen Mann nicht als Soldaten bezeichnen, denn das ist er nicht. Er hat keine Ehre und damit auch nicht das Recht, einen solchen Titel zu tragen. Er ist ein Kriegsverbrecher, und genau deshalb sind wir hier. Wir müssen darauf bestehen, dass dieser Mann unverzüglich ausgeliefert wird. Sie werden ihn als Lazarus kennen. Ich muss Ihre Anführer dringend dazu auffordern, ihn uns so bald wie möglich zu übergeben.«

Kyung machte eine Pause und betrachtete die Kamera. Ich hatte das ungute Gefühl, dass sie mich persönlich anstarrte, und spürte, wie sich ein Riegel aus Eis um mein Herz legte. Die Mörderin von Thebe wurde ihrem Ruf mehr als gerecht. Auf dem Jupiter-Posten hatte sie niemanden am Leben gelassen, und wenn es dazu kam, würde sie mit Sicherheit keine Gewissensbisse haben, die Bevölkerung Calicos vollständig auszumerzen.

»Das ist alles«, sagte sie und verschwand. Nur mein stummes Abbild verblieb auf dem Schirm.

Ich atmete langsam aus und wandte mich an die Überlebenden. »Wenn ihr wollt, dass ich mich stelle, werde ich das tun. Wenn Calico dadurch verschont bleibt – was auch immer davon noch übrig ist –, dann ergebe ich mich.«

»Es geht ihnen mit Sicherheit nicht wirklich um Sie«, sagte Ostrow. »Die sind in erster Linie wegen der Information hier und anscheinend davon überzeugt, da am schnellsten ranzukommen, wenn sie Sie festsetzen.«

»Was auch stimmen dürfte«, sagte Mason. »Boss, das kannst du nicht machen. Du darfst dich denen nicht einfach ausliefern. Was auch immer die – diese Kyung – behauptet, eigentlich geht es nicht um dich.«

Ostrow löste ein Atemgerät von seinem Anzug und warf es mir zu. Die schwarze Kunststoffmaske würde mein Gesicht größtenteils verdecken; wahrlich keine hochkarätige Verkleidung, aber gegen flüchtige Blicke zumindest ausreichend.

»Nein«, sagte ich und richtete mich zu voller Größe auf. »Ich habe nicht vor, mich zu verstecken.«

»Wie Sie wollen«, sagte Ostrow und verzog das Gesicht. »Nur haben wir jetzt noch weniger Zeit als befürchtet, und es liegen immer noch zwei Sektoren zwischen uns und dem Aufzug. Wir müssen weiter.«

»Denk an die Nahkampfausbildung«, sagte ich zu Mason, als wir uns dem Terminal näherten.

»Als könnte ich die vergessen«, sagte sie.

Nahkampfausbildung hin oder her: Sich in einem Trainingsdorf am Fuß des Olympus Mons durch Wellblechhütten zu kämpfen war kaum vergleichbar mit dem, was uns hier unten bevorstand.

Der Planet war gegessen; mit dem, was uns hier noch an militärischem Gerät blieb, war weder an Reparaturen noch an Rückeroberung auch nur zu denken. Es wimmelte von Aufständischen. Überall Männer und Frauen mit Bergbau-Ausrüstung, industriellen Lasern und Nietpistolen. Die Luft war erfüllt von Kriegsschreien und plärrenden Warnhinweisen, die Station umgehend zu evakuieren. Selbst über dem Knistern und Rauschen hunderter kleiner Feuer waren die wilden Gesänge noch deutlich zu hören: »*Allianz nach Hause! Wir wollen hier keinen Krieg! Soldaten zurück auf die Kernwelten! Allianz nach Hause! Wir wollen hier keinen Krieg! Soldaten zurück auf die Kernwelten!*«

»Vollidioten«, fauchte ich. »Rafft denn niemand, was hier eigentlich los ist?«

Es geht nicht darum, ob man Krieg will, dachte ich verbittert. *Es geht nur darum, ob der Krieg dich will.*

Der große Pulk schlug sich mit den zweckentfremdeten Hieb- und Stichwaffen gegen die Helme – eine kleine Percussion-Einlage, um den Gesang zu begleiten – und marschierte in einem losen Haufen durch Rauch und Trümmer weiter durch die Basis. Unser Grüppchen hockte versteckt hinter einem großen Schrank, den irgendwer umgeworfen hatte. Mason hielt die ganze Zeit meinen Arm umklammert, als befürchte sie, ich hätte instinktiv das Bedürfnis, mich mit den Rebellen anzulegen. Da hatte sie grundsätzlich völlig recht, trotzdem musste selbst ich einsehen, dass es unter diesen Umständen kaum etwas gebracht hätte. Von Calico zu verschwinden war leider wesentlich dringender, als einem Haufen gehirnamputierter

Kolonisten die Bedeutung ihrer Bürgerrechte einzubläuen.

Langsam verhallte der Lärm der Meute auf dem Gang.

»Los, weiter«, befahl Ostrow. »Hier entlang.«

Ich pirschte mich an die nächste Kreuzung heran. Der Kampf mit Williams hatte seine Spuren hinterlassen; mir tat alles weh. Das Dröhnen im Kopf wurde von Minute zu Minute schlimmer. Meine Uniform klebte am Rücken fest. Das hieß wohl, dass ich blutete – die Frage war nur, wie stark.

Endlich tauchte vor uns der Eingang zum Terminal auf. Die Bars und Restaurants, die bis vor Kurzem die ganze Umgebung belebt hatten, waren sämtlich geplündert worden und lagen verlassen da. Beschilderungen waren heruntergerissen, die meisten Fenster eingeschlagen. Auf der Stirnseite eines Kiosks prangte AMERIKANER GEHT NACH HAUSE in greller Schrift. Vor der Tür einer Bar hatte man mit schweren Ketten zwei enthauptete Leichen angebunden. Beide trugen Allianzuniformen und waren derart blutgetränkt, dass man selbst ihre Rangabzeichen nicht mehr entziffern konnte. Im Vorbeigehen sah ich einen Flachmann auf dem Boden liegen und bückte mich danach. Ein Stück weiter sah ich eine Packung Zigaretten aus der Brusttasche eines erschlagenen Minenarbeiters hervorlugen. Auch die nahm ich an mich. Mason blieb stehen und warf mir einen zweifelnden Blick zu, aber ich scheuchte sie weiter.

»Dachte, ich hätte 'n volles Magazin gesehen«, sagte ich.

»Wir sollten bei den Marineinfanteristen bleiben«, murmelte sie und nahm mir meine Ausrede ganz offensichtlich nicht ab.

Sie lief vor mir her und trat immer wieder auf Glasscherben. Ihr Laser-Zielsucher glitzerte in den Rauchschwaden. Wir hatten den Terminal fast erreicht. Über uns baumelten brennende, geschmacklose Puppen von Gouverneur Al Kik von den Oberlichtern. Der Himmel wusste, wie die da hinaufgekommen waren. Am Ende hatten die Aufständischen sie schon länger für einen solchen Moment vorbereitet. Beängstigend, wie schnell die Atmosphäre der ganzen Umgebung gekippt war.

»Das Direktorat braucht sich gar keine Mühe mit der Lebenserhaltung zu geben«, sagte ich. »Die vielen Feuer vernichten den Sauerstoff, bevor sie sie abgeschaltet haben.«

»Gut möglich, dass das Teil des Plans ist«, sagte Ostrow.

In der Empfangshalle des Aufzugs herrschte heilloses Durcheinander. Alle vier Gondeln waren am Boden verankert und rührten sich nicht. Der große Saal war voller Menschen – Tausende Zivilisten, die sich alle zur Mitte hin Richtung Aufzug drängten, um Calico irgendwie lebend zu verlassen. Der Lärm war ohrenbetäubend. Geschrei und Wehklagen hallten von den Wänden wider.

Erst beim Näherkommen sahen wir, dass um den Sockel des Aufzugs eine Militärbarrikade errichtet worden war. Man hatte die Tore der Einwanderungsbehörde verstärkt und schulterhohe Palisaden aus

Metall zu einem notdürftigen Schutzwall verbunden. Einige Dutzend Allianz-Soldaten aus Armee und Marineinfanterie bildeten eine dichte Verteidigungslinie im Innern.

Ostrow winkte uns vorwärts. »Feuerbereit halten, Leute.«

»Wir erledigen das, Sir«, sagte einer unserer Soldaten. Die vier Mann bildeten eine Reihe und fingen an, sich durch die Menschenmenge zu schieben. »Das könnte unangenehm werden.«

»Sie versuchen alle, den Planeten noch zu verlassen«, sagte Mason. »Mehr wollen die doch gar nicht.«

»Wir können ihnen nicht helfen, Gefreite«, sagte Ostrow ungehalten. »Solange wir es nicht schaffen, die Legion zu evakuieren, können wir *niemandem* helfen.«

Ich packte Mason mit der bionischen Hand am Ärmel und zog sie zu mir. »Wir haben keine Alternative.«

Sie nickte stumm. Es war unmöglich, kein Mitleid für die hungrigen, verängstigten Leute zu haben, die uns zu Tausenden anstarrten. Die allermeisten wollten einfach nur in Frieden leben und dem entfliehen, was aus Calico geworden war …

»Treten Sie vom Aufzug zurück!«, schrie ein Offizier in sein Megafon. Obwohl er es auf Anschlag gestellt hatte, war seine Stimme gerade eben durch das Meer der Schreie zu hören. »Dieser Bereich ist gesperrt! Befolgen Sie das Notfall-Protokoll, und suchen Sie die Schutzräume auf!«

»Das ist ja Captain Baker«, sagte Mason. »Hat er es also auch bis hierher geschafft.«

»Und er hat seine Jungs dabei«, sagte ich.

Er steckte in seinem richtigen Körper – unschwer an dem alten, verwitterten Gesicht zu erkennen. Die Uniform hatte einen Riss über der Schulter, auch war er nur mit einer Dienstpistole bewaffnet. Viele der Soldaten auf den Barrikaden trugen Aufnäher des Sim-Programms, aber alle steckten in ihren eigenen Körpern fest.

Die Zivilisten brandeten weiter gegen die Absperrungen an. Immer wieder schlugen Soldaten mit den Gewehrkolben in Gesichter. Ein paar Leute gingen zu Boden, andere versuchten weiterhin, die Barrikaden zu erklettern. Noch schaffte es niemand auf die andere Seite.

»Wenn Sie sich nicht zurückziehen, gebe ich Schießbefehl!«, schrie Baker. »Das ist die letzte Warnung …«

Irgendjemand aus der Menge warf eine Flasche.

Wieder erhob sich der Sprechchor. »Amerikaner nach Hause! Amerikaner nach Hause! Amerikaner nach Hause!«

Baker richtete sich hinter der Barrikade auf und stierte wütend in die Menge. Da erst sah ich, dass er getroffen worden war – über seine Schläfe zog sich eine Schnittwunde, und die Stirn war voller Blutspritzer. Er hob den Arm und feuerte einen Schuss in die Decke. Dann setzte er sich wieder das Megafon an die Lippen.

»Treten Sie zurück! Der Aufzug ist geschlossen! Ich werde mich nicht wiederholen! Ich bin nicht einmal Amerikaner, verdammt noch mal!«

Die Menge zog sich ein paar Meter von der Absperrung zurück. Natürlich würde das nicht von langer

Dauer sein, aber zumindest waren sie ein bisschen eingeschüchtert. Für den Moment waren die Schreie etwas verhaltener geworden.

»Und jetzt bitte runter auf den Boden, damit das Militärpersonal durchkommt!«, rief Baker.

Er schwenkte die Pistole über die Häupter der Masse. Seine Leute waren mit Karabinern und einigen Schrotflinten bewaffnet; mehreren war anzusehen, dass sie nur zu gerne auf die undankbaren Zivilisten geschossen hätten. Widerstrebend leistete die Masse Folge. Die meisten bückten sich oder gingen in die Hocke. So hatten wir nach kurzer Zeit die Barrikade erreicht und kletterten hoch: erst Mason, dann ich, dann Ostrow, schließlich die vier Soldaten.

»All das für uns?«, rief ich Baker zu.

»Lazarus?«, sagte er und lächelte. Er sah müde, aber wirklich erfreut aus. »Wir dachten schon, ihr schafft es nicht mehr.«

»He, ich bin's doch, Baker. Noch nie gehört? Ich komme immer zurück. Wo sind meine Leute?«

»Habe mich um sie gekümmert.«

Jenkins löste sich aus der Gruppe. Sie hatte einen Karabiner in der Hand und Kaminski im Schlepptau. Wenige Sekunden später kam auch Martinez, ebenfalls bewaffnet. Sie sahen alle unverletzt aus, obwohl Kaminskis Schädel mit frischen Narben bedeckt war; notdürftige Hauttransplantationen an den Stellen, wo Chirurgen die Nervenklammern entfernt hatten.

»Christo sei Dank, ihr lebt noch«, rief Jenkins erleichtert. »Was ist da draußen los?«

Ich schüttelte den Kopf. »Kacke. Am Dampfen. Aber richtig.«

Jenkins wandte sich an Mason. »Alles klar, Mace?«

Die jüngere Soldatin nickte. »Bis jetzt ja, aber ...«

»Wo ist Professor Saul?«, rief Ostrow dazwischen. »Er muss Sie unbedingt begleiten.«

Jenkins zeigte auf eine Barrikade, hinter der Saul zu sehen war. Er stand dicht beim Aufzug und rührte sich kaum, verschmolz fast mit dem Hintergrund. Sein Gesicht war vollkommen schlaff und ausdruckslos. Körperlich wirkte er unversehrt, aber seine Verletzungen lagen wesentlich tiefer.

»Saul!«, rief ich ihm zu. »Nur die Ruhe. Wir verschwinden hier gleich.«

Er schien zum Leben zu erwachen und nickte. »Ich verstehe.«

»Gegen wen kämpfen wir hier eigentlich?«, bellte Martinez.

»Kyung ist da«, sagte Mason. »Die *Shanghai Remembered* ist uns bis hier gefolgt.«

»Dann lasst uns den Gottlosen etwas Ehrfurcht einimpfen«, sagte er. Er sah an meinem Arm herunter. »Coole Hand, *Jefe*.«

»Wir werden nichts dergleichen tun«, sagte Ostrow mit Nachdruck. »Wir verschwinden hier schleunigst, weil Sie Ihrer Mission nachgehen müssen. Wir fahren hoch zur *Colossus*.«

»Wir haben nicht mal einen Kapitän«, sagte ich.

»Ist schon vor Ort«, sagte Ostrow und zeigte gen Himmel. »Wartet oben.« Er drehte sich zu Baker um. »Ist das alles hier?«

Baker zuckte mit den Schultern. »Alle, die noch leben, sind hier. Ich habe alle Sim-Teams hergerufen.«

Ostrow schnaufte. »Verdammt noch mal.«

»Warum brauchen wir …?«, fing Jenkins an.

»Weil die ganze Sache unglaublich wichtig ist!«, schnauzte Ostrow zurück. Plötzlich schien er seine eiserne Beherrschung verloren zu haben. So einen Ausrutscher hatte ich weder bei Ostrow noch bei einem anderen Geheimdienstler je gesehen. Er schüttelte den schwarzen Koffer vor Jenkins' Gesicht und ging auf den Aufzug zu. »Dieser Einsatz könnte alles verändern.«

Ein tiefes Rumpeln ertönte; die ganze Basis schien zu vibrieren. Es konnte alles Mögliche gewesen sein: eine Bombe, ein kollabierender Minenschacht, vielleicht sogar die Spinnen, die sich gerade durch weitere Wände brachen. Was auch immer es war, das Geräusch löste eine neue Welle der Panik unter den Zivilisten aus. Viele sprangen auf und warfen sich erneut gegen die Barrikaden. Die Soldaten tauschten besorgte Blicke aus.

»Los, los!«, schrie Ostrow.

Eine Frau mit einem Bündel Lumpen im Arm erreichte die Absperrung. Ich sah zu, wie sie das Niemandsland zwischen der Menschenmenge und dem Sockel des Aufzugs durchquerte; sie war erschreckend schnell. Mein Laser-Zielsucher tanzte über ihren verwitterten Schutzanzug – er war so oft notdürftig geflickt worden, dass vom ursprünglichen Anzug kaum noch etwas übrig war. Ostrow stand noch immer direkt hinter der Barrikade, und sie hatte ihn erreicht, ehe er sich zurückziehen konnte.

»Mein Baby!«, heulte sie und hielt uns das schmutzige Bündel hin. Sie trug einen Niqab, nur ihre dunklen Augen waren zu sehen.

Baker streckte die Hand nach ihr aus und senkte die Pistole. »Wir können Ihnen nicht helfen, Ma'am!«

»Zurück!«, schrie ein anderer Offizier.

Dann waren plötzlich überall Hände. Sie griffen nach uns, zogen einen der Soldaten über die Barrikade nach unten. Es war unvermeidlich, dass irgendjemand die Nerven verlor. Ein Karabiner ging los, dann ein weiterer. Auf beiden Seiten der Absperrung gingen Menschen zu Boden. Die Frau mit dem Kind kreischte weiter aus voller Kehle und hielt uns das schlaffe Bündel hin. »Nehmt sie mit!«

Dann rutschte ihr im Handgemenge der Niqab vom Gesicht. Sie lächelte.

Sofort erkannte ich ihr Gesicht.

»Bombe!«, schrie ich, so laut ich konnte. »Alle runter!«

Die Frau hielt ihr Bündel hoch. »Das ist die Rache für Damaskus!«

Ich packte Ostrow …

Alicia Malika, Mitglied der Warfighters, sprengte sich in die Luft.

Lange Zeit war alles, was ich hören konnte, ein hohes, durchdringendes Fiepen.

Ich war nicht mehr auf Calico.

Ich war nicht länger Oberstleutnant in der Armee der Allianz.

Ich war wieder Sergeant – kurz davor, meine Beförderung entgegenzunehmen – und lag auf dem Rücken, umgeben von den Trümmern im Wrack des Monorail auf einer Welt namens Azur.

Bis auf das konstante Klingeln in den Ohren hatte meine Wahrnehmung komplett ausgesetzt. Es war ein unerträgliches Gefühl: eine dämonische Sinuskurve, die alles unter sich begrub, zu meiner einzigen Wirklichkeit wurde.

»Elena!«, schrie ich und suchte in der Dunkelheit.

Ihr Körper war warm und nass. Voller Blut und Splitter.

Dann brach das weiße Rauschen über mich herein und machte alles andere zunichte.

Es war nicht mehr das Geräusch der Explosion, sondern etwas viel, viel Schlimmeres.

Das heimtückische Signal des Artefakts. Der Kriegsschrei der Tönernen.

10

WIR SEHEN UNS

Ich war der Explosion nahe genug gewesen, um direkt getroffen zu werden.

Brüllend fegte die Druckwelle über mich hinweg.

Meine ohnehin schon gepeinigten Ohren wurden zu Knoten aus reinem Schmerz, alle Luft wurde aus meiner Lunge gepresst. Ich fühlte, wie sich meine inneren Organe zusammenzogen und die Rippen unter dem Druck der Explosion zerbrachen. Gleißende Lanzen aus Schmerzen jagten mir durch den Brustkorb, durch die Schulter. Trotzdem wusste ich, dass die Schmerzen im Vergleich zu den inneren Verletzungen nur sekundär waren. Die Uniform hatte der Explosion wenig entgegenzusetzen.

Dann kam die Stille. Diese schreckliche Ruhe, die auf eine lebensbedrohliche Situation folgt. Ich stand mit einem Bein über dem Abgrund der Bewusstlosigkeit. Versuchte verzweifelt, mein geschundenes Hirn auf die Gegenwart zu konzentrieren. Der Boden unter mir. Die Schmerzen in der Brust. Das nasse Blut zwischen meinen Fingern. Ich packte die Details und hielt mich an ihnen fest.

Schmerz ist gut. Der erinnert dich daran, dass du noch nicht tot bist.

Die Ruhe hielt nicht lange an.

»Auf die Beine, Soldat!«

Es war Jenkins, die mir ins Gesicht schrie. Sie packte mich am Kragen und zog mich auf die Beine.

Ich war völlig benebelt und wollte mich übergeben. Langsam ließ das Rauschen in den Ohren etwas nach, und ich nahm das Chaos wahr, das um uns herum herrschte. Ich konnte immer noch nicht geradeaus gucken, sah aber genug, um zu begreifen, dass wir richtig am Arsch waren.

»Da kommen sie!«, schrie jemand.

Die ganze Halle war voll von schwarzem Rauch, der unverkennbare Gestank brennender Menschen lag in der Luft. Die Barrikade war ein heilloses Durcheinander zerrissener Metallstreben und zerfetzter Körperteile. Soldaten wie Zivilisten. Von Alicia Malika war nicht mehr viel übrig – den Großteil ihres Körpers hatte die Explosion vernichtet, nur ein paar verkohlte Stofffetzen und Reste des Schutzanzugs klebten noch an ihren skelettierten Unterschenkeln.

Ein Sim als Selbstmordattentäter. Die perfekte Waffe.

Mason hatte neben mir gelegen und kam langsam auf die Beine.

»D … danke für die Rettung …«, stammelte sie.

»Das war rein instinktiv …«

»Harris hat's erwischt«, rief Martinez über die Schulter. Er feuerte in die Menge, die sich immer noch gegen unsere Stellung warf.

»Wir müssen weg hier!«, sagte Jenkins. »Gestern! Los, auf!«

»Ostrow!«, sagte ich. »Wo ist Ostrow?«

Er hatte die Informationen über die *Endeavour* bei sich. Er wusste, was wir zu tun hatten und wo das Schiff zu finden war.

»Hier«, knurrte er und schüttelte sich neben mir.

Mehrere Splitter hatten ihn im Gesicht getroffen; eins seiner Brillengläser war zersprungen. Er lag auf der Seite und hielt den schwarzen Koffer fest. Dann begann er, auf den Aufzug zuzukriechen.

»Können Sie laufen?«, schrie ich, viel zu laut dank der gepeinigten Ohren.

»Geht schon. Leutnant Jenkins hat recht: Wir müssen hier weg.«

Ich wusste aus bitterer Erfahrung, dass die schlimmsten Verletzungen bei einer solchen Explosion sowieso die inneren Organe davontrugen. Aber hier unten hatten wir keine Möglichkeit, irgendwen zu versorgen. Auf der *Colossus* gab es einen Autodoc und eine Bordklinik – also war das Schiff die einzige Rettung. Ostrow und ich brauchten beide eine gründliche Untersuchung …

»Fuck! Fuck!«, schrie ein Allianzsoldat.

Ein brennender Gegenstand segelte über die Reste der Barrikade hinweg – eine Art Molotowcocktail, primitiv, aber wirkungsvoll. Er zerschellte an der Wand der nächsten Aufzuggondel. Im Nu war die ganze Umgebung in Flammen gehüllt. Eine junge Soldatin stand mittendrin. Sofort ließ sie das Gewehr fallen und rollte sich verzweifelt über den Boden.

»Wir brauchen einen Feuerlöscher!«, rief einer der Soldaten.

In dem Moment ging auch noch eine Pistole aus

der Menschenmenge los. Einige Kugeln prallten von der Absperrung ab, dann erwiderten die Soldaten das Feuer.

»Reißt euch zusammen, Leute!«, brüllte ich. Das galt nicht nur für die Legion, sondern für alle, die noch stehen konnten. »Wir ziehen uns in den Aufzug zurück.«

»Los, los, los!«, rief Baker. »Meine Jungs halten die Stellung. Wir nehmen den nächsten!«

Baker entleerte sein Magazin in die Menge und lud sofort nach. Auch von seinen Leuten rührte sich keiner. Sie standen da und stellten sich dem Beschuss. Zu viele von uns waren bereits gestorben oder standen kurz davor. Es konnte nicht mehr lange dauern, bis die Einheimischen die Absperrung endgültig durchbrachen.

Mittlerweile würde auch das Direktorat wissen, wohin wir unterwegs waren. Alicia Malikas Sim war tot, aber sobald ihre neurale Verbindung gekappt wurde, hatte man an Bord der *Shanghai Remembered* gewusst, dass wir auf dem Weg zu den Orbitaldocks waren. Gut möglich, dass sie sogar direkt von der Brücke aus in die Übertragungen ihres Sims eingeklinkt gewesen waren. Ich blickte auf ein Meer feindseliger Gesichter und fragte mich, wie lange es wohl dauern würde, bis das Direktorat die nächsten Warfighters auf uns hetzte …

»Verschwindet schon!«, sagte Baker.

Ostrow und die Legion zogen sich zur offenen Tür des Aufzugs zurück. Der nächste Brandsatz traf den Aufzugsockel, noch mehr Feuer tropfte auf die

Absperrung. Ein Soldat wurde von vielen Händen über die Barrikade gerissen, ruderte wild mit den Armen und verschwand.

Zum Glück waren die Aufzuggondeln schwer gepanzert, und bisher hatten die Einheimischen noch nichts aufgeboten, was sie hätte beschädigen können. Der Innenraum sah aus wie das Frachtdeck eines kleinen Raumschiffs – ein organisiertes Chaos aus versiegelten Metallkisten.

»Bringt das Ding in Gang«, befahl ich und wedelte mit dem Karabiner.

Ich war immer noch dermaßen von der Rolle, dass ich mich gar nicht daran erinnern konnte, eine Waffe aufgehoben zu haben. Jenkins und ich bezogen Stellung hinter den Kisten. Immer wieder rannten einzelne Aufständische auf die Türen zu, nur um in roten Wölkchen zu Boden zu gehen. Kaminski stand mit einer Pistole hinter uns. Saul war hinter eine Kiste gekrochen und hielt sich die Ohren zu.

»Steuerpult …«, krächzte Ostrow. »Wir brauchen … meine Freigabe …«

»Dann los!«, sagte ich.

Ostrow gab hastig seinen Sicherheitsschlüssel ein und schlug die Hand auf den DNS-Scanner. Die Lampen in der Gondel blitzten bernsteinfarben. Mit einem lauten Knirschen setzte sich der Mechanismus in Bewegung, und die großen pneumatischen Panzerschotten gingen zu. Immer wieder prallten Pistolenkugeln harmlos von der Sichtscheibe ab. Das Heulen und Gejohle draußen wurde immer lauter – so viele Stimmen und derart durcheinander, dass man längst nicht mehr verstehen konnte, worum es eigentlich ging.

Endlich rasteten die Türen dröhnend ein, und die Gondel begann zu vibrieren, während sie langsam die magnetischen Schienen erklomm. Die Geräusche von draußen verblassten. Ein letzter improvisierter Brandsatz traf die Scheibe, konnte den Aufzug aber nicht aufhalten.

Ich kroch hinter meiner Kiste hervor. Die Gondel war auf dem Weg zum Kuppeldach, wo sie eine Schleuse passieren und dann durchs All aufsteigen würde. Aus der Hocke konnte ich noch immer das Schlachtfeld zu unseren Füßen betrachten. Ungewollt musste ich tief ausatmen.

»Wie sieht's aus?«, fragte Jenkins, die ihre Position nicht verlassen hatte.

»Schlimm«, sagte ich. »Wirklich schlimm.«

Die ganze riesige Kuppel war voller Zivilisten, die alle zur Absperrung in der Mitte drängten. Und es waren nicht mehr nur Leute, die einfach den Planeten verlassen wollten; die bewaffneten Banden, die randalierend durch die zerstörten Gänge gezogen waren, hatten sich längst dazugesellt. Sie trugen alles, von umgebauten Laserschneidbrennern bis hin zu Pistolen und Karabinern. Wie es aussah, hatten sie mehrere Militärposten und deren Waffenkammern geplündert.

»Baker kommt nicht nach«, sagte Jekins leise. Es war keine Frage, sondern eine Feststellung. »Keiner von denen kommt da raus.«

Ich nickte. »Ich … ich glaube, wir sind die Letzten.«

Ostrow rang nach Atem. Er war neben dem Schaltpult zusammengesunken. Martinez legte ihm die Hand auf die Schulter. Ostrow gab ein furchtbares, kehliges Geräusch von sich, wimmelte Martinez aber ab, als der ihn aufsetzen wollte. Sein gebräuntes Gesicht war aschfahl geworden wie die Oberfläche von Calico.

»Wir bringen Sie auf die *Colossus* …«, sagte ich.

»Ich habe die anderen Gondeln kurzgeschlossen«, unterbrach er mich. Er redete hastig, als wisse er nicht, wie viele Worte ihm noch blieben. »Da kommt niemand mehr nach.« Plötzlich zuckten seine Hände zur Brust, und er umklammerte den schwarzen Koffer. »Sie müssen das Sch … Schiff mit diesen Daten erreichen …«

»Ruhen Sie sich aus«, sagte Martinez. »Ganz entspannt.«

»Ich kann mich nicht entspannen!«, herrschte Ostrow ihn an. »Und die Legion auch nicht. Sie müssen das schaffen – für uns alle.«

»Alles klar, *Mano*«, sagte Martinez und nickte.

Die Gondel passierte die Luftschleuse der Kuppel und schwankte, während wir den Grenzbereich zwischen Calicos Schwerkraftfeld und dem der Docks überwanden. Über uns die Weite des Alls, unter uns die Weite der planetaren Wüste. Die gesamte Basis sah schwer beschädigt aus. Überall blinkten Lichter, viele erloschen. Mehrere Kuppelbauten waren dem Vakuum ausgeliefert, ganze Viertel lagen dunkel und verlassen da.

Über uns hingen die orbitalen Docks. In den ausladenden Gerüsten lagen immer noch mehrere Allianzschiffe vor Anker. Die Außenbereiche der Liegeplätze waren von Sicherheitslichtern durchzogen, die Piloten davor warnen sollten, allzu nah heranzufliegen. Die *Colossus* war zwar mit Abstand das größte Schiff, sah aber auch am baufälligsten aus. Weite Bereiche der Panzerung waren entfernt worden, der Rest wimmelte von robotischen Reparatureinheiten, die das Schiff belagerten wie Insekten einen dampfenden Haufen.

»Da ist sie …«, murmelte Kaminski.

Aber er redete nicht von der *Colossus*. Soeben war die *Shanghai Remembered* in Sicht gekommen. Martinez bekreuzigte sich und flüsterte ein Gebet. Sogar Saul, der bisher derart von Sinnen gewesen war, dass er keinen Ton herausgebracht hatte, keuchte. Kriegsschiffe des Direktorats riefen oft solch heftige Reaktionen hervor, besonders altgediente Legenden wie die *Shanghai*. Sie hing in einem tiefen Orbit mit ausgezeichneter Sicht auf die Zerstörung von Calico und sah genauso tödlich aus, wie ich sie in Erinnerung hatte. In Damaskus war sie noch auf Schleichfahrt gewesen und hatte ihre Feuerkraft im Zaum gehalten, hier entfesselte sie ihre geballte Energie. Die Hülle des schwer gepanzerten Zerstörers blitzte pausenlos im Schein der Laserbatterien, die den Nahraum mit todbringender Wucht heimsuchten. Um sie herum trieben die Wracks mehrerer Allianzschiffe.

»Das war's dann mit der Flotte«, sagte Jenkins tonlos.

Die *Shanghai* war nicht alleine gekommen. Etwas weiter entfernt lagen noch drei weitere Schiffe ihrer

Baureihe in der gleichen Umlaufbahn. Ein Schwarm von T89-Abfangjägern und Z5-Wraiths löste sich von der Flottille und eilte der Oberfläche entgegen.

Wie ein Köderfisch unter der Nase eines Weißen Hais durchflogen wir den Schatten der *Shanghai* und näherten uns der wartenden *Colossus*.

»Waffen feuerbereit halten«, sagte ich und nickte dem Panzerschott zu. »Wir haben keine Ahnung, was uns auf der anderen Seite der Tür erwartet. Mason, Martinez: Ihr helft Ostrow. Jenkins und ich sichern den Ausgang.«

Die Legion knurrte zustimmend, und alle nahmen ihre Posten ein.

Mit tuckerndem Motor legte die Gondel an den Docks an und kam zum Stehen. Wieder begann das Bernsteinlicht zu pulsieren, vom Schaltpult ertönte ein Signal.

»Wir müssen Kaminski, Ostrow und Saul beschützen«, sagte ich zu Jenkins. Dann lehnte ich mich gegen das Schott und legte die Hand an den Öffnungsschalter. »Bereit?«

»Sieht so aus«, sagte sie. Sie hatte die Waffe auf den Ausgang gerichtet und schaute so grimmig, als habe das Schott sie persönlich beleidigt. »Gib mir einfach 'n Ziel.«

»Auf mein Zeichen …«, sagte ich.

Ich ließ die Hand sinken, und das Schott glitt auf.

Der Aufzug endete in einem weitläufigen Hangar. Der große Arbeitsbereich lag im Halbdunkel, nur hier und da gab es LED-Oberlichter oder vereinzelte Bullaugen.

Dutzende Sicherheitsschleusen führten in andere Bereiche der Station oder direkt zu wartenden Schiffen. Weil viele der Arbeiter hier oben auch untergebracht waren, hatte die Station ihr eigenes Schwerkraftfeld. Immerhin verbesserte das unsere Lage, sollte es hier oben zu weiteren Kämpfen kommen.

Ich gab Jenkins ein Zeichen und postierte mich hinter einem Stapel Frachtkisten. Sie nickte und nahm die andere Seite. Unsere Gewehre waren ins Dämmerlicht gerichtet.

Am anderen Ende der Halle bewegte sich etwas, direkt unter dem Schild, auf dem DOCK DREI: UAS COLOSSUS stand. Hier und da sah man blaue Uniformen aufblitzen. *Flottenpersonal.*

»Harris? Seid ihr das?«

Admiral Joseph Loeb steckte den Kopf hinter der Schubdüse einer Transportfähre hervor. Er hielt die Pistole, als habe er noch nie zuvor eine in der Hand gehabt, hatte die Offiziersmütze in den Nacken geschoben und schwitzte stark.

»Jawohl«, sagte ich. Dann wandte ich mich an Jenkins. »Waffe runter.«

»Was zum Teufel hat der hier verloren?«, fragte sie.

Loeb verzog das Gesicht und schüttelte den Kopf. Um ihn herum – aus den Frachträumen der Fähren, hinter Kisten, aus allen möglichen Ecken – tauchten Marinesoldaten und Wartungspersonal auf.

»Das ist Ihr Kapitän«, stöhnte Ostrow hinter uns. »Und wir müssen weiter. Sind die Piloten hier?«

»Ich, ja.«

James trat vor. Er sah unversehrt aus und wirkte erstaunlich ruhig; offenbar hatte er die Docks nicht verlassen. Er hielt seinen Pilotenhelm in der Armbeuge und bedachte Jenkins mit einem breiten Grinsen.

Mir war klar, dass ihr der Gedanke, mit James und Loeb zusammen die *Colossus* zu betreten, alles andere als gefiel, aber sie war und blieb Soldatin. Bevor sie etwas entgegnen konnte, sagte ich: »Wir haben keine andere Wahl.«

Sie nickte mürrisch. »Verstanden.«

»Das waren die einzigen Offiziere, denen ich definitiv vertrauen konnte«, sagte Ostrow. »Die das Direktorat auf keinen Fall in der Tasche hat.«

Ich wandte mich an James. »Dein Körper ist auf der *Colossus*?«

»Klar doch. Sonst würde ich ihn ja zurücklassen, und das wäre schlecht ...«

»Wo ist der Rest von Scorpio?«

»Die müssten noch mit dem Aufzug kommen«, sagte James und runzelte die Stirn. »Habt ihr euch da unten nicht ...«

»Sie sind so gut wie tot«, unterbrach Ostrow.

»Moment mal!«, sagte James aufgebracht. »Wenn meine Leute noch da unten sind, können wir nicht einfach ...«

Ostrow musste husten. Er klang gar nicht gut – ganz so, als sei in seinem Innern längst nicht mehr alles da, wo es hingehörte. »Ich habe keine Lust, das alles noch mal durchzukauen. Sie sind tot. Alle sind tot.«

Er hielt immer noch den Koffer umklammert und stolperte langsam auf den Ausgang zu, Legion und Flottenpersonal im Schlepptau.

»Roter Alarm«, tönte es aus den Bordlautsprechern. »Wiederholung: Roter Alarm. Mannschaft sofort auf Gefechtsstation.«

Ich war überrascht von der plötzlichen Wucht, mit der mich beim Betreten der *Colossus* meine Gefühle einholten. Die Erinnerungen, die ich mit dem Schiff verband, waren wie gefesselte Dämonen – drängten darauf, sich loszureißen und mich allem auszusetzen, was hier passiert war. Bei jedem Schritt durch die Gänge hörte ich sie an ihren Gitterstäben rütteln. Ich biss die Zähne zusammen und legte ihnen weitere Ketten an, versuchte verzweifelt, das Hier und Jetzt nicht aus den Augen zu verlieren. Ich konnte die Stimmen der einfallenden Enterkommandos des Direktorats in den leeren Korridoren hören, sah aus dem Augenwinkel ihre dunklen Gestalten wie Geister umherschleichen.

Falls das Schiff auf Loeb oder James irgendeine Wirkung hatte, ließen sie es sich nicht anmerken.

»Hier entlang zur OPZ!«, rief Loeb und rannte einen Gang hinunter. Das Absperrband an der nächsten Kreuzung riss er ungehalten ab und drängte uns weiter.

»Kann der dieses Ding überhaupt fliegen?«, fragte Jenkins. »Dem wird doch gerade der Prozess wegen Fahrlässigkeit gemacht.«

»Es ist ein Kriegsgericht«, warf Loeb ein. »Außerdem hat man mir noch nichts bewiesen.«

»Ostrow sieht nicht gut aus«, sagte Martinez. »Er braucht sofort ärztliche Hilfe.«

Der Geheimdienstmann wurde von Mason und

Martinez mitgeschleift und war kaum noch bei Bewusstsein. Irgendwo auf dem Weg hatte er seine Brille endgültig verloren, aber der schwarze Koffer ruhte noch immer fest in seinen Händen, was es für die Legionäre noch schwieriger machte, ihn zu stützen. Ich wollte es nicht aussprechen, aber Ostrow sah nicht so aus, als habe er noch lange zu leben, und ich bezweifelte, dass die Ärzte noch etwas für ihn tun konnten.

Loeb winkte einem Offizier. »Leutnant Allaj, bringen Sie den Mann in die Bordklinik.«

Allaj nickte, schnappte sich ein Besatzungsmitglied und löste die beiden Legionäre ab. Plötzlich riss Ostrow den Kopf hoch. Sein Blick war wild und unkoordiniert, die ruckartige Bewegung jagte eine Welle von Schmerz über sein Gesicht. Dann waren die beiden Männer mit ihm um die Ecke verschwunden.

»Er wird nicht durchkommen«, sagte ich leise.

»Ich dachte, du magst den Kerl gar nicht«, sagte Jenkins.

»Deswegen will ich ja nicht gleich, dass er ins Gras beißt«, sagte ich. »Nicht hier, nicht so.«

Immer wieder machten uns Besatzungsmitglieder eilig Platz. Loeb hatte für jeden von ihnen Befehle parat, von Ingenieuren bis hin zu der Gruppe Marineinfanteristen, die der Stab als Garnison an Bord stationiert hatte.

Er legte die Hand ans Ohr. »Wir müssen sofort die Systeme für den Abflug vorwärmen. Aber auf keinen Fall – ich wiederhole: *auf keinen Fall* – den Hauptrechner hochfahren. Die KI bleibt so lange offline, bis ich den Befehl gebe.«

Obwohl alle um seine Situation wussten, stellte ihn niemand infrage.

»Jawohl, Sir«, hörte ich eine knisternde Stimme in seinem Lautsprecher sagen.

»Loeb Ende.«

Wir erreichten die Operationszentrale im Laufschritt.

Wie im Rest des Schiffs waren auch hier größere Umbauten erfolgt. Alle Konsolen waren erleuchtet, die meisten Scanner-Einheiten und Feuerleitstände nagelneu. Der breite Graben, in dem das taktische Holo-Display untergebracht war, wurde kreuz und quer von Gerüsten und Arbeitsplattformen durchzogen, was die Atmosphäre noch hektischer und umwegiger machte. Das große Hologramm zeigte eine taktische Karte des Nahraums, der allerdings auch durch die großen Sichtfenster zu betrachten war, denn die Panzerjalousien lagen eingefahren in der Wand. Etwa zwanzig Offiziere tummelten sich an ihren Stationen und fuhren alles an Ausrüstung hoch, was von den Scannern der Direktoratsflotte nicht sofort bemerkt werden würde.

»Sofort meinen Kommandosessel bereitmachen!«, sagte Loeb.

»Jawohl, Herr Admiral«, gab eine junge Offizierin zurück. Der Kommandosessel steckte noch unter einer Plastikplane, das persönliche Schaltpult daneben ausgeweidet – überall lagen lose Kabel herum.

»Scanner auf Passivmodus, Sir?«

»Selbstverständlich!«, sagte Loeb und ließ sich auf seinem Thron nieder. Als ihm die Anschlüsse für seine Datenbuchsen gereicht wurden, klinkte er sie mit

Gewalt in seine Unterarme ein. »Wollen wir doch mal sehen … Waffensysteme hochfahren, aber die Geschütztürme noch nicht zuschalten. Wir müssen verhindern, dass diese Schlampe etwas von unseren Vorbereitungen spitzkriegt.«

James und die Legionäre verteilten sich in der Zentrale. Saul hatte stumm einen Sitz ganz am Rand angesteuert; er hatte jede Menge Platz für sich allein.

»Steuermann und Navigator stehen bereit, Sir«, verkündete ein Offizier. »Brücke ist startklar.«

»Und jetzt sind auch die Waffen bereit …«, sagte Martinez. Er hatte sich an einem der Feuerleitstände am Bug niedergelassen; summend erhob er sich an seinem Schwenkarm über den Gefechtsgraben. »Ich habe die *Shanghai* im Visier und bin bereit, sie schnell vergessen zu machen.«

»Nicht schießen!«, bellte Loeb. »Sobald eine unserer Waffen hochfährt, liest die *Shanghai* unsere Identifikation und die Energiesignatur aus. Dann wissen sie sofort, dass wir hier sind.«

»Wie lange noch, bis die Triebwerke so weit sind?«, fragte ich.

»Drei Minuten«, sagte Loeb. Mit einer ausladenden Geste wandte er sich an alle Anwesenden. »Rufen Sie sämtliche Roboter und Wartungsteams von der Außenhülle sofort ins Schiff zurück.«

Der Lautsprecher neben ihm überschlug sich mit Meldungen aus dem Nahraum. »*Splitternde Klinge*«, sagte ein Administrator. »*Wiederhole: Splitternde Klinge.*«

»Was soll das denn heißen?«, fragte ich gereizt.

»Das ist der Code für allgemeinen Rückzug« sagte Loeb. »Das heißt, wir haben verloren.«

Alle verbliebenen Allianzschiffe verließen sofort ihre Umlaufbahnen, malten grelle, bunte Schlieren in die Schwärze des Raums und gingen auf Überlichtgeschwindigkeit. Tief unter uns versank die Calico-Basis in einem Bombenteppich. Der versammelten Feuerkraft der Asiatischen Flottille war nichts entgegenzusetzen. Die zarten Glaskuppeln verzehrten sich in gleißend weißen Feuerbällen. Die Wohnviertel wurden vom Vakuum erobert, die Minen und Schächte stürzten ein und verschwanden unter den staubigen, wüsten Ebenen des kleinen Planeten.

»Möge der Herr Ihren Seelen gnädig sein«, sagte Martinez. »*Gracia de dios.*«

»Ich … ich bekomme die ferngesteuerten Andockklammern nicht auf«, sagte ein Offizier. »Nichts als Fehlermeldungen. Ich muss mich mit der Raumhafen-Behörde von Calico verbinden, um die Freigabe zu kriegen.«

»Auf gar keinen Fall«, sagte Loeb. »Dann müssen wir eben losfliegen, ohne die Dinger zu entfernen. Das wird unserer Panzerung richtig gefallen, ist aber immer noch viel besser, als von 'nem verdammten Direktoratstorpedo getroffen zu werden.«

»Nullschild bereit zur Aktivierung«, meldete ein anderer Offizier. »Auf Ihr Zeichen, Admiral. Triebwerkskern und Schubdüsen in knapp zwei Minuten.«

Loeb nickte bedächtig. »Schild hochfahren.«

Damit begann unser Pokerspiel – mit aktiviertem Schild würde man uns sofort bemerken.

»Wird hochgefahren.«

Der Weltraum draußen waberte kurz. Der Effekt war nur aus dem Augenwinkel wahrnehmbar, ein bläuliches Flimmern vor der Schwärze. Dann traf etwas – wahrscheinlich ein Trümmerteil der Raumschlacht – den Schild und verging in einer hellen Stichflamme.

»Triebwerkskontrolle an Steuermann umgeleitet!«, schrie Mason. Es hielt sie vor Begeisterung kaum auf dem Sitz. »Wir schaffen das tatsächlich …«

»Was sollen wir denn machen?«, fragte Kaminski. »Wir können den Q-Antrieb schlecht mitten im System einsetzen.«

Er hatte leider völlig recht: Die Quantentechnologie, mit deren Hilfe wir Raum und Zeit zu krümmen vermochten, ließ sich nicht innerhalb der Gravisphäre eines Sterns oder Planeten aktivieren.

»Wir gehen erst mal auf normale Überlichtgeschwindigkeit«, sagte Loeb. »Mit Volldampf los und so schnell wie möglich Höchstgeschwindigkeit erreichen. Das sollte uns zumindest erst mal aus diesem verfluchten System bringen.«

Kaminski zuckte mit den Schultern. »Gut genug.«

Draußen näherte sich uns ein versprengter Abfangjäger. Die Wunden der Bombensplitter in meinem Rücken pulsierten mit meinem Herzschlag im Takt. Alles in mir schrie danach, dass sich das wesentlich kleinere Schiff *einfach verpissen sollte!* Martinez zappelte herum, und auf einmal rückte der Jäger messerscharf in den Fokus seiner Holo-Zielerfassung.

»Ich könnte den ohne Probleme …«, sagte er.

Loeb wandte sich an mich. »Wenn du so freundlich wärst?« Er ließ die manuelle Kontrolleinheit an seiner Armlehne aufschnappen, unter der sich ein altmodischer, aber nicht weniger symbolischer roter Knopf mit der Aufschrift SYSTEMSTART verbarg. Dazu gehörte zweifellos eine ganze Menge mehr als ein simpler Tastendruck, aber es gibt nun einmal wenige Dinge im Leben, die sich so konkret anfühlen wie das Drücken eines DNS-gesicherten Knopfs.

Ich beugte mich zu ihm und betrachtete den herannahenden Abfangjäger, der bilderbuchreif von seinen großen Schwestern – der *Shanghai* und den anderen Zerstörern – eingerahmt wurde. Meine Hand schwebte über dem Knopf.

»Systemstart«, sagte ich.

Ich ließ die Hand sinken.

»Steuerkontrolle aktiv.«

»Verbinde mit Brücke.«

»Aktiviere Trägheitsdämpfer, intern und extern.«

»Triebwerkskern einsatzbereit, Schubdüsen einsatzbereit.«

»Schwerkraftfeld hochgefahren und stabil. Lebenserhaltung voll funktionsfähig.«

»Kurs neunzig Grad Steuerbord«, befahl Loeb. »Und lösen Sie die Nabelschnur zum Dock.«

»Jawohl, Sir.«

Mit einem ohrenbetäubenden Kreischen von Metall auf Metall verlagerte sich die *Colossus*. Die Hülle schabte an den langen Spieren, mit denen sie am Dock verankert war, und durchbrach das schützende

Gerüst der Hafenmole. Teile der Raumstation wurden abgerissen und schwebten im Kielwasser des Schlachtschiffs in die Leere hinaus.

Loebs Lautsprecher meldete sich.

»Oh Kacke«, sagte Kaminski.

Selbst ein einfacher Anruf hatte unter diesen Umständen einen finsteren Beigeschmack.

»Eingehender Funkspruch«, verkündete der Nachrichtenoffizier.

Loeb drehte mir den Kopf zu. Seine Miene war ausdruckslos. »Der ist für dich, Lazarus.«

»Wie lange noch, bis wir hier verduften können?«, fragte ich.

»Wir müssen erst aus Calicos Schwerkraftfeld raus«, sagte Loeb achselzuckend. In Windeseile ging er die Daten durch, die über seinen Schirm liefen. »Mindestens dreißig Sekunden.«

Dreißig Sekunden waren mehr als genug Zeit, um unseren Schild mit einem schweren Torpedo zu knacken. Und nicht nur das. Auch nach Verlassen des planetaren Schwerkraftfelds konnten die *Shanghai* und ihre Schwesterschiffe noch die Verfolgung aufnehmen oder uns Kampfdrohnen und Jagdgeschwader auf den Hals hetzen.

Die Funkanlage läutete abermals.

Obwohl wir langsam beschleunigten und sich das unschöne Kratzen an der Hülle fortsetzte, war es in der Zentrale sehr still geworden.

»Funkspruch kommt von der *Shanghai*«, sagte der Nachrichtenoffizier. »Sie hat uns ins Visier genommen.«

»Und dreht gerade bei«, sagte Mason. »Schubkraft bei neunzig Prozent.«

Unten im Gefechtsgraben hörte man Martinez motzen.

»*Solo déjame tomar un tiro, por favor*«, knurrte er. *Lass mich doch bitte wenigstens einen Schuss abgeben.* »Das sind wir 'Ski wirklich schuldig.«

Kaminski war kreidebleich. Er hatte beim Anblick seiner Kidnapper eindeutig mit einer Mischung aus Wut und Angst zu kämpfen; ich musste ihm aber hoch anrechnen, dass er den Mund hielt.

»Noch nicht«, sagte ich. »Aber halt dich bereit.« Ich nickte Loeb zu. »In Ordnung. Kanal öffnen.«

Über dem Steuerpult erschien ein Hologramm von Admiral Kyungs Gesicht. Ich starrte die Mörderin von Thebe an.

»Spreche ich mit Oberst Harris?«, fragte sie in ihrem präzisen, akzentfreien Standard.

»Hier bin ich«, sagte ich.

»Sie sind der, den man Lazarus nennt?«

»So ist es.«

Mason hob die Hand und formte *zwanzig Sekunden* mit den Lippen.

Überall in der Zentrale erwachten Bildschirme zum Leben. Nacheinander gaben alle Stationen grünes Licht. *Lenk sie noch ein bisschen ab,* dachte ich. *Gib der Besatzung noch etwas mehr Zeit.* Loeb seufzte leise. Er schien die Maschinen um sich herum durch pure Willenskraft dazu zwingen zu wollen, schneller zu arbeiten. Der dringende Wunsch, die Waffen auf die *Shanghai* zu richten und die Frau zu vernichten, die ihm so viel Schmach bereitet hatte, stand ihm ins Gesicht geschrieben. Zum Glück wusste ich, dass er ein zu guter Offizier war, um Blutdurst vor die Erfüllung seiner Pflichten zu stellen. Außerdem hatte ich ebenfalls mit meinen Gefühlen zu kämpfen. Ob Kyung wohl wusste, was sie mir genommen hatte?

Draußen flog die *Shanghai* ein hartes Wendemanöver. Mit aufflammenden Triebwerken drehte sich das schwarze Schiff langsam in unsere Richtung.

»Ich bin Admiraldirektorin Kyung, Befehlshaberin der Dritten Eingreifgruppe des Asiatischen Direktorats …«

»Wenn ich Sie da direkt unterbrechen dürfte«, sagte ich. »Ihr Schiff ist Teil der Spezialkräfte, und mir ist scheißegal, wer Sie sind. Ich weiß, *was* Sie sind: die Mörderin von Thebe. Eine Verbrecherin.«

Ihre Miene war nicht zu deuten. Die Nano-Drähte, die ihr Gesicht durchzogen, glühten rot, während sie Daten aus dem Bordrechner verarbeitete. Ihre Wangen waren höckerig und geschwollen – ein einziges Narbengewebe, das wie das Resultat eines Krell-Dröhners aussah. *Wunden aus Damaskus?*, fragte ich mich. Das konnte durchaus sein.

»Ergeben Sie sich«, sagte Kyung.

Sie klang kühl und teilnahmslos, als läge eine tiefe Kluft zwischen dieser Frau und dem Rest der menschlichen Rasse.

»Sie mich auch«, sagte ich.

In Gedanken zählte ich die Sekunden, aber dieser Blick – diese stählernen Augen – war genug, um mich zu verunsichern.

»Zehn Sekunden …«, raunte Loeb.

»Rückzug ist zwecklos«, sagte Kyung. »Wir verfügen über genug Feuerkraft, um Calico vollständig zu vernichten.«

»Ich weiß schon, was Sie wollen«, wiederholte ich und spürte Zorn in mir aufsteigen. »Was ich wissen will, ist: Warum? Es geht gar nicht um mich. Es geht doch sowieso nur um die *Endeavour*.«

»Glauben Sie das im Ernst?«, sagte Kyung. »Ich kann Ihnen versichern, dass das eigentlich nicht stimmt.«

Offenbar spielte sie ebenfalls auf Zeit.

»Was wollen Sie dann? Wozu brauchen Sie mich, Mörderin?«

»Ich habe meine Gründe.« Kyungs bleiche Lippen zuckten leicht. In einem anderen Gesicht hätte es fast ein Lächeln sein können. »Die *Colossus* ist eine Antiquität; wir können Sie problemlos einholen und uns einfach nehmen, was wir wollen.«

»Ihre Überlichttriebwerke sind kalt. Reden Sie keinen Mist.«

Loeb zählte die letzten Sekunden an seiner Hand herunter – *fünf, vier, drei, zwei, eins!*

»Wir sind so weit!«, rief er. »Sämtliche Systeme online.«

Ich beugte mich vor, damit ich ihr direkt in die Augen blicken konnte. »Wir sehen uns«, sagte ich. Dann drehte ich mich zu Martinez um. »Jetzt.«

Kyung hatte gerade den Mund aufgemacht, um noch etwas zu erwidern, aber ihr Hologramm fiel in sich zusammen.

»*Vete a la mierda!*«, schrie Martinez.

Er saß gebückt hinter seinem Feuerleitstand, und sein Zielerfassungs-Holo zeigte an, dass die Railgun erfolgreich abgefeuert worden war. Mit einem blendenden Blitz war der Nullschild durchbrochen, und die Flanke der *Shanghai* wurde von Explosionen erschüttert.

Bussard schlägt Mörderin.

Loeb hieb die Faust auf seine Armlehne. »Los!«

Wir beschrieben einen Bogen, und die zerstörte Calico-Basis verschwand unter uns aus dem Blickfeld. Ich musste daran denken, wie wir auf der Flucht aus Damaskus das Sprungtor der Tönernen durchflogen hatten. Damals hatte sich die *Colossus* in bester Verfassung befunden, aber auch da war sie eher Schlägertyp als Meuchelmörder – Geschwindigkeit war nie ihre Stärke gewesen. Ohne die entsprechende Zeit zu haben, um Schubkraft und Kurs genau zu planen, konnten wir uns einfach nur wegbewegen. Als die Schubdüsen auf volle Kraft gingen, ließ ich mich auf einen der Drucksessel fallen.

Martinez' Salve blieb nicht unbeantwortet – die *Shanghai* reagierte unverzüglich. Die Railguns entlang ihres Rückens luden durch und begannen, den Nahraum mit einem tödlichen Schleier schwersten Kalibers zu bedecken.

»Flugabwehr einsatzbereit«, sagte ein Offizier.

Eine helle Lichtmatrix löste sich vom Schiff und vernichtete alle Trümmer im Umfeld.

In der Ferne lauerte die *Shanghai*. Mindestens einer unserer Schüsse hatte offenbar die Hülle durchschlagen, aber das genaue Ausmaß des Schadens war schwer abzuschätzen. Mit zusammengekniffenen Augen betrachtete ich die Datenströme auf den Bildschirmen. Je weiter die *Shanghai* zurückfiel, desto dünner wurden unsere Informationen. Sie war definitiv beschädigt – aber wie schwer?

»Maximalbeschleunigung erreicht! Überlichttriebwerke zünden?«

»Tun Sie's!«, sagte Loeb.

Der Überlichtantrieb der *Colossus* flammte auf, das All zog sich um uns zusammen …

In diesem letzten Augenblick – in dem das Schiff Einsteins Gesetze durchstieß, brach und neu schrieb – sah ich einen hellen Funken aus der Richtung, in der die *Shanghai Remembered* gelegen hatte.

Am Ende war es doch ein kritischer Treffer, dachte ich: ein wahrer Glückstreffer von Martinez. *Genauso gut könnten es ihre Triebwerke gewesen sein.*

Bevor ich weitere Überlegungen anstellen konnte und lange bevor irgendjemand etwas dagegen hätte unternehmen können, gingen sämtliche Lichter in der Zentrale aus.

11

BETA-VERSION

Einen Moment lang saß ich im Dunkeln, einzig in Gesellschaft der Paukenschläge meines Herzens.

Dann fuhr sich die Zentrale langsam wieder hoch.

Als sei die *Colossus* nach einem plötzlichen Herzinfarkt wieder reanimiert worden, vibrierte das Deck leise, und die Lebenserhaltung sprang wieder an. Die Computer schienen einen Augenblick länger zu brauchen, um sich zu erholen. Das taktische Display zeigte nur weißes Rauschen, dann tauchten allmählich die vorherigen Projektionen und Datenströme wieder auf. Eins nach dem anderen schalteten sich auch die Oberlichter wieder ein.

»Alle in Ordnung?«, flüsterte ich – und korrigierte mich sofort. »Alle *überlebt*?«

»Jawohl«, sagte Mason. »Aber ich glaube kaum, dass ich mich je an so was gewöhnen werde …«

Ihr Gesicht war ganz grün; aber sie war damit nicht alleine. Fast alle Besatzungsmitglieder sahen aus, als müssten sie sich übergeben. Eigentlich grenzte es an ein Wunder, dass noch nichts dergleichen passiert war.

»Das war jetzt, was, dein dritter Überlicht-Sprung?«, fragte Martinez.

Mason nickte. »So um den Dreh.«

»Glaube mir: Wenn du das oft genug machst, merkst du gar nichts mehr.« Er gähnte und ließ die Schultern kreisen. Sein Feuerleitstand hatte sich wieder herabgesenkt, um ihn aussteigen zu lassen. »Bei der Marineinfanterie haben wir das dauernd gemacht.«

»Blöder Angeber …«, murmelte Jenkins. Sie lag noch angeschnallt auf einem Drucksessel neben mir, regte sich aber langsam wieder. »Ich finde, wir müssen das nicht so bald wiederholen.«

»Kann ich nicht versprechen«, sagte ich. »Kaminski, Saul?«

Auch sie saßen noch angeschnallt an ihren Plätzen, waren aber wach genug, um zu reagieren.

»Das war ganz schön heftig«, sagte Kaminski und massierte sich die frischen Narben auf dem Schädel.

»Heftig ist gar kein Ausdruck«, sagte Saul. »Aber immerhin haben die Trägheitsdämpfer gehalten.«

»Sonst könnten wir jetzt auch unsere Hirne von den Bullaugen kratzen«, grunzte Loeb.

»Und du, Chef?«, fragte Mason.

»Mir geht's gut«, sagte ich. »Richtig gut.«

Die ganze Legion sah mich mit besorgten Mienen an.

Es ging mir richtig dreckig. Zwar hatte sich der Magen allmählich wieder beruhigt und vollführte keine Luftsprünge mehr, aber der Geschmack von Eisen und Gallensaft hing mir immer noch im Rachen. Ich schnallte mich ab und krabbelte aus dem Sessel – musste erst einmal langsam mit diesem Körper klarkommen. Knie, Schultern, Nacken, alles tat weh. Meine Innereien fühlten sich an wie Brei, als hätte ich in einer von James'

Hornissen ohne Trägheitsdämpfer an einer Raumschlacht teilgenommen. Aber der Schmerz schien noch tiefer zu sitzen als sonst. Ich betrachtete meine neue Hand: die Metallfinger leuchteten bläulich, die künstlichen Gelenke zuckten unkontrolliert. Jede Muskelfaser schrie, und in meinem Kopf hatte sich ein heftiges Stechen eingenistet. Meine Oberlippe fühlte sich feucht an. Ich fuhr mir mit der echten Hand durchs Gesicht und wischte mir frisches Blut von der Nase.

»Ich fand das Manöver ziemlich gelungen«, sagte James. Der Überlicht-Sprung hatte ihn genauso kalt gelassen wie Martinez. »Habe kaum was gespürt.«

»Kein Wunder«, sagte Jenkins. »Wir stecken nicht alle in einem Sim, du Klugscheißer.«

Kurz darauf war die OPZ wieder von Licht und Lärm erfüllt. Admiral Loeb, trotz seines Alters unermüdlich, beugte sich auf dem Kommandosessel vor und begutachtete sein Reich.

»Erster Offizier – Schadensbericht«, rief er.

»Alle Systeme im grünen Bereich, Sir. Keine Ausfälle zu beklagen, kein größerer Schaden an der Hülle.«

»Haben sich alle Abteilungen gemeldet?«

Der Offizier stutzte, konsultierte seinen Bildschirm und nickte langsam. »Maschinenraum, Lebenserhaltung, Triebwerke, Brücke … Sieht alles gut aus.«

»Was sagen die Scanner?«, fragte ich. »Verfolger?«

Loeb warf mir ein überlegenes Grinsen zu. »Das hier ist eine meiner Spezialitäten, Oberst. Wir sind unterwegs in den Leerraum. Mit normalem Überlichtantrieb, nicht per Q-Sprung. Also keine Tachyonen-Rückstände, die man verfolgen könnte.«

Ich überprüfte meinen Schirm. Wir flogen gerade durchs Niemandsland zwischen den Sternen, irgendwo am Rand zwischen Allianzraum und der ehemaligen Quarantänezone, waren aber so weit jenseits der gängigen Routen, dass ich unsere Position nicht genauer bestimmen konnte. Nur war das Direktorat nicht die einzige Bedrohung. Gut möglich, dass hier draußen in der Finsternis Krell-Flotten herumschlichen und nach Beute suchten.

»Das ist ziemlich gefährliches Territorium«, sagte ich. »Wir sollten hier nicht zu lange rumhängen – zumindest nicht alleine.«

Loeb seufzte. »*Splitternde Klinge* ist der Rückzugsbefehl für unsere ganze Flotte. Hieß schon immer so, auch als ich noch ein Frischling war. Sämtliche KIs der Allianz haben für so ein Szenario vorprogrammierte Koordinaten bereitliegen: einen zufällig bestimmten Sammelpunkt, an dem sich alle noch einsatzfähigen Schiffe zu treffen haben.«

»Wie lange brauchen wir noch bis zum Sammelpunkt?«, fragte Mason.

»Etwa eine Stunde«, sagte Loeb. »Wir können den normalen Überlichtantrieb nicht ewig benutzen, aber von da aus dann in Ruhe die nächsten Schritte planen.«

Nach modernen Gesichtspunkten war der klassische Überlichtantrieb ein primitives Gerät, und wie die meisten Schiffe war auch die *Colossus* nicht dafür gebaut, ihn länger als nötig einzusetzen. Dafür verließ man sich auf den Q-Antrieb. Der Überlichtantrieb verschlang unvorstellbare Energiemengen und würde den Reaktor binnen kurzer Zeit leergefressen haben. Für den weiteren Weg mussten wir also auf jeden Fall einen verlässlichen Kurs via Q-Antrieb abstecken – einen passenden Sprungpunkt ansteuern und von dort aus starten.

»Wir werden jedes verfügbare Schiff brauchen«, sagte Loeb. Er starrte aus dem Fenster. »Erst dann können wir zurückfliegen und die *Shanghai* auseinandernehmen. Sobald wir einen ausreichend großen Verband haben, melden wir uns beim Generalstab und heizen diesen Bastarden richtig ein …«

»Ich habe sie auf jeden Fall getroffen«, sagte Martinez. Sein Bart und seine schwarzen Haare glänzten vor Schweiß. »Vielleicht ist sie sowieso schon am Ende.«

»Glaube ich kaum«, sagte Jenkins. »So ein guter Schütze bist du nicht.«

»Trotzdem schwer zu sagen, wie viel Schaden ich angerichtet hab«, sagte Martinez mit einem selbstzufriedenen Grinsen.

»Vielleicht haben wir damit auch die Warfighters endlich erwischt«, sagte Mason.

»Hoffentlich«, sagte Kaminski so ernst, wie ich ihn selten gesehen hatte. »Das hoffe ich wirklich.«

Das war immerhin eine böse, herzerwärmende Überlegung. Williams und seine Leute mussten für ihren Einsatz auf Calico auf jeden Fall irgendwo in der Nähe eine Sim-Zentrale gehabt haben – warum nicht an Bord der *Shanghai*? Der Gedanke, dass Martinez mit einem Glückstreffer ihre Tanks getroffen und damit den Verrätern den Garaus gemacht hatte, war in der Tat entzückend.

»Wir können sowieso nicht zurück«, sagte ich. »Der Stab ist ausradiert worden. Wir müssen alleine weiter.«

Loeb hielt inne und sah aus, als wüsste er diesen Kommentar nicht recht einzuordnen. »Wir können eine Direktverbindung zu den Kernwelten herstellen – den Kriegsrat kontaktieren …«

»Sie sind alle tot, Loeb. Ich war dabei. Williams und seine Leute haben sie alle umgebracht.«

Loebs Miene verdüsterte sich. Er wollte mir nicht glauben. »Das kann nicht sein. Nicht der Kriegsrat. Ich kenne Großadmiral Sunsam seit Ewigkeiten. Was sollten die alle zusammen auf Calico wollen?«

Er sprach von den Leuten, die ihn so dringend als Sündenbock hatten inszenieren wollen. Obwohl es mir absurd vorkam, schien er sich immer noch an die Befehlskette zu klammern, als sei sie ein Rettungsboot.

»Sie sind tot«, sagte ich mit Nachdruck. »Und sie waren da, um mich persönlich auf den nächsten Einsatz zu schicken; einen Einsatz, von dem Cole gesagt hat, er könnte kriegsentscheidend sein.«

Saul beugte sich zitternd in seinem Sessel vor. »Bei Gaia. Das ist noch viel schlimmer, als ich dachte.«

Bevor ich dazu kam, ihn zu fragen, wie er das meinte, meldeten sich die Schiffslautsprecher.

»Oberst Harris in die Bordklinik«, sagte die KI. »Ihre Anwesenheit ist unverzüglich vonnöten.«

Ich nickte der Legion zu. »Ich will eine vollständige Inventarliste sämtlicher Ausrüstung an Bord haben, bevor wir den Sammelpunkt erreichen. Mason, kümmere dich um die Sim-Zentrale. Martinez und Jenkins – Waffenkammer. Kaminski, du bleibst bei Saul. Und Loeb: Ruf mich sofort, wenn irgendwas außer der Reihe passiert. Krell, Direktorat, Allianz – egal was.«

Am Eingang der Klinik kam mir eine Sanitäterin der Wissenschaftsabteilung entgegen. Ihr Kittel war von so viel Blut bedeckt, dass die weiße Farbe kaum noch zu sehen war. Eine hübsche Frau mittleren Alters mit blonden Zöpfen, die trotz ihrer ernsten Miene aussah, als sei sie gründlich überfordert.

»Herr Oberst? Dr. Erika Serova – ich habe heute Morgen erst den Befehl erhalten, an Bord zu kommen …« Sie verstummte. »Geht es Ihnen gut? Ihr Gesicht – Sie sehen aus, als könnten Sie selbst etwas ärztlichen Beistand gebrauchen.«

»Keine Zeit für so was«, sagte ich. »Wo ist Ostrow?«

Jetzt, da wir die *Shanghai* und ihre Schwesterschiffe – und damit die unmittelbare Lebensgefahr – hinter uns gelassen hatten, kehrten meine Gedanken wieder zu unserer Mission zurück. Ostrow war der Einzige, der wusste, was ich hatte tun sollen, mein einziger Wegweiser zur *Endeavour*.

»Hier entlang«, sagte die Sanitäterin. »Er fragt schon die ganze Zeit nach Ihnen, sagt, dass er unbedingt mit Ihnen reden muss. Sie sollten aber wissen, dass sein Zustand kritisch ist. Dass er überhaupt bei Bewusstsein ist …«

»Wird er durchkommen?«

Die Frau setzte eine neutrale Miene auf. »Er hat

durch die Explosion schwerste Verbrennungen erlitten. Ein Lungenflügel ist gerissen, und er hat ein Lebertrauma sechsten Grades. Wahrscheinlich ist auch die Wirbelsäule angebrochen, aber er weigert sich, eingehender untersucht zu werden.«

Sie führte mich in den kleinen Raum, in dem Ostrow lag. Dann zog sie sich rasch zurück, und mit leisem Summen glitt die Tür hinter ihr zu.

Ostrow sah wirklich furchtbar aus. Er hatte die Augen geschlossen – obwohl die Maschine am Kopfende ein rhythmisches Piepsen von sich gab und ein Holo zeigte, dass wohl seinen Herzschlag darstellen sollte, sah er so aus, als sei er bereits tot. Die Haut wirkte wie Wachs, und die Augen lagen tief in den Höhlen. Das Terminal zeigte noch andere Messwerte an, die alle wenig Hoffnung weckten. Man hatte ihm die Rüstung ausgezogen, und sein Unterzieher hing in Fetzen – augenscheinlich sowohl durch Granatsplitter als auch durch die ruppige Behandlung in der Klinik. Sein Brustkorb steckte voller Kabel und kleiner Bildschirme, die linke Schulter war bandagiert. Als ich an sein Bett trat, setzte er sich ruckartig aufrecht. In seinen Augen stand grimmige Entschlossenheit.

»Harris …«, begann er.

Ich war ernsthaft verblüfft von seiner heftigen Reaktion. »Ganz ruhig.«

»S … Sie müssen wissen, was zu tun ist …«

Mit einer blutverschmierten Hand hielt er noch immer den schwarzen Koffer fest. Er zog mich beinahe magisch an und ließ mein Herz höherschlagen. Ich kämpfte gegen die giftigen Emotionen an, die mich zu übermannen drohten.

»Die *Endeavour* ist der Schlüssel … zu diesem Krieg … Sie ist der Ursprung.« Sein Gesicht zuckte, und er bäumte sich vor Schmerzen auf. »Solange sie nicht gefunden wird, kann der Krieg nicht enden …«

»Was reden Sie da? Sagen Sie mir einfach, was ich tun soll.«

Er schob den Koffer zur Bettkante, und ich nahm ihn automatisch entgegen. Die Panzerung war verbeult und noch ganz warm; Ostrow hatte ihn nie losgelassen.

Er hatte große Mühe, überhaupt noch zu sprechen. »Al … alles ist da drin. Das wollten sie haben – das wollten sie von Anfang an. P … passen Sie gut darauf auf. Viele tapfere Leute haben ihr Leben für den Inhalt dieses Koffers gegeben.«

»Wo ist sie, Ostrow? Wo ist die *Endeavour*?«

»Im Mahlstrom«, sagte er. »Ihre Ko … Koordinaten … der Koffer …«

Nach so vielen Jahren erfolgloser Suche hatte ich konkrete Hinweise auf ihren Standort in der Hand. In meiner echten Hand, mit der ich über den abgenutzten Verschluss strich. Es war ein DNS-Scanner, aber Ostrow hatte ihn bereits geöffnet. Ich musste mich arg zusammenreißen, ihn nicht sofort aufzumachen und herauszufinden, was genau der Koffer enthielt, aber Ostrows abgehackte Atemzüge holten mich schnell in die Gegenwart zurück.

»Sie haben nicht viel Zeit«, sagte er. Er schien all seine verbleibende Energie hineinzulegen, mir noch so viel wie möglich zu sagen. »Der Plan ist ein G … Gegenangriff … Steht alles da …«

Sunsams Gegenangriff: Verstärkung von den Kernwelten. Aber der Kriegsrat hatte nicht lange genug überlebt, um mir die Details der Mission zu verraten, also wusste ich lediglich, dass sie – irgendwie – vorgehabt hatten, sich auf die Sprungtore der Tönernen zu stützen …

»Sagen Sie«, brachte er heraus. »Ist Professor … Saul … durchgekommen?«

»Ja«, sagte ich. »Saul lebt noch.«

Sofern man das, was von ihm übrig war – eine verängstigte, leere Hülle –, leben nennen wollte.

»Er weiß mehr, als Sie je begreifen werden«, sagte Ostrow leise. »Das wird der letzte Einsatz, Harris. Sie kriegen endlich, was Sie wollen.« Er hob den Arm und suchte nach meiner Hand. »Für Gott und die Allianz.«

»An Ersteren habe ich nie geglaubt«, sagte ich. »Und von Letzterer ist auch nicht mehr viel übrig.«

Ostrow schloss die Augen. »Es tut mir leid, Harris. Wegen allem, was Sie da draußen finden werden.«

Die Messwerte an seiner Maschine brachen abrupt ein, und sein Atem war kaum noch zu hören.

»Sanitäterin!«, schrie ich. »Sofort herkommen!«

Es gab keinen Todeskampf – keinen letzten, verzweifelten Versuch, sich ans Leben zu krallen. Stattdessen sank er einfach nieder, bis die Maschine eindringlich Alarm schlug. Mehrere Sanitäter kamen, lasen Werte ab und schrieben alles genau auf – wie sie es immer taten.

»Er hat uns verlassen«, stellte Dr. Serova fest.

Als ihm das Team das Laken über den geschundenen Leib gezogen und den Raum wieder verlassen hatte, fiel mir auf, wie wenig ich eigentlich über Captain Ostrow wusste. Wir hatten viele Monate zusammen gedient, und obwohl er mich des Öfteren fast zur Weißglut getrieben hatte, war er ein treuer Diener der Allianz gewesen. Sein Tod war eines Soldaten nicht würdig. Er hätte etwas Heldenhafteres verdient gehabt. Verdammt, ich wusste nicht einmal, wie er mit Vornamen hieß.

Trotzdem verließ ich eilig die Bordklinik und redete mir ein, nur so hektisch zu sein, weil ich dafür sorgen wollte, dass er nicht umsonst gestorben war. Natürlich wusste ich, dass der eigentliche Grund für meine Hast viel persönlicher war. *Ist es das?*, fragte ich mich und umklammerte den Koffer. Ich konnte mich auf nichts mehr konzentrieren als auf das, was ich darin zu finden hoffte. Er hatte eine nahezu dämonische Aura angenommen und schien in der kurzen Zeit in meiner Obhut schwerer und heißer geworden zu sein.

Ich rannte von der Klinik zur Nachrichtenzentrale. Dort gab es abgeschirmte Rechner. Der Raum wurde nur vom Glimmen des Alls erleuchtet, das durch die geöffneten Sichtfenster fiel.

Mit dem Ende des gewaltigen Adrenalinschubs verließ mich auch meine Stärke nach und nach wieder. Mein Körper schien sich immer mehr damit zu befassen, dass ich es überhaupt geschafft hatte, Calico lebend zu verlassen. In einem Sim wäre das nie passiert: Die Medizineinheiten der Kampfanzüge konterten jeden derartigen Impuls perfekt aus. In meinem eigenen Körper war das allerdings leider eine andere Geschichte.

Benommen und von Schwindelanfällen geplagt, ließ ich den Koffer auf einen Tisch fallen. Beide Hände – Mechanik und Fleisch – zitterten furchtbar, als ich den Deckel öffnete. Darin lag, viel kleiner als der Koffer selbst, ein einziger Datenstick. Er war verbogen, verkratzt und dreckig; wahrscheinlich war das hier das Original, von dem Storemberg während der Besprechung erzählt hatte. Es war von *Liberty Point* gekommen und hatte Angriffe der Krell und des Direktorats überstanden.

Ich steckte den Stick in den Rechner. Vor mir füllte sich die Luft mit Hologrammen – es waren hauptsächlich militärische Sicherheitsprotokolle und Warnhinweise.

Ich lehnte mich zurück und sah zu, wie sich die Dateien entschlüsselten.

Zunächst tauchten Besatzungslisten, Ladungsverzeichnisse und technische Spezifikationen für die *Endeavour,* die UAS *Ark Angel,* die HMS *Lion's Pride* und mehrere andere Schiffe auf. All das blendete ich sofort aus. Natürlich waren es nützliche Informationen, aber die Analyse dieser Daten erforderte Zeit und Geduld. Hatte ich gerade beides nicht.

Ich musste herausfinden, wo Elena steckte; alles andere war zweitrangig.

Dann tauchte vor mir die vertraute Karte des Mahlstroms auf. Und da, tief im Innern, waren Koordinaten mit einem einsamen Fähnchen markiert. Hinter einem wilden, verschlungenen Netz aus Schwarzen Löchern, Quasaren und Anomalien – mitten hinein ins Auge des Sturms. Bis auf die Sekundenbruchteile, in denen wir an Bord der *Colossus* mit dem Sprungtor der Tönernen gleichsam den ganzen Mahlstrom durchquert hatten, war kein Schiff der Allianz je so weit vorgedrungen: tief ins Herz des Krell-Imperiums bis zu der kleinen Ansammlung von Sonnen, die bei uns als das »Sternenriff« bekannt waren. Jeder Soldat, der nicht vollkommen hinterm Mond lebte, hatte schon von diesen Sternen gehört – und von ihren Planeten. Erst die Analyse des Schlüssels der Tönernen hatte bestätigt, was vorher nur vermutet worden war. Hier lag, inmitten des Mahlstroms, das namenlose Heimatsystem der Krell. Auch die restlichen Sterne des Riffs hatten zahlreiche Planeten. Es war ihr Kerngebiet, ihr ältester Besitz, und wahrscheinlich lagen hier die ersten Welten, die sie überhaupt besiedelt hatten. Niemand – nicht einmal die Lazarus-Legion – hatte je einen Fuß auf sie gesetzt, aber Gerüchte und Fantastereien waren über die Jahre zu Tatsachen geworden. Unter den Soldaten erzählte man sich von Höllenwelten – ganzen Sternsystemen, im Würgegriff der Biotechnologie dem Wahnsinn anheimgefallen.

»Was hast du da zu suchen, Elena?«, flüsterte ich. »Warum hat dich der Stab dorthin geschickt?«

Die Unterlagen der Einsatzbesprechung ließen diese Frage offen. Dank des Schlüssels, den die Legion auf Helios geborgen hatte, waren viele neue Quanten-Sprungpunkte identifiziert worden. Ich sah gebannt zu, wie auf der dreidimensionalen Karte ein Kurs abgesteckt wurde, der ein Schiff sicher durch das Chaos bis zur Position der *Endeavour* bringen konnte. Natürlich hatten sie und ihre Begleitflotte die Reise ohne solche Daten absolviert: Sie mussten so gut wie blind in die dräuende Masse des Riffs geflogen sein.

Bei der Einsatzbesprechung war auf einen Sektor des Mahlstroms eingegangen worden, der Arkonus-Abgrund genannt wurde. An dieser Stelle tauchte auf der Karte sofort eine Tafel mit SPRUNGTOR auf. *Noch ein Knotenpunkt im Netz der Tönernen.* Also war es der Abgrund gewesen, wo wir die *Endeavour* auf unserer Flucht aus Damaskus gesehen hatten. Viele Welten waren in der gewaltigen Akkretionsscheibe des Abgrunds gefangen – aber das war kein gewöhnliches Schwarzes Loch. Spektralanalysen und andere Untersuchungen ließen darauf schließen, dass es sich bei dem Riss in der Raumzeit um eine nahezu perfekte Kopie des Damaskus-Grabens handelte. Mit Faszination und Schrecken sah ich zu, wie sich die beiden Sprungtore verbanden. In meinen Schläfen breitete sich ein dumpfes Pochen aus, während ich sah, wie erst die *Endeavour* und später die *Colossus* den Mahlstrom in weniger als einer Sekunde durchquerten. Wie quälend nah wir ihr gekommen waren … fast mussten wir beim Flug durch das Sprungtor die Hülle der *Endeavour* gestreift haben. Das Hologramm schien kurz zu haken, während das Portal zwischen Graben und Abgrund noch offen stand …

Plötzlich tauchten hundert weitere Sprungtore im Mahlstrom auf. Überall glutrote Markierungen, manche von ihnen durch glitzernde Strähnen verbunden.

Ich spürte, wie sich meine Nackenhaare aufstellten. Das Signal des Artefakts brach sich durch meinen Verstand, lauerte fast unhörbar im Unterbewusstsein. Ich schüttelte den Kopf, massierte mir den Nacken, versuchte, es zu vertreiben …

Als ich das Hologramm wieder ansah, war nur noch ein Sprungtor geblieben: der Arkonus-Abgrund.

Dort hatte uns der Kriegsrat hinschicken wollen, um die *Endeavour* zu finden.

Im Begleitdokument tauchte auch der Name der Mission auf.

CODENAME: WIEDERGÄNGER.

Ich stellte sofort eine Verbindung zu Loeb in der OPZ her.

»Loeb – ich habe Neuigkeiten. Ich würde gerne so bald wie möglich eine Besprechung ansetzen.«

»Alles klar«, sagte Loeb. »Ich habe auch Neuigkeiten.«

»Wie lange noch bis zum Sammelpunkt?«

»Wir sind gerade angekommen.«

»Und?«

»Nicht über Funk«, sagte er.

Ich unterbrach die Verbindung. Starrte die Karte des Mahlstroms an, die immer noch vor mir schwebte; versuchte zu begreifen, warum der Einsatz für den Krieg von solcher Bedeutung sein sollte. Ostrows letzte Worte hielten sich hartnäckig in meinem Kopf.

Nach einer langen, regungslosen Minute zog ich den Stick heraus und machte mich auf den Weg zur Besprechung.

Als ich eintraf, waren Loeb, Saul, James und die Legion schon da. Ich ging zu meinem Sitz und wandte mich an Loeb. Er sah grimmig aus.

»Wir haben ein ernstes Problem«, sagte er. »Der Sammelpunkt ist erreicht. Außer uns ist niemand hier. Wie die Dinge stehen, *sind wir* die Flotte.«

»Christo …«, sagte Martinez. »Soll das heißen, außer uns ist niemand rausgekommen? Sicher, dass wir am richtigen Ort sind?«

Loeb nickte. »Splitternde Klinge ist ein Code, der für die gesamte Flotte gilt. Der Sammelpunkt wird auf allen Schiffen gleichzeitig ausgegeben. Natürlich kann der Rechner einen Fehler gemacht haben, aber das halte ich für extrem unwahrscheinlich. Wir haben den Zentralrechner der KI überprüft und keinerlei Fehler gefunden. Ich bin mir ziemlich sicher, dass wir am richtigen Ort sind.«

»Leck mich am Arsch«, sagte Jenkins. »Dann sitzen wir aber wirklich richtig in der Scheiße.«

»Und was machen wir jetzt?«, fragte Mason. Sie war sichtlich erschüttert, außerdem klebten immer noch Reste meines Bluts an ihrer Wange.

»Ich bin dafür, dass wir mit Überlicht zurück nach Calico fliegen«, sagte Loeb. »Wir können nach Überlebenden suchen und alle einsammeln, die es geschafft haben, der Basis zu entkommen. Wir können tief ins System springen und das Direktorat überraschen.«

»Damit Sie Ihr Pfund Fleisch von der *Shanghai* holen können, wie?«, sagte Jenkins. »Das ist aber eine relativ unsinnige Geste, wenn uns dafür der Gegenangriff des Direktorats wegpustet.«

»Wir sind der *Shanghai* absolut gewachsen«, sagte Loeb mit Nachdruck. Offenbar hatte Jenkins ihn genau durchschaut, und es ging ihm nicht wirklich darum, Überlebende zu retten. Die gute alte Rachsucht hatte schließlich doch gesiegt. »Wir fliegen mit Tarnsystemen rein und schlagen direkt hart zu …«

»*Hermano*«, sagte Martinez. »Ich habe die *Shanghai* zwar getroffen, aber sie war nicht alleine. Da sind noch mehrere andere Kähne von der Größe – ein verdammter Flottenverband. Wenn wir zurückfliegen, machen die uns sofort platt.«

James seufzte und beugte sich vor. Der Kunststoff seines Fliegeranzugs knarrte lautstark. »Ich muss Martinez zustimmen. Wir haben nicht genug Luftunterstützung, um es mit dem Direktorat aufzunehmen.«

»Blödsinn«, sagte Loeb. »Wir haben jede Menge Plasmatorpedos.«

James schüttelte den Kopf. »Die *Colossus* mag viel besser bewaffnet sein, ihre Jäger würden uns trotzdem vernichten. Die hatten jede Menge Abfangjäger und Wraiths – wir haben absolut nichts dergleichen.«

»Das stimmt so nicht ganz«, sagte Loeb.

»Ja, in Ordnung«, sagte James genervt. »Wir haben ganze zwei Dragonfly-Kanonenboote. Tut mir leid, die Stimme zu erheben, Admiral, aber das reicht hinten und vorne nicht. Selbst wenn wir mehr Schiffe hätten, fehlen uns die Piloten. Im Moment *bin ich* die Scorpio-Staffel.« Er machte eine Pause und sah in die Runde. »Sie können mir ruhig glauben, dass ich selbst sehr gerne zurückfliegen würde. Meine Jungs sind immer noch auf Calico.«

»Wie kommt es dann, dass dein richtiger Körper auf der *Colossus* war, James?«, bohrte Jenkins nach.

»Reines Glück«, sagte James bissig. »Weil das unser nächster Einsatz werden sollte und ich schon vor den anderen verladen worden bin. Das können wir vergessen; wir können nicht zurückfliegen und erwarten, irgendwas auszurichten.«

James rieb sich das Gesicht. Normalerweise kamen Sims mit Hunger und Ermüdung sehr gut zurecht, aber wahrscheinlich holten ihn einfach die Emotionen ein. Sein Gehirn schwebte gerade – irgendwo im Heck der *Colossus* in der umgebauten Sim-Zentrale – im blauen Fruchtwasser seines Tanks. Emotionale Rückwirkungen würden auch die hellsten Köpfe der Wissenschaftsabteilung nie verhindern können.

»Dann sollten wir eine Verbindung zum nächsten Sektor herstellen – wer auch immer jetzt das Kommando hat«, sagte Loeb. »Die Flottenwerften von *Novo Selo* …«

»… sind von den Krell vernichtet worden«, sagte Mason mit einem Schaudern. »Letzten Monat. Die Kommandantur hat es nicht überlebt.«

»Man wird Ersatz benennen, und dann bekommen wir neue Befehle!«, sagte Loeb.

»Wann denn genau?«, meldete sich Kaminski auf einmal zu Wort. »Ich weiß, dass das schwer zu verdauen ist, Admiral, aber die ganze Struktur ist *weg*. Wir sind auf uns allein gestellt. Es könnte Monate in Echtzeit dauern, bis wir neue Befehle von den Kernwelten kriegen. In der Zeit marodieren die Krell durch Tau Ceti, dann durch Alpha Proxima und schließlich bis nach Centauri.«

Bei Erwähnung seiner geliebten Heimatwelt tippte sich Loeb an die Brust. Dann ließ er die Hand sinken. »Was sollen wir dann tun?«, fragte er niedergeschlagen.

Ich stellte den schwarzen Koffer vor mir auf den Tisch; der Stick lag wieder in seinem Gehäuse.

»Ostrow ist gestorben. An den Folgen seines Versuchs, das hier sicher von Calico mitzubringen«, sagte ich und zeigte auf den Stick. »Den Wegweiser zur *Endeavour*.«

Ich rief die gesammelten Daten über die Routenplanung wieder auf und zeigte den anderen, wo genau die *Endeavour* zu finden war. Alle sahen mir gebannt zu, niemand sagte ein Wort.

Schließlich nickte ich der Holo-Karte zu. »Das ist also die Mission, die mir der Kriegsrat auftragen wollte.«

»Aber dann hat man sie umgelegt, bevor sie fertig waren …«, sagte Jenkins.

»Ja, weil das Direktorat diese Daten unbedingt in die Finger kriegen will, sind sie alle dafür gestorben«, sagte ich. »Kurz davor hat mir General Cole verraten, dass *Liberty Point* wenige Stunden vor dem Untergang vom Direktorat infiltriert wurde. Die Krell haben die Station zwar vernichtet, aber das Direktorat hat sie reingelassen – sie haben das Sensornetz sabotiert.«

Rund um den Tisch erhob sich Gemurmel, einzig Jenkins schien von dem Gedanken wenig überrascht.

»Das habe ich von Anfang an gesagt«, meinte sie. »Meine Quellen sind immer verlässlich.«

»Wir sind nirgendwo mehr sicher. Das Direktorat hat uns in Damaskus, beim *Point* und auf Calico vernichtend geschlagen. Sie werden nicht lockerlassen, bis sie diese Informationen in der Hand haben – bis sie die *Endeavour* haben. Großadmiral Sunsam hat kurz vor seinem Tod gesagt, dass die Flotte einen Gegenangriff plant, eine Offensive gegen die Krell.«

Die Einsatzbesprechung war nur von kurzer Dauer gewesen, und ich wünschte von Herzen, ein wenig mehr Zeit gehabt zu haben, ein bisschen mehr Informationen … *Dieser Angriff wird nicht funktionieren, wenn wir nicht noch etwas Unterstützung bekommen,* hatte Cole gesagt. *Wie hatte er das nur gemeint?* Ich kannte keine Details, was den zeitlichen Rahmen des Gegenangriffs oder die Menge der involvierten Streitkräfte anging.

Loeb kaute auf der Lippe herum. »Wenn ich mich nicht irre, wird uns dieser Kurs fast neun Monate objektiv kosten, bis wir so tief im Mahlstrom sind.«

Ich hatte das nicht durchgerechnet, ging aber nicht davon aus, dass er sich irrte. Selbst per Q-Sprung war es ein weiter Weg bis dorthin. Selbst wenn wir die *Endeavour* fanden und den Auftrag des Kriegsrats erfolgreich zu Ende brachten, konnte es gut sein, dass es dann bereits zu spät war.

Aber haben wir eine andere Wahl?, fragte ich mich. *Was bleibt uns sonst übrig, außer einfach aufzugeben?*

»Hat Ostrow dir wenigstens gesagt, warum die *Endeavour* so furchtbar wichtig ist?«, fragte Martinez.

»Nein. Trotzdem ist sie unser Ziel – und was auch immer wir da finden, wird der Schlüssel sein, um diesen Krieg zu beenden. Ostrow war fest davon überzeugt, und das Direktorat versucht mit allen Mitteln, uns davon abzuhalten.«

Martinez seufzte. »Was anderes können wir sowieso nicht tun, *Jefe*. Wir sind die Legion. Wir halten zusammen.«

Mason nickte. »Für die Legion.«

»Ich mag nicht zur Legion gehören«, sagte James, »aber ich habe nicht vor, das Direktorat siegen zu sehen. Ich habe Familie auf den Kernwelten; ich kann sie nicht ihrem Schicksal überlassen.«

»Professor Saul – haben Sie vielleicht noch etwas beizutragen?«, fragte ich.

Saul wirkte genauso abwesend wie immer, wenn er sich mit Forschungsergebnissen über die Tönernen befasste. Er sah immer noch aus wie ein Geist, war bleich und abgehärmt, aber seit er die Missionskarte anstarrte, schien ein schwaches Feuer in seine Augen zurückgekehrt zu sein. Ich fragte mich, wo Ostrow Saul aufgegabelt hatte; er trug einen einfachen blauen Overall. Hatte man ihn wie Kaminski in der Klinik behalten, oder hatte ihn die Wissenschaftsabteilung sofort wieder für Arbeit eingespannt? Auch von seinem kahlen Schädel waren die Nervenklammern verschwunden und durch unansehnliche Hauttransplantate ersetzt worden, aber er sah nicht so aus, als sei er dazu in der Lage, in den Mahlstrom zurückzukehren.

Dennoch sagte er nur: »Uns steht kein anderer Weg

offen, und der Rat hat den Einsatz für wichtig befunden.«

»Er weiß mehr, als Sie je begreifen werden«, hatte Ostrow gesagt. Ich betrachtete ihn über den Tisch hinweg; Saul war darauf bedacht, mir nicht in die Augen zu gucken.

»Keine Sorge«, sagte Kaminski. »Wir passen auf dich auf, Prof.«

»Zumindest werden wir's versuchen«, sagte Jenkins und stimmte damit als Letzte zu.

»Loeb, ich hätte gerne eine umfassende taktische Analyse unserer Situation«, sagte ich.

Loeb starrte auf sein Lesegerät. »Die Waffensysteme und Schilde sind alle einsatzbereit. Die Munitionsdepots sind voll: Wir haben Plasmatorpedos, Energiezellen für die Laser-Türme, Geschosse für die Railguns. Wir haben ein Dutzend atomare Orbit-Boden-Sprengköpfe, sollten wir die jemals brauchen. Nahrung und Luft für einen langen Einsatz – für Jahre. Sämtliche Lebenserhaltungssysteme laufen optimal. Die Hyperschlaf-Kammern stehen bereit. Zapfluft der Triebwerke ist im grünen Bereich.

Das Problem ist: Wir haben weniger als tausend Mann an Bord, und auch von denen sind nur etwa ein Drittel erfahrene Leute. Die *Colossus* lag für ausgedehnte Reparaturen im Dock; wahrscheinlich hielt man es für keine gute Idee, Veteranen für Routinearbeiten einzusetzen. Wir haben also eine ausreichende Kernbesatzung, aber du« – er nickte mir zu, als übergebe er mir die Verantwortung – »musst dir darüber im Klaren sein, dass wir personell sehr dünn besetzt sind und alle auf dem Zahnfleisch gehen.«

»Die Legion wird alles tun, was möglich ist«, sagte ich. »Wir können jede Aufgabe übernehmen, was auch immer nötig sein sollte. Wir setzen einen festen Plan für die Wachdienste auf. Was ist mit sonstiger Ausrüstung? Haben wir genug Tanks? Ist die Sim-Zentrale einsatzfähig?«

»Die ist startklar«, sagte Mason. »Wir haben genug Tanks, die auch funktionieren. Dafür leider keine Begleitmannschaft der Wissenschaftsabteilung.«

»Hätte nie gedacht, dass ich die Saftsäcke mal vermissen würde«, sagte Martinez. »Aber so kann man sich irren.«

Er hatte recht. Eigentlich war die Begleitmannschaft ein unerlässlicher Teil jedes Sim-Einsatzes. Normalerweise hatten wir bis zu fünfzig Mediziner und Assistenten dabei. Ich hatte die Besatzungsliste bereits überprüft. Momentan waren ganze fünf Mediziner an Bord der *Colossus*. Keiner von ihnen hatte mehr als die Minimalqualifikation, um Sim-Tanks überhaupt bedienen zu können, außerdem war einer von ihnen verletzt. Dr. Serova war die Dienstälteste, hatte aber erst bei einem einzigen Kampfeinsatz gedient und war für Sim-Ausrüstung überhaupt nicht ausgebildet.

»Wir haben jede Menge Sims«, sagte Mason. »Nach letzter Zählung zehn pro Person.« Sie lächelte Kaminski an. »Selbst für 'Ski sind ein paar neue Häute dabei.«

»Im Ernst?«, fragte er und zog eine Augenbraue

hoch. »Es juckt mich schon in den Fingern, endlich wieder loszulegen.«

»Vielleicht ist es ein administrativer Irrtum«, sagte Mason. »Oder Captain Ostrow hat das alles geplant.«

»Und die restliche Ausrüstung?«, fragte ich Martinez.

»Gute Neuigkeiten an der Front: Wir haben einen anständigen Vorrat an Waffen und Rüstungen«, sagte er. Ein böses Funkeln stahl sich in die Augen des Venusiers, und trotz unserer Lage wirkte er geradezu begeistert. »Wir haben wichtige Verbesserungen, *Jefe*. Da hat sich der Geheimdienst nicht lumpen lassen. Da unten stehen fünfzig Ares-Panzerungen.«

Mason stieß einen Pfiff aus. »Davon habe ich nur gelesen. Das ist der allerneueste Scheiß – Beta-Version.«

»Glaub mir«, sagte Jenkins, »die sehen in echt noch viel besser aus, als man sie beschreiben könnte. Richtig geile Teile.«

Diese schweren Rüstungen waren im Vergleich zu unseren normalen Kampfanzügen besser bewaffnet und wesentlich stärker gepanzert – was ihre Offensivqualitäten anging, standen sie militärischen Exoskeletten oder Kampfläufern in nichts nach. Ich war beeindruckt, dass der Kriegsrat ihre Verwendung für diese Mission abgesegnet und Ostrow gleich fünfzig von den Dingern an Land gezogen hatte; bei der aktuellen Kriegslage war das ein erheblicher Aufwand an Ressourcen.

Kaminski ließ die Knöchel knacken. »Wenn wir damit ein paar Krell den Arsch aufreißen können – umso besser.«

Ich erhob mich und legte den Stick wieder in den Koffer zurück.

»Ich wende mich in Kürze an die Besatzung«, sagte Loeb. »Nach allem, was passiert ist, haben sie wenigstens eine anständige Ansprache verdient.«

»Tu das. Die paar Mediziner werden auch Zeit brauchen, um alle für die Schlafkapseln vorzubereiten. Wir werden lange im Q-Raum sein, zu lange, um wach zu bleiben.«

Die Legionäre stöhnten im Chor.

»In ein paar Stunden sollten auch die letzten Berechnungen und Systemchecks abgeschlossen sein«, sagte Loeb.

12

GUTE NACHT

Die letzten Stunden vor dem Schlaf waren erfüllt von hektischen Startvorbereitungen. Die wenigen Mediziner versuchten, sich so gut es ging um alle Verwundeten zu kümmern. Ich bestand darauf, als Letzter versorgt zu werden. Dr. Serova säuberte meine Splitterwunden in Schultern und Rücken sowie die zahlreichen Schnittwunden im Gesicht und versuchte, die gebrochenen Rippen zu richten. Da es längst nicht die schwersten Verletzungen waren, die ich im Lauf meiner Kariere erlitten hatte, kam ich ganz gut damit zurecht.

Die *Colossus* bewegte sich so leise und unsichtbar wie möglich, um der Aufmerksamkeit von Krell und Direktorat zu entgehen. Kein weiteres Schiff tauchte auf, nicht ein Funkspruch vom Rest der Flotte war zu vernehmen. Ich hatte mich damit abgefunden, dass sie uns nicht mehr helfen konnten. Wahrscheinlich hatte der Überraschungsangriff auf Calico die restlichen Flottenverbände entweder aufgerieben oder zerstreut.

Captain Ostrow erhielt ein kurzes, unpersönliches Begräbnis. Sein Körper lag in einem Leichensack mitten im Haupthangar, umstanden von einer Handvoll

Besatzungsmitglieder. Niemand hatte ihn gut genug gekannt, um ihm zu Ehren etwas Passendes sagen zu können, aber zumindest hatte Martinez ein paar Sätze für ihn: den neukatholischen Begräbnisritus. Danach wurde Ostrow in ein Torpedorohr gelegt, und wir salutierten. Sein Körper schoss ins All, und wir standen an der Sichtscheibe und sahen ihm hinterher. Schnell hatte sich der kleine Funke in der Leere verloren.

»Hoffentlich kriegen das die Krell nicht mit«, sagte Jenkins.

Mason biss sich auf die Lippe und warf der älteren Frau einen grimmigen Blick zu. »Ein bisschen Respekt, Jenkins. Bitte.«

Jenkins zuckte mit den Schultern. »Wenn du so viele Leute hast sterben sehen wie der Rest von uns, verstehst du das auch. Das hier ist nichts Neues.«

»Wenigstens ist es dieses Mal keiner von uns«, sagte Martinez kopfschüttelnd. Mir war klar, dass es keine blöde Bemerkung sein sollte.

»Das gehört nun mal zum Berufsrisiko«, murmelte ich. »Und irgendwann erwischt es uns alle.«

»Lasst uns bitte auch nicht all die Leute vergessen, die auf Calico ihr Leben verloren haben«, fügte Martinez hinzu und senkte den Kopf. »Wir sollten Baker, Sperenzo und all den anderen, die wir zurückgelassen haben, Respekt zollen. Man wird sich an sie erinnern.«

Schnell hatte sich der Hangar wieder geleert. Ich folgte Kaminski und Saul auf den Gang. Sie schienen zwar nicht gerade dicke Freunde zu sein, man traf sie aber oft zusammen an. Offenbar hatte sie die gemeinsame Zeit in Direktorats-Gefangenschaft zusammengeschweißt.

»Sicher, dass du wieder bereit bist?«, fragte ich Kaminski.

»Hat man mir doch bescheinigt«, sagte er und ließ die Schultern kreisen. »Ich schaffe das schon.«

»Du musst dich nicht verpflichtet fühlen, mit der Legion loszuziehen«, sagte ich.

»Hör doch auf, mit mir zu reden, als wäre ich nicht mehr dabei«, sagte er mit einem schiefen Grinsen. »Ich war nur 'ne Weile weg, das ist alles.«

»Ich frage nicht noch mal, aber wenn du irgendwas brauchst, sagst du bitte gefälligst Bescheid, 'Ski.«

Er hielt inne und nickte. »Weiß ich zu schätzen, Chef, aber ich bin hier nicht das einzige Sorgenkind. Die anderen sind genauso kaputt.«

Saul stand wortlos neben uns und hatte seine Hände vor Angst und Nervosität kaum unter Kontrolle.

»Das gilt auch für Sie, Professor«, sagte ich. »Das alles wird für Sie nicht einfach sein.«

Saul blinzelte mich durch seine Spezialbrille an, als habe er bis gerade eben gar nicht mitbekommen, dass ich überhaupt neben ihm stand. »Ja, ja. Natürlich.«

»Du hast wahrscheinlich gehofft, dem ganzen Wahnsinn mal eine Weile entfliehen zu können, was, Prof?«, sagte Kaminski spöttisch. »Irgendwohin, wo es warm und sicher ist?«

»So in der Art«, sagte Saul. »Ich würde mich lieber aus der ganzen Angelegenheit heraushalten, sollte das möglich sein. Was die Warfighters in der Halle getan haben, war … war etwas, das ich ungern noch mal erleben würde.«

»Haben Ostrow oder der Stab Ihnen irgendwelche Einzelheiten verraten?«, hakte ich nach.

Saul zögerte kurz. »Nein. Nichts.«

Das glaube ich dir nicht, Freundchen, dachte ich.

»Und Codename Wiedergänger? Sagt Ihnen der etwas?«

Wieder dieses Zögern. »Nein.«

Von der Decke ertönte ein leises Signal aus den Lautsprechern.

»Letzter Aufruf für die Schläfer«, meldete die KI. »Gesamte Besatzung zu den Hyperschlaf-Kammern für vorbereitende Medikation.«

»Nachdem wir ausgeschlafen haben«, sagte ich, »müssen wir beide uns unterhalten.«

Saul unterdrückte ein Schlucken, aber sein Adamsapfel rutschte trotzdem nach unten. »Natürlich, Oberst.«

»Gesamte Besatzung zu den Hyperschlaf-Kammern …«, wiederholte die KI alle paar Minuten.

Die Lebenserhaltung verschlang eine Menge Energie, und die KI war darauf bedacht, so ökonomisch wie möglich hauszuhalten. Als Kaminski, Saul und ich die große Kammer erreichten, hatte die *Colossus* längst damit begonnen, sich selbst schlafenzulegen. Die Maschine fällte solche Entscheidungen selbstständig und hatte beschlossen, dass viele Decks schon jetzt keine Wärme mehr benötigten, um weiterhin effizient zu arbeiten. Da wir von Vakuum umgeben waren, wurde es schnell kalt im Schiff. Beim Betreten der überfüllten Kammer konnte ich bereits meinen Atem sehen. Die Besatzung schien sich zusammenzudrängen, um sich zu wärmen – oder vielleicht einfach nur sicher zu fühlen. Aufgrund der geringen Mannschaftsstärke wurde für diesen Einsatz nur eine Schlafkammer benötigt.

Dr. Serova patrouillierte zwischen den Reihen der Kapseln und machte sich Notizen auf ihrem Tablet.

Sie nickte vor sich hin. »Besatzung vollzählig«, teilte sie Loebs Erstem Offizier mit. »Bis auf Leutnant James …«

»Dann sehen wir das Fliegerass also endlich in seinem richtigen Körper?«, fragte Jenkins. Sie steckte schon in ihrem Krankenhaushemd; aus den Datenbuchsen in ihren Unterarmen hingen wie ein Bündel zerrupfter Adern Datenkabel und Kanülen heraus.

In dem Moment schwebte eine Metallkiste mit Glasdeckel in die Kammer: ein Antigrav-Schlitten, begleitet von zwei Sanitätern. Beide hielten respektvoll Abstand zu der Kapsel; die Maschine sah einem Sim-Tank ähnlich und trug auch das Siegel der Simulaten-Abteilung der Luftwaffe.

»Der Leutnant ist hier«, sagte einer der Sanitäter. »Bereit zum Dekantieren.«

Der Glasdeckel der Kapsel war halbwegs transparent – meine Neugier siegte, und ich warf einen Blick hinein. Was ich sofort bereute.

Von dem Körper in der Kapsel war nicht mehr viel übrig. Ich sah die groben Umrisse eines entsetzlich entstellten Torsos. Metallische Stutzen ragten aus der

Brust, zwischen den Rippen steckten Nährschläuche. Weder Arme noch Beine, dafür eine Menge fleckiger Hautreste an den Stellen, wo einst seine Gliedmaßen gesessen hatten. Am schlimmsten war das Gesicht, denn es war einwandfrei als Leutnant James zu erkennen. Er lag mit geschlossenen Augen da und schlief, aber ich bezweifelte, dass es sich um normalen, chemisch induzierten Hyperschlaf handelte.

»Vielleicht solltest du ihn mit etwas Nachsicht behandeln«, sagte ich zu Jenkins.

Sie riss die Augen vom Inhalt der Kapsel los. »Vielleicht sollte ich das.«

Ich musste daran denken, was James auf Calico zu seinem Zögern auf Capa V gesagt hatte. *»Kaminski hat Schwein gehabt.«* Beim Anblick dieses Dings im Tank – dessen, was von James noch übrig war – begriff ich, dass er recht gehabt hatte. Das Direktorat war zu viel, viel Schlimmerem fähig.

Die Sanitäter fingen an, James in seine Hyperschlaf-Kapsel zu verladen – zum Glück eine Reihe von uns entfernt. Wir wurden mit unseren Maschinen verkabelt.

Ich schlüpfte aus der Uniform und zog mir umständlich ein Krankengewand an. Meine bionische Hand arbeitete verlässlich genug, aber ich hatte mich längst noch nicht daran gewöhnt. Die Deckenbeleuchtung spiegelte sich in der Hand und blendete mich andauernd. Ich starrte das neue Körperteil einen Augenblick lang an.

Mason und Martinez steckten bereits in ihren Kapseln, Jenkins ließ sich gerade neben mir nieder. Sie war in ihre Maschine geklettert und wand sich auf der kalten Kunststoffliege, um sich irgendwie bequem zu platzieren. Ich tat es ihr gleich, und bald war die ganze Legion verkabelt und bereit für den Schlaf. Es war still geworden in der Kammer. Nach und nach protokollierten die Mediziner jede Kapsel, viele Deckel waren schon geschlossen.

Ich fühlte, wie der altbekannte Strom aus Kühlflüssigkeit und Betäubungsmittel meinen Blutkreislauf verdrängte. Die Dissoziation des beginnenden Hyperschlafs setzte dieses Mal früher ein als sonst. Wahrscheinlich lag es daran, dass ich bereits hundemüde war. Der Angriff auf Calico hatte mir alles abverlangt.

»Nacht«, sagte Mason mit zitternder Stimme.

»Schlaft gut, ihr Arschgeigen«, sagte Jenkins.

»Na immer«, murmelte Martinez, der schon fast weg war.

»Schön, wieder da zu sein«, sagte Kaminski. Er beugte sich zu Jenkins' Kapsel herüber und gab ihr einen Kuss. »Gute Nacht, Süße.«

»Träum von mir«, sagte Jenkins. »Aber nichts Nuttiges.«

Kaminski klopfte sich gegen den vernarbten Schädel. »Mein Kopf, Jenk. Meine Regeln.«

Mein Deckel fuhr summend herunter und versiegelte sich.

Ich machte die Augen zu und wartete auf den Schlaf.

Ich sah – ob eingebildet oder echt, keine Ahnung – ein kleines funkelndes Licht auf der Innenseite meiner Augenlider. Ein blaues Licht. Sternenhell. Auch ohne die Augen zu öffnen, wusste ich, was ich da sah. Es war ein hartnäckiges Bild, das sich in mein Hirn gebrannt hatte und mich seit Calico verfolgte.

Hatte die *Shanghai Remembered* ganz zuletzt ihren Antrieb gezündet?

Ich wuste, dass ich die Sache mit Admiral Loeb hätte besprechen sollen. Zumindest hätte ich die Legion fragen müssen, ob sie es auch gesehen hatten. In der OPZ – und auf der Brücke – waren einige Offiziere und Mannschaften gewesen, deren Sensoren vielleicht Emissionen eines aktivierten Triebwerks registriert hatten.

Ich konnte es ihnen nicht sagen, falls es am Ende stimmen sollte, dachte ich. *Denn falls es stimmt, verliere ich vielleicht die letzte Möglichkeit, Elena zu retten.*

Ich vergrub den Gedanken und ließ die Hyperschlaf-Kapsel arbeiten.

13

ICH BRAUCHE EINEN NAMEN

Zehn Jahre zuvor

Die nächsten paar Stunden brachte ich im Heck eines Gefängnistransporters der Militärpolizei zu und versuchte, meinen geschundenen Kopf mit einer Kaltkompresse zu beruhigen. Die lauten Stimmen um mich herum waren der einzige Hinweis darauf, dass der Start wirklich stattgefunden hatte – dass die Fähren Calico endgültig verlassen hatten und auf dem Weg zur wartenden Flotte im Orbit waren. »Start! Start! Start!«, kamen die Sprechchöre immer wieder in Wellen, begleitet von viel Geschrei und Jubel.

So hatte ich mir den Tag absolut nicht vorgestellt.

Das Innere des Transporters stank nach Erbrochenem und Desinfektionsmittel – eine widernatürliche, schwindelerregende Mischung. Zwar sah ich in der Nähe noch weitere Zellen, war in meinem Pferch aber immerhin alleine. Trotzdem war es ziemlich eng: kaum zwei mal zwei Meter mit einer Metallpritsche auf der Innenseite. Ein schwerer Maschendraht trennte mich von den Hecktüren des Fahrzeugs. Es gab keine Fenster nach draußen, keine Möglichkeit, das Chaos im Hangar aufzuhalten. Was Lärm und Tumult anging, konnte ich nur schätzen, dass wir uns entweder immer noch im Hangar oder in einem der angrenzenden Korridore befanden.

Ich kämpfte gegen die Übelkeit an. Die Militärpolizisten hatten wirklich ganze Arbeit geleistet; gerade genug, um mich für den Rest des Nachmittags auszuschalten, ohne bleibende Schäden zu verursachen. Arschlöcher. Ich schloss die Augen und versuchte, meinen Schädel davon zu überzeugen, ein bisschen weniger zu dröhnen.

Von der Hecktür ertönte ein lautes Pochen. *Vielleicht ist irgendwas schiefgelaufen. Vielleicht gibt es doch noch eine Chance, sie zu retten.* Die Tür ging auf; jetzt lag nur noch der Maschendraht zwischen mir und der Freiheit. Licht flutete die düstere Kabine.

»Wir halten ihn hier wegen zweifachen tätlichen Angriffs«, sagte eine mürrische Männerstimme. »Ich habe einen Offizier, der bezeugen kann, wie er die Absperrung attackiert hat, Ma'am.«

»Aber, aber«, sagte die Frau. »Er ist von der Empore gefallen und war benommen, mehr nicht.«

Sofort erkannte ich ihre Stimme. Die CNN-Reporterin aus dem Pressebereich: diese Brooke. Sie stand neben der Tür und schaute dem gepanzerten MP über die Schulter. Der Offizier verstellte ihr den Weg, verhinderte aber nicht, dass sie mich durch die halboffene Tür mustern konnte.

»Der bleibt, wo er ist. Wir hatten heute mehrere solcher Zwischenfälle – jede Menge Störenfriede. Es ist schon schlimm genug, sich mit Dissidenten und religiösen Spinnern rumschlagen zu müssen, ohne dass auch noch abgehalfterte Soldaten dazukommen. Seinem befehlshabenden Offizier wird eine ordnungsgemäße Beschwerde auf den Tisch flattern.«

Die Reporterin schüttelte den Kopf. Je länger ich sie ansah, desto besser erkannte ich auch ihr Gesicht wieder.

»Heute war für uns alle ein bewegender, glorreicher Tag«, sagte sie und tätschelte dem Offizier den Arm. »Das war es wirklich. Lassen Sie uns das doch nicht ruinieren. Ich bin mir ganz sicher, dass es dem Captain ehrlich leidtut. Ist es denn wirklich nötig, seinen befehlshabenden Offizier da mit reinzuziehen? Das bedeutet für Sie doch bloß eine Menge Papierkram, außerdem haben Sie doch selbst gesagt, dass Sie sich um so viele andere Gefangene kümmern müssen …«

So schnell, dass ich es beinahe nicht gesehen hätte, schnappte sich die Reporterin seine Hand und steckte ihm etwas zu. Sie war gut, aber der Offizier war auch nicht von gestern. Er sah nicht nach und bewegte die Hand nicht. Seine Augen blieben starr auf mich gerichtet. *Und so, liebe Kinder, besticht man einen Offizier der Militärpolizei, wenn man jemanden loseisen will,* dachte ich … Aber sollte ich mich beklagen, wenn ich dadurch aus dieser Zelle rauskam?

»Er gehört zum Simulaten-Programm«, flötete Brooke. »Sie können sich ja denken, wie schwer die Jungs es haben. Sie arbeiten so hart für uns alle … ständig all das Sterben …«

Der MP nickte. »Na gut. Aber sorgen Sie bloß dafür, dass er nicht noch mehr Ärger macht.«

»Sie haben mein Wort«, sagte Brooke. »Sie können ihn mir ohne Bedenken anvertrauen.«

»Das war ja 'ne nette Showeinlage …«

Brooke führte mich durch die Gänge von Calico. Überall waren die Feierlichkeiten noch voll im Gange; es sah auch nicht danach aus, als würde sich das bald ändern. Es machte mich noch fertiger als die bösen Kopfschmerzen. Ich hatte schon mehrfach versucht, Brooke im Gedränge abzuschütteln, was aber leider längst nicht so einfach war. Die Frau war gerissen und flink, ließ mich keine Sekunde aus den Augen.

»Also, danke, dass Sie mich da rausgeholt haben«, sagte ich, »aber ich habe wirklich noch was zu tun.«

Sie hob eine blondierte Augenbraue. »Tatsächlich?«

Ich grunzte. Sie war jetzt alleine, hatte keine ihrer Nachrichtendrohnen mehr dabei und sah auf Calico etwa so heimisch aus, wie ich mich fühlte. Anscheinend hatte sich Vijay, der große Fremdenführer, beim ersten Anzeichen von Stunk verdrückt, um bloß nicht mit der Militärpolizei aneinanderzugeraten.

»Ich muss eine Fähre erwischen«, sagte ich.

»Komisch, dass Sie daran nicht gedacht haben, als Sie über die Brüstung gesprungen sind …«

»Ich bin gefallen. Haben Sie doch selbst gesagt.«

»Das sah mir aber gar nicht so aus«, sagte sie. »Hat sich auch nicht so angehört. Ein einsamer Captain vom Sim-Programm hier draußen – da prickeln all meine Reportersinne.«

»Was wollen Sie von mir? Ich bin kein Leitartikel, Brooke.«

Sie lächelte. »Habe ich nie behauptet. Und nennen Sie mich Cassi.«

»Danke, dass Sie mich rausgeboxt haben, Brooke, und ich kann Ihnen gerne das Bestechungsgeld erstatten, falls es darum geht.«

»Das ging auf's Haus, Captain. Aber sollten Sie doch ein bisschen Zeit haben …« Sie zuckte mit den Schultern. »Vielleicht könnten Sie mir was erzählen. Zehn Minütchen. Wir können was trinken gehen.« Ihre Miene hellte sich auf. »Ich kenne da 'nen netten Laden gar nicht weit von hier. Ich lade Sie sogar ein.«

Da musste ich kurz überlegen. So kurzfristig einen Platz auf einer Fähre zu bekommen, würde ein ziemliches Hickhack werden. Es mochte Stunden dauern, bis ich erfolgreich war, vielleicht sogar Tage, bis ich das System verlassen konnte. Die bloße Erwähnung eines Drinks linderte meine Kopfschmerzen nicht nur merklich, sondern ließ mein Gedärm sofort gierig aufschreien. Bis jetzt war mir gar nicht aufgefallen, wie sehr meine Hände zitterten.

Was soll schon groß passieren?

»Ein Getränk«, sagte ich.

»Ein Getränk«, sagte Brooke.

Die Bar, von der Brooke geredet hatte, entpuppte sich als Presselounge. Ich fand mich nur schwer zurecht: glitzernde Glasfassade, ein Roboter am Piano in der Ecke, verchromter Boden, verchromte Wände. Normalerweise hätte ich solch einen Ort gemieden wie die miesesten Viertel in Neu-Detroit, aber heute kam es mir gar nicht so übel vor. Alle anderen Bars, Restaurants und Clubs waren vollgestopft mit Touristen und Leuten in Feierlaune. Dagegen war es in der Presselounge richtig ruhig, schließlich durften hier nur offiziell akkreditierte Profis hinein. Natürlich hatte der Start Reporter von aller Herren Welten angezogen, aber wir bekamen problemlos einen Platz, und auch die Bar war noch nicht leergetrunken.

»Passt Ihnen das hier?«, fragte Brooke und lotste uns zu einer Sitzecke mit Glaswänden und transparentem Tisch.

»Läuft«, sagte ich. »Aber Sie haben mir 'nen Drink versprochen.«

»Da ist was dran.«

Sie bestellte irgendeinen hiesigen Schnaps, den ich nicht kannte. Der Barkeeper war sogar ein Mensch – ein androgyner Mann in dem typischen orangen Schutzanzug – und versorgte uns sofort.

»Normalerweise trinke ich in einer Presselounge nichts«, sagte Brooke, »aber heute mache ich mal eine Ausnahme. Außerdem war ich bisher noch nie auf Calico. Sie?«

»Auch das erste Mal«, sagte ich und nippte an meinem Getränk; ich verzog das Gesicht. Es schmeckte zugleich süß und faulig. »Aber ich dachte, Sie hätten gesagt, ich sei keine Geschichte wert.«

»Das waren Ihre Worte.«

»Sie haben mir nicht widersprochen.«

Sie warf mir ein dünnes, wohlwollendes Lächeln zu. »Ich habe gesehen, was Sie vorhin veranstaltet haben. Jeder hat vom Sim-Programm gehört, und was daraus alles werden könnte. Ganz heißer Scheiß, das nächste große Ding, bla bla bla. Ich kann mir denken, was Leute wie Sie alles durchmachen müssen, aber was Sie da im Hangar abgezogen haben? Das hatte nichts mit dem Sim-Programm zu tun. Das war rein persönlich.«

»Ja, Privatsache«, sagte ich. Hier zu sitzen und etwas zu trinken war eine Sache, ihr mein Herz über Elena auszuschütten eine ganz andere.

Brooke klopfte sich eine Zigarette aus einem zerknitterten Softpack und bot sie mir an. Ich winkte ab. »Sie waren hinter dem Mädchen her, dieser Ärztin? Wie hieß die noch gleich – Marceau oder so?«

Ich seufzte. »Elena. Elena Marceau.«

»Stimmt, richtig«, sagte Brooke. »Von Azur, oder? Ursprünglich aus Frankreich von der Alten Erde? Nicht wahr?«

Ich kippte die süßliche Monstrosität in meinem Glas herunter, musste aber feststellen, dass sich mein Durst nicht gelindert hatte. Ohne auf ihre Frage einzugehen, bestellte ich die nächste Runde und entschied mich für marsianischen Wodka: grob, aber effektiv.

»Ich will mir einen Namen machen«, sagte Brooke. Sie sprach leise und verschwörerisch – eine gute Schauspielerin. »Ich habe keine Lust, den Rest meiner Karriere damit zuzubringen, Artikel über *Vironen* zu verfassen, die sich im Baum verirrt haben.«

»*Vironen*?«

»Einheimische von Tau Ceti«, sagte sie. »Kleine Echsen mit flauschigem Fell – werden wie Katzen gehalten.«

»Kommen Sie mit der Masche bei den meisten Soldaten durch?«

Sie zuckte mit den Schultern und streifte den Mantel der Verletzlichkeit sofort ab. »Bei manchen«, sagte sie trocken. »Bei Ihnen offenbar nicht?«

»Nö. Ich betrinke mich mit Ihnen, und dann organisiere ich mir 'ne Fähre.«

»Na schön. Beantworten Sie mir wenigstens eine Frage: Warum hat es Sie dermaßen fertiggemacht, Dr. Marceau abfliegen zu sehen? Ganz im Vertrauen.«

Ehe ich mich beherrschen konnte, schien irgendwo in mir ein Damm gebrochen zu sein. Ich plapperte drauflos. »Ich habe ihr gesagt, wenn sie mich verlässt, ist das das letzte Mal, dass wir uns sehen. Das habe ich ihr versprochen.« Ich kämpfte gegen die aufwallenden Gefühle an. »Das konnte ich nicht so stehen lassen.«

»Ich habe ihre Akten durchgesehen«, sagte Brooke. »Zumindest alles, was öffentlich zugänglich ist.«

»Also keine Zeile«, sagte ich. Nichts über uns war öffentlich zugänglich. Zwar war das Sim-Programm kein Geheimnis mehr, aber sämtliche Details immer noch streng vertraulich. Auch nachdem Elena auf die *Endeavour* versetzt worden war, hielt man ihre Zivilakte weiterhin unter Verschluss.

»Sie würden sich wundern, was für Mauern man als zielstrebige Reporterin einreißen kann«, sagte Brooke. »Die Spielchen können Sie sich also sparen. Sie war Teil des Sim-Programms und eine der ersten Psychologinnen, die die ganze Sache überwacht haben.«

»Richtig.«

»Sie war außerdem eine der Ersten, die das Programm lautstark befürwortet haben, auch wenn sie immer wieder vorgeschlagen hat, dass es wesentlich strikterer Regeln bedarf.«

Ich antwortete nicht; es war alles schmerzlich wahr.

»Hören Sie«, sagte Brooke. »Ich habe Sie aus dem Polizeitransporter geholt. Die wollten Ihrem Vorgesetzten Meldung machen …«

»… und Sie haben behauptet, dass das aufs Haus ging.«

»Ich will ja auch gar kein ausführliches Interview haben oder so was.«

»Sie war mein Mädchen, und sie hat mich für den Mahlstrom verlassen«, sagte ich so nachdrücklich wie möglich. »Belassen wir es dabei.«

»Also war das heute Ihr Versuch, sie am Gehen zu hindern?«

»Ja.«

Brooke verdrehte die Augen. »Das ist aber echt 'ne heftige Romanze, Harris.«

»Sie können mich mal.«

»Glauben Sie, dass sie jemals zurückkommt?«

»Ich *hoffe* es«, sagte ich.

Aber tief in mir? Ich war mir sicher, dass ich sie nicht wiedersehen würde. Ich dachte an all die Schiffe, die im Orbit auf einem Haufen lagen – die Expeditionsflotte. Alle so zerbrechlich, so schwach. Es war kein einziges Kriegsschiff dabei. Reine Torheit, einfach so in den Mahlstrom zu fliegen.

»Also war es wirklich persönlich«, sagte Brooke. »In Ordnung. Vielleicht ist das wirklich keine Story wert. Auf den Vertrag.«

Sie hob ihr Glas. Mehrere Gäste um uns herum folgten ihr.

Ich nahm einfach einen tiefen Schluck und versuchte, alles auszuklammern.

Wie sich später herausstellte, trank ich mit Cassari Brooke weit mehr als ein Glas – oder Cassi Brooke, wie sie bei CNN bekannt war. Reporterin für die Kernwelten zur besten Sendezeit. Der Abend lief ziemlich schnell aus dem Ruder, bis sich die leeren Gläser auf dem Tisch stapelten.

Brooke entlockte mir zwar noch mehr Informationen, aber – da war ich mir sicher – nicht genug, um daraus eine Geschichte zu basteln. Wir sprachen über meinen Vater, wobei ich es sehr wohl vermied, irgendetwas über seinen Selbstmord preiszugeben. Dann über meinen Großvater. Bei ihm hatte ich weniger Hemmungen, denn da gab es kaum etwas zu erzählen.

»Er war S8«, sagte ich.

»Was heißt das?«, lallte Brooke.

»Is aus der Armee geschmissen worden, weil er geistig nich mehr ganz stabil war.«

»Er is bekloppt geworden?«

Ich zuckte mit den Schultern. »So kann man's auch sagen.«

»Wie is das mit diesem, ähm, S8 beim Sim-Programm? Seid ihr nicht alle 'n bisschen gaga?«

»Nich genug, um rausgeschmissen zu werden«, sagte ich.

»Ich will einen Namen für Sie erfinden. Einen Namen für den Mann, der nie stirbt.«

»Klar sterbe ich. Ich komm nur trotzdem immer zurück.«

»Wo ist da der Unterschied?«, fragte sie und rümpfte die Nase.

»Die Simulation ist nicht real«, sagte ich. »Fühlt sich bloß so an.«

Das war die Textbuch-Variante: die offizielle Version, den Medien tröpfchenweise verabreicht. Obwohl es das Sim-Programm noch nicht allzu lange gab und es erst einen Bruchteil der Allianzarmee ausmachte, gab es bereits ernste Probleme. Mehr als genug Rekruten waren tatsächlich S8 gegangen – nicht mehr in der Lage, zwischen Simulation und Wirklichkeit zu unterscheiden. Ihre Gehirne interpretierten alle Eindrücke als real, ob sie nun in einem Sim oder im eigenen Körper steckten. Mit dem Unterschied, dass ein simulierter Tod nicht gleich das Ende bedeutete.

»Mein lieber Captain Harris«, sagte sie. »Hundertundzwölf Male gestorben.« Sie setzte sich gerade hin. »Habt ihr Jungs alle so was wie Spitznamen?«

»Kampfnamen, meinen Sie?«

»Ja.«

»Manche von uns«, sagte ich. »Ich nicht. Bis jetzt zumindest.«

»Sie sollten aber auch einen haben.« Sie fuhr sich mit der Hand durch die rote Mähne und massierte sich die Schläfe. »Männer fürchten sich nicht vor Männern. Sie fürchten sich vor Monstern. Das haben uns die Krell voraus, verstehen Sie?«

»Verstehe.«

»Männer brauchen Legenden. Und genau das

müssen Sie werden, Harris. Eine Legende. Und mit all den Übergängen …«

Aber meine Augen ruhten auf dem 3D-Bildschirm neben der Bar. Es war schon spät, und die meisten Gäste hatten die Presselounge wieder verlassen. Im Fernsehen lief ein Zusammenschnitt der Highlights des heutigen Tages, die verbliebenen Gäste hatten sich um den Schirm versammelt und verfolgten die bunten Bilder. Der Großteil des Materials war nichtssagender Quatsch – Auftritte der Blaskapellen, diverse Einzelheiten zu den Schiffen, noch mehr Biografien der Besatzung. Aber der aktuelle Beitrag hatte meine Aufmerksamkeit erregt.

Nacheinander erklärten mehrere Leute, was diese Mission für die Allianz bedeutete. Und nicht nur für die Allianz. Selbst Generaldirektor Zhang, der Führer des Direktorats, hielt eine kurze Ansprache.

»Er wirkt immer so gelassen«, flüsterte ich. »Egal, worum es geht.«

Hatte er sich das antrainiert? Ob er gerade den Äußeren Kolonien den Krieg erklärte, Handelsembargos gegen die Antarktische Republik verhängen wollte oder seinen fünfzehnten Sohn taufte, nie lag auch nur eine Spur von Bosheit in seiner Stimme. Er *guckte* nicht einmal verärgert. Es war überaus beunruhigend.

Zhang war fast hundert Jahre alt, sah aber kaum älter aus als vierzig. Sein rundliches Gesicht, das weder Alters- noch Sorgenfältchen trübten und dem seine asiatische Herkunft kaum anzusehen war, wirkte nahezu engelsgleich. Stets trug er einen schlichten schwarzen Anzug und sah fit und durchtrainiert aus.

Als Herrscher des größten Machtblocks der menschlichen Einflusssphäre hielt er die gesamte militärische Macht des Asiatischen Direktorats in Händen. Er war zweifellos ein hochgefährlicher Mann, legte aber großen Wert darauf, freundlich und harmlos zu erscheinen. Er lächelte in die Kamera, nickte und gestikulierte – nie stand er ganz still.

»Diese Mission stellt die Zukunft der Beziehungen zwischen Menschen und Krell dar. Als Sprecher des Asiatischen Direktorats und Repräsentant von über zwei Dritteln der menschlichen Bevölkerung in dieser Galaxis wünsche ich Ihnen, werte Besatzungsmitglieder, alles Gute für Ihr Vorhaben.« Er machte eine kurze Pause. Ein herzliches Lächeln umspielte seine Lippen. *»Tragen Sie uns stets im Herzen, wir werden in Gedanken bei Ihnen sein.«*

»Glauben Sie, die wollten auch mitfliegen?«, fragte Brooke. »In den Mahlstrom, meine ich?«

»Klar«, sagte ich. »Sogar ziemlich dringend, da bin ich mir sicher.«

Die Mission der *Endeavour* war ein reines Allianz-Unterfangen, was Zhang und seine führenden Kader nicht davon abgehalten hatte, darum zu bitten, dass das Schiff wenigstens Beobachter der Thai an Bord zu haben hätte. Das Thai-Königreich war von allen Nationalstaaten, die das Direktorat bildeten, der am wenigsten hochgerüstete. Dank ihrer Kolonien, die sich bis nach Nebaris III erstreckten, waren sie außerdem einer der fortschrittlichsten. Andere Mitglieder des Direktorats waren weniger diplomatisch gewesen, was ihre Meinung zur Teilhabe an der Mission anging. Das Vereinigte Korea – Uni-Kor – hatte am lautesten darauf beharrt, dass ein Direktoratsschiff die Flotte zu begleiten habe. Sie hatten für den Fall, dass man ihren Bedingungen nicht zustimmte, sogar militärische Vergeltung angedroht, wovon sie Diplomaten des Vereinigten Europa zum Glück rechtzeitig vor dem Start abbringen konnten.

»Ich hab mal einen seiner Stellvertreter interviewt«, sagte Brooke. Plötzlich klang ihre Stimme absolut nüchtern, und ihr Blick war bohrend. »Das war … keine schöne Erfahrung.«

»Kann ich mir vorstellen«, sagte ich. Mich überkam der dringende Wunsch, ihr von meiner Schwester Carrie zu erzählen, die von Spezialeinheiten des Direktorats umgebracht worden war, noch bevor sie hatte erwachsen werden dürfen.

Brooke zeigte auf den Schirm. Gerade waren paradierende Soldaten zu sehen, alle in schwarzen Panzerungen, glänzend wie die mutierten Riesenameisen meiner Heimat. Das waren die sogenannten Hartschalen: gepanzerte Exoskelette für den Einsatz in besonders riskanten Kriegsgebieten.

»Wissen Sie, was die mittlerweile machen?«, fragte Brooke. Ehe ich antworten konnte, redete sie schon weiter. »Sie haben keine Mütter, keine Väter. Die werden im Labor gezüchtet, in Petrischalen geboren. Können Sie sich das vorstellen? Eine riesige Armee dieser Mistkerle.«

»Ich hab die Gerüchte auch gehört.«

Natürlich galt das nicht für all ihre Soldaten, aber das Direktorat griff immer häufiger auf Klone zurück; die Spezialeinheiten wurden angeblich irgendwo tief in Kambodscha in besonderen Kinderkrippen ausgebrütet. Große Labore, in denen sie nichts anderes taten, als Männer und Frauen zu bauen, Kinder zu züchten, die nichts als Krieg im Sinn hatten. Der Generalstab war davon überzeugt, dass das Direktorat nur einen schwachen Abklatsch unserer Simulaten zustande brachte, dass ihr Gen-Programm keinen Grund zur Sorge lieferte, aber diesbezüglich konnte ich ihnen nicht zustimmen. Was dem Direktorat an Qualität fehlen mochte, würden sie über kurz oder lang durch schiere Masse wettmachen.

»Glauben Sie, dass etwas, das im Reagenzglas geboren wird, ein Gewissen haben kann?«, sagte Brooke und starrte weiter auf den Schirm.

»Nein, wohl kaum.«

»Sie haben heute das Richtige getan«, wechselte sie plötzlich das Thema. »Als Sie versucht haben, Dr. Marceau aufzuhalten, mein ich.«

»Ich weiß«, sagte ich.

»So war das nicht gemeint. Die Mission der *Endeavour* … man hört so Sachen. Jeder hört so Sachen.«

Ich erstarrte. Auf einmal fühlte ich mich sehr nüchtern, sehr wütend und sehr allein. Der Rest des Raums war sehr weit weg. »Zum Beispiel?«

»Da geht längst nicht alles mit rechten Dingen zu«, sagte Brooke und beugte sich vor. »Ist nicht alles so, wie es aussieht. Da gibt es eine Menge, was Sie nicht wissen.«

»Erzählen Sie mir alles«, sagte ich.

Brooke sah nach links, nach rechts. Sie wirkte ernstlich verängstigt, ihr Gesichtsausdruck nur dadurch ein wenig gelassener, dass sie gründlich betrunken war. Plötzlich lehnte sie sich zurück. Ganz kurz sah ich etwas über die Innenseite ihrer Pupillen blitzen; ein bläuliches Funkeln, als sie irgendeine Datenbank konsultierte. Ihre Augen spiegelten sich in der Tischplatte, aber als sie den Blick auf mich richtete und das künstliche Lächeln wieder in Stellung gebracht hatte, war das Funkeln verschwunden.

»Ich habe ein paar Bestandslisten gesehen«, flüsterte sie. »Die haben Waffen mit an Bord. Plasmatechnologie und kinetische Karabiner. Ein ziemliches Arsenal.«

»Das sind doch keine Neuigkeiten«, sagte ich genervt.

»Sie haben auch ein Sim-Team dabei. Organisiert von O'Neil und unter der Leitung von Sergeant Stone.«

O'Neil war der Leiter des Sim-Programms; das Arschloch, das für die Sicherheitsplanung der Mission zuständig gewesen war.

»Warum brauchen sie Waffen, wenn sie einen Friedensvertrag aushandeln wollen?«, fragte Brooke.

»Weil sie mitten in den Mahlstrom fliegen – sie müssen sich schützen.«

Ich wiederholte nur die offiziellen Aussagen, aber es war lediglich aufgesagt; ein einziges Sim-Team war alles andere als genug, um die Mission beschützen zu können. *Die Besatzung ist verloren*, sagte eine nagende Stimme in meinem Hinterkopf.

Brooke schlürfte laut an ihrem Getränk und warf mir ein breites Lächeln zu. Auf einmal schien sie ihre Furcht wieder überwunden zu haben. Sofort wandelte sich ihre Stimmung, der ernste Moment war verflogen. Als hätte sie sich dazu entschlossen, das, was auch immer sie hatte preisgeben wollen, doch unter Verschluss zu halten.

»Tut mir leid, wenn ich Ihnen falsche Hoffnungen gemacht hab, Kumpel«, sagte sie. »Die eigentliche Frage ist doch, was es überhaupt noch zu berichten gibt, wenn der Krieg tatsächlich vorbei ist.«

»Ich bin mir sicher, dass Sie etwas finden«, sagte ich. »Mehr hatten Sie mir nicht zu sagen?«

»Eigentlich nicht. Ich ... mir ist ein bisschen schlecht. Es ist entsetzlich heiß hier.«

Jetzt sah sie wieder richtig betrunken aus. Sie war fast grün geworden. Ich erhob mich. Sie sah mich an.

»Ich glaub, ich sollte besser gehen. Ich hab ein Hotelzimmer im Mumbai – Sektor drei.«

»Alles klar«, sagte ich. »Gute Reise.«

»Sie könnten sich wenigstens ein bisschen Mühe geben, Soldat. Es ist natürlich total schön und altmodisch, dass Sie auf Ihr Mädchen warten, selbst wenn Sie nicht daran glauben, dass sie wiederkommt. War schön, Sie kennengelernt zu haben.«

»Kann ich leider nicht erwidern«, sagte ich leise, als Cassi Brooke die Bar verließ.

Mit ein bisschen Geprahle über meine Stellung im Sim-Programm brachte ich es fertig, mir unten in der Kaserne eine Pritsche zu organisieren. Die Nacht verlief ereignislos, auch wenn ich fast kein Auge zutat. Dauernd sah ich, wie Elena ihre Fähre bestieg und ich sie nicht daran gehindert hatte. Hätte ich es schaffen können? Wahrscheinlich nicht, aber das hinderte mich keineswegs daran, mir vorzuhalten, einfach *nicht genug* unternommen zu haben. Was mich am meisten verfolgte, war die Ungewissheit. Hatte sie mich gesehen, bevor sie durch die Tür verschwunden war?

Am schlimmsten war die Vorstellung, dass sie mich tatsächlich gesehen hatte und trotzdem eingestiegen war.

Ich war nur nach Calico gekommen, weil ich ernsthaft gehofft hatte, den Start irgendwie stören zu können. Vollkommen naiv war ich davon ausgegangen, Elena würde sich die Sache schon anders überlegen, wenn sie mich nur sehen konnte. Natürlich hatte ich irgendwo gewusst, dass es so einfach nicht war; dennoch war das mein erklärtes Ziel gewesen.

Und dann war da noch Cassari Brooke mit ihrer Eröffnung, dass an der Mission etwas faul sei. Wie hatte sie das genau gemeint? Die kurze Ausführung über die Waffen war wenig überzeugend gewesen.

Was wusste sie sonst noch?

Vielleicht würde der nächste Morgen irgendwelche Antworten bringen.

Natürlich war das genaue Gegenteil der Fall, und der Morgen hielt nur noch mehr Frust für mich bereit.

Ich verließ die Kaserne sehr früh und fuhr schnurstracks zum Mumbai. Es wimmelte überall von abreisenden Touristen, aber die Stimmung war weniger hektisch als am Vortag. Ich ignorierte die Schlangen der Fremdweltler und begab mich sofort in die Lobby von Brookes Hotel. Sie war nicht die Einzige, die Leute schmieren konnte: Nach kurzem Feilschen hatte ich ihre Zimmernummer und bestieg den Aufzug.

Nur um festzustellen, dass sie schon abgereist war. In ihrem Zimmer stand ein Putzdroide und war gerade dabei, das Bett abzuziehen.

»Sie haben hier nichts zu suchen«, sagte er streng und starrte mich mit seinem einsamen großen Überwachungsauge an. Es blinkte rot. »Sie sind kein registrierter Gast.«

»Weiß ich doch«, sagte ich, »aber ich suche einen.«

»Dieser Raum wird gegenwärtig für den nächsten Gast vorbereitet.«

Ich sah auf meinen Armrechner; es war erst acht Uhr. Nach zivilen Maßstäben noch recht früh. »Wo ist die Dame hin, die hier übernachtet hat?«

»Fort«, sagte der Droide ausdruckslos. »Ausgecheckt.«

»Wann?«

»Früh. Woher soll ich das wissen? Ich mache hier nur sauber.«

Ich seufzte entnervt. »Hat sie irgendwas hinterlassen?«

Der Droide zuckte mit den Metallschultern. »Heißen Sie Harris?«

»Tue ich.«

»Dann ist das da für Sie«, sagte er.

Auf dem Schränkchen neben dem Bett lag ein gefaltetes Blatt Papier. Ich nahm es und las. Es war nur ein Satz in krakeligen Druckbuchstaben.

HARRIS – WAS DEN NAMEN ANGEHT: WIE WÄRE ES MIT »LAZARUS«? VIEL GLÜCK MIT IHREM MÄDCHEN. C X

Ich zerknüllte das Blatt.

»Fuck.«

Der Droide hielt einen Moment inne. Bei Robotern, selbst wenn sie nur Hilfsarbeiter in Hotels waren, konnte man Motivation und Ausdruck nur selten interpretieren. Ich hätte aber schwören können, dass er mich angrinste.

»Haben Sie heute schon Nachrichten geschaut, Harris?«, fragte er.

»Nein, warum?«

»Sollten Sie vielleicht. Und jetzt raus hier. Ich habe noch zu tun.«

Ich verließ eilends das Zimmer, während mir das Herz bis zum Hals schlug. Noch während ich auf den Aufzug wartete, aktivierte ich meinen Armrechner und rief die neuesten Nachrichten auf. Es gab natürlich jede Menge Berichte über den Start der *Endeavour* und ihre Mannschaft, Analysen über mögliche Ergebnisse der Mission und Auswirkungen des Vertrags …

Und noch etwas.

DAS SIM-PROGRAMM: DER MANN, DEN SIE LAZARUS NENNEN.

Korrespondentin: Cassi Brooke, CNN.

14

GÖTTER DER TECHNOLOGIE

Wir erwachten unter dem Licht eines fremden Sterns, Lichtjahre entfernt von den letzten Außenposten der Allianz.

Ich saß in der Kantine und klammerte mich an eine Tasse mit heißem Kaffee, der sogar erstaunlich gut war – er roch echt genug und schmeckte angenehm kräftig. Es war schon die zweite Tasse, denn auch bei Hyperschlaf war Koffein nach dem Aufstehen das beste Gegenmittel. Der Rest der Legion saß um den Tisch verteilt und kämpfte wie ich gegen den Schläfer-Kater.

»Wir sind im Mahlstrom«, sagte ich.

Jenkins gähnte. »Es gab mal 'ne Zeit, da hätte ich jetzt die Hosen voll gehabt …«

Wie der Tod hatte für die Legion auch der Mahlstrom allmählich seinen Schrecken verloren, was aber längst nicht für alle Besatzungsmitglieder galt. Grünschnäbel und frisch befördertes Wartungspersonal warfen uns quer durch die Kantine verstohlene Blicke zu. Mehr als einmal hörte ich, wie »Geisterschiff« oder »Verschwörung der Regierung« gemurmelt wurde.

Mir gegenüber saß Mason mit einem Riesenteller voller Frühstück: Spiegeleier, Maisbrot, Kartoffeln und vieles mehr. Beim Anblick von so viel Flottenessen so kurz nach dem Schlaf wurde mir etwas flau im Magen. Mason bearbeitete den Teller mit dem Appetit eines Raubtiers.

»Wo steckst du das bloß alles hin, Mason?«, fragte Jenkins. »Ich habe echt noch nie ein Mädchen getroffen, dass so viel verdrückt wie du.«

Mason sah kaum vom Teller auf. »Liegt nur an den Tiefkühlern«, sagte sie. »Das endet immer so.«

»Aha«, sagte Jenkins. »Ist das dein letztes Wort, oder willst du dir noch 'ne andere Ausrede einfallen lassen?«

»Lass sie doch essen«, sagte Kaminski. »Neun Monate sind 'ne lange Zeit.« Er setzte ein Grinsen auf und lachte böse. »Wer weiß, was aus dem Rest der Allianz geworden ist. Vielleicht haben die Krell längst aufgegeben, und der Krieg ist vorbei.«

»Wir sitzen hier völlig im Dunkeln«, sagte ich. »Keine Funkverbindung, keine Nachrichten. Aber wohl eher nicht.«

Jede Kontaktaufnahme mit der Außenwelt konnte sofort die Krell auf den Plan rufen, und die umgebenden Regionen wimmelten höchstwahrscheinlich von Fischköpfen. Wir befanden uns in perfekter Isolation: keine Ahnung, wie der Zweite Krell-Krieg voranging, ob sich die Spannungen mit dem Direktorat vertieft hatten oder was der Allianz sonst zugestoßen sein mochte.

»Vielleicht haben wir verloren«, sagte Jenkins. »Wer sagt uns denn, dass die Krell die Kernwelten noch nicht erreicht haben?« Sie wedelte mit der Hand in der Luft herum. »All das hier könnte reine Zeitverschwendung sein.«

In dem Moment rauschte Leutnant James an unserem Tisch vorbei und setzte sich zu ein paar Flottenangehörigen in der Ecke. Offenbar war er direkt in seinem Tank aufgeweckt worden und hatte noch gar nicht mitbekommen, dass wir ihn vor dem Einschlafen gesehen hatten.

»Jesus«, flüsterte Jenkins. »Wie kann man so leben?«

Was bleibt ihm denn anderes übrig?, dachte ich.

»Genau wie wir alle«, sagte ich leise. »Konzentration auf die Arbeit.«

»Ich habe gehört, dass er auf Tau Ceti Frau und Kind hat«, sagte Jenkins. »Meint ihr, er kommt dann in seinem richtigen Körper nach Hause?«

»Aber ganz bestimmt nicht«, murmelte Kaminski.

Mason setzte die Gabel ab und schob ihren halbvollen Teller von sich weg. »Das war's dann mit dem Appetit«, sagte sie.

Ich nahm noch einen Schluck Kaffee. »Wir haben hier draußen einen wichtigen Auftrag auszuführen, und das ganze Nachdenken tut uns sicher nicht gut. Ich brauche euch alle eiskalt und fokussiert, also hört mit dem Grübeln auf, was gerade zu Hause los ist. Die richtige Arbeit liegt noch vor uns. Wir haben keinen Schimmer, was uns auf dem Schiff erwartet.«

Martinez seufzte. »Wir brauchen noch ein bisschen Vorbereitungszeit für die neuen Panzerungen. Sie müssen markiert und gestempelt werden.« Er sah in die Runde. »So was wie diese Kraftpakete habt ihr noch nie gesehen. Die sind absolut *heftig*. Da wird uns nichts mehr im Weg stehen.«

»Ich will ein paar Testläufe sehen«, sagte ich und leerte

den Kaffee. »Außerdem Waffenübungen und sämtliche Ausrüstung kontrollieren. Keine halben Sachen.«

»Verstanden«, sagte Jenkins. »Wo willst du hin?«

»Ich muss mit Loeb reden.«

Die Besatzung der OPZ war auch gerade erst aufgewacht und hatte sich um das große taktische Holo versammelt. Das glitzernde grüne Drahtgittermodell zeigte offenbar das System, in dem wir angekommen waren. Ich blieb einen Moment stehen und sah mir die Daten an.

Je näher wir unserem Ziel kamen, desto besser wurde die Qualität der Auswertungen unserer Scanner. Inmitten der Karte hing eine welke rote Sonne. Ihr nebliges Licht fiel erstaunlich kraftvoll auf mehrere zerklüftete Planeten. Zwischen den Planeten hing drohend der Arkonus-Abgrund und verschlang alles an Weltraumschrott, was ihm zu nahe kam. Ein blauer Riss in der Raumzeit.

Admiral Loeb kam mir entgegen. »Die Messwerte sind jenseits von Gut und Böse. Ich wollte dich gerade herbitten, Harris.«

Er stellte sich ans Kopfende des Tischs und verschränkte die Arme hinterm Rücken. Er war absolut wach und konzentriert. Der große Vorteil eines altgedienten Raumfahrers; trotz seines Alters hatte er die nötige Konstitution, um den Hyperschlaf sofort abzuschütteln.

»Morgen, Loeb. Wie sieht's aus?«

Loeb deutete auf das Modell. »Q-Sprung planmäßig und exakt beendet. Hier draußen fliegt eine Menge

Müll rum, aber wir sind erst mal ganz langsam und vorsichtig unterwegs.«

»Müll?« Das klang nicht sonderlich beruhigend.

»Nichts, womit wir nicht zurechtkämen«, sagte Loeb. »Viele kleine Trümmer, aber nicht genug, um eine Flotte zu verbergen. Ganz am Rand unserer Sensorreichweite sitzt ein Quasar, und es gibt ein paar Schwarze Löcher in der Nachbarschaft.«

Er klang fast ein bisschen gleichgültig, aber ich verstand auch, warum. Er zuckte mit den Schultern. »Für den Mahlstrom also alles ganz normal. Na ja, bis auf das da.«

Der Arkonus-Abgrund.

»Die Emissionen sind denen vom Damaskus-Graben wirklich sehr ähnlich«, sagte Professor Saul. Er stand mir gegenüber und betrachtete die Karte. »Ich bin mir sicher, dass das ein weiteres Tor der Tönernen ist. Es sendet einen relativ gleichmäßigen Strom von Tachyonen aus und überschwemmt die gesamte Umgebung mit exotischer Strahlung.«

Er vergrößerte den Kartenausschnitt, bis der blaue Riss in der Mitte lag. Er flackerte und bebte vor Energie, als hinge dort vor uns ein lebendes Wesen im All. Der Abgrund war ein Bereich des sogenannten Nicht-Raums, erinnerte aber optisch stark an den Damaskus-Graben.

»Soweit wir das sagen können, ist dieser hier nicht aktiv«, sagte Loeb. Er nickte Saul zu. »Der Professor hat sich dazu entschlossen, unserem technischen Stab seine wissenschaftliche Expertise zur Verfügung zu stellen.«

Saul lächelte halbherzig. »Ich helfe gerne, wo ich kann, außerdem habe ich so eine Beschäftigung.«

Der Abgrund wirkte beinahe hypnotisierend, und ich fühlte mich ein kleines bisschen stolz, dass wir ihn entdeckt hatten. Elena musste hier tatsächlich irgendwo sein – sie hatte dieses Tor benutzt, um mich in Damaskus zu kontaktieren.

»Wie nah müssen wir da ran?«, fragte ich.

Loeb seufzte leise. »Näher, als mir lieb ist. Ostrows Koordinaten liegen noch tiefer im System. Fast eine halbe astronomische Einheit von diesem Gasriesen.« Auf der Karte tauchte ein blinkendes Symbol auf, das den Planeten langsam umkreiste. »Es dauert also noch eine Weile, bis wir Sichtkontakt haben.«

Der Planet hatte keinen Namen, nur eine Reihe von Zahlen. Seine Oberfläche war von elektrischen Stürmen bedeckt, die sich wie Risse in einer Eisdecke immer wieder verzweigten. Scharen loser Felsbrocken umkreisten ihn und bildeten teilweise erstaunlich geometrische Figuren. Selbst ohne den Scanner zu konsultieren, wusste ich, dass der Planet eine Menge Hintergrundstrahlung absondern musste. Ich entschied, dass wir in seiner Atmosphäre kaum etwas finden würden. Der Riese war dem heimischen Jupiter zu ähnlich – selbst die Krell konnten sich da unten nicht häuslich einrichten.

»Wie sieht es mit den anderen Planeten aus, Loeb? Haben wir da schon Bilder?«

»Soweit möglich«, sagte er reserviert. »Die Streufeuer des Abgrunds machen es der Sensorik wirklich nicht leicht.«

Ich zeigte auf eine blaugrüne Welt, die noch näher am Abgrund lag und von dem tödlichen Sprungtor dominiert wurde. Der Name DEVONIA huschte über den Schirm. *Komisch,* dachte ich, *wenn die anderen Planeten hier alle keine Namen haben …*

»Das sieht nach flüssigem Wasser aus«, sagte ich. Je länger ich das Bild betrachtete, desto sicherer war ich mir: Devonia war in diesem System die einzige Welt mit Oberflächenwasser, und die Umlaufbahn ließ sogar Temperaturen zu, bei denen Leben möglich war. »Wasser und Krell … passt wie Arsch auf Eimer.«

»Da werden sie sein«, pflichtete mir Saul bei. »Und der Name ist gut gewählt.«

Er lachte, aber es klang gepresst und zwanghaft. Als niemand einstimmte, brach sein Lachen jäh ab. Ich fragte nicht weiter; solange die Welt nicht zu einer unmittelbaren Bedrohung wurde, wollte ich mich damit erst einmal nicht weiter befassen.

»Wir durchsuchen den Nahraum nach Aktivität«, sagte Loeb. »Unsere Tarnsysteme laufen auf Maximum.«

»Wie lange?«, fragte ich.

Ich konnte nicht mehr warten, konnte die Aufregung förmlich im Rachen schmecken. Nicht nur die, sondern auch Angst: Mir grauste davor, dass ich sie vielleicht doch nicht finden würde.

»Zwölf Stunden mit Unterlicht«, sagte Loeb.

»Gut. Wenn wir noch mehr rausholen können, nur zu.«

Loeb nickte. »Verstanden.«

Die Aura absoluter Konzentration, die jedem Einsatz voranging, hatte sich wieder über die Legion gelegt. Jeder zog sich in einen anderen Teil der *Colossus* zurück, um sich auf seine Weise vorzubereiten. Es gab noch eine Menge zu tun: Waffen zu verladen, Ausrüstung durchzugehen, Sims zu überprüfen. Ich hatte alle angewiesen, sich in der Taktik-Datenbank die Einzelheiten zur *Endeavour* und ihrer Flotte durchzulesen – Baupläne, Einflug- und Abflugprojektionen, mögliche Gefahrenquellen. Da wir nicht wussten, was uns an Bord erwartete, gab es eine Menge zu verinnerlichen. Unter anderen Umständen und mit mehr Zeit hätten wir Simulationen des Einsatzes laufen lassen. Es konnte ein Kampfeinsatz, ein Bergungseinsatz oder eine Mischung aus beidem werden.

Eine Stunde vor Einsatzbeginn suchte ich in den Hangars nach etwas Zerstreuung. Die Hallen waren weitläufig und bedrückend. Normalerweise fanden hier mehrere Geschwader Platz, jetzt standen nur die beiden einsamen Dragonfly-Kanonenboote herum. Ich schlenderte über die erhöhten Laufstege und sah zu, wie die Besatzung unter der Leitung von Leutnant James an einem der Schiffe arbeitete. Soeben wurden Antipersonen-Raketen Typ Banshee verladen und die beiden Waffenaufhängungen an den Türen mit Schnellfeuerkanonen bestückt.

Ich fischte zwei Gegenstände aus meiner Brusttasche: den silbernen Flachmann und die Kippenpackung, die ich auf Calico aufgesammelt hatte. Ohne nachzudenken, schraubte ich den Verschluss auf und versuchte, die Inschrift auf der Vorderseite zu ignorieren – liebevolle Worte an einen Partner oder Sohn, der jetzt tot war. Ich schnüffelte an der Flasche. *Single Malt.* Ich nahm einen tiefen Schluck, der mir sofort Tränen in die Augen trieb. *Jesus, was für ein Zeug.*

»Die arbeiten schnell.«

Ein paar Meter weiter stand Professor Saul. Ich war derart hingerissen von dem Whisky gewesen, dass ich ihn nicht einmal hatte kommen hören. Er näherte sich vorsichtig und lehnte sich an die Reling, um dem Verladen zuzusehen. Die Dragonfly sah aus wie ein eintöniger grüner Käfer – die großen Flügel waren gespreizt und hingen voller Raketen mit roten Spitzen. Die Hülle glänzte matt, hatte aber eindeutig schon einiges mitgemacht. Die Flanken wiesen an mehreren Stellen Brandspuren und geflickte Beschädigungen auf.

Ich ignorierte Sauls Bemerkung und bot ihm widerwillig den Flachmann an.

»Nein, nein«, sagte er. »Ich trinke nicht.«

»Natürlich nicht. Ist das was Religiöses?«

Sauls Overall war nicht ganz geschlossen und gab den Blick auf einen Anhänger auf der Brust frei: das Zeichen des Gaia-Kults. Der Kult jagte irgendeinem abstrusen Ideal von der Alten Erde hinterher – aus Zeiten, da sie noch grün und schön und eine Heimat gewesen war, der man etwas abgewinnen konnte.

»So in der Art. Solange Essen und Trinken nicht von der Erde kommen, sind sie nicht geheiligt.«

Ich lachte. »Das klingt ganz schön kostspielig, aber kann doch sein, dass der Tropfen hier von der Erde kommt.«

»Wenn Sie das auf Calico aufgelesen haben, wohl eher nicht.«

Ich entschied, es sei besser, ihn nicht danach zu fragen, wie er es während seiner Gefangenschaft damit gehalten hatte; seine Kerkermeister hatten wohl kaum Rücksicht auf seine religiösen Gefühle genommen. Stattdessen nahm ich noch einen Schluck und starrte die ungeöffnete Zigarettenschachtel an. Es war eine Billigmarke von Calico, also mit den Mitteln vor Ort hergestellt. Auf der Plastikverpackung klebte ein verkrusteter Blutfleck.

»Ich wusste gar nicht, dass Sie rauchen«, sagte Saul.

»Tue ich auch nicht«, sagte ich und hob das Päckchen vorsichtig hoch. »Die sind für *sie*. Für Elena. Sie war so viele Jahre weg, da wird sie sich über einen Genuss aus der Heimat freuen.«

Mit Heimat meinte ich Menschheit. Elena und ihre Leute hatten seit einem Jahrzehnt in vollkommener Isolation gelebt. Das war selbst für den stärksten Menschen eine harte Probe. Obwohl Saul nickte, sah ich ihm an, dass er es nicht wirklich verstehen konnte.

Gerade als ich ihn fragen wollte, warum er überhaupt hier war und offenbar nach mir gesucht hatte, sagte er: »Bevor wir in den Mahlstrom aufgebrochen sind, sagten Sie, Sie wollten mit mir reden.«

Ich nickte. »Richtig. Ich habe gesehen, wie Sie reagiert haben, als ich ›Wiedergänger‹ erwähnt habe. Wollen Sie mir vielleicht etwas sagen, Saul?«

Er stieß einen tiefen Seufzer aus. Mit lautem Rattern wurde Munition in die Zufuhr der Sturmkanonen gehievt, und er zuckte zusammen. Als sich der Lärm gelegt hatte, sagte er:

»Ich war nicht ganz ehrlich mit Ihnen, hatte dafür aber gute Gründe.«

»Nur zu«, sagte ich und nahm noch einen Schluck. »Ich nehme Ihnen gern die Beichte ab. Ein reines Gewissen.«

»Ob Sie es glauben oder nicht, ich weiß wirklich nichts über die Mission der *Endeavour*«, sagte er. »In diesem Fall ist aber die Abwesenheit von Informationen vielleicht aussagekräftig genug. Kein Detail zu diesem Einsatz war je für Wissenschaftler unter Rang vier zugänglich.«

Ich hob eine Augenbraue. »Und Sie sind kein Vierer?«

»Drei«, sagte er. »Meines Wissens nach gibt es in der ganzen Allianz nicht mehr als fünfzehn Leute, die Rang vier innehaben.«

»Alles klar. Aber was ist mit Operation Wiedergänger?«

Er schüttelte den Kopf. »Es ist keine Operation, ich weiß aber leider nicht genau, was es stattdessen ist. Der Begriff steht im Zusammenhang mit einer Reihe von Schriftzeichen, die auf Tysis gefunden wurden.«

»Tysis?«, fragte ich. Der Name war mir ein Begriff. Ein Planet am Rand der ehemaligen Quarantänezone, der im Mahlstrom lag. Plötzlich erinnerte ich mich daran, dass Saul ihn schon einmal erwähnt hatte: in Damaskus während seines Verhörs auf der *Colossus*. »Klären Sie mich bitte auf.«

»Wir haben dort Ruinen entdeckt; Tysis war die erste

Welt, auf der sich die Existenz der Tönernen belegen ließ. Lange nicht so nützlich wie das Artefakt auf Helios, aber auch da konnten wir mit dem, was wir gefunden haben, etwas anfangen. Es waren in erster Linie Raumschiffkomponenten und Teile einer Fabrikationsanlage … Vor vielen Jahren, schon vor dem Ende des ersten Krell-Kriegs, ist es dem wissenschaftlichen Team auf Tysis gelungen, einige der Maschinen wieder in Betrieb zu nehmen. Ich spreche hier von Maschinen, aber sie sind so viel weiterentwickelt als alles, worüber wir heute verfügen. Eine denkende Maschine: eine echte Intelligenz. Ich war maßgeblich daran beteiligt, dass wir auf den Kern der Maschine zugreifen konnten.«

Saul betrachtete konzentriert den Verladeprozess, obwohl er ihn sicherlich kaum interessierte. Ich ließ ihn reden und entschied mich dagegen, ihn durch neugierige Fragen zu unterbrechen. Mit zitternden Händen hielt er sich am Geländer fest.

»Die Tönernen sind eine uralte Rasse, Harris. Streng genommen nicht einmal mehr eine Rasse. Sie sind längst über ihre fleischlichen Hüllen hinausgewachsen – und zu etwas Höherem geworden. Sie sind wahre Götter der Technologie.«

»Sie klingen fast so, als ob Sie sie bewundern«, sagte ich unwillkürlich. So ein Gespräch hatte ich schon einmal geführt.

»Selbstverständlich bewundere ich das, wofür sie stehen. Unsterblichkeit und eine Chance, unsere sterblichen Hüllen hinter uns zu lassen. Auf Tysis haben die Tönernen vor Äonen unglaubliche Technik erbaut, mit deren Hilfe sich ganze Welten erschaffen lassen.« Er sah mich aus dem Augenwinkel an, und mir fiel auf, dass er die Datenbuchsen in meinen Unterarmen anstarrte – mein Verbindungsglied zum Simulaten. »Vieles von dem, was wir dort gefunden haben, konnten wir erfolgreich rekonstruieren. Das meiste davon entzog sich natürlich unserem Verständnis, und wird es wohl immer tun.«

»Und Wiedergänger?«, fragte ich. Ich hatte keine Zeit für Tönernen-Verehrung. Die Uhr tickte unerbittlich.

Saul riss sich aus seiner Trance. »Das Schriftsystem der Tönernen ist kaum mit menschlicher Sprache zu vergleichen. Es ist sehr schwer zu erklären, aber das war der Name für einen Teil des Maschinen-Codes. Grob gesagt heißt es ›Planetentriebwerk‹ oder ›Weltenvernichter‹: eine Maschine, die in der Lage ist, ganze Planeten abzutragen – oder zu bauen.«

»Und was von beidem war es?«

Er lachte gequält. »Ausgehend von dem, was wir über ihre Sprache – ihre Kodierung – wissen, offenbar beides. Vielleicht ist es nur ein Mythos, und selbst wenn es einmal existiert hat, lässt sich unmöglich sagen, ob das immer noch der Fall ist.«

Als wir mit der *Colossus* durch das Sprungtor aus Damaskus geflohen waren, hatte Saul mit Kaminski in der Rettungskapsel festgesessen. Ich aber erinnerte mich noch sehr gut an die bösartige Präsenz, die ich bei unserem Flug durch ihr Netzwerk gespürt hatte. Etwas hatte dort geschlummert, etwas Gewaltiges und Niederträchtiges, das ganz langsam erwacht war. Ich wusste nicht, ob es etwas mit dem zu tun hatte, was Saul mir soeben erzählt hatte, trotzdem musste ich sofort daran denken.

Er fuhr fort: »Als die Tönernen die Sterne bereisten, lebte die Menschheit noch auf den Bäumen. Soweit wir das feststellen können, hat ihr Krieg mit den Krell Jahrtausende gedauert, und sie haben es schließlich geschafft, die Fische derart vernichtend zu schlagen, dass die wieder in den Urzeitschlamm zurückkriechen mussten, der sie geboren hatte. Unsere beste Aussicht auf Überleben ist, unter ihrem Radar zu bleiben und sie nicht aufzuschrecken.«

»Warum erzählen Sie mir das alles jetzt?«, fragte ich.

Saul massierte die rundlichen Hauttransplantate auf seinem Schädel. »Weil das Direktorat in meinem Kopf war, Oberst. Sie wissen alles, was ich weiß, und ich darf Ihnen nicht länger auch nur das Geringste vorenthalten.«

»Das weiß ich zu schätzen«, sagte ich, mochte es ihm allerdings nicht ganz glauben. Trotz allem, was er durchgemacht hatte, traute ich Saul noch immer nicht. Nach Helios und Damaskus hatte ich nicht vor, jemals wieder einem Wissenschaftler oder Stabschef zu vertrauen. Ich dachte daran, dass ich auch Ostrows Hinweise hätte hinterfragen sollen, aber das Verlangen, die *Endeavour* – und damit Elena – zu finden, hatte meine blinde Zustimmung zur Folge gehabt.

»Sie sollten daran denken …«

Sauls Worte wurden von einer markerschütternden Sirene abgeschnitten, die selbst den Lärm auf dem Flugdeck sofort erstickte.

»Feuer auf Deck A-76«, verkündete die KI. »Feuer auf Deck A-76 entdeckt. Notfallprotokolle sind eingeleitet worden.«

Saul sprang vom Geländer zurück und sah mich Hilfe suchend an. Die Besatzungsmitglieder unten auf dem Flugdeck schrien Befehle durcheinander und liefen eilig aus den Hangar.

»Gehen Sie auf das Wohndeck«, bellte ich. »Folgen Sie dem Flottenpersonal.«

Ich steckte die Zigaretten in die Tasche zurück und schüttete den Rest des Whiskeys auf dem Laufsteg aus. Ich hatte beschlossen, ihn nicht mehr benötigen zu wollen.

Bis ich Deck A-76 erreicht hatte, war die Sirene verstummt, und die Besatzung hatte sich zerstreut; alle schienen wieder an der Arbeit zu sein. Ich konnte bereits raten, was passiert war, noch bevor ich den fraglichen Laderaum erreicht hatte. A-76 war ein Nebenlager der zentralen Waffenkammer, in dem sich ein alter Schießstand befand. Schon von Weitem roch ich das Halon – ein Gas, das auf den meisten Raumschiffen als Löschmittel benutzt wurde. Dann hörte ich die Legionäre lachen.

»Was macht ihr denn hier?«, rief ich.

»Tut mir leid, *Hermano*«, sagte Martinez und grinste. »Wir hatten ein kleines Problem mit den neuen Anzügen.«

Jenkins stand vor der Schalttafel für die Klimatisierung. »Martinez war ein bisschen überdreht. Da war auch Feuer im Spiel.«

Ich schüttelte den Kopf. »Alle an Bord sind furchtbar nervös. Versucht doch wenigstens, ein bisschen vorsichtiger zu sein.«

Kaminski saß auf einer Frachtkiste und sah sich alles in Ruhe an. »Hat sich aber echt gelohnt. Zeig ihm doch mal die Anzüge, Martinez.«

Ringsum an den Wänden standen mehrere massige Panzerungen.

»Das hier, meine Freunde, ist der Ares-Panzeranzug«, sagte Martinez. Er bediente eines der Gestelle, und der Anzug glitt nach vorne, sodass er die Rückseite des Panzers und andere versteckte Besonderheiten inspizieren konnte. Er fuhr mit der Hand über die mattgraue Panzerung. »Der Nachfolger unserer alten Tridents; rundum verbessert.«

Das Erbe der Trident-Kampfanzüge war unverkennbar, aber sie hatten noch so viel mehr zu bieten. Sie waren fast doppelt so massiv, bullig gebaut und ungleich stärker gepanzert. Torso, Schultern und alle vier Gliedmaßen waren in dicke, schwere Platten gehüllt. Der Helm schien eine ganz neue Generation zu sein: Die Sichtscheibe war schmaler und die Gelenke am Hals mit zusätzlicher Panzerung verstärkt worden. Insgesamt erinnerte mich der Anblick an einen hochgerüsteten, für den Krieg gezüchteten Bären. Martinez drückte auf einen Knopf, und der Panzer öffnete sich wie eine Muschel, um dem Insassen schnelles Ein- und Aussteigen zu ermöglichen.

»Gib ihm mal 'ne Einführung«, sagte Jenkins.

»Klar doch. Die Platten sind leichter, aber robuster: eine neue, stoßfeste Kunststoff-Metall-Legierung.

Dank der überarbeiteten Lebenserhaltungssysteme im Tornister für bis zu sieben Tage im All ausgelegt, außerdem sind da noch ein Jetpack und bessere Manövrierdüsen drin.« Er klopfte gegen den übergroßen Buckel der Kampfmaschine. »Sowohl für Atmosphäre als auch für Vakuum.«

Der Panzeranzug hatte ein richtiges Triebwerk mit Schubdüsen für kurzfristige Beschleunigung. Unter normaler Gravitation konnte man damit zwar nicht wirklich fliegen, aber es war nah genug dran; in der Schwerelosigkeit konnte sich der Träger nahezu unbegrenzt bewegen, und auch auf Planeten zumindest weite Sprünge ausführen. Die Oberfläche war erstaunlich glatt und mit kleinen Flossen besetzt, weshalb er trotz seiner Maße deutlich aerodynamischer wirkte als sein Vorgänger.

»Falls man im All stecken bleibt oder sich unkontrolliert dreht, kann man auch noch die neue Harpune zünden«, verkündete Martinez.

Auf dem rechten Unterarm war ein Metallrohr montiert, aus dem die martialisch anmutende Spitze einer Harpune hervorlugte. Am Rücken des Anzugs befand sich oberhalb der Düsen ein kompliziertes Arrangement aus Metallkabeln.

»Das ist Plasmatechnik«, erklärte Martinez. »In der Spitze sitzt ein Sprengsatz, der wohl auch Schiffspanzerung durchschlägt, sagen zumindest die Ergebnisse der Feldversuche. Dazu ungefähr ein Kilometer Kabel.«

»Dafür hat es keine Aufklärungsdrohnen«, sagte ich.

»Wer braucht schon Aufklärung, wenn man über so

viel Feuerkraft verfügt?«, sagte Martinez. Er zeigte auf die beiden Schultergeschütze – die gleiche Sorte, wie man sie auch von den Kampfläufern des Direktorats kannte. »Die Gehäuse hier und hier sind für Antipersonen-Raketen. Ostrow hat es echt gut mit uns gemeint, *Mano* – Christo sei seiner Seele gnädig. Er hat uns 'ne ganze Kiste mit Mehrfachsprengköpfen dagelassen.«

Neben dem Anzug stand eine geöffnete Kiste. Tausend winzige Raketen warteten darauf, verladen zu werden.

»Und auch das ist noch nicht alles … Die Fischköpfe kommen dir zu nahe? Am linken Arm hängt ein Flammenwerfer.« Martinez tätschelte ihn ehrfürchtig.

»Deshalb auch der Alarm«, sagte Jenkins und pfiff leise. »Bei Flammenwerfern kann ich einfach nicht widerstehen.«

Die Schleuse neben ihr war verkohlt und teilweise geschmolzen. Mit etwas Fantasie konnte ich lesen, dass sie dort mit dem Flammenwerfer KACKFISCHE hingekritzelt hatte – und darunter eine unbeholfene Zielscheibe.

»Da hat sich wohl jemand verliebt«, sagte Mason und lachte.

Ich musste zugeben, dass es ein beeindruckendes Stück Kriegstechnik war, aber ganz überzeugt war ich noch nicht.

»Macht einiges her«, sagte ich. »Von den alten Anzügen haben wir keine mehr?«

Martinez runzelte verärgert die Stirn. »Nein, *Jefe*, haben wir nicht.«

»Mir sind einfach Sachen lieber, die ich kenne«, sagte ich. »Und wir haben in den Dingern noch nie trainiert.«

»Zusätzliches Training ist nicht nötig; die Panzer benutzen das gleiche neurale Interface wie die alten Kampfanzüge.« Die Deckenbeleuchtung schillerte in der polierten Panzerung. Martinez drehte eine Runde um das Gestell. »Wenn du nur ein kleines Scharmützel zu erledigen hast, dann wähle den alten Trident-V. Aber wenn man einen Krieg zu führen hat, sollte man den neues Ares-Panzer nehmen. Einen besseren Anzug findest du nirgendwo.«

Jenkins grinste gehässig. »Man sollte nur nicht vergessen, dass ein neuer Anzug nicht gleich 'n dickeren Schwanz bedeutet.«

»Was haben wir sonst noch an Ausrüstung?«, fragte ich.

»Dich kann man wirklich nur schwer zufriedenstellen, Lazarus«, sagte Jenkins.

»Das übliche Zeug«, sagte Martinez und trat gegen eine Metallkiste. Er schien an unserem alten Spielzeug keinen Gefallen mehr zu finden. »Energiezellen, Granaten – EMP, Phosphor, Splitter-, Hochexplosiv- … Sprengladungen, Monoklingen …«

»Wir müssen uns auf unsere Sachen verlassen können«, sagte ich. »Ich will nicht, dass die Mission scheitert, nur weil Forschung und Entwicklung Scheiße gebaut haben.« *Dass Elenas Rettung scheitert,* fügte ich in Gedanken hinzu. »Ich hätte es wirklich vorgezogen, die Anzüge erst mal gründlich auszuprobieren, bevor wir sie benutzen.«

»Neurales Interface, *Mano* …«, sagte Martinez genervt.

»Meinetwegen«, sagte ich. »Einsatzbesprechung in zwanzig.«

15

MASSENVERNICHTUNGSWAFFEN

Ich stand vor der Sichtscheibe der OPZ und betrachtete, wie die *Endeavour* langsam an uns vorbeizog. James, Saul und die Legion sahen mir über die Schulter.

Für gewöhnlich waren Raumschiffe kein besonderer Hingucker. Die meisten waren große, hässliche Metallklöpse, nur dafür gebaut, die kalte, reibungslose Leere zu bereisen. Bei der *Endeavour* war das anders. Dem Schiff wohnte eine gewisse majestätische Schönheit inne, als seien sich ihre Entwerfer der besonderen historischen Rolle ihrer Kreation bewusst gewesen. Dass sie kein Kriegsschiff war, sah man schon am eleganten Schwung der Flanken, an der bauchigen Sensorik und den verglasten Aussichtskuppeln am Heck. Die *Endeavour* war ein Forschungsschiff und noch dazu einmalig; zu einem ganz bestimmten Zweck erbaut. Brücke und Kommandosektion waren kugelförmig und erweckten einen eher unbeholfenen Eindruck. Dahinter folgte ein schlankes, zerbrechlich wirkendes Mittschiff, in dem eine Vielzahl von Wohnmodulen und wissenschaftlichen Einrichtungen untergebracht waren. Insgesamt konnte man das Schiff nicht unbedingt als stromlinienförmig bezeichnen, trotzdem schien es seltsam grazil.

»Keine oberflächlichen Beschädigungen«, murmelte Kaminski. »Sie sieht auf jeden Fall noch raumtüchtig aus.«

»Wo ist der Rest der Flotte?«, fragte Mason. »Die *Lion's Pride*, die *Britannic*, die *Ark Angel* …«

»Hier jedenfalls nicht«, sagte Loeb. »Sie ist das einzige Schiff in Sensorreichweite.«

»Energiekern und Triebwerke wirken stabil«, sagte ein Offizier. »Unterlichtantrieb sollte funktionieren.«

»Kommunikation aber auch …«, sagte Jenkins.

Nach Jahren des Suchens waren wir endlich am Ziel.

Das hier war vielleicht die Chance, den Krieg zu beenden.

Und dennoch passierte im Moment *nichts*.

Ich wollte Aufregung empfinden, Begeisterung. Alles, was ich zustande brachte, war Enttäuschung. Erdrückende, entnervende Enttäuschung.

»Sie reagiert nicht«, sagte die Leutnantin an der Funkanlage. »Wir haben eine Breitband-Botschaft rausgeschickt, erhalten aber keine Antwort.«

»Dann versuchen Sie es noch mal«, befahl ich.

Die Nachrichtenoffizierin blickte an mir vorbei und sah Loeb an. Sie wartete auf seine Erlaubnis. Jede Übertragung barg das Risiko, dass die Krell sie abfingen – selbst auf so kurze Entfernung. Loeb nickte knapp, und die Offizierin öffnete den Kanal erneut.

»UAS *Endeavour*«, sagte sie. »hier spricht die UAS *Colossus*. Bitte antworten. Wir sind im Rahmen eines Rettungseinsatzes gekommen, um Ihnen Hilfe zu leisten. Bitte um sofortige Bestätigung dieser Nachricht.«

Mir hämmerte das Herz in der Brust, aber die Sekunden verstrichen, und wir hörten nichts als warmes statisches Rauschen. Die zeitlose Stimme des Gasriesen, der den Nahraum mit Hintergrundstrahlung sättigte.

»Brücke bereitet Erklärung vor«, sagte ein Offizier.

Die Operationszentrale füllte sich mit Meldungen der verschiedenen Stationen. Lidar und Radar meldeten sinkende Werte, vom Scanner ging ein regelmäßiges Signal aus. Je länger die Sensorik der *Colossus* arbeitete, desto mehr füllte sich das taktische Display mit Detailangaben.

Die *Colossus* glich ihren Orbit dem der *Endeavour* an. Die Umlaufbahn um den Gasriesen war so weit gefasst, dass sich beide Schiffe kaum zu bewegen schienen. In der OPZ – und wahrscheinlich auch im Rest des Schiffs – hielten alle den Atem an. Eine falsche Bewegung, eine Fehlzündung der Steuerdüsen, und wir würden mit der *Endeavour* kollidieren. Dann hätte sich die Mission sofort erledigt.

Durch die Sichtscheibe wirkte die *Endeavour* schon unangenehm groß. Außer bei Gefechten kamen sich Schiffe selten so nah – in der Leere bestand dafür keine Veranlassung. Auf meiner Oberlippe bildete sich eine Schweißperle, die ich schnell ableckte.

»Entfernung?«, dröhnte Loeb.

»Zwei Kilometer, Sir.«

»Noch näher ran. Minimalgeschwindigkeit.«

Das Taktik-Holo füllte sich mit den neuesten Grafiken. Jedes Detail am Rumpf der *Endeavour* war jetzt messerscharf zu sehen: die vielen Luftschleusen, die geschlossenen Hangar-Tore. Sie war wirklich ein Koloss, nur leider offenbar ein toter.

»Habe ich doch gesagt«, flüsterte irgendwer. »Geisterschiff. Böses Omen.«

Ich drehte mich um und versuchte herauszufinden, wer das gesagt hatte, blickte aber nur in ausdruckslose Gesichter. Niemand schien die Verantwortung für diesen Kommentar übernehmen zu wollen.

Ich tigerte vor dem Taktik-Display hin und her. Anders als die Pläne, mit denen wir bisher gearbeitet hatten, war es jetzt endlich eine richtige Abbildung, sorgsam von den Sensoren und Raumkameras der *Colossus* zusammengesetzt. Dahinter sah man das echte Schiff. So frustrierend nah, dass ich fast die Hand danach ausstrecken wollte.

»Keine Antwort, keine sonstigen Energieemissionen«, sagte Loeb. »Ob wir das jetzt erwartet haben oder nicht, jedenfalls haben wir ein totes Schiff vor uns. Weder Triebwerke noch Energiekern sind in letzter Zeit benutzt worden.«

»Aber da unten sind Lichter an«, sagte ich. *Recht so, Harris: Klammere dich an alles, was du an Hoffnung finden kannst …* An mehreren Stellen ragten große, spitze Glaskegel aus dem Schiffsrumpf, die als Aussichtskuppeln und Nachrichtenstationen gedient hatten. Ein paar von ihnen waren noch immer erleuchtet, das schwache Glimmen ließ sie wie kleine Kathedralen wirken. »Ein paar der Stationen sind also offenbar noch in Betrieb. Haben wir schon einen Bio-Scan durchgeführt?«

»Langstrecke, ja«, sagte Loeb, »aber seit den Umbaumaßnahmen ist das Gerät nicht mehr verlässlich. Diese miesen Klempner von Proxima.« Er schüttelte betroffen den Kopf. »Die Sensorik meines Schiffs ist nicht mehr das, was sie mal war. Außerdem kommen noch die magnetischen Interferenzen des Gasriesen dazu. Die Ergebnisse sind also alles andere als verlässlich. Hätten wir ein anständiges Kontingent an Wissenschaftlern dabei, könnten wir das eventuell ausgleichen, aber so ist das Schiff leider kaum abzutasten.«

»Vielleicht haben sie es deshalb geschafft, so lange unentdeckt zu bleiben«, sagte Mason.

»Möglich«, sagte Loeb.

Hatte die *Endeavour* diesen Ort also absichtlich gewählt? Ihre Positionierung war nahezu perfekt; selbst für Allianzgerät so gut wie unsichtbar, von Krell und Direktorat ganz zu schweigen. Es schien kein Zufall zu sein.

»Dann gibt's nur eine Möglichkeit, Antworten zu bekommen«, sagte ich. »Wir müssen da rüber.« Ich konnte nur noch daran denken, dass Elena vielleicht wirklich da drüben war. »Sobald wir an Bord sind, führen wir lokale Suchläufe durch und besorgen uns handfeste Ergebnisse.«

»Ah, Fronteinsatz«, sagte Jenkins. »Dafür lebt die Legion.«

»Leichter gesagt als getan«, meldete sich James plötzlich zu Wort. »Ich will hier keinem die Tour vermasseln, aber wir können das Schiff erst betreten, wenn wir es geschafft haben, die KI zu kontaktieren.«

Er stellte sich neben mich und zeigte auf das Holo. Im Heckbereich der *Endeavour* lagen mehrere große Hangars – mehr als genug Platz, um viele Fähren oder kleinere Schiffe aufzunehmen. Sie waren allesamt versiegelt.

»Sie könnte durchaus noch Atmosphäre haben«, sagte James. »Also würde ich einen Angriff nur riskieren, wenn sicher ist, dass wir dadurch keinen Schaden anrichten. Falls wir mit einer Dragonfly rüberfliegen, ohne genau zu wissen, wie es mit der Atmosphäre aussieht und ob die KI noch richtig funktioniert, können wir nicht ausschließen, ein katastrophales Leck zu verursachen.«

»Was schlägst du vor?«, fragte ich.

»Wir könnten noch ein bisschen näher ran. Die Andockröhre ausfahren. Riskant, aber machbar.«

Bevor irgendjemand auf die Idee eingehen konnte, zeigte Loeb aufgebracht aus dem Fenster. »He, immer langsam! Die *Endeavour* hat einen Goliath-Energiekern. Sie ist für Langzeitmissionen gebaut worden.« Loeb bezog sich auf den Antimaterie-Kern, das Allerheiligste, von dem aus das gesamte Schiff mit Energie versorgt wurde. »Die *Colossus* hat dieselbe Technik im Herzen. Wir haben beide Feuer unterm Hintern. Wenn wir so nah parken, liegt sie innerhalb unserer Nullschilde. Sollte ihr Kern hochgehen, hängen wir direkt im Explosionsradius.«

»Dann werden wir versuchen, sie nicht in die Luft zu jagen«, sagte ich mit Nachdruck. »Aber wir müssen an Bord. Ich kümmere mich um die Andockröhre.«

Ich nahm den Posten eines Taktik-Offiziers unten im Graben der OPZ ein. Der Kunststoffsessel war noch warm, ebenso die Datenkabel. Ich führte sie langsam und präzise in meine Buchsen ein. Mit jeder neuen Verknüpfung wuchs mein Bund mit der *Colossus*. Bald war ich im Innern des Maschinen-Gehirns – ein Teil der enormen KI, die das Schlachtschiff lenkte.

BENUTZER ERKANNT, teilte mir der Zentralrechner mit. Meine Identifikationsnummer rollte durchs Sichtfeld und erinnerte mich an die Grenzen meiner Befugnisse. Die Windungen der KI waren voller Gerümpel. Fragmente vorheriger Betriebssysteme, Reste alter Upgrades. Das Gefühl, eine direkte Verbindung mit etwas so Mächtigem einzugehen, war beängstigend. Die *Colossus* sehnte sich danach, etwas zu unternehmen, und ich war fast froh darüber, dass ich keinen Zugang zu ihren Waffensystemen hatte. *Es wäre nur allzu einfach, hier drin verloren zu gehen,* dachte ich.

»Wir befinden uns in optimaler Position zum Ausbringen der Röhre«, verkündete Loeb.

Grüne Lichter liefen über mein Terminal.

»Dann wollen wir mal«, sagte ich. »Sonde ist raus.«

Die *Colossus* schoss die Arbeitsdrohne aus der Backbord-Flanke ab. Ich sah alles durch die Augen der Drohne. Das Tor glitt zur Seite und gab den kleinen Hangar dem Vakuum preis. Für die Dauer des Manövers war der Bereich von Personal geräumt worden. Die Drohne war eine Spezialanfertigung für genau dieses Unterfangen, die Maschine wesentlich größer als ein Sim und mit einem Antigrav-Antrieb für Kurzstrecken ausgestattet. Als sie hinaus ins All trieb, spürte ich den Kuss des Weltraums auf ihrer Metallhaut.

Ich bediente die Drohne durch eine Mischung aus

manuellen und gedanklichen Eingaben. Fast ein wenig zögerlich nahm sie Kurs auf die *Endeavour*. Sie war das einzige Ziel im Nahraum. Hinter der Maschine entfaltete sich wie eine Ziehharmonika ein langer Kunststoff-Tunnel. Nach erfolgreichem Andocken würde er sich versteifen und eine sichere Brücke zwischen den beiden Schiffen bilden.

»Sechshundert Meter bis zum Ziel«, sagte Loeb. »Ruhig halten.«

Schwerfällig schwebte die Drohne durch die Leere. Die Maschine hatte kein eigenes Bewusstsein, nur einen Splitter des Betriebssystems der *Colossus*, ausgeliehen zur Erfüllung dieser konkreten Aufgabe. Mehr als einmal musste ich sie unterwegs sanft auf den richtigen Kurs zurückstoßen.

»Dreihundert Meter«, teilte Loeb mit. »Ich kann die zentrale Luftschleuse an Steuerbord schon sehen.«

»Hab sie«, flüsterte ich.

Die Andockröhre wurde zu einem festen Gebilde – noch war sie mit Vakuum gefüllt, aber die Rippen bildeten der Länge nach eine erkennbare Struktur. Der Tunnel legte sich vor die Schleuse.

»Perfekter Kontakt«, sagte ein Offizier. »Gute Arbeit.«

Endlich hatte die Drohne die Hülle der *Endeavour* erreicht und fuhr ihre Greifer aus. Es war eine Standardschleuse – im Nu hatte die Drohne das Bedienfeld kurzgeschlossen und das Sicherheitssystem überwunden. Die Torflügel glitten zur Seite, und mein Sichtfeld füllte sich mit Code.

»Andockröhre hält«, sagte ein Offizier. »Auf der anderen Seite ist Atmosphäre; Sauerstoff-Sättigung immer noch akzeptabel. Übermittle Ergebnisse der Lebenserhaltung an die Nachrichtenzentrale.«

»Daten empfangen«, sagte der Nachrichtenoffizier. »Einsatz kann beginnen.«

Die Drohne schaltete den kräftigen Scheinwerfer ein, der in ihren Kugelkörper eingelassen war, und schwenkte ihn zu den Seiten, um das Innere der Schleusenkammer auszuleuchten. Sie sah aus wie auf jedem anderen Schiff, dunkel und – den Messwerten nach zu urteilen – kalt. Während die Maschine in die Kammer flog, wirbelten Partikel durch ihren Lichtkegel. Der Staub mehrerer Jahre schwebte durch die Luft.

»Gravitation funktioniert noch«, sagte ich.

Die Drohne löste sich von der Röhre und begann, die Nabelschnur mit der Außenwand der Schleuse zu verbinden.

»Andockmanöver erfolgreich beendet«, sagte Loeb. »Drohne kann dann gleich das Innere …«

»Nein«, sagte ich. »Das muss ich selbst übernehmen.«

Loeb sah mich finster an, nickte aber. »Wenn du dir da sicher bist.«

Ich musste einfach als Erster an Bord gehen. Nicht irgendeine Maschine, sondern mein eigen Fleisch und Blut, selbst wenn es nur simuliert war. Ich schickte die Drohne durch die Röhre auf Heimatkurs und übergab ihre direkte Kontrolle wieder an die KI. Ich hatte das seltsame Gefühl, die Maschine sei darauf erpicht, so schnell wie möglich wieder zurück auf der *Colossus* zu sein.

»Fertig«, sagte ich.

Ich fühlte mich von dem kurzen Aufenthalt an Bord der *Endeavour* allerdings nicht bestärkt, sondern vielmehr irritiert. Langsam zog ich die Datenkabel aus meinen Buchsen, stand auf und lockerte die Glieder. Obwohl der ganze Vorgang nur wenige Minuten gedauert hatte, war es mir vorgekommen wie Stunden.

»Was sagt die Sensorik, jetzt, wo die Röhre verankert ist?«, fragte Mason.

Loeb rümpfte die Nase und befragte seine Konsole. »Die Drohne ist zumindest dazu gekommen, den Bereich hinter der inneren Schleuse kurz zu untersuchen – immerhin ein paar Decks. Keine Lebenszeichen.« Er zuckte mit den Schultern. »Tut mir leid, Lazarus.«

Ich stand stumm da und starrte das Holo-Display an: das Bild der beiden Schiffe, *Colossus* und *Endeavour* vereint, Backbord an Steuerbord. Sie lagen so dicht beisammen, dass unsere Nullschilde nutzlos waren – auf die Entfernung neutralisierten sie sich gegenseitig. Elena schien es den Leuten, die sie hier draußen aufstöbern wollten, nicht unbedingt einfach zu machen.

»Bereitmachen zum Übergang, Legion. Wir gehen rein.«

»Was soll ich so lange tun, Oberst?«, fragte James.

»Du kommst mit, Fliegerass.«

Der Übergang in den Simulaten änderte sofort mein ganzes Weltbild.

Raus aus der alten müden Haut – abgestreift wie

eine beschädigte Rüstung –, rein in den neuen frischen Sim. Ich war wie berauscht davon, Teil von etwas Größerem zu sein, während all meine Sinne übermenschlich scharf wurden. Dieses wunderbare Gefühl absoluter Wahrnehmung, dass ich nur als Sim kannte.

Unsere neuen Häute waren bereits in die Luftschleuse der *Colossus* gebracht worden.

»Diese Rüstung ist wirklich ein Teufelszeug«, sagte Jenkins. Hinter ihrer polarisierten Sichtscheibe konnte ich ein breites Grinsen ausmachen. Sie schlug Kaminski gegen den Arm. »Einsatzbereit, Soldat?«

»Bereit geboren, Leutnant«, sagte er und zwinkerte ihr zu. Die Sorgenfalten, die sein Gesicht seit unserer Rettung nicht verlassen hatten, waren auf seinem neuen Gesicht nicht mehr zu entdecken. Die Genprobe stammte noch aus Zeiten vor dem Damaskus-Einsatz. »Ich brauche nur irgendwas, das ich umnieten darf.«

Die fünf Soldaten in schwerer Panzerung füllten die Luftschleuse fast komplett aus. Wir standen Schulter an Schulter – eine ganz neue Spezies, nicht länger verwandt mit dem Trupp von Marineinfanteristen, die jenseits der inneren Tür stationiert waren. Selbst als Sims hatten wir in den neuen Panzerungen unsere Masse noch einmal verdoppelt.

»Diese Rüstung … ist wirklich fantastisch«, sagte Mason.

Sie machte eine enorme Hand auf und zu. In ihrem eigenen Körper war sie klein und schlank, mit Sim und Ares-Rüstung größer und breiter als jedes Exemplar der menschlichen Rasse.

»Kriegt man da nicht 'n bisschen Komplexe, James?«, fragte Jenkins.

Der Pilot trug einen normalen Schutzanzug mit Helm. »Ich habe Frauen ohne Knarren sowieso lieber, falls euch das nichts ausmacht.« Er klopfte auf die Plasmapistole an seinem Gürtel. »Ihr seid größer, aber ich bin schneller.«

»Da würde ich's nicht drauf anlegen«, sagte Jenkins.

Mein Visier füllte sich mit neuen Informationen. WAFFENSYSTEME AKTIVIERT, teilte mir die KI des Anzugs mit. Ich nahm mein Plasmagewehr in die Hand und kontrollierte zum fünften Mal die Energiezelle. Der Unterlauf-Granatwerfer war mit Hochexplosivmunition bestückt, sämtliche verfügbaren Alternativen hatte ich im Brustgeschirr verteilt: Brandgranaten, Phosphor, EMP. Die diamantförmige Spitze der Harpune am rechten Arm lugte aus der Arretierung heraus; ich konnte mir allerdings bisher nicht vorstellen, unter welchen Umständen ich sie benutzen sollte.

»Wir sind Massenvernichtungswaffen auf zwei Beinen«, sagte Jenkins begeistert.

»Nicht überheblich werden, Leute«, sagte ich. »Wir haben keine Ahnung, was da drüben los ist.« Ich tippte gegen den Flammenwerfer am linken Handschuh. »Die Atmosphäre ist atembar, und hoffentlich finden wir Überlebende.«

Ich konnte es wirklich nur hoffen. Wir standen an unserem Ende der Nabelschnur und betrachteten die Leere vor der *Endeavour*. Sie lag still und unbeweglich da. Das Licht der Sterne blinkte auf ihrer Hülle. Laut Entfernungsmesser meines Displays betrug die Entfernung fast einen Kilometer. Die Legion hatte ihre Magnetsohlen aktiviert und sich um mich geschart.

»Anzüge versiegelt?«, fragte ich.

»Jawohl«, sagte Jenkins. »Geladen und entsichert.«

Die Raketenwerfer auf meinen Schultern verfolgten unablässig jede Bewegung meiner Leute. Der Anzug hatte unglaublich starke Servomotoren, sodass ich von dem Gewicht der zwei schweren Türme auf den Schultern kaum etwas merkte.

»Die Panzer mögen neu sein, trotzdem habt ihr hier das Sagen. Lasst euch nicht von der KI dazwischenfunken. Oberste Priorität ist die Bergung aller Überlebenden. Da kommst du ins Spiel, James. Kann gut sein, dass wir auf dem Rückweg einen Transporter benötigen.« Die *Endeavour* hatte mehrere Fähren an Bord gehabt, von denen wir möglicherweise eine benutzen konnten. Da die Hangars der *Colossus* momentan so gut wie leer waren, konnten wir sowieso zusätzliche Schiffe gebrauchen. Ich wandte mich der Nabelschnur zu. »*Colossus* OPZ, bitte kommen.«

»Hier OPZ, Lazarus-Führer«, sagte jemand; einer der Offiziere, aber nicht Loeb. »Grünes Licht für Außeneinsatz.«

»Lazarus-Führer Ende.«

Durch das Fenster der inneren Schleusentür war ein Gesicht zu sehen: der Sergeant der Marineinfanteristen. Auch ihre Kampfanzüge waren weltraumtauglich, konnten mit unseren aber natürlich kaum mithalten. Die zehn Soldaten standen wachsam da, die Hände an ihren Karabinern, die Gesichter hinter Atemmasken verborgen. Der Sergeant nickte mir zu.

»Wir bleiben wie angewiesen an Bord, Sir«, sagte er über Funk. Auf meinem Visier tauchten Angaben zu seinem Biorhythmus auf. Der Mann war beinahe panisch.

»Tun Sie das.«

Die Männer wirkten alle unruhig. Wahrscheinlich waren sie noch nie einer Gruppe von Simulaten so nahe gekommen, und mir fiel auf, dass sich Jenkins und Mason besondere Mühe gaben, sich so groß und breit wie möglich hinzustellen. Sie genossen die Aura der Bedrohung, die von den bewaffneten, gepanzerten Sims ausging, auch wenn wir einfach nur herumstanden.

Ich sah den Sergeant an. »Es gibt keinen Grund zur Angst, solange ich nichts Gegenteiliges sage. Vergessen Sie das nicht. Im Moment ist das hier nicht mehr als ein Bergungseinsatz.« Ich drehte mich zu meinen Leuten um. »Alle startklar?«

»Jetzt oder nie«, sagte Jenkins.

Ich drückte auf den Knopf neben der äußeren Tür. Der kleine Bildschirm der Schalttafel leuchtete grün auf, dann rollten die Türflügel langsam beiseite. Ein kurzes Zischen signalisierte den Druckausgleich zwischen Schleusenkammer und Andockröhre. Ich trat aus der *Colossus* und begann mit dem langsamen Gang durch die Nabelschnur. Schon nach wenigen Schritten hatte ich das Schwerkraftfeld des Schlachtschiffs hinter mir gelassen. Der Boden der Röhre war von Metallstreifen durchzogen, um den Magnetsohlen Halt zu geben und aufrechtes Gehen zu ermöglichen. Anstatt mich darauf zu verlassen, stieß ich mich ab und hangelte mich mit beiden Händen an den Metallrippen entlang. Die Wände gaben bei jeder Berührung ein wenig nach – die ganze Röhre war ein Einweg-Produkt aus transparentem Kunststoff und würde im Falle eines Lecks in sich zusammenfallen.

Hinter mir verlegte sich auch der Rest der Legion aufs Schweben. Mit Hilfe der Schwerelosigkeit hatten wir die tausend Meter schnell überwunden.

»Nähern uns der Schleuse der *Endeavour*«, sagte ich. »Die Legion geht an Bord.«

»Verstanden, Sir«, meldete die OPZ.

Als ich die Hülle der *Endeavour* berührte, zitterten meine Hände vor Aufregung – trotz des Sim, trotz der schweren Panzerhandschuhe. Ich spürte das kalte Metall durch die Handfläche des Anzugs. Ich wollte eine Art spirituellen Erweckungsmoment erfahren, einen Schimmer der Nähe zu Elena, wo ich doch endlich ihr Schiff erreicht hatte. Außer Furcht brachte ich keine tiefere Emotion zustande.

Behutsam schwebte ich über die Grenze in die Schleusenkammer der *Endeavour*. Der Rest der Legion folgte.

Ich blieb kurz stehen und sah mich nach der *Colossus* um. Sie schien ungeheuer weit weg zu sein. Die Soldaten hatten sich in der offenen Schleuse postiert und waren eben noch als kleine schwarze Pünktchen auszumachen. Mein Anzug hatte keine Schwierigkeiten, auch auf diese Entfernung ihre Bewaffnung nach Grundmodell und Ausführung zu identifizieren. Ich hätte sie alle mit einem Gedanken töten können; die Raketenwerfer auf den Schultern drängten mich fast dazu, sie zu benutzen. Ich wechselte auf ihre Frequenz.

»Denken Sie an meine Worte, Sergeant.«

»Jawohl, Sir«, sagte er.

»Wollen wir hoffen, dass Sie nichts zu tun kriegen. Lazarus Ende.«

16

ZU SPÄT

»Alle an Bord«, sagte Jenkins. »Soll ich dann?«

»Nur zu«, sagte ich.

Jenkins ging zum Kontrollpaneel an der Innenseite der Kammer. Sie winkte den wartenden Soldaten auf der anderen Seite zu, obwohl ich stark bezweifelte, dass sie davon auf die Entfernung ohne Sichtverstärkung etwas mitbekamen.

»Bis später, Jungs.«

Die äußere Schleuse der *Endeavour* schloss sich.

»So weit, so gut«, sagte Mason.

Bis jetzt lief alles wie geplant; keine besonderen Vorkommnisse.

»Mach die innere Tür auf«, befahl ich. »Martinez, Scanner-Suchlauf.«

Jenkins betätigte das Bedienfeld. Die Kammer füllte sich mit Luft und glich sich schnell an die Druckverhältnisse draußen auf dem Gang an – das eigentliche Innere der *Endeavour*. Kleine Schauer der Vorahnung jagten über meinen Rücken.

»Auffächern und Korridor sichern«, befahl ich. »Kaminski: Rückendeckung.«

»Verstanden«, sagte er.

Ich übernahm die Spitze und wagte mich langsam

auf den Gang vor. Wie fahle Finger durchsuchten meine Helmscheinwerfer die Dunkelheit. Die Grafiken auf meinem Visier bestätigten, dass sich Kaminski und Martinez hinter mir bewegten und Jenkins und Mason noch immer bei der Tür warteten. Auch James blieb noch in der Kammer.

»Gang gesichert«, sagte ich.

Wir standen auf einem langen geraden Gang, wesentlich breiter als die Korridore auf der *Colossus* und eindeutig weniger zweckmäßig konstruiert als an Bord militärischer Schiffe – die Wände waren sogar mit hellen Keramikplatten verkleidet. Ich sah weder Fußabdrücke noch andere Hinweise auf den Verbleib der Besatzung. Bis auf die dicke Staubschicht war der Boden absolut sauber. Die Kälte und das Alter des Schiffs wirkten geradezu erdrückend. Auf meinem Display tauchten Risszeichnungen und Pläne der umliegenden Decks auf, wichtige Orte wie die Brücke, Wohnbereiche und der Energiekern waren hervorgehoben.

»Der Bio-Scanner gibt keinen Mucks von sich«, sagte Martinez. »Keine Bewegung, keine Signale.«

»Wie weit kommst du durch?«

»Dieses Deck. Für mehr sind die Wände hier drin zu dick.«

Obwohl ich mir Mühe gab, es abzuschütteln, beschlich mich wieder das Gefühl, dass hier etwas nicht stimmte. *Das ist eine Falle,* sagte mein Unterbewusstsein beharrlich. *Und du hast die Legion mitten reingeführt.*

»Eine Falle, die noch nicht zugeschnappt ist …«, flüsterte ich.

»Nicht verstanden?«, sagte Kaminski.

»Nichts.«

Ich zückte das Gewehr und ging ein paar Schritte weiter. Dann aktivierte ich meine Lautsprecher.

»Hallo?«, rief ich.

Das Echo pflanzte sich den leeren Gang entlang fort. Ein paar angespannte Sekunden verstrichen, aber der Ruf blieb unbeantwortet.

»Sicher, dass das so 'ne gute Idee ist?«, fragte Kaminski über Funk. »Wer weiß, was hier lauert …«

»Jetzt hör auf, Mason Angst einzujagen«, sagte Jenkins, klang dabei aber nicht besonders heiter.

Ich griff nach den Bolzen des Helms und löste sie. Meine Ohren knackten, obwohl der Druckunterschied nicht allzu groß war. Der Rest der Legion folgte meinem Beispiel, froh darüber, die klobigen Helme loszuwerden. Eine scharfe Note von Desinfektionsmittel – von vorbildlich gewarteter Lebenserhaltung – stieg mir in die Nase.

»Nicht wirklich, was wir erwartet haben, wie?«, sagte Jenkins.

»Es ist noch nicht vorbei«, sagte ich. »Nicht, solange wir das Schiff nicht vollständig abgesucht haben. Elena war auf dem Damaskus-Artefakt. Im Netzwerk der Tönernen habt ihr das Schiff alle gesehen. Irgendwer muss hier sein.«

»Es sei denn, sie sind alle weg«, sagte Mason.

Ich starrte den leeren Gang hinunter. Die *Endeavour* war ein großes Schiff, ein Irrgarten von Tunneln und Spezialmodulen.

»Ich weiß schon, warum ich Drohnen haben wollte«,

sagte ich. »Die neuen Panzer sind doch nicht so toll, wie ihr dachtet …«

»Als wir die Drohnen das erste Mal benutzt haben, hast du genau das Gleiche gesagt«, murmelte Jenkins.

»Wir teilen uns auf und durchsuchen das Schiff. Jeder benutzt seinen Bio-Scanner – und jeder Gang wird kontrolliert.« Ich wies meinen Armrechner an, die Karten und Pläne an alle zu verschicken. »Martinez, du nimmst das Nachrichtendeck. Jenkins und James: Hangars. Kaminski und Mason, ihr knöpft euch das Kommandodeck vor.«

Jenkins widersprach nicht. Stattdessen schlug sie James auf die Schulter, was dank der Panzerung eher eine Drohgebärde als eine aufmunternde Geste war. »Na los, Fliegerass. Vielleicht finden wir da unten ein paar Schiffe.«

»Und du, *Jefe*?«, fragte Martinez.

»Das sollte eigentlich allen klar sein«, sagte ich. »Ich übernehme die Wohnquartiere.«

Mein Bio-Scanner lief passiv auf dem Armrechner mit und schickte regelmäßige Pings an meinen Helm. Nach und nach verschwanden James und die Legion von meinem Schirm, als wir uns von der Schleuse entfernten und alle ihren Befehlen nachgingen.

»*Haupt-Hangardeck erreicht …*«, meldete Jenkins über den Teamkanal. Es klang so, als flüstere sie – als habe sie Angst davor, Tote aufzuwecken.

»*Bin auf dem Nachrichtendeck*«, verkündete Martinez. »*Alles still hier.*«

»*Desgleichen*«, sagte Mason. »*Scanner ist leer.*«

Ich schaltete den Teamkanal wieder aus. Sollte jemand doch etwas finden, konnten sie mich jederzeit direkt kontaktieren. Aber sie meldeten nichts, was ich nicht selber sehen konnte. Mit jedem Modul, jedem Hangar und jedem Quartier, das wir durchsuchten, stieg meine Enttäuschung. War es doch nur die nächste Sackgasse auf der Suche nach Elena? Ich musste unbedingt etwas finden: irgendeinen Hinweis, eine Erklärung, wenigstens einen kleinen Beweis dafür, was mit ihr geschehen war.

Obwohl die Lebenserhaltungssysteme liefen, war das Transportnetz außer Betrieb, also musste ich statt der Aufzüge mit den Leiterschächten Vorlieb nehmen, um auf die oberen Decks zu gelangen. In vielen Gängen war ein leises Säuseln zu hören. Die Luftschächte klangen, als herrsche dort ein schwacher Wind – das Schiff begleitete meine Suche mit kaum merklichem Seufzen.

Schließlich erreichte ich die Wohnbereiche. Auf diesem Deck gab es Hunderte von Quartieren, denn das Schiff hatte insgesamt circa fünfhundert Leute beherbergt. Viele Unterkünfte waren für mehrere Personen bestimmt gewesen – hauptsächlich Militärpersonal. Nur die Zivilisten hatten alle eigene Kojen gehabt.

Die nackten leeren Gänge waren voller Türen, und neben jeder von ihnen hing eine Metallplakette mit dem jeweiligen Namen. Vor einigen blieb ich stehen und fuhr mit der Hand über die Namen, fühlte die geprägten Buchstaben durch die zweite Haut meiner gepanzerten Fingerspitzen. So ein reizender Anachronismus. Ich versuchte, jeden Namen einem der Gesichter zuzuordnen, die ich vor so vielen Jahren auf Calico gesehen hatte. Sicher hatten die wenigsten von ihnen damit gerechnet, dass ihr optimistischer Aufbruch ein solches Ende nehmen würde. Jeder Name erfüllte mich mit Trauer.

Da auch die hydraulischen Türschlösser nicht funktionierten, musste ich jeden Eingang manuell öffnen. Die Türen gaben mit nervenaufreibendem Krächzen nach, und der Lärm hallte durchs ganze Schiff – trotzdem tat es gut, die mächtigen Servo-Muskeln des Anzugs spielen zu lassen.

Beim Betreten der ersten Kabine schaltete ich die Lautsprecher wieder ein. »Hallo? Kommandant Cook?«

Sein Quartier war vornehm eingerichtet, wie es sich für den ranghöchsten Flottenoffizier gehörte, und sicherlich das größte an Bord. Er hatte ein breites Bett, an den Wänden häuften sich Ehrungen aus vielen Jahren bei der Flotte und Andenken an seine Zeit bei der Handelsmarine. Auf den ultramodernen Möbeln standen Fotos von kleineren Ausführungen seiner selbst – offenbar seine Kinder. Als ich mit der Hand über eine der Kommoden fuhr, erwachten ein paar der 3D-Bilder sogar zum Leben. Neben seinem Bett stand eine halbvolle Karaffe mit irgendeiner grünen Flüssigkeit, die nach Alkohol roch.

Staub. Überall nur Staub. Die Quartiere sahen aus und fühlten sich an, als wären sie schon seit Jahrhunderten verlassen, nicht erst seit wenigen Jahren.

»Begebe mich zu den Unterkünften der Hilfskräfte«, teilte ich meinem Anzug mit.

Ich hatte die Pläne analysiert und wusste natürlich ganz genau, wo sich der Raum befand. Schon vor Betreten des Schiffs hatte ich mir die Route zurechtgelegt. Je näher ich meinem Ziel kam, desto mehr spürte ich nagende Angst – ein ungewohntes Gefühl in einem Sim. Nie war ich so nah dran gewesen, sie zu finden, und ich stellte mir vor, wie sie durch diese Gänge wanderte, versuchte, ihrem Echo zu folgen. Wie bei allen anderen Quartieren war auch diese Tür geschlossen. Lange Zeit stand ich regungslos davor. Mein BioScanner war still; nur der grüne Schimmer des Holos an meinem Handgelenk spiegelte sich in der Wandtäfelung. Ich starrte die Namensplakette an.

DR. ELENA MARCEAU (PSYCHOLOGISCHE BETREUUNG).

Willst du wirklich wissen, was jenseits dieser Tür liegt?, fragte mich meine Stimme. *Solltest du sie nicht besser wie bisher in Erinnerung behalten, sie so belassen, wie du dich an sie erinnern willst?* Manchmal war das durchaus richtig. An manche Leute erinnerte man sich besser, als dass man sie erlebte. Aber nicht Elena. In all den Jahren, seit sie mich verlassen hatte, war sie meine einzige Motivation gewesen. Ich musste sie finden, musste die Sache endlich zu Ende bringen.

Als ich den Öffnungsmechanismus mit dem Handschuh berührte, überfiel mich der irrwitzige Gedanke, dass ich doch besser anklopfen sollte. Ich schüttelte den Kopf und legte die Hände an das Rad neben der Tür. Genau das bedeutete Elena für mich: Normalität. Sie war mein Anker. Das alles hier – der Mahlstrom, die Tönernen, die Krell – war nicht real. Wie Elena mich vor langer Zeit gewarnt hatte, konnte ich es mir nicht leisten, darin verloren zu gehen, auch wenn ich genau in dieses Loch gefallen war, nachdem ich sie hatte ziehen lassen.

Mit dumpfem Ächzen ging die Tür auf, und ich drückte die Flügel langsam in die Wand.

»Elena?«, flüsterte ich.

Der Raum war leer. Vier mal vier Meter mit einer kleinen Nasszelle und einem Spind für persönliche Gegenstände an einer Wand. In die andere Wand waren mehrere Bullaugen eingelassen. Alle Blenden waren geöffnet, die bunte, wabernde Oberfläche des Gasriesen unter uns leuchtete ins Zimmer. Ich stocherte in der zerwühlten Bettwäsche herum.

»Elena?« Diesmal lauter.

Der Raum duftete noch immer nach ihr. Ein leises Echo ihres Geruchs hing in der Luft, gerade noch wahrnehmbar – wie alle Organe war auch der Geruchssinn des Sim überaus scharf, und wahrscheinlich hätte ich in meinem echten Körper nichts davon bemerkt. Es tat fast körperlich weh.

Verdammt. Das kann doch nicht sein.

Ich krallte mir die Bettdecke, umklammerte sie mit dem Handschuh, zerdrückte sie.

»Elena!«, schrie ich. »Wo bist du?«

Es musste irgendwo ein Zeichen geben. Irgendeine Erklärung.

In einem Atrium auf den oberen Decks trafen James und die Legion wieder zusammen. Der Raum war hell und luftig; zwischen den Panoramafenstern hingen lange Reihen von Leuchtkugeln, hier und da ergänzten Kübel mit großen Genpflanzen das Ensemble. Oder hatten es zumindest getan, bevor sie verdorrt und zu bräunlichen Hüllen zerfallen waren. Der Boden war von einer Schicht toter Blätter und abgebrochener Zweige bedeckt, die bei jedem Schritt leise knirschten. Insgesamt wirkte der Raum wie die verlassene Lounge eines zivilen Raumhafens, noch verstärkt durch die Formschalensitze und Tische aus Kunststoff, die in Grüppchen um die toten Riesenpflanzen arrangiert standen.

Mason warf ihr Gewehr krachend auf den nächsten Tisch und ließ sich in einen der Sitze fallen. Dem Ächzen nach zu urteilen schaffte er es nur mit Mühe, ihrem Gewicht standzuhalten. Jenkins hatte weniger Lust, ihre Waffe aus der Hand zu geben, ließ sich aber ebenfalls am Tisch nieder.

»Was ist los, Lt.?«, fragte Mason. »Hast du Angst, dass wir hier doch noch was zu tun kriegen?«

Jenkins seufzte. »Ich kriege mehr als genug zu tun, danke. Und nenn mich nicht Lt.«

Mason nickte. »Schon gut.«

Martinez schnalzte mit der Zunge. »Um das Schiff selbst müssen wir uns keine Sorgen machen. Aber über die Toten. Wir sind auf 'nem Geisterschiff.«

»Vielleicht sollten wir die Wissenschaftler rüberholen«, schlug Mason vor. »Sie einmal alles untersuchen lassen.«

»Welche Wissenschaftler?«, sagte Kaminski. Er schlich um die Halle herum und sah immer wieder an die Decke. Sie bestand vollständig aus Panzerglas, wurde lediglich von einem feinen Netz metallischer Streben gehalten. »Wer baut denn bitte ein Raumschiff mit Glasdach? Das ist doch bescheuert. Wollten die unbedingt Leck schlagen?«

»Ist ja offenbar nichts passiert, du Genie«, sagte Martinez. »Die *Endeavour* treibt hier seit Jahren herum, und der Hülle geht's gut. Die Zeit im Lager hat deinen grauen Zellen wohl nicht so gutgetan. Mason hat recht: Wir brauchen Forensik und all so'n Kack. Das ist keine Arbeit für ein Sim-Team.«

Als Martinez so beiläufig das »Lager« erwähnte, zuckte Jenkins kaum merklich zusammen, aber 'Ski steckte die Stichelei problemlos weg.

»Du klingst ganz so, als hättest du die Hosen voll, Martinez«, sagte er und grinste.

Dessen Miene verdüsterte sich. »Fick dich. Sehr viel schlechtes Karma hier.«

»Ich wusste gar nicht, dass Katholiken an Karma glauben«, sagte Jenkins.

»Es gibt mit Sicherheit vieles, was du über die Venus-Konfession nicht weißt«, sagte Martinez. »Ich habe momentan auch nicht die Zeit, dir alles zu erklären.«

»Jetzt ist Schluss mit dem Small Talk«, befahl ich. »Hier stimmt was nicht, und das gefällt mir ganz und gar nicht.«

»Die Kommandodecks sind vollkommen leer«, sagte Mason.

»Leichen irgendwo?«

»Keine einzige. Und die Brücke ist unbeschädigt.«

»Was ist mit dir, Jenkins? Habt ihr irgendwas gefunden?«

»Wir haben die Haupthangars gründlich abgesucht«, sagte sie. »Da sind Liegeplätze für etwa zwanzig Fähren oder andere Kurzstrecken-Schiffe. Aber sie sind alle leer. Was auch immer hier passiert ist – irgendwer hat sämtliche Schiffe mitgenommen.«

»Laut der Bestandslisten hatte die *Endeavour* nichts an Bord, was größer als eine normale Fähre war«, sagte James. »Ich sage dir eins: Die Listen stimmen nicht. In den Hangars ist wesentlich mehr Platz; genug für eine kleine Flotte.«

Jenkins nickte. »Ich habe alles auf Kamera. Auf dem Deck finden sich einige Schleifspuren, die Magnetschienen sind voller Brandflecken von den Düsen.«

»Die ebenfalls so aussehen, als ob sie von etwas wesentlich Größerem als einer Fähre stammen«, warf James ein.

»Vielleicht hat eine Art Exodus stattgefunden«, schlug Martinez vor. »Die Besatzung hat sich verkrümelt, nachdem sie beschlossen haben, dass es hier nicht mehr sicher ist.«

Jenkins zuckte mit den Schultern. »Schon möglich. Da fehlt auch 'ne Menge an Ausrüstung – Raumanzüge, Atemmasken. Regelrecht ausgeräubert.«

»Und die Rettungskapseln sind gezündet worden«, sagte James. »Jede einzelne.«

Jenseits der Fenster war parallel zu uns die *Colossus* zu sehen. Die Lauflichter an ihrer Flanke blinkten schwach, am Bug blitzte ein Signalfeuer, das die ungefähre Lage der OPZ markierte. Die beiden Schiffe waren noch immer durch die Nabelschnur verbunden, die sich wie eine Bogensehne zwischen ihnen spannte. Das schwache Glimmen des Abgrunds verlieh der *Colossus* eine unheimliche Korona.

»Vielleicht hat Loeb ja 'ne Idee«, sagte ich, wechselte mit dem Armrechner auf die Kommando-Frequenz der *Colossus* und öffnete den Kanal zum Rest der Legion. »Zentrale, hier Lazarus-Führer.«

»Wir hören, Lazarus.« Trotz der Stürme auf dem Gasriesen klang die Verbindung relativ gut – aber wir waren schließlich auch kaum einen Kilometer entfernt. »Loeb hier.«

»Wir haben den ersten Suchlauf abgeschlossen. Keine Lebenszeichen.«

»Wir haben die Übertragungen der Anzüge überwacht«, sagte Loeb.

»Hat da drüben jemand etwas beizutragen?«, fragte ich.

Loeb seufzte. »Was ist mit dem Datenkern?«

Natürlich: Der würde die virtuelle Blackbox des Schiffs enthalten, inklusive aller Aufzeichnungen der programmierten Routen. Außerdem speicherte der Kern fast jedes Detail zu Entscheidungen der Bord-KI sowie die Beweggründe für alles, was das Schiff unternommen haben mochte, seit die Besatzung von Bord gegangen war.

»Dann ist das unser nächstes Ziel.« Den Datenkern zu bergen würde technisch ziemlich kompliziert werden. Normalerweise war für so etwas ein ausgebildetes Kontingent von Wissenschaftlern oder Flottenoffizieren zuständig. Ich sah Kaminski an. Er war von uns immer noch der, der einem Techniker am nächsten kam. »Wir brauchen mindestens noch ein paar

Stunden. Sind die Jungs in der Andockröhre auf ihrem Posten?«

»Jawohl. Und langweilen sich zu Tode.«

»Verstanden. Die sollen gefälligst wachsam bleiben. Wir melden uns, sobald es was Neues gibt. Lazarus Ende.«

»*Colossus* Ende.«

Ich drehte mich zu meinen Leuten um. Neue Risszeichnungen und Detailpläne tauchten auf meinem Armrechner auf – noch mehr Decks, die durchsucht werden mussten, ehe wir verlässliche Rückschlüsse über die Zustände an Bord ziehen konnten.

»Kaminski und Mason, ihr geht runter zum Datenzentrum«, sagte ich. »Verbindung zur *Colossus* herstellen und den Kern bergen. Jenkins, du übernimmst den Maschinenraum.«

»Soll ich sie wieder begleiten?«, fragte James. »Wenn's hier nichts zu fliegen gibt, habe ich ja eigentlich nichts zu tun …«

»Wenn wir ihn zurückschicken, braucht er eine Eskorte«, sagte Jenkins. »Also kommt er besser trotzdem mit.«

»Von mir aus«, sagte ich. »Martinez und ich kümmern uns um den Wissenschaftsbereich.«

»Hier war ja doch was los«, sagte Martinez, als wir die Labors durchsuchten.

»Du warst schon immer ein Meister der Untertreibung.«

»Das liegt an der Venus«, sagte er. Er gab sich Mühe, schlagfertig zu klingen, sprach aber in abgehacktem

Flüsterton und nahm den Blick nicht vom Gang. Der Lauf seines Plasmagewehrs bewegte sich rastlos hin und her.

Die meisten Labors waren durch Feuergefechte völlig zerstört worden. Da das Schiff brachlag, hatte sich in einigen Räumen der Gestank verbrannten Plastiks gehalten. Diese Räume boten den schaurigsten Anblick: die Wände rußgeschwärzt, sämtliche Möbel umgeworfen. Jedes Labor war über Panzerglas-Fenster mit dem Hauptgang verbunden, von denen so viele Risse und Verzerrungen aufwiesen, dass die Räume dahinter im Vorbeigehen zu wabern schienen. Hier wirkte das Schiff wie eine Ausgeburt der Industriegotik. Sämtliche Leuchtkugeln an der Decke waren zerschlagen, also mussten wir uns auf die Schulterlichter der Anzüge verlassen.

»Der Brandschutz hat nicht funktioniert«, sagte Martinez.

Natürlich war auch dieses Schiff flächendeckend mit einer Halon-Sprühanlage ausgestattet, trotzdem fanden wir nirgendwo Anzeichen dafür, dass sie versucht hatte, die Feuer zu ersticken. Viele Labors waren ausgebrannt; es musste sich um mehr als ein Feuer gehandelt haben. Auf so engem Raum war ein Flächenbrand die beste Tarnung – eine Möglichkeit zu vertuschen, was hier vorgefallen war. *Sie wollten nicht gesehen werden,* sagte die Stimme in meinem Kopf. *Ihr solltet hier verschwinden.* Jeder Schritt, den ich in dem schweren Panzeranzug machte, hallte tausendfach durch die leeren Flure. Sollte uns jemand auflauern, würde man uns schon von Weitem hören.

»Warte mal«, sagte Martinez. »Ist das eine Leiche da?«

Im Kegel seiner Scheinwerfer sahen wir vor uns auf dem Boden einen schwarzen, verschrumpelten Klumpen. Aus der Ferne sah es aus wie ein Bündel trockener Zweige, doch als wir näher kamen, erkannte ich, dass sich Martinez nicht getäuscht hatte. Das Feuer hatte nur einen Haufen verkohlter Glieder und Knochen übriggelassen. Die Haare waren vollständig verbrannt, aber kleine Fetzen eines Schutzanzugs klebten noch an den Schultern, durch die große Hitze mit den Fleischresten verschmolzen.

Martinez bückte sich zur Leiche, wollte sie schon berühren, zog die Hand aber im letzten Moment zurück. Ich wusste auch, warum – der Körper sah so aus, als würde er bei der kleinsten Berührung in sich zusammenfallen.

»Wer das wohl gewesen sein mag«, sagte Martinez. »Ruhe in Frieden, armes Schwein.«

Selbst aus der Nähe war die Leiche unmöglich zu identifizieren. Das Gesicht nur noch eine schwarze Maske, die Zähne wie Pflöcke im ledrigen Kiefer.

»Wir müssen sie mitnehmen«, sagte ich. »Zum Identifizieren.«

Vielleicht war sie es. In plötzlicher Panik suchte ich die Reste der Schutzkleidung nach einem Schild ab – einem Namen, einer Abteilung … Aber sie war zu schwer beschädigt. Die Medizineinheit registrierte den Zustand meiner Psyche und schüttete einen Kampfcocktail in meinen Blutkreislauf aus. Als ich wieder aufstand und einen Schritt zurück tat, als widere mich der Körper regelrecht an, sah ich Martinez vor einer geschlossenen Tür am Ende des Gangs stehen.

»Wer auch immer das war«, sagte er, »die sind hier durchgekommen …« Von der Leiche bis zur Tür zog sich eine schwarze Schleifspur. »Dahinter liegt die Bordklinik.«

»Gehen wir der Spur nach«, sagte ich.

Wir gaben uns gegenseitig Deckung und überquerten die Schwelle zum Medizin-Deck. Ich starrte die Pläne auf meinem Armrechner an. Vor uns lagen vier große Module, alle als Lagerräume gekennzeichnet. Die Spur der Leiche endete vor einem der Schotts.

»Hier unten gibt's noch Saft«, sagte Martinez. »Die Ladebucht ist versiegelt.«

»Überbrücken. Wir müssen da rein.«

Martinez holte eine kleine Hacker-Einheit hervor und verband sie mit dem Paneel neben der Tür.

Ich aktivierte meinen Kommunikator und wechselte den Kanal. »Jenkins, bitte kommen.«

»Ich höre«, antwortete sie. »Sind am Ziel.«

Der Maschinenraum war eine ganze Ecke vom Wissenschafts- und Medizintrakt entfernt.

»Wie sieht's aus?«

Jenkins pfiff leise. »Genauso. Dunkel und leer. Bio-Scanner sagen nichts, aber hier unten stehen jede Menge Maschinen, die unsere Messungen stören. Wir haben die Scanner voll aufgedreht.«

»Habt ihr von Kaminski und Mason schon was gehört?«

»Kaminski hat die Verschlüsselung fast geknackt. Und bei euch?«

»Wir haben im Gang vor den Labors eine Leiche entdeckt. Betreten gleich den Medizintrakt. Sag Bescheid, wenn ihr durch seid.«

»Verstanden. Jenkins Ende.«

»Harris Ende.«

Martinez' Armrechner piepste, und er wuchtete die Tür auf.

Die Kälte jenseits der Tür traf mich wie eine Faust ins Gesicht und raubte mir den Atem. Blaues Licht brach aus dem Raum hervor und zeichnete ein scharfes Rechteck auf den Gang. Ein leichter Nebel kroch uns entgegen. Bis jetzt hatten wir auf der *Endeavour* noch keine aktivierte Technik gefunden. Ein kleiner Funke Optimismus erwachte in mir.

»Nimm die linke Flanke«, sagte ich. »Ich nehme die rechte.«

»*Si, Jefe.*«

Der Raum war so groß wie eine Lagerhalle oder ein Hangar und voller Kapseln mit Glasdeckeln. Sie waren bis unter die Decke gestapelt, immer aufrecht und Rücken an Rücken, sodass man die Insassen inspizieren konnte. Die Reihen verloren sich in der Dunkelheit; es mussten hunderte Kapseln sein. Von der ganzen Anlage ging ein unangenehmes Keuchen aus – es klang, als stehe die Halle kurz davor, ihren letzten Schnaufer zu tun.

»Sieht aus wie ein Lager für Kälteschlaf«, sagte Martinez. »Aber das ist keine normale Hyperschlaf-Kammer …«

»Nichts anfassen«, befahl ich.

»Jawohl«, sagte Martinez. Er klang aber auch nicht

danach, als hätte er das freiwillig vorgehabt. »Pass auf, wo du hintrittst.«

Der wabernde weiße Nebel kroch über den Boden und verbarg dicke Stromkabel und Leitungen. Es war hier bedeutend kälter als im restlichen Schiff; nah am Gefrierpunkt. Die Anwesenheit der aktivierten Kältekapseln ließ meine Haut kribbeln.

»Da sind Körper in den Kapseln«, sagte Martinez. »Aber ich … ich glaube, da ist was schiefgelaufen … das gefällt mir nicht. Ganz und gar nicht.«

Vor einer der Kapseln blieb ich stehen. Der Körper im Inneren war nur schemenhaft zu erkennen, keine Gesichtszüge oder Details auszumachen. Auch fand sich an der Kapsel kein Hinweis oder Namensschild. Obwohl die Kühlung offensichtlich noch funktionierte, sah die Flüssigkeit irgendwie *falsch* aus. Sie war statisch, wirkte eher wie ein Gel, und einige der Kabel, die den Körper eigentlich fixieren und versorgen sollten, schwebten lose herum. Auf dem kleinen Schaltfeld in der Frontscheibe blinkten Warnmeldungen. Ich hob die Hand und wollte die Eisblumen von der Scheibe wischen …

»Scheiße!«

Ich sprang verblüfft zurück, denn plötzlich schwebte eine dunkle Gestalt durch die Flüssigkeit auf mich zu. Sie näherte sich dem Deckel und prallte sanft gegen das Glas.

Eine Leiche. Sie war schwarz und ledrig, sah aus wie eingelegt und hatte die Zähne zu einem Totengrinsen gebleckt. Ihr Zustand war nicht viel besser als der der Leiche auf dem Gang. Langsam bewegte sich der Körper in seinem wässrigen Gefängnis; vielleicht hatten wir ihn durch unsere Anwesenheit aufgeschreckt.

»Alles klar, *Jefe?*«, fragte Martinez. Er war am anderen Ende meiner Reihe aufgetaucht.

»Sicher«, sagte ich genervt. Ich war sauer über meine Reaktion, sauer darüber, wie sehr dieses Schiff meine Nerven blank legte. »Ich habe hier einen Toten.«

»Sie sind alle tot«, sagte Martinez. »Sehen alle gleich aus.«

Also waren wir von Hundertschaften verrottender und verrotteter Leichen umgeben. Auf jeder Kapsel das gleiche rote Lämpchen an der Schalttafel, die gleiche Fehlermeldung wie bei der Kapsel vor mir. Mit der Hand am Glas ging ich eine Reihe entlang – ein Insasse toter als der andere. Manche hatten ihre knochigen Hände gegen den Deckel gepresst. Sie sahen aus wie Klauen. In einigen Kapseln hingen kaum mehr als Skelette, die Haut längst von der Kühlflüssigkeit zersetzt.

Die Besatzung der Endeavour, *auf Eis gelegt. Alle schon lange tot.*

Wir waren zu spät gekommen.

»Tut mir leid, Oberst«, sagte Martinez leise. Sein Atem formte sich zu kleinen weißen Wölkchen. Der Bart seines Sim war voller Raureif, auch die Augenbrauen schimmerten schon leicht. »Sollen wir sie zurück auf die *Colossus* verfrachten? Irgendwelche Tests durchführen oder so?«

»Was soll das jetzt noch bringen?«, herrschte ich ihn an.

Wieder blieb ich vor einer der Kapseln stehen. Aus unerfindlichen Gründen zog sie mich magisch an.

Konnte das am Ende …?

Das Innere des Tanks war genauso brackig wie bei den anderen. Ich war froh darüber. Sollte Elena irgendwo da drinstecken, wollte ich sie nicht so sehen.

»Was auch immer von der Bord-KI noch übrig ist«, sagte Martinez, »war offenbar darauf bedacht, die Kapseln am Laufen zu halten. Irgendwer hat das Schiff so programmiert, dass dieses Deck weiterhin Energie hat. Wahrscheinlich ist irgendwas schiefgegangen …«

Ich legte die Hand an das Glas. Spielte mir mein Hirn wieder einen Streich? Die Maschine schien ganz sanft zu vibrieren, der Deckel summte so schwach, dass es mit normaler Haut nie zu bemerken gewesen wäre. Vielleicht waren die Sinne des Sim einfach nur überreizt …

Nicht vibrieren.

Schlagen.

Ein Herzschlag?

Der Körper im Tank bäumte sich auf und schlug gegen das Glas.

Mein Bio-Scanner meldete sich.

Aus dem Inneren der Kapsel starrte mich Elena Marceau an.

Sie drückte das Gesicht gegen den Deckel. Ihre Wangen waren angeschwollen, als ringe sie verzweifelt nach Atem. Ihr Blick – diese wunderbaren, tiefgründigen Augen – war panisch. Die Stirn legte sich in Falten. Aber auf ihrem Mund saß eine Atemmaske.

»Elena ist hier drin!«

Und sie lebt …!

Sie war nackt, die Kurven ihres Unterleibs verschwanden im Innenleben des Tanks. Ihre Haare umgaben sie wie ein Schwarm wütender Seeschlangen. Sie schlug mit der Faust gegen das Glas. Ich spürte sie durch den Deckel – *konnte sie tatsächlich fühlen!* – und legte meine Hand an ihre. Aus dem Mundstück des Atemgeräts entwichen kleine Blasen, und sie warf sich hin und her. Ich musste sie befreien. *Denk nach!* Sie war panisch und würde an der Kühlflüssigkeit ersticken, falls ich nicht schleunigst etwas unternahm. Ich legte das Gewehr an und zielte auf den Öffner des Deckels …

»He!«, schrie Martinez. »Lass das! Das ist 'ne Scheißidee!«

Bevor ich Zeit hatte, mich einmal mehr zu fragen, ob das alles überhaupt real war – warum von den Hunderten von Leichen um uns herum ausgerechnet Elena überlebt hatte –, gab mir Martinez schon die Antwort. Ehe ich einen Schuss abgeben konnte, schlug er mir hart auf den Arm. Dann rammte er mich zur Seite, außer Reichweite der Schalttafel. Die beiden Panzerungen erzeugten einen erschreckend lauten Knall.

»Was soll das?«, fragte ich. »Sie ertrinkt da drin!«

Elena warf sich noch immer hin und her. Mittlerweile hatte sie sich gründlich in den Kabeln verfangen, die sie eigentlich im Schlaf hätten ernähren sollen. Martinez machte sich an der Schalttafel zu schaffen und murmelte vor sich hin.

»Die Kapsel hatte eine Fehlfunktion«, sagte er, ohne aufzusehen. »Wenn wir sie jetzt sofort rausholen, kann das durchaus tödlich enden.«

»Sie ertrinkt!«, sagte ich verzweifelt.

»Nein, tut sie nicht. Der Fehler – was auch immer es war – hat ihre Kapsel noch nicht erreicht.«

Elenas Zucken legte sich. Sie fing erneut zu schweben an, dann war sie ganz still. Langsam driftete sie wieder von der Scheibe weg und war nur noch undeutlich zu sehen. Sie hatte die Augen geschlossen.

»Siehst du«, sagte Martinez.

Die Schalttafel füllte sich mit neuen Daten. Einige Balken stiegen wieder über die grüne Linie, alles schien zu funktionieren.

»Das ist also passiert?«, fragte ich Martinez. »Die Maschinen hatten einfach eine Fehlfunktion?«

»Schon möglich«, sagte er und starrte den kleinen Bildschirm an. »Was für ein Scheißende, aber sie haben sicher nichts gespürt. Was auch immer das hier sein soll – eine Hyperschlaf-Kammer ist es nicht.«

Ich starrte Elenas Kapsel an. Sie wirkte jetzt vollkommen ruhig und friedlich, nur das sanfte Heben und Senken ihres Brustkorbs strafte meine Gedanken Lügen, sie könnte tot sein.

»Christo, Martinez …«, sagte ich. »Sie ist wirklich hier. Sie ist echt.«

Martinez nickte. »*Si.* Ist sie.«

Ich konnte sie retten. Ich konnte sie nach Hause bringen. Ich spürte, wie ich in meinem Panzer zitterte, wie mein Herz zu schmelzen begann. Nach Jahren des Wartens war es endlich so weit. Ich würde mein Versprechen einlösen und sie von diesem Ort befreien. Die Frau hinter der Glasscheibe war meine Zukunft – ein Leben jenseits des ewigen Zirkels aus Leben und

Sterben, jenseits des immerwährenden Krieges. Ich drehte mich halb zu Martinez um und legte ihm den Arm um die Schulter. Er erwiderte die Umarmung mit breitem Lächeln.

»Wir haben zu tun, *Jefe*.« Er zeigte auf die Maschinen. »Keine Ahnung, wie lange sie da drin noch in Sicherheit ist. Sie muss unter ärztlicher Aufsicht aufgetaut werden.«

»Ich … ich weiß«, sagte ich. Ich konnte den Blick nicht von Elenas Gesicht abwenden, von ihren friedlich zuckenden Augenlidern. Ich brauchte viele Sekunden, um mir einen Ruck zu geben und mich wieder auf die Mission zu konzentrieren. Langsam ordnete ich meine Gefühle und fing an, die Konsequenzen dieser Entdeckung zu begreifen. Plötzlich war ich mir der Dringlichkeit der Lage wieder bewusst. »Kann die Kapsel abmontiert werden?«

Martinez nickte. »Ich glaube schon. Sie ist schwer, aber zu zweit sollten wir sie tragen können. Vielleicht kann Jenkins unten im Hangar nach einer Schwebebahre suchen.«

»Nicht nötig«, sagte ich. »Ich wollte die Verstärkung des neuen Anzugs sowieso die ganze Zeit schon austesten.«

»*Si*.«

Plötzlich ertönte ein Warnsignal aus dem Bio-Scanner. Martinez empfing ihn ebenfalls und runzelte die Stirn.

Ein Körper im Kälteschlaf ist so weit heruntergefahren, dass er keine lesbaren Lebenszeichen mehr aussendet. Ich bin mir sicher, dass die Wissenschaftliche

Abteilung irgendwo einen Scanner hortet, der selbst die Signale eines Schläfers noch empfängt, aber solch filigrane Technik hatte beim Fronteinsatz eines Sim-Teams nichts verloren. Ich hielt mir den Bildschirm des Armrechners ins Gesicht und sah die Messwerte an.

Elenas Lebenszeichen waren wieder untergetaucht und nicht mehr zu sehen, trotzdem blieb das Signal bestehen. Ich begriff, dass es nicht aus der Halle kam, sondern draußen vom Gang.

»Fuck …«, flüsterte Martinez.

Das Schiff füllte sich mit deutlichen Signalen, die sich allesamt bewegten.

17

LÖCHER IM RUMPF

»Rumpfschaden auf Deck C-3«, verkündete die KI der *Endeavour*, die plötzlich und ohne Vorwarnung wiedererwacht war. »Leiten Sie augenblicklich alle nötigen Sicherheitsmaßnahmen ein.«

Martinez ließ seinen Helm zuschnappen. Ich setzte auch meinen auf, und sofort füllte sich mein Visier mit Warnmeldungen.

»Wer auch immer da draußen ist«, sagte Martinez, »die sind überall und haben uns bald umzingelt.«

Was da genau auf uns zukam, war im Moment relativ egal. Es waren viel zu viele Signale, als dass es die Legion hätte sein können, und die Marineinfanteristen waren über einen Kilometer entfernt an Bord der *Colossus*. Verschiedene Möglichkeiten jagten mir durch den Kopf. Ich legte mir bereits einen Fluchtweg zurecht und überlegte, wie wir uns am schnellsten durch den Bauch des Schiffs zurückziehen konnten: durch die Labors, dann durchs Nachrichtenzentrum und den Hauptgang in Richtung Atrium entlang.

»Machen wir die Kapsel los«, sagte ich.

»Jawohl.«

Wir ließen uns beide auf die Knie fallen und fingen an, die Energieversorgung abzumontieren. Da es sich um eine Standardkapsel handelte, wusste ich, dass sie genug Konservierungsmittel im Tank hatte, um Elena auch ohne Stromversorgung noch für ein paar Stunden weiterschlafen zu lassen.

Mein Kommunikator piepste. *Loeb.*

Seine Stimme überschlug sich. »Hier *Colossus*-Zentrale. Wir müssen sofort abdrehen! Möglicher Feindkontakt auf den Sensoren – kommt schnell näher!«

»Krell?«

»Schwer zu sagen, aber auf jeden Fall was Großes.« Die Verbindung knisterte und rauschte, wurde immer schlechter. »Der Quantenraum spielt verrückt hier.«

Ein Schiff, das in der Nähe in den Realraum zurückkehrte, konnte große Störungen im Quantenspektrum hervorrufen. Das war eine allgemein bekannte Begleiterscheinung, wenn man einem anderen Schiff aus dem Q-Raum zu nah kam. Ich hatte ähnliche Situationen erlebt, und schön war es nicht. Wenn das Schiff in nächster Nähe materialisierte, würden die Sensoren und Kommunikationssysteme der *Colossus* durchbrennen. *Es sei denn, es kommt sowieso noch schlimmer,* dachte ich. Der Arkonus-Abgrund war unangenehm nah. Es gab tausend Variablen für dieses Szenario.

»Wir bergen die einzige Überlebende«, sagte ich zu Loeb. »Andockröhre nicht – wiederhole: *nicht!* – schließen.«

»Wir müssen auf Mindestabstand gehen …«

»Nicht von der *Endeavour* entfernen!«, blaffte ich. »Die Marineinfanteristen halten die Röhre offen, bis ich etwas anders befehle.«

»Das kann ich nicht tun!«, sagte Loeb. Die Störgeräusche ließen seine Stimme zittern. »Das sind keine Sims …«

»Ich habe Elena!«, brüllte ich ihn an. »Und ich befehle ausdrücklich, die Röhre nicht zu schließen!«

Ehe ich die Verbindung abwürgen konnte, funkte Jenkins' Notsignal dazwischen.

»Wa … Teufel … Schiff?«, konnte ich gerade noch ausmachen.

»Nicht verstanden, Jenkins, aber wenn du mich hören kannst, sofort zur Andockröhre zurück. Wir haben Elenas Kapsel dabei …«

»Neg … Hanga … geöffnet …«

»Nicht verstanden!«, schrie ich. Trotz des Rauschens hatte ich neben ihren Worten auch das Zischen einer Plasmawaffe gehört. »Was ist da unten los?«

Ich hörte noch mehr Plasmafeuer. Eine Menge. Also mehrere Feinde. Im Hintergrund schrie James etwas.

»Jenkins! Antworten, verdammt noch mal!«

Mit einem Zischen entweichenden Gases löste sich die Kapsel aus der Verankerung. Elena schwebte sanft auf und nieder.

»Kriegst du das hin?«, fragte Martinez.

»Geht schon«, sagte ich. »Ich nehme sie.«

Die Kapsel war klobig, passte aber bei dem großen Panzeranzug trotzdem unter einen Arm; mit der Stärke des Sim und den Servomotoren des Anzugs war das Gewicht so gut wie nebensächlich. Die Zerbrechlichkeit machte mir wesentlich mehr Sorgen – der Glasdeckel hielt nicht viel aus, und selbst ein Haarriss konnte schon tödliche Verletzungen zur Folge haben. Die verschrumpelten Leichen um uns herum machten mehr als deutlich, wie die Dinge enden konnten.

»Räum uns den Weg frei«, befahl ich.

Martinez hatte das Schott erreicht und drückte auf ÖFFNEN. Quälend langsam fuhren die Flügel in die Wand zurück. Martinez packte das Gewehr mit beiden Händen. »Was auch immer sich uns in den Weg stellt – ich kümmere mich drum.«

»Jenkins!«, schrie ich abermals. »Was ist los?«

»Wir haben …«

Dann war das Schott offen, und meine Frage beantwortete sich von selbst.

Direkt vor uns kauerte eine Primärform.

Der Alien-Krieger war in einen Bioanzug gehüllt und für den Raumkampf gezüchtet. Im Schein der roten Lichter des Anzugs sah man noch die Eiskristalle vom kürzlichen Flug durchs Vakuum auf seiner verwitterten Haut glitzern. Der Bio-Helm war zerkratzt und verbeult – ein untrügliches Zeichen dafür, dass wir es hier mit dem zu tun hatten, was bei den Krell als Veteran der Elitekrieger durchging. Sowie das Schott aufging, zuckte sein Kopf in unsere Richtung. Augen und Nüstern aufgerissen, die Kiemen gebläht. Es machte einen Satz auf uns zu und riss alle vier Vorderbeine in die Höhe.

Ich wich einen Schritt zurück. Elenas Kapsel steckte in meiner linken Armbeuge, also riss ich mit der rechten Hand das Plasmagewehr hoch und feuerte.

Gefechtsübung mit neuem Anzug doch noch eingeleitet.

Das Krell verging in einer Plasmawolke. Die Impulse erleuchteten seine Innereien, blitzten zwischen dem Exoskelett auf, sodass Adern und innere Organe deutlich hervortraten. Die zuckende Masse der Tentakel und Antennen auf seinem Rücken erschlaffte, dann brach das Wesen vor meinen Füßen zusammen.

»Wie hat Loeb das übersehen können?«, fragte Martinez aufgebracht.

Eine rhetorische Frage, die wir momentan sowieso nicht beantworten konnten. Die Krell waren hier, und ich musste Elena von diesem Schiff runterbringen. Das waren die Fakten.

Ich zertrat den Kadaver unterm Absatz und ging weiter. Neben mir hatte Martinez seine Scheinwerfer eingeschaltet und leuchtete den Gang hinunter. Die blinkende, bernsteinfarbene Notbeleuchtung war angegangen, und Sirenen heulten durch den ganzen Sektor. Mein Geruchssinn wurde von brennendem Krellfleisch und verschmortem Kunststoff attackiert. Mit einem schnellen Gedanken befahl ich dem Anzug, wieder auf interne Sauerstoffzufuhr umzuschalten.

Die KI der *Endeavour* meldete sich erneut: »Rumpfschäden auf den Decks C-3, B-9 und A-1 bis A-15.«

Wahrscheinlich setzten die Krell ihre Enterkapseln ein. Sie waren in der Kälte des Weltraums so gut wie unsichtbar – lebende, tintenfischartige Organismen, gezüchtet mit dem einzigen Ziel, Enterkommandos durchs All zu befördern. Das erklärte auch, warum sie Loebs Aufmerksamkeit entgangen waren.

Plötzlich fiel mir auf, dass ich Jenkins wieder hören konnte. Sie schrie ohne Pause immer wieder die gleichen Worte.

»Ich bin da, Jenkins«, unterbrach ich sie.

»Wir haben Krell im Maschinenraum! Eine Menge!«

»Es dringen mehr ein«, sagte ich und holte tief Luft. »Und da ist noch was Großes im Anmarsch.«

Bisher war nur die Vorhut hier, die Enterkommandos, um das Ziel zu sichern. Wie um meine Sorgen zu bestätigen, krachte etwas auf die *Endeavour*, das ihren ganzen Rumpf erzittern ließ. Vielleicht mehr Enterkapseln, vielleicht auch ein größerer Truppentransporter.

»Wo kommen die Wichser auf einmal her?«, fragte Jenkins.

»Woher soll ich das wissen?«, bellte ich zurück.

Martinez setzte eine grelle dreifache Salve mit seinem Plasmagewehr ab. Der ganze Gang war auf einmal von krellförmigen Schatten erfüllt.

»Wo sind Mason und 'Ski?«

»Keinen Schimmer. Ich versuche mal, sie zu erreichen.«

»Zieht euch auf jeden Fall zur Andockröhre zurück«, befahl ich. »Wir dürfen die unter keinen Umständen auf die *Colossus* lassen.«

Falls das nicht schon längst passiert ist …

»Verstan …«

Die Verbindung riss ab. Ob es ein technischer Fehler war oder Jenkins extrahiert hatte, war jetzt nebensächlich.

Aus einem Riss zwischen den Bodenfliesen tauchte eine Hand mit langen Klauen auf und legte sich um meinen Fuß. Ein weiterer Krell. Trotz der verbesserten Panzerung spürte ich, wie der Stiefel unter dem Druck zerbrach. Mit zwei Schüssen aus meinem Gewehr streckte ich das Alien nieder, aber schon starrten mich viele neue, bösartige Augen aus der Dunkelheit an. Die gellenden Kriegsschreie der Krell dröhnten in meinen Ohren.

»Raketen freigegeben, Martinez«, sagte ich. »Auf Kollateralschäden kommt's jetzt nicht mehr an.«

»Ja, Mann!«, brüllte er.

Auf seinen Schultern richteten sich die Raketenwerfer auf. Die Horde der Krell am anderen Ende des Gangs wurde von einer Detonationswelle erfasst. Bald türmten sich die Leichen auf.

Aber es reichte nicht.

Sie waren *überall.*

Kletterten aus Luftschächten, brachen aus der Decke hervor, sprangen den Gang hinunter. Jeder unserer Schüsse tauchte den Gang in oranges Licht und warf die Schatten immer neuer Angreifer an die Wände. Wir waren noch mehrere hundert Meter von der Andockröhre entfernt, und wie es aussah, stand uns für jeden Meter mindestens ein Gegner im Weg …

Eine Sekundärform stürmte auf uns zu und legte ihre Waffe auf mich an. Ein Schauer glänzend schwarzer Stacheln zerfetzte die Luft. *Verdammte Dornen.* Ich hechtete automatisch zur Seite – *ich muss die Kapsel beschützen!* – und war ausgewichen, noch bevor ich gänzlich registriert hatte, dass ich beschossen wurde. Trotzdem flammte mein Nullschild auf. Martinez streckte das Drecksvieh mit einem Schwarm von Mikroraketen nieder.

Wir erreichten einen Abschnitt des Korridors, in dem Sichtfenster in die Wand eingelassen waren. Als ich nach draußen sah, wurde ich unwillkürlich langsamer. Am Rand meiner Sichtweite lauerte ein Bioschiff, das rasch näher kam. Es war nur ein mittelgroßes Schiff – ein Aufklärer, ausgelegt auf Tarnung und Geschwindigkeit –, aber die Hülle starrte vor Biokanonen. Aus dem Rückgrat wuchs eine Reihe scharfer Stacheln, die das Schiff in blaues Licht tauchten. In dem Sekundenbruchteil, den ich brauchte, um das Bild zu verarbeiten, hatte es bereits das Feuer eröffnet …

Auch war es nicht nur ein Schiff. Der Weltraum krümmte sich und zog Schlieren, als links und rechts weitere Schiffe aus dem Q-Raum kamen. Fast alles ebenfalls Aufklärer, aber zahlreich genug, um die *Colossus* auszuschalten.

Mach dir darüber Sorgen, wenn's so weit ist. Konzentriere dich!

Jetzt fielen auch meine Raketenwerfer ein. Die intelligenten Geschosse jagten durch die Krell, während ich den Unterlauf-Granatwerfer nachlud und mir einfach *verdammt noch mal mehr Feuerkraft!* herbeisehnte. Eine der massiven, gepanzerten Tertiärformen explodierte in einem Brandgeschoss. Rauchende Chitin-Splitter und Innereien verteilten sich auf dem Gang und klatschten gegen Elenas Kapsel.

»Weiter!«, befahl ich über den Teamkanal – ohne zu wissen, wer mich noch hören konnte.

Als ich weiterlief, meldete sich mein Kommunikator.

»Lazarus-Führer, hier OPZ *Colossus*«, hörte ich Loeb sagen.

»Ich bin beschäftigt!«

»Wir können nicht länger hierbleiben! Wir stehen unter Feuer!«

»Dann schießt zurück!«

Irgendwo im Innern der *Endeavour* explodierte etwas. Der Boden erzitterte, und der ganze Gang neigte sich zur Seite. Einen Augenblick lang setzte die Gravitation aus, mein Magen machte einen Satz. Durch die Fenster sah ich, wie die Hülle der *Endeavour* hell erstrahlte. Mir blieb keine Zeit, genauer hinzusehen, aber eins der Module musste explodiert sein, eine der Haupt-Energieleitungen durchgebrannt.

»Die *Endeavour* hält das nicht mehr lange aus«, sagte Loeb. »Selbst von hier aus ist zu sehen, dass viele Decks schon nicht mehr zu retten sind …«

»Das Schiff ist mir scheißegal!«

»Was ist mit *unserem* Schiff?«, fragte Loeb. »Wenn die *Endeavour* hochgeht, nimmt sie alles in ihrer Umgebung mit.« Ich erinnerte mich daran, was Loeb über den Energiekern des Schiffs gesagt hatte – sie hatte Feuer unterm Hintern. »Außerdem sind die Krell schon dabei, auch die *Colossus* zu entern. Wir müssen die Verbindung kappen, alle vernichten, die es an Bord geschafft haben, und dann schleunigst hier …«

»Nein! Position halten! Das ist ein Befehl! Wir nähern uns der Nabelschnur. Wir sind hier weg, bevor das Schiff hochgeht.«

»Wir verzeichn…«, setzte Loeb an, aber seine Stimme verschwand in einem lauten Knistern.

Um uns herum begannen die Rohrleitungen zu zischen. Wasserdampf und Kühlflüssigkeit wurden auf den Gang abgeleitet; ein sicheres Zeichen dafür, dass der Kern kurz vor dem Schmelzpunkt stand. Die weißen Gaswolken nahmen uns zunehmend die Sicht. Die Krell machten das Beste aus der Situation, benutzten die dichten Schwaden als Deckung und krabbelten mit ihren sechs Beinen durch die engen Gänge. Immer wieder sprang eines aus zweiter Reihe über die vorderen hinweg, um mich zu erreichen, aber mein Plasmagewehr war heiß. Ich watete durch ein Leichenmeer – längst war der Boden unter dem Blut gefallener Feinde verschwunden.

Dann leuchtete auf meinem Visier eine Warnung auf: RAKETENVORRAT ERSCHÖPFT. *Verdammt.* Wir hatten keine Reserven dabei. Martinez' Schulterwerfer stießen schwarze Rauchwolken aus, die Mündungen glühten in hellem Orange. Vielleicht war die Technik nicht für solchen Dauereinsatz gemacht. *Nicht dass ich diese Beschwerde je an Forschung und Entwicklung werde weiterleiten können,* dachte ich grimmig.

Ein Schauer von Plasmaimpulsen jagte durch den Gang. Die Welle der Angreifer zog sich zwar nicht direkt zurück, wurde aber von der erstarkten Gegenwehr immerhin verlangsamt.

Jenkins tauchte in unserem Rücken auf, dicht gefolgt von James. Sie waren regelrecht in Krell-Blut gebadet, und Jenkins' Tarnfeld flackerte nur noch erratisch. Ich warf ihnen ein knappes Nicken zu.

»Die Legion extrahiert erst, wenn ich das erlaube«, sagte ich. »Das gilt auch für dich, James.«

Leutnant James hielt seine Plasmapistole mit beiden Händen, an der Energiezelle blitzte RESTENER-

GIE auf. Er brachte weder ein Lächeln noch eine freche Retourkutsche zustande.

»Verstanden.«

Ich deutete auf die Kapsel in meiner Armbeuge. »Sollte ich dran glauben, hat das hier oberste Priorität. Elena muss von diesem Schiff runter. Haben sich die anderen gemeldet?«

»Ich kann 'Ski nicht erreichen«, sagte Jenkins. »Letzter Stand war, dass er mit Mason in der Datenverarbeitung festsitzt.«

»Der weiß, was zu tun ist«, sagte Martinez.

Wir hatten sowieso keine Zeit, uns Sorgen um die beiden zu machen; mein Visier war voller Fehlermeldungen, und wir hatten keine Möglichkeit herauszufinden, ob sie noch lebten. Eine weitere Explosion ertönte, diesmal wesentlich näher. Mittlerweile zitterte das ganze Schiff ununterbrochen. Um uns herum ging das Kreischen der Krell weiter.

»Ausrücken«, sagte ich über Funk.

Die Legion bewegte sich wie eine gut geölte Maschine und deckte den Gang mit Plasma-Sperrfeuer ein. Vor uns schloss sich ein Schott, um den Gang abzuriegeln. Eins der schweren inneren Rolltore, dafür konstruiert, im Falle katastrophalen Schadens die einzelnen Module zu versiegeln. Sollten wir dahinter stecken bleiben, würden wir mehr als Plasmawaffen brauchen, um uns hindurchzukämpfen.

»Haltet das Tor auf!«, schrie ich. Sämtliche Alternativrouten waren wesentlich länger und setzten voraus, dass wir zurück durch die Nachrichtenzentrale müssten.

Jenkins rannte los und erreichte das Tor gerade noch rechtzeitig. Sie packte die Unterkante, und das pneumatische Getriebe jaulte protestierend auf. Über den Teamkanal war ihr Ächzen zu hören, denn selbst mit der starken Panzerung war das ein hartes Stück Arbeit.

»Hilf mir mal!«, schrie sie James an.

Er tat sein Bestes, konnte aber nicht allzu viel bewirken. Ganz langsam entfernte sich die Unterkante vom Boden. Beide Sims mühten sich verzweifelt ab.

»Drunter durch!«, sagte Jenkins zähneknirschend. »Los!«

Ich ging vor dem Tor auf alle viere, schob Elenas Kapsel vor mir her und kroch hindurch. Das Tor über mir zuckte und versuchte, sich zu schließen. Ich passte nur knapp darunter. Aus dem Augenwinkel sah ich Elenas friedliches Gesicht im Tank …

»Beschuss!«, schrie James.

Auf seiner Seite des Tors gab es einen lauten Knall, und ein Teil der Decke stürzte ein. James war sofort tot – er trug keine Rüstung, ein dankbares Ziel für die Krell. Noch im Fallen schoss er um sich, dann verschwand er unter den zuckenden Leibern. *Zurück in seinen zerfetzten Körper an Bord eures todgeweihten Schiffs,* sagte die höhnische Stimme in meinem Hinterkopf.

»Los!«, schrie Jenkins Martinez an.

Das ließ sich der Venusier nicht zweimal sagen. Kaum war er auf meiner Seite, änderte sich der Klang des Getriebes, und das Tor sackte fast einen halben Meter ab. Jenkins stieß einen kehligen, animalischen Schrei aus.

»Jenkins!«, sagte ich. »Wir schaffen das!«

Martinez und ich mühten uns mit dem Tor ab, während Jenkins bis zur Hüfte hindurchkroch.

»Festhalten!«, schrie sie.

»Wir versuchen's«, sagte Martinez.

Das Tor bockte und glitt weiter nach unten. Ich brüllte und spürte, dass die Motorik der Panzerung alles gab. Es reichte nicht. Das Tor war einfach zu schwer. Dann wurde Jenkins von etwas am Bein gepackt und ein Stück zurückgezogen. Sie stieß einen Schmerzensschrei aus. Trotz aller Bemühungen rutschte uns das Tor aus der Hand und krachte in den Boden; es hatte Jenkins' Panzerung und Sim glatt durchtrennt. Ich warf Martinez einen kurzen Blick zu. Er zog eine ernste Miene.

Das Schließen des Tors war beinahe laut genug, um Jenkins' Schmerzensschreie zu übertönen. Sie war sauber in Hüfthöhe zerteilt worden; Simulaten-Innereien und Laborblut klebten am unteren Teil des Tors – wie bei einer Guillotine. Leider waren Sims aus härterem Holz geschnitzt als normale Menschen, und sie lebte noch. Noch. Die Krell würden das in Kürze ändern. Sie warfen sich gegen das Tor, von dem plötzlichen Hindernis hörbar verärgert. Sie hatten nur die Hälfte ihrer Beute ergattert und wollten sich auch noch den Rest holen.

»Verschwindet!«, befahl Jenkins und drehte sich auf den Bauch, um sich hochziehen zu können, wobei sie noch mehr Organe und Blut auf dem Boden verteilte. Sie hatte nur noch Sekunden zu leben. »Ich halte sie auf!«

Ich nickte. »Alles klar. Martinez, los.«

Sofort tauchten vor uns wie aus dem Nichts neue Krell auf. Mit ausgestreckten Klauen und Fängen sprangen sie aus den Gaswolken und Wasserdampfschleiern hervor.

»Hier lang«, sagte Martinez und zeigte auf die nächste Kreuzung. »Die Röhre liegt hinterm Atrium …«

Wir hatten wieder das Atrium betreten, die große Halle, bei der irgendjemand auf den Kernwelten zu der Überzeugung gelangt war, sie sehe mit einem Dach aus Panzerglas total gut aus. Aus jedem Gang ergossen sich Krell in die Halle; gerade der größte Raum musste der schlimmste Engpass sein …

Das All draußen war voller Trümmerteile. Das ferne Blinzeln explodierender Sprengköpfe, gleißende Energiebahnen und jede andere Waffe, die Allianz und Krell ersonnen hatten, um einander zu vernichten.

Irgendwo hinter uns begann eine Sekundärform, die ganze Halle mit Dornenfeuer einzudecken. Die meisten prallten von meiner Panzerung ab, aber einige kamen doch durch; sofort spürte ich den tödlichen Kuss vergifteter Nadeln in den Schulterblättern. Das Toxin entfaltete seine Wirkung auf der Stelle, alles drehte sich, als hätte ich eine ganze Flasche Mars-Schnaps auf ex getrunken. *Scheiße. Storemberg hatte recht: Die werden wirklich immer besser.* Das Gift war so pur, schnell und effektiv wie kein anderer Krell-Cocktail, den ich bisher zu spüren bekommen hatte.

Martinez brach neben mir zusammen. In einem Wirbel wütender Rachegelüste schlug er mit beiden Armen um sich und begrub mehrere Krell unter seinem massigen Körper. Wie durch dichten Nebel bemerkte ich, dass auf meinem Visier Mitteilungen von Kaminski und Mason aufgetaucht waren. Schnell war meine leise Hoffnung wieder verflogen: Sie hatten beide extrahiert, nachdem sie auf dem Rückweg vom Datenzentrum von einem ganzen Schwarm Krell überrannt worden waren.

Ich wurde immer langsamer, stolperte und keuchte vor Schmerzen. Elenas Kapsel rutschte mir aus dem Arm und schlug gegen die Wand.

Sie nicht!, schrie ich lautlos. *Nicht so. Nicht wenn ich so kurz vor dem Ziel bin.*

Über Funk hörte ich Loeb brüllen. Erst verlangte er nach einem Update über unsere Lage, dann wies er die Brückenbesatzung an, *»verdammt noch mal auf Maximalbeschleunigung zu gehen und uns aus dieser Scheiße zu ziehen …«*

Mein Sim schaltete sich langsam ab. Etwas Großes, Schweres landete auf meinem Rücken und schlitzte mir die Panzerung mit seinen Klauen auf. Der Masse nach zu urteilen musste es eine Tertiärform sein – durch meine einsetzende Lähmung noch todbringender als sonst. In einem Anflug von Hilfsbereitschaft explodierte hinter mir ein weiteres Modul der *Endeavour*, deckte die ganze Halle mit Splittern ein und zerdrückte die Bodenplatten unter mir. Ich rammte mich mit dem Rücken in die nächste Wand. Sofort ließ mich das Gewicht der Tertiärform frei – die Reste des Fischkopfs klebten hinter mir. Ich musste weiter …

Etwas Riesiges, Dornenbewehrtes, Tödliches traf mich krachend in die Seite. Ich rang mit dem Xeno –

stirb einfach, du Drecksvieh! –, und es warf sich wie wild umher, gab alles dafür, die Ziele des Kollektivs zu erfüllen. Ich stopfte ihm mein Gewehr ins Gesicht und schoss; immer wieder. Endlich sackte es tot oder verstümmelt zur Seite. Dafür war das Gewehr jetzt leer. Aber ich brauchte es sowieso nicht mehr. Ich musste Elena von diesem verfluchten Schiff runterbringen, alles andere war bedeutungslos.

Ich schaffte es, mir ihre Kapsel wieder unter den Arm zu klemmen, und lief weiter auf die Andockröhre zu. Die Medizineinheit des Panzers überflutete meinen Kreislauf mit Drogen und kämpfte gegen hundert Verletzungen gleichzeitig an, die ich noch gar nicht bemerkt hatte. Auf meinem Visier tanzten Warnungen durcheinander. Lecks in der Panzerung, drohender Energieverlust, bevorstehende Extraktion.

Elena hatte die Augen noch immer geschlossen, trotzdem hörte ich ihre Stimme. Sie trieb mich an.

Du kannst hier nicht sterben, sagte sie.

»Kann ich wohl«, sagte ich. »Werde ich auch, aber *du* nicht.«

Auf einmal verlangsamte sich die Welt um mich herum.

Vielleicht hatte mir der neue Anzug eine andere Kombination an Kampfdrogen verabreicht, vielleicht kämpfte der Sim einfach gegen das Gift an. Ich wusste es nicht, wusste nur, dass ich mich auf einmal wieder richtig bewegen konnte. Alles andere kümmerte mich nicht.

Das Universum verharrte, und ich bewegte mich mit Lichtgeschwindigkeit.

Ich rannte auf die Schleuse zu. Schneller und immer schneller. Der Anzug erledigte die ganze Arbeit, die Dämpfer in den Beinen stampften laut. *Wenn ich jetzt im Anzug sterbe, rennt er dann einfach weiter?*, fragte ich mich.

Die Krell waren direkt hinter mir.

Die Luftschleuse der *Endeavour* stand offen, die *Colossus* erwartete mich …

Die Andockröhre krümmte sich. Der Boden bäumte sich auf.

Die *Colossus* entfernte sich. Die *Endeavour* war dabei, auseinanderzubrechen. Ich sah den gedämpften Widerschein der Explosionen auf dem Rumpf der *Colossus*. Ein Krell-Bioschiff strudelte an mir vorbei. Offenbar hatte die Abwehr der *Colossus* einen Treffer erzielt: einen kleinen Sieg in einem Meer der Niederlage. Stachelrochen und Nadler flitzten vorbei, überall Enterkapseln.

Am Ende der schiefen Andockröhre standen noch immer die Soldaten. Sie hatten die Finger an den Abzügen ihrer Laserkarabiner und blankes Entsetzen im Gesicht.

Ich fand meine Stimme wieder. »Haltet die Schleuse!«, schrie ich in den Kommunikator. »Holt diese Kapsel an Bord!«

Um mich herum zerriss die Andockröhre. Der Boden gab nach, die Wände fielen in sich zusammen. Instinktiv suchte ich nach etwas, um mich festzuhalten und aufrecht zu bleiben, aber es war hoffnungslos. Die Luft wurde aus der Röhre gesaugt und verlor sich im All. Schlimmer noch, ich spürte schon wieder

Klauen im Rücken und auf den Schultern. Krell kletterten über mich hinweg und krabbelten die Röhre entlang. Die Soldaten eröffneten das Feuer. Weinrote Lanzen fuhren blitzend an mir vorbei, trafen Tertiär- und Sekundärformen … aber sie waren zu wenige, um wirklich etwas auszurichten.

Aus dem Augenwinkel sah ich die Triebwerke der *Colossus* erstrahlen. Grelles Blau auf schwarzem Hintergrund.

Scheiße. Ich würde es nicht mehr schaffen …

Ich nahm die Kapsel mit beiden Händen und wappnete mich. Elena hatte alles verschlafen …

Ich holte aus und warf sie mit einer fließenden Bewegung des Unterarms der *Colossus* entgegen. Die Armmuskeln des Sim schrien auf. Sie waren in Biotoxin getränkt.

Die Kapsel segelte durch die Schwerelosigkeit. Sie sah so furchtbar zerbrechlich aus. Weiter auf die offene Schleuse der *Colossus* zu. Die Soldaten waren bereit, sie in Empfang zu nehmen …

Dann sah ich, wie sich das äußere Schleusentor langsam schloss, und vor mir drehte sich alles.

»Habt ihr sie?«, schrie ich. »Bericht!«

Alles brüllte durcheinander.

Die Krell krabbelten durchs Vakuum zu mir zurück und warfen sich auf mich.

Im Würgegriff der Schwerelosigkeit stand ich da, sah *Endeavour* und *Colossus* Seite an Seite. Umzingelt von der Flotte der Krell, die ihre gesamte Feuerkraft auf die beiden Schiffe entfesselte.

Dann zerriss die Nabelschnur endgültig und baumelte nur noch am enormen Rumpf der *Colossus*. Ich schlug den linken Arm in eine der losen Bodenplatten. Panzerung und Knochen gaben nach, heftige Schmerzen schossen durch den ganzen Arm. Sofort kappte der Anzug die Schmerzen – eine barmherzige, aber irrelevante Reaktion.

Ich wusste längst, dass ich starb.

Kopfüber segelte ich in die Leere hinaus, umgeben von einer Masse toter und sterbender Krell …

… ein dünnes Band bläulicher Lichter zog mein schwindendes Augenlicht in seinen Bann.

Kristalle, die wie winzige blaue Sonnen in einer Reihe einen Pfad durchs All formten. Es sah beinahe schön aus, hätte es nicht Schreckliches prophezeit.

Kühlflüssigkeit.

Oh Scheiße.

Manchmal war das Leben – egal, ob simuliert oder echt – einfach nicht fair.

Elenas Kapsel hatte ein Leck.

Ich extrahierte.

18

ELENAS ARME

Die Welt war formloses Chaos.

Schwere, behäbige Trommelschläge in meinen Ohren.

Licht.

Lärm.

Schmerz.

Die schlagende Trommel? Offenbar mein Herz: stampfend und ungleichmäßig.

Mein Hirn startete sich langsam neu.

In der Ferne war eine Sirene zu hören. Ein Schiffsalarm.

Ich steckte in meinem Tank. Das Fruchtwasser schwappte wie sturmgepeitschte See …

Wo ist Elena?

Ist die Kapsel angekommen?

Haben es Krell auf die Colossus *geschafft?*

Die Sim-Zentrale war in heller Aufruhr. Wir versuchten offenbar gerade, dem Explosionsradius der *Endeavour* zu entkommen. Im Tank war die kleine Kugel des Kommunikators in meinem Ohr die einzige Verbindung zur Außenwelt. Ein paar Flottenoffiziere riefen Koordinaten, andere brüllten Befehle.

»Kurs auf Punkt neun. Nullschilde halten!«

»Bioplasma-Breitseite.«

»Leck auf Deck A-11 …«

»… Reaktorkammer getroffen!«

»Druck ablassen! Sofort!«

Dann schnitt Loebs Stimme durch das Gewimmel: *»Nicht so viel Schub!«*

Vor meinem Tank tauchte eine verschwommene Gestalt auf. Ich stützte mich am Deckel ab und fühlte mein Herz hämmern.

Die Krell …?

Etwas drückte sich gegen den Tank. Ich wich zurück und versuchte verzweifelt, die Gestalt draußen genauer zu erkennen.

Das Schwerkraftfeld der *Colossus* justierte sich neu, lief dann aber wieder stabiler. Ein Teil meines Gehirns, der noch mit dem Neustart beschäftigt war und in welchem technischer Fachjargon lagerte, der für ein Soldatenleben normalerweise relativ irrelevant war, flüsterte mir zu, dass wohl die Trägheitsdämpfer neu kalibriert worden waren und jetzt den Andruck der Beschleunigung wieder abfangen konnten.

Die Gestalt vor meinem Tank wurde deutlicher und die Welt um mich herum plötzlich wieder greifbar. Eine drängende Stimme lag mir im Ohr.

»Extraktion bestätigen!«

Jenkins. Sie war nackt und hatte eine Aluminiumdecke um die Schultern gelegt. Eine feuerrote Linie zog sich einmal quer über ihren Unterleib. Die Schwielen waren zwar harmlos im Vergleich zu der Tortur, die sie gerade auf der *Endeavour* hatte durchmachen müssen, dafür sah ich eine frische Platzwunde an ihrem Kopf. Sie hielt sich einen Verband an die Schläfe, der sich offenbar schnell vollgesogen hatte und bereits rot war. Es musste eine neue Wunde sein, die sie sich nach ihrer Extraktion beim überhasteten Rückzug der *Colossus* zugezogen hatte. Sie war nur wenige Sekunden vor mir gestorben, hatte dadurch aber das plötzliche Ausweichmanöver voll abbekommen.

»Haben wir sie?«, fragte ich. Meine Stimme war ein nasses Knurren und zusätzlich von der Atemmaske gedämpft. »Ist Elena in Sicherheit?«

»Wir haben sie«, sagte Jenkins. »Harris, Elena ist an Bord.«

Der Tank leerte sich, und ich ließ mich gegen die Wand fallen. Dann schlug ich auf den NOTAUSSTIEG-Knopf und krabbelte nach draußen. In der Hast hatte ich vergessen, die Datenkabel herauszuziehen, die mich noch immer verankerten und fast in die Maschine zurückgerissen hätten. Ich schleuderte die Atemmaske von mir.

»Ich muss sie sofort sehen«, sagte ich.

»Sie ist in Sicherheit«, sagte Jenkins. »Und wir auch, aber die *Endeavour* ist vernichtet worden. Du brauchst ärztliche Hilfe …«

»Ich *muss* sie sehen!«, rief ich.

Loeb stürmte in die Sim-Zentrale und scheuchte verwundete Mediziner und Flottenoffiziere auf, die gerade noch rechtzeitig aus dem Weg sprangen. Er hatte einen hochroten Kopf und war offenbar außer sich.

»Kann bitte irgendwer endlich diesen gottverdammten Alarm ausschalten!«, schrie er, fing an, vor mir auf und ab zu marschieren und schlug die Hände über dem Kopf zusammen.

»Jawohl, Sir«, sagte einer der Assistenten.

Offenbar war der Lärm des Alarms im ganzen Schiff und auf den einzelnen Stationen so selbstverständlich geworden, dass ich ihn einfach ausgeblendet hatte. Außerdem dröhnte mein Schädel von der harten Extraktion. Die Notfallprotokolle der *Colossus* waren nach wie vor in Kraft, auch hatte sich das Schiff von der Vernichtung der *Endeavour* noch nicht wieder erholt. Sämtliche Monitore und Konsolen zischten und zeigten nichts als Fehlermeldungen. Die Luft stank nach brennendem Plastik, vermischt mit dem beißenden Geruch von Halon. Irgendwo in der Nähe musste erst vor Kurzem ein Feuer erstickt worden sein.

»Ich wollte sagen«, fuhr Loeb fort, »dass die Kriegsflotte der Krell neutralisiert worden ist.«

Er bekam nicht die Reaktion, die er sich erhofft haben dürfte. Im Moment war mir außer Elena alles völlig egal. Ich musste sie festhalten, bei ihr sein.

Martinez kam näher und stellte sich neben Loeb. »Lassen Sie's gut sein, *Jefe*.«

Mittlerweile hatten auch die anderen Legionäre ihre Tanks verlassen.

Loeb sah mich zornig an. »Wir sind soeben fast gestorben!«

Jenkins nickte ihm zu. »Später, Admiral.« Sie sah mich an. »Du solltest gehen.«

Erst jetzt bemerkte ich das leise Zittern in Jenkins' Stimme – einen melancholischen Unterton, den man von ihr so gut wie nie zu hören bekam. Ich hielt inne, sah meine Leute an und stellte fest, dass sie sich in einem Kreis um mich herum postiert hatten, wie um mich vor Loebs Anschuldigungen zu beschützen.

Selbst James, der schon wieder in einem frischen Sim steckte, hatte sich zwischen Loeb und mich gestellt. »Das kann warten. Der Oberst sollte zu ihr gehen.«

»Lebt sie noch?«, fragte ich. Die ganze Situation kam mir auf einmal sehr verdächtig vor. Ich mühte mich mit meiner Uniform ab. Die mechanische Hand zuckte, wollte nicht recht gehorchen, blieb mehrfach im Stoff hängen.

Loebs wettergegerbtes Gesicht nahm einen etwas versöhnlicheren Ausdruck an, und er senkte den Blick. »Sie ist in der Klinik«, sagte er. »Dr. Serova kümmert sich um sie.«

Dr. Serova erwartete mich am Schott zur Klinik. Ich stürmte an ihr vorbei in Richtung Krankenstation, sie folgte mir.

»Ihre Kapsel muss während der Bergung ein Leck bekommen haben«, sagte sie. »Oberst, diese Kältekapseln sind nicht für Vakuum oder Druckabfall gebaut. Der Deckel hatte einen Riss.«

Mediziner und Mannschaften machten Platz, um mich durchzulassen. Alle hatten die Augen niedergeschlagen.

»Das allein hätte wahrscheinlich kein tödliches Ende genommen«, sagte Dr. Serova. »Aber die Patientin hat darüber hinaus noch Verletzungen durch einen Krell-Stachel davongetragen.« Obwohl sie fast rennen musste, um auf meiner Höhe zu bleiben, ließ sie nicht locker. »Dieses Biotoxin ist äußerst aggressiv und mit momentanen Bordmitteln nicht zu behandeln.«

Ich blieb vor dem Behandlungszimmer stehen. Durch ein breites Fenster konnte man in den Raum sehen. Ein Marinesoldat – vielleicht einer von denen, die die Kapsel in Empfang genommen hatten – duckte sich vor meinem Blick und verschwand. Kluge Idee.

»Wir haben sie vorsorglich unter Quarantäne gestellt«, sagte Serova. Sie verschränkte die Arme mit ihrem Lesegerät vor der Brust. »Es tut mir wirklich leid, Oberst. Mehr können wir im Augenblick nicht für sie tun. Das Gift wuchert und vermehrt sich immer weiter.« Ihr Spiegelbild im Plasglas-Fenster warf mir ein mattes Lächeln zu. »Ich brauche Ihnen ja nicht zu erklären, dass die Biowaffen der Krell unberechenbar und ausgesprochen tödlich sind.«

Ich ließ ihre Worte über mich ergehen, hörte ihr aber kaum zu. Mein ganzer Körper fühlte sich so kalt an, wie Elenas wohl bald sein würde. Mein Herz versteinerte. Das konnte einfach nicht schon wieder passieren, nicht jetzt, wo ich so kurz davorgestanden hatte, sie zu retten. Die kosmische Ungerechtigkeit der ganzen Situation drohte mich zu übermannen.

Elena hatte den kahlen weißen Raum für sich alleine. Sie lag auf dem Rücken auf einer Pritsche, das glänzend schwarze Haar ergoss sich übers Kissen, das Laken war bis zum Kinn hochgezogen und verdeckte ihren Körper. Sie hatte die Augen geschlossen, aber nur ganz leicht, als sei sie nur kurz eingeschlafen und würde jeden Moment wieder aufwachen. Eine Augenbraue war leicht gewölbt – ihr Stirnrunzeln, das ich so gut kannte, wie im Traum gefangen. Stand zu vermuten, dass der Inhalt ihrer Träume nicht unbedingt angenehm war.

Ansonsten ließ ihr Anblick kaum Zweifel daran, dass sie keineswegs nur schlief. Ihre rechte Seite steckte vom Schlüsselbein bis zur Brust in einem Druckverband, der sich dank des Gifts in ihrem Körper zu einem fauligen Schwarz verfärbt hatte. Mehrere Schläuche, die unter dem Laken in ihrem Körper endeten, enthielten die gleiche ekelerregende Flüssigkeit und versuchten offensichtlich erfolglos, das Gift auszuspülen.

Wann ist das passiert?, fragte ich mich. Aber im Endeffekt konnte Elena während der Rettung jederzeit getroffen worden sein. Die Krell waren überall gewesen, hatten jeden Korridor und jeden Durchgang verstopft. Die *Endeavour* war wirklich nicht der richtige Ort für eine Zivilistin gewesen. Ihre Verwundung war absolut verständlich, sogar wahrscheinlich – was es mir aber keineswegs leichter machte, das zu akzeptieren. *Sie hat bestimmt nichts gespürt,* redete ich mir ein. *Bestimmt spürt sie auch jetzt nichts.*

Ich hingegen spürte eisigen Zorn in mir aufsteigen. Ich wollte die *Colossus* ins Herz des Mahlstroms steuern, jeden einzelnen Fischkopf zur Strecke bringen und ihrer Spezies ein für alle Mal ein Ende bereiten …

»Geht es Ihnen nicht gut?«, fragte Dr. Serova vorsichtig. »Oberst, Sie zittern ja.« Sie schluckte und sah auf ihr Lesegerät. Für sie bedeuteten Zahlen Sicherheit – alles, was genau ausgemessen oder messbar war.

Serova spulte Informationen in meine Richtung ab. »Ich habe Ihre Extraktionsakte gesehen, und die Zahlen sind wirklich beunruhigend. Wir sollten auch Sie dringend untersuchen …«

»Das hat Zeit«, knurrte ich böse. »Sie werden in die Geschichte der Allianz als die Ärztin eingehen, die die einzige Überlebende der *Endeavour* behandelt hat. Natürlich nur, wenn es bei unserer Rückkehr überhaupt noch eine Allianz gibt.«

Serova lächelte unbehaglich. »Auf die Auszeichnung kann ich ganz gut verzichten, wenn's recht ist.«

»Wie lange hat sie noch?«, fragte ich kläglich.

»Nicht lange. Ich habe das Gift in die Datenbank des Schiffs gespeist, und es ist kein Ableger, den wir je zuvor untersucht haben. Die Krell entwickeln sich so schnell weiter, dass wir kaum Schritt halten können.« Sie lachte kurz auf; eine nervöse Reaktion auf meine Wut. »Dass sie überhaupt noch am Leben ist, zeugt von großer Willenskraft, aber wie gesagt: Ich bin für diese Technologie nicht ausgebildet.«

Ich erstarrte. *»Technologie?«*

»Ja. Es kann gut sein, dass das Gift die Verbindung beeinträchtigt.«

»Welche Verbindung?«

»Den neuralen Uplink«, sagte Serova. »So heißt das doch, nicht wahr? Ich bin in der Terminologie wirklich nicht sattelfest.«

»Welcher neurale Uplink?«

Endlich schien Serova zu dämmern, wo mein Problem lag. Die letzten Farbreste verschwanden aus ihrem ohnehin schon bleichen Gesicht.

»Der Simulat, Oberst«, sagte sie. »Die Frau, die Sie von der *Endeavour* gerettet haben, ist ein Simulat. Tut mir leid – ich dachte, das wüssten Sie.«

In diesem Moment erwachte Elena – beziehungsweise ihr Sim.

Das Ziel des Projekts rund um die Neuen Sims war gewesen, Simulacra zu erschaffen, die dem echten Menschen so ähnlich wie möglich sahen. Was notgedrungen Abstriche bei Stärke, Strapazierfähigkeit und Größe bedeutet hatte. So waren die Neuen verbesserte Versionen des eigentlichen Körpers, dafür fehlte ihnen die schiere Masse der Kampf-Sims. Auf der anderen Seite sahen sie ihren Spendern bzw. Lenkern erschreckend ähnlich – sie entsprachen optisch in jeder Hinsicht dem Originalkörper zum Zeitpunkt der Zellprobe. Dieser Sim, diese Kopie von Elena, hatte keine Abwehrmechanismen gegen Krell-Gifte. Sie hatte keinen Kampfanzug getragen und deshalb auch keine Medizineinheit, die ihr entsprechende Gegenmittel hätte verabreichen können.

Darüber hinaus fühlte sich die ganze Situation – Elena auf dem Krankenbett und ich, der über sie wachte – sowieso wie eine Simulation, wie eine Wiederholung an. *Das hatten wir doch schon mal,* dachte ich. Welten entfernt und unter völlig anderen Vorzeichen, aber es fühlte sich absolut gleich an. Die ganzen schlimmen Erinnerungen jagten mir durch den Kopf, als ich das Zimmer betrat.

Elena lag noch nicht mal in einem richtigen Bett. Wahrscheinlich waren die den schwereren Fällen vorbehalten.

Stattdessen war sie auf einer Patientencouch zusammengerollt, fast in Embryonalstellung – über ihr hing reglos ein medizinischer Scanner an einem Metallarm. Man hatte sie in ein Einzelzimmer gebracht, das direkt an einem der Gänge zu den OPs lag. Die Leuchtröhre über ihr flackerte, wurde heller und dunkler.

Ganz automatisch beugte ich mich vor und ergriff ihre Hand. Selbst wenn sie nur simuliert war, musste ich trotzdem wissen, dass sie wirklich vor mir lag – dass dieses ganze Szenario nicht nur ein weiteres Hirngespinst darstellte. Ihre Haut fühlte sich weich und kühl an. Wie bei einer Neugeborenen. Also war dieser Sim kaum genutzt, kaum bewohnt worden.

Sogar für mich war zwischen dem Sim vor mir und der echten Elena kaum ein Unterschied zu erkennen. Es war eine exakte Kopie der Elena, die von Calico aufgebrochen war. Damals war sie zweiunddreißig Standardjahre alt gewesen. Bei näherer Betrachtung fiel aber doch ein einziger Unterschied auf: Sie hatte keine Datenbuchsen. Die Arme *dieser* Elena waren makellos – auf ihrer Haut fehlten die unansehnlichen schwarzen Schwielen, die die Unterarme eines Sim-Lenkers für gewöhnlich aufwiesen.

Elenas Augenlider zuckten, als müsse sie sich erst an ein helles Licht gewöhnen, obwohl das Zimmer im Halbdunkel lag. Einen Moment lang blickte sie starr geradeaus, dann sah sie mich an. Sie erkannte mich sofort, schien sich aber nicht zu wundern; als hätte sie immer schon gewusst, dass ich sie suchen und finden würde.

»Conrad?«, sagte sie.

Der Klang ihrer Stimme trat eine Lawine von Gefühlen in mir los: Liebe natürlich, Verlangen, große Freude. Aber darüber hinaus … Da waren auch noch andere, dunklere Reaktionen. Schuld, Reue, Kummer. Ohne Elena war ich ein Fels. Ich hatte keinen Sinn für Emotionen, egal ob positiv oder negativ. Mit ihr war ich fehlbar. Sie war der Quell meiner Motivation, aber auch meine große Schwäche. Mit ihr war ich verletzlich.

»Ich bin's«, sagte ich. »Ich bin hier.«

»Du bist mir tatsächlich gefolgt«, sagte sie. »Du bist zurückgekommen.«

»Habe ich dir doch versprochen.«

»W … wo sind wir?«

Sie brachte nur ein trockenes Krächzen heraus, selbst die wenigen Worte hatten sie schon sichtlich Mühe gekostet. Ihre Lippen hatten beinahe die gleiche Farbe wie ihre Haut, das lange schwarze Haar stand in krassem Gegensatz zu ihrem fahlen Gesicht. Sie war vollkommen entkräftet.

»Auf einem Raumschiff«, sagte ich. »An Bord der *Colossus*.«

»Dein Schiff?«

»Mein Schiff. Ein Allianz-Schiff.«

»Gut. Das ist gut. Was ist … mit mir passiert?«

»Wir haben dich von der *Endeavour* gerettet. Sie ist zerstört worden. Außer dir war niemand am Leben. Der Vertrag ist schon vor zehn Jahren in Kraft getreten. Du bist die ganze Zeit im Mahlstrom gewesen.«

»Vertrag …?«, flüsterte sie. Ein flüchtiges Lächeln umspielte ihre Lippen, aber es sah ungesund aus. Mir dämmerte, dass ich ihre Frage missverstanden hatte. »Ist das … haben sie euch das erzählt?«

»Natürlich. Ihr seid in den Mahlstrom geflogen, um mit den Krell den Vertrag auszuhandeln.«

»Es hat nie einen Vertrag gegeben«, flüsterte sie.

»Aber natürlich«, sagte ich mit Nachdruck. »Du bist noch ein bisschen durcheinander …«

»Es hat keinen Vertrag gegeben.«

»Doch«, sagte ich. »Hat es, und du bist zehn Jahre weg gewesen …« Ich verstummte. Trotz ihrer Verfassung schien ich jetzt der Schwächere von uns beiden zu sein. Ihre Worte hatten mich überwältigt, verletzten mich mehr, als es eine greifbare Waffe vermocht hätte. »Die Mission der *Endeavour* war …«

»Das war … schon immer der Plan des Führungsstabs. Ein Vertrag war nie geplant.«

»Das … das kann nicht stimmen …«

Sie ist krank, sagte ich mir fieberhaft, *sie weiß nicht, was sie da redet.* Aber ein Blick in ihr bleiches Gesicht, und ich wusste genau, dass sie die Wahrheit sagte. Ich konnte ihre Worte weder ignorieren noch außer Acht lassen, denn hier lag sie im Sterben und hatte mit Sicherheit keinen Grund, mich anzulügen. Ein kalter, albtraumhafter Druck legte sich um mein Herz und wollte nicht wieder weichen. Alles, worauf ich mich hatte verlassen können – Fakten und Grundlagen, so sehr ich sie auch verabscheuen mochte –, löste sich plötzlich in Rauch auf.

»Tut mir leid, Conrad … Du musst mir das glauben: Alles, was ich getan hab, war nur für dich …« Sie schluckte und verzog vor Schmerzen das Gesicht. Ich wusste nur zu gut, was gerade mit ihrem Körper passierte. Die Zellwände brachen auseinander, die Organe schalteten sich nach und nach ab. Ich hatte es selbst schon so oft erlebt. »Ich habe mein Leben gegen deines eingetauscht …«

Elena berührte meine Metallhand. Ihre Augen weiteten sich, und sie musterte die bionische Prothese. Die Hand ragte aus dem Ärmel meiner Uniform heraus, und das Licht der Deckenlampen, das sich in den falschen Muskeln brach, sah beinahe bösartig aus. Ich musste mich dazu zwingen, die Hand nicht zurückzuziehen, sie nicht vor ihr zu verstecken.

»Was … was haben die dir angetan, Conrad?«, fragte sie.

»Ist schon gut. Alles in Ordnung.«

Elena liefen Tränen über die Wangen. Ihre Finger untersuchten die Konstruktion meiner Hand – so schleppend, als habe sie über ihren Sim noch weniger Kontrolle als ich über meine Prothese.

»Sie haben … dir wehgetan«, flüsterte sie. »Die werden uns allen wehtun, wenn wir sie lassen …«

Elenas schlanker Körper zitterte unkontrolliert. Auf einmal konnte ich wieder halbwegs klar denken. Dieser Körper würde nicht mehr lange leben, und dass sie überhaupt noch am Leben war, musste bedeuten, dass sich ihr echter Körper nicht an Bord der *Endeavour* befunden hatte. Also steckte sie in diesem Moment woanders in einem Tank. Selbst wenn sie vergleichsweise in Sicherheit war, musste sie noch irgendwo im Mahlstrom sein.

Ich nahm mich zusammen. »Die *Endeavour* ist vernichtet. Elena, ich muss dich immer noch finden. Ich muss dich retten.«

»Ich hatte einen Simulator … dann bin ich durch den Damaskus-Graben … W-wir haben das Artefakt benutzt, den Abgrund aktiviert.«

Das wusste ich bereits. Ich wollte nicht, dass sie ihre letzten Atemzüge damit verschwendete, mir alles zu erklären. Meine richtige Hand packte ihre noch fester. Mit wachsender Angst bemerkte ich, das ihre Haut noch kälter geworden war, ihr Blutkreislauf kaum noch arbeitete. Sobald die Uhr einmal lief, ließ sie sich nicht mehr anhalten.

»Was war euer Auftrag, Elena?«, fragte ich drängend. »Wo hat der Stab euch hingeschickt?«

»Wir sollten etwas Furchtbares tun …« Sie schluchzte.

»Ist schon gut«, log ich.

»Nein … Was wir gefunden haben …«

»Elena, wo bist du?«, fragte ich lauter. »Ich bin nicht alleine hier. Wir können helfen. *Ich* kann dich finden.«

»Der Wiedergänger …«, begann sie.

Sie konnte den Satz nicht vollenden.

Sie stöhnte. Es war ein grauenhaftes, gequältes Geräusch; das Röcheln einer Sterbenden. Ich hatte es schon mehrfach erlebt und wusste, dass sie dabei war, die Kontrolle über ihren Sim zu verlieren. Ich konnte ihren Schmerz fast spüren. Sie stank nach frischer Kühlflüssigkeit, beißend wie Formaldehyd, und war mittlerweile so bleich, dass die Haut an ihren Unterarmen, an den hageren Wangenknochen und Schläfen fast durchsichtig aussah.

»Wir haben Fähren dabei«, sagte ich. »Wir folgen deinem Signal. Sag mir einfach, wo ich dich finden kann.«

Elenas Augen waren so viel härter, als ich sie in Erinnerung hatte. Sie öffnete den Mund. Ich ermunterte sie, verzehrte mich danach, noch ein letztes Mal ihre Stimme zu hören. Ich beugte mich so weit vor, dass ich ihren schwachen Atem auf meinem Ohr spüren konnte.

»Devonia«, flüsterte sie. »Planetare Koordinaten Null-Drei, Delta-Neun …« Es waren Gitternetz-Koordinaten – nicht sonderlich präzise, aber gut genug. Sie schluckte. »Ich warte.«

Und dann war es vorbei.

Die Maschine an ihrem Kopfende piepte monoton. Ihr EKG spielte verrückt. *Scheiße!* Ich packte ihre nackte Schulter, umklammerte sie so fest, als könnte sie das daran hindern, mich zu verlassen. Dann ertönte aus dem Monitor ein lautes Pfeifen. Die zerklüfteten Grafiken auf dem Holo flachten ab und zeigten nur noch eine gerade Linie.

Ihr Körper war still. Totenstill.

Leer.

Elena hatte extrahiert.

Wie oft war ich dazu verdammt, die Frau, die ich liebte, sterben zu sehen?

Ich hielt ihre Hand, bis sie zu Eis geworden war, sah das Licht in ihren Augen flackernd erlöschen. Um mich herum ließ die *Colossus* noch immer vereinzelte Sirenen ertönen, ich selbst wurde von der KI zum wiederholten Male dringend in den Besprechungsraum gerufen. Mit der Zeit wurden die Aufrufe immer nachdrücklicher, was mich nicht daran hinderte, sie sämtlich zu ignorieren.

Ich war am Ende. Bodenloser Schmerz.

Ich hatte sie in Damaskus verloren, hatte zusehen müssen, wie sie von der zentralen Plattform des Artefakts in die Tiefe stürzte, nachdem einer von Williams' Leuten sie erschossen hatte; ein kurzer, grausamer Schmerz. Jetzt hatte ich zusehen müssen, wie sie von Krell-Gift zerfressen wurde, wie sich ihr Körper unter der fremdartigen Säure langsam zersetzte. Aber ich hatte Elena auch vor Damaskus schon zweimal verloren. Einmal auf Azur, als sie mich verlassen hatte, um sich der *Endeavour*-Expedition anzuschließen, und dann auf Calico, als sie in den Mahlstrom aufgebrochen war. Mir schien, als sei ich dazu verdammt, die Geschichte ewig zu wiederholen. Ich war in Martinez' Zirkel der Neun Höllen gefangen.

Ich beugte mich vor und küsste sacht Elenas Lippen. Dann deckte ich sie sorgfältig mit dem Laken zu. Das Letzte, was ich von ihr sah, waren ihre geöffneten Augen.

»Ich … es tut mir leid. Wir haben es schon gehört.«

Ich drehte mich um und sah Kaminski im Türrahmen stehen. Ich war so tief in Gedanken versunken gewesen, dass ich ihn gar nicht hatte kommen hören.

»Sie so zu sehen …«, sagte er. »Die Neuen Sims sind mir wirklich nicht geheuer. Viel zu nah am Original.«

Mir fiel auf, dass er sich alle Mühe gab, den Körper unter dem Laken nicht anzusehen; sein Blick wechselte zwischen mir und dem Boden. Auch er hatte Elena gekannt, war genau wie ich in den Anfangstagen des Sim-Programms von ihr rekrutiert worden. Wir schienen eine Art unheiliges Triumvirat zu bilden. Wir alle waren am Anfang da gewesen, aber würden wir auch am Ende übrig bleiben?

Ich sah Elenas Körper an. »Es ist ja leider nicht das erste Mal.«

Kaminski nickte. Auch bei ihm waren noch die Stigmata seines kürzlich erfolgten Todes auszumachen: blutrote Schnitte quer über den nackten Schädel und – er hatte das Uniformhemd aufgeknöpft – bis hinunter zum Schlüsselbein.

»Ich habe die Nachbesprechung zu Damaskus gelesen«, sagte er. »Sie will wirklich, dass du sie findest, Harris. Das ist schon das zweite Mal, dass sie das getan hat, und es muss eine Menge Planung dahinter stecken. Denk doch mal drüber nach: Wie konnte Elena wissen, dass wir auf der *Endeavour* waren?«

»Worauf willst du hinaus?«

Kaminski sah sehr zufrieden aus, wie ein Kind, dass eine knifflige Hausaufgabe gelöst hat. »Du hast wohl vergessen, dass Technik meine Spezialität ist. Ich habe in der Datenverarbeitung den Zentralrechner der *Endeavour* angezapft. Sobald wir das Schiff betreten haben, wurde ein stiller Alarm ausgelöst, der das Schiff dazu veranlasst hat, das Neutrino-Feld zu aktivieren.«

Das Neutrino-Feld: die Überlicht-Kommunikationseinheit.

Ich fuhr mir mit der Hand übers stoppelige Kinn. »Also hat sie gewusst, dass wir an Bord sind …«

»Sie wusste, dass *irgendjemand* an Bord ist. Martinez hat gesagt, dass da noch mehr Körper in den Tanks waren. Wahrscheinlich Sims, die zu lange gelagert wurden – schlecht geworden sind, sozusagen.«

Ich nickte ihm zu und spürte neuen Tatendrang in mir aufsteigen. Elena hatte das Signal empfangen, hatte sofort den Übergang in einen frischen Sim eingeleitet … Sofern sie sich in der galaktischen Nachbarschaft befand, musste das Signal sie binnen Sekunden erreicht haben. Also hatte sie anscheinend nach Empfang unverzüglich ihren Tank bestiegen, um mit uns Kontakt aufzunehmen. Ein gewagter Plan, aber auch nicht gewagter als der, der sie nach Damaskus gebracht hatte – und es hatte funktioniert.

»Danke, 'Ski«, sagte ich. »Gut gemacht.«

Er zögerte. »Ich hab's zwar versucht, weiß aber leider nicht, wo das Signal hergekommen ist.«

»Du nicht, aber ich.«

»Dann solltest du vielleicht mitkommen und es uns verraten«, sagte Kaminski. »Die Legion wartet auf dich.«

Professor Saul, Leutnant James, Admiral Loeb und die Legion saßen im Beratungsraum. Es war leise. Keiner rührte sich. Alle hatten auf mich gewartet.

»Das muss hart gewesen sein …«, sagte Mason. Sie seufzte, und ein Schauer durchlief ihren schlanken Körper.

Es war zwar absolut keine adäquate Beschreibung dessen, was ich fühlte, aber Mason versuchte nur, nett zu sein. Ich verzog das Gesicht und quittierte ihren

Kommentar mit einem Nicken. Dann nahm ich meinen Platz am Kopfende des Tischs ein.

»Elena ist tot«, sagte ich tonlos. »Aber wir haben viel zu tun. Kann mich jemand aufklären, was da draußen genau passiert ist?«

Loeb war immer noch sichtlich ungehalten, aber ich sah ihm an, dass er mich unter diesen Umständen nicht direkt konfrontieren wollte. »Wir hätten uns früher zurückziehen müssen, Harris.«

»Ich musste sie retten. Das wirst du doch verstehen.«

Loeb nickte müde. »Trotzdem war die ganze Nummer verdammt gefährlich.«

»Wir leben noch«, sagte Kaminski. »Vielleicht sollten wir dafür einfach dankbar sein.«

»Wir sind dem Explosionsradius entkommen, falls Sie das meinen – aber nur knapp.« Loeb sah mich an. »Ich habe rechtzeitig vor dem Energiekern der *Endeavour* gewarnt. Ein Schiff dieser Größe mit Goliath-Kern ist eine der gefährlichsten Waffen in der Galaxis.«

»Dafür durften Sie sich mit den Krell schlagen«, sagte Jenkins. »Wollten Sie das nicht schon die ganze Zeit?«

»Als das verdammte Bioschiff aufgetaucht ist, saßen wir direkt neben der *Endeavour*«, sagte Loeb. »Wir waren kastriert! Unsere Nullschilde waren unten. Der Energiekern der *Endeavour* ist durchgebrannt, hat seine ganze Ladung im Nahraum verteilt und – soweit wir das sehen können – die Krell-Flotte mitgerissen.«

»Wie konnten die sich überhaupt so unbemerkt nähern?«, fragte Martinez.

»Eine gute Frage«, sagte Loeb, »die ich aber leider

nicht beantworten kann. Wir haben keine Energiesignaturen gemessen und hatten sie erst auf den Sensoren, als sie schon fast bei uns waren.«

Professor Saul beugte sich über den Tisch. »Sie entwickeln sich, Oberst. Die Wissenschaftsabteilung hat überall in der Quarantänezone die gleichen Beobachtungen gemacht. Sie entwickeln alle Aspekte ihrer Biotechnologie unaufhörlich weiter: können immer schneller reagieren und haben immer fortschrittlichere Tarnfelder.«

So dreht sich das Rad des Krieges weiter …

»Das könnte auch die ganzen Tertiärformen erklären«, stöhnte Jenkins. »Die Bastarde an Bord waren größer und schneller als alles, was wir bisher gesehen haben.«

Sie lehnte sich umständlich zurück und fühlte sich sichtlich unwohl. Sie litt immer noch an der Extraktion, und ihr Anblick entsprach meinem eigenen Zustand. Jede Zelle meines Körpers brannte vor Phantomschmerzen.

Loeb fuhr fort. »Aus der OPZ haben wir alles gesehen – wie sich der Energiekern der *Endeavour* langsam dem Schmelzpunkt genähert hat. Wir fingen an, uns zurückzuziehen …« Der Bussard verstummte, und obwohl er mir nicht in die Augen sehen wollte, war seine Kritik nicht zu überhören.

»Da haben die Krell wohl nicht gerafft, was sie erwartet«, sagte Kaminski und lachte freudlos. »Die dämlichen Fische sind doch nicht so clever.«

»Schäden?«, fragte ich Loeb.

Er schob mir ein Lesegerät hin, und ich brauchte

einen Augenblick, um mich auf das Hologramm zu konzentrieren. Es zeigte ein grünes Drahtgittermodell der *Colossus,* das vom Bug bis zum Heck mit einer Menge roter Markierungen versehen war.

»Kurz zusammengefasst«, sagte Loeb, »sind viele Systeme durch den Einsatz komplett ausgefallen. Eins der Munitionsdepots ist getroffen worden; dessen Inhalt ist jetzt im Nahraum verteilt. Zwei Wassertanks sind geborsten. Deck A-11 hat einen schweren Rumpfschaden erlitten, und da stand die Langstrecken-Kommunikation. Außerdem haben wir die Manövrierdüsen an Backbord verloren.«

»Und die gute Nachricht?«, fragte Jenkins mit schmerzverzerrtem Gesicht.

Loeb starrte sie zornig an. »Der Energiekern ist stabil, Leutnant. Meines Erachtens ist das eine ausgesprochen gute Nachricht. Immerhin heißt das, dass wir wahrscheinlich in naher Zukunft nicht explodieren.«

»*In naher Zukunft?*«, fragte Mason.

»Im Laufe der nächsten paar Tage«, sagte Loeb. »Genauer kann ich es leider nicht sagen. Die Lebenserhaltungssysteme haben ebenfalls was abbekommen, und die meisten Decks haben keine Klimaregulierung mehr.«

Ich hatte schon bemerkt, dass es wesentlich kälter war als gewöhnlich, aber ich hatte es als Nebenwirkung meiner letzten Extraktion abgetan. Die Heizung war eine der wichtigsten Komponenten der Lebenserhaltung – lebensnotwendig für einen Flug durch die Leere.

»Können wir die nicht flicken?«, fragte ich.

Loeb nickte grimmig. »Klar doch, aber dafür müssten wir sämtliche anderen Systeme länger herunterfahren, was ich mitten im Mahlstrom nur sehr ungern täte.«

Auf der gegenüberliegenden Seite räusperte sich James. In seinem frischen Sim war er so ziemlich der einzige Anwesende in kampftauglicher Verfassung. Alle anderen trugen noch immer ihre Stigmata: Schrammen und Schwielen an all den Stellen, wo ihr simuliertes Gegenstück im Einsatz verletzt worden war.

»Viel schlimmer als all die Schäden«, murmelte er, »ist aber doch die Tatsache, dass man uns *entdeckt* hat. Die Krell wissen, dass wir hier sind.« Alle Anwesenden gaben ihm knurrend recht, selbst Jenkins. »Das waren Aufklärer, und jetzt wird jeder Fischkopf im ganzen Sektor unterwegs sein, um uns zu finden. Nach dem, was der Professor eben gesagt hat, sehen wir sie vielleicht nicht einmal kommen.«

Es stimmte leider. Die Rache mochte nicht unmittelbar folgen, aber nach interstellaren Maßstäben würde die Antwort der Krell nicht lange auf sich warten lassen. Das Nachrichtensystem der Krell war einer der zahlreichen Aspekte dieser Spezies, über den wir viel zu wenig wussten – wie genau die Kollektive in der Lage waren, so schnell miteinander zu kommunizieren. Die gängigste Hypothese lautete, dass tief im Bauch dieser Bioschiffe eine eigene Gattung der Krell am Werk war, nur dafür gezüchtet, sich untereinander über die gewaltigen Entfernungen des Alls auszutauschen, deren einzige Rolle im großen Schwarm das

Kommunizieren mit anderen Fischen ihrer Art war. Ein derart hochentwickelter Fischkopf war bisher weder gesehen noch gefangen worden, aber in der wissenschaftlichen Abteilung ging man fest davon aus, dass er existieren musste.

»Dann sollten wir schnell verschwinden«, sagte ich. »Bis die Fischköpfe hier auftauchen, sind wir längst weg.«

»Wo sollen wir denn hin?«, fragte Loeb. »Wir können uns nicht zu den Kernwelten zurückziehen, das Thema hatten wir doch schon …«

»Nach Devonia«, sagte ich.

Loebs Reaktion kam augenblicklich und vehement. »Harris, drehst du jetzt *völlig* am Rad? Das ist ihr Heimatgebiet!«

»Wir folgen Elena«, sagte ich. »Bevor sie gestorben ist, hat sie mir ein paar Sachen verraten.« Ich sah mich im Raum um. All die müden Gesichter. »Manches davon war nur schwer zu verdauen …«

Ich erzählte ihnen, was Elena gesagt hatte: über den Vertrag und die Koordinaten auf Devonia. Sie hörten mir mit sichtlichem Unbehagen zu. Konnte ich ihnen kaum verübeln – es gefiel mir genauso wenig wie allen anderen.

»Scheiße …«, sagte Martinez kopfschüttelnd. »Das ist ganz schön viel auf einmal.«

»Aber wenn es keinen Vertrag gegeben hat«, sagte Mason, »warum war die *Endeavour* dann überhaupt noch da draußen?«

»Du mit deiner ewigen Fragerei«, sagte ich. »Hör mal, Mason, ich habe leider nicht alle Antworten.

Ich hatte nicht viel Zeit mit ihr, aber Elena hat uns eine Spur nach Devonia aufgezeigt, also ist das unser nächstes Ziel.«

Admiral Loeb atmete langsam aus und kaute auf seiner Unterlippe. »Ich habe schon befürchtet, dass du das sagst.«

»Kommen wir bis dorthin?«, fragte ich.

»Möglich«, sagte er, »aber einfach wird es nicht. In unserer momentanen Verfassung brauchen wir selbst mit Höchstbeschleunigung locker drei Tage.«

»Dann machen wir das«, wiederholte ich und wandte mich an Mason. »Und da unten finden wir dann auch Antworten auf all die vielen Fragen.«

Unbehagliche Stille senkte sich über den Raum. Alle versuchten, Elenas Enthüllungen zu verarbeiten und zu begreifen, was das bedeutete.

Du hast doch schon immer Zweifel daran gehabt, was die hier draußen wirklich treiben, neckte mich die Stimme. *Jetzt tu bloß nicht so, als wunderte dich das im Ernst …*

19

DER VERTRAG

Sieben Jahre zuvor

Die offizielle Parole des Führungsstabs lautete, dass die *Endeavour* ein paar Jahre nach ihrem Eintreffen im Mahlstrom als vermisst geführt wurde, aber die zeitlichen Abläufe hatten nie so ganz passen wollen, und es fühlte sich so an, als habe die Allianz sie schon sehr viel früher abgeschrieben. Der Vertrag war ein voller Erfolg, behaupteten zumindest die Politikaster, und bald war die Quarantänezone eingerichtet. Damit war der erste Krell-Krieg offiziell beendet, und bis auf die gelegentlichen Grenzscharmützel sah es so aus, als würde die ganze Angelegenheit als eines jener Beispiele blutiger und sinnloser Auseinandersetzungen in die Geschichte eingehen, mit denen die Historie der Menschheit so reichhaltig bestückt war.

Ich konnte Elena nicht vergessen, aber da war ich leider der Einzige.

Cassari Brookes neuer Artikel war das erste Mal, dass mich jemand »Lazarus« nannte, und anfangs versuchte ich nach Kräften, es einfach zu vergessen. Ich konnte es zwar verdrängen, aber Vergessen war mir nicht vergönnt. Ich motzte jeden Soldaten an, der mich so nannte, entfernte den Kampfnamen bei jeder Nachbesprechung, in der er auftauchte. Versuchte zu leugnen, was längst unvermeidbar geworden war. Es dauerte eine Weile, aber schließlich hatte sich der Name durchgesetzt.

Nach dem Start der *Endeavour* verfolgte ich Cassi Brookes Karriere noch eine Weile. Ich hörte nichts mehr von ihr, was mir nur recht war, las aber ihre Artikel: Exposés über das Militär als Ganzes, Porträts einzelner Einheiten direkt von der Front, typisches Kriegsberichterstatter-Zeug. Obwohl sie Haustiere auf Bäumen eindeutig hinter sich gelassen hatte, fand ich nur wenig Neues in ihren Berichten. Ein paar Jahre nach unserem Treffen verschwand sie dann völlig von der Bildfläche. Wahrscheinlich hatte sie einen Heiratsvertrag und eine Kinderlizenz bekommen, vielleicht hatte sie aber auch einfach den gefährlichen Job als Investigativjournalistin an den Nagel gehängt. Im richtigen Leben taten Leute so etwas.

Ich hatte eine wichtige Lektion gelernt – Reportern niemals zu vertrauen – und lebte weiter vor mich hin. Leben, sterben, trinken. Ich war sicher, der jeweilige Flaschenboden enthalte die einzigen Antworten, die ich je bekommen würde.

Dann ereignete sich etwas wirklich Merkwürdiges. Ich war auf *Liberty Point* stationiert – damals war der Außenposten noch relativ neu – und bekam plötzlich eine Nachricht von ihr. Nur einen kurzen Text, in dem sie mich um ein Treffen bat.

Wie auch immer sie es angestellt hatte, jedenfalls

hatte sich Cassari Brooke Zugang zum *Point* verschafft. Sie war vor Ort und wollte reden.

Wie schon Jahre zuvor auf Calico wählte auch dieses Mal sie den Treffpunkt. In jenen Tagen, als *Liberty Point* noch die unangefochten wichtigste Militärbasis in der QZ war, standen mehr als genug Kneipen und Clubs zur Auswahl. Das zivile Viertel platzte vor lauter Spelunken aus allen Nähten, aber sie entschied sich für ein Restaurant im Wartungssektor. Es war ein kleiner, schäbiger Laden, der hauptsächlich von den örtlichen Dockarbeitern und Bautrupps frequentiert wurde – man hätte ihn ohne Weiteres auch in der Innenstadt von Neu-Detroit vermuten können. Er war gut besucht; Männer und Frauen in zerschlissenen Uniformen, schmutzige Gesichter überall. Diese Leute waren, wie ich nach kurzem Überlegen eingestehen musste, der Schrott, der die ganze Mühle hier am Laufen hielt. Sie waren keine Helden, waren nicht stolz auf ihre Taten, arbeiteten aber umso härter. In meiner Uniform mit den leuchtenden Abzeichen und dem Hologramm auf der Brust, das verkündete, wie oft ich schon gestorben war, fühlte ich mich fehl am Platz. Solchen Leuten war das vollkommen egal, und beim Eintreten würdigten mich die wenigsten überhaupt eines Blicks.

Ich suchte die Tische ab und wurde schon ungehalten, als ich Brooke nirgendwo entdeckte. Sie hatte Ort und Zeit genau bestimmt.

Dann rief mich jemand quer durch den Raum, und aus einem der dunklen Alkoven an der Wand tauchte eine Gestalt auf.

»Captain Harris«, sagte sie und winkte. »Hier drüben.«

Ich stutzte einen Moment, weil ich sie nicht sofort wiedererkannte. Cassari Brooke, Exmitarbeiterin von *Core News Network*, hatte sich seit unserem letzten Treffen sehr verändert. Auch mit den letzten Bildern, an die ich mich aus ihren Berichten noch erinnern konnte, hatte sie kaum mehr etwas gemein. Mit leichtem Unbehagen bahnte ich mir einen Weg zwischen den Tischen und setzte mich zu ihr.

Die rote Mähne war verblichen und ungepflegt, und obwohl sie nicht viel älter aussah – schließlich gab es auf den Kernwelten eine Menge Verjüngungsbehandlungen zur Auswahl –, wirkte sie abgekämpft. Ihre Erscheinung hatte jeglichen Glanz verloren, ihr Körper versank im Düffel-Overall eines Dockarbeiters, statt einen schicken Hosenanzug auszufüllen.

»Danke, dass Sie gekommen sind«, sagte sie.

»Konnte ich ja schlecht verpassen«, sagte ich. »Habe ja nie Gelegenheit gehabt, mich für den tollen Leitartikel zu bedanken.«

Sie lächelte matt. »Es tut mir leid. Wirklich.«

»Wenn ich Ihnen das nur glauben könnte.«

»Ich habe uns schon mal Kaffee bestellt«, sagte sie.

»Ich hatte eigentlich auf was Stärkeres spekuliert.«

Ihr Lächeln gefror. »Das mache ich nicht mehr.«

»Tja, ich schon.«

»Davon habe ich sogar was gelesen«, murmelte sie. »Sie sollten das etwas einschränken. Bisschen ruhiger angehen lassen.«

»Da sind Sie nicht die Erste, die mir das sagt«, meinte ich, »und auch bestimmt nicht die Letzte.«

Unsere Sitzecke hatte ein eigenes Fenster, das eine gute Aussicht auf die Flottenbewegungen rund um den *Point* bot. Eine Menge Kriegsschiffe zogen vorbei, dazwischen viele kleinere Transportfähren und Frachtschlepper. Damals waren wir uns noch sicher, unbezwingbar zu sein – sicher, dass die Krell niemals in der Lage sein würden, die geballte Macht, die wir mit *Liberty Point* geschaffen hatten, zu knacken. Brooke schaute aus dem Fenster, fummelte am Armband ihres Overalls herum und biss sich auf die Lippe.

»Suchen Sie immer noch nach Ihrem Mädchen, Conrad?«, fragte sie schließlich.

»Sind wir deswegen hier? Nur für Ihre nächste Story?«

Brooke hielt den Blick starr an die Scheibe geheftet. Mir fiel auf, dass ihren Augen der alte Glanz fehlte: keine Datenverbindung mehr zum Zentralrechner. Hatte sie die Fähigkeit dazu verloren? Das Gerät war für eine Journalistin doch sicher unabdingbar?

Dann beantwortete sie meine Frage doch noch. »Auch das mache ich nicht mehr. Zumindest nicht über die offiziellen Kanäle.«

»Habe ich mir schon gedacht. Ich habe Ihre Geschichten über Sierra Delta noch verfolgt. Und über den Krieg um Sigma.«

»Das freut mich«, sagte sie, klang aber wenig interessiert. »An den Beiträgen habe ich hart gearbeitet. Ich hoffe, sie haben Ihnen gefallen.«

»Gefallen ist vielleicht das falsche Wort«, sagte ich,

»aber Ihre Aufarbeitung der Beteiligung des Sim-Programms an den Auseinandersetzungen war durchaus gelungen.«

Sie schüttelte den Kopf. »Das waren keine echten Berichte.«

»Was dann?«

»Beiträge zur Propaganda«, sagte sie. »Nichts als nette Worte, um die Öffentlichkeit ruhigzustellen.«

Sierra Delta und Sigma waren beides Hexenkessel gewesen. Dort hatten zwar auch Sims gedient, den wahren Blutzoll aber hatten die echten Fußtruppen der Armee entrichtet, um die gewonnenen Territorien gegen die Krell zu halten. Nachdem ich Brookes Berichte gelesen hatte, verblüffte es mich doch, sie so darüber reden zu hören.

»Das sind auch nicht die einzigen Themen, zu denen ich geforscht habe«, fügte sie hinzu. Sie klang nervös. »Tatsächlich habe ich mich auch länger mit Ihnen beschäftigt.«

Ein kalter Schauer kroch mir über die Haut. »Ist das so?«

»Ja. Ich weiß, dass sich Ihr Vater umgebracht hat, nachdem er aus der Armee entlassen wurde.« Sie schluckte – entweder war ihr bewusst, dass sie bereits zu weit gegangen war, oder sie überlegte, wie weit sie noch gehen konnte. »Ich weiß auch, dass Ihre Mutter bei der Schlacht um den Jupiter-Posten gestorben ist … Dass sie vom Direktorat getötet wurde. Ich habe sogar etwas über Ihre Schwester gelesen, obwohl das wesentlich schwieriger zu finden war.«

»Da war aber jemand fleißig«, sagte ich. Es gab über

den Tod meines Vaters keine offiziellen Dokumente. Seine Vorgesetzten waren so gnädig gewesen, sein Ableben aus allen militärischen Unterlagen zu tilgen. »Wenn Sie ernsthaft glauben, dass ich Ihnen erlaube, aus irgendwas davon eine Geschichte zu drehen …«

Sie schüttelte den Kopf und hob abwehrend die Hände. »Nein, nein, natürlich nicht. Das sollte nur ein anschauliches Beispiel sein.«

»Wofür?«

»Dafür, dass man im Zentralrechner eine Menge Informationen findet, wenn man wirklich sucht.«

»Worauf wollen Sie hinaus? Der *Point* ist ganz schön weit draußen dafür, dass eine Nicht-mehr-Reporterin hier einfach hinfliegt, nur um mir zu erzählen, dass sie etwas recherchiert hat …«

»Dann beantworten Sie meine Frage«, fauchte sie. »Suchen Sie immer noch nach Ihrem Mädchen?«

Ich schenkte mir aus der Glaskanne auf dem Tisch etwas kalten Kaffee nach. Neben der Kanne lag ein kleines schwarzes Kistchen, auf dem grüne Dioden flackerten.

»Natürlich suche ich sie noch. Selbst wenn Sie keine Reporterin mehr sind, wissen Sie sicher, dass die *Endeavour* nicht zurückgekehrt ist. Sie ist irgendwo da draußen verschollen.«

»So sagt man«, sagte sie. »So sagt man.«

»Was soll das heißen? Wissen Sie mehr?«

Ich erinnerte mich noch daran, wie Brooke auf Calico versucht hatte, mir alte Hüte als Neuigkeiten zu verkaufen. Ihrem jetzigen Verhalten nach ging ich nicht davon aus, dieses Mal ernsthaftere Hinweise von ihr zu bekommen. Plötzlich wandte sie den Kopf ab, wollte mir nicht mehr in die Augen sehen und tippte dann mit einem – bis zum Anschlag abgekauten – Fingernagel auf das Kästchen neben der Kaffeekanne.

»Das ist ein Störsender«, sagte sie. »War sauteuer, sollte aber dafür sorgen, dass uns niemand belauschen kann. Nur dass Sie's wissen. Falls Sie verkabelt sind oder so.«

»Natürlich nicht.«

»Sehr gut.«

»Warum sollte ich?«

»Weil Leute hinter mir her sind, verstehen Sie? Und zwar beide Sorten: Allianz und Direktorat.«

Ich sah sie fragend an. »Sind Sie jetzt komplett übergeschnappt?«

»Ich war noch nie ganz normal«, sagte sie mit einem müden Lächeln. »Aber wir sollten uns unterhalten. Ich kann Ihnen möglicherweise helfen, Conrad. Ernsthaft.«

»Na gut«, sagte ich. »Ich habe nicht aufgehört, nach ihr zu suchen. Habe die gesamte Quarantänezone durchkämmt, alle Hebel in Bewegung gesetzt, die mir zur Verfügung stehen. Aber ich habe nie mehr gefunden als geschlossene Türen. Manche davon sogar verriegelt.«

Es war die reine Wahrheit. Ich steckte schon länger in einem tiefen Loch der Verzweiflung. Der rationale, nüchterne Teil meines Hirns hatte sogar angefangen, darüber nachzudenken, dass die Behörden am Ende vielleicht recht hatten. Vielleicht war Elena mit der *Endeavour*-Expedition tatsächlich im Mahlstrom verschollen. Vielleicht würde sie wirklich nie zurückkommen. Noch hielt mich das nicht davon ab weiterzusuchen, aber ich hatte Angst davor, dass es vielleicht eines Tages so weit sein könnte.

»Wenn der Vertrag so ein voller Erfolg war«, sagte Brooke, »warum ist die Expedition dann nicht wiedergekommen? Denken Sie mal einen Moment darüber nach. Ergibt das für Sie irgendeinen Sinn?«

»Man vermutet, dass die Schiffe vielleicht auf dem Rückweg in Richtung der Allianz-Territorien vernichtet wurden«, sagte ich. Ich glaubte keine Sekunde daran, aber das war die gängige Behauptung. »Es gibt mehr als genug Gefahren, die einem im Mahlstrom zum Verhängnis werden können.«

»Ich weiß, dass Sie selbst schon drin waren«, sagte Brooke. »Und ich weiß auch, dass Sie nichts von dem glauben, was Sie da gerade gesagt haben. Die Flotte bestand aus sechzehn Schiffen, Conrad. *Sechzehn Schiffe*. Sind die alle in Schwarze Löcher geflogen?«

»Wer weiß«, sagte ich.

»Der Vertrag ist vor Jahren unterzeichnet worden«, sagte Brooke. »Aber wundern Sie sich nicht auch manchmal darüber, dass die Einzelheiten des Vertrags nie öffentlich gemacht worden sind?«

»Nicht wirklich«, sagte ich. »Wir wissen ja von der Quarantänezone …«

»Und wessen Idee war die Einrichtung einer Quarantänezone?«, fuhr sie mir über den Mund. »Das haben sich doch wohl kaum die Krell ausgedacht. Ich habe Forschungsunterlagen gesehen. Berge von Akten gelesen. Wie soll eine Spezies wie die Krell überhaupt einem Vertrag zustimmen …?«

»Keine Ahnung. Fragen Sie die Wissenschaftler.«

»Das habe ich versucht, und wie. Ich war sogar im Zentralrechner der Wissenschaftsabteilung.«

Die Unterhaltung hatte eine unangenehme Richtung eingeschlagen. Brooke redete hastig und klang zunehmend irrational. Den Zentralrechner der Wissenschaftsabteilung zu hacken war selbst für eine Investigativ-Journalistin ein äußerst riskanter Schritt. Für eine Zivilistin war das mit Sicherheit ein Kapitalverbrechen.

»Wenn man Sie bei so was erwischt«, sagte ich, »wird man Sie still und heimlich aus dem Verkehr ziehen – endgültig.«

Der Führungsstab, die Wissenschaftsabteilung, der Geheimdienst: Eine dieser Abteilungen würde sich schon um sie kümmern. Es würde weder eine Gerichtsverhandlung geben noch eine Veröffentlichung dessen, was sie gefunden hatte.

Brookes Miene verkrampfte sich. »Glauben Sie, das wüsste ich nicht? Was glauben Sie, warum ich den Störsender besitze?«

»Wenn Sie wirklich im Zentralrechner der Wissenschaftsabteilung waren, wissen Sie über die ganze Sache sehr viel mehr als ich.«

»Keine blöden Sprüche bitte. Wie konnte die Besatzung der *Endeavour* überhaupt mit den Krell verhandeln?«

»Sie haben Führer-Formen«, sagte ich achselzuckend.

»Ich habe schon einige gesehen. Vielleicht lassen die mit sich reden …«

»Und noch etwas. All das Gerede über ›Das Kollektiv‹ – Schwachsinn. Es gibt mehrere Kollektive im Mahlstrom, nicht bloß ein großes Ganzes, wie uns das der Führungsstab so gerne einreden will. Die Wissenschaftler haben sogar verschiedene Namen für sie; die wissen, dass es da Unterschiede gibt.«

Ich betrachtete ihr Gesicht. Sie sah furchtbar müde aus, und ihr linkes Auge zuckte unkontrolliert, eindeutig eine Stressreaktion. Wenn sie etwas sagte, kamen ihre Worte in einem plötzlichen, kurzen Schwall. Sie war offenbar krank, und meine Anwesenheit half ihr mit Sicherheit nicht.

»Wie kommunizieren die Krell, Conrad?«, fragte sie abermals. Noch immer sah sie mich nicht an. »Ich muss das wissen. Es ist genau das, was uns Wissenschaftsabteilung und Stab nicht verraten wollen. Ich glaube, die Krell sind überhaupt nie an einem Vertrag interessiert gewesen. Die Regierung hält all das unter Verschluss. Sie wollen verhindern, dass irgendwer die Puzzleteile zusammensetzt.«

Sie ist verrückt, beschloss ich.

»Alles klar, Cassi. War schön, Sie wiederzusehen.«

Brookes Hand schoss über den Tisch und krallte sich um mein Handgelenk, ihre Nägel schnitten in mein Fleisch. Ich hatte schon oft gehört, dass Wahnsinn dem Leidenden große Kraft verleiht – hauptsächlich beim Sim-Programm. Vielleicht war da etwas dran, denn Cassari Brooke war wesentlich stärker, als sie aussah.

»Ich verarsche Sie nicht, Lazarus«, sagte sie. »Ich bin mir sicher, dass die Expedition nicht geschickt wurde, um einen Vertrag auszuhandeln.«

»Warum sind sie dann in den Mahlstrom geflogen?«

Etwas in ihrer Miene sorgte dafür, dass ich sitzen blieb – selbst wenn das hier nur das wirre Gefasel einer ehemaligen Nachrichtenkorrespondentin war.

»Ich weiß es nicht«, sagte sie. Sie ließ meinen Arm los. »Noch nicht.«

»Sie sind verrückt«, sagte ich. »Sie sollten sich Hilfe suchen.«

Hinter mir klirrte Geschirr. Ein paar Gäste nahe der Tür murrten verärgert.

Brooke war schneller als ich. Sie wischte ihre Papiere vom Tisch in die offene Aktentasche zurück, dann folgte die kleine schwarze Box.

»Sie hätten sichergehen müssen, dass Ihnen keiner folgt!«, fauchte sie mich an.

Zwei Militärpolizisten in schwarzen Schusswesten näherten sich dem Tisch und verstellten Brooke breitbeinig den Weg. Beide hielten aktivierte Schockstäbe in der Hand, über die Entladungen tanzten.

»Cassari Brooke?«, sagte der Anführer. »Zivilnummer 451452, Herkunft Tau Ceti?«

»Nein«, sagte sie. »Sie müssen sich irren. Das bin ich nicht.«

Der andere Soldat nickte. »Doch, das sind Sie. Die Überwachungskameras am Eingang haben Sie längst identifiziert.«

Das Spiel war vorbei. Brooke ließ die Schultern hängen.

»Sie sind verhaftet, weil Sie sich illegal auf den *Point* geschlichen haben. Ein Visa-Verstoß der Klasse drei. Stehen Sie auf, und kommen Sie mit.«

Brooke stand langsam auf. Sie hatte ihre Aktentasche mit sämtlichen Dokumenten unter dem Arm.

»Sie sollten diese Fragen selber stellen, Conrad!«, schrie sie mich im Gehen an. »Ich will wissen, was da draußen passiert ist, und solange wir uns nicht wehren, finden wir das nie raus!«

»Ja ja, schon gut«, sagte einer der Militärpolizisten. »Nicht so laut.«

»Tut mir leid, Sir«, sagte der andere zu mir. »Die hat sie nicht mehr alle.«

Ich nickte. »Habe ich mir schon gedacht.«

»War mal bei CNN oder so«, sagte er und sah seinem Kollegen hinterher, der Brooke aus dem Laden führte. »Hat ihren Job verloren und dann angefangen, dem Militär und den Behörden auf den Wecker zu gehen.«

»Es gibt ja 'ne Menge Beknackte, die mit solchen Theorien um sich werfen«, sagte ich und hasste mich für diese Worte.

»Mhmm«, sagte der Soldat. »Jede Menge Verrückte. Wahrscheinlich ist Tau Ceti einfach zu weit von der Front weg. Wünsche noch einen schönen Tag, Sir.«

Die beiden zogen mit Cassari Brooke ab, die mit den Armen wedelte und immer noch schrie. Ich blieb mit meinem kalten Kaffee sitzen.

Es dauerte nicht lange, bis ich das Treffen so gut wie vergessen hatte: ein bizarrer, ansonsten aber bedeutungsloser Zwischenfall. Cassari Brooke tat mir leid, aber die Geschichte gelangte nie an die Medien, und ich ging davon aus, dass man sie einfach der Station verwiesen hatte – oder sie irgendwohin gebracht hatte, wo sie professionelle Hilfe bekam.

Ein paar Monate später erfuhr ich in einer der vielen Bars auf *Liberty Point* rein zufällig, wie sie ihr Ende gefunden hatte. Es war eine kurze, enttäuschende Randnotiz in den Nachrichten, von einer ihrer ehemaligen Kolleginnen mit teilnahmsvoller Miene vorgetragen. Cassi Brooke war auf Tau Ceti in der Badewanne tot aufgefunden worden. Sie hatte sich die Pulsadern aufgeschnitten.

Ich erinnerte mich noch daran, *Was für ein Klischee* gedacht zu haben. Die Behörden hatten es offenbar ähnlich gesehen – eine abgehalfterte, ausgebrannte Exreporterin mit zu viel Freizeit. Jemand, der immer dem Geschmack des Todes hinterhergejagt war und ihn endlich gefunden hatte.

20

DEVONIA

Der Flug nach Devonia war von kaum unterdrückter Angst geprägt, und die *Colossus* wirkte beinahe verlassen. Die meisten Gänge und Unterkünfte waren verwaist. Die wenigen Decks, die noch Energie hatten, wurden von Mannschaften in Schutzanzügen bevölkert, die Helme stets griffbereit – alle hatten sich darauf eingestellt, jederzeit die nächste Rettungskapsel besteigen zu müssen. Was nicht einer gewissen Ironie entbehrte, schließlich gab es hier draußen nichts, wohin man sich hätte retten können. Anders als die Lazarus-Legion war der Rest der Besatzung natürlich keine Himmelfahrtskommandos gewöhnt. Für so etwas hatten sie sich nicht gemeldet. Dass noch keine offene Meuterei ausgebrochen war, lag wohl in erster Linie an Loebs legendärer Führungsstärke.

Ich wanderte über das Aussichtsdeck und überprüfte die Kommunikationseinrichtungen. Der Mahlstrom hatte wenig mit menschlichem Siedlungsgebiet gemein. Ohne die obligatorischen Radiosatelliten, Neutrino-Stationen oder andere Kommunikationsmethoden, die ansonsten das All mit Daten überschwemmten, war die Leere um uns herum beängstigend ruhig. Ich hatte Geschichten über Matrosen gehört, die von der Stille in den Wahnsinn getrieben worden waren, und zum ersten Mal in meiner Laufbahn war ich geneigt, ihnen Glauben zu schenken.

Ich verbrachte viel Zeit in der Sim-Zentrale. Sie war schon immer einer meiner liebsten Orte gewesen; hier konnte ich davon träumen, den nächsten Übergang einzuleiten und meinem Körper zu entfliehen. Da wir nur eine knappe Handvoll Wissenschaftler an Bord hatten, lag der Raum größtenteils im Dunkel. In langen Reihen warteten die Sims auf ihren Einsatz, eingeschlossen in Kältekapseln wie jener, in der ich Elena gefunden hatte. Daneben standen fünf Ares-Panzerungen, bereits vollständig mit Kampfabzeichen und Einheits-Klassifikationen versehen. Auf den dicken Schulterplatten prangte in frischer Farbe das stolze Symbol der Lazarus-Legion. Jeder Panzer strahlte Hunger aus: ein tiefes Verlangen danach, bestiegen zu werden.

Ich kontrollierte nacheinander jeden unserer Tanks; alle fünf leuchteten in einladendem Blau. Ich ließ meine gute Hand über die Glasdeckel streicheln, betrachtete die Flüssigkeit im Innern. Im Gegensatz zum umliegenden Schiff fühlten sich die Maschinen ganz warm an …

Im Glasdeckel huschte ein Spiegelbild vorbei. Hinter mir war jemand: ein Umriss, eine Gestalt. Beobachtete mich.

»Wer ist da?«, bellte ich.

Elena …?

»Ruhig Blut, Chef. Ich bin's nur.«

Kaminski saß in einer Ecke des Raums, halb im

Schatten verborgen. Er beugte sich vor, und der Schein des nächsten Tanks fiel auf sein Gesicht.

»Setz dich doch«, sagte er und winkte mich mit aufgesetzter Lässigkeit zu sich. »Ich war auch gerade dabei, nach den Tanks zu sehen.«

Das war ganz offensichtlich nicht wahr: Ich hatte sie hochgefahren, nicht Kaminski. Aber als er sich zurücklehnte und mit schmerzverzerrtem Gesicht seine Schulter massierte, beschloss ich, ihn nicht zu korrigieren. Er schien wirklich zu leiden. Bei seinem letzten Tod an Bord der *Endeavour* war ich nicht dabei gewesen, aber laut der Nachbesprechung hatten ihn die enternden Krell buchstäblich in Stücke gerissen.

»Machen dir die Phantomwunden zu schaffen?«, fragte ich.

»Ja«, sagte er. »Die und die anderen.«

»Geht's dir gut?«

»Geht schon«, sagte er. »Aber ich schlafe nicht wirklich in letzter Zeit. Dr. Serova glaubt, das liegt am Arkonus-Abgrund.« Er lachte. »Ich glaube, es ist eher Todesangst. Vielleicht haben wir beide recht.«

»Du brauchst dich mir gegenüber nicht zu verstellen«, sagte ich. »Ehrlich gesagt, war ich mir sicher, dass dich die Ärzte auf Calico nicht für den Einsatz freigeben.«

»Was anderes habe ich auch nicht erwartet.«

»Es ist meine Schuld. Ich habe ein paar Strippen gezogen …«

»Und ich bin froh darüber«, sagte er nachdenklich. »Was auf Capa V passiert ist, ist einfach nicht so leicht zu vergessen. Aber ich weiß, dass es schlimmer gewesen sein könnte – viel schlimmer. Zum Glück habt ihr mich rechtzeitig gefunden …«

Er warf einen Blick in Richtung der Tür, hinter der die Scorpio-Räume lagen. Die Piloten hatten ihren eigenen Bereich, ihre eigene Sim-Zentrale. Irgendwo dort lag, im Schatten verborgen, Leutnant James' Körper. Für mich war es undenkbar, dass auch Kaminski so hätte enden können. Er war nie der Typ für Sinnsuche oder tiefe Gespräche gewesen, und ihm war deutlich anzumerken, wie schwer es ihm fiel, seine Ängste in Worte zu fassen.

»Fürchtest du dich davor, das Direktorat könnte versuchen, dich wieder einzufangen?«, fragte ich so behutsam wie möglich.

Kaminski zog es vor, meine Frage mit einer Gegenfrage zu beantworten. »Glaubst du, wir haben die *Shanghai* über Calico tatsächlich vernichtet?«

»Ich weiß es nicht«, sagte ich. »Aber ich hoffe es.«

»Ich habe gesehen, wie du das Schiff angestarrt hast«, sagte er, »und es schien mir eine sehr persönliche Sache zu sein.«

Ich nickte. »Wie sich herausgestellt hat, teilen ich und das Schiff eine gemeinsame Vergangenheit. Habe ich nicht gewusst, bis mir Loeb Details über die *Shanghai* verraten hat. Kyung ist auch bekannt als die Mörderin von Thebe: verantwortlich für das Massaker an der Allianzflotte beim Jupiter-Posten.«

»Stimmt«, sagte 'Ski. »Ich erinnere mich.«

»Meine Mutter war auf dem Jupiter-Posten. Als sie gestorben ist, war ich noch ein Kind – gerade mal acht. Also zu jung, um zu begreifen, wie sie gestorben ist oder was sie umgebracht hat. Erst als Loeb mir gezeigt hat, was er über Kyung zusammengetragen hat, ist mir das klargeworden. Sie hat während des Überfalls auf Thebe die *Shanghai* kommandiert. Sie hat meine Mutter getötet.«

Kaminski zog die Augenbrauen hoch. »Scheiße, Mann. Das ist echt hart. Viel persönlicher wird's ja nicht …«

»Wohl kaum«, sagte ich. »Kurz gesagt: Natürlich hoffe ich, dass wir die *Shanghai* plattgemacht haben und Kyung mit ihr untergegangen ist.«

»Tut mir leid«, murmelte Kaminski. Er wirkte betroffen. »Das habe ich nicht gewusst.«

»Braucht dir nicht leidzutun. Ist schon so lange her … im Endeffekt ist es relativ belanglos, ob die *Shanghai* nun vernichtet wurde oder nicht. Sie – meine Mutter, meine ich – ist längst Geschichte.«

Wenn es aber einen eindeutigen Wendepunkt in meinem Leben gegeben hatte – eine Kreuzung, zu der ich die Entschlüsse zurückverfolgen konnte, die mich als Mensch ausmachten –, dann war das eindeutig ihr Tod. Er hatte mich tiefer getroffen, als ich je würde zugeben können.

»Nur noch ein Grund mehr, das Direktorat zu hassen«, sagte Kaminski.

Auf dem Tisch neben ihm lag eine angebrochene Packung mit Schmerztabletten, dazu eine Injektionsnadel ohne Kappe. Ich nickte den leeren Tablettenhülsen zu.

»Hat Dr. Serova die verschrieben?«

»Nicht direkt«, sagte er. »Die letzte Extraktion war

mieser als alle, die ich je erlebt habe.« Er hielt inne, als müsse er nach der richtigen Formulierung suchen. »Sie hat sich einfach *falsch* angefühlt.«

Er streichelte über die Holo-Anzeige auf seiner Brust, die seine hundertachtzig Übergänge anzeigte. Mit dem Wert lag er im obersten Bereich der Sim-Lenker und auch nicht allzu weit hinter mir. Schon von Beginn an war ich selten ohne ihn im Einsatz gewesen.

»Vielleicht solltest du die nächste Runde aussetzen«, bot ich an.

»Das wird eh nicht passieren, Chef, also rede gar nicht erst darüber.«

Verloren in Gedanken starrte ich in die blauen Tiefen des nächsten Simulators. »Vielleicht sind es nicht die Krell und nicht das Direktorat und nicht mal die Tönernen, die uns am Ende erwischen … Vielleicht werden die Tanks selbst unser Ende sein.«

»Ich kann mir Schlimmeres vorstellen«, sagte Kaminski. »Wenigstens ist es ein sauberes Ende.«

»Ein sauberes Ende. Darauf würde ich anstoßen.«

Wir saßen noch eine Weile schweigend in der Dunkelheit, betrachteten die leeren Tanks und zählten die Minuten bis zum nächsten Übergang.

Je näher wir Devonia kamen, desto mehr förderten die wenigen noch funktionierenden Teleskope und Scanner ein brauchbares Bild zutage. Die 3D-Ansicht auf den Holo-Schirmen wurde immer detaillierter. Gegen Ende stand ich am Fenster und sah zu, wie der Planet langsam größer wurde, eingerahmt vom bösen Leuchten des Arkonus-Abgrunds im Hintergrund.

»Ich komme, Elena«, flüsterte ich.

Als die KI der *Colossus* verkündete, wir hätten unsere Position erreicht, war ich bereit.

Devonia schien meinen starren Blick zu erwidern.

In der Operationszentrale waren sämtliche Schutzblenden geöffnet worden, um auch dem bloßen Auge bestmögliche Sicht auf den Zielplaneten zu ermöglichen. Dann stieg ich wieder in den Graben der OPZ zwischen all die Feuerleitstände mit ihren verkabelten Nachwuchsoffizieren. Um unsere nächsten Schritte zu planen, hatte Loeb alle wichtigen Besatzungsmitglieder versammelt.

»Ist es das, was du erwartet hast?«, fragte mich Loeb.

»Ich … ich weiß nicht«, sagte ich aufrichtig.

Mit oder ohne Legion – ich hatte viele Krell-Kriegsgebiete gesehen, und *das* hier war neu für mich. Die meisten entsprechenden Welten waren nur noch stinkende Löcher, von den Krell in katastrophale biologische Übersteuerung gestürzt.

Devonia – eine Riff-Welt im Herz des Mahlstroms – sah anders aus. Der Planet hing dort und füllte das Sichtfeld. Laut unserer Sensoren war er wesentlich kleiner als die Alte Erde, aber ohne Vergleichsmöglichkeit sah er selbst auf die Entfernung riesig aus. Die dichte Wolkendecke bedeckte die Oberfläche wie ein handgestickter Wandteppich aus Weiß und Grau. An den wenigen Stellen, wo die Decke aufbrach und nur noch Fäden zurückblieben, bot die Oberfläche des Planeten eine Mischung aus Schwarz, Blau und Grün.

Neben mir stand Professor Saul, die Hände auf dem Rücken verschränkt, gutes wie milchiges Auge voller Faszination auf den wilden Anblick gerichtet. »Da unten gibt es Meere und Dschungel«, sagte er und streckte die Hand danach aus. »Durchzogen von breiten Bändern vulkanisch aktiver Gebirge. Wir sollten Messungen vornehmen und erst einmal aus der Ferne genügend Daten sammeln. Meine Kollegen in der Abteilung für Xenobiologie würden für diesen Anblick töten.«

Seine Wortwahl ließ mich erschauern, was ihm aber völlig entging. *Hier draußen gibt es eine Menge, wofür die Wissenschaftsabteilung töten würde,* dachte ich und sah weiter aus dem Fenster. Jenseits der Wölbung von Devonia funkelte der Arkonus-Abgrund. Noch war uns seine Beziehung zu dem Planeten ein Rätsel.

»So eine Welt habe ich noch nie gesehen«, sagte Mason.

Jenkins schnaubte. »Das heißt nichts. Du hast sowieso noch nicht viel gesehen.«

»Hast du sowas etwa schon mal gesehen?«, fragte Mason.

Jenkins verschränkte die Arme vor der Brust. »Nein«, sagte sie widerstrebend. »Ich auch nicht.«

»Das hat noch niemand«, sagte Saul. »Zumindest nicht mit eigenen Augen. Die Riff-Welten liegen so tief im Hoheitsgebiet der Krell, dass bisher immer feststand, ihre Erforschung sei viel zu gefährlich …«

»Aber das ist so ganz anders als alles, was man uns weisgemacht hat«, sagte Mason. »Über die Riff-Welten, meine ich. Wir haben schon in der Grundausbildung Bilder zu sehen bekommen. Schlechte Videos und Simulationen.«

»Die Riff-Welten der Krell sind Vorhöfe der Hölle«, sagte Martinez. Auch er konnte den Blick nicht von dem schimmernden Planeten abwenden. »Darauf hat die Wissenschaftsabteilung immer bestanden.«

»Da haben wir uns vielleicht geirrt«, sagte Saul. Er trug wieder den Gesichtsausdruck des alternden Professors, den wir in Damaskus kennengelernt hatten. Für den Moment schien der gebrochene Überlebende von Capa verschwunden zu sein.

»Da musst du wohl 'ne Menge Bücher umschreiben, Prof«, sagte Kaminski.

Saul nickte. »Selbst von uns Wissenschaftlern im aktiven Dienst haben nur die wenigsten Gelegenheit gehabt, die Krell je in ihrem natürlichen Lebensraum zu beobachten.« Er tippte mit dem Finger gegen die Scheibe. »Aber ganz geheuer ist mir dieser Planet nicht. Bei solch geringer Masse dürfte er eigentlich keine Atmosphäre besitzen.« Er zitterte; ich war mir nicht sicher, ob es an dieser Beobachtung oder an der Kälte im Schiff lag. »Dafür weist er eine ungewöhnliche Dichte auf. Irgendetwas stimmt da nicht.«

»Das alles unter der Annahme, dass das wirklich ihr Lebensraum ist«, sagte ich, »und nicht … irgendwas anderes.«

»Wie dem auch sei«, sagte Loeb, »auf jeden Fall sind die Krell in Massen da unten. Arsch auf Eimer, Harris … Arsch auf Eimer. Du hast es selbst gesagt: Da unten ist Wasser, also auch Krell in Massen.« Er deutete auf das taktische Holo, auf dem momentan eine

3D-Darstellung des Weltalls rund um Devonia zu sehen war. »Im hohen Orbit liegen viele Bioschiffe vor Anker; eine ansehnliche Kriegsflotte.«

»Christo …«, flüsterte Jenkins. Kaminski pfiff verblüfft.

Es waren mindestens fünfzig Schiffe verschiedener Bedrohungs-Klassen; mehr als genug, um die *Colossus* problemlos auszuschalten.

»Sieht aus, als hätte sich ihr Aufklärer gemeldet«, sagte Mason.

»Nein«, erwiderte Saul und biss sich auf die Lippe. »Die Krell sind schon viel länger hier. Sehen Sie die Basen im Orbit?«

Auf den Schirmen waren unter Vergrößerung korallenartige Gebilde zu sehen, die den Planeten in einem weiten Bogen umspannten – Schwarz vor dem Grau des Wolkenmeers. Es waren gleich mehrere, die sich in seltsam asymmetrischen Formen nach außen ins All wölbten. Aus dieser Entfernung war es selbst bei maximaler Vergrößerung gerade eben möglich, Bioschiffe auszumachen, die an muschelartigen Hangars andockten. Aus den Innereien der Krell-Stationen ergoss sich bläuliches Licht ins All und strafte alle Hoffnung Lügen, die großen Gebilde könnten brachliegen. Ich betrachtete die verschrammte Kruste der einzelnen Stationen genauer; während sie vor den elektronischen Augen der *Colossus* vorbeizogen, hatte ich das Gefühl, auf ihren Hüllen Markierungen fast wie absichtliche Brandspuren zu sehen. Vielleicht spielte mir die Beleuchtung einen Streich, oder ich war einfach zu müde, aber diese Brandnarben sahen den Markierungen, die wir an den Krell-Gefangenen auf Capa V gesehen hatten, verdächtig ähnlich. *Ob sie zur gleichen Kriegsflotte gehören?*, fragte ich mich. *Oder ist das wirklich reiner Zufall?* Die Krell trugen nur selten Markierungen, differenzierten normalerweise nicht zwischen einzelnen Schwärmen. Es überraschte mich, dass die Stationen überhaupt irgendwelche Zeichen aufwiesen.

»Bis jetzt haben die Krell nicht auf unsere Anwesenheit reagiert«, sagte Loeb. »Wir müssen also davon ausgehen, dass wir uns noch außerhalb ihrer Sensorreichweite befinden.«

Noch mehr Überraschungen, dachte ich – und wusste, dass es nicht lange so bleiben würde.

Ich stützte mich mit beiden Händen auf dem Display ab und konzentrierte mich auf die Live-Bilder. »Ist abzusehen, was uns da unten erwartet?«

»Das Wetter ist unberechenbar und stürmisch«, sagte Loeb. »Es wird sehr heiß sein, mit höllischer Luftfeuchtigkeit. Ein massiver, globaler Treibhauseffekt.« Er kratzte sich am Kinn. Er hatte sich seit Tagen nicht rasiert, und mit den grauen Stoppeln wirkte sein Gesicht noch rauer als sonst. »Die dichten Wolken schließen die Oberflächenhitze ein und erwärmen die Atmosphäre noch zusätzlich. Kaum Eis an den Polkappen. Außerdem sind die dicken Wolken die beste verdammte Verteidigung gegen unsere Sensoren, die man sich überhaupt wünschen kann.« Er zuckte mit den Schultern. »Vielleicht ist das ein natürliches Phänomen, es könnte aber auch von den Krell künstlich angefacht werden. So oder so ist es wie ein Schild gegen unsere Sensorik.«

»Sieht so aus, als müssten wir da unten selber nachgucken«, sagte ich.

»Das wird ja fast zur Gewohnheit«, sagte Jenkins. »Bleibt nur die Frage, wie wir das am besten anstellen.«

Martinez tigerte neben dem Tisch auf und ab, murmelte dabei auf Küchenspanisch vor sich hin. »Die haben genug Schiffe, um fast jeden Vektor in die Atmosphäre zu überwachen. Wird sehr schwierig, da unbemerkt runter zu kommen …«

Mit der *Colossus* selbst eine Landung zu versuchen, stand völlig außer Frage. Trotz ihrer Tarnsysteme würde sie mit Sicherheit sofort entdeckt, und selbst wenn nicht, konnte sie in der Atmosphäre kaum manövrieren, geschweige denn landen. Die Gravitation würde das alte Schlachtschiff schon im Sinkflug auseinanderreißen. Es hatte auch offenbar niemand ernsthaft daran gedacht.

Ich nickte. »Da kommst du ins Spiel, James.«

Da er als Einziger in einem Sim steckte und seinen Pilotenanzug trug, kam James mit der Kälte an Bord besser zurecht als der Rest von uns. Er trat ans Display. »Die Dragonfly-Kanonenboote haben mit Flug in dichter Atmosphäre kein Problem, und immerhin haben wir noch zwei Stück.« Er zeichnete eine Einflugschneise durch die oberen Wolkenschichten. »Unser bestes Zeitfenster kommt in circa einer Stunde. Mit entsprechend niedrigem Einfallswinkel können wir hier die Ionosphäre durchbrechen. Dann folgen wir den Koordinaten von Dr. Marceau, die uns bis zu einem netten Ort bringen sollten, den ich wohlwollend ›das Labyrinth‹ getauft habe.«

Devonia war vollkommen unerschlossenes Terrain, weshalb sich James die Freiheit hatte nehmen können, einige sichtbare Landmarken selbst zu benennen. »Das Labyrinth« war ein Geflecht tiefer Schluchten aus schwarzem Gestein, das Devonias Äquator wie die Narben einer enormen Sense durchzog.

»Was ist mit den Krell?«, fragte Mason.

James pfiff leise. »Ich bin mir ziemlich sicher, dass ich der Kriegsflotte im Orbit ausweichen kann. Sie liegen dicht vor Anker, aber ein einzelnes kleines Schiff im Sturzflug wird nur sehr schwer auszumachen sein.«

»Alles klar«, sagte ich. »So machen wir's, Leute.«

Ich sah die Legion an. Sie wussten, was von ihnen erwartet wurde – wussten, dass dies nicht irgendeine Mission war.

»Die *Colossus* wird sich in eine sichere Umlaufbahn zurückziehen«, sagte Loeb. »Aber wir bleiben in der Nähe und versuchen in der Zwischenzeit, die Lebenserhaltung zu reparieren.« Der Bildausschnitt auf dem Display zoomte heraus und zeigte die drei kleinen Monde, die langsam ihre Kreise um die blaugrüne Murmel namens Devonia zogen. »Wir gehen im Orbit von Devonia III vor Anker – das ist der größte Mond. Er sollte uns ausreichenden Schutz vor der Kriegsflotte bieten.«

»Zumindest fürs Erste«, sagte Kaminski. »Aber wenn die Fischköpfe wirklich anfangen zu suchen …«

»Ziehen wir uns sofort zurück«, sagte Loeb. »In ihrer momentanen Verfassung ist die *Colossus* nicht in der Lage zu kämpfen. Wenn die Mission auf der Oberfläche fehlschlägt, besteht dringender Grund zu der

Annahme, dass die Krell sofort zurückschlagen. Wir schalten auf Schleichfahrt und gehen in einen engen Orbit über der dunklen Seite des dritten Mondes. Mit all den Störungen durch die lokalen Trümmerfelder bin ich mir sicher, dass wir uns so lange verbergen können, bis Sie uns brauchen. Solange Sie da unten sind, können wir keinerlei Kommunikation riskieren. Bei all den Wolken gehe ich sowieso davon aus, dass die Verbindung nicht funktionieren würde, aber wir dürfen das Kollektiv auf keinen Fall auf uns aufmerksam machen.«

»Verstanden.«

»Sollten Sie also mit uns sprechen wollen, sind Ihre Möglichkeiten begrenzt«, sagte Loeb.

»Die Ares-Panzer sind mit Boden-Orbit-Signalfackeln ausgestattet«, sagte Martinez. »Aber auch die würden eine Menge Aufmerksamkeit erregen.«

»Wenn Sie eine von denen zünden, erwarten Sie bloß keine schnelle Antwort«, sagte Loeb. »Und vergessen Sie nur nicht, dass wir nur zwei Dragonflies haben.«

»Der schnellste Rückweg wird die Extraktion sein«, sagte ich. *Obwohl dann natürlich weder Elena noch sonst wer, der möglicherweise noch da unten festsitzt, eine Rückfahrkarte hat,* dachte ich grimmig.

»Gaia bringe Ihnen allen Glück«, sagte Professor Saul.

Loeb stieg von seinem Kommando-Thron, trat vor und hielt mir unbeholfen die Hand hin.

»War mir eine Freude, mit dir zu dienen«, sagte er. »Sollten wir uns nicht mehr sehen.«

Ich schüttelte seine Hand. »Ganz meinerseits, Admiral.« Dann wandte ich mich an die Legion. »Aufsatteln. Ich will in einer Stunde abflugbereit sein.«
»Verstanden«, hallte es durch die OPZ.

Eine Stunde später entblätterte sich die Legion in der eiskalten Sim-Zentrale und kletterte in die Tanks. Der eigentlich so vertraute Vorgang fand unter ungewöhnlichen Umständen statt. Die Tanks waren außen stark beschlagen, innen aber so warm, blau und einladend wie immer.

Ich betrachtete meine Leute. Seltsam ... Die Stigmata der letzten Extraktion waren bei niemandem verschwunden. Natürlich waren es keine echten Wunden, sondern nur physische Erinnerungen an die Verletzungen, die wir an Bord der *Endeavour* erlitten hatten. Jenkins sah am schlimmsten aus. Noch immer zog sich ein breiter roter Striemen quer über ihre Taille. Mit Macht holten mich die Bilder wieder ein. *Jenkins schrie gellend, als die Tür auf sie herabsauste, um sie in zwei Teile zu schneiden.* Ich musste mich zusammenreißen. Auch meine Haut war von ähnlichen roten Malen zerschnitten. Ich konnte noch immer das beißende Biotoxin im Rachen schmecken – es klammerte sich auf eine Art und Weise an die Zellen meines echten Körpers, die eigentlich nicht hätte möglich sein dürfen.

Dr. Serova inspizierte uns, während wir mit den Tanks verbunden wurden, und rümpfte nacheinander bei jedem missbilligend die Nase.

»Ist das normal?«, fragte sie.

»Wenn es um die Lazarus-Legion geht, ist nichts normal«, sagte Kaminski. »Machen Sie sich keine Sorgen, Doc. Ehe der Tag zur Neige geht, sind wir wieder da – und vielleicht ist dann der Krieg beendet.«

»Haargenau«, sagte Martinez und gab ihm eine Faust.

»He, Mason, du hast ja dein Schwert immer noch«, sagte Jenkins und verkabelte sich. »Den ganzen Weg von Calico mitgeschleppt?«

Wie immer hatte Mason ihre Trophäe aus Damaskus, die Mono-Klinge in ihrer Scheide, außen an ihren Tank gehängt. »Man weiß ja nie, wann man so was brauchen könnte«, sagte sie.

»Da muss die Kacke aber ziemlich am Dampfen sein, bevor ich mich dir und deiner Direktorats-Klinge anvertraue …«, sagte Kaminski und zwinkerte.

»Verzweifelte Situationen«, sagte Mason. »Verzweifelte Maßnahmen. Ich habe lieber ein Schwert am Start als gar nichts.«

Ich kletterte in meinen Tank. Das Fruchtwasser legte sich wohlig warm um meine Haut, das Innere des Simulators fühlte sich beruhigend alltäglich an. Meine hungrigen Datenbuchsen verbanden sich mit den diversen Kabeln, und mit jedem kleinen Stich fühlte ich den ersehnten Übergang näher rücken. Endlich senkte sich die Atemmaske über mein Gesicht.

»Wir sehen uns auf der anderen Seite«, sagte ich.

»In diesem Leben oder im nächsten«, fügte Mason hinzu.

»Die Simulaten sind bereits an Bord des Kanonenboots«, sagte Dr. Serova, deren Stimme jetzt aus dem kleinen Kommunikator in meinem Ohr drang. »Sind die Lenker bereit zum Übergang?«

Kaminski schlug mit der Stirn gegen die Innenseite seines Tanks. »Bringen Sie uns da raus!«

»Übergang wird eingeleitet in drei ... zwei ... eins ...«

In dem Sekundenbruchteil des Übergangs – der Zeit, die es dauerte, um die neurale Verbindung zwischen Tank und Sim aufzubauen – durchquerte mein Geist die gesamte Länge der *Colossus*.

Als ich die Augen wieder aufmachte, befand ich mich im Haupthangar und war ein neuer Mensch. All die Schmerzen meines echten Körpers hatten sich einfach in Luft aufgelöst und waren von den messerscharfen Sinneseindrücken des frischen Sim abgelöst worden. *Jesus, fühlte sich das gut an.* Die Legion saß versammelt im Passagierabteil des Kanonenboots, alle trugen wie ich ihren Ares-Panzer und waren angeschnallt – bereit für den Einsatz.

»Übergang bestätigt«, sagte ich in meinen Kommunikator.

Ich erhielt knappe Antworten von Krankenstation und OPZ, beachtete sie aber kaum. Es war schwer, sich neben den Grafiken, die das Sichtfeld meines Visiers ausfüllten, noch auf etwaige andere Dinge zu konzentrieren. Begleitet vom Countdown der Flottenbesatzung glitten die schweren Hangartore der *Colossus* zur Seite. Der Hangar füllte sich mit Vakuum, gleichzeitig wurde stückweise der Raum um Devonia sichtbar. Obwohl ich in einem Sim steckte, und trotz allem, was uns da unten noch bevorstehen mochte, war der Anblick einfach atemberaubend. Leuchtendes Grün und Blau waberte über den Planeten, fast schien sich die ganze Oberfläche zu bewegen. Die dichten Dschungel erinnerten mich sehr an alte 3D-Bilder von der Erde – aus früheren Zeiten, damals, bevor wir den dritten großen Krieg entfacht und unsere Heimat auf den Müll geworfen hatten. Auch der Rest der Legion war von der Aussicht eindeutig beeindruckt. Selbst Kaminski war still und ließ ihn einfach auf sich wirken.

»*Dragonfly Eins – Startfreigabe erteilt*«, verkündete eine Stimme aus der Zentrale.

Leutnant James saß vorne im Cockpit, umgeben von leuchtenden Armaturen. Er drehte sich um, schaltete sein Visier auf transparent und warf uns ein knappes Grinsen zu. Neben ihm saß Mason – in Abwesenheit aller anderen Scorpios würde sie als Copilotin fungieren.

»Dann wollen wir mal losziehen und irgendwas erlegen«, sagte James. »Startfreigabe, Oberst?«

Ich schlug ihm auf die Schulter. »Erteilt.«

Sofort zündeten die Triebwerke des Kanonenboots, und ich wurde in den Sitz zurückgeworfen. Mein ganzer Körper vibrierte im Takt der Düsen. Die Welt wurde zu einem Lichtwirbel, dann trat an Stelle der Hangarwände die Schwärze des Alls.

»*Start bestätigt*«, erklärte die Stimme aus der Zentrale. »*Gaia mit Ihnen. Leiten Rückzugmanöver ein …*«

Hinter uns schwenkte die *Colossus* träge zur Seite

und zündete die großen Triebwerke nur mit minimalem Schub.

»Starte Einflug in die Atmosphäre …«, sagte James. »Wird schon schiefgehen.«

21

DAS GRÜN

Die Dragonfly schrammte über eine Wolkenbank, und die Triebwerke jaulten unter der Anstrengung, die Turbulenzen auszugleichen. Zum Glück war das Kanonenboot für schnelle Transporteinsätze und Luftkampf gebaut worden; die chemischen Düsen waren ideal für solch einen Ritt durch die Atmosphäre.

»'tschuldigung für die holprige Tour«, sagte James aus dem Cockpit. »Das Neigungsruder hat echt Probleme mit den massiven Wolken hier.«

»Halt uns einfach aus ihren Sensoren raus, und bring uns tief genug, dass wir was sehen können«, sagte ich.

»Mir reicht es schon, wenn wir überhaupt heil unten ankommen«, sagte Jenkins.

Da die gesamte Besatzung aus Sims bestand, konnte James es sich leisten, pure Geschwindigkeit über Komfort zu stellen. Trotzdem waren wir derart rasant unterwegs, dass mein Anzug in regelmäßigen Abständen Antiemetika ausschüttete.

Nach einiger Zeit reduzierte James die Geschwindigkeit, und das Kanonenboot stabilisierte sich ein wenig.

»Wir sollten jetzt gleich Sichtkontakt haben«, sagte

Mason über Funk. »Nähern uns schnell Dr. Marceaus Koordinaten …«

Ich klinkte mich in die externen Bordkameras ein, schaltete von taktischer auf optische Sicht um und verfolgte unseren Sinkflug. Die dicken Wolken, die an den Kameras vorbeizogen, verkümmerten zusehends zu feinem Nebel. Dann brachen wir aus der Wolkendecke hervor und gingen auf Horizontalflug.

»Willkommen auf Devonia«, verkündete Mason.

Die Landschaft unter uns war schwarz und zerklüftet, das Gestein schien vulkanischen Ursprungs zu sein. Ein Netz enger Schluchten und Canyons – James' Labyrinth – hatte sich in die Oberfläche des Planeten gebrannt. Es bildete bizarre geometrische Figuren und sah in Teilen beinahe geplant aus. Über allem lag dichter Nebel, der den Boden der Schluchten verbarg. Was auch immer dort unten lauern mochte, die Tarnung war perfekt. An den wenigen Stellen, wo sich der Nebel etwas lichtete, sah ich fremdartige Bäume wuchern – ein undurchdringlicher Dschungel. Die Flora bot absonderliche Farben: Zwar gab es viel Grün, dazwischen aber auch leuchtendes Rot und ekelerregende Gelbtöne.

Der Himmel über uns war fast noch schlimmer. Die Sonne von Devonia fraß sich durch die Wolkendecke, legte sich diffus und unerfreulich über die Landschaft. Das ewige Zwielicht war seltsam verwirrend. Über alledem, hell genug, um wie eine zweite Sonne zu brennen, drohte der Arkonus-Abrund. Ein großer Riss in der Raumzeit, der über dem Horizont zu lauern schien.

In gegenwärtiger Höhe waren wir ein dankbares Ziel für alles, was die Krell an orbitaler Überwachung installiert haben mochten. Es machte mich nervös. Ich markierte eine der Schluchten.

»Bring uns da runter, James«, befahl ich. Elenas Koordinaten waren grob und wenig präzise gewesen; wir hatten eine Menge Terrain abzusuchen.

»Du bist der Boss, Lazarus.«

Das Kanonenboot kippte seitlich in einen der Canyons hinunter und zerriss die Nebelschleier wie eine Rasierklinge. Zu beiden Seiten kamen die Wände bedrohlich näher, aber James war ein exzellenter Pilot und flocht uns einen Weg durch die Windungen der Schluchten.

»Labyrinth hat's wohl getroffen«, sagte er. Seine Stimmbänder vibrierten sanft im Takt mit den Triebwerken. »Hier unten haben wir angenehme achtunddreißig Grad Celsius. Die Schwerkraft ist etwas geringer als auf der Erde, aber kaum merklich.«

»Was sagt die Atmosphäre?«, fragte Jenkins.

»Wieso, willst du die Einheimischen mit deinem hübschen Gesicht beglücken?«

»So ähnlich.«

»Dann wird es dich freuen zu hören, dass sie atembar ist.«

Das überraschte mich nicht besonders. Die Krell konnten härtere atmosphärische Bedingungen ertragen als Menschen – sie konnten zum Beispiel länger im Vakuum überleben, auch ihre Resistenz gegenüber Gift und anderen Verunreinigungen der Luft war weitaus höher. Aber ansonsten waren sie im weitesten

Sinne Sauerstoffatmer genau wie wir. Viele Nachrichtensprecher waren nicht müde geworden, auch damals schon zu spekulieren, dass dies wohl der Hauptgrund für den Ersten Krell-Krieg gewesen sei: zwei Spezies, die sich um den gleichen Lebensraum zankten.

»Wenn es hart auf hart kommt«, sagte ich, »dann extrahiert lieber, als euch gefangen nehmen zu lassen. Das ist ihre Welt, die werden nach ihren Regeln spielen …«

»Halt!«, rief Mason.

Ich erwartete schon den plötzlichen Einschlag von Krell-Artillerie im Rumpf oder zumindest das drängende Fiepen der automatischen Verteidigungssysteme, weil wir von feindlichen Geschützen aufs Korn genommen wurden. Auch der Rest der Legion verkrampfte sich und war sofort gefechtsbereit.

»Was ist los, Mason?«, fragte James.

»Da unten ist ein schwaches Notsignal«, sagte sie. »Eindeutig Allianzmuster.«

Jetzt sah ich es auch. Tief unter uns, mitten im Labyrinth. Das Signal flackerte und veränderte sich dauernd.

»Ich kriege keine eindeutige Position«, sagte Mason. »Der ganze Fels macht dem Sucher große Schwierigkeiten …«

»Da treibt wohl irgendwen Todessehnsucht«, sagte Martinez. »Wer installiert denn bitte einen Sender auf einer Riff-Welt der Krell?«

»Jemand, der sehr dringend gefunden werden will«, sagte ich. »Kannst du feststellen, ob das Signal zu einer Fähre der *Endeavour* oder zum Rest der Flotte passt?«

»Keine Ahnung«, sagte Mason. »Das Muster ist eindeutig, aber das Signal furchtbar schwach.«

Mir schnürte sich die Kehle zu. Das musste es sein.

»Lazarus-Legion: Bereitmachen zum …«

Eine blutrote Warnung jagte über mein Visier.

Im gleichen Moment zog die Dragonfly jäh nach oben. James widmete sich wieder ganz seinen Kontrollen.

»Kurs null-fünf-neun …«, sagte Mason und verdrehte sich fast den Nacken beim Versuch, alle Anzeigen auf einmal im Blick zu behalten. »Bestätigt. Definitiv da unten!«

»Sicher?«, schrie James. »Ich sehe da gar nichts …«

Ein Schatten legte sich über uns.

Durch den fahlen Nebel ragte ein gewaltiges, nachtschwarzes Bauwerk über uns empor, das der Umgebung alles Licht entzog.

Ein Artefakt …?

James hatte sich schnell gefangen. »*Luftdruckbremse aktiv!*«

»Hochziehen! Du verlierst gleich das Querruder!«, brüllte Mason zurück. »Der linke Flügel hat kaum noch Kontrolle …«

Das Gebilde kam rasend schnell näher. Innerhalb eines einzigen Augenblicks hatte es sich aus dem Nebel geschält. Ich war machtlos, konnte nur wie hypnotisiert zusehen, während es im Nu mein ganzes Sichtfeld ausfüllte …

Kein Artefakt. Anders. Aber fast genauso schlimm.

»Biokonstruktion!«, schrie ich.

Das Bauwerk sah aus wie eine enorme Koralle, die aus den Wänden der Schlucht hervorbrach und sich in den Himmel schraubte. Aus dieser Nähe war sofort ersichtlich, dass es sich nicht um ein Artefakt handelte. Die Oberfläche hatte eine poröse Wabenstruktur – eindeutig Krell. Durch den Nebel hatte es aus der Ferne schwarz ausgesehen, schillerte aber bei näherer Betrachtung in einer Vielzahl von Grün- und Gelbtönen. Ein Spiegelbild des Dschungels zu seinen Füßen.

Die Scanner der Dragonfly hatten längst zu schrillen angefangen, das ganze Cockpit leuchtete vor roten Warnlichtern. Das Kanonenboot neigte sich hart zur Seite und warf uns so sehr in der Kabine herum, dass ich die Halteschiene an der Decke packen musste, um auf den Beinen zu bleiben.

»Wir kommen nicht vorbei!«, rief Mason. »Festhalten!«

Der Flügel der Dragonfly schrammte an dem Krell-Bauwerk vorbei.

Es war nur ein Streifstoß an der Außenwand, aber die Biotechnologie war weitaus härter, als sie aussah. Ich wusste aus bitterer Erfahrung, dass das Zeug in etwa so hartnäckig wie verstärkter Plastahl war.

»Fuck!«, schrie Jenkins. »James, was treibst du da, zum Teufel? Fliegst uns mitten in ein Krell-Nest!«

Um uns herum tauchten weitere Gebilde aus dem Nebel auf. Manche wuchsen ebenfalls aus den Wänden des Canyons, andere aus dem urtümlichen Dickicht am Boden. Sie standen überall. Jedes Gebäude in einer anderen Farbe, alle fremdartig und unbegreiflich.

»Signale!«, sagte Mason. »Direkt hinter uns!«

Die Dragonfly war mit verschiedenen Waffensystemen ausgerüstet: eine Laserkanone unter der Schnauze, zwei große drohnengesteuerte Geschütze unter den Tragflächen, zwei schwere Sturmkanonen an den Türen und sechs intelligente Banshees – schnelle Marschflugkörper, ausgelegt sowohl für Boden-Luft als auch für Luft-Luft.

Mit einem Gedanken aktivierte ich meine Magnetsohlen und stemmte sie in das Deck, dann rollte ich eine der beiden Seitentüren auf. Das schwere Sturmgeschütz verband sich mit der KI meines Anzugs; sofort hatte ich das Gefühl, nie etwas anders bedient zu haben. Das Geschütz war auf einem Gelenkarm direkt vor der offenen Tür montiert. Ich schwenkte es hin und her, um meine Zielerfassung zu kalibrieren. Dank der unerhörten Kraft des Panzeranzugs fiel das große Gewicht des Geschützes kaum auf. Der Munitionszähler zeigte eine volle Trommel an. Panzerbrechende Geschosse mit angereichertem Plutoniumkern: so Krell-tauglich, wie altmodische ballistische Waffen überhaupt nur sein konnten.

Der Dschungel jagte so schnell vorbei, dass ich unmöglich Einzelheiten ausmachen konnte. Ich blinzelte gegen das diffuse Sonnenlicht an, das es trotz der Wolken schaffte, das Passagierabteil der Dragonfly langsam in einen Backofen zu verwandeln.

»Jenkins, an die andere Kanone!«, befahl ich.

»Verstanden.«

Ich hörte sie hinter mir die andere Tür aufziehen, und sofort ging ein heftiger Windstoß durch die offene Kabine.

Die automatische Zielerfassung zeichnete mir mehrere mögliche Feindkontakte direkt auf das Visier. Um sofort gefechtsbereit zu sein, ließ ich die mehrläufige Kanone schon mal warmlaufen und spürte noch durch den Panzerhandschuh das beruhigende Tuckern des Leerlaufs. Kaminski hockte sich neben mich und zielte mit seinem Plasmagewehr in den Dschungel. Martinez kauerte auf der anderen Seite neben Jenkins.

»Auf deiner Seite was los?«, fragte ich sie.

»'ne Menge Schatten und viel Bewegung, aber keine bestätigten Ziele.«

»Vielleicht hat sich New Girl einfach geirrt …«, murmelte Kaminski.

Nein. Sicher nicht.

Ich sah sie als Erster. Kurze Lichtblitze, die zunehmend deutlicher wurden. Drei Schatten, die über das grüne Blätterdach hinwegglitten, schneller und schneller. Dann nahmen auch ihre Verursacher Gestalt an. Helle Gebilde, geformt wie lange, dünne Nadeln. Die Schatten beschleunigten, hielten unsere Geschwindigkeit …

»Feuer frei!«, schrie ich.

Ich entfesselte die Sturmkanone. Die Griffe des Geschützes bockten und ratterten in meinen Händen – ich hielt einfach drauf und erwischte das vorderste Schiff tatsächlich mit der ersten Salve. Die Geschosse schlugen Funken auf der unsichtbaren Panzerung, das Tarnfeld flackerte und verlor an Stärke.

»Jetzt habe ich sie auch auf den Scannern!«, rief James.

»Sage ich doch!«, rief Mason triumphierend. »Drei Nadler!«

Die Nadler oder Nadelschiffe waren lange, dünne Jagdflieger, ausgelegt für extreme Manövrierfähigkeit. Normalerweise von einem einzelnen Krell gesteuert, das buchstäblich mit dem Cockpit verwachsen war – eine symbiotische Beziehung zwischen Pilot und Schiff.

»Entfernung zum Signal?«, schrie ich James zu.

»Zehn Kilometer! Soll ich euch irgendwo absetzen?«

»Zu riskant«, sagte ich. »Wir müssen die Dinger erst loswerden.«

»Leichter gesagt als getan«, rief James. Dann beendete er jede weitere taktische Überlegung abrupt. »Ausweichmanöver!«

Ich feuerte erneut eine lange Salve ab. Das feindliche Schiff schraubte sich in einem Bogen von der Dragonfly weg. Es flimmerte und verschwand immer wieder kurz, als tauche es in Paralleldimensionen ab. Sein Körper war glatt wie der eines Meeresbewohners, auch die stummelartigen Auswüchse am Heck glichen eher Flossen als Flügeln. In seiner Flanke wuchs eine kreisrunde Öffnung. Dahinter hingen Krell in schweren Panzerungen, von denen eines wie in einem dunklen Spiegel unserer selbst ein großes Biogeschütz auf die Dragonfly richtete. Es war die Artillerie-Version eines Dornenwerfers.

Ich duckte mich in die Kabine zurück und schrie. »Runter!«

Der Krell-Kanonier betätigte den Abzug.

Direkt neben meinem Kopf durchschlugen Pfeilgeschosse unsere gepanzerte Bordwand. Sie knisterten vor Bio-Elektrizität und waren höchstwahrscheinlich voller Giftstoffe. Blind erwiderte ich das Feuer: drückte einfach den Abzug durch und hoffte, da drüben irgendwas zu treffen.

»Verteidigungssysteme aktiv«, sagte James. »Doppler ist an, Täuschkörper sind raus.« Dumpfe Schläge dröhnten durch die Kabine, dann hüllten die Drohnen am Heck der Dragonfly alles in Rauch. »Drohnen gezündet!«

Irgendwo oberhalb der Kabine lösten sich die beiden ultraschnellen Kampfdrohnen vom Rumpf. Sie trugen Plasmageschütze mit geringer Wattzahl und waren dafür gedacht, feindlichen Schiffen zuzusetzen, die bereits Schäden erlitten hatten. Die kleinen Roboter wirbelten um das Kanonenboot herum, blieben aber auf gleicher Höhe. Einer von ihnen wurde schon nach wenigen Sekunden vom Bioplasma eines Nadlers getroffen und explodierte.

Dann verdunkelte sich der Himmel.

»Was zum Teufel ist das jetzt wieder?«, schrie Mason.

»Rochen im Anflug!«, brüllte ich und schwenkte meine Kanone nach oben, um die Unterseite des heranrückenden Schiffs zu beharken. Leider wusste ich, dass das kaum einen Effekt haben würde.

Das große Bioschiff sperrte die Sonne aus. Es beschleunigte und hatte uns im Nu eingeholt. Plötzlich hing seine Unterseite direkt über uns. Der Bauch war über und über von pulsierenden Eiersäcken bedeckt, in denen wütendes, aggressives Leben tobte. Das war das böse Geschenk des Rochen – er war kein Kampfschiff, sondern ein Truppentransporter. Die Säcke, deren Schließmuskel sich langsam öffneten, boten Platz für mindestens hundert Krell-Soldaten.

Mit ausgestreckten Klauen sprang mir das erste Krell entgegen.

»Kacke!«, schrie Kaminski und zuckte von der offenen Tür zurück.

Ich entfesselte die nächste Salve.

Das Krell zerstob in einem grünen Nebel und fiel mehrere Meter vor uns dem Dschungeldach entgegen. Aber schon kletterten neue aus dem Bauch des Rochen. Wie Kamikaze-Springer ohne Fallschirm segelten sie uns entgegen.

Die verbleibende Kampfdrohne registrierte die Bedrohung und beschleunigte, um ihnen den Weg abzuschneiden. Sie übersäte die Unterseite des Rochen mit Plasmaimpulsen. Es regnete Körperteile.

Ich widmete mich wieder den Nadlern, schwenkte die widerborstige Sturmkanone hin und her, landete ein paar Treffer. Zu spät wich das nächste Xeno-Schiff aus, und meine Salve fuhr durch die Öffnung ins Passagierabteil. Mit blutiger Brust wurde der Kanonier nach hinten geschleudert. Die Explosivgeschosse fraßen sich gleichermaßen durch Panzerung und Fleisch.

»Lazarus hat einen erwischt!«, schrie Kaminski und gesellte sich wieder zu mir in die Tür.

»Einfach weiterschießen, verdammt!«

Die Trommel meiner Kanone drehte wieder auf …

»Nadler fällt zurück! Die linke Seite bricht auseinander!«, schrie Mason.

Ich hörte erst auf zu schießen, als das Geschütz in meiner Hand erneut bockte. Auf dem Display der Waffe blitzte eine rote Anzeige auf: MUNITION LEER.

»Nachladen!«, schrie ich Kaminski zu …

Noch mehr Bioplasma explodierte um uns herum. Eine Hitzewelle fegte über mich hinweg.

»Raketen scharf«, verkündete James.

Unter den Flügeln erwachten die Gehäuse zum Leben. Mit lautem Kreischen lösten sich die intelligenten Banshee-Flugkörper aus der Verankerung und suchten nach dem verletzten Nadler.

Nach wenigen Sekunden hatten sie ihre Beute erreicht. Ein Triebwerk explodierte in einer hellen Stichflamme, und der Nadler trudelte zur Seite. Fasziniert sah ich zu, wie die zweite Rakete ihr Ziel erreichte: Eine schwarze Rauchwolke stieg auf, und der Nadler heulte wie ein waidwundes Tier. Dann streifte das Schiff die obersten Äste und verging in einem Feuerball.

Aber noch hatten wir nicht gewonnen.

Die Wände der Schlucht kamen immer näher, immer mehr Korallengebäude wuchsen wie enorme Spinnennetze kreuz und quer und versperrten uns den Weg. Wir prallten irgendwo gegen, und James versuchte verbissen, Kurs zu halten. Die Dragonfly machte einen Satz und rutschte ab, das Dschungeldach nur noch wenige Meter unter uns. Mit lautem Knall schlugen vereinzelte Äste gegen den Rumpf.

Der Nadler auf Jenkins' Seite hatte sich wieder gefangen und kopierte unseren Kurs. So schnell gaben die Krell nicht auf.

»Tief genug für euch?«, schrie James und legte sich gegen seinen Steuerknüppel. »Festhalten da hinten!«

Das Dschungeldach peitschte gegen die Scheiben des Cockpits …

Der nächste Schatten, groß wie ein Wal, verdunkelte den Dschungel. Er hing gleichzeitig hinter und über uns.

James' Höhenmesser piepte beharrlich, weil wir immer tiefer gingen. Im Cockpit tönten so viele Warnungen und Sirenen, dass ich sie nicht mehr auseinanderhalten konnte – bis auf eine besonders laute, die sich ständig wiederholte: »FESTHALTEN, FESTHALTEN, FESTHALTEN!«

Der Horizont neigte sich mal hierhin, mal dorthin. Ich wurde in der Kabine umhergeworfen. Die Dragonfly tat einen Satz, mein Magen es ihr unverzüglich nach. Martinez krachte gegen Jenkins, Jenkins krachte gegen die Wand und verlor das Bewusstsein.

»FESTHALTEN, FESTHALTEN, FESTHALTEN!«

Bio-Geschosse hagelten gegen den Rumpf. Die Frontscheibe wurde getroffen, und das Panzerglas zerschellte.

»FESTHALTEN, FESTHALTEN, FESTHALTEN!«

Das Hämmern des Antriebs wurde zu einem hohen Kreischen. Ich schlug mit dem Kopf gegen die Decke und musste gegen die explodierenden Schmerzen ankämpfen. Das Schiff krängte erneut.

»Dich bekomme ich abgehängt, du Hund!«, schrie James immer wieder, lauter noch als all die Sirenen. »Ich bekomme dich abgehängt, du Hund!«

Dieses Mal nicht, James.

»FESTHALTEN, FESTHALTEN, FESTHALTEN!«, konterte die Bord-KI eloquent.

Dicke Äste und Baumstämme krachten gegen den Rumpf und ließen die Dragonfly erzittern. Daneben das unaufhörliche Rattern der Bio-Waffen. Durch immer mehr Löcher im Dach schien fahles Licht.

»FESTHALTEN!«

»FESTHALTEN!«

»FESTHALTEN ...!«

Der hungrige Dschungel wartete schon.

Er verschlang uns.

Wo zur Hölle bin ich hier?

Ich erwachte mit einem mörderischen Kater – zehn Mal schlimmer als die übelsten Nächte im Viertel.

Über mir war blaues Licht, aber offenbar befand ich mich nicht in meinem Tank. Es war der Himmel, der durch die Bresche im Blätterdach auf mich herabschien. Ich lag also auf dem Rücken, wusste aber nicht, ob ich aus dem Wrack geschleudert worden war, mich noch selbst befreit hatte oder am Ende gar gesprungen war. Alles durchaus möglich.

»Diagnose«, knurrte ich.

Das Visier füllte sich mit fehlerhaftem Code und zerstückelten Nachrichten, aber immerhin funktionierte die Gedankenübertragung noch.

EINSATZFÄHIG, hörte ich die KI in meinem Kopf.

Mehr hast du nicht zu sagen?

Plötzlich war ich wieder hellwach. Offenbar hatte mich der Anzug unaufgefordert mit neuem Adrenalin und Kampfdrogen versorgt, um zu verhindern, dass ich – was sonst wahrscheinlich passiert wäre – wieder in die Bewusstlosigkeit abdriftete. Auf dem Visier erschien eine Liste meiner Verletzungen. Zum Glück nur Prellungen und Stauchungen, aber in Summe genug, um mich hundsmiserabel zu fühlen. *Auf die Beine, Soldat!* Das bloße Aufstehen reichte schon, um eine Welle von Schmerz durch Glieder und Brustkorb zu jagen. Die Panzerung war von Kopf bis Fuß verbeult, verschrammt und eingedellt.

Nachdem ich wusste, wie es um mich bestellt war, machte ich mir um die taktische Situation Sorgen. Die Dragonfly hatte auf gut einem halben Kilometer eine Schneise in den Dschungel gerissen: eine brennende, aufgewühlte Furche der Zerstörung. Verkohlte Äste und loderndes Dickicht säumten den Weg des Schiffs zu beiden Seiten – die Narbe in der Landschaft war ein deutliches Zeichen dafür, mit welcher Geschwindigkeit wir auf den Waldboden geprallt waren. James würde zweifellos darauf bestehen, dass wir nur durch sein Können die Verfolger abgeschüttelt hatten, aber meiner Ansicht nach war da eine Menge Glück im Spiel gewesen. Glitzerndes Licht fiel durch das dichte Dach über mir; vielleicht dicht genug, um uns noch ein wenig Deckung zu bieten. Und immerhin hatten wir mindestens eins der Krell-Schiffe vernichtet.

»Legion!«, bellte ich. »Melden!«

Die Drogen hatten sich jetzt voll in meinem Kreislauf entfaltet. Die Lage war heikel, die Krell uns mit Sicherheit hart auf den Fersen. Wir mussten schleunigst weg von hier.

»Lebe noch!«, sagte Jenkins schleppend und kam irgendwo in der Nähe wieder auf die Beine. »Leck mich am Arsch. Haben die uns erwischt?«

»Kann man so sehen«, stellte ich fest. »Und bis zum nächsten Schlag wird's nicht lange dauern.«

Jenkins und Kaminski kamen Arm in Arm auf mich zu geschlingert. Sie schienen relativ unversehrt. 'Ski brachte ein Nicken zustande. Hinter ihnen kämpften sich Martinez und Mason aus dem Dschungel. Sie waren von oben bis unten voller Dreck, Brandspuren und Schrammen.

»Wo ist James?«, fragte ich.

»Hier«, knurrte unser Pilot.

James war wie ein Gladiator von einer Spiere des Cockpits aufgespießt worden. Die Metallstange ging sauber durch seine Magengrube. So war er mit dem Gesicht nach oben am Waldboden festgenagelt. Sein Helm war zersplittert, die untere Gesichtshälfte voller Blut. Dass er überhaupt noch lebte, war beachtlich.

»Ich gehe so schnell nirgendwo hin«, sagte er und zerrte mit den Händen an der Metallstange herum. »Aber ihr solltet schnellstens verduften. Das Signal untersuchen.«

Martinez zog die Plasmapistole aus seinem Schenkelhalfter, rammte eine Energiezelle in den Griff und reichte sie James. Er nahm sie wortlos entgegen.

»Lieber kurz und schmerzlos«, sagte Martinez.

James schüttelte den Kopf. »Im Cockpit ist ein Notsender. Schaltet ihn an.«

»Warum?«, fragte Mason. »Kommt doch eh keiner. Loeb hat Anweisung, nicht zu reagieren …«

Aber ich hatte begriffen. Er wollte nicht um Hilfe

rufen, sondern ein Ablenkungsmanöver inszenieren. Der auf voller Stärke funkende Sender würde jeden Fischkopf in der ganzen Umgebung zu ihm locken. In der Zwischenzeit wären wir längst verschwunden.

»Dann los«, befahl ich. »Sofort.«

»Ich habe zwanzig Schuss«, sagte James mit einem Blick auf die Anzeige der Pistole. Er lächelte dünn; seine Zähne leuchteten rot. »Vielleicht kann ich sogar noch ein paar von den Biestern mitnehmen, bevor sie mich kriegen.«

»Ist leider nicht so einfach, wie es aussieht«, sagte Jenkins.

Martinez und Mason brachen die Tür des Kanonenboots auf und machten sich an den zerstörten Armaturen zu schaffen.

»Fertig!«, rief Martinez kurz darauf.

»Das Signal war ungefähr einen Kilometer nördlich von hier«, sagte James. »Die Position sollte noch in euren Anzügen gespeichert sein.«

Meine Panzerung fuhr sich Stück für Stück wieder hoch, jetzt zeigte auch der Armrechner wieder eine Umgebungskarte.

James hielt die Faust hoch, und ich schlug meine dagegen. »Waidmannsheil, Lazarus.«

Wir rückten im Eilmarsch ab.

Es war unwegsames Gelände, aber wir blieben stets auf der Hut und bewegten uns so schnell wie irgend möglich. Mason hatte ihre Mono-Klinge hervorgeholt. Sie war kleiner als die Direktorats-Trophäe, gegen das Unterholz aber brauchbar genug. Kaminski wuchtete dicke Äste mit dem Lauf des Plasmagewehrs beiseite. Der Boden war nass und sumpfig, oft steckten wir bis zu den Knien in stinkender Brühe. Aus schlammigen Hügeln wuchs Zeug, das wie leuchtend rotes Schilf aussah. Bei genauerer Betrachtung zuckten und wanden sich die Pflanzen, als seien sie lebendig. Überall hingen dichte Nebelschwaden, die sich um die riesenhaften Baumstümpfe wickelten. Außerdem war es richtig laut – die Luft erfüllt vom Zirpen, Rülpsen und Pfeifen vieler Tiere, von denen manche eine gewisse Ähnlichkeit mit irdischen Verwandten aufwiesen und doch bestürzend fremdartig wirkten.

»Hier stinkt's«, stöhnte Mason.

»Den Fischgeruch kriegt keine Dusche der Welt mehr weg«, stimmte Jenkins mürrisch zu. »Und der Blütenstaub ist tödlich.«

Kaminski sah sie an. »Na hoffentlich nicht buchstäblich.«

»Schaltet doch auf interne Filter«, sagte ich.

»Habe ich ja«, sagte Mason. »Aber die helfen auch nicht wirklich.«

In Kombination mit der mörderischen Hitze war der Gestank wie ein doppelter Schlag in den Magen. Die dumpfen, schwindelerregenden Aromen waren oft Teil der Begegnungen mit den Krell, aber hier im Wald waren sie intensiv wie nie zuvor. Nahe der Absturzstelle hatten brennender Treibstoff und knuspriges Simulaten-Fleisch den Geruch des Dschungels noch in Schach halten können. Jetzt war von diesem Parfum nichts mehr übrig. Es stank bestialisch nach fauligem Fisch und Salzlake – die natürlichen Ausdünstungen der Krell hoch zehn. Nicht zum ersten Mal war ich der Medizineinheit meines Anzugs unendlich dankbar, die mich laufend mit Anti-Brechmitteln und Antihistaminen versorgte.

»Stopp!«, bellte ich.

Hunderte Meter über uns schimmerte der Himmel – so weit weg, dass es kaum zu sehen war. *Krell-Schiffe*. In loser Formation kreischten sie über unsere Köpfe hinweg. Keine Sekunde später folgte eine Reihe rollender Donnerschläge. Aus Richtung unserer Absturzstelle erblühte ein leuchtender Feuerball am Horizont.

»Was war das?«, flüsterte Mason.

»Die werden wohl das Wrack gefunden haben«, sagte ich. »Kopf runter.«

Die Legionäre rührten sich nicht. Unsere reaktiven Tarnfelder ahmten den Waldboden nach. Aus der Nähe mochte man noch wabernde Umrisse sehen, von fern waren wir so gut wie unsichtbar. Außerdem bot das Blätterdach ausgezeichnete Deckung. Kurz darauf zogen die Bomber weiter.

»Immerhin war James ein schnelles Ende beschieden«, sagte Martinez. Keine Spur von Ironie in seiner Stimme. »So Gott will.«

»Das Signal ist nicht mehr weit«, sagte ich. »Wir haben das Labyrinth fast hinter uns.« Ich zeigte zwischen den Stämmen zweier Mutantenbäume hindurch, die aus dem sumpfigen Boden ragten. Das Signal war beständig stärker geworden und pulsierte auf meinem Scanner wie eine rote Zyste. »Halber Kilometer da lang.«

Die Sichtverhältnisse ließen noch immer zu wünschen übrig, aber der Himmel klarte allmählich auf, und die Wände der Schlucht wichen zusehends zurück. Der Dschungel breitete sich nach allen Richtungen hin aus. Das machte die Szenerie zwar nicht unbedingt ansprechender, war aber immerhin etwas weniger unheimlich als das enge Geflecht schwarzer Felsen.

»In Deckung bleiben«, befahl ich. »Paarweise vorrücken.«

Ich ging vor, die anderen folgten in Zweiergruppen. So näherten wir uns dem Ziel. Der Dschungel schien leiser zu werden, übellauniger. Immer mehr große Farne und dornige Büsche wiegten sich in der schwachen Brise. Vor uns wurden die Bäume zunehmend spärlicher.

»Wir sind da«, sagte ich.

Sofort scharte sich die Legion um mich, und alle betrachteten die Lichtung.

Über uns ertönte ein lauter Knall.

»Blick nach oben!«

Ein großes Stück Stoff hatte sich zwischen gebrochenen Ästen verhakt.

»Eine Allinaz-Flagge …?«, sagte Mason.

Nicht bloß eine Flagge. Ein Fallschirm. Er hing in Fetzen und flatterte im Wind. Das rhythmische Klatschen klang im schnatternden Krell-Dschungel derart fehl am Platz, dass es sofort auffiel. Der Fallschirm war mit Seilen und Schlingpflanzen an etwas viel Größerem befestigt.

»Eine Rettungskapsel«, sagte Martinez. »Eine verdammte Kapsel!«

Das große runde Gefährt lag schräg auf dem Waldboden. Es passte überhaupt nicht in die Umgebung, auch wenn das Licht sanft über die Wölbung der gepanzerten Hülle spielte. Es war mehr als mannshoch und mit vertrauten Schriftzeichen und Symbolen versehen: die Flaggen Amerikas und der Allianz unter einer Seriennummer. Ich machte noch ein paar Schritte und sah den Schriftzug auf der Hülle:

UAS ENDEAVOUR – EXPEDITIONSKORPS

22

TSUNAMI

Ich versuchte, den Einfallswinkel der Kapsel im Kopf nachzustellen. *Wahrscheinlich ziemlich flach durch das Blätterdach gekommen,* beschloss ich, *und vorher in Äquatornähe in die Atmosphäre eingetreten, um möglichst wenig Reibungshitze zu erzeugen.* Diese Entscheidung, ob nun von KI oder menschlichem Piloten getroffen, hatte auch die Gefahr minimiert, von den Krell aufgestöbert zu werden.

Nur lag diese Kapsel schon viele Jahre hier.

»Elena!«, schrie ich.

Ich war verblüfft, dass irgendwer die Landung überlebt haben konnte. Die Kapsel hatte schwerste Schäden erlitten. Die untere Hälfte war komplett im Boden versunken, der sichtbare Rest geborsten und verbogen – zerknüllt wie ein Pappbecher. Auf der Hülle hatten sich Algen und Seepocken breitgemacht, die Reste des Hitzeschilds waren grün und schwarz überwuchert. Gefräßige Schlingpflanzen waren neugierig in jeden Winkel der Kapsel vorgedrungen. Ich kletterte über eine große Wurzel, die der Aufprall zerrissen hatte, und fand die Einstiegsluke.

Die Tür stand offen. Die Explosivbolzen waren gezündet worden. Es reichte fast, um wieder falsche

Hoffnung in mir aufkeimen zu lassen – aber ich wusste, dass die Luke automatisch zündete, sobald Sonden an Bord die Atmosphäre für atembar befunden hatten. *Reine Routine, mehr nicht.* Die Reste der Tür knarrten in den rostigen Angeln. Ich machte mich auf das Schlimmste gefasst und spähte ins Innere.

Das reinste Chaos. Die beiden Drucksessel waren offenbar einmal benutzt worden, jetzt aber hingen die Sicherheitsgurte schlaff herunter. Die Armaturen waren beschädigt, die einfache Holo-Konsole verkohlt und der Bildschirm zersprungen. Ich schaltete die Anzug-Scheinwerfer ein und ließ den Lichtkegel über die ramponierten Wände gleiten. Ein Spind mit der Aufschrift ERSTE HILFE stand offen, der Inhalt geplündert. Blutspuren auf den Drucksesseln. An einer Wand ein blutig verschmierter Handabdruck. *Wie lange ist das schon her?*, fragte ich mich. Die Haare in meinem Nacken stellten sich auf, und plötzlich fühlte ich neuen Zorn in mir aufsteigen. In Damaskus hatte Elena erzählt, die *Endeavour*-Mission sei von Anfang an unterwandert gewesen. War das Direktorat für all das verantwortlich? Oder war die Kapsel einfach von den Krell vom Himmel geholt worden? BERUHIGUNGSMITTEL, wies ich meinen Anzug an. Aber das kühle Rauschen in meinem Blutkreislauf hatte dem Brennen im Herzen nur wenig entgegenzusetzen.

»Was gefunden, Oberst?«, fragte Jenkins.

»Sie ist nicht hier«, sagte ich. »Nichts ist hier.«

»Keine Leichen?«

»Kein gar nichts.«

Ich hörte ein Klappern von draußen. Martinez.

»*Jefe!*«, sagte er aufgeregt. »Komm her!«
Ich trat aus der Kapsel.

»*Aqui rápidamente!*«, stammelte er.
»Entspann dich, Martinez. Was ist los …?«
»Hör doch mal!«, sagte er energisch.
Was auch immer er gehört hatte, schien auch Mason sichtlich erschreckt zu haben. Sie war in die Hocke gegangen und schwenkte das Gewehr über den Saum des Waldes.
»Venus, du Affenarsch«, sagte Kaminski, »so viel Grün auf einmal ist wohl zu viel für dich?«
»*Schnauze!*«, fauchte Martinez, und 'Ski verstummte.
Der Dschungel rülpste und raschelte; ein akustisches Gemälde aus einer Unzahl einzelner kleiner Laute, die kaum zu unterscheiden waren. Irgendwo summte etwas – ein Schwarm der fremdartigen Insekten, die hier wohnten. In der Ferne der gellende Schrei einer unbekannten Spezies …
»Die Seile …«, hauchte Martinez.
Ich selbst hätte es kaum bemerkt.
Die Seile, die Fallschirm und Kapsel mit dem Dschungel verbanden, *bewegten sich*. Vibrierten kaum merklich, surrten ganz schwach. Sie bewegten sich nicht im Wind, sondern in einem anderen Rhythmus.
Meine Instinkte schrien mich an.
»Vorsicht, Leute!«, bellte ich.
Alle Gewehre angelegt, alle Augen auf den Dschungel gerichtet, standen wir in einem schiefen Kreis mit dem Rücken, zur Kapsel. Mein Bio-Scanner sonderte ein dauerhaftes, lautes *Piep-piep-piep* ab, aber das

war nichts Neues. Im dichten Bewuchs des Dschungels mit seiner wahren Flut indigener Lebensformen war das Gerät so gut wie nutzlos. Der Dschungel war derart undurchlässig, dass man nur wenige Meter weit sah. Der Feind würde über uns herfallen, eher wir ihn erblickten.

Ich brauchte unbedingt einen besseren Aussichtspunkt und betrachtete den nächsten Baum.

»Ich gehe da hoch«, sagte ich. »Hilf mir mal einer.«

Über die tief hängenden Äste des großen Baums kam ich recht schnell vorwärts. Kampfanzug und Sim hatten ein beachtliches Gewicht, aber der Baum wirkte robust genug. Die Rinde war schuppig, fast wie ein Reptil. Es fühlte sich an, als bestiege ich eine zwanzig Meter große Schlange. *Bei allem, was hier rumläuft, würde mich das auch nicht mehr wundern,* dachte ich. Eine Hand nach der anderen kletterte ich nach oben. Mit jedem Ast nahm mein Gefühl der Bedrohung zu. Die dünneren Äste über mir begannen leise zu zittern.

Die Legion drängte sich um den Baumstamm.

»Hier unten ist immer noch nichts zu sehen«, sagte Kaminski. »Nur Wald.«

»Infrarot ist für'n Arsch«, sagte Jenkins. »Alles sieht gleich aus.«

»Beobachtet einfach weiter die Bäume«, sagte ich. »Lasst euch nicht überraschen.«

Als ich auf halber Höhe angekommen war, fiel immer mehr Licht durch das Blätterdach. Ein tiefer, vibrierender Bass kündigte etwas Großes an, das auf uns zurollte. Ein Schiff? Ich hatte den Wipfel fast erreicht und atmete schwer. Irgendein anderes Krell-Fahrzeug? Endlich brach ich durch das Dach. Die Sonne stand tief und tauchte den Wald in bernsteinfarbenen Schimmer. Ich schirmte mein Visier mit der Hand ab und sah mich im Tal um.

»Was zu sehen, Sir?«, rief Mason.

Nur noch mehr Bäume. Ein endloser grüner Teppich …

Ganz in der Ferne, nur dank meiner scharfen Simulaten-Sinne überhaupt auszumachen, bewegte sich etwas. Die Baumgrenze wogte wie hohe See – in jeder Richtung.

Das alles war eine Finte.

Die Krell hatten uns eingekesselt.

Tsunami.

Wenn die Krell – wie so oft – zahlenmäßig hoch überlegen waren, erreichten sie irgendwann eine Art kritische Masse. Sie wurden unaufhaltsam.

»Einer der vielen Vorteile daran, kein Selbstempfinden zu haben«, hatte mir einmal ein Wissenschaftsoffizier erklärt, »ist, dass so eine Kreatur keinerlei innere Parameter besitzt, die einen Selbsterhaltungstrieb auslösen könnten.«

Ich erinnere mich noch gut daran, in diesem Saal zu sitzen und die Vorlesung über grundlegende Verhaltensmuster der Krell zu hören, als seien diese Regeln in Stein gemeißelt. Ich war gerade durch die Grundausbildung, ein junger Gefreiter in der Allianzarmee, noch immer am Olympus Mons auf dem Mars stationiert. Wie die meisten Rekruten war ich davon überzeugt, die Kurse über »Psychologie und Taktiken der

Krell« seien reine Zeitverschwendung. Einmal die Woche karrten sie den immer gleichen bärbeißigen Dozenten aus der Wissenschaftsabteilung heran, um uns mit Diagrammen und Schemata zu langweilen: eine kurze Pause im Trainingsalltag, der sich um dicke Waffen, Panzeranzüge und Raumschiffe drehte.

»Auf sich allein gestellt, haben die einzelnen Primärformen der Krell so gut wie kein Zielbewusstsein«, leierte er stumpf herunter. »Physikalisch sind sie durchaus imposant, haben aber keinen taktischen Sachverstand.«

»Sachverwas, Sir?«, rief irgendwer dem kleinen Mann zu.

Die Unterbrechung wurde mit johlendem Spott quittiert.

»Taktische Auffassungsgabe, wenn Ihnen das lieber ist. Sie folgen dem Kollektiv. Sie folgen den Anweisungen der Führer-Formen.«

»Die klingen doch wie perfekte Soldaten«, rief jemand anders.

Mehr Pfiffe, mehr Hohn. Ich war noch sehr jung und wahrscheinlich auch durchaus beteiligt gewesen. Dieses ganze theoretische Gefasel konnte doch nicht so wichtig sein.

»Möglich«, sagte der Offizier.

Hinter ihm stand ein großer Holo-Projektor. Er seufzte und schüttelte den Kopf – offenbar war er ordentlich angepisst, dass sein Vortrag nicht das gewünschte Interesse weckte.

»Das Bildmaterial hier stammt direkt von der Front«, sagte er. »Ein Videomitschnitt von Torus Seigel, wohin Sie aller Wahrscheinlichkeit nach in Kürze versetzt werden.«

Das ließ den Saal etwas ruhiger werden. Echtes Filmmaterial war schon viel besser und viel interessanter, als dem kleinen Mann und seinem Geschwafel über Krell-Psychologie zuhören zu müssen. Als er den 3D-Film startete, hatte er es zum ersten Mal überhaupt geschafft, der versammelten Mannschaft ein ehrfürchtiges Schweigen abzuringen.

»Das Folgende«, hatte der Mann mit einem fürchterlich breiten Grinsen gesagt, »ist die praktische Anwendung dieses fehlenden Selbsterhaltungstriebs.«

Wir sahen zu, wie die Krell eine Patrouille der Allianzarmee überfielen.

Sie bewegten sich mit furchterregender Geschwindigkeit – innerhalb weniger Sekunden waren fast ein Dutzend Soldaten in Fetzen gerissen worden. Das Holo wurde in den ganzen Raum projiziert. Die Bilder waren gestochen scharf, und wir steckten mitten im Geschehen – bestmögliche Anschaulichkeit zu Trainingszwecken. So hieben die Krell nicht nur auf die namenlosen Kameraden ein, sondern auch auf uns. Der Wissenschaftsoffizier spielte den Ausschnitt wieder und wieder ab, und jedes Mal zuckte ich am Ende teilnahmsvoll zusammen. Er erklärte, dass die Aufnahmen von einem kreisenden Jäger stammten – einem glücklichen Zeugen des Massakers am Boden. Die toten Soldaten waren weniger glücklich gewesen.

»Hat diese Taktik einen Namen?«, fragte jemand nach der fünften Wiederholung.

Die Augen des Wissenschaftlers wurden zu schmalen Schlitzen, aber noch immer hatte das Grinsen sein Gesicht nicht verlassen.

»Wir nennen es den Tsunami«, sagte er. »Wollen wir hoffen, dass keinen von Ihnen je das Unglück ereilt, ihn selbst erleben zu müssen.«

Ich zielte kurz und sprang vom Baum. Jeder zweite Ast bremste den Sturz etwas ab, sodass ich im Bruchteil der Zeit, die ich für den Aufstieg gebraucht hatte, wieder unten war.

Das Geflüster des Dschungels war zu einem tiefen Grollen geworden. Die Bäume wackelten, warfen Blätter und Tropfen ab, als würde es kurz über dem Boden plötzlich regnen.

»Scheiß venusische Intuition«, sagte ich. »Du hattest recht.«

»Wie viele?«, fragte Martinez.

Beinahe musste ich lachen. »Zu viele. Hunderte.«

»Was? Fuck!«, sagte Jenkins. »Wie nah?«

»Paar hundert Meter, aber nicht mehr lange …«

Etwas Schnelles, Grünes, Tödliches brach aus dem Dschungel hervor: ein Kugelblitz aus Panzer und Krallen und Zähnen. Die Primärform stieß sich mit allen Beinen an den Ästen der Bäume ab. Sie war perfekt gebaut für diese Umgebung. Die dornenbewehrten Auswüchse am Rücken hingen an den oberen Ästen, während sie mit den Krallen der Füße rasend schnell von Rinde zu Rinde hüpfte.

Ich jagte dem Xeno eine Plasmasalve in den Rumpf, und es explodierte.

»Vorhut«, sagte ich. »Um den schnellsten Weg zu uns zu finden.«

»Da kommen gleich noch mehr«, sagte Martinez, der sich bereits von der Lichtung zurückzog.

»Alles einsetzen, was wir an Waffen haben«, befahl ich.

Wollen wir uns doch wenigstens teuer verkaufen, hätte ich fast hinzugefügt.

Plasmaimpulse zerschnitten kreuz und quer die Luft und rissen die Krell in blutige Streifen. Überall schraubten sich Raketen zwischen den Bäumen hindurch – die intelligente Zielerfassung war durch die schiere Masse an Zielen vollkommen überfordert. Der Gestank brennenden Fleisches und verschmorter Knochen legte sich beißend über die Lichtung. Ich drückte meinen Auslöser durch, hatte die Beine fest in den bebenden Boden gestemmt und spürte die Wogen der Schlacht um mich herum.

Ich bekam kaum mit, was der Rest der Legion tat. Schaffte es gerade eben, mich auf meine Ziele zu konzentrieren.

Primärformen kletterten durch die Bäume, jagten mit unmenschlicher Gewandtheit über den sumpfigen Boden hinweg. Nachdem wir die erste Reihe rauchender Leichen aufgetürmt hatten, kletterten die nächsten einfach über die Gefallenen hinweg. Sie waren ihre eigene Wucht, ihr eigener Antrieb: eine einzige, riesige Welle aus purer Bewegung. Die großen, schwer gepanzerten Führerformen waren überall zu sehen. Sie bildeten die Schaumkrone des Tsunamis und trieben die Masse voran.

Sie kamen aus allen Richtungen.

Die Schlinge zog sich zu.

Der Klang der Angriffswellen war unbeschreiblich – eine durchdringende, nervenzerfetzende Druckwelle puren Lärms. Das ganze Kollektiv schrie, eine Horde von Wesen zu einem einzigen verschmolzen. Der Lärm alleine war lähmend. Vielleicht eine beabsichtigte Nebenwirkung des Angriffs, um den Gegner zusätzlich zu entwaffnen.

Als der direkte Frontalangriff nicht sofort Früchte trug, verlegten sich die Krell darauf, uns aus den Baumkronen anzuspringen. Eins landete mitten zwischen uns und streckte die Klauen nach Mason aus. Sie schrie und versetzte ihm einen Schlag mit dem Gewehr, der es zurücktaumeln ließ. Ich streckte es mit einer Plasmasalve nieder. Durch die Gedankenverbindung tauchte MUNITION KNAPP auf meinem Visier auf. Ich hatte keine Zeit, die Energiezelle zu wechseln – konnte nur den Unterlauf-Werfer durchladen und Granaten in die anstürmenden Horden verschießen. Überall erblühten Explosionen.

Immer mehr Sekundärformen fielen mit ihren Biowaffen ein, trafen wahllos Leichen und Primärformen, sättigten die Luft mit Geschossen. Mein Nullschild flammte unter einem Dröhner in hellen Funken auf. Leider konnte ich außer der Masse an Feinden direkt vor mir nichts sehen, den Sekundärformen da draußen also auch nichts entgegensetzen.

Dann brachen sie endgültig durch und waren zu nah, als dass die Nullschilde noch etwas genützt hätten. Ich fühlte Klauen und Zähne und Stacheln auf meiner Panzerung. Alle Gliedmaßen waren Waffen, jede Zelle des Kollektivs erdrückte uns. Ich schmetterte einen der Angreifer krachend gegen die Rinde des nächsten Baums, aber bevor ich mich überhaupt lösen konnte, warf sich schon ein zweiter auf mich.

Diese Krell waren anders als sonst. Größer und schneller, die Panzer härter und dicker, von oben bis unten in dornige Fortsätze gehüllt. *Weiterentwickelt.* Ihre Körper waren muskulöser, einige waren gestreift wie riesenhafte Wespen. Wo sonst ein platzierter Treffer gereicht hatte, waren jetzt mehrere Impulse nötig, um sie zu töten. Auch bestand die Flut aus vielen Tertiärformen, gut doppelt so groß wie mein Panzeranzug. Jesus, das *waren* lebende Panzeranzüge.

Eine lange Kralle traf mich in die Seite, und ich taumelte zurück. Die einsetzende Dunkelheit wurde von einer frischen Ladung Kampfdrogen vertrieben. Immer neue Tertiärformen stürmten auf die Lichtung. Auch Martinez und Mason wurden zur Seite geschleudert.

Jenkins stand breitbeinig Rücken an Rücken mit Kaminski und bedeckte die Krell mit einer Feuerwand aus ihrem Flammenwerfer.

Aber die Mission war gelaufen.

Was auch immer hier unten für ein Geheimnis schlummern mochte – was auch immer die *Endeavour* so lange gehütet hatte –, war verloren. Genauso wie Elena.

Zwischen zwei der Panzerplatten an meinem Bein bohrte sich etwas hinein. Sofort schoss sengender Schmerz durch meinen Körper. Ich verfluchte alle

Götter, die zuhören mochten, und fiel auf die Knie. In meinem Helm plärrte die Medizineinheit und warnte vor schwindender Einsatzfähigkeit, in meiner Panzerung staute sich warmes Blut. *Wie gut sie die auch bauen mögen, es ist nie genug.*

Größere, noch fremdartigere Bioformen sprangen über uns durch die Bäume. Dinge, die nicht einmal ich je erblickt hatte, die kein Wissenschaftler je hatte klassifizieren können ... *Quartärformen?* Enorme, schattenhafte Biokonstrukte, eher Panzer als Lebewesen.

Mittlerweile stand unsere Position unter Dauerbeschuss. Sekundärformen überzogen alles mit Heulern. Die kreischenden Waffen trafen Krell wie Menschen. In weitem Bogen umgaben uns brennende Körper, von denen einige noch zuckten oder mit ausgestreckten Klauen weiter auf uns zukrochen.

Direkt über mir schwang sich eine Sekundärform wie ein Affe von Ast zu Ast. Der lange, schmale Lauf des Heulers war mit seinem mittleren Armpaar verwachsen. Unter dem Heuler baumelte wie eine Munitionstrommel ein fleischiger Sack, in dem das organische Napalm kultiviert wurde.

Ich lag auf dem Rücken und spürte die mächtige Welle über mich hinwegschwappen.

Niemand schien mehr zu schießen.

Wahrscheinlich war auch der Rest der Legion zu Boden gegangen, und wir hatten tatsächlich das Ende des Wegs erreicht.

Ich hatte das Gefühl, schillernde Trugbilder zu sehen.

»Jetzt!«

Die Lautsprecherstimme erhob sich über die Kakofonie und zerschnitt die Luft.

Tiefer aus dem Dschungel flammte Mündungsfeuer auf, das gleißende Blitzen von Plasmawaffen, und …

… *noch etwas* …

Die Luft um mich herum zischte. Direkt vor mir wurde ein Krell von einem schwarzen Energiestrahl erfasst.

Der Körper löste sich einfach auf.

Die Energiewaffe – was auch immer es sein mochte – feuerte wieder und wieder, warf dunkle Prismen aus Anti-Licht zwischen die Bäume. Die Krell schienen einfach zu verschwinden, aber nachdem ich verblüfft geblinzelt hatte und zu begreifen versuchte, was da geschah, sah ich, dass sie fast vollständig verdampften. Die Waffe entflammte das Gewebe und ließ die Krell zu feinen Aschewolken zerfallen. Nie hatte ich eine vergleichbare Waffe gesehen.

Dann reagierte mein Ares-Panzer und baute stotternd den Nullschild wieder auf. Reste brennender Krell-Panzerung wurden gegen die Energiebarriere geschleudert; zischend lösten sich Blut und Körpersäfte vor mir in Luft auf.

Auch die anderen Legionäre regten sich.

»Bericht!«, sagte ich.

»Ich bin noch da«, sagte Martinez. »*Gracia de Dios*, ich lebe noch …«

»… habe aber keine Ahnung, wie«, sagte Jenkins. Sie sah völlig verstört aus – eine emotionale Reaktion, die ich bestens verstehen konnte.

»Ich auch nicht«, sagte Mason.

»Die … die haben einfach aufgehört«, keuchte Kaminski. Er kam auf die Knie und suchte zwischen den Kadavern nach seinem Gewehr. »Noch so einen Angriff überleben wir nicht …«

Die Legion war übel zugerichtet. Unsere Panzerungen voller Stacheln und von den Dröhnern geschwärzt. Kaum noch einsatzbereit.

»Wer war das?«, fragte Mason.

Als Antwort tauchten fünf Gestalten aus dem Dschungel auf.

»Bedrohung neutralisiert«, sagte eine Stimme, geschlechtslos und anonym durch das wütende Knurren des Lautsprechers. »Los, Bewegung. Die Krell werden nicht lange stillhalten.«

Alle Blicke richteten sich auf die Quelle der Stimme. Unsere Rüstungen klapperten schon beim Drehen der Halsgelenke.

»Wer zur Hölle sind die Typen?«, fragte Kaminski.

Die fünf Neuankömmlinge waren in antiquierte Kampfanzüge gehüllt – fast schon Museumsstücke, mindestens seit einem Jahrzehnt überholt. Sie waren so alt, dass die Tarnfelder vollständig den Geist aufgegeben hatten. Alle fünf trugen ihre Kampfhelme geschlossen, keine der Rüstungen wies Abzeichen oder andere Identifikationsmöglichkeiten auf. Sie waren mit kurzläufigen Plasmakarabinern bewaffnet, hatten aber auch andere, seltsam anmutende Waffen aus schwarzem Metall dabei.

»Ich würde mich ja für die Rettung bedanken«, sagte ich, »wenn ich wüsste, an wen ich den Dank richten soll.«

Der Anführer trat einen rauchenden Krellkadaver aus dem Weg. Irgendwie erschien mir das Schenkelhalfter recht feminin angebracht zu sein. Das verkratzte Visier wurde entspiegelt.

»Schön, dich zu sehen, Conrad. Wenn du jetzt allmählich damit fertig bist, die lokale Fauna zu belästigen, sollten wir hier verschwinden.«

Kann das wahr sein?, fragte ich mich.

Vor mir stand Elena und hatte die Lippen zu einem süffisanten Grinsen verzogen. Sie wirkte milde amüsiert und schien den akuten Kampf auf Leben und Tod für einen Moment hintanzustellen.

Wie Magneten schlichen wir langsam aufeinander zu, aber zu schnell erwachte der Dschungel zu neuem Leben. Das Rascheln vieler Beine schwoll erneut an.

»Der nächste Angriff …«, sagte ich.

»Ja«, sagte Elena. »Wir müssen los – sofort.«

Mit Plasmagewehren und den exotischen neuen Waffen gaben uns ihre Leute Feuerschutz.

»Wie …?«, setzte ich an. Ich hatte tausend Fragen im Kopf.

Etwas Großes jagte dröhnend über uns hinweg. Ein rasender Lichtblitz.

»Sie haben Luftunterstützung geholt«, sagte einer der Neuen.

»Keine Zeit für Erklärungen!«, sagte Elena. »Die Krell haben sich gleich wieder gesammelt.«

Sie winkte ihre Leute vorwärts. Wir folgten ihr durchs Unterholz, unter den Stiefeln schmatzte der sumpfige Boden.

»Wohin gehen wir?«, fragte Mason.

»Glaubt ihr im Ernst, ich wäre hier rausgekommen, ohne einen Plan für den Rückzug zu haben?«, fragte Elena mit kaum merklich französischem Einschlag. »Wir sind schon lange hier und kennen uns gut aus.«

»Hoppla!«, rief Jenkins neben Kaminski plötzlich. »Stehen bleiben, Leute!«

Vielleicht doch nicht so gut, dachte ich.

Denn vor uns hörte der Dschungel einfach auf.

Wir standen am Rand einer mächtigen Felsnase: vor uns mindestens hundert Meter Steilhang. Verborgen von der dichten Vegetation waren wir einem Flusslauf gefolgt, der sich hier neben uns in einen Wasserfall verwandelte. Feiner weißer Dampf stieg auf, und selbst die Luft war feucht.

'Ski machte sich daran, das Gewehr wieder von der Schulter zu nehmen, um sich nach den Krell umzudrehen. »Zeit fürs letzte Gefecht? Weiter kommen wir nicht …«

»Wir springen«, sagte Elena. »Anzüge versiegeln – das Wasser ist tief.«

»Meiner ist beschädigt«, sagte Mason.

»Macht das Beste draus«, sagte Elena. »Wir bleiben nicht lange unter Wasser, wichtig ist nur, dass ihr auf der anderen Seite unbedingt tut, was ich euch sage.«

»In Ordnung«, sagte ich.

»Deine Leute auch«, sagte Elena nachdrücklich. »Auch wenn euch nicht gefällt, was ihr seht, müsst ihr mir vertrauen. Ich meine es ernst!«

»Ihr habt sie gehört«, sagte ich der Legion. Nicht dass uns viele Alternativen blieben.

»Feind im Anmarsch!«, sagte Mason.

Eine Primärform brach hinter uns aus dem Dschungel hervor, wurde aber von einem der rätselhaften Gewehre sofort in eine dunkle Blüte verwandelt. Elenas Team versammelte sich direkt an der Kante und sicherte unseren Rückzug.

Elena hatte sich perfekt unter Kontrolle. Im Helm hatte sie die schwarzen Haare zu einem straffen Zopf gebunden. Sie hatte wenig gemeinsam mit der Frau, die ich einmal gekannt hatte. Sie war jetzt eine Überlebenskünstlerin, eine Kriegerin. Ich starrte sie an, und sie erwiderte meinen Blick.

»Wenn wir drüben sind, schaltet eure Anzüge aus«, sagte sie.

»Warum das?«, fragte Jenkins.

»Wie gesagt: Vertraut mir.«

Immer mehr Krell tauchten auf. Die schwarzen Energielanzen feuerten unaufhörlich, aber selbst die würden unser Ende lediglich hinauszögern. Bald würden sie mit solcher Übermacht anrücken, dass wir ihnen nichts mehr entgegenzusetzen hatten.

»Ich weiß nicht, ob ich das schaffe«, sagte Mason.

»Jetzt sag nicht, du hast das Schwimmen verlernt«, sagte Kaminski und grinste blöd. Er kletterte auf den Abgrund zu.

Martinez stand schon bereit. »Keine Flüsse auf dem Mars.«

»Aber 'ne Menge Kanäle, oder?«, sagte Kaminski.

Ich spähte in die weißen Fluten am Fuß des Wasserfalls. Es sah wirklich sehr tief aus. Mitten in dem Durcheinander, zwischen dem Bellen der Biogewehre und dem hohen Zischen der Plasmaimpulse, nahm Elena meine Hand. Handschuh in Handschuh. Selbst durch die Panzerung war ihre Berührung elektrisierend.

»Ich habe dich gesehen«, sagte sie. »Auf Calico.«

Gemeinsam sprangen wir von der Klippe.

Im gleichen Moment ergoss sich eine neue Welle von Krell aus den Bäumen und wurde mit einem Plasmahagel begrüßt.

»Schaut nicht zurück!«, schrie Elena noch im Fallen. »Die anderen kümmern sich darum! Ich führe euch.«

Sie ließ meine Hand los und tauchte ins Wasser ein. Ihre Panzerung war leichter als meine und für die verschlungenen Dschungelpfade umgebaut worden. Fließend verwandelte sie den Sturz in grazilen Bruststil, tiefer in den dunklen Fluss.

Ich in meiner schweren Panzerung prallte *hart* auf dem Wasser auf.

Als Sim in Panzerung schwimmt es sich schlecht oben. Ich sank schnell tiefer. Vage registrierte ich, wie der Rest der Legion etwa zur gleichen Zeit gesprungen war – oder gefallen, wie auch immer man das sehen wollte – und jetzt um mich herum einschlug.

Das Wasser war eine brackige Mischung aus Schlickablagerungen, verrottendem Holz, Schlingpflanzen, die unachtsamen Dschungelbewohnern auflauerten, und Christo weiß was sonst noch. Wie Elena uns schon gewarnt hatte, war es erstaunlich tief, und sofort lief meine Rüstung durch die vielen kleinen Löcher voll. Die Panzerung war nicht gerade für Tiefseeforschung konstruiert worden, aber immerhin war mein Helm heil, und die interne Sauerstoffversorgung funktionierte noch. Schnell war die Oberfläche nur noch ein fahler Schein weit über mir. Viele Dornenstacheln folgten uns und zogen fast träge Bahnen durchs Wasser.

Ein Stück weiter vorne winkte uns Elena zu. Dann schwamm sie schnell weiter durch die trübe Brühe. Ich folgte ihr, so gut ich konnte, lief aber eher in Zeitlupe durch das Flussbett – es war wie Kämpfen in der Schwerelosigkeit.

Hinter uns tauchten die schlanken Krell ins Wasser ein. Die Körper der Aliens zerschnitten den Fluss wie Klingen; ihre Muskeln kräuselten sich, die Gliedmaßen eng angelegt. Ihre dunklen Augen schimmerten. Sie waren perfekt an dieses Element angepasst. Mit einem lautlosen Lichtblitz feuerte Kaminski sein Plasmagewehr ab. Vielleicht erwischte er sogar eins, aber immer mehr tauchten über uns ein und nahmen die Verfolgung auf. Jenkins setzte ihren Granatwerfer ein, und die Schockwelle der folgenden Explosion ließ das Wasser erzittern. Geröll sickerte durch das schnell fließende Wasser, Wolken von Sedimenten wurden aufgewühlt und reduzierten die Sichtweite noch mehr.

Ich drehte mich wieder nach Elena um. Sie war weit vor uns, setzte den ganzen Körper zum Schwimmen ein. Wir durften den Anschluss an sie und ihre Leute nicht verlieren.

»Elena hinterher!«, befahl ich über Funk. »Kümmert euch nicht um die Krell!«

»Bin mir nicht sicher, ob das geht«, sagte Jenkins.

Eine Primärform hatte ihre Rüstung ergriffen und zog sie zurück nach oben. Sie rammte die Kreatur zur Seite und kämpfte gegen die Strömung, um mir zu folgen.

Vor uns tauchte der Schlund eines Tunnels auf: ein schwarzes Loch in der Wand des Flussbetts. Elena verschwand darin, und als ich ihr folgte, sah ich, wie sie sich auf der anderen Seite ans Ufer einer Höhle zog.

Ich kämpfte gegen das Brennen in den Muskeln an, zwang meinen Körper vorwärts, hangelte mich von Felsen zu Felsen und zog mich an Land. Dann drehte ich mich um und zog Mason hoch. Martinez kletterte über die glitschigen Steine voller Algen, dicht gefolgt von Jenkins und Kaminski. Die ganze Legion ließ sich auf den Boden fallen, froh darüber, es aus dem Wasser geschafft zu haben.

»Denkt an das, was ich gesagt habe!«, rief Elena. Ihre Stimme hallte durch die Unterwassergrotte. »Tut, was ich sage. Und jetzt sofort die Anzüge abschalten!«

»Das ist doch Wahnsinn!«, sagte Jenkins. »Die Krell sind uns immer noch auf den Fersen …«

»*Anzüge aus!*«, brüllte Elena.

Hinter uns brachen ihre Leute aus dem Wasser hervor und verteilten sich geübt zwischen den Felsen. Dann rührten sie sich nicht mehr. All das fühlte sich instinktiv falsch an, aber was sollte ich tun? Ich folgte ihrem Beispiel, die Legion meinem.

»Anzüge abschalten!«, befahl ich.

ABSCHALTEN, befahl ich auch meinem Anzug in Gedanken. Sofort tauchte auf meinem Visier eine protestierende Warnmeldung auf, aber ich dachte den Überbrückungscode hinterher. Die Bestätigung rollte über mein Display, und die Panzerung wurde zu einem Brocken unbeweglicher Metalllegierung. Mein Körper steckte in einer potenziellen Todesfalle. Ich hing halb auf dem Rücken, konnte aber durch das transparente Visier noch die Umgebung erkennen …

Elena setzte sich in Bewegung. Sie rannte auf die Wand der Höhle zu, kletterte flink über die nassen Felsen …

Nein!

Hinter ihr schraubte sich ein Krell aus dem Wasser und hatte mit den mächtigen Klauen sofort die Felsen am Ufer überwunden. Es hatte Elena fast erreicht und würde sie in Stücke reißen …

»Bleib da!«, schrie sie mir zu. Fast ging ihre Stimme im Brüllen des Krell unter.

Wider besseres Wissen und allem Schutzbedürfnis Elena gegenüber zum Trotz gehorchte ich ihr. Sah zu, wie die Primärform durch die Höhle sprang. Keiner von ihren Leuten rührte sich, auch der Rest der Legion sah unbeweglich aus ihren Metallklötzen zu.

Es war eine albtraumhafte Szene.

Elena berührte die Wand und bewegte die Finger wie über eine Schalttafel.

Es war gar keine Höhlenwand. Unter Elenas Hand erwachten blendende Schriftzeichen zum Leben. Meine Instinkte schrien noch lauter als das Krell. Sämtliche Wände waren so feingliedrig bearbeitet, dass es fast wie eine natürliche Maserung gewirkt hatte …

Das Krell hatte die dolchartigen Klauen ausgestreckt

und Elena beinahe erreicht. Als sie sich umdrehte, war ihr Gesicht zu einer trotzigen Grimasse verzogen, obwohl sie nicht einmal eine Waffe hatte …

Am Ende braucht sie gar keine, begriff ich.

»Nicht hier …«, rief Jenkins. Die Funkgeräte waren abgeschaltet, aber ich hörte den Schrei selbst durch die brachliegenden Anzüge. »Nicht hier!«

Die Wasseroberfläche kräuselte sich. An der Decke Bewegung – etwas floss aus den Wänden heraus. Materialisierte.

Die Dunkelheit kam.

Ein Schatten in einem Schatten.

Mitten in der Höhle entstand flüssige Finsternis und nahm erschreckend schnell Form an. Direkt zwischen Elena, die jetzt mit dem Rücken zur Wand stand, und der Primärform.

Ich kannte dieses Wesen. Hatte es gesehen – gesehen, wie es die Legion vernichtete.

Uns nicht nur getötet, sondern das Gemetzel richtig genossen hatte.

Der tönerne Schnitter.

Elena drehte sich um und presste die Hände gegen die Wand.

Der Kopf des Krell zuckte nach links, nach rechts, unsicher, auf welche Bedrohung es sich konzentrieren sollte. Rasiermesserscharfe Fäden aus lebendigem Öl schossen aus den Wänden und durchzogen die ganze Höhle.

Elena warf sich hin, rollte sich ab, einer der Schatten ihr dicht auf den Fersen …

Ich muss ihr helfen! Mein Magen krampfte sich panisch zusammen. Es hatte sie fast erreicht.

In der toten Panzerung fühlte ich die Schwerkraft doppelt; es brauchte all meine Kraft, die Hand nach ihr auszustrecken. Meine Finger berührten ihre Schulter, ich packte sie. Dann fiel sie auf mich – unsere Visiere berührten einander, meine gelähmten Glieder um ihren Torso geschlungen. Sie zitterte; ihr Anzug fuhr sich herunter …

Sofort ließ der suchende Tentakel von ihr ab und jagte durch die Halle auf ein neues Ziel zu. Mit schrecklicher Präzision wurde das Krell von einem schwarzen Metallfortsatz aufgespießt – er traf den Xeno mit solcher Wucht ins Brustbein, dass der Biopanzer aufbrach und dampfende Innereien über die Wände spritzten.

Immer mehr Krell sprangen aus dem Wasser.

Ob ein Schnitter reicht, um sie alle zu erledigen?, fragte ich mich.

Die Frage hatte sich schnell erübrigt, denn es waren offensichtlich mehr als einer.

Verchromte Gliedmaßen, die nur dann Gestalt annahmen, wenn sie ein Ziel gefunden hatten, ergossen sich in die Halle. Sie flossen über uns hinweg, konzentrierten sich ganz auf die Krell und schleuderten sie mit hemmungsloser Hingabe beiseite.

Wie viele streckten die Schnitter nieder? Fünf, zehn, dreißig … ich verlor schnell den Überblick.

Ich lag ganz still da, Elena eng an mich gedrückt, und sah den Wesen bei der Arbeit zu. Immer wieder spritzte Alienblut auf mein Visier, und ich musste den Drang unterdrücken, es abzuwischen. Neben mir fiel eine abgetrennte Klaue zu Boden, nass vor Wundsekret – sie zuckte noch immer, als habe ihr Besitzer nicht bemerkt, dass sie längst fehlte. Ich dachte an meine eigene fehlende Hand und ihren mechanischen Nachfolger, der sich irgendwo im Orbit um Devonias dritten Mond an Bord der *Colossus* versteckt hielt.

Es verlangte all meine Disziplin, einfach ruhig dazuliegen. Würde die Legion reagieren? Jenkins hatte es in Damaskus am schlimmsten erwischt. Kaminski hatte heilige Eide geschworen, den Schnitter zu vernichten, sollte er ihm je wieder begegnen. Wir alle wussten, wie müßig solche Aussagen waren – hatten gesehen, dass der Schnitter für unsere Waffensysteme so gut wie unempfindlich war. Trotzdem war der natürliche Drang, dieses Ding bekämpfen zu wollen, nur sehr schwer zu unterdrücken.

Dann flaute der Ansturm der Krell ab. Ihre Schreie hallten durch die Grotte und erstarben. Der Klang eines ganzen Kollektivs unter Schmerzen.

Die Schnitter pirschten am Rand des Wassers entlang. Es war kaum zu erkennen, wie viele sie waren, denn sie lösten sich unaufhörlich auf und setzten sich neu zusammen. Einer bewegte sich auf Elena zu, die scharfen Glieder viel zu nah bei ihrem Körper …

Elena löste sich von mir, rollte sich über den Boden und machte einen Satz auf den Teil der Wand zu, den sie schon vorher betätigt hatte. Die Keilschrift leuchtete noch immer in reinem Blau. Ihre Hand bewegte sich über die Wand und berührte dieselben Zeichen wie zuvor.

Die Schnitter zogen sich zurück, ihre Gliedmaßen schmolzen dahin und verdorrten. Sie verschwanden wieder in den Wänden, ein Spiegelbild ihres Erscheinens. Es dauerte nur wenige Sekunden, bis nichts mehr von ihnen blieb, aber ich atmete schwer und wollte nicht ganz begreifen, dass es wirklich so einfach war. Der Atem ließ mein Visier beschlagen, während ich mich in der Halle umsah – nach irgendeinem Anzeichen Ausschau hielt, dass die Gefahr zurückkehren könnte. Niemand bewegte sich, alle lagen noch immer starr auf dem Boden.

»Wir haben's überstanden«, sagte Elena. Sie sprach es zuversichtlich aus, aber ihre Stimme zitterte leicht. Natürlich hatte auch sie Angst gehabt und genau gewusst, dass ein solcher Plan nicht ohne Risiko war.

Ich gab meinem Anzug das Gedankensignal, sich wieder hochzufahren, und bald füllte sich das Display mit neuen Informationen. Meine Gliedmaßen ließen sich wieder normal bewegen, der Anzug war wieder einsatzbereit. Auch der Rest der Legion regte sich.

»Ist das gerade wirklich passiert …?«, fragte Jenkins und stolperte durch die Höhle.

Aber ich klammerte alles andere aus.

Elena blieb stehen und sah zu, wie ich auf die Beine kam. Ich riss mir den Helm vom Kopf und warf ihn zu Boden. Zum ersten Mal überhaupt, seit ich einen Sim bestiegen hatte, fühlte ich mich völlig kraftlos. Es war Elena zu verdanken.

»Bist du das wirklich?«, fragte ich.

»Ja, Conrad«, flüsterte sie.

Dann sprang sie auf mich zu und warf mir die Arme

um den Hals. Sobald wir uns berührten, kam es mir vor, als habe sie mich nie verlassen. Lange Zeit standen wir eng umschlungen da und küssten uns innig. Sie fuhr mir mit den Händen durch die simulierten Haare. Irgendwie spürte ich tief in mir, dass das hier die echte Elena war. Kein weiteres Echo.

Für einen Augenblick verlor ich mich vollkommen in ihr. In diesem Moment spielte der Krieg keine Rolle mehr. Nichts war mehr von Bedeutung, solange ich nur Elena hatte. Irgendwann rissen wir uns los, aber sie hatte immer noch die Hände auf meinen Schultern liegen und sah zu mir hoch. In dem gepanzerten Sim war ich verglichen mit ihrer zierlichen Gestalt ein Riese. Ein wehmütiges Lächeln umspielte ihre Lippen.

Sie war nicht länger die Elena, die sich vor mir in den Mahlstrom geflüchtet hatte.

Sie war nicht einmal die Elena vom Artefakt in Damaskus oder die, die ich von der *Endeavour* zu retten versucht hatte. Körperlich war sie nicht die gleiche Frau, die mich vor all den Jahren verlassen hatte. Und doch war es die echte Elena. Älter, ja, aber nicht weniger wunderbar.

Hinter mir versuchte jemand, sich mit einem nervösen Hüsteln Aufmerksamkeit zu verschaffen.

»Das ist also Dr. Marceau?«, fragte Mason.

Sie sah Elena an, dann ihre Leute, mich und dann wieder Elena. Jenkins und Martinez waren still und wussten offenbar nicht so recht, was sie sagen sollten.

»Schön, dich zu sehen, Doc«, sagte Kaminski.

»Desgleichen, Vincent«, sagte sie, sah aber immer noch mich an.

»Ich dachte, ich hätte dir schon vor Ewigkeiten gesagt, mich nicht so zu nennen …«, murmelte Kaminski.

»Lass gut sein«, sagte Jenkins.

Ich konnte mich an ihr einfach nicht sattsehen. Sie war eine verbesserte Version ihrer selbst. Elena Typ III. Auf ihrem Gesicht lag ein kühner Glanz, und die dunklen Haare waren zu einem einfachen, praktischen Pferdeschwanz gebunden. Sie sah schlank und abgehärtet aus. In den Mandelaugen lag ein Hauch wütender Entschlossenheit.

»Ich wusste, dass du kommst«, sagte Elena. Sie nickte in Richtung ihrer Leute. »Ich hab's euch doch gesagt.«

»Ich habe dir versprochen, dass ich Raum und Zeit durchquere.«

»*Merci,* Conrad. *Tu me manques, mon amour.* Wir haben so lange warten müssen.«

Die Frau, die ich gekannt hatte, hätte in einem Kampfanzug absurd und völlig fehl am Platz gewirkt. Diese Frau? Fühlte sich offenbar pudelwohl in der vernarbten Rüstung voller Alien-Körpersäfte, noch immer triefnass vom Wasserfall eines fremden Planeten. Als hätte sie meine Gedankengänge erraten, lächelte sie mich an.

»Alles hat sich so sehr verändert.«

»Ich dachte, ich hätte dich in Damaskus verloren, und dann ein zweites Mal auf der *Endeavour*.«

Kaminski unterbrach uns. »Tja, Doc – hättest uns die Sache auch 'n bisschen einfacher machen können …«

Elena schüttelte den Kopf. »Ich wünschte, ich hätte es dir sagen können, aber so einfach war das nicht. Ich musste eine Menge Vorkehrungen treffen und sichergehen, dass du es wirklich bist.«

»Ich war es«, sagte ich. »Und ich bin es auch jetzt.«

Abermals schüttelte sie den Kopf. »Aber nicht in echt. Immer nur als Sim.«

Da war etwas dran. Auf dem Damaskus-Artefakt waren wir uns als Sims begegnet. Dann hatte ich sie von der *Endeavour* gerettet und ihren Sim in meinem echten Körper sterben sehen. Jetzt hatte ich wieder einen Sim, und sie steckte in ihrer eigenen Haut. Ausnahmsweise sehnte ich mich danach, den Sim zu verlassen und ihr in meinem richtigen Körper gegenüberzustehen.

»Es ging nicht anders«, sagte Elena. »Ihr werdet das verstehen. Wenn nicht jetzt, dann sehr bald.«

Obwohl ich bei Jenkins ein zartes Lächeln erspähte, stand die Legion immer noch herum und sah uns zu. Alle waren sich überaus bewusst, Zeugen eines sehr privaten Moments zu sein.

»Boah, nehmt euch 'n Zimmer, Leute …«, sagte Kaminski und kicherte.

Der Rest der *Endeavour*-Besatzung war sichtlich unruhig.

»Wir sollten zum Lager zurück, Doktor«, sagte einer von ihnen.

Elena nickte. »Ja. Wir müssen euch so viel zeigen.«

23

WIR KÖNNEN ETWAS VERÄNDERN

»Ihr habt sicher viele Fragen, oder?«, sagte Elena auf dem Weg durch die Tunnel. Sie ging vorneweg, der Rest ihrer Leute folgte in enger Formation. »Nur zu, ich werde versuchen, alles zu beantworten.«

»Wie sind diese Dinger – die Schnitter – hierhergekommen?«, fragte Jenkins. »Von Damaskus?«

»Nein«, sagte Elena. »Wir haben sie hier gefunden – sie waren Teil dieses Bauwerks.«

»Sie haben die, ähm, einfach kontrolliert«, sagte Mason. »Wie ist das …?«

»Ich habe sie aktiviert«, sagte Elena geduldig. »Kontrollieren kann man sie nicht, aber ihr Aktionsradius ist relativ beschränkt. Wenn man die Programmierung einmal halbwegs durchschaut hat, ist das keine große Kunst.«

»Verstehe, verstehe«, sagte Kaminski. »Wie ein Computer oder so.«

»Exakt.«

»Das war ganz schön riskant«, sagte ich zu ihr. »Sie hätten dich auch verletzen können.«

Elena lächelte mich an. »Ich bin seit zehn Jahren hier, Conrad. Ich bin oft verwundet worden, außerdem sind die Schnitter streng genommen keine intelligenten Lebewesen. Ich habe durchaus gewusst, was ich tue. Wenn ihr wollt, zeige ich euch, wie man sie aktiviert.«

»Wenn's Ihnen nichts ausmacht, würde ich das lieber nicht wissen, aber danke«, sagte Jenkins.

Obwohl ich direkt hinter Elena ging, ertappte ich sie oft dabei, wie sie sich nach mir umdrehte, als müsse sie sich dauernd vergewissern, dass ich noch da war – und nicht bloß ein Hirngespinst. Vielleicht war ich nicht der Einzige mit Halluzinationen.

»Passt auf, wo ihr hintretet«, sagte sie und führte uns durch einen flachen Tümpel voller nasser Steine.

Die Tunnel waren zwar breit genug für unsere Panzerungen, aber an manchen Stellen wuchsen scharfkantige Felszungen aus den Wänden oder dem Boden. Manche von ihnen sahen verdächtig künstlich aus.

»Das gefällt mir gar nicht hier unten«, flüsterte Mason irgendwo hinter mir Jenkins zu.

»Da bist du nicht die Einzige«, gab Jenkins zurück. »Dieser ganze Mist der Tönernen … hier …«

»Fühlt sich irgendwie …«, setzte Martinez an und verstummte.

»Spuck's schon aus«, sagte Kaminski. »Oder traust du dich nur in deiner Muttersprache?«

»Es fühlt sich alles *falsch* an hier unten«, sagte Martinez zögernd. »*Espíritu maligno.*«

»›Böser Geist‹?«, sagte Elena.

»Kommt hin«, sagte eine der Soldatinnen von der *Endeavour*.

»Was sind das für Waffen, *Cuate*?«, fragte Martinez sie. »Wo habt ihr die her?«

Die Frau grinste. »Gefallen sie dir?«

»Könnte sein«, sagte Martinez. »Sehen aber nicht so aus, als kämen sie von hier.«

»Doch, sicher. Wir nennen sie Prisma-Lanzen.« Sie klopfte gegen den dunklen Schaft der Waffe, die an einem behelfsmäßigen Gurt aus abgetragenem Leder über ihrer Schulter hing.

»Wir haben sie gefunden«, stimmte Elena zu. »Wer auch immer diese Anlage erbaut hat, hat sie zurückgelassen.«

Hier unten war es zwar kühler als an der Oberfläche, dafür war die Luftfeuchtigkeit enorm. Im Hintergrund war die ganze Zeit das Echo fließenden Wassers durch das Labyrinth zu hören. Es fühlte sich an, als wären wir auf einem anderen Planeten – aber auch wenn sich die Krell nicht in diese Höhlen wagten, konnte ich ihre Nähe noch immer spüren. Irgendwo weit über uns war ein fernes Grollen zu hören: das Donnern von tausend klauenbewehrten Füßen.

»Keine Sorge«, sagte Elena. »Sie werden uns nicht folgen. Sie suchen immer noch eine Weile, aber irgendwann verlieren sie die Lust.«

»Woher wissen Sie das?«, fragte Mason. Sie flüsterte fast – als habe sie Angst davor, die Krell könnten sie trotz der großen Entfernung hören.

Ein paar Schritte weiter hielt Elena inne. »Weil sie wissen, dass dieser Ort nicht für sie ist.«

Endlich traten wir aus einem schmalen Tunneleingang in der Wand einer Schlucht wieder ins Freie. Mit den kalten Steinen im Rücken ließen wir den Blick über den Dschungel schweifen, der im gedämpften Sonnenlicht dalag.

»Was zur …«, sagte Jenkins.

Ein abgestürztes Raumschiff lag auf der Seite, halb im lockeren Waldboden versunken. Unter dem umgebenden Grün war das Schiff fast nicht zu sehen. Ich setzte mich an die Spitze der Gruppe und trat langsam aus dem Tunnel heraus. Mit einem Auge auf dem Dschungel betrachtete ich das Schiff – ich rechnete immer noch jederzeit mit einem Angriff durch die Krell. Dem Bewuchs nach zu urteilen musste das Schiff schon einige Jahre hier liegen. Sie war eindeutig von Menschenhand erbaut worden; ein relativ kleines Schiff, lange nicht so groß und beeindruckend wie die *Endeavour*. So tief, wie sie im Dschungel steckte, war sie höchstwahrscheinlich weder aus dem Orbit noch für Luftpatrouillen zu sehen. Das Blätterdach war nahezu undurchdringlich, und die Lichtung, auf der das Schiff abgestürzt war, lag in ewiges Zwielicht gehüllt.

Dann erkannte ich das Schiff. Ich hatte es schließlich des Öfteren in den Nachrichten gesehen. Hinter all dem Schmutz, der sich auf der Hülle breitgemacht hatte, waren die großen Buchstaben an der Flanke gerade noch auszumachen. UAS ARK ANGEL.

»Das war eins eurer Schiffe«, sagte ich. »Teil der *Endeavour*-Flotte.«

»So ist es«, sagte Elena mit einem flüchtigen Nicken. »Bis auf die *Endeavour* war sie hier die Letzte.«

»Ihr habt den Rest der Flotte verloren?«, fragte Mason. »*Alle?*«

Elena seufzte. »Alle. Es war nicht einfach, es bis hierher zu schaffen.«

»Muss eine üble Bruchlandung gewesen sein«, sagte Martinez.

Ich ging am Rand der Absturzstelle entlang. Sie war in einem flachen Winkel heruntergekommen, mit genug Wucht, um die Hülle aufplatzen zu lassen. Viele der internen Module waren geborsten, und nur das Heck, wo Energiekern und Antriebskortex untergebracht waren, sah halbwegs unversehrt aus.

»Ihr habt keine Verteidigungsanlagen«, sagte Jenkins. »Die Krell könnten doch jederzeit hier auftauchen, Doktor.«

»Könnten sie«, sagte Elena. »Tun sie aber nicht.«

Aus dem Schiff tauchten mehrere Gestalten auf – sie stießen halb versunkene Schotten, leere Bullaugen und Aussichtsfenster auf. Männer und Frauen in einer Vielzahl unterschiedlicher Overalls und Uniformen, aber allesamt zerschlissen, dreckig und längst ohne Energie. Manche waren mit Teilen von Krell-Panzern aufgerüstet worden. Ein paar der Neuankömmlinge trugen zusätzlich zu ihren antiquierten Handfeuerwaffen selbstgebaute Speere aus Metall und Holz. Bald starrten uns ungefähr hundert Augenpaare an. Sie waren wachsam, aber viele konnten ihre Begeisterung kaum verbergen.

Ein Mann trat vor, um uns zu begrüßen. Wie das Schiff erkannte ich auch sein Gesicht und damit seine Rolle bei der Expedition: Kommandant Christopher Cook, ehemaliger Kapitän der UAS *Endeavour*. Ich erinnerte mich noch gut daran, wie sein übergroßes

Antlitz vor zehn Jahren auf Calico jeden Bildschirm ausgefüllt hatte. Er trug die Reste eines originalen Rettungs-Raumanzugs der Allianz, verstärkt durch Schulterplatten und Brustpanzer eines Kampfanzugs. Auf seiner Wange prangte eine scheußliche Narbe – schon lange verheilt, aber schlecht zusammengewachsen. Sie sah stark nach einer Krell-Klaue aus, die sein rechtes Auge nur um Millimeter verfehlt haben musste.

»Bei Gaia«, sagte er mit abgehacktem calicanischem Akzent. »Sie sind tatsächlich gekommen?«

Elena stellte sich neben mich und lächelte stolz. »Habe ich doch gesagt.«

Cooks dunkle Augen wurden feucht, und sein Unterkiefer zitterte.

»Hoffen und sehen sind zwei sehr unterschiedliche Dinge«, sagte er. »Wir haben den Rest der Welt schmerzlich vermisst.«

»Darf ich dir Major Conrad Harris vorstellen«, sagte Elena.

»Oberst, mittlerweile«, sagte ich. »Oberstleutnant zumindest. Also kein vollwertiger, aber immerhin.«

Elena lupfte eine Augenbraue. »Ich dachte, du wolltest kein Offizier werden?«

Ich winkte ab. »Man hat die Entscheidung für mich gefällt.« Die ganze Situation war irgendwie surreal. Elena stand neben mir, auf einem fremden Planeten, und diskutierte ein vollkommen irrelevantes Thema.

»Kommen Sie«, sagte Cook und deutete auf die UAS *Ark Angel*. »Wir haben eine Menge zu besprechen.«

»Sie sind bestimmt einige Kilometer entfernt gelandet«, sagte Cook.

»Wir haben versucht, die Koordinaten zu erreichen«, sagte ich, »sind aber nicht so weit gekommen. Unser Kanonenboot ist abgeschossen worden.«

»Tut mir leid, dass ich keine genaueren Angaben machen konnte«, sagte Elena. »Mir blieb nicht genug Zeit an Bord deines Schiffs. Östlich von hier liegt ein großes Krell-Nest, und ich hatte gehofft, dass ihr deren Verteidigung eventuell umgehen könnt. Aber wie ihr zweifellos gemerkt habt, kontrollieren sie den ganzen Himmel.«

Kaminski nickte. »Echt wie in Krellhausen hier.«

Elena sah ihn betont unbeeindruckt an. »Du hast dich nicht im Geringsten verändert, Vincent.«

»Nicht wirklich«, sagte Kaminski.

Wir saßen in dem, was vermutlich einmal die Kantine der *Ark Angel* gewesen war. Dank des Winkels, in dem das Schiff heruntergekommen war, hing der ganze Boden schief, und der Blick aus den großen Fenstern war seltsam verdreht. Ich hatte meine Leute bereits vorgestellt und die Einzelheiten unserer Position im Orbit um den dritten Mond von Devonia dargelegt. Widerstrebend hatte die Legion ihre Ares-Panzer ausgezogen, mich eingeschlossen. Es machte mich nervös, nur in Neopren-Unterkleidung und Stiefeln dazusitzen, und dauernd linste ich zu meiner Panzerung hinüber. *Wie lange dauert es im Ernstfall, wenn ich sie schnell wieder besteigen muss?*, fragte ich mich mehr als einmal.

Auch Elena hatte sich ihrer Panzerung entledigt und

trug jetzt einen Overall der Besatzung mit ein paar Modifikationen. Die Ärmel waren abgerissen, und offenbar hatte die Krageneinheit mit den Umweltkontrollen schon vor längerer Zeit den Geist aufgegeben. Trotz allem – unserer Lage, der vielen unbeantworteten Fragen und der Tatsache, dass wir hier gestrandet waren – konnte ich mich an ihr einfach nicht sattsehen. Die sanfte Wölbung ihres Halses, wie sie beim Reden das Gesicht ein wenig zur Seite neigte …

»Du hast nicht zufällig was zu rauchen mitgebracht?«, fragte sie.

Ich musste lachen. »Hast du's dir immer noch nicht abgewöhnt?«

»Ist lange her, aber nicht lange genug.«

Seit unserer Ankunft hatte Kommandant Cook nicht mehr aufgehört zu lächeln. »Ich habe meine Frauen und Kinder so sehr vermisst.«

Ich brachte es nicht übers Herz, ihm zu sagen, dass von der Calico-Basis nichts mehr übrig war, sondern konnte nur heimlich hoffen, dass seine Familie schon vorher in Sicherheit gebracht worden und so dem Angriff des Direktorats entgangen war.

»Haben Sie nie versucht, sich mit der Allianz in Verbindung zu setzen?«, fragte Jenkins. »Wenn Sie alle so sehr vermisst haben, wäre das doch der einfachste Weg gewesen?«

»Der einfachste«, sagte Cook, »aber nicht der richtige.«

»Ich muss euch viel erklären«, sagte Elena.

»Du kannst ja damit anfangen, wie du das alles hingekriegt hast«, sagte Kaminski mit aufrichtiger Neugier. »Dich selbst nach Damaskus zu schicken, den Sim auf der *Endeavour* anzuschmeißen …?«

»Beides hat einiges an Einfallreichtum erfordert«, sagte Elena. »Auch die *Ark Angel* hat eine Sim-Zentrale. Selbst wenn beide brachliegen, ist es trotzdem möglich, eine neurale Verbindung zwischen dem Arkonus-Abgrund und dem Damaskus-Graben herzustellen. Ich habe einen Sim zurück durch das Wurmloch geschickt und dann darauf gewartet, dass Hilfe eintrifft. Leider konnte ich bei diesen Entfernungen die Umgebung des Grabens nicht verlassen.«

Elena hatte mich bereits auf dem Schiff herumgeführt, das für die letzten zehn Jahre ihr Zuhause gewesen war. Da der Energiekern noch einsatzfähig war, hatte das Schiff zumindest die nötigsten Voraussetzungen für ein Leben auf Devonia bereitstellen können. Natürlich würden die Batterien nicht ewig halten, aber nach menschlichen Maßstäben kaum weniger lange. Zum Zeitpunkt des Aufbruchs war die *Ark Angel* eins der wichtigsten Forschungsschiffe der Wissenschaftsabteilung gewesen. Zur Unterstützung der *Endeavour*-Mission hatte sie ein ganzes Deck mit umfangreichen Labors an Bord gehabt. Von hier aus hatte Elena auch ihren Sim steuern können.

Sie fuhr fort. »Sobald ihr die *Endeavour* betreten habt, haben wir den Alarm empfangen, und ich bin in meinen Tank gestiegen. All unsere verbleibenden Sims waren an Bord der *Endeavour* gelagert, aber unglücklicherweise hat die KI immer schlimmere Defekte entwickelt. Die meisten Sims waren längst tot.«

»Was für ein Plan«, sagte Kaminski. »Aber hat ja offenbar funktioniert.«

»Das war noch längst nicht alles …«, sagte Elena.

»Fang einfach vorne an«, sagte ich und wartete gespannt darauf, so viele Informationen wie möglich von den Überlebenden zu sammeln, um unsere Flucht entsprechend planen zu können.

Und so begann Elena damit, uns vom Schicksal der *Endeavour* zu berichten.

Je länger sie sprach, desto mehr löste sich meine Weltanschauung in Rauch auf. Stück für Stück zerbrach der Glaube an die Mechanismen, die mich so lange ausgemacht und *bestärkt* hatten.

»Es hat nie einen Vertrag gegeben«, sagte sie. »Das alles war eine Lüge.«

So sehr ich den Vertrag auch gehasst und mich dagegengestellt hatte, war er doch eine Konstante in meinem Leben gewesen. Er hatte so viele Dinge erklärt: *Liberty Point*, das Sim-Programm, die Quarantänezone. Nichts davon ergab ohne den Vertrag einen Sinn.

Elena seufzte. »Ich weiß, dass euch das wütend macht, dass es nur schwer zu akzeptieren ist. Aber es ist die Wahrheit.«

»Hat die Wissenschaftsabteilung davon gewusst?«, fragte ich.

Ich brauchte unbedingt etwas oder jemanden, um meinem Ärger Luft zu machen. Hatte Professor Saul gewusst, dass der Vertrag nur eine Lüge war?

»Ein paar wenige«, sagte Elena, »aber nicht viele.

Das war alles streng geheim – nur die wichtigsten Köpfe haben davon erfahren.«

»Hast du es gewusst, bevor ihr abgeflogen seid?«

»Erst als wir den Allianzraum bereits verlassen hatten«, sagte sie stockend. »Und selbst dann lange Zeit nicht alles. Es gab eine strikte Anordnung – Kenntnis nur bei Bedarf. Aber je länger die Mission dauerte, desto schwieriger wurde es, die Details zurückzuhalten.«

»Wozu all die Lügen?«, fragte Mason. Auch sie konnte es kaum fassen, wollte nicht akzeptieren, was Elena uns erzählte. Als jüngstes Mitglied meines Teams war sie diejenige, deren Zynismus am schwächsten ausgeprägt war.

»Halt dich da raus, Mason«, sagte Jenkins. »Das geht uns nichts an.«

Elena antwortete trotzdem. »Weil die Allianz – weil der Führungsstab – eine plausible Erklärung gebraucht hat, um eine Flotte dieser Größenordnung zusammenzustellen und in den Mahlstrom zu schicken.«

»Und es war ja auch die perfekte Tarnung«, sagte Cook. »In den Kernsystemen herrschte große Angst. Die Bedrohung durch die Krell hat niemanden ruhig schlafen lassen. Keiner hat Fragen gestellt, weil sich alle so danach sehnten, dass der Krieg zu Ende geht.«

»PsychE in Höchstform«, sagte Kaminski.

Mason wollte es immer noch nicht einsehen. »Aber *vor wem* wollten sie es verbergen? Sicher nicht vor den Krell?«

»Nein«, sagte Elena, »die eigentliche Bedrohung ist

viel größer – und wesentlich näher dran. Die Allianz musste all das vor dem Asiatischen Direktorat verbergen.« Elena sah mich flehentlich an – es ging ihr nicht nur um Akzeptanz, sondern auch um Verständnis. »Es hat zwar funktioniert, aber leider nicht vollständig. Das Direktorat war den ganzen Weg über unter uns, die Mission von Anfang an gefährdet.«

»Sie hatten die Flotte auf allen Ebenen unterwandert«, sagte Cook. »Viele von Sergeant Stones Sicherheitskräften haben für sie gearbeitet. Gaia sei ihm gnädig. Er hat bei den Kämpfen sein Leben gelassen.«

Sergeant Stone war Sicherheitschef an Bord der *Endeavour* und damit auch für die Sim-Truppe zuständig gewesen, die der Stab der Expedition zur Verteidigung mitgegeben hatte. *Also waren Williams und seine Leute längst nicht die einzigen Verräter in unseren Reihen,* dachte ich grimmig. Oberst O'Neil, der Leiter des Sim-Programms, hatte den Einsatz eines Sim-Teams für die Expedition abgesegnet …

»Wir haben auf der *Endeavour* Kampfspuren gesehen«, sagte ich. »Vor allem in den Labors.«

»Ja«, sagte Elena. »Der Großteil der wissenschaftlichen Einrichtungen wurde zerstört.«

»Warum sind Sie dann nicht nach Hause gekommen?«, fragte Mason. »Warum sind Sie so lange hiergeblieben?«

Elena lächelte dünn. »Wir konnten es nicht riskieren, das, was wir gefunden hatten, dem Direktorat zu überlassen. Der Q-Antrieb der *Endeavour* war schon beschädigt, und der Angriff des Direktorats hatte uns fast alle anderen überlichtfähigen Schiffe gekostet.«

Cook schüttelte den Kopf. »Was uns passiert ist, beweist, dass das Direktorat die Allianz schon lange vollständig unterwandert hat. Wir konnten es nicht riskieren, Kontakt aufzunehmen, weil sie die Nachricht möglicherweise abgefangen hätten.«

»Wenn aber der Vertrag nicht euer Ziel war, warum haben sie euch dann hergeschickt?«, fragte ich. »Was ist an diesem Ort so verdammt wichtig?«

Die Legion folgte Elena und Cook durch den Dschungel, tiefer hinein ins Labyrinth. Die Wände der Schlucht verjüngten sich immer mehr. Jede Sekunde wuchs das Gefühl in mir, dieser Ort sei einfach *falsch*. Es war kaum noch zu ertragen. Wie ein psychisches Kratzen an der Rückseite meines Hirns, wie ein Jucken in jeder Zelle meiner Sim-Haut. Es war derart unangenehm, dass ich es nicht in Worte fassen konnte.

Überall um uns herum waren die Reste von Bauwerken zu sehen. Umgestürzte Säulen aus Obsidian, Türme, die längst eins mit dem Dschungel geworden waren. Offensichtlich war die ganze Gegend inklusive des Höhlensystems einmal Teil einer einzigen, komplexen, gewaltigen Anlage gewesen. Die Zeit hatte die Bauten fast zu Staub zerfallen lassen und eine ausgedehnte Nekropole geschaffen. Fahle Sonnenstrahlen fielen durch einige der halb eingestürzten Mauern, durch Reste eines weiten Dachs. Sie brachten nur schwaches Licht zu uns hinunter. Es war totenstill. Nicht einmal wilde Tiere trauten sich zu erforschen, was hier verborgen liegen mochte.

Wir betraten eine Kammer in einem der Bauwerke.

Die Wände waren von der Keilschrift der Tönernen erfüllt, die den ganzen Raum in flackerndes Neonlicht hüllte. Auch der Metallboden war restlos von den Zeichen bedeckt. Leuchtende Schrift, deren wahnsinnige Formen wie magische Schaltkreise aussahen.

»Ich … Ich halte das hier nicht lange aus«, stammelte Jenkins. Ihr Blick jagte hin und her, suchte die Schatten ab. »Ich brauche meine Rüstung, jetzt!«

»Schon gut«, sagte Elena und klopfte gegen die langläufige Prisma-Lanze vor ihrer Brust. »Ich bin bewaffnet.«

Jenkins trat zwar nicht sofort den Rückzug an, sah aber so aus, als sei sie jederzeit dazu bereit. Auch die übrigen Legionäre drückten sich mit offenkundiger Sorge am Rand der Kammer herum. Elena zündete einen Leuchtstab und warf ihn in eine Ecke des Raums. Im grünen Schein war ihre schlanke Gestalt scharf umrissen.

»Deswegen betreten die Krell die Tunnel nicht und kommen auch nicht bis zu eurem Lager«, sagte ich.

»So ist es«, sagte Elena und breitete die Arme aus. »Das hier ist eine der Schaltstellen der ursprünglichen Erbauer dieser ganzen Anlage. Was die Schöpfer eine ›Gedächtniskammer‹ getauft haben.«

»In der Allianz werden sie Tönerne genannt …«, sagte Jenkins. Ihre Stimme schien von sehr weit weg zu kommen, obwohl sie direkt hinter mir stand.

»Wir haben von dem Namen gehört«, sagte Elena.

Es kam mir so vor, als sei in dieser Kammer der Schleier zwischen dem Realraum und ihrem Netzwerk brüchig wie selten zuvor. Ich versuchte, die traumatische Erinnerung an unsere Reise durch das Netzwerk zu verdrängen, an die Berührung des Maschinengeists. Dunkles Wasser rann über die dichtgepackte Keilschrift – ich konnte mich des Eindrucks nicht erwehren, dass die Wände *schwitzten*. Das ganze Gebäude wirkte lebendig, als habe es tief, tief Luft geholt und warte nur darauf auszuatmen. Die Kammer war voller Gespenster; Echos des Maschinengeists, die am Rand meines Bewusstseins lauerten.

»Wir haben auf Helios und in Damaskus schon ähnliche Einrichtungen gesehen«, sagte ich und wollte mich selbst damit ebenso beruhigen wie alle anderen. »*Das* hier ist nichts Neues. Nur ein weiteres, halb versunkenes Wrack. Nur die nächste Ruine, um die sich Direktorat und Allianz streiten können.«

»Ich wünschte, du hättest recht«, sagte Elena, »aber leider ist das hier etwas ungleich Schlimmeres. Ziel unserer Expedition war von Anfang an, diesen Ort zu untersuchen.«

Cook verzog das Gesicht und machte einen solchen Satz auf Jenkins zu, dass er fast gestürzt wäre. »Nicht anfassen, Leutnant!«

Sein plötzlicher Ausbruch ließ uns alle zusammenfahren. Alle drehte sich hastig um. Jenkins hatte die gegenüberliegende Wand erreicht und stand dicht neben einem der Sockel, die überall aus den Wänden ragten. Im Zwielicht konnte ich gerade noch erkennen, dass darauf etwas lag. Von hier sah es aus wie ein unförmiger Klumpen geschmolzenen Gesteins – die Nachgeburt eines Vulkanausbruchs. Es glänzte schwach.

»Cool bleiben, Kommandant«, sagte Jenkins, trat aber einen Schritt von der Wand zurück.

Cook schwenkte einen Leuchtstab in Richtung des Sockels. Der Lichtkegel fiel auf einen Klecks aus absolutem Schwarz, der wie Metall schimmerte und bizarre Reflexionen über die Wände warf.

»Das«, sagte Elena und deutete auf den Sockel, »ist ein weiteres Beispiel für die Entitäten, die ihr Schnitter nennt.«

Jenkins zuckte zurück und verzog angewidert das Gesicht. Die Kammer war von einer Menge Sockel umstanden – jeder einzelne davon besetzt.

»Momentan sind sie alle im Ruhezustand«, sagte Cook. »Aber ich würde sie nicht aufscheuchen.«

»Sie schalten sich nur ein, wenn man ihnen zu nahe kommt«, sagte Elena. »Und selbst dann haben sie eine begrenzte Auswahl an Angriffsmustern. Ihr habt ja gesehen, dass sie durchaus nützlich sein können, wenn man sie richtig handhabt.«

Ihre Hände flogen über ein Schaltpult – sie schien die Runen und Kerben auf der Oberfläche der Maschine fast zu liebkosen. Erst dachte ich, sie wollte die Schnitter doch aktivieren, aber dann begann das ganze Gebäude um uns herum mit Licht zu pulsieren. Das dunkle Wasser verwuchs über den Schriftzeichen und sammelte sich. Silbriges, lebendes Metall schwamm über die Wände. So etwas hatte ich schon einmal gesehen – auf Helios, in dem Wrack der Tönernen, das Dr. Kellerman uns draußen in der Wüste gezeigt hatte –, aber das hier war ein ganz anderer Maßstab. Das atonale Wummern im Hintergrund klang so, als sei hier etwas ungleich Massiveres aktiviert worden, weit größer als selbst die Artefakte von Helios und Damaskus.

»Die ganze Anlage ist noch immer voll funktionsfähig«, sagte Kommandant Cook. »Wir glauben, dass dies hier das Zentrum der Tönernen für den gesamten Mahlstrom war.«

»Aber du«, sagte Elena und sah mich an, »kennst das wohl unter einem anderen Namen. Für dich ist es ein Artefakt. Der ganze Planet ist ein einziges Meister-Artefakt.«

Ich wollte es infrage stellen, wollte diese Wahrheit abstreiten. Aber die Maschinen flüsterten mir zu. Das schwarze Gestein – die Canyons, die Schluchten, die seltsam geometrische Landschaft, die selbst aus dem Orbit zu erkennen war? Dass die Tönernen all das erschaffen hatten, war so schrecklich wie unbestreitbar. Die Wahrheit hatte uns schon die ganze Zeit ins Gesicht gestarrt.

»Der Planet ist künstlichen Ursprungs«, sagte Elena. »Eine unglaubliche technische Errungenschaft. Einst mögen hier Docks und Lagerstätten für Tausende ihrer Kriegsschiffe gewesen sein. Kannst du dir das vorstellen? Dieser Ort war ein zentraler Knotenpunkt in ihrem Netzwerk; eine Maschine, die das Raumzeit-Gefüge auf eine Art und Weise verändern konnte, die kaum auszudenken ist.

Aber über die Äonen ist alles langsam verfallen. Aus Sicht der Tönernen war der Krieg gewonnen, und irgendwann waren sie wohl der Meinung, diese Garnison nicht länger bewachen zu müssen. Wahrscheinlich sind die Krell nach ihrem Wiedererstarken für das Terraforming hier verantwortlich, es mag aber auch auf natürlichem Wege passiert sein. So oder so waren die Tönernen zuerst hier, und der ganze Planet ist ihre Maschine gewesen.«

Cook nickte. »Und deswegen hat der Führungsstab uns hergeschickt. Nicht um einen Vertrag auszuhandeln, sondern um dieses Artefakt zu sichern – und zu benutzen.«

An den Wänden hatte sich das Metall zu Bildern geformt: eine große Sternenkarte der ehemaligen Quarantänezone, aller Systeme in weitem Umkreis.

»In den Ruinen auf Tysis hatte die Wissenschaftsabteilung Hinweise auf Devonia und seine Koordinaten gefunden«, erklärte Elena. »Ihnen war schnell klar, dass dieser Ort für den Krieg von entscheidender Bedeutung ist.«

Schon wieder Tysis – auch Professor Saul hatte diesen Planeten erwähnt.

»Wir wussten, dass wir nach einer Waffe suchen sollen«, sagte Cook. »Und genau das haben wir auch gefunden. Eine Weltenwaffe. Ein Mittel, um die Krell vollständig zu vernichten. Das Einzige, was uns fehlte, war ein Schlüssel. Leider konnten wir bis heute keinen finden, auch wenn wir ganz Devonia abgesucht haben.«

»Was wir allerdings gefunden haben«, sagte Elena, »ist die Erkenntnis, dass die Tönernen – anders als vom Stab vermutet – keineswegs tot sind. Und sobald wir begriffen, was es mit dieser Waffe tatsächlich auf sich hat und welche Konsequenzen eine Aktivierung hätte, wussten wir, das wir niemals zulassen können, dass es jemand benutzt.«

»Was für Konsequenzen?«, fragte Mason.

Elenas Miene war ernst. »Es hat seinen Preis. Einen hohen Preis, den kein Ergebnis der Welt rechtfertigt.«

»Das Nächstliegende, was wir in menschlichen Begrifflichkeiten für den Zweck dieses Artefakts haben, ist eine *Beschwörung*«, sagte Cook. »Es wird die Tönernen herbeirufen.«

Wieder veränderte sich das Bild aus geschmolzenem Metall an den Wänden. Viele weitere Lichtpunkte tauchten auf. Noch mehr Sterne. Einige der Systeme konnte ich sogar identifizieren. Sie lagen in unserer kosmischen Nachbarschaft. *Viel zu nah,* dachte ich. Auf dem Bild wurde etwas von Helios – der Welt, auf der wir das erste Artefakt entdeckt hatten – nach Devonia gebracht.

»Die Tönernen wollten den Schlüssel herbringen«, flüsterte ich. »Das war der Grund dafür, dass Helios aktiviert wurde.«

Ein helles Symbol aus leuchtendem Silber bewegte sich durch das Bild. Etwas flog durch die Leere und näherte sich unerbittlich Devonia. Unter Elenas Anweisung verformte sich das Metall abermals und vergrößerte einen einzelnen Planeten. Er bestand hauptsächlich aus Wolken und Vegetation, aber die zerklüfteten schwarzen Linien sahen denen auf Devonias Oberfläche verdächtig ähnlich.

»Noch haben wir nicht alle Antworten«, sagte Elena. »Aber wir verstehen die Sprache der Tönernen gut genug, um eins zu wissen: Sobald das Meister-Artefakt aktiviert wird, öffnet sich das Netzwerk. Was auch immer von den Tönernen noch übrig ist, wird durch das Portal kommen. Es wird den *Wiedergänger* nach Devonia rufen.«

Die Grafik zeigte, wie sich der *Wiedergänger* dem Planeten näherte. Finsternis breitete sich aus. Zurück blieb nur eine verbrannte, gemaserte Hülle.

Zurück blieb nur das Artefakt.

Wiedergänger. Es war weder eine Mission noch ein Geheimprojekt, sondern ein riesiges Raumschiff. Endlich kannte ich den Namen dessen, der mich verfolgte. Ich hatte keinen Zweifel daran, vor mir das Wesen zu sehen, dessen Präsenz wir alle beim Flug durch ihr Netzwerk gespürt hatten.

»Massen-Xenozid …«, flüsterte Elena. »Für die Tönernen sind wir alle Fremde.«

Nachdem es Devonia ausgelöscht hatte, zog das Bildnis des *Wiedergängers* weiter. Das Schiff sprang von System zu System, hinterließ nichts als verbrannte Planeten und Sterne. Dank des reaktivierten Netzwerks und seiner Sprungtore legte der *Wiedergänger* Lichtjahre in Sekundenbruchteilen zurück.

»Die Tönernen haben gegen die Krell nicht einfach nur Krieg geführt«, sagte Cook. »Sie hatten offensichtlich das Ziel, alles organische Leben in der Galaxis zu vernichten. Wenn sie herbeigerufen werden, beginnt ihr Krieg von Neuem. Keine Seite hat vergessen, was vor all den Jahrtausenden passiert ist.«

»Und da sagen Leute, die Fische hätten kein langes Gedächtnis …«, murmelte Kaminski.

Elena nahm 'Skis Kommentar als ernsthafte wissenschaftliche Beobachtung. »Tatsächlich haben die Krell ein hochentwickeltes Schwarmgedächtnis. Die Erinnerungen an konkrete Ereignisse werden unter den Führer-Formen weitergegeben. Die Kollektive erinnern sich noch an den Krieg mit den Tönernen – und sie werden ihn nie vergessen. Was, wie wir glauben, auch der Grund dafür ist, dass sich die Krell dermaßen für aktive Technologie der Tönernen interessieren.«

Sie waren also auf Helios schon dabei, sich für den Krieg zu rüsten, dachte ich. *Die Krell haben nicht vergessen, was hier passiert ist.* Für Damaskus galt Ähnliches. Ich fragte mich, ob das auch ihre beschleunigte Evolution erklärte.

»Die Tönernen sind nicht weniger verbittert«, sagte Cook. »Sie sind eine Spezies, die über ihre biologischen Ursprünge hinausgewachsen ist, sie wie eine zweite Haut abgelegt hat. All das ist hier auf den Wänden verzeichnet. Die organischen Rassen der Galaxis sind nur ein Abbild dessen, was sie zurückgelassen haben – und zwar ein unerwünschtes. Wir bedeuten ihnen nichts. Wir sind nur eine weitere Plage, genau wie die Krell.«

»Die Tönernen sind ein viel tödlicherer Gegner für die Allianz – für das Direktorat, für die Menschheit, für alles Organische –, als die Krell es je sein könnten«, sagte Elena. »Und genau deswegen darf dieses Meister-Artefakt niemals aktiviert werden und unter keinen Umständen dem Direktorat in die Hände fallen.«

Die Simulation an den Wänden gefror. Elena gab weitere Befehle ein, und das glühende Symbol des *Wiedergängers* verschwand.

»Wie ist dann die Quarantänezone zu erklären?«, wollte Mason von Elena wissen. »Das Kollektiv hat den Waffenstillstand viele Jahre so gut wie eingehalten.«

»Wirklich?«, fragte Elena. »Der Mahlstrom ist weitläufig. Die Krell haben viele andere Sorgen, und ihr tut gerade so, als wären sie eine einzige, vereinigte Rasse. Was absolut nicht der Fall ist. Sie geraten in Panik und fliehen, genau wie wir. Oft diktiert ihnen das Schwarmgedächtnis, was sie zu tun haben – ohne Plan oder Strategie. Was dieser Ort hier beweist – was die Technik der Tönernen insgesamt beweist –, ist, dass wir ihr Verhalten durch das Aktivieren bestimmter Geräte manipulieren können.«

»Milliarden Tote, und es ist alles ein großes Missverständnis?«, sagte Martinez.

»So würde ich das nicht formulieren«, sagte Elena. »Aber vielleicht kommt es ungefähr hin.«

»Der Führungsstab hat uns hierhergeschickt, um den Krieg zu beenden«, sagte Mason zaghaft. »Vielleicht wollten sie, dass wir diese Waffe einsetzen und die Tönernen rufen.«

Wahrscheinlich hatte General Cole das tatsächlich beabsichtigt. Nur war der Führungsstab niemals im Besitz aller nötigen Fakten gewesen, da sich die *Endeavour* nie wieder gemeldet hatte. Sie konnten sich der wahren Tragweite einer Aktivierung des Meister-Artefakts unmöglich bewusst gewesen sein.

»Sie müssen noch verzweifelter sein, als wir geahnt haben«, sagte Kaminski. Obwohl Martinez und Mason es noch immer nicht wahrhaben wollten, hatte Kaminski Elenas Ausführungen offenbar akzeptiert.

»Aber wir dürfen mit dieser Technologie wirklich nicht herumspielen. Wir müssen die Tür endgültig verriegeln.«

Jenkins nickte; sie stand dicht neben Kaminski. »Ich glaube, 'Ski hat recht.«

»Also verkriechen wir uns wie die RAD-Kakerlaken bis zum Jüngsten Gericht?«, wollte Martinez wissen.

»Lieber Schabe als tot«, sagte Jenkins. »Oder wir bereiten uns wenigstens darauf vor, dass uns die Tönernen heimsuchen.«

Als hätte sie meine Gedanken erraten, drängte Elena voran. »Solange dieser Ort existiert, wird das Direktorat nicht aufhören, danach zu suchen. Sie werden uns zusetzen, bis niemand mehr übrig ist.« Keine Spur von Sanftmut lag mehr in ihrer Stimme, nur eiserne Entschlossenheit. »Es muss hier enden, bevor irgendwer von uns diesen Ort verlassen kann.«

Da wusste ich, dass sie recht hatte. Ob es das Asiatische Direktorat selbst war oder versprengte Elemente wie Admiral Kyung: Wir standen auf einem gewaltigen Schatz einsatzbereiter Technologie der Tönernen, einer Waffe von solcher Macht, dass sie alles riskieren würden, um ihrer habhaft zu werden. Und was sollte sie davon abhalten, sie auch einzusetzen, wenn sie sich einmal in ihren Händen befand?

»Hat euer Schiff Plasmatorpedos oder Atomsprengköpfe?«, fragte Elena. »Irgendwas, das groß genug ist, um nicht nur den Planeten, sondern auch das Artefakt in seinem Innern zu vernichten?«

Die Legion rührte sich nicht. Das hier war meine Entscheidung.

»Ja«, sagte ich. »Unsere Atomwaffen sollten ausreichen, um Devonia zu zerstören.«

Auf der Flucht von Calico hatte Loeb mir vom Arsenal der *Colossus* erzählt, außerdem hatte ich später selbst die Details kontrolliert und konnte bestätigen, dass wir mehrere strategische Kernwaffen an Bord hatten. Devonia war ein überraschend kleiner Planet, und wenn Elenas Theorie stimmte, mussten sich irgendwo im Innern massive Energiequellen befinden. Hatten wir sie erst einmal geknackt, würden sie ergiebigen Zündstoff für den planetaren Scheiterhaufen liefern. Ich ertappte mich dabei, dass ich noch immer die starren Bilder auf den Wänden anstarrte; die kosmische Zerstörung, die der *Wiedergänger* hinterlassen hatte. Auf unsere eigene Art waren wir also alle Planeten-Killer.

Elenas Miene hellte sich auf. »Dann wissen wir, was wir zu tun haben. Wir müssen diesen Ort restlos vernichten und so das Tor vor der Maschine verschließen.«

Sie glaubte mit ganzem Herzen an diese Mission – das Funkeln in den Augen sprach Bände über ihre Überzeugung. Selbst dieser Ort hatte es nicht geschafft, ihre Schönheit zu schmälern, die von ihrem feurigen Blick nur noch vergrößert wurde.

Die praktische Umsetzung, einen Planeten zu sprengen, würde jedoch noch etwas warten müssen.

Zusammen mit dem Rest der *Endeavour*-Besatzung bereitete die Legion den Aufbruch vor. Wir hatten darüber diskutiert, die orbitalen Leuchtfackeln der Ares-

Panzer einzusetzen oder einen von uns extrahieren zu lassen, um schneller mit der *Colossus* kommunizieren zu können. Dann konnte James mit der zweiten Dragonfly herkommen und die Überlebenden evakuieren. Der Plan war zweifellos nicht ohne Risiken, aber immerhin war es überhaupt einer. Innen- und Außenbereiche der *Ark Angel* wurden von Patrouillen bewacht – ehemalige Flottenoffiziere und Sicherheitsleute in verwahrlosten Uniformen, ausgerüstet mit Plasmawaffen und den seltsamen Prisma-Lanzen. Nicht ohne Stolz war mir mittlerweile endgültig klar, dass Elena schon lange die inoffizielle Anführerin der Überlebenden war. Selbst die Flottenoffiziere beugten sich ihren Entscheidungen, mehr noch als Kommandant Cook. Der schien es gelassen zu akzeptieren und störte sich offenbar nicht weiter daran. Wie es schien, hatte ihre schiere Entschlossenheit zu überleben den Rest der Gruppe immer weitergetrieben.

Gemeinsam liefen wir beide im gefilterten Sonnenuntergang durch die Ruinen der Tönernen. Devonias Stern flackerte nur noch und schaffte es kaum, durch das Dschungeldach zu brechen.

»Meinst du wirklich, wir haben es bald geschafft?«, fragte sie.

Ich musste einen Moment nachdenken. Es gab eine harte Antwort, mit der mich mein Unterbewusstsein beharrlich neckte: Nach allem, das die Legion gesehen und getan hatte, würde es nie vorüber sein. Und es gab eine einfache Antwort, und die Lüge flog mir wie von selbst zu.

»Bald«, sagte ich. »Wir schaffen das. Mit dem Zerstören von Artefakten kenne ich mich aus. Ich werde dem neuen Führungsstab alles erklären.«

Ich rechnete nicht damit, bei unserer möglichen Rückkehr noch allzu viel zu finden. Die Invasion der Krell würde die ganze Zeit ungebremst weitergegangen sein; trotzdem war das nach den neuesten Erkenntnissen immer noch das geringere Übel. Besser, den altbekannten Feind zu bekämpfen, als einer unbekannten Bedrohung gegenüberzustehen.

»Wenn ich die Augen schließe«, sagte ich, »kann ich mir fast einreden, dass wir wieder auf Azur sind. Gerade fühlt es sich genauso an wie damals. Wir könnten so tun, als wären die letzten zehn Jahre nie passiert.«

»Willst du das?«

»Du nicht?«

Sie schien sich einen Ruck zu geben und strich sich die langen schwarzen Haare aus dem Gesicht. »Seitdem hat sich viel verändert.«

Obwohl ihr Körper neben meinem Sim sehr klein wirkte, war diese Elena alles andere als zerbrechlich. Sie war drahtig und muskulös, von einem Jahrzehnt voller Entbehrungen gestählt. Ihre Arme waren von blassen, alten Narben bedeckt. Sie hatte nicht mehr viel mit der Frau gemeinsam, die ich einmal gekannt hatte. Als Schiffspsychologin war sie gekommen, nun war sie so viel mehr als das.

»Bist du böse auf mich?«, fragte sie leise.

»Nein. Natürlich nicht.«

»Ich habe es für dich getan. Nur deswegen habe ich bei dieser Expedition zugesagt – weil ich den Krieg mit den Krell beenden wollte. Er war dabei, dich kaputtzumachen, und ich war mir sicher, dich retten zu können, wenn ich das alles beende. Sobald wir einen Vertrag abgeschlossen hätten, wäre der Krieg vorbei, und ich hätte dich wieder.«

»Du hättest mit mir reden können …«

Elena schüttelte den Kopf. »Damals nicht. Nicht so, wie du auf Azur drauf warst.«

»Es tut mir leid«, sagte ich. Diese Worte reichten schon, um mir viel Last vom Herzen zu nehmen. »Das wollte ich dir schon so lange sagen.«

»Damals lag etliches im Argen, aber es lag nicht nur an dir. Ich habe dich zum Sim-Programm geholt …«

»Aber ich war es, der sich davon hat verschlingen lassen«, sagte ich. »Das war meine Schuld, nicht deine.«

»Die Technologie macht abhängig«, sagte Elena. »Wir hätten sie niemals so massiv einsetzen dürfen, wie wir es getan haben.« Sie seufzte. »Jetzt habe ich das am eigenen Leib erfahren.«

»Warum hast du mir nicht gesagt, dass der Stab dich einsatzfähig gemacht hat?«

Sie presste die Lippen zusammen. »Ich wusste, dass das für dich von allen Sachen am schwersten zu begreifen gewesen wäre. Einsatzfähig sein, einen Sim benutzen – das war dein Metier, nicht meins. Mir kam das wie der größte Verrat vor. Ich frage dich noch mal: Bist du böse auf mich?«

»Ich bin froh, dass ich dich gefunden habe.«

Ihre Gesichtszüge entspannten sich, und sie lächelte. »Du bist so ein miserabler Lügner, Conrad.«

»Es …«, sagte ich und bemühte mich verzweifelt,

meine Gedanken so weit zu ordnen, dass ich einen zusammenhängenden Satz damit bilden konnte. »Es ist einfach gerade sehr viel zu verarbeiten.«

»Einsatzfähig zu werden war Teil der Missionsparameter«, sagte Elena. Sie fuhr mit dem Finger um die Datenbuchsen am Unterarm. Auf ihren schmalen Armen sahen sie wie das Werk eines Sadisten aus. »Ich bin zwei Wochen vor Abflug aktiviert worden und habe die Datenbuchsen vor dir versteckt. Damals waren die Einzelheiten der Mission noch streng geheim. Ich wollte es dir sagen, aber ich wusste genau, dass du versuchen würdest, mich aufzuhalten. Du warst derart besessen vom Sim-Programm, immer nur am nächsten Übergang interessiert …«

»Jetzt nicht mehr«, sagte ich. »Ich habe mich auch verändert. Ich würde all das sofort aufgeben.«

Elena seufzte. »Aber könntest du das wirklich?«

»Solange du bei mir bist: Ja.«

»Damals war ich ebenfalls bei dir«, sagte sie. »Das hat wenig geändert.«

Ihr Tonfall war kokettierend, aber sie sah mich traurig an. Es *hatte* sich viel verändert. Nicht nur in der Galaxis, die erneut in einen Krieg gestürzt worden war, sondern auch zwischen uns. Natürlich war das eine äußerst blauäugige Einstellung, trotzdem hatte ich mir immer vorgestellt, dass mir Elena, wenn ich sie erst fände, sofort verzeihen würde, dass ich sie hatte ziehen lassen, und wir uns gegenseitig all unsere Verfehlungen vergeben würden. Die Wirklichkeit war ein wenig komplizierter.

Ich sah sie an und nickte. »Ich würde die Armee

morgen verlassen. Wir können all das hinter uns lassen und irgendwo in Ruhe und Frieden alt werden. Ich habe dir doch immer einen kleinen Bauernhof versprochen.«

»Ich erinnere mich«, sagte Elena. Sie schaute in die Ferne, als erinnere sie sich an einen schönen Moment. »Du hast immer behauptet, dass wir mal ein Haus in der Normandie haben werden. Ich frage mich, ob es da überhaupt noch Bauernhöfe gibt.«

»Soweit ich weiß, ist Frankreich nicht getroffen worden.«

»Das ist also dein Versprechen, *mon chéri*, dass du mir meinen Hof im alten Frankreich besorgst, sobald wir nach Hause kommen?«

Elena lächelte; fröhlich, aber äußerst zweideutig. Ich hatte nie jemanden kennengelernt, dessen einfache Gesichtsausdrücke so viele unterschiedliche Dinge bedeuteten, dessen Miene solche Emotionen vermitteln konnte wie ihre. So viel steckte in diesem Lächeln. Glück, aber auch Traurigkeit und Reue, vielleicht sogar Resignation.

Ich nickte entschlossen. »Das ist mein Versprechen. Wir suchen uns einen Hof und organisieren eine offizielle Kindes-Lizenz. Du sollst alles haben, was ich versprochen habe.«

Lange Zeit standen wir einfach still da. Nicht wirklich ungezwungen, aber wenigstens zufrieden. Eine seltsame Reaktion, eingedenk der Tatsache, dass wir auf einem Alien-Artefakt standen und überall Krell lauerten, aber ich fühlte mich glücklich wie seit sehr langer Zeit nicht mehr.

»Dann haben wir hiermit reinen Tisch gemacht«, sagte Elena.

»Was ist das dann hier? Ein neuer Anfang?«

»Wenn du das möchtest.«

»Das fände ich schön.«

»Wir packen alles ganz neu an«, flüsterte sie mir ins Ohr. »Sobald dieser Ort vernichtet ist, wird alles anders. Wir können dafür sorgen, dass sie – die Tönernen – niemals durchkommen.« Elena vergrub die Nase in meinem Hals und schmiegte sich eng an mich. »Wir können doch noch eine gemeinsame Zukunft haben, Conrad. Ich habe dich einmal gehen lassen, das passiert mir nicht noch mal.«

Ich umarmte sie, und wir küssten uns. Sie schmeckte salzig und erdig, aber ihre Wärme gab mir neue Kraft.

Ich wollte sie nie wieder loslassen …

24

SIE SIND HIER

Die neurale Verbindung zwischen mir und dem Sim wurde gekappt, und ich befand mich wieder in meinem Tank.

Scheiße, was ist hier los?

Jählings war ich hellwach, riss mir die Atemmaske vom Gesicht und blinzelte Fruchtwasser aus den Augen. Kurz war ich desorientiert, weil die Schwerkraft zu fluktuieren schien, aber es lag nur am Unterschied zwischen Devonia und der *Colossus*. Das konnte mich nicht aufhalten. Dann wurde ich von Krämpfen geschüttelt, und mein ganzer Körper verkrümmte sich.

»*Dies ist ein Notfall* …«, trillerte die KI laut in meinem Ohr.

Dann schrien Martinez und Mason durcheinander, Martinez in so schnellem Spanisch, dass ich kein Wort verstand. Sie waren beide jünger, schneller und stärker als ich und erholten sich wahrscheinlich rascher von der Extraktion. Was auch immer sie entdeckt hatten, schien ihnen überhaupt nicht zu gefallen. Gestalten eilten an meinem Tank vorüber – durch das Fruchtwasser nur blaue Schlieren –, und an der Decke blitzte ununterbrochen ein Warnlicht, das den ganzen Raum in bernsteinfarbenes Licht hüllte. Ich griff nach dem

Notfall-Öffner. Endlich entschloss sich meine rechte Hand dazu, den Befehlen aus dem Gehirn Folge zu leisten. Der Tank wurde ausgepumpt, das Schaltfeld der Tür leuchtete auf …

»Dies ist ein Notfall …«

Plötzlich wankte der Boden heftig. Die Flüssigkeit im Tank schwappte, Datenkabel peitschten gegen den Glasdeckel. In der Tür stand Admiral Loeb.

»Raus da!«, schrie er und schaffte es sogar, den restlichen Lärm zu übertönen. »Alle raus aus den verdammten Tanks!«

Ich gehorchte wie in Zeitlupe und versuchte, mir einen Reim auf die Situation zu machen. *Warum trägt Loeb auf einmal eine Dienstwaffe?* Dr. Serova stand direkt neben mir, sah völlig verzweifelt aus und drückte mir eine frische Uniform in die Hand.

»Anziehen und aufpassen!«, rief Loeb im besten Ausbilder-Tonfall. Dann wandte er sich an einen der Sanitäter: »Brechen Sie die Waffenkammer auf, und rüsten Sie diese Leute aus – *sofort!*«

Mittlerweile hatte auch der Rest der Legion die Tanks verlassen. Loeb stampfte durch die Sim-Zentrale und fuchtelte mit seiner Pistole in der Luft herum.

»Dies ist ein Notfall …«

»Was ist denn los?«, lallte ich. »Ihr hättet die Verbindung nicht unterbrechen dürfen. Elena ist noch da unten – wir haben unsere Leute gefunden!«

»*Ich* habe gar nichts unterbrochen«, rief Loeb. »*Sie* sind hier!«

»Wer ist hier? Ich habe doch befohlen, uns nicht zu extrahieren!«

Loeb packte mich kurzerhand am Kragen, die Augen weit aufgerissen. Voller Wut und Panik. »Das Direktorat ist hier, Harris. Die *Shanghai* ist ins Orbit um Devonia eingetreten.«

Ich quälte mich hinter Loeb und seinem Offizierskader her, die alle ihre Knarren dabeihatten. Wir rannten zur OPZ.

»Sie hat uns direkt bei der Ankunft schon getroffen«, sagte Loeb mit Zornesröte auf den Wangen. »Zwei Plasmaraketen.«

Einer seiner Offiziere nickte wild. »Die erste hat der Nullschild abgefangen, aber die zweite war ein direkter Treffer in die Energiebänke.«

»Und niemand hat sie kommen sehen?«, fragte ich ungläubig.

»Das Schiff ist ein verdammter Meuchelmörder, genau wie diese Schlampe von Admiral!«, sagte Loeb und wedelte schon wieder in der Luft herum – als sei es ihm vollkommen entgangen, dass er eine Pistole in der Hand hielt. »Was auch immer sie für Tarnsysteme hat, sie sind wesentlich fortschrittlicher als dieser beschissen unnütze Proxima-Kram, den man uns als Scanner eingebaut hat.« Er schüttelte den Kopf. »Ich habe denen gesagt, dass sich das rächen wird!«

»Die Schadensbekämpfung hat beim Hochfahren einen Kurzschluss in der Simulaten-Zentrale verursacht«, sagte derselbe Offizier.

»Dauerhaft?«, fragte ich.

Loeb ließ ein tiefes Knurren aus dem Rachen hören.

»Die verdammten Sims werden noch funktionieren, falls das die Frage war.«

»Dann lass mich raten, was wir verloren haben …«, sagte ich.

»Der Torpedohangar ist zerstört«, sagte Loeb. »Alle Kernwaffen sind hin. Keine Raum-Boden-Waffen mehr, nichts.«

Die Operationszentrale war voll von Offizieren, deren Gesichter im zunehmenden Glanz des Arkonus-Abgrunds einen bläulichen Schimmer angenommen hatten.

Loeb, Saul und die Legion drängten sich um das taktische Display. Es präsentierte uns eine 3D-Analyse der prekären Lage. Die Krell-Streitkräfte im Orbit machten mobil; schon schossen viele Bioschiffe mit alarmierender Geschwindigkeit durch den Raum. Die riesigen Stationen glichen aufgescheuchten Insektennestern.

»Scheiße …«, sagte Martinez.

»Sie reagieren auf *das* hier«, sagte Loeb und bekräftigte seine Worte damit, dass er den Finger ins Hologramm bohrte.

Nicht weit entfernt lauerte die *Shanghai Remembered.* Die schreckliche schwarze Hülle weckte sofort Erinnerungen. Ihre Nullschilde leuchteten unter Krell-Feuer auf.

»Sieht aus, als hätten wir sie über Calico getroffen«, sagte Loeb mit hasserfüllter Stimme. »Aber leider nicht hart genug, um sie auszuschalten.«

Die *Shanghai* hatte sichtbare Spuren davongetragen. Die eine gepanzerte Flanke war eingedrückt und vernarbt, die Wunde in ihrer Seite so tief, dass selbst auf diese Entfernung Lecks über mehrere Ebenen zu sehen waren. Aber sie war noch lange nicht kampfunfähig. Ihre Railguns spuckten laufend Projektile ins All, während die Reihen der Laserbatterien das Schiff gegen jeden Gegner verteidigten, der sich zu nah heranwagte. Zusätzlich umkreisten Abfangjäger und Wraiths den Rumpf und stellten kleinerer Beute nach.

Martinez schlug mit der Faust auf das Display; das Hologramm flackerte. »Verdammt! Aber es war ein guter Schuss.«

»War doch klar, dass wir nicht so viel Glück haben«, murmelte Jenkins.

»Mehr Glück im nächsten Leben, was?«, sagte Kaminski trocken.

Dass Kyung überhaupt mit einem so schwer beschädigten Schiff einen Q-Sprung gewagt hatte, zeugte von ihrer Entschlossenheit. *Abtrünnig,* hatte der Stab gesagt, um ihre Handlungsweise zu charakterisieren. *Sie ist abtrünnig geworden.* Wenn das mal alles war …

»Warum haben wir noch nicht zurückgeschossen?«, fragte Martinez.

Loeb sah immer noch furchtbar wütend aus – seine Brauen wollten sich gar nicht mehr senken. »Sie ist schneller als wir«, sagte er, »und hat uns unvorbereitet erwischt. Sie hat nicht nur die Torpedos ausgeschaltet – die Störbehälter sind ebenfalls durchgeschmort. Wenn wir jetzt hier draußen ein richtiges Feuergefecht anzetteln, sind wir *beide hinüber.*«

»Kommt gar nicht infrage«, sagte ich. »Elena wartet unten auf uns, außerdem wissen wir jetzt endlich, was es mit dem *Wiedergänger* wirklich auf sich hat. Die *Endeavour*-Expedition ist hergeschickt worden, um sich eine Waffe zunutze zu machen – eine Maschine, die ganze Planeten vernichten kann. Das war vor zehn Jahren der eigentliche Plan des Führungsstabs: den *Wiedergänger* zu benutzen, um die Krell auszulöschen. Falls diese Technologie Kyung in die Hände fällt …«

Loeb hielt inne und starrte mich unter seinen buschigen Augenbrauen wütend an. Gerade sah er einem Raubvogel in der Tat sehr ähnlich. »Christo …«

»Devonia ist ein Artefakt«, erklärte ich ihm. »Der ganze Planet ist ein einziges Meister-Artefakt. Einmal aktiviert, öffnet es das gesamte Netzwerk der Tönernen.«

Da regte sich auch Professor Saul. »Im Ernst?«

Kaminski nickte. »Du könntest dich da gar nicht sattsehen, Prof. Abgesehen davon, dass dieses Ding, wenn Dr. Marceau recht hat, der Schlüssel zur Vernichtung allen Lebens in der Galaxis ist.«

»Ich glaube, es ist ein bisschen komplizierter als das, 'Ski«, sagte Jenkins. »Aber Sie verstehen schon, Professor.«

»Alles organische Leben zumindest«, fügte Mason hinzu.

»Haarspalterei, New Girl«, sagte Kaminski. »So oder so kann das Direktorat den *Wiedergänger* heraufbeschwören, wenn es den Schlüssel hat.«

»*Gracia de Dios* …«, sagte Martinez und bekreuzigte sich. »Das dürfen wir nicht zulassen.«

»Und sie können das Artefakt aktivieren«, sagte Saul. »Das ist es, was das Direktorat die ganze Zeit vorhatte.

Die Anwesenheit des Schlüssels würde auch den gesteigerten Energieausstoß des Arkonus-Abgrunds erklären.«

Der Abgrund schien den Abstand zu Devonia verringert zu haben. Er reagierte unzweifelhaft auf etwas. Blaues Licht strömte aus dem Riss und sättigte den ganzen Nahraum; züngelnde Tentakel, die dem Planeten entgegenwuchsen. Tief im Innern des Raumzeit-Spalts lauerte etwas Dunkles darauf, freigelassen zu werden. Ich konnte die Datenfragmente fast spüren, die sich wie Schuppen aus dem gefalteten Hyperraum lösten, den kalten Druck des Maschinengeists, der nach Devonia rief …

»Was passiert denn da draußen?«, fragte Mason und schluckte. »Warum … *verändert* sich Devonia?«

Gewaltige statische Entladungen zuckten durch die Wolken, der ganze Planet wurde von Blitzen umhüllt. Selbst auf diese Entfernung sahen die Meere sturmgepeitscht aus. Der Planet war *wütend*.

Professor Saul rückte seine Brille zurecht, die von der Zeit auf Capa immer noch leicht verbogen war. »Wenn diese Welt wirklich ein enormes Artefakt ist, reagiert wohl auch Devonia selbst auf das Eintreffen des Schlüssels.« Er markierte verschiedene Bereiche auf dem Display. »Es hat bereits erhebliche tektonische Verschiebungen in der nördlichen Hemisphäre gegeben. Sie werden planetare Flutwellen auslösen, und die Biosphäre gerät empfindlich aus dem Gleichgewicht.«

»Beziehungsweise: wird vollständig zerstört«, sagte Loeb.

»Wie kann das alles dermaßen schnell passieren?«, fragte Martinez. »Terraforming braucht Jahrzehnte …«

»*Unser* Terraforming braucht Jahrzehnte«, sagte Kaminski. »Wer behauptet denn hier ständig, dass Gott die Erde in sieben Tagen erschaffen hat? Na ja, wie's aussieht, kriegen die Tönernen sie an einem Tag wieder kaputt.«

»Wir haben keine Zeit, weiter hier rumzustehen und zu diskutieren«, sagte Jenkins. »Wir müssen das Direktorat daran hindern, Devonia zu betreten.«

Loeb schüttelte vehement den Kopf. »Dafür ist es längst zu spät. Die *Shanghai* hat direkt nach der Ankunft sofort Schiffe zur Oberfläche geschickt.«

Die ernüchternde Konsequenz dieser Information traf mich wie ein Faustschlag.

»Elena ist noch da unten!«, sagte ich. »Wir müssen …«

Ehe wir dazu kamen, die nächsten Schritte zu planen, läutete die Empfangsstation.

»Eingehender Anruf«, verkündete ein Offizier.

»Lass mich raten«, sagte Kaminski. »Die *Shanghai*?«

Der Offizier nickte.

Das flackernde Hologramm von Kyung der Mörderin tauchte über der Nachrichtenkonsole auf.

Selbst auf diese Entfernung ging eine fast körperliche Bedrohung von ihr aus. Anders als beim letzten Mal konnte ich am Hintergrund nicht erkennen, wo sie sich befand – ob sie die Truppen nach Devonia begleitet hatte oder an Bord der *Shanghai* geblieben war. Beide Varianten waren unangenehm – die blanke Tatsache, dass sich diese Frau in der gleichen Galaxie befand wie ich, war schon schlimm genug. Die wenigen Erinnerungen, die mir an meine Mutter geblieben waren, regten sich tief in meiner Psyche. Warme, liebevolle Gedanken … In krassem Gegensatz zu dem Gesicht im Hologramm.

»Dies«, sagte sie leise und deutlich, »ist Ihre erste und letzte Warnung. Allianzschlachtschiff *Colossus*: Räumen Sie unverzüglich dieses System, und unterlassen Sie Ihre illegalen Kriegshandlungen gegen das Asiatische Direktorat.«

Ich konnte förmlich spüren, wie sich der gesammelte Zorn der Legionäre auf das Hologramm richtete.

»Wir gehen nirgendwo hin, Mörderin«, sagte ich mit zusammengebissenen Zähnen. »Ich laufe nicht mehr weg. Sie sind wegen mir gekommen, und hier bin ich.«

»Momentan sind Sie vollkommen irrelevant«, sagte Kyung und musterte mich mit ihren toten Augen. »Wenn Sie trotzdem bleiben, werden Sie mit den Konsequenzen leben müssen. Werten Sie diese Nachricht als formelle Absichtserklärung.«

»Wollen Sie uns Angst einjagen, Kyung? Ihr Schiff liegt jetzt schon in Trümmern. Wir haben Sie auf Calico erwischt.«

»Calico war gar nichts«, sagte sie. »Was in Damaskus passiert ist: Das war unverzeihlich.«

Das Relief der Narben auf ihren hohen Wangenknochen glänzte wie die Täler und Krater einer Mondlandschaft. Kleine Lichter zuckten unter ihrer Haut dahin – streng geordnete Linien wie das Muster subkutaner Schaltkreise. Sie war direkt mit ihrem Schiff verbunden.

»Da stimmen wir immerhin überein«, sagte ich.

»Wir sind auf unterschiedlichen Wegen zum gleichen Ergebnis gelangt. Sie haben mich und meine Schiffe im Mahlstrom zum Sterben zurückgelassen.«

»Sie haben unsere Flotte angefallen«, sagte ich. »Sie haben Tausende unserer Leute abgeschlachtet und sechzehn Kriegsschiffe der Allianz zerstört.«

Das war natürlich erst der Anfang gewesen. Wenn die Vermutungen des Stabs und Loebs Untersuchungen korrekt waren, hatte sie außerdem Millionen Tote auf *Liberty Point* zu verantworten …

»Mein Gefechtsverband hatte einen Auftrag«, sagte Kyung. Ihr Gesicht zuckte. »Ich bin biometrisch mit meinem Schiff verbunden. Ich *bin* dieses Schiff. All ihre Schmerzen fühlen zu müssen – es war niederschmetternd … Viele Krell hatten uns geentert. Wir wurden …« Sie hielt inne, um nach einem passenden Wort zu suchen. »… *vergewaltigt.*«

Plötzlich ergaben auch die Plasmaspuren in ihrem Gesicht einen Sinn. Sie hatte ihr Schiff gegen die Krell verteidigt. Stilles Triumphgeheul jagte durch meinen Schädel – abscheuliche Schadenfreude, die ich stumm genoss. Das Licht auf Kyungs Seite flackerte und tauchte sie in Halbschatten. War das am Ende eine psychosomatische Rückkopplung durch Kyungs emotionale Reaktion auf diese Erinnerung, die sich in den Systemen der *Shanghai* niederschlug?

Ein kleines Detail, das ich mir sicherheitshalber merkte.

»Sie haben mich erniedrigt«, sagte Kyung. »Sie persönlich sind für das Scheitern meiner Mission verantwortlich. Ich musste mit einem Bruchteil einstiger Kraft bis in die Randsysteme zurückhinken. Heute werde ich diese Schmach korrigieren – koste es, was es wolle.«

»Ich werde nicht einfach dabei zusehen, was Sie da anstellen!«, schrie ich. »Wenn Sie so viel über die Tönernen und ihre Artefakte wissen, müssen Sie doch begreifen, was das für uns und die Krell bedeutet!«

»Niemand wird den heutigen Tag überleben«, sagte Kyung und lächelte finster. »Nicht einmal Sie. Ich warne Sie nicht noch einmal. Wir werden uns nicht wiedersehen, Lazarus.«

Die Verbindung wurde unterbrochen, und Kyungs Gesicht verschwand. Alle standen stumm um das Display versammelt. Ich hatte Mühe damit, mich nicht einfach auf den Boden zu setzen und meinen Emotionen freien Lauf zu lassen.

Sie haben den Schlüssel und können das Artefakt aktivieren.

»Sie ist wahnsinnig …«, sagte Loeb leise und beinahe sanft. Niemand sprach mehr von Rückzug, allen war klar, dass uns nichts übrigblieb, als unser letztes Gefecht gegen das Direktorat in Angriff zu nehmen. »Was immer da mit ihrem Schiff passiert ist, hat sie endgültig um den Verstand gebracht.«

»Und dann noch weiter«, sagte Kaminski.

»Sie wird es tun«, sagte Martinez, wandte sich vom

Display ab und legte den Kopf in die Hände. »*Madre de Dios.* Sie macht das wirklich.«

»Nicht, solange ich noch stehe«, sagte ich entschlossen. »Können wir erfolgreich einen zweiten Übergang in die Simulaten auf Devonia in die Wege leiten?«

Ich dachte an Elena und die anderen Überlebenden. Im Moment der Extraktion würde mein Sim ohne Vorwarnung zusammengebrochen sein. Es war nur ein schwacher Trost, dass sich Elena mit Sims und ihrer Funktionsweise auskannte.

Loeb schüttelte müde den Kopf. »Laut Dr. Serova ist das technisch nicht machbar. Irgendwas wegen der neuralen Verbindung und den exotischen Teilchen, die der Abgrund ausspuckt.«

Die genaue Erklärung war mir ziemlich egal. Ich brauchte Ergebnisse. »Dann müssen wir sofort in neuen Sims nach Devonia zurück.« Ich nickte Leutnant James zu, der mir gegenüberstand. »Mach die zweite Dragonfly startklar.«

»Wird erledigt«, sagte James.

Ich trat vom Display zurück und spürte jeden einzelnen Tag meiner fünfundvierzig Jahre.

»Zurück in die Tanks«, befahl ich.

Wenige Minuten später waren die Sims bewaffnet, der Übergang durchgeführt, und die zweite Dragonfly jagte Devonia entgegen. Wir hatten jegliche Tarnung für pure Geschwindigkeit über Bord geworfen. Wir mussten Devonia so schnell wie möglich erreichen.

In meinem frisch geborenen Sim verband ich mich mit den Außenkameras des Kanonenboots.

»Ich bin mir sicher, dass hier oben bei der letzten Runde viel weniger Schiffe waren«, sagte Mason mit ernster Miene. »Wo sind die plötzlich alle hergekommen?«

Es wimmelte von Krell. Immer noch legten laufend immense Bioschiffe von den orbitalen Stationen ab. Große Schwärme von Nadlern und Rochen lagen wie Wolken über dem Planeten, überall blitzten Bioenergie-Entladungen auf.

»Gerade erst angekommen, wahrscheinlich«, sagte Jenkins. »Sieht aus, als ob die Krell alle verfügbaren Kräfte des Sektors über Devonia zusammenziehen.«

Martinez grunzte. »Die bereiten sich auf was Großes vor, so viel ist sicher.«

»Und ausnahmsweise«, sagte Kaminski und rutschte wieder in seinen gebürtigen Brooklyner Dialekt, »gilt die Aufmerksamkeit nicht uns.«

»Die werden sich noch wundern«, sagte ich mit wesentlich mehr Zuversicht, als ich eigentlich verspürte.

»Sicher, dass du das Ding wirklich mitnehmen willst?«, fragte Kaminski Mason. »Du weißt doch, dass du es nicht wieder mit zurücknehmen kannst.«

Sie hatte sich die Monoklinge – die Waffe eines Direktorats-Elitekriegers, ihre Trophäe aus Damaskus – auf dem Rücken in ihr Kampfgeschirr geschnallt. Der Griff des Energieschwerts ragte über ihren Helm hinaus.

»Mir egal«, sagte sie. »Nur zur Sicherheit.«

»Schluss mit dem Gequatsche«, sagte ich. »Wie lange noch bis zum Ziel, James?«

Das Fliegerass hatte anhand unserer letzten Extraktion und der Erkundungen zu Fuß die Koordinaten der *Ark Angel* berechnet.

»Drei Minuten«, sagte er. »Vorausgesetzt, wir treffen nicht noch auf Widerstand …«

Die Dragonfly sackte scharf zur Seite ab und wich einem eng fliegenden Nadler-Geschwader aus, das uns den Weg abgeschnitten hatte. Die knochigen Schiffe änderten sofort ihren Kurs und schraubten sich der Oberfläche entgegen.

»Die kann ich nicht ignorieren«, sagte James. »Festhalten, Leute. Leite Offensivmanöver ein …«

»Nein!«, befahl ich.

Mit einem schnellen Gedanken und den Überbrückungscodes meines Anzugs zwang ich die Waffen des Kanonenboots dazu, nicht zu feuern. James drückte hilflos auf seinen Feuerknöpfen herum, aber das Schiff kam seiner Aufforderung nicht nach.

»Nicht auf die Krell schießen«, sagte ich. »Nicht, solange es irgendwie anders geht.«

Die Nadler verschwanden außer Sensorreichweite und ließen uns in Ruhe. Tatsächlich hatten sie uns offenbar komplett ignoriert. Die Bioschiffe und Jägerschwärme waren alle entweder direkt zur Oberfläche unterwegs oder bezogen Posten nahe des Abgrunds.

James atmete langsam aus. »Bestätige, Lazarus. Ich hoffe, du weißt, was du tust.«

»Nie«, sagte ich. »Aber bis jetzt sind wir mit Improvisieren immer gut durchgekommen. Sobald wir auf dem Boden sind, müssen wir als Erstes die Überlebenden evakuieren.« *Vor allem Elena da rausholen,* dachte ich. Ich starrte die Rückseite von James' Helm an. »Ich meine es ernst. Denke ja nicht dran, die zurückzulassen.«

»Ich werde dich nicht enttäuschen«, sagte er.

»Legion, wir formieren uns in Richtung der Ruinen der Tönernen und spüren Kyungs Leute auf.« Meine Truppe nickte. Ich wechselte auf den Kanal der *Colossus*, die viele tausend Kilometer hinter uns immer noch im Orbit um den dritten Mond lag. »Hier Lazarus-Führer. Loeb, bitte kommen.«

»Loeb hier«, sagte er, »aber das Signal ist sehr schwach.«

»Dann mache ich's kurz. Sobald James die Überlebenden an Bord hat, startet er und fliegt zur *Colossus* zurück. Ich will, dass ihr dableibt, bis ich etwas anders anordne.«

»Verstanden«, hallte Loebs Stimme durch die Leere. Eingebettet in die Übertragung, ein Geräusch in einem Geräusch, hörte ich noch etwas anderes. Ein fernes, hohes Jaulen, ein Crescendo aus weißem Rauschen. *Der Gesang des Artefakts.* Hatte es begonnen? Hatte Kyung den Sender der Tönernen bereits aktiviert? Trotz des ausgesprochen unangenehmen psychischen Juckreizes an der Rückseite meines Hirns hatte ich nicht das Gefühl, es sei schon so weit gekommen. Das hier war nur der Auftakt, der schmerzende Drang der Maschine, sich endlich zu verbinden. Was darauf folgte, würde ungleich schlimmer werden.

»Haltet die Triebwerke bereit, und sorgt dafür, dass die KI der *Colossus* nicht einschläft. Lazarus Ende.«

»*Colossus* En …«, setzte Loeb an, bevor seine Stimme in einer giftigen Welle aus Rauschen unterging.

Die Dragonfly neigte sich auf den Planeten zu.

»Eintritt in die Atmosphäre«, sagte James.

Wir hielten uns fest, und die Dragonfly fiel ihrem Ziel entgegen.

25

DAS ARTEFAKT

In einer Wolke aus Staub und Pflanzenmaterial zündete die Dragonfly ihre Schwebedüsen.

»Ach du heilige Scheiße«, sagte James. »Da geht aber mächtiger Voodoo ab.«

Anders als beim letzten Anflug jagte das Schiff jetzt dicht über der Landschaft dahin. Die grünen Dschungel und Sümpfe hatten sich zu kränklichem Braun verfärbt, darunter war immer mehr von dem schwarzen Gestein zu sehen. Große Teile des Terrains schienen in sich zusammenzufallen – Berge rutschten zu Tal, die ganze Topografie des Planeten änderte sich vor unseren Augen.

»Christo weiß, was da los ist …«, sagte Kaminski und deutete geradeaus.

Das Labyrinth, wo James uns beim ersten Mal »abgesetzt« hatte, war zu einem weiten Netz aus Schriftzeichen geworden. Das Licht der geometrischen Figuren strahlte so hell, dass es noch im Orbit zu sehen sein musste. Die meisten Felsformationen, die ich für Anzeichen vulkanischer Aktivität gehalten hatte, stellten sich als Teile der gewaltigen planetaren Maschine heraus. Hier lag das Herz von Devonia. Eine schwarze Ballung im Auge des Sturms.

Mit jammerndem Triebwerk flogen wir durch Turbulenzen, während Wind und Regen gegen die Hülle peitschten.

»Nähern uns den Koordinaten«, sagte James. »Sieht so aus, als ob die uns schon erwarten.«

Ein einsames rotes Licht spannte sich über den Horizont: eine Leuchtrakete irgendwo aus den Tiefen des Labyrinths. Militärausführung – die gleiche Sorte, mit der auch unsere Anzüge ausgestattet waren. Das konnte nur Elena sein, die sich der Ausrüstung bediente, die wir bei der Extraktion zurückgelassen hatten.

»Los«, sagte ich. »Folge der Fackel, und setze uns da ab.«

Jenkins und Kaminski bemannten die Sturmkanonen an den Türen, und James lenkte die Dragonfly ins Labyrinth hinein. Ich öffnete die Heckklappe und verkeilte mich in den Sicherheitsgurten.

Der Großteil des Dschungels war mittlerweile zu einem lebenden Meer geworden, die Bäume von Sturm und Erdbeben gefällt. Der Himmel pulsierte mit Blitzen, die von der fleckigen Hülle der *Ark Angel* reflektiert wurden. Mit dem geänderten Wetter war auch sie freigelegt worden und lag noch schräger da als vorher. Teile der Wand, in die sie sich beim Aufprall gebohrt hatte, waren ebenfalls eingestürzt.

Während wir uns schnell näherten, sah ich die Überlebenden aus den Überresten des Dschungels ins Freie treten.

Bitte lass sie unversehrt sein …

Eine sturmumtoste Gestalt trat vor. Ich schaltete die

Vergrößerung des Visiers dazu und zoomte hinein … *Elena*. Wie die Überlebenden einer biblischen Flut war sie zusammen mit dem Rest der *Endeavour*-Besatzung auf die schiefe Hülle der *Ark Angel* geklettert: eine Insel mitten im entfesselten Chaos. Sie trugen alles mit sich, was sie an Waffen und Ausrüstung noch hatten retten können.

Als ich von der Rampe nach unten sprang, schwebte die Dragonfly noch immer zwanzig Meter über dem Schiff. Die Steuerdüsen im Tornister sprangen an, und ich glitt zu Elenas Grüppchen hinunter.

Elena sprang mir über den nassen Rumpf des Wracks entgegen; sie hielt ihre Prisma-Lanze mit beiden Händen, aber ihre Miene hinter dem Visier lockerte sich merklich auf. Unsere Helme berührten sich, damit war die direkte Kommunikation von Anzug zu Anzug aktiv.

»*Mon chéri!* Ich dachte schon, ich hätte dich verloren.«

Der Wind heulte um uns herum, zwei unmögliche Liebende in einem Universum voller Krieg. Ich erwiderte ihr Lächeln.

»Ich lasse dich nie wieder los«, sagte ich.

»Das Direktorat ist hier«, sagte sie. »Wir haben ihre Schiffe gesehen. Ich dachte, die hätten euch erwischt!«

»Sie haben die *Colossus* beschossen und durchaus Schaden angerichtet.« Ich verstummte, denn all das auszusprechen, machte die Sache unangenehm real. »Das Direktorat hat ein Mutterschiff im Orbit und von da aus Landungsboote geschickt. Jetzt haben sie auch Bodentruppen hier.«

Elena nickte. »Sie sind schon in die Ruinen vorgedrungen.«

»Die Legion muss schnellstens hinterher«, sagte ich. »Wir werden die Geschichte ein für alle Mal beenden.«

Es war vollkommen ausgeschlossen, dass Elena uns in ihrem echten Körper begleitete, sie versuchte es auch gar nicht. »Sei vorsichtig da draußen, Conrad. Denke daran, dass ich auf dich warte.«

»Wie könnte ich das vergessen. Besteigt den Transporter; er bringt euch zur *Colossus*. Wenn euch unterwegs was zustößt, dann rufe mich. Versuche nicht, das alleine zu regeln.«

Elena antwortete nicht. Ich wusste, wenn es darauf ankam, würde sie ihr Leben – und wohl auch meins – riskieren, um diese Sache zu Ende zu bringen.

»Wird schon nichts passieren«, sagte sie schließlich. »Die Krell sind mit dem Direktorat beschäftigt.«

»Die größte Sorge bereiten mir weder Krell noch Direktorat.«

Elenas Lächeln verblasste, und sie sah mich grimmig an. »Ich weiß.« Sie schluckte und schien sich auf einmal unwohl zu fühlen. »Sei vorsichtig, *mon chéri*.«

Wir legten ein letztes Mal die Helme aneinander; fast berührten sich unsere Gesichter.

»Wir sehen uns auf der anderen Seite«, sagte ich.

»Ich liebe dich«, antwortete sie.

In einer Welle aus Geröll und Hitze setzte die Dragonfly neben dem Wrack der *Angel* auf. Sofort kam der Rest der Legion in Formation die Rampe am Heck hinunter. Es folgte die Wachablösung. Die Überlebenden stiegen ein – allesamt abgekämpft, müde und erschöpft von einem Jahrzehnt des Wachens über Devonia und das Artefakt. James mahnte sie zur Eile, auch wenn seine Stimme über dem Tosen des Windes und dem Stöhnen der sich verändernden Landmassen kaum zu hören war. Kommandant Cook, der als einer der wenigen ebenfalls einen Panzeranzug trug, salutierte im Vorbeigehen.

Mit einem kurzen Schub aus den Manövrierdüsen postierte sich die Legion um mich herum und sicherte den Weg der Überlebenden nach außen ab.

Elena kletterte den Rumpf der *Angel* hinunter und rannte auf die Dragonfly zu. Sie wartete, bis der Rest ihrer Leute eingestiegen war, dann warf sie die Prisma-Lanze in den Passagierbereich, packte eine Halteschlaufe und drehte sich noch einmal zu mir um. Ihr Gesichtsausdruck war zutiefst betrübt.

»Wie gesagt: Ich habe dich auf Calico gesehen. Aber ich konnte mich nicht zu dir umdrehen. Ich habe es einfach nicht übers Herz gebracht, Lebewohl zu sagen.«

Ich nickte. »Dann vielleicht jetzt.«

Die Düsen der Dragonfly flammten blau auf, und das Schiff hob langsam ab. Elena ließ traurig die Hand sinken – es sah fast wie ein Winken aus. Die Triebwerksgondeln des Senkrechtstarters schnappten in ihre endgültige Position. Das Schiff gewann schnell an Höhe und war binnen Sekunden zu einem blauen Fleck im schwarzen Himmel geworden.

»Gute Reise«, sagte Kaminski leise.

»Hoffentlich kommen sie durch«, sagte Jenkins.

Mittlerweile hatten sich dichte Wolken über den Resten des Dschungels zusammengebraut – fett, schwarz und immer in Bewegung. Von der Sonne war nichts mehr zu sehen, nur der Arkonus-Abgrund strahlte hell. Er sah aus wie ein gigantisches Schriftzeichen der Tönernen, das dieser Welt seinen Stempel aufgedrückt hatte. Ich blickte in Richtung der bröckelnden Schlucht und der Ruinen, die Elena uns gezeigt hatte. In unmöglichen Winkeln ragten Gebilde aus den Wänden hervor, und das Schwerefeld des Planeten schien um uns herum zu pulsieren.

»Dort entlang«, sagte ich. »Maximalschub, jetzt sofort. Wir haben noch viel Strecke vor uns.«

»Meint ihr, wir sterben da drin?«, fragte Mason.

»Bestimmt«, sagte ich. »Aber es geht darum, was wir mit diesem Tod erreichen.«

Über Funk hörte ich Kaminski laut mit der Zunge schnalzen. »Ich finde, Mason sollte aufhören, so viele Fragen zu stellen.«

»Darauf können wir uns wohl einigen«, sagte ich.

»Na, wenigstens hast du mich Mason genannt und nicht New Girl wie sonst immer.«

Kaminski kicherte, und wir setzten uns in Bewegung.

»Hier scheint die Ökophagie schon weit fortgeschritten zu sein«, flüsterte ich. »Der Dschungel stirbt immer schneller. Diese Masse an entblößter Tönernen-Technologie scheint alles organische Material zu vernichten.«

»Außerdem ist es furchtbar kalt«, sagte Mason.

Unsere Anzüge zeichneten alles auf, was wir sprachen, taten und sahen – allerdings wohl leider nur für die Nachwelt, da wir uns nicht mit der *Colossus* verbinden konnten. Bei der Menge an Störfeuer, das die Bauten ringsum entfachten, wäre auch der beste Sender rettungslos überfordert gewesen. Alle Kanäle lagen im Würgegriff des weißen Rauschens, der Rückstände des singenden Artefakts …

Ich blieb stehen, hob eine Hand und betrachtete die kleinen schwarzen Punkte, die über meine Panzerung tanzten. Ich hatte sie fälschlicherweise für Asche gehalten. Jetzt begriff ich, dass wir es mit etwas weitaus Schlimmerem zu tun hatten. Die schwarzen Dinger suchten jeden Zentimeter des Panzers auf Schwachstellen ab, gaben aber bald auf und suchten sich einfachere Ziele. Das Zeug replizierte sich immer weiter selbst, baute laufend weitere Kopien, während es um uns herum die Welt verschlang. Es schien sein einziges Ziel zu sein.

Wie bei jedem anderen lebenden Wesen auch, egal ob maschinell oder organisch.

Über Funk war zu hören, wie Martinez mit rauer, verklärter Stimme leise betete.

»Auf die Ave Marias können wir echt verzichten, Venus«, murmelte Kaminski.

»Lass ihn«, sagte Jenkins.

Mason seufzte. »Wer weiß, vielleicht hilft's ja sogar.«

»Alle auf interner Sauerstoffversorgung bleiben«, befahl ich. »Die Scheiße in der Luft ist nicht natürlich.«

»Nano-Kriecher«, sagte Martinez. »Die zerstören den ganzen Planeten.«

»Immerhin kommen sie nicht durch unsere Panzerungen«, sagte Mason. »Das ist doch was wert.«

Nur wusste ich nicht, wie lange das so bleiben würde. Mir war klar, dass selbst in den Sims unsere Uhr nahezu abgelaufen war. Ich fragte mich, wie viele von den Dingern ich schon eingeatmet hatte, die längst dabei waren, Haut und Knochen von innen zu zersetzen …

Hinter einem toten Baumstumpf sprang eine Tertiärform hervor. Das enorme Krell war bereits halb zerfressen von dem Maschinenschwarm, der Kopf eine schwarze Wüste aus knochigen Vorsprüngen, ein Auge hing schief aus der Höhle. Ein Opfer der ultimaten anti-organischen Massenvernichtungswaffe. Es hielt inne und maß mich von Kopf bis Fuß. Instinktiv machte ich den Flammenwerfer am rechten Handschuh scharf und spannte die Gliedmaßen an.

Zwei, drei, vier weitere Krell krabbelten aus ihrem Nest.

Um mich herum formierte sich die Legion zu einer Verteidigungslinie.

Aber sie griffen uns nicht an.

»Warten …«, befahl ich.

Die Legion gehorchte, Gewehre in Anschlag. Ich ließ die Krell nicht aus den Augen, machte aber langsam einen Schritt zurück. Meine Leute folgten.

»Das sind nicht unsere Feinde«, sagte ich. »Nicht jetzt.«

Das vordere Krell zuckte mit dem Kopf in Richtung einer Öffnung in der Felswand, eines Gangs ins Innere des Artefakts.

Sie wissen auch, dass es jetzt nicht mehr um uns geht.

Die sterbende Tertiärform bleckte die Zähne. Ich

sah, dass ihre Haut mit Narben übersät war: kompli-zierte Brandmarken, die beinahe rituell aussahen. *Die habe ich schon mal gesehen.* Auf Capa V, auf den Kör-pern der dortigen Krell-Gefangenen.

»Kyung ist da unten«, sagte ich. »Das ist unser Ziel.«

Der Gang führte vom Eingang tiefer in die Nekropole der Tönernen und endete schließlich in einem großen Tor, weit größer als unsere Anzüge. Es war versiegelt, die Schrift ringsum aber hell erleuchtet, als warte sie nur darauf, aktiviert zu werden.

»Hast du dich je gefragt, wie die eigentlichen Töner-nen aussehen?«, fragte Mason mich. »Also nicht die Schnitter, sondern die Rasse an sich?«

»Vielleicht finden wir das in Kürze heraus«, sagte ich und berührte die Glyphen entlang des Portals.

Das Tor glitt in die Wand zurück, und wir betraten einen großen offenen Raum. Die ganze Halle zeug-te vom kaum fassbaren Alter der Tönernen und ihres Artefakts. Wie eine Prozessionsstraße erstreckten sich lange Reihen von Säulen durch die Halle. Jede Ober-fläche war vom grünblauen Funkeln der Keilschrift er-füllt, die den ganzen Raum in verwirrendes Halblicht tauchte. Am Ende des Säulengangs saß etwas – ein gewaltiger Schatten, der aus dem Boden bis unter die ferne Decke wuchs.

Vorsichtig rückte die Legion in die Halle vor, Ge-wehre unablässig auf die tiefen Schatten zu allen Sei-ten gerichtet. Der Ort schien vom planetaren Chaos, das draußen wütete, seltsam unberührt geblieben zu sein. Zielerfassungsdaten waberten über mein Display, aber die KI war außerstande, materielle Ziele auszumachen. Überall formte sich der schwarze Stein der Wände zu Bildnissen, die ich weder anschauen wollte noch je hätte beschreiben können. Überall scharfkantige, surreale Perspektiven. Aus der Mitte der Halle wuchsen kristalline Strukturen, die allesamt in eine Richtung zielten: hin zu dem enormen Schatten, der dort im Hintergrund thronte. Ich konnte ihn nicht ansehen, ohne unwillkürlich schlucken zu müssen. Ich hatte nicht das Gefühl, mich an einem Ort zu befinden, der irgendeinen technologischen Zweck erfüllen sollte – eher wirkte es wie ein Tempel. Ein Tempel, der finsteren, erzürnten Göttern geweiht war. Mich beschlich das Verlangen, mich vor dem unbewegten Gebilde zu verneigen, es zu preisen.

»Was ist das für ein Ding?«, fragte Jenkins.

»Völlig egal, was das ist«, sagte Martinez. »Wir müssen nur wissen, wo Kyung abgeblieben ist.«

»Recht hat der Mann«, sagte Kaminski. »Mein Abzugsfinger juckt schon mächtig …«

Die Halle schien tief Luft zu holen. Dann explodierte die Dunkelheit.

Eine spinnenartige, dunkle Gestalt warf sich auf Jenkins.

Über Funk war nur ihr Schmerzensschrei zu hören. Bevor sie ihr Plasmagewehr hochziehen konnte, um auf den monströsen Umriss zu feuern, wurde sie rückwärts gegen eine der Säulen geschleudert. Zwei messerscharfe Arme bohrten sich durch ihren Leib direkt in die Metallwand.

Nur bruchstückhaft sah ich, dass es sie in Schulterhöhe glatt durch die Panzerung aufgespießt hatte. Ihr Gesicht, im Helm von unten angestrahlt, war zu einer wilden Fratze verzogen, die Innenseite des Visiers voller Blut und Speichel.

»In Deckung und ausschalten!«, schrie ich. Der Funkkanal füllte sich immer mehr mit einem hasserfüllten Chor – eine Vielzahl von Stimmen, die mir alle zuflüsterten, ich solle *einfach aufgeben* …

Die Spinnenform zuckte um die eigene Achse und schleuderte Jenkins' Körper von sich. Sie war eindeutig tot, und in einem Schauer von Geröll und Metallsplittern zertrümmerte die schwere Masse ihres Anzugs eine Maschine der Tönernen …

Vier Plasmagewehre wurden entfesselt.

Wo unsere Salven trafen, flammte ein Nullschild auf: ein blauer Energiekäfig, der neue Schatten durch die Halle warf.

Das ist kein Konstrukt der Tönernen, begriff ich. *Das ist etwas völlig anderes.*

Die Gestalt bewegte sich blitzschnell, der Klang vieler Beine wie Messerstiche auf dem Metallboden. Der schlimmste Albtraum jedes Arachnophobikers.

Diese Form kenne ich.

Unsere Gewehre standen nicht still, und als die Gestalt an mir vorbeihuschte, sah ich das Abzeichen der Einheit am Rumpf.

Kaminski rollte sich aus der Deckung. *Verdammt.* Er war schon immer ein Hitzkopf gewesen. Vielleicht hatte er die gleiche Entdeckung gemacht wie ich.

»Du hast sie alle umgebracht!« Der Schrei krachte

durch die Halle, die Lautsprecher bis zum Anschlag aufgedreht und von Rauschen verzerrt.

Dann warf sich die Gestalt auf Kaminski. Er landete einen satten Treffer mit einer Granate, aber das hochexplosive Geschoss zerschellte am Nullschild.

Das Ding gehörte weder den Krell noch den Tönernen, sondern war ein modifizierter Spinnen-MMB, Teil der Kriegsbeute von Calico. Gesteuert von jemanden, den wir alle liebend gerne für tot gehalten hätten, auch wenn es niemand ernsthaft geglaubt hatte.

»Runter!«, befahl ich. »Zurück in Deckung!«

Mittlerweile war ich mir sicher, dass Kaminski ebenfalls gesehen hatte, wer da am Steuer saß, denn er hörte mir gar nicht zu. Einhändig feuerte er immer weiter, aber keine der Plasmasalven schaffte es, den Schild zu durchbrechen.

Die Maschine stampfte einfach durch den Beschuss, und Captain Williams wurde endgültig sichtbar, wie er gebeugt im Führerhaus der Spinne hockte. Eigentlich waren die Maschinen zur Minenarbeit gebaut worden, aber dieses Exemplar starrte vor Waffen: Raketenwerfer auf den Schultergelenken, ein Granatwerfer an einem Vorderbein, eine mehrläufige Sturmkanone am anderen. So wie er Jenkins weggeworfen hatte, musste Williams auch die künstlichen Muskeln der Servomotorik übersteuert haben.

»Nettes Mädchen«, sagte Williams und sah zu Jenkins' Leiche hinüber, während er durch den Plasmasturm schritt. »Hat aber leider echte Probleme mit dem Loslassen.«

Kaminski verlor die Fassung, stieß einen wilden Kriegsschrei aus und rannte auf Williams zu.

Williams machte kehrt und steuerte die Mitte der Halle an. Falls er überhaupt etwas wie Angst spürte und wusste, dass er hier möglicherweise sterben würde, zeigte er es nicht. Er drehte sich blitzschnell um und sprang Kaminski an. Die Spinne war ein mehrere Tonnen schwerer Läufer – eine unaufhaltsame Lokomotive. Als Sim und Spinne aufeinanderprallten, konnte ich hören und sehen, wie Kaminskis Panzerung zerfetzt wurde. Sofort flachten seine Lebenszeichen ab. So starb Kaminski mit einer vollkommen nutzlosen Aktion. Körper und Gewehr verschwanden unter dem Leib der Spinne. Seine Medizineinheit konnte nichts mehr für ihn tun.

»Da waren's nur noch drei ...«, sagte Williams.

Erneut kam er auf uns zu, und als ich jetzt sein Gesicht hinter der Glaskuppel sah, begriff ich, dass er dieses Mal nicht simuliert war – das hier war der echte Williams, eindeutig erkennbar an den Tätowierungen auf den Wangen, den angeberischen Ohrringen ... und an diesen *Augen*. Tiefe Brunnen voll Wahnsinn und Hass ...

BEDROHUNG LOKALISIERT, warnte die KI meines Anzugs. AUSWEICHMANÖVER EINLEITEN.

Ein schrilles Pfeifen fuhr durch den Raum; der Hall einer einzelnen Kugel, die von irgendwo weiter oben abgefeuert wurde. *Scharfschützengewehr.* Sofort markierte mein Visier mögliche Positionen für Scharfschützen in den Seitengängen, Verstecke überall in der Halle. Die innovative, schildbrechende Munition zerschlug meinen Nullschild mit Leichtigkeit und traf mich genau zwischen zwei Panzerplatten ins Bein. Ich stolperte nach vorne. Obwohl mein simulierter Körper mit Analgetika und Endorphinen vollgepumpt war, konnte ich dem Schmerz kaum die Stirn bieten.

KRITISCHER TREFFER VERZEICHNET, teilte mir mein Display mit. Durch einen unmöglichen Zufall hatte der Schuss offenbar die Wunde kauterisiert, sodass mein Anzug noch immer dicht war und mich vor den Nano-Kriechern beschützte, aber noch so einen Treffer würde ich nicht überstehen.

Plötzlich füllte sich die Halle mit roten Zielmarkierungen. Mehrere Schützen ringsum, manche weit über uns mit der bizarren Architektur verschmolzen, andere am Boden hinter den erwachenden Maschinen der Tönernen verschanzt.

Williams blieb mit seiner Spinne stehen. Sie zuckte auf der Stelle, der Körper hob und senkte sich – als atme sie und bereite sich auf den nächsten Sprung vor.

»Williams …«, sagte ich. »Wie schön, dich wiederzusehen.«

»Endstation, Lazarus.«

»Nein, sicher nicht. Erst wenn ich das sage.«

Sein echter Körper war schlanker als die letzten Sims. Er trug die schwarze Uniform der Schwerter, was mich trotz meiner Verletzung erheblich in Wut versetzte. Ein Verräter an der Allianz, der die Uniform des Direktorats trug. Die blonden Haare waren kurz rasiert, auf dem Schädel deutlich zwei chemische Injektoren zu sehen: Metallstutzen, die Drogenrationen ausschütteten.

»Du hast sie umgebracht«, wiederholte Williams. Die Sturmkanone der Spinne erwachte, ihre Läufe drehten sich immer schneller. »Auf Calico hast du meine Leute umgebracht.«

Hinter uns tauchten Kommandosoldaten des Direktorats auf. Trümmer knirschten unter ihren Stiefeln, und zehn Gaußgewehre richteten sich auf mich. Die Laserpointer tanzten über meinen beschädigten Anzug, der mir auf dem Visier anzeigte, wie sich die Gruppe hinter uns verteilte.

Dann brach Martinez' Stimme durch den Raum. »Eigentlich war ich das.«

Williams' Gesicht zuckte. Eine Seite war komplett tätowiert – ein albtraumhafter Strichcode, der neben reiner Dekoration vielleicht noch eine andere, tiefere Bedeutung haben mochte.

Martinez hatte angefangen, unter Zuhilfenahme seiner verstärkten Gelenke hinter uns auf die nächste Maschine der Tönernen zu klettern. Mit aktiviertem Tarnfeld war er kaum zu erkennen. Trotz der schweren Panzerung bewegte er sich sehr flink. Er schickte eine Salve von Splittergranaten in unsere Richtung.

»Zielt auf das Führerhaus!«, schrie ich.

»Schon dabei«, rief Mason zurück.

Jetzt bewegten wir uns wieder als ein Team, und der schwere Nullschild flackerte erneut unter unserem Plasmafeuer. Was auch immer sie in der Maschine genau verbaut hatten, es war tatsächlich beeindruckend: Der Schild hatte keinerlei Probleme damit, auch mehrere direkte Plasmatreffer einfach zerfasern zu lassen.

Die Spinne drehte sich auf dem Hüftgelenk, und die

schwere Sturmkanone überzog die Wände freimütig mit Kugeln. Eine Wolke aus Staub und Schutt wurde aufgewirbelt. Das Mündungsfeuer der Schwerter ebbte ab, wurde erratisch und fast ein bisschen panisch …

Martinez' Körper rutschte an der Wand herab. Die Panzerung war überall von Einschlägen zerfressen, und seine Lebenszeichen erloschen.

Da waren's nur noch zwei.

Ohne Vorwarnung machte die Spinne auf dem Absatz kehrt und jagte auf Mason zu. Sie rollte sich zur Seite ab und warf das Gewehr von sich.

»Aus dem Weg!«, rief ich, während die Maschine auf sie zuraste.

»Für dich habe ich noch was Besonderes im Gepäck, Mason«, schrie Williams. »Rache für die *Colossus*.«

Er eröffnete das Feuer. Erschreckend viele Kugeln fanden ihr Ziel.

Trotz meines Befehls blieb sie stehen und zog ihre Monoklinge aus der Scheide. Das Schwert zündete, blauweiße Blitze spielten über die Schneide. Sie wog es in der Hand.

Ich schoss immer weiter und lief der Spinne entgegen. Williams schien ganz in den Moment vertieft, nur auf Mason fokussiert …

»Fick dich und deine Rache!«, schrie sie und rannte los.

Dann war sie innerhalb des Nullschilds, fast auf Armlänge.

Masons Panzer kollidierte mit dem Führerhaus, und Williams grunzte überrascht. Ihre Klinge fuhr in wilden Bögen auf und nieder …

Um uns herum zogen die Schwerter die Schlinge zu. Aus den Tiefen der Halle prasselten neue schildbrechende Geschosse auf mich ein, und ich musste mich wieder in die Deckung zurückziehen. Etwas *rumste* gegen meine Panzerung.

»Härter, als es aussieht, wie?«, schrie Williams Mason an.

Sie war immer noch in seinem Schild, wich gekonnt den Beinen der Spinne aus und warf sich abermals auf ihn. Das Schwert zuckte nach oben, in einem Funkenregen schnitt die Mono-Klinge über Williams' Kuppel –

Und prallte ab.

Das Panzerglas zeigte ein paar Risse, hielt aber stand.

Mason ließ das Schwert fallen und sackte in der wartenden Spinnenklaue zusammen. Verzweifelt kämpfte sie gegen die Metallklammern an. Mit einem Schlag der zweiten Klaue spaltete ihr Williams den Schädel, dann aktivierte er einen der Laser-Schneidbrenner am Rumpf.

Masons enthauptete Überreste fielen zu Boden.

Da war es nur noch einer.

Ich hechtete in Deckung. Überall Schüsse. Um uns herum schien der Tempel in sich zusammenzufallen.

Williams sah meine Bewegung. Ich rollte mich zur Seite – ein wenig zu spät …

Ein großer Metallfuß krachte auf meine rechte Hand. Die Spinne bestand aus mehreren Tonnen soliden Metalls, dazu noch die Waffen; nicht einmal meine neue Panzerung konnte solchem Gewicht standhalten. Ein lautes Knirschen ertönte, und wahnsinnige Schmerzen breiteten sich in meiner Hand aus, gegen die meine Medizineinheit erfolglos ankämpfte.

»Um die andere Hand habe ich mich ja an Bord der *Colossus* schon gekümmert«, sagte Williams und grinste lüstern.

Ich war festgenagelt.

Die Raketenwerfer auf meinen Schultern drehten sich Williams zu, aber mein Visier füllte sich mit Fehlermeldungen. Irgendetwas musste während des Kampfes beschädigt worden sein; die Waffen reagierten nicht mehr.

»Worauf wartest du, Lazarus?«, fauchte er. »Keine Lust mehr zu kämpfen? Von einem alten Kriegshelden hätte ich mehr erwartet.«

»Du siehst auch nicht mehr allzu frisch aus«, sagte ich.

Williams saß über die Kontrollen gebeugt und wippte mit dem Kopf. »Ich kann dir ihre Namen nennen. Gute Männer und Frauen, allesamt. Und du Wichser hast sie umgebracht, in ihren Tanks!«

»Du bist nur ein Laufbursche«, sagte ich. »Mehr nicht.«

Williams' Gesicht war zornesrot. »Du hast mir richtig viel Scheiße eingebrockt«, sagte er kopfschüttelnd. Die Beine seiner Maschine tanzten, als versuche er, seine Wut irgendwie zu kanalisieren. Es gelang ihm nicht. »Du gehst mir wirklich unfassbar auf die Eier, Harris. Der Einsatz in Damaskus? Ich hätte mir so eine schöne goldene Nase verdienen können!«

»Das kommt davon, wenn man sich mit dem Teufel einlässt.«

»Sie wollten die Sim-Technologie und die *Endeavour*. Ich hätte ihnen beides liefern können!«

Aus der Dunkelheit tauchte eine Gestalt auf.

Admiraldirektorin Kyung stand am Kopfende der Halle. Sie war etwas kleiner als ihre Soldaten und trug eine weltraumtaugliche Geisterrüstung: eine Sonderanfertigung für die Spezialkräfte, die eigentlich schon lange nicht mehr eingesetzt wurde. Das Tarnfeld der Panzerung war eingeschaltet und spiegelte die leuchtenden Schriftzeichen der Umgebung wider.

Dem Cyborg so nahe zu sein ließ furchtbare Erinnerungen wach werden.

»Was tun Sie hier?«, fragte Kyung. »Ich hatte Sie doch gewarnt, das System zu verlassen.«

»Habe ich ihn auch schon gefragt«, sagte Williams. »Der Bastard hat gar kein Recht …«

»Halten Sie den Mund«, sagte Kyung und starrte mich unentwegt an.

»Natürlich, Admiralin«, sagte Williams. »Das hier ist Ihre Show.«

Die ganze Halle erzitterte, aber Kyung zeigte keinerlei Gefühlsregung. Trotz ihrer Geisterrüstung sah sie zwischen den restlichen Soldaten sehr schmächtig aus.

»Wie geht's der *Shanghai?*«, fragte ich mit so viel Schlagfertigkeit, wie ich noch aufbringen konnte.

»Gut genug«, sagte sie, aber ihre Worte wollten nicht recht zu ihrer Miene passen – sie war sichtbar zusammengezuckt.

»Nach meinem letzten Stand ist das eine Lüge, was Sie wohl auch wissen, Mörderin.«

»Sie nennen mich jetzt zum wiederholten Mal so«, sagte Kyung. »Ich frage mich, ob Sie am Ende jemanden auf Thebe verloren haben? Bruder, Schwester, Elternteil?«

Ich werde diese Frau umbringen, versuchte ich mir einzureden. *Wenn nicht in diesem Leben, dann im nächsten.*

»Dieser Spitzname bereitet mir keinerlei Freude, Oberst Harris. Die Geschehnisse auf dem Jupiter-Posten – auf Thebe – bedeuten nichts, verglichen mit dem, was wir hier und heute erreichen können. An diesem Ort wird sich der wahre Wandel unserer Welt vollziehen. Wir wissen, wo der *Wiedergänger* wartet. Wir wissen, wozu er imstande ist.«

»Alles bedeutungslos«, sagte ich, »weil Sie hier sterben werden.«

Als habe sie plötzlich eine Entscheidung gefällt, fuhr ihr Kopf zu Williams herum. »Halten Sie ihn fest.«

»Natürlich«, sagte er und hob die Arme der Spinne. »Darf ich ihn jetzt bitte töten? Mann, was habe ich von diesem Moment geträumt. Lassen Sie sich eins gesagt sein: Seit *Damaskus* habe ich wirklich ein paar *böse* Träume gehabt …«

Dann widmete er sich wieder ganz mir und hob mich mit einem der Greifwerkzeuge hoch – die beiden Metallklauen schlossen sich um meinen Hals. So stark die Ares-Panzerung auch sein mochte, sofort begann sie sich mit lautem Knirschen unter dem Druck zu verformen. Langsam drückte er mit den Klauen zu …

Kyung marschierte mit gesenktem Haupt durch die Halle. Zwei Soldaten trugen eine schwarze, gepanzerte Metallkiste hinter ihr her. Der Deckel stand offen. Darin lag etwas, das ich nur zu gut kannte. Der Schlüssel der Tönernen. Er brannte vor Energie, er glühte und pulsierte, schien ein ganzes Universum der Zerstörung zu verheißen. Die Schwerter stellten ihn vor der finsteren Statue ab und zogen sich eilig zurück, als fürchteten sie den Inhalt der Kiste. Kyung verschränkte die Hände auf dem Rücken und sah zu der dräuenden Statue hoch.

»Das also sind Ihre Tönernen?«, fragte sie. »Man hat sie unter vielen Namen gekannt. Manche Spezies nannten sie ›Bewohner der Dunkelheit‹, andere schlicht das ›Maschinen-Bewusstsein‹. Ich persönlich schätze besonders den Namen, den ihnen Spezies 134 gegeben hat: ›Jene, die es nicht kümmert‹.« Ihr Gesicht funkelte – Rückkopplungen durch Schaden an Bord der *Shanghai*? Oder versuchten die Tönernen irgendwie, mit ihr als gebrochener, halber Bio-Maschine in Kontakt zu treten? »Die Tönernen sind eine Rasse, die nichts als Krieg kennt. Sie können es sich auf die Fahnen schreiben, Hunderte intelligente Rassen ausgelöscht zu haben.«

Williams' Kralle schloss sich noch ein bisschen enger.

Kyung untersuchte das Kontrollpult am Fuß der Statue. »Dr. Kellermans Forschungen hinsichtlich der Aktivierungsmechanismen waren äußerst aufschlussreich«, sagte sie. »Sein Tod war ein herber Rückschlag für die wissenschaftlichen Ziele des Direktorats, aber letztendlich ist es erstaunlich einfach, ihre Technologie einzuschalten.« Sie hob den Schlüssel aus seiner Kiste und hielt ihn hoch.

»Sie werden uns alle vernichten!«, brachte ich heraus.

»Halt einfach die Schnauze, und lass die Dame arbeiten«, sagte Williams, »damit wir alle verschwinden können.«

Kyung stand mit dem Rücken zu uns. »Es scheint fast, als wollte die Maschine dringend hochgefahren werden …«

Langsam und vorsichtig versenkte sie den Schlüssel in einer pulsierenden Öffnung der Konsole.

Die Zeit schien stillzustehen.

Kyung stand vor der Maschine. Ich baumelte an Williams' Kralle und starrte die Konsole an – sie lag nur wenige Meter entfernt. Die Truppen des Direktorats hatten sämtlich ihre Verstecke verlassen, standen wie gelähmt da und betrachteten die Schatten um uns herum.

»Hat es funktioniert …?«, sagte Williams.

Dann explodierte in meinem Kopf das Signal, und eine enorme Welle blauen Lichts ergoss sich von der Statue in die Halle. Der Schrei einer Million Maschinen, die endlich befreit waren.

Williams hielt mich noch immer umklammert, konnte aber auf einmal seinen Kampfläufer nicht mehr bewegen. Stirnrunzelnd versuchte er, mir mit der Klaue endgültig das Genick zu brechen, aber die Spinne reagierte nicht.

Die Luft war erfüllt von Daten – knisternde Ströme aus purer Information, die mir durch Geist und Seele fuhren. Schriftzeichen schraubten sich durch die Halle, schienen die Luft zu entzünden. Maschinen, die seit Jahrtausenden stumm gestanden hatten, die längst vergessen hatten, überhaupt eine Stimme zu besitzen, schrien in die Leere hinaus. Als Mensch – selbst als Sim – konnte ich nur die fernen Ausläufer des eigentlichen Schreis hören. Es war mehr als genug: Überhaupt im Herzen des entfesselten Maschinen-Codes zu stehen, ließ mich um meine Existenz fürchten.

Ich konnte den Himmel nicht sehen, wusste aber, dass sich der Arkonus-Abgrund geöffnet hatte.

Kyung schlug eine Hand vors Gesicht und taumelte zurück.

Überall erhoben sich weitere Maschinen der Tönernen – folgten nach ewigem Schlaf einer automatischen Bauanleitung. Der künstliche Boden vibrierte, die ganze Halle wankte. Teile der Säulen stürzten ein, Brocken aus der Decke regneten auf uns herab. Die Truppen des Direktorats rannten umher und schafften es mit der Beschleunigung ihrer Anzüge irgendwie, den Felsbrocken zu entkommen.

»Scheiße, jetzt geht's ab, Mann!«, schrie Williams über seine Lautsprecher. Aber die Worte passten nicht zu seinem Tonfall. Er klang manisch, voller Schrecken. »Das ist der *Hammer*!«

Das Dach brach auf. Metall rieb kreischend über Metall, ohrenbetäubende Echos jagten durch die Halle. Unter mir hob sich der Boden schneller und schneller. Die Plattform, auf der Kyung zusammen mit ihrer

Entourage stand, entfernte sich von uns und ließ Williams und mich alleine zurück.

Einige Sekunden lang bewegte sich alles wie ein gigantischer Fahrstuhl, dann blieb der Boden mit einem Ruck stehen. Wir hatten die Oberfläche von Devonia erreicht, standen mitten zwischen den entblößten Strukturen des Labyrinths. Eine schrecklich dunkle, wabernde Wolkenbank erstreckte sich in alle Richtungen bis zum Horizont. Wie Speere brachen brennende Lichtstrahlen aus dem Himmel.

Ich schluckte meine Angst, versagt zu haben, hinunter – den Gedanken, das Universum trotz aller Bemühungen vor meinen Augen vergehen zu sehen … *Wie lange wird der* Wiedergänger *brauchen, bis er hier ist?*, fragte ich mich.

Der majestätische Schrecken der Szenerie machte selbst vor Williams nicht halt, der innehielt und sich ebenfalls umsah. Die Landschaft hatte sich völlig verändert, das ganze Labyrinth um uns herum war von unzähligen Plattformen wie der unseren erfüllt. Sie alle lagen gute hundert Meter über dem höchsten Punkt des Labyrinths – zu hoch, um selbst in einem gepanzerten Sim den Sturz zu überleben.

»Sie hat's geschafft!«, johlte Williams. »Heute bringen wir endlich zu Ende, was du vor so vielen Jahren angezettelt hast …«

Bläuliche Entladungen knisterten über seine Spinne, ein Teppich kleiner Blitze. Er kämpfte um Kontrolle über die Maschine, die vom Maschinen-Code der Tönernen übernommen wurde.

»Verflucht!«, jaulte er.

Die Metallklaue öffnete sich, und ich fiel zu Boden. Die Plattform wankte unter uns, und die Spinne entfernte sich taumelnd, während Williams immer noch vergeblich versuchte, sie wieder in den Griff zu bekommen. Ich landete auf den Füßen. Auch mein Panzeranzug reagierte störrisch, aber noch ließ er sich unterwerfen. Ich schüttelte den Kopf und versuchte, die Schmerzen im Nacken loszuwerden.

Ich konnte hier erst weg, wenn ich mich um Williams gekümmert, ihn endgültig ausgeschaltet hatte. Ich hob den rechten Arm, um den Flammenwerfer einzuschalten, aber helle Warnlichter blitzten über meinen Armrechner. Rings um die Waffe war die Panzerung vollkommen deformiert und eingedrückt. Williams musste sie noch unten im Tempel beschädigt haben.

Meine Reaktion blieb ihm nicht verborgen. Er stampfte auf mich zu, ich wich zurück. Ein glühender Windstoß pfiff über das Labyrinth hinweg, stark genug, um mich sogar in der Panzerung durchzuschütteln.

Mit ihrem ganzen Gewicht prallte die Spinne gegen mich, und ich wurde gegen eine der Maschinen auf der Plattform geschleudert. Sie brach unter mir zusammen, verlangsamte aber meinen Flug so weit, dass ich ein paar Meter vom Rand schlitternd zum Stehen kam. Mein Brustpanzer war eingedellt, und der Aufprall hatte mir den Atem geraubt.

Sofort begann die zerstörte Maschine damit, sich wieder zusammenzusetzen. Unter wabernden Energiebögen regenerierte sie, immer mehr Schriftzeichen leuchteten wieder auf …

Die Schnitter.

Ich sah sie aus dem Augenwinkel, ein leichtes Flackern purer Energie. Sie standen stumm da, waren noch nicht aktiviert, trotzdem spürte ich eine Veränderung. Williams stakste unbeholfen um mich herum, schrammte nur wenige Zentimeter an den dunklen Maschinen vorbei …

Blitzschnell überlegte ich.

Williams wurde schneller, kam über die Plattform auf mich zu …

Ich warf mich zur Seite, langte nach der Plasmapistole, zog sie aus dem Halfter …

… Williams drehte die Spinne. Hinter der Scheibe des Cockpits sah ich sein Gesicht, zu einer hasserfüllten Fratze verzogen. Die Finger legten sich um den Auslöser der Sturmkanone …

»Zu lahm, alter Mann!«, rief er.

… Ich jagte mit der Plasmapistole einen Schuss in die nächste Konsole …

Und traf einen der Schnitter genau in die Brust. Williams' höhnische Visage war wie festgefroren, er schien außer Stande, sich auf irgendetwas abseits meiner Vernichtung zu konzentrieren. Wellen durchliefen den Schnitter. Jetzt sah auch Williams die Bewegung und drehte sich der erwachenden Maschine zu.

Plötzlich gab es eine größere Bedrohung als mich. Aus einem nahen Podest schoss ein dunkler Tentakel hervor und wickelte sich um eins der Spinnenbeine.

»Was zur Hölle treibst du da?«, schrie er mich an.

Die Spinne bäumte sich auf, versuchte sich loszureißen. Protestierend heulten die Servomotoren auf.

Erst einer, dann zwei, dann drei Schatten warfen sich auf ihn. Schwarzes Metall schlängelte sich um die Beine des Läufers, um den Rumpf, um die Kanzel. Trotz ihrer Größe waren die Schnitter unglaublich stark. Die schweren Panzerplatten der Spinne verbogen sich und rissen auseinander.

Williams fuchtelte mit der Sturmkanone herum und versuchte, mich ins Visier zu nehmen. Ein Geschosshagel verteilte sich über die Plattform, vollkommen wirkungslos gegen die Maschinen der Tönernen.

Ich stand da und sah zu, wie ihn die Dinger auseinandernahmen.

»Ich bin …«, setzte ich an.

»Lass mich raten«, brüllte Williams, der die Lautsprecher immer noch voll aufgedreht hatte. Speichelfetzen flogen gegen die Innenseite seines Cockpits. »Ich bin Lazarus?«

Er hob den rechten Arm, und die Spinne ahmte die Bewegung nach. An ihrem rechten Vorderbein war ein Flammenwerfer montiert. Er war bereits eingeschaltet. Williams schlug auf den Auslöser. Eine Wolke aus weißem Feuer brach hervor und hüllte den nächsten Schnitter ein. Der ließ sich überhaupt nicht beirren.

Die Spinne war am Ende und fiel auf die Seite, zerfetzt von einem Wirbel aus Klingen und Tentakeln. Zähflüssig begrub das schwarze Metall das Cockpit unter sich. Jede Überlegung, Williams könnte im Innern in Sicherheit sein, hatte sich schnell erledigt. Die Haarrisse, die Mason mit ihrer Monoklinge verursacht hatte, wurden breiter, dann schwappte das dunkle Verderben zu ihm hinein.

Die Nano-Kriecher hatten ihr nächstes organisches Ziel gefunden.

»Und du bist hinüber«, beendete ich den Satz.

Die ganze Spinne verschwand unter einer Welle peitschender Schatten, und endlich war Captain Williams erledigt.

Der nächste Schatten kam auf mich zu, und ich bereitete mich auf den Angriff der Schnitter vor. Aber er blieb aus. Sie hatten ihr Werk vollbracht und lösten sich wieder auf. Das lebende Metall brach einfach in sich zusammen und wurde vom Wind davongetragen. Sie wurden Teil des Nanophagen: des Kriechers, der sich den ganzen Planeten einverleibte. All die winzigen Bausteine der Tönernen-Maschinerie arbeiteten für das eine, gemeinsame Ziel.

Ich wandte mich ab und schaltete meine Düsen ein.

Weit hinten am Horizont erhob sich ein titanisches Bauwerk: so groß, dass es beinahe den Himmel berührte. Aus der abgeflachten Spitze ergoss sich ein Energiestrahl.

Kyung muss da oben sein.

Selbst wenn ich sie nicht aufhalten konnte, würde ich es bis zum bitteren Ende versuchen.

26

KYUNG

Komm schon, komm schon! Verbissen feuerte ich mich an. *Ich muss dieses Signalfeuer unterbrechen.*

Die Krell waren überall. Die Tönernen waren gekommen, ihren Lebensraum zu zerstören. Weder Rückzug noch Verteidigung waren länger eine Option. Sie strömten aus den Korallennestern, kamen hinter jedem zerstörten Baumstumpf hervor, jagten durch die Reste des Dschungels.

Ich mischte mich unter sie, zündete in kurzen Abständen die Steuerdüsen des Anzugs und hüpfte gemeinsam mit den Krell vorwärts – immer dem Sender entgegen. Bald hatte ich Hunderte von Krell hinter mir. Auch vor mir rannte eine Welle aus Leibern, ein blutdürstiger Schwarm, der langsam die schräge Wand des gewaltigen Bauwerks erklomm. Getrieben vom kollektiven Begehren, den Gipfel zu erreichen, walzten sie selbst die eigenen Verbündeten nieder. Dem Massenansturm fielen nicht weniger Krell zum Opfer als dem schwarzen Maschinenschwarm.

Ich blickte auf und sah die immense Entfernung, die ich noch zu überbrücken hatte. Der Messsucher des Anzugs – mittlerweile nicht mehr verlässlich, aber andere Mittel hatte ich nicht – gab an, dass das Bauwerk schon gut einen Kilometer hoch war und stetig weiterwuchs. Selbst mit den Schubdüsen würde ich es niemals bis ganz nach oben schaffen.

Ich blickte mich um, sah die schäumende Masse der Alien-Körper, die an der Wand des Gebäudes nach oben schwappte.

»Ich habe keine Wahl«, verkündete ich mir selbst.

Dann sprang ich der Wand des Bauwerks entgegen, kletterte an die Spitze der angreifenden Krell und wurde Teil der Menge. Sollte ich die Plattform erreichen, konnte ich den Sender ausschalten. Es war der Ursprung des Signals, das die Tönernen durch den Abgrund herbeirief. Falls ich es zum Verstummen brachte, konnte ich den Untergang vielleicht noch abwenden.

Mit jeder Sekunde wuchs die Zahl der Krell. Der Tsunami, dem wir im Sumpf gegenübergestanden hatten, war nichts im Vergleich zur Masse der Körper, die sich jetzt versammelt hatten. Bald waren es viele tausend, die übereinander kletterten und ihre Klauen in die glatte schwarze Wand hieben. Schon verloren manche den Halt und fielen wieder dem Waldboden entgegen. Schon kamen uns noch viel mehr hinterher. Für jeden Leib, der von der schwarzen Welle der Nano-Maschinen verschlungen wurde und sich in Schatten organischer Reste auflöste, waren sofort zwei neue zur Stelle.

Die Krell waren wie tollwütig. Die wenigen, die mich überhaupt wahrnahmen, beachteten mich nicht. Ich kletterte gemeinsam mit ihnen weiter, setzte immer wieder meine Düsen ein und benutzte die starken Motoren des Ares-Anzugs, um große vertikale Sprünge zu meistern.

Die Speerspitze der Krell-Armee war zerfasert. Die meisten der Krieger hier oben waren kaum mehr als Skelette, fast vollständig von den winzigen Maschinen zerfressen. Je höher wir vorstießen, desto mehr Nanotechnologie schwängerte die Luft. Die Krell lösten sich in kürzester Zeit auf, und ihre Reste fielen den Nachrückenden entgegen. Ich hielt mich immer wieder an ihnen fest, um mich abzustoßen, aber sie wurden zusehends schwächer. Mehr und mehr musste ich mich allein auf die Düsen verlassen.

Bloß nicht runtergucken, ermahnte ich mich, als ich mich endlich über den Rand der höchsten Plattform zog.

Um mich herum hatte sich die Welt unwiderruflich gewandelt. Der Himmel erstrahlte jetzt in düsterem Grün, die Unterseite der Wolken stand in Flammen. Windböen trugen Asche und Maschinenwolken hoch in die Lüfte. Ich stand am Rand der Plattform und betrachtete die tote Welt, die einmal Devonia gewesen war. Mehrere andere schwarze Bauwerke wie dieses schraubten sich ringsum in den Himmel. Enorme dunkle Götzen, geboren aus tiefem Schatten, umhüllt von aufgestauter Energie.

Vor einer großen Konsole in der Mitte der Plattform stand Admiraldirektorin Kyung, den Schlüssel der Tönernen in Händen. Sie war von einem Dutzend ihrer Schwerter umgeben, die ihre Waffen nach außen auf den Rand gerichtet hatten.

Als ich sah, wie es um Kyung bestellt war, jagten

mir unwillkürlich Fragen durch den Kopf. *Was die Tönernen wohl von ihr hielten?* Sie war sowohl Frau als auch Maschine – ein kybernetisches Mischwesen. Organisch, also zu verzehren, aber Maschine, also zu assimilieren. Sie würde bis zum Ende direkt mit der *Shanghai Remembered* verbunden bleiben. Für mich klang der Brauch, einen Kapitän sklavisch ans Hirn eines Schiffs zu koppeln, abscheulich und unmenschlich, aber die Ergebnisse sprachen für sich. Sie war das Schiff, das Schiff war sie. Selbst hier auf dem Planeten war sie zweifellos ununterbrochen im Zwiegespräch mit ihrer *Shanghai*.

Ich fragte mich, in welchem Zustand sich das Schiff jetzt befinden mochte. Fühlte die KI Kyungs Schmerzen und versuchte verzweifelt, die Fülle neuer Datenströme zu analysieren, die kein menschliches Gehirn je sollte ertragen müssen?

Das Tarnfeld ihrer Geisterrüstung war offenbar fehlerhaft und zeigte noch immer unzählige glühende Schriftzeichen, die so hell leuchteten, als habe man sie von Kopf bis Fuß gebrandmarkt. Auch ihr Visier war beschädigt, das transparente Plasglas erfüllt von einem Spinnennetz aus Haarrissen.

Ich zog meine Plasmapistole und pirschte mich langsam heran, bis ich die grässlichen Reste ihres Gesichts sehen konnte. Die Lichterkette unter ihrer Haut hatte sich verfinstert und war wie kriechendes Gift zu neuem Eigenleben erwacht. Sie hatte die Lippen zu einem grimmigen Lächeln verzogen, einem Gesichtsausdruck, der deutlich machte, dass sie längst akzeptiert hatte, diesen Ort niemals lebendig zu verlassen.

»Ich habe meine Pflicht erfüllt«, sagte sie. Ihre Stimme war unmenschlich verzerrt. »Es ist vollbracht.«

Bis jetzt hatten mich ihre Schwerter noch nicht bemerkt – es war meine einzige Chance. Ich richtete die Pistole auf Kyung. Meine eigene Rüstung war so schwer beschädigt, dass ich wohl auf ähnliche Weise enden würde: zerfressen von den kriechenden Maschinenwolken.

»Wir sind alle tot«, sagte ich über die Lautsprecher der Rüstung. »Aber *sie* kriegen Sie nicht.«

Elena. Wenn alles nach Plan gelaufen war, befand sie sich jetzt im Orbit um Devonia und arbeitete bereits an unserer Flucht. Wenn aber der *Wiedergänger* auftauchte und die Tönernen einmal mehr ihre todbringende Saat über die Galaxis verbreiten konnten, würde es auch für Elena keine Zukunft mehr geben …

Kyungs Leibwächter kreisten uns ein, wirkten aber sehr zaghaft. Mehrere Laser-Zielsucher tanzten über meinen Anzug, alle Waffen waren auf mich gerichtet. Mein Display markierte die Kommandosoldaten, ich überflog ihre Bewaffnung und versuchte, ihre Motivation zu ergründen. Schwere Karabiner. Kampfpanzerung, voll vakuumtauglich. Atemgeräte für lebensfeindliches Terrain: geschlossen, also momentan noch immun gegen die Kriecher. Eine Welle der Furcht ging von den Soldaten aus, obwohl Kyung es nicht zu bemerken schien. *Sie haben Angst vor ihr.*

»Ich habe Williams getötet«, sagte ich, spannte die Hand um den Griff der Pistole und überlegte, wie ich es am besten anstellen sollte. »Er hat bekommen, was er verdient.«

»Belanglos. Seine Arbeit war erledigt.«

Sie bewegte die Lippen, aber ihre Worte schienen von überall her zu kommen – aus den Maschinen auf der Plattform, nicht aus der unreinen Gestalt vor mir.

Ich nickte dem nächsten Soldaten zu und sagte auf Standard: »Hat sie euch mitgeteilt, dass ihr hier unten alle sterben sollt?«

Das Schwert sah mich ungerührt an. Sein oder ihr Helm war verspiegelt und zeigte nichts als den brennenden Horizont hinter mir. Aber man schoss nicht auf mich, und das musste etwas bedeuten.

»Begreifen Sie endlich, warum wir das getan haben?«, fragte Kyung. »Warum ich das tun *musste*?«

»Es ist mir relativ egal«, sagte ich. »Wenn Sie das Tor nicht wieder schließen, haben Sie Milliarden von Menschen auf dem Gewissen.«

»Dafür ist es zu spät«, sagte sie.

»Nein, ist es nicht.«

Plötzlich brannte ihr Gesicht geradezu vor Aktivität. Weißglühend flammten die Schaltkreise unter ihrer Haut auf. Sie beugte sich vornüber und sah aus, als müsse sie sich erbrechen.

Der erste Soldat in meiner Nähe ließ das Gewehr sinken. All ihrer Disziplin zum Trotz verloren sie den Willen weiterzukämpfen. Ich konnte es ihnen schlecht verübeln. Sie bekamen Zweifel.

»Noch können wir es verhindern«, sagte ich.

»Niemand kann uns aufhalten«, dröhnte die Stimme, die ehemals nur Kyung gehört hatte, jetzt aber so viel mehr war. Etwas, das ich schon einmal gehört hatte. *Maschinen-Code.* Die Stimme des Schnitters, der auf dem Artefakt von Damaskus mit mir kommuniziert hatte. Kyung diente als Brücke zum Maschinen-Gehirn, zu den Tönernen.

Scheiße. Es war der Erste Kontakt. Es hatte begonnen.

Über uns erstrahlte der Arkonus-Abgrund in neuem Licht. Der einzige Sensor, der in meinem Anzug noch funktionierte, gab drängende Warntöne von sich. Strahlung spülte über mich hinweg – solche Mengen, dass auch der Anzug keinen ausreichenden Schutz mehr bot.

»Was wollt ihr von uns?«, fragte ich.

»Dies ist unser Reich«, sagte Kyung. »Wir sind die Singularität.«

Der Riss in ihrem Visier hatte sich ausgebreitet. Was nur ein Haarriss gewesen war, klaffte nun weit auseinander. Die Frau im Helm sah verängstigt aus, pures Entsetzen kroch über ihr Gesicht.

»Sollte von Kyung noch etwas übrig sein«, sagte ich, »dann müssen Sie doch begreifen, dass auch das Direktorat das nicht wollen kann. Hier gibt es kein Wettrüsten mehr, keine Technologie, die man sich unter den Nagel reißen könnte. Nur noch Vernichtung.«

Ich breitete die Arme in Richtung der Oberfläche des einstigen Planeten aus, schloss die ganze sterbende Welt in meine Geste ein.

»Wir können sie benutzen«, beschwor mich eine dünne Stimme. Es klang, als bäumte sich Kyung mit letzter Kraft auf, um dem Wesen zu entfliehen, dass jetzt ihre Rüstung bewohnte. »Sie könnten der gewaltigste aller Verbündeten sein!«

»Gegen wen, Kyung? Es wird niemand übrig bleiben.«

»Ich … ich habe in Damaskus nicht versagt!«, sagte sie inständig. »Das hier – damit kann ich alles wiedergutmachen! Ich darf hier nicht scheitern, nicht schon wieder …«

»Wir müssen dem ein Ende bereiten!«, rief ich, hob die Plasmapistole und zielte auf das Schaltpult, vor dem sie stand.

Die Schwerter schienen eine Entscheidung zu fällen. Erneut richteten sich zwölf Gewehre auf mich. Ohne Nullschild hatte ihnen meine Rüstung nichts entgegenzusetzen.

»Es ist zu spät«, flüsterte Kyung, noch während sie bereits von schwarzem Metall zerfressen wurde – während man sie zu einem der ihren umbaute. Ihre Augen hatten sich fast komplett aufgelöst, aber im letzten Moment sah ich einen Hauch von Zweifel in ihrem Blick. »Sie sind längst hier.«

Ich schoss.

Das Kyung-Wesen bewegte sich schneller, als es die echte Kyung je vermocht hätte.

Sofort waberte sie zur Seite und stellte sich vor das Schaltpult und den darin versenkten Schlüssel. Fing meine Plasmaimpulse vollständig ab. Ich schoss weiter und landete einen Treffer in ihren Helm. Das Visier wurde abgesprengt, aber wider Erwarten blieb sie auf den Beinen, stolperte nur einen Schritt nach hinten. Schwarzes Quecksilber schwappte über die Reste ihrer Panzerung. Sie veränderte sich …

Mit der großen Sprungkraft des Sim machte ich einen Satz zur Seite und ging hinter der nächsten Maschine in Deckung.

Schüsse pfiffen hinter mir her und schlugen ringsum in den Obsidianboden ein, aber offenbar galten sie nicht mir. Die Schwerter schossen auf das, was aus Kyung geworden war. Ihr Vertrauen war tief genug erschüttert worden, dass sie endlich bereit waren, ihre ehemalige Befehlshaberin zu verraten. Eine der Kugeln traf ihr Ziel und riss ein weiteres Loch in ihren Panzer …

Kyung wankte. Schlug die Hände vors Gesicht. Flüssigkeit ergoss sich aus ihrem Helm. Dann sah ich, dass das Zeug aus sämtlichen Nähten der Panzerung floss und sie zu umhüllen begann. Wo die Panzerung Löcher davongetragen hatte, erhoben sich Tentakel aus nassem Metall, die wie wild um sich schlugen.

Kyung fiel zuckend zu Boden. Noch mehr Schüsse durchschlugen ihren Anzug.

Die Maschinenwolken waren in ihre Panzerung eingedrungen und hatten die Lebenserhaltungssysteme längst ausgeschaltet. Vielleicht war sie als Cyborg besonders anfällig für diese Seuche, obwohl es auch genug andere Erklärungen für den Anblick gab. So oder so wurde gerade vor unseren Augen aus den Überresten Kyungs ein Schnitter geboren.

Die Direktoratssoldaten feuerten unablässig, das lebende Metall spritzte glühend umher, bildete aber sofort neue Formen. Eine Lanze aus Quecksilber jagte auf eines der Schwerter zu, spießte ihn problemlos auf und warf den Leichnam von sich, bevor der Soldat überhaupt reagieren konnte. Dann floss das Wesen um eine der nahen Maschinen herum.

Das Steuerpult war noch immer eingeschaltet. Ich *spürte*, wie das Maschinen-Bewusstsein Devonia mit großer Eile entgegenstrebte …

Und da sah ich sie.

Albtraumhaft stille Gestalten.

Die Krell.

Die ersten Tertiär- und Primärformen hatten den Rand der Plattform erklettert. Sie waren wie Geister: die Körper von den Maschinenwolken zerfressen, die letzten Fetzen der Bioanzüge wie schleierhafte Kleider im scharfen Wind. Einzeln betrachtet waren sie schwach und halbtot – einfache Beute. Aber sie waren nicht allein.

Immer mehr Krell ergossen sich auf die Plattform, kletterten über Artgenossen hinweg. Die Welle wurde von einer Führerform koordiniert, die dem Maschinensturm besser standgehalten hatte als ihre Brüder. Während die Führerform tote und sterbende Krell als Schutzschild benutzte, ging die Horde mit hundert Klauen und Krallen zum Angriff auf den Schnitter über.

Sobald die ersten Sekundärformen den Rand erreicht hatten, fielen auch sie mit ihren Biowaffen ein. Wie selbstvergessen mähte sich der Schnitter eine Schneise durch die Leiber. Er jagte so schnell über die Plattform, als spielten für ihn weder Schwerkraft noch Physik überhaupt eine Rolle. Ein Strudel aus Aktivität, der nur tote Krell zurückließ. Purer Schatten, vollkommen körperlos – dann plötzlich eine Million finsterer Stachel, schwarze Fraktale, die in den Augen brannten.

Aber sie ließen nicht locker.

Erst waren es hundert Krell, bald tausend. Gegen die Flut aus Körpern kroch ich auf den Rand der Plattform zu. *Heiliger Christo.* Auf allen Seiten des Gebäudes hatten sich Säulen aus Leibern gebildet, unermüdlich strömten weitere Krell hinzu.

Mitten im Getümmel erreichte ich das Schaltpult. Streckte die Hand nach der Maschine aus, nach dem Schlüssel …

Das Signal ließ mich erstarren. Es brannte sich in meinen Kopf. Die Sinnlosigkeit menschlicher Existenz übermannte mich in all ihrer Klarheit.

Ein Trio aus Krell-Nadlern sauste seitlich an mir vorbei, gefährlich nah am Rand der Plattform. Mit halsbrecherischer Geschwindigkeit zogen sie nach unten, und ich sah gebannt zu, wie die kleinen Schiffe eine Angriffsformation bildeten. Nadeltorpedos schlugen in der Plattform ein und schleuderten eine Welle aus Leichen über den Rand in den Abgrund …

Zwei der Nadler explodierten, von silbrigen Lanzen durchbohrt.

Ich muss es endlich beenden!

Der dritte Nadler näherte sich erneut, wich dann aber plötzlich zur Seite aus. Der Antrieb flackerte, die Düsen stotterten. Das Schiff war in Bedrängnis, auch wenn der Pilot es offenbar noch nicht bemerkt hatte. Aus dem Handgemenge in der Mitte der Plattform schoss ein weiterer Strang aus schwarzem Metall, dünn und scharfkantig wie eine Speerspitze. Mit entsetzlicher Genauigkeit traf er den Rumpf des Nadlers, riss die Biopanzerung auf und fuhr durch die Innereien des Schiffs.

Ich wusste, was passieren würde, und spannte die Muskeln an. Griff nach dem Schlüssel …

Das Schiff legte sich auf die Seite und streifte die Plattform. Mehrere Krell rutschten rückwärts in die Tiefe. Der Nadler stand in Flammen, das ganze Triebwerk plötzlich von einer Maschinenwolke umhüllt …

Das Schiff traf die Plattform und explodierte.

Ich wurde in die Luft geschleudert und fiel über den Rand des Gebäudes.

In völliger Gewissheit, dass ich den Sturz auf keinen Fall überleben würde, sah ich über mir am Himmel den Arkonus-Abgrund.

Die Realität geriet aus den Fugen. Der *Wiedergänger* brach hervor.

27

KEIN ZURÜCK

Es wäre so einfach, nur noch zu schlafen.

Zu schlafen, und nie wieder aufzuwachen.

Es einfach geschehen zu lassen.

Aber ich erwachte in meinem Tank, umgeben von Lärm und Geschäftigkeit.

Die Sim-Zentrale war in ungeahnte Panik verfallen. Die Oberlichter flackerten, mein Ohr war erfüllt von weißem Rauschen. Ich riss mir den Kommunikator aus der Ohrmuschel, stützte mich am Glasdeckel des Tanks ab und begriff, dass das Rauschen aus den Lautsprechern der Bord-KI stammte und offenbar im ganzen Schiff übertragen wurde.

Die Tönernen sind hier.

Der Lärm wurde von einer lähmenden Kälte begleitet. Aber es war mehr als nur Temperatur. Die Kälte schien sich direkt in meine Seele zu fressen. Ich rang nach Atem, musste meine Lungen dazu zwingen, sich mit Luft aus der Atemmaske zu füllen. Ich zitterte am ganzen Körper, um mich herum zitterte das ganze Schiff, andauernd veränderte sich die Schwerkraft.

All meine Gliedmaßen standen in Flammen. Glühende Schwielen bedeckten meine Haut fast überall, nachdem ich eben am Boden zerschellt war. Helle

Blutwölkchen quollen aus Wunden am Rücken, auf der Brust, im Gesicht hervor – Wunden, die eigentlich nur simuliert sein sollten.

Fast widerwillig pumpte der Tank das Fruchtwasser ab. Noch während es abfloss, sah ich draußen im flackernden, unwirklichen Licht Elena vor meiner Scheibe stehen. Sie hämmerte mit ihren zierlichen Fäusten auf den Glasdeckel ein. In ihrem schönen Gesicht waren rote Striemen zu sehen. Die Tür glitt zur Seite, und der Rest des Fruchtwassers spritzte auf den Boden.

»Du bist verletzt!«, rief Elena. »Er ist verletzt!«

Sie zog mich aus dem Tank und nahm mich in den Arm, obwohl ich noch komplett verkabelt war. Küsste mich auf den Mund. Ihre Lippen gaben mir neue Kraft und brachten mich in die Wirklichkeit zurück. Ich konnte den Kuss nicht erwidern, konnte mich kaum rühren, war von Kopf bis Fuß mit Blut und Fruchtwasser verschmiert: ein ausgewachsenes Neugeborenes. Selbst die sanfte Berührung ihrer Lippen war wie Feuer und jagte Wellen voll Schmerz durch meinen Körper. Ich plumpste zu Boden.

Das war keine gewöhnliche Extraktion.

Elena setzte sich auf den Boden und wiegte mich im Arm. Sie trug eine frische Uniform der *Colossus*, das tiefe Blau jetzt schwarz von meiner nassen Umarmung.

»Ich … ich bin wieder da«, sagte ich. »Aber ich habe versagt.«

»Dass du hier bist, reicht mir«, flüsterte sie. Ihre Stimme brach, und obwohl meine Augen brannten, versuchte ich, mich auf ihr Gesicht zu konzentrieren.

Dicke Tränen tropften ihre Marmorwangen herunter. »Du hast es versucht, Conrad. Hast getan, was du konntest.«

Ich fühlte, wie mich eine Nadel in den Unterarm stach und sich mikroskopische Medizinroboter in meinem Blutkreislauf ausbreiteten. Neben uns stand Dr. Serova und untersuchte mich, während sie gleichzeitig Anweisungen an die restlichen Mediziner herunterspulte. *Nichts davon ändert etwas,* dachte ich. *Nicht wenn sie tatsächlich hier sind.* Langsam erkannte ich noch andere Gesichter in der Nähe: Loeb, James und meine Legionäre.

»Er blutet immer noch«, sagte Elena. »Das ist doch nicht normal! Was ist los mit ihm?«

Dr. Serova schüttelte den Kopf. »Ich weiß es nicht! Ich habe doch mehrfach gesagt, dass ich für diese Technologie nicht ausgebildet bin!«

Das waren nicht die üblichen Stigmata. Es war etwas anderes, etwas *Echteres*. All meine Datenbuchsen – in den Gliedmaßen, am Brustkorb, an der Wirbelsäule – waren voll mit richtigem, waschechtem Blut, mein Torso von Schnittwunden gezeichnet. Was auch immer da unten auf Devonia mit mir passiert war, ich hatte einen Teil davon mit zurück an Bord gebracht. Und damit auch einen Teil der Schmerzen. Auch das noch.

Genau davor hat mich Hunt gewarnt.

»Er ist tot, aber ich nicht«, sagte ich undeutlich und trotzig. »Mir geht's gut.« Mein Sehvermögen flackerte und tanzte. »Ky … Kyung: Sie hat es getan.«

»Wissen wir«, sagte Loeb. Sein zerfurchtes Gesicht

war eingefallen; die Last der Niederlage schien ihn fast zu erdrücken. »Es ist vorbei.«

»Nein …«, sagte ich störrisch und versuchte, auf die Beine zu kommen. Elena stützte mich. Dass ich überhaupt stehen konnte, grenzte an ein Wunder. »Es ist erst vorbei, wenn ich das sage.«

Wenige Minuten später versammelten wir uns in der Operationszentrale. Ich war angezogen, aber keineswegs in besserer Verfassung.

»So sieht's aus«, sagte Loeb feierlich. »Seht euch das an, Leute: Wir sind dabei, wenn alles endet.«

Elena hielt mich eng umschlungen, damit ich überhaupt aufrecht blieb. Ihre Aura umgab mich wie ein Leuchtturm. Trotz der ausweglosen Situation sorgte allein ihre Stärke dafür, dass ich nicht aufgeben konnte. Wie mir aufging, war es das erste Mal seit zehn Jahren, dass wir tatsächlich unsere echten Körper aneinanderschmiegen konnten. So oft hatten wir uns knapp verfehlt, uns nur in Sims getroffen, und jetzt standen wir hier gemeinsam – am Ende aller Tage, wie es schien.

»Bei Gaia«, flüsterte Saul. »Unglaublich.«

»So kann man's auch sagen«, meinte Kaminski.

Im Orbit um Devonia hing der *Wiedergänger*.

Er war eine Ausgeburt schwärzester Nacht, bestand aus einem derart dunklen Material, dass er wie auch die Artefakte alles Licht in seiner Umgebung zu schlucken schien. Das Schiff war gewaltig – viel größer als sämtliche Bioschiffe der Krell in seiner Nähe, sogar wesentlich größer als die *Colossus*. Meine Augen hatten große Probleme, ihn überhaupt anzusehen. Seine Form war zerklüftet und kompromisslos: Ich konnte weder eine Brücke noch Triebwerke erkennen, nur eine grob sternförmige Struktur, die sich immer weiter in Details verzweigte – willkürlich ausufernd und sagenhaft alt. Das Schiff bewegte sich nur langsam, schien aber den Raum selbst zu krümmen. Fast anmutig glitt es stumm durch die umgebende Verwüstung. Ein ruhiger Fels in einem Meer von Wahnsinn.

Die Krell hatten sofort eine Offensive gestartet.

Bioschiffe schwärmten um das enorme Gefährt der Tönernen und überzogen seinen Rumpf mit zielsuchenden Raketen und lebender Munition. Die unregelmäßig entflammenden Explosionen auf der Unterseite des großen Schiffs hatten stets eine Welle aufleuchtender Runen zur Folge, als führte die metallische Hülle ein seltsames Eigenleben. Jeder Winkel der Oberfläche war vollständig von Schriftzeichen erfüllt – Milliarden albtraumhafter Hieroglyphen.

»Das übersteigt mein Fassungsvermögen«, sagte Saul.

»Wer soll das noch begreifen können?«, sagte Elena und ließ die schmalen Schultern hängen.

Saul nickte. »Was auch immer der Führungsstab oder die Wissenschaftsabteilung geglaubt haben, mit diesem Ding erreichen zu können …« Er schluckte hörbar. »Sie haben sich geirrt.«

»Was hat er vor?«, fragte Mason.

»Immer diese Fragerei …«, murmelte Jenkins.

»Er wird den Planeten abernten«, sagte Elena tonlos. »Devonia abtragen, bis nur noch das Artefakt übrig bleibt, und dann das tun, was alle lebenden Wesen tun: sich reproduzieren.«

Professor Saul nickte vielsagend. »Ja, ja. Ich gehe davon aus, dass der Kriecher, wie Korporal Martinez die Maschinenwolken getauft hat, vollkommen außer Kontrolle geraten wird. Die Infektion – in Ermangelung eines treffenderen Begriffs – wird alle organische Materie konsumieren und die Atmosphäre des Planeten über kurz oder lang kollabieren lassen.«

»Wie viel Zeit bleibt uns noch?«, fragte Mason. »Bis zum, ähm, Ende?«

»Tage? Stunden?«, sagte Elena unverbindlich. »Vielleicht noch weniger.«

»Genug Zeit, um uns mit dem Schöpfer zu versöhnen«, sagte Martinez.

»Wenigstens kommen die Krell da nicht lebend raus«, sagte Jenkins freudlos. »Aber wir auch nicht.«

»Wir haben's versucht«, sagte Kaminski. Er ließ den Kopf hängen und atmete langsam aus. »Das ist das Ende, meine Freunde. Das Ende.«

Durch die Sichtfenster war zu sehen, wie der *Wiedergänger* große Mengen dunkler Energielanzen abfeuerte. Eine der Orbitalstationen der Krell – winzig neben dem gewaltigen Maschinenschiff – explodierte und riss ein ganzes Geschwader der kleinen Nadler mit ins Verderben. Für jedes einzelne angreifende Schiff formte der *Wiedergänger* neue Geschütztürme auf der Hülle und schickte neue Lanzen aus. Seinen offensiven Kapazitäten schienen keine Grenzen gesetzt zu sein.

»Wir sollten uns verziehen …«, warf Mason in den Raum.

Dann geht es nur noch ums nackte Überleben, dachte ich und betrachtete Elena. *Und das wird niemals genug sein.* Sie nahm meine zitternde Hand. Tiefe Furcht lag in ihrem Blick. Es war das erste Mal, dass ich sie verängstigt sah, seit wir Devonia erreicht hatten.

Ich kann nicht zulassen, dass sie hier einfach stirbt.

»Wir müssen dem ein Ende machen«, sagte ich. »Wir müssen verhindern, dass dieses Schiff Devonia verlassen kann.«

»Das klingt ganz prima«, sagte Kaminski, »aber nach allem, was hier passiert ist, weiß ich nicht, wie wir die *Colossus* überhaupt verlassen sollen – davon, uns mit den Tönernen anzulegen, ganz zu schweigen …«

Das blinkende Nachrichtenterminal neben ihm meldete sich mit lautem Piepen.

»Was ist da los?«, fragte ich.

Admiral Loeb machte eine wegwerfende Kopfbewegung in Richtung des Nachrichtenoffiziers unten bei den Mannschaftsständen. »Das verfluchte Direktorat. Die sind schon dabei, uns SOS zu senden, seit … na ja, seit Kyung vor die Hunde gegangen ist.«

Wie gerufen glitt genau in dem Moment das Wrack der *Shanghai Remembered* auf dem Taktik-Holo vorbei – selbst durch die Scheibe war sie zu erkennen. Das einstige Kriegsschiff war nur noch ein zerklüfteter schwarzer Klumpen, die vereinzelt noch funktionierenden Lauflichter blitzten rot und schienen um Hilfe zu rufen. Der Rumpf war an unzähligen Stellen geborsten, die größten Beschädigungen hatten die Krell erst kürzlich verursacht. Fast alle Rettungskapseln waren gezündet worden.

»Die müssen echt verzweifelt gewesen sein, wenn sie lieber da draußen einzeln verloren gehen, als an Bord zu bleiben«, sagte Kaminski. »Damit kenne ich mich aus.«

»Kyung war direkt mit der *Shanghai* verbunden«, sagte ich. »Aber was auch immer ihr zugestoßen ist …«

»… ändert nichts daran, dass ihr Schiff noch fliegt«, vollendete Elena den Satz. »Die Triebwerke laufen noch.«

Etwas – oder jemand – versuchte offenbar, den Kurs der *Shanghai* zu korrigieren und sie in einer stabilen Umlaufbahn zu halten. Ein hoffnungsloses, allzu optimistisches Unterfangen – das Schiff würde auf jeden Fall abstürzen –, aber zumindest zögerten die Bemühungen das Unvermeidliche hinaus. Immer wieder sah man die Steuerdüsen kurz aufflackern.

Loeb starrte mich an. In seinen alten Augen lag ein gefährliches Funkeln.

Hoffnung.

»Wenn Kyung tot oder zumindest neutralisiert ist, wird ihr Schiff umso verwundbarer sein«, sagte er. »Wahrscheinlich sind die meisten Offiziere noch mit der Brücke verbunden, und es ist zumindest noch ein Teil der Besatzung an Bord …« Er zuckte mit den Schultern, als wolle er die Verantwortung für seinen Plan abschütteln. »Der Antrieb funktioniert also noch. Deine Entscheidung, Lazarus, aber bei Betrachtung der gegenwärtigen Umstände ist der Energiekern der *Shanghai* mit Abstand die schwerste Waffe, die uns zur Verfügung steht.«

»Wie stark würde die Entladung von dem Ding ungefähr sein?«, fragte ich.

»Planetentöter«, murmelte Loeb überzeugt. »Tönerne hin oder her: Wenn der Energiekern direkt auf der Oberfläche von Devonia hochgeht, nimmt er alles mit.«

»Einschließlich des Artefakts ...«, sagte Jenkins leise. »Man kann schließlich keinen ganzen Planeten konstruieren, ohne eine richtig dicke Energiequelle einzubauen. Und wenn die mit hochgeht ...«

Wir hatten das Artefakt auf Helios mit Plasmatorpedos geknackt. Die *Shanghai Remembered* hatte höchstwahrscheinlich noch einen Vorrat an Plasma- und Atomsprengköpfen an Bord. Zusammen mit dem Energiekern würde das eine ungeheure Explosion verursachen.

»Was habt ihr bitte vor?«, fragte Elena. »Ihr könnt da nicht noch mal runter!«

»Davon würde ich in der Tat abraten«, mischte sich Dr. Serova ein. »In Ihrem Zustand kann ich nicht dafür garantieren, dass Sie die nächste Extraktion überhaupt überleben. So etwas wie die Werte nach Ihrer letzten habe ich noch nie ...«

Ich fiel ihr einfach ins Wort. »Ist die zweite Dragonfly im Hangar?«

Leutnant James trat vor. »Jawohl, Lazarus. Frisch betankt und startklar.«

»Zurück in die Tanks?«, fragte Kaminski hilfsbereit.

»Kluges Kerlchen«, sagte ich.

Elena begleitete mich bis zum Tank und klammerte sich an meine Uniform. Sie flehte mich an stehen zu bleiben, befahl mir, nicht zu gehen, sie nicht in all dem Wahnsinn alleinzulassen. Auf ihren zarten Gesichtszügen wechselten sich Tränen und Einsicht ab. Aber was konnte ich sonst tun? Ich *musste* dem ein Ende setzen – alles dafür tun, dass Elena vielleicht doch noch ihr Happy End bekam.

Sobald wir die Sim-Zentrale erreicht hatten, wurde ich von den Sanitätern verkabelt. Als ich fertig und bereit zum Übergang war, schien Elenas Verzweiflung düsterer Akzeptanz gewichen zu sein.

»Ich komme zurück«, sagte ich. »Versprochen.«

Sie biss sich auf die Lippe und packte meine nackten Schultern. »Ich wünschte, ich könnte dir glauben.«

»Du hast es doch selbst gesagt: Solange die Tönernen hier draußen sind, wird uns das Direktorat niemals in Frieden lassen. Dieses Ding darf nicht am Leben bleiben.«

»Es muss doch anderen Weg geben«, sagte sie, womit sie nur leise die Worte wiederholte, die sie mir vor wenigen Momenten noch entgegengeschrien hatte.

»Nein. Der *Wiedergänger* muss sterben, und zwar hier und jetzt.«

Eigentlich wusste sie das auch. Sie hatte nur alle Register gezogen, um mich irgendwie daran zu hindern, wieder in den Tank zu steigen. Sie schürzte die Lippen, machte ein paar Schritte zurück, verschränkte die Arme vor der Brust und rieb sich beklommen die Ellbogen.

»Alle bereit?«, fragte ich.

Nacheinander meldeten sich die Legionäre.

Mein Fruchtwasser war schon wieder von Blut verunreinigt, das noch immer aus den frischen Wunden und Datenbuchsen floss. Jeder Muskel, jeder Knochen, jede Faser, jedes Atom meines Körpers schmerzte – sang ein Klagelied über zweihundertneununddreißig simulierte Tode.

Habe ich doch immer gewusst, dass du mich am Ende doch kriegst.

Die Dragonfly schoss mit Maximalbeschleunigung aus dem Hangar. Im engen Passagierabteil wurde die Legion in ihre Andrucksessel gepresst.

»Übergang bestätigt«, polterte ich über Funk.

»Ich höre dich«, antwortete Elena. Ihre Stimme war stark verzerrt und schwer zu verstehen. »Admiral Loeb ist auch hier.«

»Elena …«, flüsterte ich. »Ich habe nicht damit gerechnet, dass du in der OPZ bist.«

»Sondererlaubnis«, sagte sie aufgewühlt. »Admiral Loeb hat gesagt, das sei das Mindeste, was er tun könne. Wie sieht es da draußen aus?«

Ich betrachtete den Nahraum gleichzeitig über die taktische Projektion in meinem Helm und durch die Bullaugen des Kanonenboots.

»Ziemlich mies«, sagte ich. »Der *Wiedergänger* vernichtet alles, was ihm zu nahe kommt. Vielleicht bilde ich mir das nur ein … aber ich habe das Gefühl, dass er *wächst*.«

Spiralen aus dunkler Materie – die Maschinenwolken – schraubten sich wie filigrane Weltraumaufzüge von der Planetenoberfläche ins Orbit. Der *Wiedergänger* saugte die Welt buchstäblich aus. Es war ein erschreckend simpler Vorgang: Biomasse wurde in Nanomaschinen verwandelt.

»Das ist keine Einbildung«, sagte Elena. »Das Schiff gewinnt kontinuierlich an Masse, und zwar schnell. Admiral Loeb glaubt, dass wir momentan einen sicheren Abstand haben, er kann aber nicht sagen, wie lange noch.«

Der gewaltige, monolithische *Wiedergänger* verleibte sich immer mehr Gebiet ein und vernichtete alle Krell-Schiffe, die ihm zu nahe kamen.

Elenas Stimme klang bereits schmerzvoll weit weg. »Je mehr Masse er gewinnt, desto größer das Umfeld, das er von Gefahren säubert.«

»Was haben die Waffen für eine Reichweite?«, fragte ich rein rhetorisch. »Sag Loeb, er soll sich bereithalten, sich jederzeit zurückzuziehen. Sag ihm, er soll sofort verschwinden, sobald die *Shanghai* abstürzt.«

Elena holte schnappend Luft, unterdrückte offenbar einen Aufschrei. »Ja.«

»Nicht vorher, hörst du? Das ist essenziell. Wenn die neurale Verbindung zu früh gekappt wird, kann es gut sein, dass der Plan fehlschlägt. Wir müssen ganz sicher sein.«

»Ich weiß«, sagte Elena. »Das heißt aber nicht, dass mir das gefallen muss.«

»Vielleicht kehre ich heil zurück«, sagte ich. »*Könnte* doch sein.«

Elena lachte traurig. »Wollen wir's hoffen.«

»Unternehmt auf keinen Fall irgendetwas, das seine

Aufmerksamkeit auf die *Colossus* lenkt …«, sagte ich mit Nachdruck.

Der Funkkanal ging in weißem Rauschen unter, und ich unterbrach wütend die Verbindung.

Grüne Lichter auf meinem Display zeigten an, dass die Legion einsatzbereit war. Alle Anzüge waren vakuumversiegelt, alle Waffen scharf gestellt.

»Wir nähern uns der *Shanghai*«, verkündete James. »Sie hat uns erfasst, schießt aber nicht.« Er schluckte. »Noch nicht, zumindest.«

»Maschinenstopp«, befahl ich.

James zog die Notbremse. Das Kanonenboot verlangsamte und segelte auf den Zerstörer des Direktorats zu. Je näher wir kamen, desto besser war das Ausmaß der Zerstörung zu sehen. Ich verscheuchte die nagende Unruhe, dass sie nicht mehr würde fliegen können, dass ihre Triebwerke doch nicht mehr zu retten waren.

»Bereitmachen und Heckklappe öffnen«, sagte ich.

»Verstanden«, sagte James. »Soll ich in der Nähe bleiben?«

Ich schüttelte den behelmten Kopf. »Zieh dich zur *Colossus* zurück. Wir haben hier keine Rückfahrkarte.«

Kaminski erhob sich von seinem Andrucksessel und schaltete die Magnetsohlen ein. Dann nickte er mir zu und lächelte so unverfroren, als könnte ihm die ganze Angelegenheit egaler nicht sein.

»Anpfiff, Leute«, sagte er.

»Auf mein Zeichen.«

»Ich bin bereit«, sagte Jenkins.

Wir standen mit ausgestrecktem linkem Arm auf der geöffneten Heckrampe des Kanonenboots und feuerten unsere Harpunen ab.

Sie beschrieben einen hellen Bogen in Richtung des Kriegsschiffs zu unseren Füßen und zündeten die winzigen Manövrierdüsen. Dahinter spulten sich die Kabel aus unseren Anzügen ab. Mit einem koordinierten Gedanken zündeten wir die Triebwerke der Rückentornister. In der Schwerkraft boten sie lediglich vergrößerte Mobilität – hier im Orbit konnten wir fliegen. Sofort fand ich mich draußen im All wieder und nahm die Verfolgung meines Kabels auf, das einen festen Kurs zur *Shanghai* vorgezeichnet hatte.

»Start erfolgreich«, sagte James über Funk. »Ihr seid echt völlig verrückt, Leute.«

»Wir sind die Legion«, sagte Mason. »So läuft das bei uns.«

James zündete seine Triebwerke und zog sich zur *Colossus* zurück.

Wie ein Komet fuhr ich durchs Orbit – zu klein, um von den Verteidigungsmechanismen der *Shanghai* getroffen zu werden oder für den ausufernden *Wiedergänger* von Interesse zu sein. Ich atmete in kurzen, abgehackten Zügen, sah zu, wie sich Laserstrahlen und Railgun-Einschläge in meinem Visier spiegelten. Mit einem Ruck verankerte sich die Harpune im Rumpf der *Shanghai* – kaum eine Sekunde vor meiner Ankunft. Die Angabe der ENTFERNUNG ZUM ZIEL auf meinem Display nahm rasant ab. Erneut zündete ich die Manövrierdüsen und bereitete mich auf die Landung vor.

»Landung erfolgt«, meldete Jenkins.

Die Legion versammelte sich auf der Hülle der *Shanghai*. Die Umgebung sah aus wie ein weites, ausgedörrtes Feld voller Holzkohle. Die Reste mannshoher chinesischer Schriftzeichen in grellem Weiß waren noch zu sehen. Ich hatte direkt neben mehreren Plaketten aufgesetzt – Abzeichen für erfolgreiche Einsätze in den Randsektoren, im Golf von Sierra und beim Jupiter.

Ich sah mich prüfend um. Wir waren nur mit den Magneten in Sohlen und Handschuhen am Rumpf verankert. Außerdem waren wir alleine, aber das blieb sicherlich nicht lange so: Sobald das Direktorat begriffen hatte, dass wir hier draußen herumturnten, würden sie uns unverzüglich Truppen auf den Hals hetzen.

Ich ging meine Ausrüstung durch. Plasmagewehr, Plasmapistole, Granaten. Das musste reichen.

Zehn Meter weiter lag die nächste Luftschleuse, natürlich verriegelt. Ich hatte weder Risszeichnungen noch Karten, die uns helfen konnten, aber die Schleuse war der schnellste Weg ins Innere. Auch das musste reichen. Noch während ich sie betrachtete, öffnete sich die äußere Tür, und mehrere Lichtstrahlen züngelten prüfend heraus.

»Feuer frei«, sagte ich. »Tötet sie.«

»Mit Vergnügen«, sagte Kaminski. »Der hier ist für Capa, ihr Arschlöcher.«

Der erste Soldat in Raumanzug und Exoskelett verging in einer roten Wolke. Eine Salve aus Kaminskis Plasmagewehr durchbohrte ihn, und er trudelte durch die Leere davon. Ich hielt es nur für gerecht, dass der erste Abschuss Kaminski gehörte.

Sofort reagierte der Rest des Teams auf den Tod des Kameraden und ergoss sich aus der Schleuse. Mein Visier markierte sechs Feinde – selbst in den Panzerungen war ihre Abwärme im Vergleich zum Vakuum nicht zu übersehen. Sie trugen Sturmgewehre.

Ich zog eine Granate aus meinem Kampfgeschirr …

Sofort leuchtete mein Visier auf: DIESER MUNITIONSTYPUS IST NICHT FÜR DEN EINSATZ IN SCHWERELOSER UMGEBUNG GEDACHT.

… machte sie scharf und warf sie den Feinden in einer fließenden Bewegung entgegen. Sie hatten keine Zeit zum Rückzug, saßen außerhalb der Schleuse in der Falle. Die Granate explodierte: eine perfekte Kugel aus Splittern, die sich über mehrere Meter ausbreitete, ohne dämpfende Schwerkraft noch deutlich schneller als sonst. Eins der Schwerter bekam eine volle Ladung Granatsplitter ins Gesicht, schlug sofort die Hände vor das geborstene Visier und trieb ebenfalls ab. Zwei weitere hatten mit mehreren Einschlägen zu kämpfen, und ihre Luft entwich aus den Löchern in Brustkorb und Schultern.

Bevor sich die Gruppe sammeln konnte, bevor die Schwerter auch nur einigermaßen reagieren konnten, hatten Mason und Martinez die anderen mit Plasmaimpulsen niedergemacht. Zwei von ihnen schafften es noch, ein paar Schüsse abzugeben, aber von Zielen konnte nicht die Rede sein, auch wenn einer knapp an Kaminski vorbeirauschte.

Ein weiteres Projektil prallte von meinem Visier ab und hinterließ eine üble Delle im Panzerglas, kam aber nicht durch.

»So geht das«, sagte Kaminski.

In weniger als fünf Sekunden hatten wir das Außenteam beseitigt. Eine Sammlung leerer Raumanzüge und schnell auskühlender Leichen entfernte sich von der Schleuse.

»Wir müssen da rein«, sagte ich. »Tempo.«

Der *Wiedergänger* hing drohend in unserem Rücken, irgendwo jenseits des dritten Mondes lauerte die *Colossus*. Wie lange noch, bis auch sie ins Zielkreuz des mächtigen Mutterschiffs geriet?

Wir kletterten an Bord.

Nachdem wir die innere Tür ohne Probleme geknackt hatten – für uns war es irrelevant, ob es an Bord noch Atemluft gab –, betraten wir die *Shanghai*.

»Bist du schon mal auf 'nem Direktoratsschiff gewesen?«, fragte mich Martinez.

»Nicht dass ich wüsste«, sagte ich.

Vor allem nicht auf dem Schiff, das für den Mord an meiner Mutter verantwortlich ist, dachte ich. *Irgendwo hier drin hat jemand die Feuerleitlösung programmiert, die sie getötet hat.*

»Ich habe sie verloren«, sagte ich leise. »Jetzt kann ich ihr auch nicht mehr helfen.«

Jetzt war nur noch Elena von Bedeutung.

»Ich aber«, sagte Kaminski mit finsterer Miene. »Hätte ich mal lieber lassen sollen.«

Ich gab mir einen Ruck. »Gleichmäßig vorrücken.

Wir müssen so schnell wie möglich die Brücke erreichen.«

»Verstanden«, rief die Legion im Chor.

»Das Panzerschott ist hinter uns zugegangen«, sagte Martinez. »Also funktioniert zumindest der Notfallreaktor noch.«

»Jetzt gibt's kein Zurück mehr«, sagte Jenkins und grinste. »Alles wie immer.«

Der Gang war in blinkende Notlichter getaucht, in der Ferne war die Bord-KI zu hören, die in aller Seelenruhe irgendwelche Codefragmente absonderte.

Kurz vor uns rannten zwei Matrosen in den schwarzen Flottenuniformen des Direktorats durch eine geöffnete Tür und liefen mir fast in die Arme. Entsetzt drehten sie sich nach mir um. Es waren junge Männer mit Glatzen, die untere Gesichtshälfte von Atemmasken verdeckt – dem Aussehen nach in Uni-Kor geboren. Der eine trug eine Pistole und versuchte, auf mich anzulegen. Mein Plasmagewehr war schneller. Sofort hatte ich ihm die Mündung in den Brustkorb gerammt.

Der Rest der Legion legte ebenfalls an.

»Halt!«, schrie ich.

Der Matrose erstarrte. In seinen Augen stand tiefe Verzweiflung. Er war kein Schwert, nur ein normaler Bordtechniker. Wahrscheinlich hatte er schon in der Kindheit Spukgeschichten über die mächtige Lazarus-Legion gehört und hielt mich für eine Art Dämon. Sollte er das ruhig glauben. Sein Kamerad machte einen Schritt nach hinten und stolperte.

»Brücke«, sagte ich. »Wo entlang?«

Mein Anzug übersetzte in gefühllosem Maschinentonfall.

Der Bewaffnete nickte den Gang hinunter in Richtung der offenen Tür, die tiefer in die Eingeweide des Schiffs führte.

»Da lang«, sagte er in akzentfreiem Standard.

Ich nickte. »Verschwindet. Die Rettungskapseln sind dort hinten.«

Was auch immer die Tönernen mit Kyung angestellt hatten, was auch immer aus ihr geworden war, hatte die *Shanghai Remembered* ebenfalls kontaminiert. Jede Konsole und jedes Steuerpult plärrten Warnungen und Notsignale heraus, jeder Monitor war erfüllt von flackernden, fremdartigen Zeichen: Verwandte der Maschinensprache der Tönernen.

Mein Display verzeichnete überall Lebensformen, die kopflos durch die Gänge rannten. Das Schwerkraftfeld flimmerte, auf manchen Decks war es sogar komplett ausgefallen. Wir passierten eine Art Wissenschaftsflügel – eine Menge Labors, die vom Hauptkorridor abzweigten. Männer und Frauen in Kitteln flohen grüppchenweise vor uns. Es hätte sich genauso gut um Allianzpersonal handeln können, so ähnlich war die Arbeitsbekleidung.

Eine heftige Explosion ließ das ganze Schiff erzittern. Die Deckenbeleuchtung fiel aus, und wir steckten in tiefster Dunkelheit. Mason stützte sich an der Wand ab, auch der Rest der Truppe hielt einen Moment inne. Sollte die *Shanghai* schon im Orbit ausfallen oder der Energiekern aufreißen, ehe wir das

Artefakt erreicht hatten, war der ganze Plan hinfällig …

»Feindkontakt!«, schrie Jenkins.

»Die alte Mühle ist doch noch nicht so tot, wie sie aussieht«, sagte Kaminski.

Zwei gepanzerte Schwerter sprangen in Sicht und eröffneten sofort das Feuer. Mein Nullschild wurde durchschlagen, und ein Projektil bohrte sich in meine Schulter. Die Ablativpanzerung brach auf, und ein wahnsinniger Schmerz breitete sich in meiner rechten Seite aus. Bevor sie weitere Schüsse abgeben konnten, hatten Mason und Martinez sie niedergestreckt. Ihre rauchenden Körper krachten gegen die Wand und regten sich nicht mehr.

Hinter ihnen glühten Chino-Schriftzeichen.

BRÜCKE, übersetzte mein Anzug.

Auf dem Bio-Scanner waren immer mehr rote Punkte zu sehen, die sich rasch unserer Position näherten.

Neben mir wurde die Wand von einer Salve durchlöchert. Hinter dem Schott gab es eine Explosion, dann strömte heißer Wasserdampf in den Gang. Ich spürte mehrere Schüsse von der Rückenplatte meines Kampfanzugs abprallen. Mindestens einer kam allerdings durch. VAKUUM-VERSIEGELUNG NEGATIV, teilte mir das Display mit.

Ich warf eine Granate über die Schulter und fühlte den Nullschild unter der Detonation erzittern. Zwei Punkte verschwanden von meinem Scanner – zwei Schwerter weniger, um die ich mich kümmern musste.

Dann hatten wir die Tür zur Brücke erreicht: zum letzten Nest des feindlichen Widerstands.

»Sofort verriegeln«, befahl ich und stöhnte vor Schmerzen. *Ich darf noch nicht sterben.* »Kaminski, verschaffe uns Zugang zum Zentralrechner.«

Mason postierte sich neben der Tür und machte sich über das Kontrollpaneel her, während Martinez ihr Feuerschutz gab. Vereinzelte Schüsse jagten hinter uns her und schlugen ringsum in die Armaturen ein. Jenkins kniete sich hin und erwiderte das Feuer, Kaminski schulterte sein Gewehr und folgte mir.

Die Brücke sah der eines Allianz-Kriegsschiffs relativ ähnlich – leuchtende Konsolen, Monitore, Holo-Displays und Leitstände für etwa ein Dutzend Offiziere. Was jedoch sofort auffiel, war die Tatsache, dass sämtliche Besatzungsmitglieder tot waren.

»Scheiße«, sagte Kaminski. »Das ist aber keine gute Werbung dafür, die Brückenbesatzung fest mit dem Schiff zu verdrahten …«

Wir bahnten uns einen Weg durch das Chaos. Auf der Suche nach möglichen Zielen zuckten die Raketenwerfer auf unseren Schultern nach links und rechts. Die komplette Brückencrew hatte aus Symbionten bestanden – genau wie Kyung alle für ein Ziel gezüchtet. Da sie anscheinend selbst lebendig schon furchterregend ausgesehen hatten, war der Anblick ihrer Leichen umso schrecklicher. Sie alle waren noch immer über Kabel mit den Maschinen der Brücke verbunden, ihre Nasen und aufgerissenen Augen blutüberströmt. Die Augen waren das Schlimmste: vor Schreck geweitet und verständnislos. Kyung hatte sie alle verdammt. Der Boden wankte. Ich drehte den nächsten Offizier mit der Mündung meines Gewehrs auf die

Seite. Das Geschlecht der Leiche war nicht zu entziffern – er oder sie hatte noch versucht, sich die Kabel aus den Datenbuchsen zu reißen, um die Verbindung zur *Shanghai* zu unterbrechen. Die Finger waren voller Blut. Die Leiche rutschte von ihrem Sitz, die Kopfhörer lösten sich, und lautes Rauschen brannte sich in meine Ohren.

»Die sind alle so«, sagte Kaminski. »Alle gleich mies verreckt, verdammt noch mal.«

Die gesamte Brücke hatte dem Gesang des Artefakts gelauscht – der Welle psychischen Lärms, die beim Öffnen des Abgrunds ausgebrochen war. Technische Analysen der Übertragung erfüllten sämtliche Monitore …

Eine Kugel traf mich von hinten in die linke Wade. Ich stolperte vorwärts, und mein Display flammte auf. KRITISCHER TREFFER VERZEICHNET. Obwohl der Anzug den Sim mit Analgetika und Endorphinen überschüttete, wurde es immer schwerer, die Schmerzen zu ignorieren.

»Die Tür lässt sich nicht kurzschließen!«, rief Mason und duckte sich vor der nächsten Salve zur Seite weg.

»Dann beschäftigt die da draußen«, befahl ich. »Kaminski, sofort zur Hauptkonsole.«

»Verstanden«, sagte 'Ski und schob eilig eine Leiche aus dem Weg. Er löste ein kleines Hacking-Instrument von seinem Gürtel und steckte es in die Konsole. »Wie viel Zeit habe ich?«

»Eine Minute«, mischte sich Martinez ein. »Vielleicht noch weniger.«

Draußen jenseits der Scheibe starrte Devonia mich

wie ein riesiges lidloses Auge an. Der Planet war bereits bis auf die schwarzen Knochen abgenagt. Auch die wenigen Lichter, die hier und da noch auf der Oberfläche zu sehen waren, erloschen nach und nach. Letzte Versuche der Krell, sich zu wehren?

Ich musste mit ihr reden.

Ein letztes Mal.

»*Colossus!*«, schrie ich und leitete meine Übertragung durch die Nachrichtenanlage der *Shanghai*. »Elena!«

Erst war da nichts außer Rauschen, und das Herz sank mir in die Hose beim Gedanken daran, sie könnte mich nicht hören, aber nach einer Sekunde vernahm ich ihre Stimme.

»Conrad! Wir sind noch da!«

»Wir sind auf der Brücke«, sagte ich. »Wir haben's fast geschafft …«

Das Schiff taumelte nach Steuerbord, und ich wurde beinahe aus dem Kommandosessel geworfen. Die Trägheitsdämpfer setzten aus, eine Wolke loser Trümmerteile verteilte sich quer durch den Raum. Über sämtlichen Terminals leuchtete der Evakuierungsalarm auf – das Direktorat ging von Bord. Wieder verlagerte sich das Schiff …

»Was zur Hölle treibst du da?«, schrie Jenkins Kaminski an.

'Ski schüttelte seinen gepanzerten Kopf. Er steckte mit den Händen tief in den Eingeweiden der Hauptkonsole, während die Dioden auf dem Hacking-Instrument wütend blinkten. »Ich versuche, die Schubdüsen umzuprogrammieren …«

Vor uns türmte sich dräuend der *Wiedergänger* auf. Wir flogen direkt auf ihn zu. Noch immer umgaben ihn Bioschiffe der Krell, aber er wuchs stetig und erfüllte den Raum mit Energiebahnen, die alle ihr Ziel fanden. Konnte er ahnen, was wir im Schilde führten?

»Kurskorrektur!«, verkündete Kaminski, und die *Shanghai* schlug einen Bogen nach Backbord ein.

»Bist du noch da, Conrad?«, fragte Elena.

»Bin ich. Wir gehen runter. Es funktioniert.«

Als die *Shanghai* auf einen Kurs schwenkte, der unweigerlich in einem Absturz enden würde und wir dem Planeten entgegenrasten, sah ich unter uns etwas.

Sämtliche Wolken waren durch die Zerstörung zerfressen worden, und jetzt ergoss sich aus dem Labyrinth eine gewaltige Masse flüssigen Metalls.

Kyung.

Sie hatte wahrlich zugelegt – war zu einer silbrigen Monstrosität geworden, einer Zusammenballung albtraumhafter Fraktale, die sich über mehrere Kilometer erstreckte.

»Wir kümmern uns drum«, sagte ich zu Elena. *Es werden noch mehr kommen,* sagte ich mir immer wieder. *Wenn wir das nicht hier und jetzt beenden, kommen nur noch mehr von ihnen.* »Ich verspreche dir, ich komme zurück. Sag Loeb, er soll sich bereithalten, den Überlichtantrieb zu zünden.«

»Wir sind bereit«, sagte Elena. »Auf dein Zeichen.«

»Sobald wir wieder in den Tanks sind …«, sagte ich.

Unser Ritt wurde zunehmend holpriger. An der Spitze der Brücke ging eine ganze Reihe von Rechnern in Flammen auf. Dichte Rauchschwaden wälzten sich über die Brücke, und selbst durch den Anzug merkte ich, dass die Temperatur deutlich anstieg. Ein paar Leichen flogen an mir vorbei, eine von ihnen krachte von innen gegen die Sichtscheibe. Im Panzerglas tauchten feine Risse auf.

Die Shanghai drehte sich ihrem Ziel zu, und der ganze Rumpf schrie unter der Macht der Torsionskräfte …

Dann plötzlich ohrenbetäubende Stille.

»Keine Atmosphäre mehr«, meldete Jenkins über Funk. »So weit, so gut.«

Die einzige Antwort war der Schrei des Maschinen-Bewusstseins. Er dominierte alle Frequenzen, brandete in einer großen Welle durchs All. Da draußen, jenseits der Panzerblenden, begriff der *Wiedergänger*, was wir vorhatten. Er *wusste* es.

»Dein Zug ist abgefahren, du Missgeburt!«, schrie Kaminski dem Planeten entgegen – und dem *Wiedergänger*, der sofort die Verfolgung aufgenommen hatte, uns aber nicht mehr einholen konnte.

Sie werden dich nie wieder verfolgen, Elena.

Devonias Atmosphäre war erreicht. Die äußere Hitzebeschichtung löste sich in Rauch auf. Mit einem langen schwarzen Schweif fiel das Schiff der Oberfläche entgegen – ein Komet, ein dunkler Ball aus Schlacke, der den Planeten wie ein Hammerschlag treffen würde.

Der *Wiedergänger* jagte Energiestrahlen hinter uns her, von denen einer unsere Flanke traf. Teile der *Shanghai* wurden abgerissen, und eine heftige Schockwelle ließ das Deck erzittern.

»Ich könnte mir keinen liebenswerteren Haufen Arschlöcher denken, mit dem ich zusammen sterben will …«, sagte Jenkins.

»Wir sind die Lazarus-Legion!«, schrie Mason.

Der *Wiedergänger* schwebte unter uns.

Der Kyung-Schnitter thronte auf dem Artefakt.

»Ich bin Lazarus, und ich entscheide selbst, wann ich …«

EPILOG

DAS BEGRÄBNIS

Zwei Jahre später

Als ich den Friedhof erreichte, regnete es in Strömen. Alles war erfüllt vom Geruch frischer, nasser Erde. Früher konnte ich Regen wenig abgewinnen, aber seit ich zurückgekommen bin, hat sich viel geändert. Man glaubt gar nicht, welche kleinen Details man vermisst, wenn man sein ganzes Leben fern im All verbringt. Und ja, zehn Jahre abseits der Zivilisation sind so gut wie ein ganzes Leben, wenn man mich fragt.

Wieder auf der Erde zu sein war abwechselnd strapaziös und beglückend, aufregend und deprimierend. Die dichten Regenschwaden unterstrichen die trübsinnige Umgebung nur noch weiter. *Sie hätten sich kaum einen tristeren Ort aussuchen können,* dachte ich. *Vielleicht war das sogar Absicht.* Die einzige Farbe weit und breit war das Raster weißer Grabsteine, das den kleinen Hügel überzog. Dass sich selbst Gras weigerte, hier zu wachsen, war das Vermächtnis der atomaren Verseuchung, die diese Gegend heimgesucht hatte. Seither hatten sich die Dinge geändert – die Zeit heilt bekanntlich alle Wunden. Aber groß war die Veränderung nicht. Die Erde, auf die ich zurückgekehrt war, hatte sich in mancher Hinsicht unermesslich gewandelt, auch wenn viele Dinge erschreckend gleichgeblieben waren.

Am Tor erwartete mich Vincent Kaminski. Als er mich sah, druckste er ein bisschen herum und errötete leicht. Seit dem Ende der Nachbesprechungen hatte ich ihn nicht mehr gesehen – seit die Allianz endlich aufgehört hatte, nicht enden wollende Fragen zu stellen.

»Gut siehst du aus«, sagte ich. »Die Uniform steht dir.«

Hinter dem gestärkten Kragen waren die letzten Ausläufer seiner Tätowierungen zu sehen, und die Jacke spannte über den muskulösen Schultern. In Wahrheit wirkte er in der schicken blauen Uniform entsetzlich fehl am Platz, was er auch zu wissen schien, denn sobald ich die Uniform erwähnte, wandte er verschämt den Blick ab. Seine Aufschläge waren mit verschiedenen Medaillen bestückt, die ich nicht zuordnen konnte.

»Morgen, Ma'am«, sagte er. »Das … das wird so erwartet.«

»Schluss mit den Formalitäten, Vincent. Ich bin's doch.«

»Ja, aber …«, sagte er. Seine Augen waren gerötet, und er machte ein elendes Gesicht. Ich begriff, dass er geweint hatte.

»Es ist schwer«, sagte ich und versuchte, es nicht zu abgedroschen klingen zu lassen. »Ich weiß.«

Seit unserer Rückkehr – seit sich die *Colossus* bis zum Raumhafen von Tau Ceti geschleppt hatte und wir von dort aus mit einem Militärtransporter, dessen Name mir partout nicht mehr einfallen wollte, zur Erde verfrachtet worden waren – hatte Vincent sich verändert. Da war eine neue Distanz zwischen uns; er wollte mir nicht mehr in die Augen blicken. In den Monaten seit unserer Rückkehr hatte ich mich des Öfteren gefragt, ob die Legion – oder das Militär im Allgemeinen – mich für das verantwortlich machte, was Conrad getan hatte.

»Wie war der Flug?«, fragte er. Small Talk: seit Urzeiten der dankbarste Rückzugsraum des unsicheren Männchens.

»In Ordnung«, sagte ich. »Eng.«

Ich hatte von Paris aus einen Suborbital-Flug genommen und war auf dem Flughafen von Wayne County gelandet, der nicht allzu weit von Groß-Detroit entfernt lag. Die Maschine war mit Militärs und Wissenschaftlern vollgestopft gewesen, die von Europa aus nach Hause beordert worden waren. Zum Glück hatte mich niemand erkannt. Ich hatte die zwei Stunden größtenteils schlafend zugebracht.

»Und was macht der Bauernhof?«, fragte er.

»Bien«, sagte ich. *»Très bien.«* Standard zu sprechen ging mir zunehmend gegen den Strich. Zu Hause unterhielten wir uns eigentlich nur auf Französisch. Zumindest dann, wenn ich überhaupt mit anderen Leuten redete. »Danke der Nachfrage, aber wir können die Nettigkeiten gerne überspringen.«

Vincent sah so erleichtert aus, wie ihm das in der zeremoniellen Uniform überhaupt möglich war.

»Hilf mir mal«, sagte ich.

Ich hielt ihm eine Hand hin. Er ergriff sie und führte mich über die nasse Erde.

Der Rest der Lazarus-Legion hatte sich bereits um das Grab versammelt. Keira Jenkins, Elliot Martinez, Dejah Mason. Aber nicht nur sie: auch ein ganzer Haufen Militärs, Admiral Loeb und Leutnant James inklusive. Ich kannte die beiden nur flüchtig, hatte aber gehört, dass die Anklage gegen den Admiral fallen gelassen worden war. Es freute mich für ihn, denn er war offenbar ein feiner Kerl. James steckte verständlicherweise in einem Sim, alle anderen waren jedoch in ihren richtigen Körpern erschienen. Die meisten Gesichter kannte ich nicht, wusste auch nicht genau, was sie hier zu suchen hatten. Im Hintergrund hatten sich mehrere Reihen formiert – eine Ehrengarde, war das der richtige Begriff? –, die meisten aber drängten sich um das offene Grab. Man hätte beinahe von einem Besucheransturm reden können – es waren mehrere Hundert Leute gekommen.

»Bis jetzt haben wir die Presseleute fernhalten können«, sagte Jenkins. Sie trug die Haare in einem einfachen Pferdeschwanz, und die Uniform stand ihr wirklich ausgezeichnet. Ihr schien die Zeit seit dem Rückzug von Devonia besser bekommen zu sein. Sie war nicht mehr so abgehärmt und wirkte deutlich ruhiger. »Ich bin davon ausgegangen, dass Sie die nicht hier haben möchten.«

»Vielen Dank, Leutnant«, sagte ich. »Das weiß ich wirklich zu schätzen.«

»Und ihm wäre es so auch wesentlich lieber gewesen«, sagte Mason. Sie sah in der formellen Uniform sogar noch jünger aus als im Kampfanzug. Auch sie hatte geweint.

Die sind wirklich gut, dachte ich. *Echte Profis.*

»Wenn dann alle anwesend sind«, sagte ein griesgrämiger Priester, »können wir mit dem Gottesdienst beginnen.« Er hatte eine lachhaft pompöse Robe an und klammerte sich an sein heiliges Büchlein.

Alle rückten näher unter ihren Schirmen zusammen, um den grauen Detroiter Wintertag zu vertreiben, und die Trauerfeier nahm ihren Lauf.

Aus dem Augenwinkel entdeckte ich eine einsame Nachrichtendrohne, die in der Nähe des Tors umherschwirrte und die Geschehnisse mit elektronischen Augen verewigte.

»Verdammt noch mal!«, knurrte Elliot Martinez leise und starrte in ihre Richtung. Der Venusier war ein echter Hitzkopf. Ich hatte mich kurz gefragt, ob er nicht vielleicht sogar den Gottesdienst abhalten könnte, aber eingedenk der Umstände wäre das wohl deplatziert gewesen.

Ich ergriff seinen Arm.

»Sollen sie zusehen.«

Die Zeremonie war kurz, machte aber durchaus etwas her. Soll heißen, sie erfolgte mit allen militärischen Ehren – oder wie auch immer das offiziell genannt wurde.

Die Legionäre fungierten als Sargträger. Jeder stellte sich an eine Ecke, dann trugen sie ihn zum Grab und setzten ihn neben dem ausgehobenen Loch ab – dem Tor zum Himmelreich. Sie sahen so aus, als bereite ihnen das Gewicht erhebliche Mühe, aber es war alles Teil der Zeremonie. Als der Sarg in die Grube abgelassen wurde, stimmten einige Soldaten ein feierliches Lied an. Da sie spanisch sangen, verstand ich nur wenige Worte, aber Martinez hatte mir bereits erklärt, dass das Lied »*La muerte no es el final*« hieß. Eine angemessene Hommage: »Der Tod ist nicht das Ende«.

Drei Hornets jagten mit kreischenden Triebwerken über unsere Köpfe hinweg und hinterließen weiße Striemen am grauen Himmel. Dann legten sieben Mitglieder des Sim-Programms ihre Gewehre an und feuerten als Salut drei Salven ab. Währenddessen beweinten die Leute, die ihn kaum gekannt hatten, den verblichenen Conrad Harris.

»Ihm wären Plasmawaffen garantiert lieber gewesen«, knurrte Jenkins.

»Lasset uns einen Moment die Häupter senken«, sagte der Geistliche, »und die Schrecken des Krieges vergessen, die Oberst Harris durchleben musste …«

Die Menge kam dieser Aufforderung nach, ich jedoch nicht. Ich legte den Kopf in den Nacken und spürte den Regen im Gesicht. Was für ein gutes Gefühl, vor allem zusammen mit echter Schwerkraft unter den Füßen. Wieder hier zu sein, auf der Alten Erde. Alles fühlte sich so echt an.

»Lasst uns das lassen«, sagte ich so laut wie möglich. Die feierliche Gesellschaft erstarrte, und der Priester sah mich betreten an. »Lasst uns lieber daran denken, wer er war. Was er für uns alle getan hat; dass er derjenige war, der diese furchtbare Geschichte ein für alle

Mal beendet hat. Dass er für uns das größte aller Opfer gebracht hat.«

Dass er den Wiedergänger *zerstört hat.*

»Das ist höchst unorthodox, gnädige Frau …«, sagte Hochwürden.

»Wir sollten uns an ihn erinnern – so, wie er war«, sagte ich und sah mich in der Runde um. »Der Mann, den ich geliebt habe. Der Mann namens Lazarus.«

Die leiseste Andeutung eines Lächelns schien Jenkins' Lippen zu umspielen.

»Hätte ich nicht besser sagen können«, meinte sie.

Nach dem Ende der Zeremonie dauerte es lange, bis sich die Militärs zerstreut hatten. Manche Offiziere warfen Blumen ins Grab – Männer und Frauen, von denen ich mir sicher war, dass Conrad sie nicht einmal gekannt hatte und auch nicht gemocht hätte, selbst wenn dem anders gewesen wäre. Ich musste mir einige bissige Kommentare verkneifen. *Er kann doch Blumen nicht ausstehen,* wollte ich aufbegehren. Aber ich biss mir auf die Zunge und spielte weiter die trauernde Freundin. *Es ist einfach besser so,* sagte ich mir.

Bis das Prozedere beendet war, hatten sich mehrere Nachrichtendrohnen vor dem Tor zum Friedhof versammelt. Natürlich waren sie ziemlich lästig, aber immerhin hinderten sie die Protokolle zum Schutz der Privatsphäre daran, den Friedhof selbst zu betreten. Immer wieder brach Blitzlicht durch den Regen, während sie Fotos und Videos schossen – von der Versammlung am Grab, von der Legion, wie sie den

Friedhof verließ. In der Nähe des Tors lauerten auch zwei echte Reporter – eine aufgetakelte Frau und ein aalglatter Typ. Ihre Einstellung zu Privatsphäre war weniger limitiert. Sobald sich die Versammlung aufzulösen begann, schlenderten sie zwischen den Reihen der weißen Grabsteine umher und fuchtelten mit den Mikrofonen wie mit Zauberstäben vor meiner Nase herum. *Vielleicht sind Maschinen in manchen Belangen doch besser als Lebewesen?* Seit ich Devonia und die Front hinter mir gelassen hatte, war mir diese Frage sehr oft durch den Kopf gegangen.

»Dr. Marceau!«, krähte die Frau. »Ich verstehe natürlich, dass das eine schwere Zeit für Sie ist, aber hätten Sie vielleicht einen Augenblick Zeit für uns?«

»Chester Sinclair«, stellte sich der Mann vor. »Für *Core News Network*. Ich würde zu gerne Ihre Einschätzung zu den neuesten Entwicklungen mit den Krell hören. Hat sich Oberst Harris' Opfer wirklich gelohnt?«

Ich machte eine wegwerfende Handbewegung und ging weiter. »Er ist bei der Ausübung eines Berufs gestorben, den er geliebt hat.«

»Aber er hat die Krell sicher gehasst, nicht wahr?«, bohrte der Mann weiter. »Was glauben Sie, wie er sich fühlen würde zu hören, dass die – ähm, Fischköpfe demnächst unsere Verbündeten werden sollen?«

»Keine Ahnung«, sagte ich. »Da müssen Sie ihn schon selber fragen.«

»War die Grundsteinlegung für den Zweiten Vertrag seinen Tod wert?«, fragte die Frau beharrlich. »Ich meine – schon klar, er hat damit den Krieg beendet; aber für Sie persönlich? Wir versuchen, diesem Beitrag ein persönlicheres Profil zu geben, und wer sollte uns da besser Einsicht gewähren können als der Mensch, der ihm am nächsten stand?«

»Er ist im Tank gestorben«, sagte ich. »Genau wie er es gewollt hätte.«

»Kein Kommentar!«, fauchte Martinez hinter mir. Ohne Sim hatte er von allen Anwesenden den massivsten Körperbau und die breitesten Schultern. Er sah ziemlich bedrohlich aus. »Und jetzt verpisst euch!«

Die beiden Reporter schauten angemessen erschreckt drein, zogen sich zum Eingang zurück und nahmen ihre Drohnen mit.

»Die wären schon gegangen«, sagte ich. »Das war eher unnötig.«

Er war der Grübler – von den Legionären fand ich ihn am schwersten zu lesen.

»Parasiten«, sagte er. »Können die Sie nicht einfach in Ruhe lassen, nach allem, was Sie durchgemacht haben?«

»Es geht mir gut, Korporal«, sagte ich. »Das ist wirklich kein Problem.«

»Ich begleite Sie zum Wagen«, sagte Jenkins.

Die Lazarus-Legion verteilte sich und behielt die Reporter auf der anderen Straßenseite wachsam im Auge. Eigentlich war ich verblüfft, dass sich nur zwei eingefunden hatten.

»Mein Auto steht am Ende der Straße«, sagte ich. Es war ein Antigrav-Mietwagen mit falschem Kennzeichen.

»In Ordnung«, sagte die Leutnantin.

»Ich habe gehört, dass Sie zurückgehen«, sagte ich unvermittelt. »An die Front, meine ich.«

Jenkins machte eine kurze Pause, ehe sie antwortete. »Es gibt keine Front mehr. Nicht nach dem, was Harris getan hat.«

»Wir wissen beide, dass das eine Lüge ist. Aber wie ich höre, gibt man Ihnen ein eigenes Team.«

»Glauben Sie, er ist enttäuscht, dass ich gehe?«

»Wohl kaum«, sagte ich. »Damit hat er doch schon lange gerechnet, nicht wahr?«

Jenkins zuckte mit den Schultern. »Ich bin eben Teil der Lazarus-Legion.«

»Gibt es ohne Lazarus überhaupt noch eine Legion?«

Sie antwortete nicht.

Wir hatten das Ende der Straße erreicht und die Reporter längst hinter uns gelassen. Ich war mir sicher, sie würden über kurz oder lang das Interesse verlieren, und dann durfte Gras über die ganze Geschichte wachsen. Die öffentliche Aufmerksamkeit verlagerte sich auch jetzt schon: hin zu Beiträgen über den mythischen neuen Feind und die großen Fortschritte, die im Zuge der neuen Freundschaft mit dem Krell-Imperium gemacht wurden. Ich bezweifelte, dass davon allzu viel wirklich stimmte, schließlich kannte ich die Propaganda-Maschinerie der Allianz bestens. Trotzdem war ich froh über die schwindende Beachtung.

»Da sind wir«, sagte ich. Ich hatte einen normalen Sedan mit getönten Scheiben gewählt. Letztere waren mein einziges Auswahlkriterium gewesen. »Danke fürs Begleiten.«

Jenkins nickte und wandte sich wieder dem Friedhof zu. Nach ein paar Metern blieb sie stehen und sah sich noch einmal um.

»Muss das so laufen?« fragte sie.

»Ja«, sagte ich. »Muss es. Muss es wirklich.«

Sie biss sich auf die Lippe, dachte eine Sekunde nach und nickte dann.

»Vielleicht statte ich dem Bauernhof irgendwann mal einen Besuch ab«, sagte sie.

»Da freut er sich bestimmt«, sagte ich. »Ist auch keine große Strecke, egal von welchem der Raumhäfen.«

»Wir sehen uns, Dr. Marceau.«

Sie drehte sich um und ging.

Der Rückflug war weniger voll. Ich schlief wieder.

Paris war auch nicht besser dran als Detroit, aber immerhin Frankreich. Sobald ich den Orbitalflieger verlassen hatte, legte ich Standard ab und wechselte wieder zu meiner Muttersprache. Auch die Eingangshalle war weniger belebt als auf dem Hinweg, und nach kurzer Zeit hatte ich mich davon überzeugt, dass mir niemand gefolgt war. Ich nahm ein Taxi in die Innenstadt und stieg im Schatten des zerstörten Eiffelturms aus: des schartigen, skelettierten Andenkens an den Krieg.

Das Café lag in einem der ruhigeren Bezirke, in einer Gegend, die hauptsächlich von Veteranen bevölkert wurde. Niemand erkannte mich. Hier war ich nur ein weiteres Gesicht in der Menge. Ich war schon vor vielen Jahren gestorben. Als ich mir aber einen Platz suchte, grinste ich, denn es war nicht ich, die verhindern musste, erkannt zu werden. Ich bestellte mir einen Cappuccino.

»Wie war's?«, fragte er.

Eine Stimme wie ein Kiesweg, die vor Feindseligkeit tropfte. So ein wütender Mann.

»Es hätte dir bestimmt gefallen«, sagte ich. »Richtig gut besucht.«

Er grummelte in die Zeitung hinein. »Können die das nicht auf Standard drucken?«

Ich musste lachen. »Du hättest ruhig mitkommen können, weißt du? Wir hätten bestimmt eine gute Verkleidung gefunden.«

»Man hätte mich auf jeden Fall erkannt«, sagte er. »Und hier geht's doch gerade darum unterzutauchen.« Conrad faltete die Zeitung und schob sie über den Tisch. »Außerdem will ich dich nicht in Gefahr bringen. Lazarus ist tot, und jetzt gibt es auch eine Leiche in einem Sarg, um das zu untermauern.«

In diesem Sarg lag nur ein neuer Sim. Sollte ihn allerdings wirklich jemand untersuchen wollen, würde er zumindest die meisten Analysen bestehen – die Wissenschaftsabteilung wurde immer besser. Der Boden von Detroit war derart verseucht, dass die Radioaktivität alles relativ schnell zersetzte. Schon bald würde Lazarus endgültig verschwinden und nur sein Vermächtnis überdauern.

»Ich hab's für dich getan«, sagte er.

»Und ich habe dir schon mehrfach gesagt: Ich kann durchaus selbst auf mich aufpassen.«

Ich drehte mich halb auf dem Stuhl um. Conrad schien sich in Zivilkleidung nie ganz wohlzufühlen.

Er sah mittlerweile etwas gesünder aus, war aber immer noch ständig nervös. Der Mann schleppte eine Menge aufgestauter Energie mit sich herum. Auf dem Nebentisch stand ein Störsender, dessen winziger Bildschirm bestätigte, dass er seine Arbeit verrichtete. Er schirmte nicht nur unser Gespräch ab, sondern verzerrte auch alle Nachrichtensignale der Umgebung.

»War die Legion da?«, fragte er. Die Metallhand, die durch körperliche Arbeit auf unserem Hof glattpoliert war, hatte er in den Schoß gelegt. »Wie geht es denen?«

»Natürlich waren sie da«, sagte ich. »Und es geht allen gut. Leutnant Jenkins geht zurück an die Front.«

Die Legionäre wussten, dass Harris noch lebte. Sie alle hatten bei der Trauerfeier ihre Rollen gespielt, um die Geschichte so glaubhaft wie möglich zu machen.

»Das sind talentiertere Schauspieler, als du es ihnen zutraust«, sagte ich.

Er grunzte. »War ja klar.«

Ich lachte. »Nicht mal dein eigener Tod verändert dich, Conrad.«

»Nicht mehr. Jetzt nicht mehr«, sagte er.

Da war durchaus etwas dran. Conrad hatte die Ärmel hochgekrempelt, und ich betrachtete seine geschwollenen, muskulösen Unterarme. Nackte Arme mit Narben, wo einmal Datenbuchsen gewesen waren. Auch meine Arme sahen so aus, abgesehen davon, dass ich keine Metallhand trug.

»Vermisst du es?«, fragte ich.

»Scheiße – andauernd«, sagte er. »Aber das ist eine ganz andere Geschichte.«

DANKSAGUNG

Man sagt, Schreiben sei ein einsamer Prozess. In Grenzen mag das auch stimmen, aber ich hätte dieses Buch auf keinen Fall ohne die Unterstützung eines ganzen Netzwerks von Leuten schreiben können. *Das Lazarus-Spiel* ist das dritte Buch in der Lazarus-Reihe, und ich habe gelernt, mich auf die Hilfe dieser Menschen zu verlassen.

Mehr denn je hat mir meine Frau Louise beim Ideen-Wälzen und Korrekturlesen geholfen. Ohne sie hätte ich das niemals geschafft. Und jetzt sind wir erfolgreich am Ende angelangt! Auch der Rest meiner Familie hat Anerkennung verdient: Sie müssen mich ertragen, wenn ich mich mal wieder ganz in der Arbeit verliere und diese eine nächste Sequenz zu Papier zu bringen alles ist, was zählt …

Mein Agent Robert Dinsdale war die ganze Zeit über stets mit essenziellem Feedback und Ermutigung zur Stelle. Seine Sicht des Lazarus-Universums hat die Geschichte erst zu dem gemacht, was sie heute ist.

Außerdem möchte ich auch meiner Lektorin Anna Jackson ein riesengroßes Dankeschön aussprechen. Anna hat einem Debütanten eine Chance gegeben und seitdem all meine Bücher lektoriert. Ihr professioneller Beitrag war unverzichtbar, und so hat auch sie die Stoßrichtung dieser Serie geprägt. Die ganze Belegschaft von Orbit hat sämtliche meiner Erwartungen übertroffen, und es ist ein großes Privileg, von so einem wunderbaren Team unterstützt zu werden.